데카메론 2

데카메론 2

G. 보카치오 지음 | 허인 옮김

좋은 책 좋은 독자를 만드는 —
㈜신원문화사

차 례

《데카메론》의 또 다른 이름
《갈레오토 공(公) 이야기》라는 이야기가
지금부터 펼쳐지게 됩니다.
이 이야기는 열흘 동안에 일곱 명의 부인과
세 명의 사나이에 의해 이야기되어진 백 편의
이야기를 수록하고 있습니다.

다섯째 날

다섯 번째 이야기

귀도토 다 크레모나는 자코민 다 파비아에게 딸을 남기고 세상을 떠난다. 그 딸을 잔놀레 디 세베리노와 민기노 디 민골레라는 두 사나이가 사랑을 한다. 그 결과 두 사람은 싸우게 되지만, 그녀가 잔놀레의 누이 동생인 것을 알게 되고 민기노의 아내가 된다.

필로스트라토의 밤 뻐꾸기 이야기는 지난 밤 그가 들려 주었던 비탄스런 얘기의 슬픔을 일소에 제거시켰으며, 부인들은 웃음을 그칠 줄 몰랐습니다. 모두 웃음을 그칠 때쯤 여왕이 말했습니다. 어제는 참으로 우리를 슬픔에 빠뜨렸으나 오늘은 즐거운 웃음을 선사했으니 이제부터 당신에게 불만을 가질 사람은 없을 것이라고 하면서 다음은 네이필레에게 이야기를 명하고 그녀는 기쁘게 이야기를 시작했습니다.

필로스트라토 님은 로마냐 지방 이야기를 하였으므로 저도 그 이야기에 다소 관련이 있는 그 근처의 비슷한 이야기를 하려고 합니다.

파노라는 거리에 롬바르디아 태생의 두 사나이가 있었습니다. 한 사람은 귀도토 다 크레모나라 하고, 또 한 사람은 자코민 다 파비아라 했습니다. 지금은 나이가 들어 버렸지만, 젊었을 때는 많은 세월을 전쟁 속에 군인으로서 보냈던 두 사나이였습니다.

그런데 나이가 더 들어 귀도토가 세상을 떠날 때가 되자, 슬하에는 아들은 없고 딸이 하나 있었을 뿐, 친구 자코민 외에는 뒷일을 부탁할 친척도 없었으므로 그의 전 재산과 열 살 남짓한 딸을 그에게 맡겼습니다.

그 무렵에는 오랫동안 싸움과 재해가 계속되어 오던 파엔차의 거리에도 어느 정도 안정이 되고 질서가 잡혀, 파엔차로 돌아가고 싶은 사람은 돌아가도 좋다는 포고가 나붙었습니다.

자코민은 지난날 그곳에 살았고 살기가 좋았으므로 모든 재산을 가지고 그곳으로 돌아왔습니다. 물론 귀도토가 맡긴 소녀도 데리고 갔으며, 그는 그 소녀를 친딸처럼 사랑하며 키웠습니다.

딸은 성장하면서 이 거리에서는 보기 드문 아름다운 미인이 되었습니다. 미인일 뿐 아니라 품행이 바르고 정숙함에서도 보기 드문 아가씨였습니다. 때문에 많은 사나이들이 가까이 사랑을 호소하곤 했는데, 그 중에서도 맹렬한 사랑을 기울인 두 젊은이가 있었습니다. 둘 다 부자이며 품성과 기상이 뛰어난 사나이였는데, 그 아가씨에게 너무나 열중한 나머지, 서로 질투하고 서로 미워하는 사이가 되어 버렸습니다. 이들 중 한 사람은 잔놀레 디 세베리노였고, 다른 한 사람은 민기노 디 민골레였습니다.

두 사람은 그 아가씨가 열다섯 살이 되었을 때, 만일 부모가 허락한다면 아내로 맞겠다고 청혼하였다가 모두 거절당하고 말았습니다. 이렇게 정식으로 거절을 당하자, 그들은 각각 계책을 꾸며서라도 그녀를 손에 넣어야겠다고 생각했습니다.

자코민의 집에는 늙은 하녀와, 크리벨로라는 매우 명랑하고 고분고분한 하인이 있었습니다. 잔놀레는 이 하인과 매우 친했으므로, 이 하인에게 자기의 사랑을 이야기하고, 어떻게 해서든지 뜻을 이룰 수 있도록 도와줄 것을 부탁하며, 뜻이 이루어지면 사례를 듬뿍 하겠노라고 했습니다. 잔놀레의 부탁을 들은 크리벨로는 이렇게 대답했습니다.

"그 일에 대해 제가 해드릴 수 있는 것이라면 자코민 씨가 어디 다른 집으로 저녁식사를 하러 나갔을 때, 좋은 기회를 잡아 아가씨가 있는 곳으로 도련님을 안내해 드리는 정도일 뿐이며 다른 것은 힘들 겁니다. 제가 도련님 뜻을 아가씨에게 전한다고 해서 그런 이야기에 귀를 기울일 아가씨는 아니니까요. 그래도 좋으시다면 약속을 드리겠습니다. 저는 틀림없이 안내해 드릴 테니 그 뒤의 일은 도련님의 솜씨 여하에 달렸습니다." 잔놀레는 그 이상의 것은 바라지 않는다며 약속은 성립되었습니다.

한편, 민기노는 늙은 하녀와 친했는데 그 늙은 하녀에게 자신의 뜻을 자주 호소하였고, 마침내 그의 열성은 늙은 하녀의 마음을 움직인 것 같았습니다. 그녀도 역시 자코민 씨가 밤에 출타하여 집을 비우게 되면 아가씨에게 안내해 줄 것을 약속하였습니다.

자, 이렇게 양쪽에서 약속이 성립된 지 얼마 되지 않아 하인 크리벨로의 계획으로 자코민은 어느 친구 집으로 저녁 식사를 초대받아 외출을 하게 되었습니다. 크리벨로는 곧 그 일을 잔놀레에게 알리고 자기가 신호를 하면 들어오도록 하고 필히 문은 열어 놓겠노라고 연락했습니다.

그러나 그런 줄도 모르는 늙은 하녀도 민기노에게 자코민이 밖에서 저녁식사를 하게 되었으니 자기가 신호를 하면 집 가까이 있다가 집 안으로 들어오도록 기별을 했습니다.

저녁이 되어 두 사람의 연인은 서로 이런 계획이 있으리라고는 꿈에도 생각을 하지 못하고 아무런 의구심도 없이, 무장한 한 무리를 이끌고 그녀를 손에 넣기 위해 집 안으로 침입할 것을 생각하고 있었습니다.

자코민이 외출했으므로 크리벨로와 늙은 하녀는 서로 신호를 보낼 궁리를 하고 있었습니다. 크리벨로가 늙은 하녀에게 말했습니다.

"왜 당신은 자러 가지 않나요? 뭣 때문에 집 안에서 어물어물 돌아다니고 있는 거지요?"

"너야말로 왜 주인님을 모시러 가지 않니? 이젠 식사도 끝이 나셨을 텐데. 왜 이런 데서 꾸물대고 있지?" 하고 늙은 하녀가 대답했습니다.

이렇게 되어 서로 그 자리에서 떠날 수가 없었습니다. 그러나 크리벨로는 잔놀레가 돌아올 시간이 다가오자 혼자 중얼거렸습니다.

'이런 일에 신경을 쓸 필요는 없어. 소란을 피우면 그만큼 손해가 될 뿐이지.' 그리고는 잔놀레와 약속해 두었던 신호를 하고 문을 열었습니다.

잔놀레는 곧 무장한 동지 두 사람과 함께 들어와서 응접실에 있던 아가씨를 납치하려고 했습니다. 그녀는 뿌리치면서 큰소리로 사람 살리라고 외쳤습니다. 또 늙은 하녀도 마구 소리를 질렀습니다. 그 소란스러운 소리에 민기노가 자기의 동지들을 데리고 달려왔습니다. 그리고 그녀가 문 밖으로 끌려가는 것을 보자, 칼을 빼들고 외쳤습니다.

"이런 나쁜 놈들 같으니라고. 이 무슨 짓이냐? 네 멋대로 하도록 둘 수는 없다."

그들은 일제히 덤벼들었고, 그러는 사이에 소동에 놀라 달려나온 이웃 사람들도 무기와 등불을 손에 들고 소리를 지르며 민기노에게 가세했습니다. 긴 시간에 걸친 싸움 끝에 민기노는 잔놀레로부터 아가씨를 빼앗아 집으로 돌려보냈습니다. 그런데 이 소동이 끝나기 전에, 이 거리의 재판소에 있는 경관들이 와서 대부분의 난동자를 체포해 갔습니다. 그 중에는 민기노와, 잔놀레, 크리벨로도 끼어 있었는데 그들은 모두 감옥에 감금되었습니다.

이윽고 소동이 가라앉았을 즈음에 마침 자코민이 돌아왔습니다. 그는 이 소동을 매우 가슴 아파했습니다만 왜 그렇게 되었는지 원인을 조사해 본 결과, 딸에게는 아무런 과오가 없음을 알고 다소 마음이 가라앉았습니다. 그리고 두 번 다시 이런 일이 벌어지지 않도록 어서 딸을 시집보내야겠다고 생각했습니다.

아침이 되어 쌍방의 집안사람들이 사건 이야기를 듣고, 체포된 두 젊은이가 잘못을 저질렀음을 알았습니다. 그들은 자코민이 사실을 밝히면 모두 엄한 벌을 받아야 함을 알고 자코민을 찾아갔습니다. 그리고 공손한 태도로 젊은이의 혈기로 공께 끼친 모욕을 사과하며, 다만 이렇게 부탁드리는 자신들에게 호의와 자비를 베풀고 노여움을 거두어 달라고 간청했습니다. 그리고 나쁜 짓을 저지른 젊은이들은 공께서 마음이 가라앉으실 때까지 어떠한 벌이라도 내리라고 말했습니다.

자코민은 젊었을 때부터 인생의 여러 가지 경험을 했으며 마음이 넓은 사람이었으므로 간단하게 대답했습니다.

"여러분, 저는 지금 여러분의 고장에서 살고 있지만 만일 제가 고향에서 살고 있었다 해도 여러분을 친구로 생각했을 것입니다. 그러니 저는 이런저런 것은 생각지 않고 여러분이 원하시지 않는 일을 하지는 않겠습니다. 그리고 따져보면 저는 여러분 말씀을 따르지 않을 수가 없습니다. 즉, 이 사건은 여러분 자신들과 깊이 관련된 사건이기 때문입니다. 왜냐하면 여러분 중에도 아시는 분이 계시는지 모르겠습니다만, 딸아이는 크레모나 태생도 파비아 태생도 아니고 오히려 파엔차 태생입니다. 저도, 또 저에게 이 아이를 맡긴 친구도 이 아이가 누구의 자손인지 전혀 알 수가 없었습니다. 다만, 이 아이가 어렸을 때 이 거리에서 인연이 되었다는 것밖에 모릅니다. 그러니 부탁하시는 문제에 대해서는 여러분 말씀에 따르겠습니다."

두 청년의 집안사람들은 그의 딸이 파엔차 태생이라는 말을 듣고 매우 놀랐습니다. 그래서 자코민의 관대한 처사에 감사의 뜻을 표하고 어째서 그녀를 키우게 되었으며, 어떤 연유로 그녀가 파엔차 태생인 줄 알았는지 들려 달라고 부탁했습니다. 이에 자코민은 서슴없이 대답하는 것이었습니다.

"저에게는 귀도토 다 크레모나라는 매우 가까운 전우이며 다정했던 친구가 있었습니다. 그가 임종을 할 때 저에게 들려 준 얘기는 페데리고 황제(페데리고 바르바로사가 파엔차를 점령하고 마음대로 약탈을 자행한 것은 1170년경의 일이다)가 이 거리를 점령했을 때 갖은 약탈을 다했는데, 군인이었던 그가 전우들과 함께 어느 집을 들어갔더니, 그 집 가족은 모두 달아나고 가재도구와 두 살 정도의 여자아이가 그대로 있었답니다. 그가 계단을 올라가자, 그 아이는 아버지를 부르고 있었는데, 그는 그 아이가 불쌍해져서 약탈한 가재도구와 함께 파노에 데려왔다고 했습니다. 그는 숨을 거두면서 저에게 그 아이를 맡기고 때가 오면 그 아이를 결혼시키고 지참금으로서 자기의 모든 재산을 주라고 유언했습니다. 이 아이가 자라 결혼할 나이가 되었지만 제 마음에 드는 신랑을 찾지 못하고 있었으나 어젯밤 같은 일이 또 일어나면 곤란하니 어서 결혼을 시켰으면 합니다."

이때 그의 이야기를 듣고 있던 사람들 중에 굴리엘모 다 메디치나(다 메디치나는 로마냐에서도 매우 유명한 가문이다)란 사람이 있었는데, 이 사람은 그 약탈사건 때 귀도토와 행동을 같이 했던 사람으로 그 집이 누구의 집인가를 알고 있었습니다. 그는 그 집주인을 발견하고는 그 옆으로 걸어가 말했습니다.

"베르나부초 씨 지금 자코민 씨가 한 말을 들었소?"

베르나부초가 대답했습니다.

"예, 더 생각할 여지도 없는 것 같소. 그 혼란 속에서 나는 자코민 씨가 이야기하는 나이 또래의 딸을 잃어버렸으니까."

자코민이 말했습니다.

"분명히 그 아이군요. 즉, 저는 귀도토가 어떤 곳에서 약탈했는가를 들었기 때문에 얼마간의 짐작은 하고 있었습니다. 그러니 그곳이 댁인 것을 이제 확실히 알았습니다. 혹시 댁의 따님이라는 증표는 없습니까? 있으면 그 증거를 찾아보십시오."

베르나부초는 잠시 생각하고 있다고 왼쪽 귀밑에 종기가 났던 일이 있는데, 그 종기를 째느라고 십자형의 자국이 있었던 것을 기억한다고 했습니다. 그 자국은 잃어버리기 얼마 전에 남겨진 것이라는 대답이었습니다. 그는 자코민 옆으로 다가서며 따님의 귀밑을 볼 수 없느냐고 물었습니다.

자코민은 딸을 가까이 데려오게 했습니다. 베르나부초가 가까이서 보니 아직도 미인이라고 소문이 높은 자기 아내와 아주 닮았으므로 마치 아내를 보는 것 같았습니다.

그러나 그것만으로 만족할 수는 없어, 자코민에게 왼쪽 귓가의 머리칼을 좀 올려 보겠다고 했습니다. 자코민은 기꺼이 그렇게 하도록 했습니다.

베르나부초는 약간 수줍은 듯이 서 있는 딸에게 다가서며 똑바로 손을 들어 그녀의 머리칼을 귀 위로 올렸습니다.

거기에는 분명히 십자로 난 자국이 있었습니다. 그는 그녀야말로 그때 잃었던 자기 딸인 것을 알고, 굵은 눈물을 떨어뜨리며 딸이 피하려는 것도 아랑곳없이 그녀를 부드럽게 안았습니다.

"자코민 씨, 이 애는 제 딸입니다. 갑작스런 약탈에 정신이 없었던 아내가 그만 이 애를 두고 나갔던 것입니다. 우린 지금까지 이 애가 불 속에서 타 죽은 줄만 알고 있었습니다."

딸은 이 이야기를 들으며 그를 쳐다보고, 그 말이 사실인 것을 알았습니다. 그는 천륜의 본능으로 아버지의 포옹을 받아들이고, 소리 없이 함께 울기 시작했습니다.

베르나부초는 즉시 사람을 보내어 딸의 어머니와 다른 집안 친척들을 부르러 보냈습니다. 그들이 오자, 그들에게 그녀를 보이며 모든 이야기를 했습니다. 그녀는 친척들에게 몇 번이고 포옹을 받으며 반가운 눈물을 흘렸고, 마침내는 온 거리가 축제 분위기에 싸이게 되었습니다.

모든 이야기를 들은 이 시의 시장은 너그럽고 훌륭한 사람으로, 체포된 잔놀레가 베르나부초의 아들이며 그녀와 친남매임을 알고 그들을 관대히 처분해야겠다고 마음먹었습니다.

그리고 시장이 직접 앞에 나서서 베르나부초와 잔놀레와 민기노를 화해하도록 주선했습니다. 민기노는 친척 모두의 승낙 아래, 아녜자란 이름이었던 그녀와 결혼하게 되고, 이 사건에 관련되어 체포되었던 모든 사람도 석방되었다고 합니다.

민기노는 화려한 결혼식을 성대히 치르고 자기 집으로 그녀를 맞아들여 평생 사이좋게 행복한 삶을 살았다는 이야기입니다.

여섯 번째 이야기

잔 디 프로치다는 자기가 사랑한 여인과 자고 있는 장면을 들킨다. 이 여인은 페데리고 왕에게 진상하도록 되어 있던 여인이었다. 그는 그녀와 함께 기둥에 묶여 화형을 받게 된다. 그런데 마침 루지에리 델로리아에게 발견되어 기둥에서 풀려나고 당당하게 그녀의 남편이 되어 고향으로 돌아간다.

네이필레는 부인들의 환호 속에 이야기를 마쳤으며, 여왕은 다음 차례인 팜피네아에게 이야기를 명하고 그녀는 웃으며 이야기를 시작했습니다.

여러분, 사랑의 힘은 매우 강합니다. 그러나 뜻밖의 역경이나 불행한 일에 부딪칠 때가 많습니다. 사랑하는 연인들이 생각지도 않았던 위험을 겪어야 했던 이야기는 오늘의 이야기나 이 전의 이야기에서 많이 나왔습니다. 그러나 저는 그런 대단한 모험을 한 번 더 들려드리고 열렬한 사랑에 빠진 젊은이의 용기를 감상해 볼까 합니다.

나폴리의 바로 옆에는 이스키아라는 섬이 있었습니다. 옛날 그 섬에 누구보다도 쾌활하고 아름다운 처녀가 살고 있었습니다. 그 이름은 레스티투타라 했으며, 마린 볼가로(보카치오의 《De casibus uirorum illustrium》에도 나온다)라는 섬에서도 명문 귀족 집안의 딸이었습니다. 이 이스키아 섬 가까이의 작은 섬에 살고 있는 잔니 디 프로치다(잔니 디 프로치다는 유명한 잔니 디 프로치다의 조카. 잔니는 아라곤 가의 게릴라로 베스푸로의 반란 대장이었다. 이 이야기는 그의 《필로콜로》에 자세히 기록되어 있다)라는 젊은이가 이 처녀를 열렬히 사랑하고 있었습니다. 그 젊은이가 자기 목숨보다 그녀를 사랑하게 되자, 그 처녀도 젊은이를 사랑하게 되었습니다. 그는 낮뿐만 아니라 밤에도 그녀를 만나러 자주 찾아왔었습니다. 심지어 배가 없을 때는 프로치다에서 이스키아까지 그녀를 만나기 위해 헤엄쳐간 일도 있고, 그녀를 만나지 못하면 그녀 집 바람벽이라도 봐야 할 정도로 열렬한 사랑을 하고 있었습니다.

이렇게 불타는 사랑을 계속하던 어느 여름날, 그녀는 홀로 해안에 나와 바위에서 바위로 옮겨 다니며 칼로 바위 사이의 조개를 따고 있었습니다. 그러다가 어느 커다란 바위 사이에 가려진, 마침 밖에서는 들여다보이지 않는 바위 그늘에 차갑고 깨끗한 물이 솟아나고 있었는데, 거기에는 나폴리에서 온 몇 사람의 시칠리아 젊은이들이 쉬고 있었습니다.

그 젊은이들은 그녀가 아직 한 번도 본 일이 없는 대단한 미인이었고, 또 혼자인 것을 눈치채고 납치하자고 의논했습니다. 논의가 끝나자 그들은 곧 실천에 옮겼습니다.

그들은 그녀가 울며불며 소리쳤으나 아랑곳하지 않고 배에 태워 끌고 가 버렸습니다. 이윽고 칼라브리아에 닿자, 누가 먼저 그녀를 차지할 것인가에 대하여서 의논을 벌였습니다. 그러나 서로 자기가 먼저 차지할 것을 고집하여 의논이 성립되지 않고 마침내는 서로 사이가 나빠질 것을 염려하여 시칠리아의 왕 페데리고(아라곤 가의 페데리고. 시칠리아의 국왕)에게 진상하기로 결정을 보았습니다. 당시의 페데리고는 나이도 젊었고 또 그런 것을 좋아하고 있었으므로 그들은 팔레르모(시칠리아의 수도)에 닿자 곧 그렇게 했습니다.

국왕인 페데리고는 그녀가 매우 아름다웠으므로 마음에 들었습니다. 그러나 마침 몸이 좀 좋지 않아 건강이 회복될 때까지 쿠바라 불리는 정원이 딸린 아름다운 집으로 데려가도록 하고 시종들을 두어 그녀를 섬기도록 명령했습니다.

한편 이스키아에서는 그녀가 납치되어 큰 소동이 일어났습니다. 더욱이 누가 납치해 갔는지 알 수가 없어 더욱 마음아파했습니다. 그 누구보다 잔니의 고통은 그야말로 표현할 수 없을 정도였습니다. 그는 그 배가 어느 쪽으로 갔는지는 들었으나 이스키아에서는 더 알아낼 것이 없어, 무장한 배를 타고 되도록 빠른 속도로 미네르바(카프리 섬 앞에 있는 캄파넬라 지방)의 곶을 돌아 칼라브리아에서 스칼레아까지 돌았습니다. 그는 가는 곳곳마다 그녀의 행방을 탐지하여, 드디어 스칼레아에서 팔레르모로 시칠리아 녀석들에게 강제로 끌려갔다는 것을 알았습니다.

그는 되도록 속히 팔레르모를 향해 가면서 사방팔방 수소문한 결과 그녀가 국왕의 쿠바에 있는 것을 알았습니다. 그녀가 국왕에게 바쳐져 궁정에 있다는 것을 알자 매우 난처하고 어찌할 바를 모르는 지경에 이르러 이제는 모든 희망이 끊어지고 그녀를 되찾기는커녕 만날 길조차 없어져 절망의 구렁에 빠지고 말았습니다.

그러나 그는 배를 돌려보내고 사랑의 힘에 이끌리는 대로 그곳에 머물러 있었습니다. 아직 아무도 그가 누구라는 것을 눈치채지 못하였으므로 그는 매일 같이 쿠바 앞을 지나다니곤 했습니다. 그러던 어느 날, 우연히 그녀가 창가에 서 있는 것을 보았습니다. 그녀 쪽에서도 그를 발견하고 매우 기뻐했습니다. 잔니는 사람의 그림자가 끊어지자 되도록 가까이 다가가서 그녀에게 말을 걸었습니다. 그리고 그녀로부터 어떻게 하면 그녀 있는 데로 갈 수 있는가를 들은 다음, 현장의 모습을 자세히 조사하고 돌아왔습니다.

그는 밤이 되는 것을 기다려 그녀에게 갈 수 있는 가장 적당한 장소로 갔습니다. 그리고는 딱따구리조차도 발 딛기가 어려운 절벽을 타고 뜰 안으로 들어갔으며 그리고 굵은 나무를 찾아내어 그녀가 가르쳐 준 창문에 세우고 나무를 타고 기어 올라갔습니다.

그녀는 지금까지 어느 정도 자존심과 명예를 지켜 그에게 냉담한 척 해왔으나 이제 모든 것을 잃었다고 생각하였고, 그 외에는 몸을 맡길 수 있는 가치를 가진 사람이 없겠다는 생각이 들었습니다. 그리고 그에게 자기를 데리고 도망가도록 부탁하고 그가 바라는 것이라면 어떤 일이라도 할 것이고 그를 기쁘게 해야겠다고 생각했습니다. 그러므로 그녀는 잔니가 쉽게 들어올 수 있도록 창문을 열어 두었습니다.

잔니는 창문이 열린 것을 보자, 소리 없이 안으로 들어가 아직 잠들고 있지 않은 그녀 옆에 누우려 하자, 그녀는 사랑의 행위를 하기 전에 자기를 데리고 이곳을 도망쳐 달라고 부탁했습니다. 잔니는 이렇게 기쁠 수가 없다고 대답하며, 그러나 그녀가 실패하지 않고 잘 빠져 나가려면 여러 가지 준비가 필요하므로 준비를 한 후에 빠져 나가자고 말했습니다.

두 사람은 서로 껴안고 사랑의 여신조차도 줄 수 없는 깊은 환희의 절정 속으로 빠져 들어갔습니다. 그들은 몇 번이나 그 즐거움을 되풀이하여 어느덧 서로 끌어안은 채 곤히 잠들고 말았습니다.

한편 국왕은 그녀를 처음 보았을 때부터 몹시 마음에 들었고, 이제는 건강도 회복되었고 그녀가 몹시 보고 싶어 아직은 새벽녘이므로 잠시 그녀와 보내려고 준비를 하였습니다. 왕은 몇 명의 신하만을 데리고 미행으로 쿠바에 왔습니다. 그리하여 그녀가 잠든 침실의 문을 열게 하고 등불을 밝혀 안으로 들어갔습니다. 그러나 국왕의 눈앞 침대 위에는 벌거벗은 채 잔니와 껴안고 잠이 든 그녀가 보였습니다. 국왕은 도저히 참을 수 없는 노여움에 펄펄뛰면서 말없이 허리에 차고 있던 단도를 뽑아 들었습니다.

그러나 벌거벗고 자고 있는 남녀를 죽인다는 것은 누구든 비겁한 일이고 더군다나 한 나라의 군왕의 몸으로 직접 죽인다는 것은 좋지 않다고 마음을 바꿔 군중 앞에서 화형에 처해야겠다고 생각했습니다. 왕은 옆에 있던 신하에게 혼잣말처럼 물었습니다.

"짐의 마음에 몹시 들었는데…… 이 죄 많은 여인을 어찌 생각하는가?"

그리고는 왕궁에 숨어 들어와 이러한 모욕과 불쾌감을 던져 준 이 대담무쌍한 녀석의 신분을 아느냐고 물었습니다. 질문을 받은 신하는 이 사나이를 본 일이 없다고 대답했습니다.

국왕은 노기충천하여 침실에서 나와 두 사람을 알몸으로 묶어 놓으라고 명령했습니다. 그리고 날이 밝으면 팔레르모의 광장으로 데려가 많은 사람들이 구경하는 가운데 서로 등을 지워 기둥에 묶어서 화형시키라고 명령했습니다. 국왕은 몹시 노한 채 팔레르모에 있는 처소로 돌아왔습니다. 국왕이 나가자 즉시 많은 신하가 두 사람에게 덤벼들어 잠을 깨게 하고 인정사정없이 꽁꽁 묶어 버렸습니다. 두 사람은 이젠 죽었구나 하고 슬피 울며 탄식했습니다. 두 사람은 팔레르모의 광장으로 끌려가 기둥에 묶이고 산처럼 쌓아 올린 장작더미 위에서 바야흐로 국왕의 명령이 내리기만 기다리는 몸이 되었습니다.

이 두 연인을 보려고 팔레르모의 모든 사람들이 모여들었습니다. 남자들은 모두 여자 쪽만 쳐다보며 얼굴뿐 아니라 몸매마저도 매혹적인 아름다운 여인에게 저마다 탄성을 질렀습니다. 또 여자들은 젊은 남자를 보고 아우성을 쳤는데, 그가 미남이며 체격도 훌륭하고 늠름하여 칭찬하지 않는 사람이 없었습니다. 그러나 두 연인은 심한 부끄러움에 얼굴을 들지 못하고, 자신들의 불행을 탄식하며 잔인한 화형이 시작되기를 기다릴 뿐이었습니다.

이렇게 구경거리가 된 두 사람이 처형을 기다리는 동안 이 소문은 온 사방에 퍼져 국왕으로부터 신뢰받고 있던 뛰어난 인물이며 해군 제독이었던 루지에리 델로리아가 이 소문을 듣게 되었습니다. 그도 어디 한 번 구경이나 할까 하고 광장으로 나왔습니다. 그는 여자를 보고는 그 아름다움에 눈이 휘둥그레져서 감탄했으며, 남자 쪽으로 돌아가서 찬찬히 바라보니 자기가 잘 아는 젊은이였습니다. 그는 그 젊은이에게 다가가, 너는 잔니 디 프로치다가 아니냐고 물었습니다. 잔니가 머리를 들고 바라보니 해군 제독인 루지에리였습니다.

"네, 제독. 저는 제독께서 말씀하신 대로 잔니입니다. 그러나 저는 곧 잔니가 아닌 주검이 될 것입니다."

제독은 잔니에게 어떤 짓을 했기에 이런 꼴이 되었느냐고 물었습니다. 잔니가 대답했습니다.

"사랑 때문입니다. 그것이 폐하를 노하시게 했습니다."

제독은 좀더 자세한 이야기를 하게 했습니다. 그리고 자초지종을 듣고는 그대로 가 버리려 했습니다. 잔니는 제독을 부르며 말했습니다.

"오, 제독 님. 만일 청을 들어 주실 수 있으시다면 저를 이런 꼴로 만드신 분에게 자비를 베풀어 주시게 해 주십시오."

루지에리는 그게 무슨 청이냐고 물었습니다.

"저는 이제 곧 죽게 되는 것을 압니다. 그러니 제가 자비를 베풀어 주십사 하는 것은 제가 목숨보다도 더 사랑하고 있는 이 여자와(그녀도 저를 그토록 사랑하고 있는데) 이렇게 등을 지고 있다는 것은 못 견딜 일입니다. 비록 죽더라도 서로 얼굴이나 보면서 죽는다면 얼마나 기쁘겠습니까?"

제독은 웃으며 말했습니다.

" 좋아, 어디 실컷 그녀 얼굴을 보게 해 주지."

제독은 이렇게 말하며 형을 집행하는 관리들에게 국왕의 별명(別命)이 있을 때까지 사형을 보류하라고 일렀습니다. 제독이 국왕에게 가보니 아직 노기가 덜 풀려 있었지만 그는 개의치 않고 국왕에게 말했습니다.

"폐하, 지금 광장에서 화형에 처하시려는 젊은 남녀는 무슨 일로 폐하의 노여움을 샀습니까?" 국왕은 그 이유를 설명했습니다.

제독은 다시 국왕에게 말했습니다.

"두 사람이 저지른 죄는 충분히 그런 벌을 받고도 남는 줄 압니다. 그러나 잘못이 벌을 받아야 하는 것처럼 선행도 자비나 연민 이상의 가치가 있으며 포상해야 합니다. 폐하께서는 저 두 명이 어떤 인물인지 아십니까?"

국왕은 모른다고 했습니다. 제독이 국왕에게 말을 이었습니다.

"제 생각으로는 폐하께서 저 두 사람을 아셔야 하리라고 여겨집니다. 폐하께서는 너무나 노하신 나머지 판단력을 잃으셨기 때문입니다. 그 젊은이는 잔니이며 란돌포 디 프로치다의 아들입니다. 란돌포는 잔니 디 프로치다의 친형제로서 그가 폐하께서는 이 섬의 왕이 되시고 지배자가 되시는데 큰 공을 세우고 협력하였음을 아실 것입니다. 또 여자 쪽은 마린 볼가로의 딸로 그의 권력에 힘입어 이스키아는 오늘날에도 폐하의 지배하에 있는 것입니다. 뿐만 아니라, 저 두 사람은 오랫동안 사랑해온 사이입니다. 따라서 이번에 일어난 일은 폐하를 굴욕스럽게 한 것이 아니라, 서로 너무나 사랑한 나머지 저지른 소행입니다. 이런 죄에는(젊은이들이 사랑한 나머지 한 짓이 죄라면) 폐하로서는 오히려 기뻐하시고 명예로운 선물을 내리셔야 마땅합니다만 폐하께서는 왜 사형에 처하려 하십니까?"

국왕으로서는 루지에리의 말을 듣자 자기 생각이 잘못이며 그의 말이 옳다고 여기고 국왕은 즉시 사람을 보내어 두 사람을 풀어 주고 데려오도록 명령했습니다.

이윽고 국왕은 두 사람의 사정을 자세히 알았습니다. 그래서 명예와 선물을 주어 자기가 내리려 했던 벌을 보상해야겠다고 생각했습니다. 왕은 두 사람에게 좋은 의복을 입히고, 두 사람의 사랑이 변하지 않을 것을 확인하고 결혼식을 올려주었습니다. 그리고 푸짐한 선물을 주어 집으로 돌려보냈습니다. 두 사람은 섬의 백성들로부터 크게 환영받고 오래도록 기쁨과 즐거움 속에 행복한 생활을 했다고 합니다.

테오도로는 주인의 딸 비올란테와 사랑에 빠져 임신시켰기 때문에 교수형의 위기에 처해진다. 그는 매를 맞으면서 거리를 끌려다니다가, 친아버지로부터 친자로 밝혀져 석방되고 비올란테를 아내로 맞는다.

팜피네아의 이야기에 두 연인이 처형당하는 것에 가슴을 졸이고 있던 부인들은 행복한 결말에 주를 찬양하고 기뻐했으며, 그녀가 이야기를 마치자 여왕은 라우레타의 차례임을 명했으며 그녀가 이야기를 시작했습니다.

여러분, 현왕(賢王) 굴리엘모(시칠리아의 왕 1166~1189)가 시칠리아를 다스리고 있었던 시대의 일입니다만, 아메리고 바테 다 트라파니타라는 귀족이 있었습니다. 이 사람은 다른 귀족들에 비하여 재산뿐 아니라 자식복도 많았습니다.

그리하여 하인들이 필요하게 되었는데, 마침 아르메니아의 연안에서 노략질하여 많은 어린애를 약탈해 온 제노바 인의 해적선이 오리엔트(동방제국)에서 돌아왔습니다. 그래서 그는 그 가운데서 터키 인으로 짐작되는 수명의 어린이를 샀습니다. 그 아이들은 모두 양치기로 보였는데 그 중 테오도로라는 한 아이만은 다른 애들보다 품위가 있고 이목구비가 반듯하여 사람들의 눈에 잘 띄었습니다.

그 아이는 노예였으나 아메리고의 아이들과 함께 성장했습니다. 소년은 자람에 따라 범상치 않은 천성이 나타나기 시작했습니다. 예의범절을 잘 익히고 품행이 좋았으므로 아메리고의 마음에 들어 노예의 신분에서 벗어났습니다. 아메리고는 터키 인으로 여겨지는 소년에게 세례를 받게 하여 피에트로라는 이름을 지어주고 아주 신용하여 자기 일의 관리를 맡겼습니다.

아메리고에게는 여러 아이들 중에 비올란테라는 딸아이가 있었습니다. 비올란테는 대단히 예쁘고 마음씨가 부드러운 처녀였습니다. 아버지가 그녀를 결혼시키는 것을 꾸물거리고 있는 사이에 비올란테는 어느덧 피에트로를 사랑하게 되었습니다. 그렇다고는 하지만 그의 일솜씨나 예의바른 점에 경의를 표하면서도 부끄러움이 앞서 자기 마음을 고백하지는 못하고 있었습니다.

그러나 사랑의 신은 그 같은 괴로움을 그녀에게서 덜어 주었습니다. 즉 피에트로 쪽에서도 어느덧 그녀를 보지 않으면 마음이 우울할 정도로 연모하게 되었기 때문입니다. 하지만 이런 일은 용서될 수 없는 일이며 누군가에게 들키기라도 하면 큰일이라고 겁을 먹고 있었습니다.

그와 눈이 마주치는 것을 큰 기쁨으로 여기며 바라보곤 하던 처녀는 그 같은 그의 태도를 눈치챘습니다. 그래서 그를 안심시킬 생각으로 자기도 아주 기쁘게 생각하고 있다는 시늉을 해보였습니다. 이러한 상태로 서로 사랑을 바라면서도 한 마디도 입 밖에 내지 못하고 오랫동안 지내왔습니다.

그러나 그처럼 두 사람이 사랑의 불길을 열렬히 태우고 있는 사이에 운명은 그렇게 되기를 바라기라도 한 듯이 두 사람에게 길을 마련해 주어 그들을 가로막고 있던 공포감에서 벗어나게 했던 것입니다.

아메리고는 트라파니에서 1마일쯤 떨어진 곳에 대단히 아름다운 장원(壯圓)을 갖고 있어 부인과 딸, 그리고 친지들과 하녀들을 데리고 곧잘 놀이를 갔었습니다.

그런데 어느 몹시 더운 날 피에트로도 동행하고 있었는데 가는 도중에, 여름에는 흔히 있는 일입니다만, 갑자기 먹구름이 하늘을 뒤덮더니 금방이라도 소나기가 내릴 기세였습니다.

그래서 많은 동행인과 부인은 이런 데서 비를 맞으면 큰일이라고 생각하고 트라파니로 되돌아가기로 하고 걸음을 재촉했습니다. 그러나 피에트로와 비올란테는 날씨를 걱정하기는커녕 사랑의 정열로 들떠 올라 어머니와 가족과 친지들을 떼어 놓고 훨씬 앞으로 나아가고 말았습니다.

더구나 두 사람이 동행한 여자들의 모습이 거의 보이지 않을 정도로 앞으로 가 버렸을 무렵, 으르렁거리며 천둥소리가 울리는가 싶더니 굵다란 우박이 쏟아지기 시작했습니다. 그렇게 되자 부인과 동행한 일행은 급한 대로 어느 농가에 뛰어들어갔습니다. 피에트로와 비올란테는 근처에 피신할 장소를 찾다가 아무도 살고 있지 않는 지붕이 내려앉은 낡은 오두막 집으로 들어갔습니다. 더구나 지붕이 조금밖에 남아 있지 않아 서로 꼭 몸을 붙이고 있어야만 했습니다.

이리하여 몸을 바싹 붙이고 있는 동안 두 사람의 마음속에는 사랑의 욕망이 걷잡을 새도 없이 타오르고 말았습니다. 먼저 입을 연 건 피에트로였습니다.

"아아, 하느님, 부탁합니다. 우박이 계속 내려 언제까지나 내가 이렇게 하고 있을 수 있도록……."

그러자 비올란테도 말했습니다.

"저도 마찬가지예요."

이러한 대화가 계기가 되어 두 사람은 몸을 가까이하고 손을 맞잡고 꼭 껴안고 말았습니다. 이윽고 키스를 나누었습니다. 우박은 여전히 계속 내리고 있었습니다.

그러므로 저는 이 장면을 자세히 이야기하지 않겠습니다. 요컨대 두 사람은 사랑의 종착역인 최후의 기쁨과 환락을 맛보고 그 후에도 몰래 만나 사랑을 즐기자고 약속했는데, 그동안 하늘에서는 줄곧 비와 우박이 쏟아지고 있었습니다.

이윽고 소나기가 그쳤습니다. 두 사람이 큰길로 들어서자 부인과 일행이 기다리고 있어 함께 집으로 돌아갔습니다.

이후 두 사람은 약속대로 집 안에서도 남몰래 밀회를 계속하였고, 당연한 결과로 처녀는 임신하고 말았습니다. 이것은 두 사람에게 있어 여간 곤란한 일이 아니었습니다. 처녀는 낙태시키려고 여러 모로 시도해 보았으나 잘 되지 않았습니다. 그런 까닭에 피에트로는 자기의 신변이 걱정되어 그 집에서 도망치려고 그 사연을 고백했습니다.

그 말을 들은 비올란테는, "당신이 도망가면 나는 자살하고 말 테야." 하고 말했습니다.

그녀를 몹시 사랑하고 있는 피에트로는 안타까운 듯이 이렇게 말했습니다.

"아가씨, 당신은 왜 저에게 여기 있으라고 말씀하십니까?

당신이 임신했으니 우리들의 죄가 탄로나지 않을 까닭이 없습니다. 당신은 간단히 용서를 받겠지만 전 야속하게도 당신의 죄와 나의 죄 양쪽을 짊어지게 됩니다."

그러자 처녀는, "피에트로, 저의 죄는 곧 알게 돼요. 하지만 당신의 죄는 당신만 입을 열지 않으면 결코 탄로날 리 없어요." 하고 대답했습니다.

그러자 피에트로는 말했습니다.

"당신만 약속을 지켜 준다면 나는 여기에 머물겠습니다. 하지만 절대로 약속을 깨뜨리지 않도록 해 주시오."

이런 연유로 비올란테는 될 수 있는 대로 몸이 무거운 것을 감추고 있었는데 점점 배가 불러져 이젠 더 이상 감출 수 없게 되었으므로 어느 날 어머니 앞에 가서 울음을 터뜨리며 임신 사실을 고백했습니다.

부인은 몹시 슬퍼하며 딸을 크게 꾸짖었습니다. 그리고 어떻게 해서 이런 결과가 되었는지 그 까닭을 말하라고 책망했습니다.

딸은 피에트로에게 해가 가지 않도록 사실을 감추고 동화 같은 이야기로 꾸며 말했습니다. 어머니는 그 이야기를 믿었습니다. 그리고 딸의 죄를 감추기 위하여 어느 별장으로 딸을 보냈습니다.

어느 날 드디어 출산할 때가 되어 모든 여자들처럼 딸이 큰소리로 울부짖고 있는데, 뜻밖에 지금까지 한 번도 온 일이 없는 아메리고가 갑자기 찾아왔던 것입니다. 사냥에서 돌아오는 길에 별장을 지나던 그는 누군가 울부짖고 있는 듯하여 안으로 들어갔습니다. 그리고 실로 엄청난 광경을 보며 도대체 이게 어찌된 일이냐고 물었습니다.

부인은 남편이 갑자기 들어온 것을 보자 고개를 숙인 채 일어서서 딸에게 일어난 일을 털어놓았습니다.

그러나 남편은 부인처럼 단순하게 거짓으로 꾸민 일을 믿어 버리는 사람이 아니었으므로 딸이 누구의 자식을 가졌는지 모른다니 그런 일이 있을 수 있느냐고 소리쳤습니다. 그리고 사실대로 말하면 관대하게 보아 주겠지만 말하지 않는다면 용서 없이 죽여 버릴 것이니 각오하라고 말했습니다.

부인은 자기가 말한 것으로 남편을 만족시키려고 여러 가지로 애를 썼지만 소용이 없었습니다. 몹시 화가 난 그는 아내와 말을 주고받는 사이에 딸이 사내애를 낳았으므로 더욱더 화가 치밀어 딸에게 다가가 칼을 휘두르며 외쳤습니다.

"누구 애를 낳았는지 말해. 말하지 않으면 당장 죽여 버릴 테다."

딸은 죽인다는 말을 듣고 두려운 나머지 피에트로와의 약속을 깨뜨리고 두 사람 사이의 일을 모두 실토했습니다. 이 말을 듣고 아버지는 미친 듯이 딸을 한 칼에 쳐 죽이고 싶었지만 가까스로 참았습니다. 그러나 아무래도 분노가 가시지 않아 한참 욕을 퍼부은 다음 말을 타고 트라파니로 돌아갔습니다. 그리고는 국왕을 모시며 장관으로 있었던 쿠르라도라는 사람에게 가서 피에트로에게서 받은 모욕을 호소하고, 그런 결과가 올 줄 모르고 마음놓고 있던 피에트로를 당장 체포하게 했습니다. 피에트로는 고문을 당하자 곧 일체를 자백하고 말았습니다. 그리고 2, 3일 후 매를 맞으며 거리를 조리돌림을 한 후에 교수형에 처해진다는 선고를 받았습니다. 아메리고는 피에트로가 사형당하는 것만으로는 노여움이 풀리지 않아, 두 연인 사이에서 태어난 사내아이를 일찌감치 이 세상에서 없애 버리려고 생각하고 포도주를 채운 술잔에 독을 넣어 하인에게 그 잔과 칼집에서 빼낸 단도를 주며 이렇게 말했습니다.

"이 두 가지 물건을 비올란테에게 가져 가라. 그리고 나의 명령이라고 말하고 이 독이나 칼이나 어느 한쪽을 취하여 곧 죽으라고 전하라. 만약 그렇게 하기 싫으면 많은 사람들이 보는 앞에서 불태워 죽이겠다고, 마땅히 그래야 할 것이라고 말하라. 그렇게 말한 다음 2, 3일 전에 그년이 낳은 사내아이를 빼앗아 벽에 머리를 쳐서 죽이고 개에게 던져 버려라."

하인은 자기 딸과 손자에 대한 이 같은 잔혹한 엄명을 내리는 주인의 고약한 성미를 잘 알고 있던 터라, 즉시 명령을 실행하러 떠났습니다.

형의 선고를 받은 피에트로는 경리(警吏)들로부터 채찍을 얻어맞으면서 조리돌림을 당하던 도중 그들을 인솔하고 있던 지휘관의 명령으로 아르메니아의 세 귀족이 묵고 있던 여관 앞을 지나게 됐습니다. 그들은 아르메니아에서 로마 교황에게 십자군의 일로 중대한 협의를 하기 위해 파견된 사람들이었습니다. 그리고 이곳에서 며칠 동안 휴양과 산책을 겸하여 머무르고 있었던 것인데 트라파니의 귀족들, 특히 아메리고로부터 극진한 대접을 받고 있었습니다. 이 사람들은 피에트로가 지나간다는 말을 듣고 창가에 모여 구경하고 있었습니다.

피에트로는 상의는 벗겨지고, 두 손은 뒤로 묶여 있었습니다. 피에트로를 보고 있던 세 사람 가운데 피네오라는 가장 권위 있는 고령의 귀족이 피에트로의 가슴에 커다란 붉은 점이 있는 것을 발견했습니다. 이것은 그려진 것이 아니고 타고난 것으로 이 부근 여자들 사이에서는 장미점이라 일컬어지고 있는 것이었습니다.

그것을 보자 피네오의 가슴에는 곧 잃어버린 자식의 일이 떠올랐는데 이미 15년 전 라야조의 해안에서 해적에게 약탈당하고 완전히 소식이 끊긴 아들 생각이었습니다. 그리고 아들이 살아 있다면 채찍을 맞으며 조리돌림 당하고 있는 가련한 사나이의 나이와 같은 또래일 것이라 생각했습니다. 만약 그가 자기의 아들이라면 이름이나 아르메니아 말을 기억할지도 모를 일이었습니다. 그래서 죄인이 자기 가까이에 왔을 때 그에게 물었습니다.

"오오, 테오도로."

그 소리를 듣자 피에트로는 곧 소리를 들었습니다.

파네오는 아르메니아 어로 말을 걸었습니다.

"너는 어디 태생이냐? 그리고 누구의 아들이냐?"

죄인을 끌고 가던 경리들은 이 훌륭한 귀족에게 경의를 표하고 그를 멈추게 해 주었으므로 피에트로는 이렇게 대답했습니다.

"저는 아르메니아 태생입니다. 피네오라는 사람의 아들이며, 어렸을 때 낯모르는 사람들에게 이곳으로 끌려왔습니다."

그는 틀림없이 어렸을 때 행방불명이 된 자기 아들이었습니다. 그래서 눈물을 흘리면서 동행인 사절들과 함께 아래로 내려가 경리들 사이를 헤치고 달려가서 아들을 껴안았습니다. 그리고 자기가 입고 있던 화려한 외투를 입혀 주고 사형에 처하기 위해 아들을 끌고 온 관리에게 위에서 다시 명령이 올 때까지 여기서 대기해 달라고 부탁했습니다.

관리는 기꺼이 대기하겠다고 대답했습니다.

피네오는 소문이 도처에 퍼져 있었기 때문에 죄인이 사형에 처해지는 까닭을 이미 알고 있었습니다. 그래서 곧 다른 사절들과 함께 하인들을 데리고 쿠르라도에게로 가서 이렇게 말했습니다.

"장관님이 노예로서 사형을 언도한 자는 노예가 아니라 실은 저의 아들입니다. 따라서 순결을 빼앗겼다고 전해지는 여성을 아내로 삼을 자격이 있습니다. 그러니 상대가 남편으로서 그를 맞이할 생각이 있는지 어떤지 확인될 때까지 형의 집행을 유예하시는 것이 좋으시리라 생각합니다. 만약 상대방이 그것을 바라고 있는데 그 같은 처형을 하신다면 법률을 어기는 일(당시 법률에는 사형수라도 결혼상대가 있으면 사면되는 조항이 있었다)이 됩니다."

쿠르라도는 죄수가 피네오의 아들이라고 하자 놀랐습니다. 그리고 운명의 장난이라고는 하나 다소 자신의 처지도 부끄럽게 여겨, 피네오가 말하는 것이 옳다고 생각하고 곧 피에트로를 집으로 돌아가게 하는 한편, 아메리고에게 사자를 보내어 일의 경과를 전하게 했습니다.

　이미 딸과 손자가 죽은 줄로만 알고 있던 아메리고는 그 말을 듣자 죽게 하지 않았더라면 만사가 잘 되었을 것을 하고 생각하니 자기가 한 짓이 후회되어 발을 동동 구르며 분해했습니다. 그래도 혹시나 자기 명령의 실행이 지체되었을지도 모른다는 생각에 딸한테로 급히 사자를 보냈습니다.

　사자가 달려가 보니 주인으로부터 명령을 받은 하인이 단도를 쥐고 독이 들어 있는 술잔을 내밀고 있는 판국이었습니다. 그러나 딸이 우물쭈물하고 있어 더러운 말로 욕을 해대며 어느 쪽이든 취하라고 다그치고 있었습니다. 그러나 사자로부터 주인의 명령을 듣자 그녀를 그냥 내버려 둔 채 주인한테로 돌아와서 일의 경과를 보고했습니다.

　그 말을 듣자 아메리고는 대단히 기뻐하며 피네오에게 가서 눈물을 흘릴 정도로 사과하며 용서를 빌고, 그러는 동시에 테오도로가 딸을 아내로 맞아 주길 바라며 자기로서는 기꺼이 시집보내겠노라고 분명하게 말하였습니다. 피네오는 너그럽게 용서하고 이렇게 말했습니다.

　"나도 내 아들에게 당신 딸을 아내로 맞아들이게 할 작정입니다. 그러나 만약 싫다고 하면 그에게 주어진 처형을 받게 하겠습니다."

　이리하여 피네오와 아메리고의 생각은 일치되었으므로, 아버지와의 재회를 기뻐하면서도 아직 죽음의 공포에 사로잡혀 있는 테오도로에게 결혼에 대한 그의 의사를 타진했습니다. 테오도로는 자기가 희망하면 비올란테를 자신의 아내로 삼을 수 있다는 말을 듣고, 지옥에서 단번에 천국에 오른 듯 기뻐하며, 여러분이 만족하신다면 자기로서는 이 이상의 기쁨은 없겠다고 대답했습니다.

한편 처녀에게도 그 의향을 듣기 위해 사자가 파견되었습니다. 처녀는 테오도로의 신상에 일어난 일과 앞으로 일어날 일을 상상하며 깊은 슬픔에 잠겨 있었는데, 피에트로가 살아나게 될 뿐만 아니라 그와 결혼해도 좋다는 말을 듣고는 기뻐서 어쩔 줄을 몰랐습니다. 그리고 그 일에 대해서 자기로서는 테오도로의 아내가 되는 것만큼 이 세상에서 기쁜 일은 또다시 없다고 대답했습니다.

그러나 모든 것은 아버지의 뜻대로 따르겠다고 덧붙였습니다. 이처럼 모두의 의견이 일치하여 불행했던 두 남녀는 전 시민의 축복 속에 성대한 결혼식을 올렸습니다.

비올란테는 다시 태어난 감격으로 아들을 키우는 동안 이전보다 더 아름다워졌습니다. 그리고 몸조리가 끝나자 로마에서 돌아오기를 기다리고 있었던 피네오 앞에 가서 며느리로서의 인사를 올렸습니다.

피네오는 이렇게 아름다운 며느리가 생긴 것을 몹시 기뻐하며 화려한 결혼 피로연을 베풀고 늘 친딸같이 대했습니다. 그 후 며칠이 지나 아들과 며느리와 어린 손자는 조그만 배를 타고 라야조에 가서 그 땅에서 오래오래 행복한 생애를 보냈다고 합니다.

여덟 번째 이야기

나스타지오 델리 오네스티는 트라베르사리 집안의 딸을 연모하지만 사랑을 얻지 못한 채 결국 재산만 낭비한다. 그는 친척되는 사람의 권유로 키아시에 가는데, 그 곳에서 한 처녀가 기사에게 이리저리 쫓기다가 살해당하고 그리고 개에게 마구 뜯어 먹히는 장면을 목격한다. 그 후 친척들과 자기가 사랑하는 처녀를 식사에 초대한다. 처녀는 자기와 같은 나이 또래의 처녀가 무참하게 살해당하는 것을 보고 자기도 같은 봉변을 당하는 것을 두려워하여 나스타지오를 남편으로 맞는다.

여왕은 라우레타가 이야기를 하고 난 뒤 필로메나에게 애기를 하도록 명령하였으므로 이야기를 시작했습니다.

여러분, 우리들 사이에서는 사람에게 동정심을 베푸는 일은 훌륭한 행동이라고 간주되고 있습니다. 그것과 마찬가지로 잔혹한 짓을 하는 것은 신의 제재에 의해 엄중히 처벌받는다고 합니다. 그래서 저는 여러분에게 잔혹한 감정이라는 것을 완전히 제거하도록 부탁하는 주제를 골라, 재미있다기보다는 오히려 대단히 동정심을 일으키게 하는 이야기를 해 보려고 합니다.

옛날 로마냐의 옛 서울 라벤나에는 대단히 많은 귀족들과 부자들이 살고 있었습니다. 그 중에 나스타지오 델리 오네스티(라벤나의 오래된 귀족 가문의 하나. 단테의 《신곡》〈연옥편(제4곡)〉에도 나온다)라는 젊은 귀족이 있었는데, 그 아버지와 숙부가 죽었으므로 그 유산을 받아 하루 아침에 헤아릴 수 없을 만큼 재산이 많은 부호가 되었습니다.

그는 아직 독신이었고, 젊어서는 흔히 있는 일이지만 자기보다도 훨씬 신분이 높은 귀족의 파올로 트라베르사리(라벤나의 귀족 가문.《이야기 집》제 34화에도 나온다)의 딸을 연모하게 되었습니다. 그리하여 그녀의 사랑을 획득하기 위해 선물을 한다거나 그 밖에 여러 가지 방법을 총동원하는데 썼습니다. 그 수단에 이르러서는 그야말로 눈이 휘둥그래질 정도로 화려하고 근사했으나 그것은 결국 그에게 호감을 주기는커녕 불리한 결과로 끝나고 말았던 모양입니다. 구애를 받은 처녀는 잔혹할 만큼 냉담하게 흥미 없다는 태도를 계속 보이고 있었으니 말입니다. 아마 자신의 뛰어난 미모 때문인지 신분이 높은 귀족을 무시하고 고자세를 취하고 있었던 탓인지, 그 자신은 물론 그가 보내는 선물에도 눈길 하나 주지 않았습니다.

나스타지오는 절망과 슬픔에 못 이겨 차라리 죽어 버릴까 하고 생각했을 정도였습니다. 그러나 간신히 마음을 고쳐먹고 그녀에 대해서는 아주 단념해 버리든가, 아니면 그녀가 자기를 미워하듯 자기도 그녀를 미워할까 하고 종종 생각했습니다, 그러나 희망이 사라져 갈수록 연정은 더해 갈 뿐이었습니다.

이처럼 나스타지오는 사랑에 자신을 소모하고 있을 뿐만 아니라 재산마저도 계속 낭비하고 있었습니다. 친구나 친척들은 이래서는 그의 건강뿐 아니라 재산마저 위태로워지겠다고 걱정했습니다. 그래서 모든 사람은 잠시 라벤나를 떠나 다른 고장으로 가는 편이 좋지 않을까 하고 충고하기도 하고 부탁하기도 했습니다. 그렇게 하면 차차 연정도 식고 낭비도 그치리라고 생각했기 때문입니다.

이런 충고를 나스타지오는 늘 무시해 버렸습니다. 하지만 끈질기게 설득하므로 마침내 견디어 내지 못하고 승낙하고 말았습니다. 그리하여 프랑스나 스페인, 또는 더 먼 나라로 가기라도 하듯이 대대적으로 준비를 한 후 많은 친구들이 따라오는 가운데 라벤나를 떠났습니다. 그리고 라벤나에서 3마일쯤(1마일은 1.6km) 떨어진 키아시라는 고장에 이르자 커다란 천막으로 오두막을 짓게 한 다음, 친구들을 향하여 자기는 여기에 머무를 작정이니 모두들 라벤나로 돌아가 달라고 말했습니다.

그러나 나스타지오는 그곳에서 머물면서 지금까지보다 더 사치스런 생활을 시작하여 전과 같이 만찬을 벌이고 사람을 가리지 않고 초대했습니다.

5월에 접어든 어느 금요일, 아주 날씨가 좋은 날이었는데 갑자기 그 잔혹한 파올로 트라베르사리의 딸이 생각났습니다. 그래서 실컷 상념에 잠기려고 하인에게 자기 혼자 내버려두라고 말하고는 천천히 산책을 하는 사이에 소나무 숲 속까지 와 버리고 말았습니다.

이미 11시를 넘었지만 식사할 마음도 잊고 반마일쯤 소나무 숲 깊숙이 들어오고 말았습니다. 그러나 그때 갑자기 여자의 날카로운 비명 소리와 울음소리가 들려왔습니다.

그 바람에 불현듯 달콤한 상념이 깨어져 무슨 일인가 하고 얼굴을 들었는데, 자신이 소나무 숲 깊숙이 들어와 있는 것을 비로소 알게 되었습니다. 그리고 그는 곧 관목과 가시나무 숲 쪽에서 머리카락을 풀어 헤치고 관목 잔 가지와 나무 가시에 아름다운 온몸을 긁히며 용서해 달라고 울부짖으면서 뛰어오는 발가벗은 처녀를 보게 되었고, 이어 처녀 양쪽으로 크고 사나운 개가 쫓아오더니 처녀를 덮쳐 사정없이 물고 늘어졌습니다. 더구나 그녀 뒤에서는 검은 말을 탄 검은 복장의 기사가 온갖 더러운 욕과 함께 죽여 버리겠다고 하며 험악한 얼굴로 장검을 휘두르며 쫓아오는 것입니다.

이 광경에 나스타지오는 놀라움과 무서움을 동시에 느꼈습니다만, 그것이 곧 불행한 여인에 대한 동정심으로 변하여 이 같은 참혹한 죽음의 길에서 될 수 있으면 구해 주려고 생각했습니다.

그러나 무기를 갖고 있지 않았으므로 달려가서 굵은 나뭇가지를 꺾어 들고 맹견과 기사에게 대항해 갔습니다. 이것을 보자 기사는 먼 데서 소리쳤습니다.

"나스타지오, 방해하지 마오. 개와 나에게 그냥 맡겨 주오. 그 악녀는 이같이 당해야 해."

이렇게 말하는 순간 개는 여인의 허리를 물고 여인의 발길을 멈추게 했으므로 기사는 쫓아와서 말에서 내렸습니다.

나스타지오는 곁에 다가가서 말했습니다.

"당신은 나를 알고 있는 모양인데 나는 당신이 누구인지 모르오. 하지만 감히 말하겠소. 이런 알몸의 여인을 무장한 기사가 쫓아다니며 죽이려 하다니 비겁하기 그지없는 일이 아니오. 더구나 야생의 짐승인 양 옆구리를 개에게 물리게 하다니, 나는 힘이 닿는 한 여자를 지키고 말 테요."

그러자 기사는 말했습니다.

"나스타지오. 나는 당신과 같은 거리의 사람이오. 당신이 아직 어렸을 때 나는 귀도 델리 아나스타지라는 사람이었으나 지금 당신이 트라베르사리 가문의 처녀를 연모하고 있는 것보다 더 열렬히 이 여인을 사랑하고 있었소. 그런데 이 여인의 무참하고 냉혹한 태도 때문에 불행의 밑바닥에 빠졌고, 지금 당신이 보다시피 내 손에 쥐고 있는 이 장검으로 어느 날 절망한 나머지 자살해 버렸소. 그런데 잠시 후 나의 죽음을 유달리 기뻐한 이 여인도 죽고 말았소. 그리고 그 잔혹함과, 조금도 뉘우치지 않고 나의 고통을 즐겼던 죄 때문에 즉, 자기 행위를 수치로 생각지 않았던 업보로써 보는 바와 같이 이러한 지옥의 심한 형벌을 받고 있는 것이오. 이 여인이 지옥에 떨어뜨려지고 당연한 결과로써 나와 여인에게 벌이 주어졌는데, 이 여인은 내 앞에서 끊임없이 도망쳐야 하며 나는 옛날 사랑했던 여인을 연인으로서가 아니라 원수로서 쫓지 않으면 안 되게 된 것이오. 그래서 나도 끊임없이 되풀이하여 이 여인을 쫓아가서는 전에 자살했던 칼로 이 여인을 죽이고 있는 것이오. 이제 곧 보게 될 테지만 이 여인의 등을 찔러 연인도 사랑도 받아들이지 않았던 이 여인의 냉혹하고 완고한 심장을 다른 내장과 함께 도려내어 이 개들에게 먹이는 것이오. 하지만 곧 이 여인은 신의 정의와 권력이 바라는 대로 죽임 당하지 않고 되살아나 또 이 같은 도주를 시작하고 개와 나는 이 여인을 계속 뒤쫓게 된다오. 그리고 매 금요일마다

이 시각에 여기까지 쫓아 따라와서, 보시는 바와 같이 참살을 되풀이하게 되오. 그렇다고 다른 날에는 쉬고 있는 것은 아니오. 이 여인이 내게 대해서 잔혹한 생각을 품고 그러한 행동을 한 장소마다 이 여인을 쫓고 있는 것이오. 이제 아시겠지만 이 여인은 연인에서 원수가 되어 있으므로 이 여인은 내게 잔혹한 처사를 한 달 수만큼 그것을 햇수로 계산해 쫓기게 되는 것이오. 이 일은 당신이 방해할 수 없는 것이니 방해하지 말고 제발 정의의 칼을 휘두르게 해 주오."

나스타지오는 이 이야기를 듣자 아주 무서운 생각이 들었습니다. 그리고 오싹 소름이 끼치는 것 같아 뒷걸음질치며 가련한 여인에게 이제부터 기사라 하려는 일을 무서운 듯이 바라보기 시작했습니다. 기사는 이야기를 마치자 노여움에 미친개같이 한 손으로 장검을 휘두르며 두 마리의 맹견에 눌리어 무릎을 꿇고 있는 여인에게 달려들었습니다. 여인은 울음소리를 내고 자비를 구했습니다만 기사는 힘껏 가슴 한복판을 찔러 등까지 꿰뚫었습니다.

이 일격을 당하자 여인은 울부짖으며 푹 쓰러졌습니다. 기사는 단도를 손에 들고 배를 갈라 심장이며 내장들을 들어내어 두 마리의 개에게 던져 주었습니다. 개들은 그것을 게걸스럽게 마구 뜯어먹고 있었습니다.

그러자 여인은 곧 아무 일도 없었던 듯이 바다 쪽을 향하여 달려가기 시작했습니다. 개는 쫓아가며 물어뜯기 시작했고, 기사는 다시 말을 타고 장검을 휘두르며 쫓아가기 시작했습니다. 그리고 어느 새 나스타지오가 볼 수 없도록 자취를 감추고 말았습니다.

그는 이런 광경을 보자 어쩐지 가련한 마음이 생기고 또 무서운 맘이 들어 오랫동안 그 자리에 버티고 서 있었습니다. 그렇게 있다가 매주 금요일에 이러한 일이 일어난다니 이것을 한 번 자신에게 유리한 상황으로 이용하려고 생각했습니다.

그래서 그 장소에 표시를 해두고 하인들이 있는 곳으로 돌아갔습니다. 그리고 적당한 시기에 친척과 친구들한테 사람을 보내 그들을 불러 이렇게 말하게 했습니다.

"여러분은 꽤 오래 전부터 나에게 그 원수 같은 여자를 사랑하는 것 때문에 그처럼 재산을 낭비하는 일은 삼가는 것이 좋다고 충고해 왔습니다. 그래서 나는 기꺼이 여러분의 충고에 따르기로 했습니다. 그런데 여러분께 한 가지 부탁이 있습니다. 그것은 다름이 아니라 오는 금요일에 여러분의 힘으로 파올로 트라베르사리 씨와 그 부인과 따님, 그리고 여러분의 친척 되시는 부인들, 또 좋아하는 분은 누구든지 이곳에 오셔서 식사할 수 있게 애써주시기 바랍니다. 나의 의도하는 바는 그때가 되면 아시리라 생각합니다.

그들은 그러한 약속을 실행하는 것은 대단한 일이 아니라고 여겼으므로 라벤나에 돌아가자 기회를 보아 나스타지오가 희망한 사람들을 초대했습니다. 물론 그가 사랑하는 파올로 씨의 딸이 와 주는 것은 쉬운 일이 아니었지만 그녀는 일행과 함께 왔습니다.

나스타지오는 훌륭한 식사를 마련하고 그 잔혹한 여인이

참살당하는 것을 본 소나무에 둘러싸인 장소에 식탁을 마련했습니다. 그는 손님들을 식탁에 앉히고 특히 무서운 사건이 정면으로 보이는 장소에 그녀가 앉도록 했습니다.

그리하여 마지막 요리가 나왔을 무렵, 쫓겨 온 그 여인의 절망적으로 울부짖는 소리가 일동의 귀에 들려오기 시작했습니다. 그것을 들은 사람들은 똑같이 놀라서 이게 무슨 일이냐고 물었지만 누구 하나 대답하는 사람은 없었습니다. 그들이 일어나서 소리나는 쪽을 바라보고 있으려니까 울부짖는 여자와 그 뒤를 쫓는 기사와 개가 보였습니다. 어느 사이에 그들은 연회석 한복판으로 들어와 있었습니다.

일동은 큰 소리를 지르며 앞으로 나아가서 기사와 개를 제지하여 처녀를 구하려고 했습니다. 그러나 기사는 나스타지오에게 고백했던 사실을 말하며 한 발짝도 양보하지 않을 뿐더러 모두를 무서운 공포 속에 몰아넣었습니다. 그리고 전에 한 것과 같은 짓을 했으므로 많은 부인들은(그 중에는 이 울부짖는 처녀와 기사의 친척되는 자도 있었고, 그의 사랑과 자살을 기억하는 사람도 있었으므로) 마치 자신이 그 일을 당하고 있는 것처럼 가슴 아프게 울기 시작했던 것입니다.

참살 사건이 끝나고 처녀와 기사가 자취를 감추어 버리자 이 광경을 목격한 사람들은 이것을 여러 모로 이야기하기 시작했습니다. 그 중에서도 가장 무서움을 느낀 것은 나스타지오가 사랑하고 있는 냉혹한 처녀였습니다. 그녀는 두 눈으로 모든 것을 직접 보고, 모든 것을 듣고, 다른 누구보다도 이 일이 자기와 관계가 깊다는 것을 느꼈던 만큼 나스타지오에 대해서 늘 냉혹한 태도를 취해 왔던 것을 생생하게 기억해 냈습니다. 그리하여 당장 그에게 쫓겨 그 무서운 개에게 허리를 물어뜯기는 것 같은 기분이 드는 것은 어쩔 수가 없었습니다.

그녀의 공포는 너무나 절실했기 때문에 이런 일이 자기에게 일어나지 않도록 지금까지 미움을 사랑으로 바꾸고(바로 그 날 밤 사이에) 기회를 보아 신뢰하고 있는 하녀를 나스타지오에게 보냈습니다. 하녀는 그녀가 시키는 대로 아가씨는 당신의 소망이라면 뭐든지 할 작정으로 계시니 제발 와 주십사 하고 전했습니다. 그것에 대하여 나스타지오는 그처럼 기쁜 일은 없다, 그리고 그녀만 좋다면 그녀의 명예를 중시하여 정식으로 아내가 되어 주는 것이 자기 소망이라고 화답했습니다.

처녀는 나스타지오와 맺어지지 못한 것은 자기 탓이라고 알고 있었으므로 알았노라고 대답해 왔습니다. 그리고 즉시 부모에게 나스타지오의 아내가 되고 싶다고 말했습니다. 양친은 대단히 기뻐했습니다. 그리하여 다음 일요일에 나스타지오는 그녀와 결혼하여, 오래오래 행복한 나날을 보냈습니다.

이같이 그 무서운 일이 원인이 되어 이러한 행복한 결과가 생긴 셈인데, 이런 뒤로 라벤나의 여자들은 모두 공포증에 빠져 이전과는 달리 남성의 구애에 쉽게 응하게 되었다는 것입니다.

아홉 번째 이야기

페데리고 델리 알베리기는 어느 귀부인을 연모하지만, 그 부인은 그를 사랑하지 않는다. 그러다가 그는 모든 재산을 그녀를 위해 탕진하고 남은 것은 매 한 마리뿐인 신세가 된다. 그 뒤 어느 때 그 부인이 그를 찾아오지만 아무것도 대접할 것이 없으므로 그 매를 잡아 대접한다. 부인은 그것을 알고 마음을 바꾸어 그를 남편으로 맞이하고 그는 다시 부자가 된다.

마지막 차례의 특권을 가진 디오네오가 남았을 뿐 필로메나가 이야기를 다 마쳤으므로 여왕이 직접 얘기를 하기 시작했습니다. 저는 이제까지 한 이야기처럼 크게 벗어나지 않는 이야기를 할 생각입니다. 사랑에 있어서 여성의 아름다움이 남자들에게 영향을 미치기는 합니다만, 용모가 뛰어나다고 반듯이 행운이 있다는 것은 아니기 때문에, 사랑을 운명에만 맡겨서는 안 될 것이며, 자신의 신념과 판단대로 실행해야만 하는 것입니다. 실제로 운명은 납득하기 어렵거나 어긋날 때가 많을 뿐만 아니라 조심성을 결여할 때가 많기 때문이라고 말했습니다.

여러분, 우선 제가 사는 거리에 코포 디 보르게제 도미니크(총명하지만 화를 잘내고 약간 엄격한 사람이라고 사케티의 《이야기집》 제157화에도 나온다. 행정위원을 지냈으며 노환으로 사망. 코포란 야코포의 약칭)란 부인이 있었습니다. 아마 아직도 생존하고 계시리라 믿는데 매우 훌륭하신 분으로 온 세상의 존경을 한 몸에 받으신 분입니다. 귀족가문의 혈통이었기 때문이라기보다는 예의바르고 덕이 높았기 때문에 명성을 얻으신 분이라 할 수 있는데 이미 만년에 접어들었기 때문에 이웃이나 그 밖의 사람들에게 옛날 이야기를 들려 주며 소일하고 있었습니다. 그분은 매우 말솜씨가 좋았으며 이야기 구성이 정연하고 통일성이 있었습니다. 언젠가 그분이 들려 주신 이야기 가운데에 이런 이야기가 있었습니다.

옛날 피렌체에, 토스카나 안의 어느 누구보다도 무술이나 품행이 뛰어난, 필리포 알베리기의 아들인 페데리고 알베리기(알베리기 가는 피렌체의 귀족 가문. 단테의 《신곡》〈천국편〉에도 나온다)라는 청년이 있었습니다. 젊은 귀족에게 흔히 있는 일이지만, 그는 조반나란 귀족 출신의 부인을 몹시 사랑하게 되었습니다. 그녀는 당시 피렌체에서 제일가는 미인으로 마음씨가 곱고 우아한 부인이었습니다. 그러므로 그녀의 사랑을 얻고자 이 청년은 그 부인을 위해 마상 창 시합, 검술 시합, 성대한 연회를 벌이는가 하면 비싼 선물을 보내기도 하여 돈을 물쓰듯하고 있었습니다. 그러나 그녀는 아름다울 뿐만 아니라 정숙한 여성이었으므로 자기를 위해 그렇게 정성을 바쳤음에도 고맙다는 생각은커녕 극히 냉담하게 대할 뿐이었습니다.

페데리고는 분에 넘치는 낭비를 거듭했으나 아무 소득도 얻지 못하고, 당연한 결과로 재산을 모두 탕진하고, 남은 것이라고는 겨우 살아갈 만한 수입이 나오는 작은 농원과 흔치 않은 훌륭한 매 한 마리만 남게 되었습니다. 그러나 부인에 대한 연모는 지금까지보다 한층 더해 갔으나 이 도시에서는 전처럼 풍족한 생활을 할 수가 없었으므로 그 농원이 있는 캄피로 옮겨가 살고 있었습니다. 그는 그곳에서 매사냥도 하고 농사도 지으며 누구에게도 돈을 꾸는 일 없이 가난한 생활을 견디어 나가고 있었지만, 페데리고는 점점 가난해지고 궁핍하기 짝이 없게 되었습니다.

그럴 무렵에 조반나 부인의 남편은 중병이 들어 그만 세상을 떠나게 되었습니다. 그는 임종에 이르러 유언장을 작성하였으며, 대단한 부호였던 그는 이미 많이 자란 아들을 유산 상속인으로 정하고, 그리고 만일 그 아들이 정당한 후사가 없이 죽게 되면 사랑하는 부인에게 유산이 상속되도록 했습니다.

미망인이 된 조반나 부인은 흔히 부인들이 하는 관습대로 매년 여름 아들을 데리고 시골에 있는 별장에서 지내곤 했습니다. 그녀의 별장은 페데리고의 농원과 지극히 가까운 거리에 있었습니다. 거기서 아들은 페데리고와 친해지고 새와 사냥개들과 노는 것을 즐기게 되었습니다. 그리고 가끔 페데리고가 매를 부리고 있는 것을 보고 그 매가 갖고 싶어 못 견딜 지경이었으나 그러나 어린 마음에도 페데리고가 너무 소중하게 아끼는 매였으므로 감히 그런 말을 하지는 못했습니다.

그러다가 뜻하지 않게 소년은 병상에 눕게 되었습니다. 부인은 하나 밖에 없는 외아들이었으므로 매우 가슴 아파하며 밤낮을 다하여 정성으로 간호하고 돌보았습니다. 그리고 늘 원하는 것이 무엇인지 있다면 말해라, 이 세상에서 내가 구할 수 있는 것이라면 무엇이든지 구해 주겠노라고 위로했습니다. 소년은 어머니의 이야기를 듣고 나서 말했습니다.

"어머니, 만일 페데리고 씨의 매를 가질 수 있다면 전 병이
곧 나을 것 같은데요."

부인은 아들의 이야기를 듣고 곰곰이 생각하기 시작했습니
다. 부인은 오랫동안 페데리고가 자기를 사모해 온 것을 알고
있었으며, 자기가 한 번도 응해 주지 않았다는 것도 알고 있
었습니다. 그래서 마음속으로 이렇게 생각했습니다. '사람을
보내든 내가 찾아 간다고 해도 어떻게 염치없이 그 매를 달라
고 할 수가 있을까? 듣자니 세상에 흔치 않은 매로서 그 매를
이용하여 살아가고 있다던데. 다른 낙이란 아무것도 없는 그
분한테 어떻게 그 매를 달라는 염치없는 소리를 할 수 있단
말인가?'

생각 같아서는 부디 주십사고 부탁을 드린다면 얻어올 수
도 있겠지만, 감히 용기를 내지도 못하고, 그렇다고 아들에게
무엇이라고 대답을 해야 할지도 결심을 못한 채 날을 보내고
있었습니다.

어느 날 자식 사랑에 못 이겨 아들의 마음을 기쁘게 해 주
고 싶다는 생각에, 스스로 매를 주십사고 찾아가 부탁을 하기
로 결심했습니다.

"아가야, 어떻게 해서라도 병이 낫는다는 확신을 가져야
해. 기운을 내라. 엄마가 내일은 만사를 제쳐놓고, 그분에게
가서 매를 받아다 줄 테니."

어머니의 말에 아들의 눈에 생기가 돌며, 그날은 병도 좀
차도가 있는 것 같았습니다.

이튿날 아침, 부인은 친구 한 사람을 대동하고 산보를 나온 척하며 페데리고의 작은 집으로 그를 방문했습니다. 그는 마침 이 며칠 동안은 매사냥의 철이 아니었으므로 밭에 나가 일을 하고 있었습니다. 그는 조반나 부인이 방문했다는 소식에 매우 놀라며, 또 기뻐하며 달려왔습니다.

부인은 그가 가까이 오는 것을 보자 기품 있는 애교를 보이며 그의 앞으로 다가가 페데리고의 정중한 인사에 답례하였습니다.

"페데리고님, 어떻게 지내십니까?" 그리고 부인은 말을 계속했습니다.

"저는 당신께서 필요 이상으로 저를 사랑하시고, 저로 인해서 상심하신 것을 위로해 드리기 위해 찾아뵈었습니다. 위로해 드린다는 것은 함께 방문한 저의 친구와 더불어 아침 식사라도 같이 할까 하는 것뿐입니다만."

페데리고는 더욱 공손하게 대답했습니다.

"부인, 저는 부인으로 해서 어떤 상심도 가진 기억이 없습니다. 그것은 제가 아무런 가치 없는 인간으로서 부인을 사랑한 것이며, 저로서는 오히려 당신의 훌륭함을 알게 되어 행복으로 생각하고 있습니다. 또한 이렇게 가난한 사람을 정중하게 방문해 주셨으니, 지금까지 써온 돈을 다시 처음부터 다시 쓴다고 하더라도 대단히 기쁘게 여길 것입니다."

그는 이렇게 말하며 부끄러운 듯이 부인을 정원으로 안내했습니다. 그리고 두 부인의 상대를 할 사람이 아무도 없으므로 이렇게 말했습니다.

"부인, 사람이 없으니 용서하십시오. 농부의 아내를 불러 겨우 말벗이나 해드리겠습니다. 그리고 그 동안에 저는 식사 준비를 하겠습니다."

그는 가난의 밑바닥에 빠져 있었고 자기가 얼마나 가난하며 모든 재산을 탕진해 버린 뒤라는 것을 모르고 있었습니다만, 이날 아침에 이르러 지금까지 그 부인을 위해 물쓰듯 써 온 재산이, 정작 부인을 위해서는 아무것도 남아 있지 않음을 알았습니다. 그는 마음이 더없이 슬퍼 자신의 운명을 저주하며 이방 저방을 뒤져보았지만, 돈은커녕 전당포에 갈 만한 물건조차 없었습니다. 시간은 자꾸 흘러가고 귀부인을 훌륭하게 대접할 아무런 방법도 없었습니다. 그렇다고 이 일을 소작인한테 부탁할 수도 없었습니다. 그러다가 마침 방구석 나뭇가지에 앉아 있는 매가 눈에 띄었습니다.

그렇게 아끼는 보기 드문 매였지만, 다른 뾰족한 수가 없어 그 매를 손에 들어 보았습니다. 매는 통통 살이 쪄 제법 묵직했습니다. 그는 이거라면 부인을 위한 요리를 만들 수 있겠다고 생각하며, 아무 생각도 할 겨를도 없이 매의 목을 비틀었습니다. 그는 급히 털을 뽑고는 요리를 해서 꼬치에 꽂았습니다. 그리고 아직 몇 장 남아 있던 하얀 테이블보를 식탁에 덮고, 웃는 얼굴로 부인에게 왔습니다. 그리고 자기로서는 부인을 위해 최선을 다하여 식사 준비를 했노라고 말했습니다.

부인은 친구와 함께 일어나 식탁이 있는 데로 갔습니다. 아무것도 모르는 부인은 페데리고의 헌신적인 서비스를 받으며 그 희귀한 매를 먹어 버렸습니다. 그리고 나서 식탁에서 일어나 페데리고와 즐겁게 담소했습니다. 이윽고 이제는 여기에 온 이유를 밝힐 때가 왔다고 생각되어 페데리고에게 다정한 미소를 지으며 말했습니다.

"페데리고 님, 당신의 지금까지의 생활과 또 저의 정숙함을 지키기 위해 완고하고 냉혹한 제 마음을 생각할 때 당신께서는 저의 염치없음에 아마 지극히 놀라실 겁니다. 그러나 당신께서 자제분이 계시다면, 아니면 자제분을 두셨던 일이 있으시다면, 자식에 대한 어버이의 애정이 얼마나 깊고 강한 것인가를 아실 테니까 저를 얼마간은 용서해 주시리라 믿습니다. 아무튼 저에게는 지금 외아들이 있습니다. 그래서 다른 어머니들과 같은 운명에서 벗어날 수가 없습니다. 저는 그 속박에 얽매여, 아니 모든 체면과 의무까지도 저버리고 제 마음이 허락하지는 않지만 페데리고 님께 부탁을 하러 찾아 뵈온 것입니다. 그것이 당신께서 얼마나 소중히 여기는가도 알고 있습니다(극도로 불운한 당신께서 다른 아무런 위안도 낙도 없으실 것은 지극히 당연합니다). 그 선물이란 다름 아닌 당신의 매입니다. 그것을 아들 녀석이 몹시 원하고 있습니다. 만일 제가 가지고 가지 못하면 병이 더 무거워져 목숨을 잃을는지도 모르게 되었습니다. 당신께서 아무런 보답도 받지 못했던 저에 대한 사랑이 아니라 당신의 그 고상한 마음씨에 하소연하는 바입니다만, 당신께서 그 고귀한 마음을 다른 것으로 여러 번 나타내 주셨던 것처럼 부디 저에게 그 선물을 주시고 기쁨을 주시기 바랍니다. 저는 그 선물로 해서 아들의 목숨을 건지게 되고, 영원히 당신의 은혜를 잊지 않고 살 것입니다."

페데리고는 부인이 원하는 것이 무엇인지를 알았으나 이미 요리하여 먹어 버렸으니 어쩔 도리가 없게 되었음을 깨닫고, 아무 할 말이 없어 부인이 보는 앞에서 눈물을 흘리기 시작했습니다. 그가 눈물을 흘리는 것을 본 부인은 그가 무엇보다도 아끼는 매를 남의 손에 넘겨야 하는 슬픔에서 우는 것인 줄 알았습니다. 부인은 하마터면 매를 안 받아도 괜찮다는 이야기를 할 뻔했습니다. 그러나 꾹 참고 페데리고가 눈물을 그치고 대답할 때까지 기다렸습니다. 페데리고는 대답했습니다.

"부인, 제가 부인을 사모하게 된 것은 하느님의 뜻이겠지요. 그 이후로 저는 모든 일에 운명이 반대방향으로 흘러가 버려 항상 슬픈 마음에 사로잡혀 왔습니다. 그러나 그 어떤 것도 현재 제가 직면하고 있는 운명에 비한다면 아주 사소한 것에 불과합니다. 제가 부유할 때는 오시지도 않다가 이렇게 가난해진 집에 오셔서 자그마한 선물을 요구하시는 데도 제가 그것을 드리지 못하게 된 것을 생각하면, 저는 정말 운명에 버림받은 몸이라고 하지 않을 수가 없습니다. 왜냐하면 간단하게 말씀드려서 행운의 여신은 끝내 저를 외면했으며 저는 그것을 드릴 수가 없기 때문입니다. 저는 부인의 자비로움에서 저와 함께 식사를 하고 싶으시다는 말씀을 듣고, 부인의 신분과 훌륭하심을 생각하여, 제가 할 수 있는 가장 훌륭한, 예의를 갖춘 식사를 드리는 것이 마땅하다고 생각했습니다. 그러다 문득 지금 부인께서 원하신 매가 머리에 떠올라, 부인의 친절한 방문에 보답하기에는 알맞은 대접이라고 생각되어 오늘 아침의 맛있는 요리로 구웠습니다. 그 매는 제가 무엇보다도 소중히 여기는 것이었지만 지금 또 다른 의미에서 그것을 원하신다니 저는 가슴이 미어지는 것 같습니다."

그는 매의 털과 부리 등을 증거로써 보였습니다.

부인은 그의 말을 듣고 여자 한두 사람을 대접하는데 그렇게도 소중한 매까지 죽일 수가 있느냐고 나무랐지만, 가난에도 굽히지 않는 그의 훌륭한 마음씨를 속으로 크게 칭찬했습니다. 이제 매를 가져갈 희망도 없고, 또 아들의 일도 마음에 걸렸으므로 페데리고의 호의와 선량한 의지에 크게 감사하며 슬픈 생각으로 그 집을 나왔습니다.

아들은 그 매를 얻지 못한 탓인지 운명이 다한 것인지 그로부터 며칠 후, 그 어머니의 애처로운 비탄 속에 숨을 거두고 말았습니다. 부인은 얼마 동안 비탄에서 헤어나지 못하는 나날을 보내고 있었지만, 아직 젊은데다가 막대한 유산이 상속되었으므로 형제들로부터 거듭 재혼 권유를 받고 있었습니다.

부인은 재혼 따위를 할 생각은 털끝만큼도 없었지만 너무나 끈덕진 권유를 받자, 페데리고 생각이 났습니다. 자기를 위해 소중한 매까지 요리하여 대접하는 그 강력하고 멋진 사랑의 행위를 생각하고 형제들에게 말했습니다.

"오빠들이 그렇게 원하시고 반듯이 재혼을 해야 한다면 저는 페데리고 델리 알베리기 씨와 결혼하고 싶어요. 오빠들의 마음에 드실지 모르지만, 다른 사람과는 절대로 결혼하지 않을 거예요."

형제들은 그녀의 말에 어이가 없다는 듯이 말했습니다.

"무슨 소리야? 아니 넌 왜 그렇게 바보냐? 하필이면 왜 그런 가난뱅이를 남편으로 삼겠다는 거냐?"

그러나 그녀는 떳떳하게 대답했습니다.

"오빠, 오빠들이 그렇게 말씀하시는 심정은 잘 알겠어요. 그러나 저는 인격이 부족한 남자의 부유함보다는 부유하지는 않지만 참다운 남자를 고르고 싶어요."

형제들은 그녀의 마음을 알고, 그들도 페데리고가 훌륭한 사나이라는 것을 알고 있었으므로 비록 가난하기는 할지라도 그녀가 원하는 대로 그녀의 전 재산을 지참금으로 주어 그와 결혼을 시켰습니다.

페데리고는, 처음부터 끝까지 오직 사랑의 길 하나로만 철저히 사모해 온 여성을 아내로 맞게 되고, 큰 부자가 되었으며 그 재산을 관리하며 그녀와 함께 행복한 삶을 살았다는 것입니다.

열 번째 이야기

피에트로 디 빈촐로는 딴 곳으로 저녁 식사를 하러 간다. 그의 아내는 젊은 이를 끌어들인다. 그런데 갑자기 피에트로가 집에 돌아온다. 아내는 사내를 닭장 아래 숨긴다. 피에트로는 식사를 할 작정이었던 에르콜라노의 집에서 그의 아내가 끌어들인 사내가 발견되었다고 한다. 아내는 에르콜라노의 아내를 꼴사납게 욕한다. 그런데 운이 나쁘게도 조랑말이 닭장 아래 삐죽이 나온 사나이의 손가락을 밟아 그는 비명을 지르고, 아내의 어처구니없는 짓을 알게 되지만, 마지막에는 자기도 악덕을 쌓고 있기 때문에 서로 타협하게 된다.

페데리고가 고난의 보상을 받아 행복한 결말을 맞고 여왕의 이야기가 끝나자 일동은 신을 찬양했습니다. 마지막 차례의 특권을 가진 디오네오가 곧 이어 이야기를 시작했습니다. 인간은 다른 사람이 잘되는 것보다 안 되는 것을 즐기며, 그래서 강 건너 불구경이라는 말도 있지 않습니까? 그것은 인간 본래의 천성인지 또는 악습에 의한 것인지는 단정하기는 어렵습니다. 제가 늘 우울한 여러분들을 즐겁게 해 드리려 애써온 것처럼 오늘도 웃기는 남녀 이야기로서 여러분을 기쁘게 해 드릴 생각입니다. 그러므로 여러분은 정원을 거닐며 장미 꽃잎을 따는 여유로움으로 나쁜 남자는 남자대로 또 음탕한 여자는 여자대로 벌을 받거나 동정을 받도록 내버려 두시고 즐겁게 웃어 주시기 바랍니다.

그리 먼 옛 일은 아니지만 페르지아에 피에트로 디 빈촐로라는 돈 많은 사내가 있었습니다. 이 사내는 아내를 갖기 위해서가 아니라 사람 눈을 속이고 자기를 남색가라고 하는 주변 사람들로부터의 악평을 없애기 위해서 결혼을 했습니다. 그런데 운명이란 것은 그의 소원에 꼭 들어맞았던 것입니다. 즉 그의 처로 말하면 몸이 건강하고 타는 듯한 붉은 머리털에 남편을 둘 정도는 갖고 싶어하는 그런 여자였습니다. 그런데 그녀는 자기에게 마음이 끌리는 것보다 남색이 더 좋다는 사내에게 시집을 오고만 것입니다.

그녀는 날이 감에 따라 남편이 무엇을 좋아하는가를 눈치채었고, 자기가 싱싱하고 젊고 아름다우며 정력도 왕성하다는 것을 알고 있는 터라, 처음에는 몇 번이나 남편에게 덤벼들어 야비한 말로 욕을 하기도 하면서 불만이 가득한 생활을 계속하고 있었습니다. 그 사이에 이런 생활을 하다가는 남편의 나쁜 버릇을 고치기 전에 자기가 쇠약해지고 말 것이라 생각하고 혼잣말을 중얼대는 것이었습니다.

'그런 건조한 곳에 진창의 나막신을 신고 나가는(남색을 하러 간다는 뜻으로 그 당시의 속된 표현) 그런 더러운 일을 하려고 나를 슬프게 방치해 두다니……. 그 작자가 그런 마음이라면 나도 더 축축히 젖은 곳에 다른 사내를 배에 태워 갈 궁리를 해야겠어. 내가 막대한 지참금을 가지고 그에게 시집을 온 것은, 사내라면 누구나 탐하는 것을 그도 탐한다고 생각했기 때문이다. 만약 내가 그 작자가 그런 줄 알았더라면 그런 사람을 남편으로 맞이했겠어요? 여자에 마음이 없으면 어째서 나를 마누라로 삼았느냔 말이야? 이건 참을 수 없어. 내가 이 세상의 욕망을 싫어하고 탐하지 않았다면 벌써 수녀가 되었겠지. 그 자가 나를 만족시켜 주고 환희와 쾌락을 가져다 주기를 마냥 기다리고만 있다가는 쪼그랑 할망구가 될 것이다. 할망구가 되어 헛되이 보낸 젊음을 통탄해 봤자 무슨 소용이 있겠어. 젊었을 동안에 마음껏 즐겨야만 해. 그 작자가 즐기는 일을 나도 즐기라고 그가 좋은 본보기를 보이고 훌륭한 스승이 되고 있는 거지. 그자의 쾌락은 비난받아 마땅한 일이지만 나의 즐거움은 훌륭하고 당연한 행동이지. 나는 세상의 법칙을 범할 뿐이지만 그는 세상의 법칙뿐만 아니라 자연의 법

칙마저도 깨고 있는 것이니까 말이야.'

이 선량을 자처하는 젊은 아내는 이러한 생각을 몇 번씩이나 곱씹으며 그것을 남몰래 실행으로 옮기기 위해 궁리를 거듭한 끝에 뱀을 사육했다는 성 베르디아나(자기를 유혹하러 온 두 마리의 뱀을 키워서 길을 들였다는 전설이 있다)의 재래라고까지 세상에 말해지고 있던 어느 노파와 서로 알게 되었습니다.

이 노파는 언제나 큰 구슬의 염주를 손에 쥐고 모든 사방팔방의 교회를 찾아갔으며, 각 시대의 교황의 전기나 성 프란체스코의 고행 이야기 외에는 말한 적이 없었으며, 그런 이유로 세상에서는 성녀처럼 여겼습니다. 그래서 그 아내는 적당한 시기를 선택해서 자기의 의향을 모조리 노파에게 털어 났습니다. 그 말을 듣고 노파는 이렇게 말했습니다.

"내 딸이여, 하느님은 모든 것을 통찰하시고 당신이 옳다는 것을 알고 계십니다. 당신과 같은 젊은 여인이 청춘을 헛되이 보내지 않기 위해서라면 그런 일을 하는 것이 좋습니다. 절대로 그렇게 해야만 하는 것입니다. 그런 일을 하게 된 사람은 시간을 헛되이 보냈다는 후회는 생기지 않는 것이니까요. 우리들이 늙으면 아궁이의 재를 바라보는 외에 무슨 좋은 일이 있겠어요? 그런 일은 아무도 알아주지 않으며 관심도 가져 주지 않습니다. 나는 그런 늙은이의 한 사람입니다. 나는 할망구가 된 지금에 와서 젊음을 헛되이 보내고 말았구나 몹시 후회가 돼서 가슴이 쓰라립니다. 그러나 나도 그냥 헛되이 보낸 것은 아닙니다(내가 그런 어리석은 사람이라고 생각되면 곤란하니까 말하는 것이지만). 자기가 하려고 생각했으면 할 수 있었던 일을 하지 않았던 것뿐입니다. 하지만 지금에 와서 그렇게 생각을 해도 당신이 알다시피 할멈이 되어 버리면 나에게 호의를 베푸는 사람은 한 사람도 눈에 띄지 않습니다. 지금 내가 얼마나 슬픈 생각을 하고 있는지를 알고 계시는 것은 하느님뿐입니다. 그러나 사내에게는 그런 일은 일어나지 않습니다. 사내들은 태어날 때부터 그 일뿐만 아니라 여러 가지 일을 할 수 있도록 되어 있습니다. 대부분은 젊었을 때보다는 나이를 먹은 후가 많을 것입니다. 그리고 여자란 그 일로 아이를 낳는 일밖에 할 수 없습니다. 그것 때문에 소중히 여깁니다. 그래서 당신이 혹시 다른 것은 눈치채지 못했더라도 이것은 알 수 있을 것입니다. 사내들은 늘 그럴 수가 없지만 여자들은 언제나 그 일을 할 준비가 되어 있다는 것입니다. 그것은 사내 여럿이서 한 여자를 녹초가 되도록 하지는 못해도 여자 혼자서 많은 사내를 녹초로 만들 수 있습니다. 여자들은 그렇게 태어났으니까 내가 반복해서 말하지만 마음껏 자기 남편에게 보복을 해 주는 것이 좋지 않겠습니까. 그렇게 하면 늙어서 당신의 마음이 자기의 육체를 꾸짖는 일은 없을 거라고 생각합니다. 인간은 제각기 이 세상에서는 자기가 가질 수 있을 만큼을 손에 넣고 있어요. 특히 여자는 말입니다. 여자는 남자보다도 시간이 허락하는 동안에 그것을 훌륭하게 사용할 필요가 있습니다. 알다시피 여자들은 늙은이가 되면 다른 사람은 물론 남편마저도 돌아보지 않아요. 그뿐만 아니라 부엌으로 밀려가서 고양이에게 옛날 이야기를 지껄이거나 냄비나 접시를 세어 볼 뿐입니다. 더 나쁜 것은 이런 노래까지 부릅니다. '젊은 여자에게는 맛있는 음식을, 쪼그랑 할멈에겐 입마개를…' 하는 정도로 험담을 얘기하려면 끝이 없지요.

자, 수다는 이 정도로 하고 마지막으로 말하지만, 이 세상에 나만큼 당신이 이용할 수 있는 인간은 어디에도 없습니다. 나는 필요한 일, 즉 내가 말하고 싶은 일을 말할 수 없는 사내는 한 사람도 없으며, 잘난 사람이든 고집쟁이든 천하고 야비한 사람이든 내 마음대로 주물러 부드럽고 포근하게 요리 못할 인간은 없어요. 자, 좋아하는 사내를 말씀하시고 그 뒷 문제는 나에게 맡겨요. 그래도 부인, 한 마디만 말해 두는데, 나는 가난한 사람임을 기억하도록 말해 두는 것입니다. 그리고 이제부터는 내가 고해성사를 드릴 때나 주기도문을 욀 때는 반드시 당신의 이름을 넣겠습니다. 하느님이 당신의 죽은 친척에게 구원의 초를 올렸다고 생각하시도록……."

이렇게 말하면서 입을 다물었습니다.

자, 이렇게 해서 젊은 부인은 노파와 약속이 이루어져 이 근처를 잘 다니는 젊은 남자들의 모든 특징을 설명하고 가능한대로 그들을 만날 수 있도록 해 달라고 부탁했습니다. 그리고 며칠 후 노파는 그녀가 말한 남자를 은밀히 침실로 데려왔으며, 얼마 되지 않아 그녀의 마음에 들 성싶은 다른 사내를 또 데려왔습니다. 그녀는 남편의 눈을 무서워하면서도 그런 일을 할 수 있을 때는 기회를 놓치지 않았습니다.

어느 날 밤, 남편이 에르콜라노라는 친구 집에서 저녁식사를 하기로 약속이 되어 있었고, 젊은 부인은 곧 노파에게 페

루지아 동네에서 제일 미남이고 호감가는 젊은 사내를 보내 주도록 부탁했습니다. 노파는 즉시 그대로 했습니다. 이렇게 해서 부인은 젊은 사내하고 식탁에 마주 앉아 있었는데 갑자기 피에트로가 돌아와 문을 열라고 소리치고 있는 것이 아니겠습니까.

그 소리를 듣고 그녀는 파랗게 질려 버리고 말았습니다. 그러면서 가능하면 눈치채지 않고 밖으로 내보내든가 어딘가에 숨기려고 했습니다. 당장 숨길 곳이 생각나지 않아 두 사람이 식사를 하려던 방 밖으로 난 복도에 있는 닭장 아래에 젊은이를 숨기고 닭장을 뒤집어 씌웠습니다. 그리고 그날 비워 두었던 큰 부대를 닭장 위에다 씌워놓고 남편에게로 문을 열러 갔습니다. 남편이 안으로 들어오자 그녀는 이렇게 말했습니다.

"오늘 밤엔 웬일로 이렇게 일찍 식사를 끝냈어요?"

"천만에, 맛도 보지 못했단 말이야."

"그것은 또 어찌된 일이에요?"

그래서 피에트로는 다음과 같이 사정을 설명했습니다.

"실은 이미 에르콜라노와 그의 아내와 내가 식탁에 자리를 잡고 있었는데 말이야. 갑자기 바로 곁에서 재채기를 하는 소리가 들렸단 말이야. 그것도 한 번이 아니고 두 번, 다시 세 번, 네 번, 다섯 번이나 했을 뿐 아니라 더욱 연달아 엣취, 엣취하고 재채기를 하는 바람에 우리들은 깜짝 놀랐어. 원래 에르콜라노란 놈이 그의 아내가 문을 열어 주지 않고 우리들을 오랫동안 입구에서 기다리게 했기 때문에 그녀에 대하여 약간 골이 나 있었던 참이었고, 이 지경이 되니 화가 잔뜩 나서 날카로운 목소리로 '이거 어떻게 된 일이야?' 하고 소리를 지르고는 식탁에서 일어나 바로 옆에 있는 계단 쪽으로 걸어갔어. 계단 아래는 목수들이 가구를 설치할 때 필요한 물건들을 넣어 두는 뒤주처럼 판자로 칸을 벽장처럼 막아 두었어. 그래서 그는 거기서 재채기 소리가 들렸다고 생각하고 문을 열었던 말이야. 문을 연 순간 무어라 할 수 없는 구린 유황 냄새가 코를 찌른 거야. 그전부터 냄새가 난다고 말을 하긴 했지만, 그때 그녀의 대답은 '그것은 아까 제가 유황으로 베일을 표백했기 때문이어요. 그리고는 유황을 태운 냄비에서 아직 연기가 나고 있어서 계단 밑에다 넣어 둔 거예요. 그래서 아직도 연기가 나고 있잖아요.' 라고 대답을 했어. 에르콜라노가 벽장을 열고 연기를 조금 밖으로 내보낸 다음 안을 들여다보았지. 그랬더니 그 안에 재채기를 한 놈이 있었어. 더구나 유황의 강한 악취 때문에 아직도 재채기를 하고 있었지. 그 모습을 보니 유황에 가슴이 짓눌려서 재채기는 고사하고 벌써 죽을 지경이었어. 에르콜라노는 사내를 발견하자 큰소리로 부르짖었어. '야, 너 이것으로 짐작이 간다. 아까 우리들이 돌아왔을 때 문도 열어 주지 않고 밖에 세워둔 이유를……. 이 복수를 하지 않으면 울화통이 가라앉지 않을 거야.' 이 말을 듣고 그의 아내는 일이 탄로났다고 생각됐는지 말 한 마디도 없이 식탁에서 일어나 어디론가 도망쳐 버린 거야. 자기 마누라가 도망친 것도 눈치채지 못하고, 재채기를 하고 있던 사내에게 몇 번이고 밖으로 나오라고 말했지만, 그놈은 이제는 더 꼼짝도 하지 못하게 돼 버려서 에르콜라노가 아무리 소리를 쳐도 밖으로 나오지 않는 거야. 그래서 에르콜라노는 한쪽 다리를 붙잡고 끌어내어 죽여 버리려고 칼을 찾으러 뛰어갔어. 그러나 나는 남의 일에 말려들어 고생하고 경찰 신세나 지게 되지 않을까 걱정이 되고 혹시 상처라도 입히거나 죽일까 봐 큰소리로 말렸지. 그 난장판 속에 한 사람이 뛰어와서 이미 기절해 버린 젊은이를 끌고 어디론가 데려가 버렸어. 그 때문에 저녁 식사는 엉망이 되고 나는 먹기는 고사하고 음식 맛도 보지 못했던 거야."

이 이야기를 들은 그의 아내는 때로는 그런 불행한 일을 당하는 자도 있지만 자기처럼 빈틈이 없는 여자도 있는 것이라고 생각했습니다. 그래서 에르콜라노의 아내를 변호해 주려고도 생각했지만, 남의 과실을 비난하면 자기에게는 유리할 것 같아 이렇게 말을 끄집어냈습니다.

"아주 굉장한 이야기네요. 정숙한 부인의 신앙심 따위란 바로 그런 것이군요. 저는 신앙심이 깊은 부인이라 하기에 그 댁에 참회하러 가볼까 생각하고 있었는데, 그렇게 나이가 많은 사람이 젊은 여자들의 모범이 되어야 할 텐데 저주받을 일이에요. 이 고장 모든 여자의 수치며 불명예예요. 그분은 남편에게 맹세했던 정조나 신앙심이나 명예를 내던져 버리고만 거예요. 대단히 훌륭한 사람으로 상당한 명예를 가진 시민인 남편에게 다른 사내로 말미암아 치욕을 가하고도 전혀 수치로 생각지 않다니, 그뿐만 아니라 자기 자신도 더럽히는 일을 수치라고 생각지 않으니 말이에요. 하느님이 용서해 주신다 해도 그런 여자들은 동정이 필요치 않아요. 그런 여자들은 차라리 죽여 버리거나 산 채로 불에 태워서 재로 만들어 버리는 것이 좋을 거예요."

이렇게 말하고는 잠시 후에 바로 옆에 있는 닭장 속에 숨겨 둔 애인의 일이 생각나서 피에트로에게 이제 잠잘 시간이니 잠자리에 들도록 권하기 시작했습니다. 피에트로는 잠을 자는 것보다 식사를 하고 싶었기 때문에 먹을 것은 없느냐고 물었습니다.

"예, 많이 있어요! 우리들은 당신이 집에 없을 때는 많이 만들어 놓기로 했으니까요! 예, 저는 에르콜라노의 부인과 마찬가지예요! 참, 왜 잠자리에 들지 않으려고 하시는 거예요? 오늘 밤은 그냥 주무시도록 하세요. 그러면 뱃속도 가라앉을 거예요."

이렇게 그의 아내는 대답했습니다.

그런데 우연히도 그날 저녁, 피에트로의 소작인들이 마을에서 야채 같은 여러 가지 물건을 운반해 왔습니다. 그리고 조랑말에 물을 주지 않고 바깥 복도에 맞대어 있는 작은 마구간에 붙들어 매어 놓았던 것입니다. 그런데 그 중의 한 마리가 너무나 목이 타서 고삐를 풀고 마구간에서 나와 근처에 물을 찾으러 코를 벌름거리면서 돌아다니다가 젊은이가 숨어 있는 닭장 바로 앞으로 왔습니다.

사내는 손과 발을 땅에 대고 엎드려 있어야 했기 때문에 닭장 밖으로 한쪽 손끝이 조금 나와 있었습니다. 우연이랄까, 혹은 불행이랄까. 그 손가락을 조랑말이 짓밟았으니 어찌 되겠습니까. 사내는 너무나 아팠기 때문에 저도 모르게 비명을 질렀습니다. 그 비명을 들은 피에트로는 깜짝 놀랐습니다. 더구나 그 소리가 집 안에서 들렸다고 생각했습니다.

그래서 방에서 나와 보니 조랑말이 손가락을 짓밟은 다리를 들지 않고 다시 세게 밟았기 때문에 어떤 자가 닭장 안에서 비명을 지르고 있다는 것을 알게 되었습니다. 그는 닭장으로 뛰어가서, "거기에 있는 것은 누구냐?" 하고 소리를 지르면서 닭장을 들어올려 보니 웬 젊은 녀석이 손과 발을 땅에 대고 엎어져 있는 것이 아니겠습니까.

젊은이는 조랑말에 밟히고 있는 손가락의 아픔과 피에트로에게 호되게 당하지 않을까 하고 공포에 떨고 있었습니다.

피에트로는 그 젊은이를 본 기억이 있었습니다. 실은 그가 남색의 파렴치한 행위를 하려고 오랫동안 뒤를 밟고 노리고 있던 사내였던 것입니다. 그런 상대방이었으므로, "이런 곳에서 무엇을 하고 있느냐?"라고 물었으나 사내는 그 말에 대답하지 않고 오로지 두 손을 모아 용서를 빌 따름이었습니다.

피에트로는, "일어나라. 심하게 다루지는 않겠다. 하지만 어째서 이곳에 있는지 그것을 말해라." 하고 말했습니다.

젊은이는 숨김없이 모든 것을 자백했습니다. 아내의 위선에 비해 이 사내를 만날 수 있어서 즐거워진 피에트로는 그의 손을 붙잡고 아내가 떨고 있는 방으로 끌고 들어왔습니다. 피에트로는 아내의 맞은편에 앉더니 이렇게 말했습니다.

"너는 바로 전에 에르콜라노 부인의 험담을 하고 그런 여자는 태워서 죽이는 것이 좋다, 전 여성의 수치라고 떠벌리면서 어째서 자신의 일은 말하지 않았지? 그러지 않고 자기가 저지른 일은 모른 채 문제삼고 싶지 않았다면, 자기도 그녀가 한 것과 똑같은 짓을 하면서 그녀에 대한 이야기를 할 때, 왜 험담을 하고 있었지? 너희들 여자란 모두가 이렇게 생겨먹었든가, 다른 사람의 죄를 비난하여 자기 죄를 은폐하려고 한단 말이야. 그 이유밖엔 생각할 수 없어. 너희들 여자라는 족속은 하늘에서 불이라도 떨어져서 모두 태워 죽이는 편이 나아!"

아내는 남편의 말투에서 말뿐이고 아무런 참견도 하지 않을 거라는 것을 알아냈습니다. 게다가 그 같은 미남의 젊은 사내를 손에 넣고 뛸 듯이 기뻐하는 것을 알고 마음을 가라앉히고 이렇게 말했습니다.

"분명 당신은 여자를 하늘에서 떨어지는 불로 모두 태워 죽이는 편이 좋다고 생각하고 있을 거예요. 당신은 우리 여자들을 나무토막으로 만든 장식용 개처럼 귀여워하는데 불과하지만, 신에 맹세코 그렇게는 되지 않을 거예요. 이 일로 당신이 얼마나 노엽게 생각하는지, 지금 당신과 이야기하고 싶어요. 당신이 에르콜라노의 부인과 저를 비교해 보시겠다면 그것도 좋습니다. 그분은 위선자고 위선적인 할멈이지만 바라는 그 일을 남편한테서 얻고 있으며, 아내의 대접을 받으면서 소중이 다루어지고 있는 거예요. 그런데 저에게는 그 일이 일어나지 않고 있어요. 물론 저는 아름다운 옷과 좋은 구두를 신고 있어요. 그러나 다른 일은 어떻습니까. 당신이 나하고 잠자리를 하지 않은지가 얼마나 되었는지 당신은 알고 계실 거예요. 저는 차라리 누더기를 걸치고 맨발로 있더라도 당신이 저와 잠자리를 하는 게 훨씬 좋단 말예요. 그러니까 잘 생각해 봐요. 피에트로, 저는 다른 여자와 마찬가지로 다른 여자들이 얻고 있는 것을 저도 갖고 싶은 거예요. 예, 그렇고 말구요. 당신한테서 얻을 수 없어 다른 데서 메우려고 사내를 낚았다고 비난받을 이유는 없다고 생각해요. 적어도 제가 마구간의 마부나 거지를 상대하지 않는 만큼 당신의 명예를 생각하고 있는 거예요."

피에트로는 계속 말을 하도록 내버려 두고 밤새도록 해도 끝나지 않을 거라고 생각하면서 아내의 소행을 상관하지 않는 남편으로 이렇게 말하기 시작했습니다.

"이제 그만, 이제 그만해. 그 일에 대해서는 네가 만족하도록 해 주지. 그리고 이 사내도 나와 마찬가지로 아직 저녁을 먹지 않은 것 같으니 음식이나 좀 만들어 주지 않겠어."

아내가 대답했습니다. "그래요. 이 사람도 저녁을 먹지 않았어요. 운 나쁘게 막 식탁에 자리를 잡고 앉았을 때 당신이 돌아왔으니까요."

"그렇다면 함께 식사를 하도록 하지. 그리고 이제부터 그 일에 대해서는 당신이 불평을 하지 않도록 해 주겠어."

남편이 만족한 것을 알고 젊은 아내는 곧 다시 한 번 식탁 준비를 하고 준비되어 있던 음식을 날라다가 그녀의 남편과 젊은 사내와 함께 저녁식사를 했습니다.

식사가 끝난 뒤, 피에트로가 세 사람 모두 만족하도록 어떤 방법을 취했는지 저는 그 점에 대해서는 잊어버렸습니다. 다만 이튿날 아침 그 젊은이가 광장으로 가기까지 그 젊은 사내는 어젯밤에 부인과 남편 어느 쪽을 더 즐겁게 했는지를 알지 못했다고 하는 것입니다.

그러므로 여러분, 여러분에게 저는 세상에는 오는 말이 있으면 가는 말이 있다는 것을 말하고 싶습니다. '조랑말이 부딪치면 벽도 퉁긴다'는 속담이 있으니까요. 그래서 만일 그것이 불가능하면 가능할 때까지 잊어버리지 말고 기다리십시오.

부인들은 의미심장한 미소를 짓거나 간혹 웃음을 터뜨리면서 디오네오가 이야기를 마칠 때까지도 얼굴을 붉히며 웃음을 참고 있었습니다. 여왕은 자신의 주재가 다했으므로 월계관을 벗어 엘리사에게 씌어 주었으므로, 엘리사는 여왕으로서의 역할을 맡아 지금까지 행하던 방식대로 필요한 일들을 하인들에게 지시를 내렸습니다. 그리고 "어제까지 우리가 들었던 재치 넘치는 얘기나 즉흥적 대답이나 날카로운 질문과 판단으로 상대방의 말문을 막았다거나 돌발적인 위험한 상황을 극복하는 얘기들은 재미있고 유익했습니다. 그러므로 내일도 재미뿐만 아니라 하느님의 뜻을 나타내고 또한 경이롭고 재치 있는 응수라던가 순발력 있는 날카로운 통찰로 위기와 모욕을 벗어나 손실과 상해를 모면한 이야기를 하도록 하겠습니다."라고 내일의 주제를 말했습니다. 여왕의 말은 모두의 환영을 받았으며, 또한 저녁 시간까지 자유 시간을 주었으므로 제각기 즐기다가 저녁 식사를 했으며, 식사 후에는 모두 노래를 부르며 악기를 연주하고 여왕의 명에 따라 에밀리아가 춤을 추었고 디오네오의 칸초네를 감상하였습니다. 디오네오의 칸초네는 장난기 어린 외설적 내용으로 부인들은 일제히 웃음을 터뜨리고 특히 여왕은 가장 많이 웃었으며, 여왕은 심한 장난은 그만두고 건전한 노래를 부탁했고 디오네오도 장난을 거두고 그렇게 했습니다. 이어 다른 부인들도 노래를 불렀으며 여왕은 디오네오의 노래가 가장 좋았다고 칭찬했습니다. 이윽고 밤이 깊어져 일동에게 저마다 잠자리에 들도록 여왕의 분부가 내려졌습니다.

여섯째 날

　새로운 날의 아침이 밝아오자 여왕은 부인들과 청년들을
깨웠으며, 일동은 아름다운 저택의 온갖 꽃과 희귀한 수목과
잔디밭 사이를 산책하거나 이슬에 젖은 정원을 천천히 거닐
면서 여러 가지 유쾌한 것들을 화제로 삼거나, 지금까지 있었
던 이야기들을 들어 평가를 하기도 하고 그 중에 재미있었던
에피소드를 꺼내어 새삼 즐거워하며 저택에서 조금 멀리까지
산책을 했습니다. 그리고 돌아와 준비된 식탁에 앉았으며 식
탁 주변에는 이슬을 머금은 향기로운 풀과 꽃잎들이 뿌려져
있어 식사는 더더욱 즐거웠습니다. 그리고 일동은 명쾌하고
아름다운 칸초네를 부른 후에, 낮잠을 자거나 장기나 주사위
놀이를 하고, 디오네오와 라우레타는 노래를 부르며 지내는

동안, 오후 시간이 되었습니다. 여왕의 부름대로 아름다운 분수대 옆에 둘러앉아 여왕이 이야기의 주제를 막 시작하려는 참에, 주방에서 시끄러운 소동이 났습니다. 하인의 수장을 불러 사정을 물으니 리치스카(필로메나의 하녀)와 틴타로(필로스트라토의 하인)가 다투고 있다는 것이었습니다. 여왕은 그들을 불러 오도록 하고 자초지종을 물었습니다. 틴타로가 입은 열려는 순간 나이가 더 많은 리치스카가 틴타로에게 인상을 써대며 자신이 먼저 말하기를 '이 사내가 저에게 시코판테 마누라 얘기를 하려고 안달입니다. 시코판테가 첫날밤에 말뚝을 시키면 골짝에 억지로 꽂는 바람에 피가 났다는 둥의 거짓말을 믿으라는 거예요. 나는 오히려 쉽게 들어가 아주 쾌감을 느꼈을 거라고 해 줬죠. 저 사내는 바보거든요. 세상의 처녀들이 시집가기 전 삼사 년 동안 부모형제의 감시 하에 태평하고 느긋한 줄 아나본데 그것은 당치도 않아요. 하느님께 맹세컨데 일곱에 여섯은 처녀로 시집가는 것을 본 적이 없고, 시집을 가서도 남편의 눈을 속이기는 마찬가지죠. 멍청하게도 저 사내는 여자에 대해 나에게 가르치려 한단 말이죠.' 리치스카가 목청을 돋우고 있는 동안에 부인들은 하얀 이가 다 드러나도록 웃고 있었습니다. 여왕은 그만 그치도록 계속하여 명령을 하였으나, 그녀는 자신이 하고 싶은 말을 다할 때까지 입을 다물지 않았습니다. 리치스카가 입을 다물자 여왕은 디오네오를 돌아보며 판결을 내리도록 지시를 하였습니다. 디오네오는 시시비비를 가릴 것도 없이 틴타로는 바보이고 리치스카의 말이 옳다고 말했습니다. 리치스카는 틴타로를 코흘리개 애송이라고 비웃고 자신이 나이를 헛먹지 않았다고 으스댔습니다. 여왕은 몹시 화가 났지만 온종일 시간을 허비할 수 없으므로 그녀와 틴타로에게 냉큼 물러가라고 꾸짖어서 쫓아버렸습니다. 그리하여 다시 오늘의 이야기를 시작하도록 여왕의 명령이 내려지고 필로메나의 이야기가 시작되었습니다.

첫 번째 이야기

어느 기사가 오레타(라우레타의 약명) 부인에게 재미있는 이야기를 하여 말을 타고 가는 것처럼 좋은 기분을 만들어드리겠다고 한다. 그러나 그의 이야기 솜씨는 서툴러서 부인은 이제 말에서 내려 달라고 말한다.

여러분, 맑은 밤하늘의 별은 더욱 빛나고, 봄 들판의 꽃들은 더욱 화사하며, 언덕은 무성하게 우거져 뒤덮인 수목의 나뭇잎이 푸르름을 더합니다. 이렇듯 사람에게는 몸에 밴 예의 범절이나 재치 있는 화술이 상쾌한 경구(警句)가 되며 이것은 간결하고도 날카로운 것이어서 남자들보다 여자들에게 더 필요한 것입니다. 장황하게 지껄이는 것은 남자보다 여자들에게 더 치명적이어서, 들은 말을 즉각 이해하거나 즉시 반박을 할 수 있는 때가 드물다는 것은 모든 여성의 수치이기도 합니다. 그러므로 시기적절한 기회에 간결하고도 정확하게 말할 수 있다는 것이 얼마나 존경할만한 일인지를 들려 드리려고 합니다.

그리 먼 옛날 일은 아니며, 여러분도 보았거나 혹은 소문으로 알고 계실 수도 있다고 생각됩니다만, 이 우리들의 도시에 귀족의 집안으로 기품 있고 예의바르며 이야기도 부드럽게 하는 그런 부인이 있었습니다.

이름을 말씀드려도 그분의 명예를 훼손하지는 않으므로 말씀드립니다만, 오레타 부인은 제리 스피나(제리는 룻제리의 약명. 피렌체 귀족의 기사로 보나파치오 8세의 재정·금융가였다)의 부인이었습니다. 부인은 가끔 지금의 우리들처럼 시골에 머물고 계셨는데, 그날 식사에 초대했던 부인들이나 기사들과 기분 전환 삼아서 이곳저곳을 산책했습니다. 모두가 목적지까지 걸어서 갈 예정이었는데 의외로 먼 길이었기 때문에 기사 한 사람이 이렇게 말을 끄집어냈습니다.

"오레타 부인, 좋으시다면 이제부터 먼 길을 가는 동안 세상에서 드문 재미있는 이야기를 해서 마치 말을 타고 가시는 것 같은 기분을 만들어 드리겠습니다." 이에 부인은, "그건 제가 부탁드리고 싶어요. 즐거운 일이 될 거예요." 하고 대답했습니다.

칼조차 제대로 사용할 줄도 모르고, 수다를 떠는 것도 서투른 그 기사는 부인의 말에 곧 이야기를 시작하게 되었습니다. 실제로 그 이야기는 아주 재미있는 것이었으나, 그는 서너 번

심지어 대여섯 번이나 똑같은 말을 되풀이하거나 줄거리를 거꾸로 말하기도 하고, 가끔 "아니, 이 대목은 잘못되었습니다."라고 말하는가 하면, 이름이 틀리거나 뒤바꾸기도 해서 재미있는 이야기를 완전히 망쳐 버렸습니다. 그것은 그의 화술이 몹시 서툴기도 했지만, 인물의 특징이나 발생했던 사건 자체가 복잡했기 때문이기도 했습니다.

그래서 오레타 부인은 이야기를 들으며 식은땀이 나기도 하고 마치 병에 걸렸거나, 숨이 넘어갈 듯이 가슴이 답답한 적이 한두 번이 아니었습니다.

부인은 그 기사가 완전히 궁지에 빠져서 더 이상 이야기를 계속할 수 없게 되자, 더 이상 참을 수가 없어 빙그레 웃으면서 이렇게 말했습니다.

"저, 당신 말 등은 어찌나 끈덕진지 참을 수가 없군요. 그러니까 저를 걷게 해 주세요."

그 기사는 이야기를 하는 것보다는 듣는 것이 우수했으므로 그 경구의 뜻을 즉시 깨닫고 가벼운 농담으로 받아들여 여러 가지 다른 이야기를 화제로 삼았습니다. 그래서 끝까지 계속하지 못했던 최초의 이야기는 우스꽝스럽게도 꼬리를 잘린 장닭 꼴이 되고 말았습니다.

두 번째 이야기

빵 장수인 치스티는 멍청한 부탁을 한 제리 스피나에게 재치 있는 말솜씨로

단번에 그 잘못을 깨닫게 해 준다.

필로메나가 들려 준 오레타 부인의 재치에 일동은 칭찬을 보냈으며, 다음 차례인 팜피네아에게 여왕은 이야기를 시작하도록 명령하여 팜피네아가 이야기를 시작했습니다.

여러분, 다음과 같은 경우에 어느 쪽이 잘못인지 저는 판단을 할 수 없습니다. 그것은 자연이 고귀한 영혼에 천한 육체를 부여했을 경우나, 우리와 같이 이곳 시민인 빵 장수 치스티나, 또 다른 많은 사람들에게서도 볼 수 있듯이, 운명이 고귀한 영혼을 가진 자에게 천한 직업을 주었을 때 어느 쪽이 잘못되어 있는가 하는 것입니다.

치스티라는 사람은 대단히 고귀한 영혼을 가진 자였으나 운명은 빵을 굽는 사람으로 만들었던 것입니다.

그래서 어리석은 사람들은 운명을 장님이라고 하지만, 운명에는 천 개의 눈이 있고 자연은 대단한 사려와 분별이 있다는 것을 알지 못했더라면, 자연이나 운명을 다 같이 저주했을 것입니다.

저는 그와 같이 대단히 사려 분별이 있는 현자(賢者)는 인간이 가끔 행하는 것처럼 한다고 생각합니다. 즉, 인간은 뜻밖의 일을 염려해서 가장 소중한 물건을 남에게 의심받지 않는 집안의 평범한 곳에다 만일의 경우에 즉시 꺼낼 수 있도록 합니다. 그래서 그런 평범한 장소가 훌륭한 방보다 더욱 안전하게 보관해 주는 것이므로 필요에 따라서 꺼내고 있는 것입니다.

이렇게 이 세상의 지배자라고 말할 수 있는 이 자연과 운명은 그들이 소중히 하고 있는 것을 가장 천하다는 직업의 그늘에 숨겨 두기도 합니다. 그리고 필요할 때 그것을 꺼내어 보면 광채는 한층 더 빛나 보이는 것이죠. 그래서 빵 장수 치스티는 어째서 아주 사소한 일로 제리 스피나를 깨우치고 게다가 자기의 빛을 발휘했는가를 극히 짧은 이야기로 정리해 볼까 합니다. 사실 이전 이야기에 나온 오레타 부인은 그의 부인이기도 하여 문득 생각이 떠올랐기 때문입니다. 이제 이야기를 시작하겠습니다.

교황 보니파치오의 측근이었던 제리 스피나는 중요한 지위에 앉아 있었습니다. 교황은 언젠가 중대한 일로 몇 사람의 귀족을 사절로서 피렌체로 파견(1300년에 체르키 가(家)와 도나티 가(家)의 화해를 위해 교황이 추기경 마테오 다구아 스파르타를 단장으로 피렌체에 사절을 보낸 적이 있다)했는데, 그 때 사절들이 제리의 집에 머물렀기 때문에 그는 그들과 함께 교황의 일을 하고 있었습니다. 그런데 어찌된 일인지 제리는 매일 아침 사절들과 함께 산타 마리아 우기 사원 앞을 지나갔습니다. 빵 장수 치스티는 그곳에 가게를 내어 장사를 하고 있었지요.

이 남자에게 운명은 천한 직업을 주기는 했으나, 그를 상당한 부자로 만들어 주었을 정도로 대단한 호의를 베풀고 있었습니다. 그래서 다른 장사를 해 볼까 하는 생각은 꿈에도 하지 않고 사치한 생활을 하면서 여러 가지 명품을 가지고 있었으며, 특히 피렌체나 그 지방에서는 최상급 백포도주와 적포도주를 언제나 갖추어 비치했습니다.

치스티는 매일 아침 제리와 교황의 사절들이 가게 앞을 지나가는 것을 보고 있었고 더구나 더운 계절이었기 때문에 자기 가게의 최상급 백포도주를 바치면 얼마나 좋은 대접이 될 것인가 하고 생각했습니다. 하지만 자기의 낮은 신분과 제리의 높은 지위를 생각하면 포도주를 바친다는 것이 큰 실례가 될 것이라고 생각했기 때문에 제리 쪽에서 먼저 요청을 하는 방법을 생각했습니다.

그래서 그는 매일 아침 제리와 사절들이 지나가는 시간이 되면 새하얀 작업복을 입고 언제나 깨끗이 세탁한 앞치마를 두르고 빵 장수보다는 밀가루 장수 같은 모습으로 서 있었습니다. 가게 앞에 신선한 물을 가득 채운 새 양동이, 최상품의 백포도주를 담은 볼로냐제의 신품인 작은 항아리, 번쩍번쩍 빛나는 은제의 술잔을 두 개 준비해 놓고, 그들이 지나가는 때 시간을 맞추어 한두 번 입을 가신 후에 죽은 사람도 마시고 싶을 만큼 아주 맛있게 그 포도주를 마시기 시작했습니다.

제리는 그런 모습을 첫날 아침, 또 다음 날 아침에도 보았으므로 삼 일째 되는 날 아침에는 이렇게 말을 걸었습니다.

"치스티, 어떠냐? 맛이 있느냐?"

치스티는 즉시 자리에서 일어나 다음과 같이 대답했습니다.

"예, 나리. 그렇지만 마셔 보시지 않으시면 그 맛을 알 수 없다고 생각합니다."

제리는 무더운 기후 탓인지, 여느 때보다도 더 피로했는지,

아니면 치스티가 아주 맛나게 포도주를 마시고 있었던 탓인지, 목이 몹시 말랐으므로 사절들을 뒤돌아보고 미소를 지으면서 이렇게 말하였습니다.

"여러분, 이 자의 포도주를 마셔 보는 것도 흥미 있을 겁니다. 마셔서 후회할 그런 물건은 아닌 것 같습니다."

치스티는 즉각 주방 앞에서 깨끗한 의자를 가져오게 해서 모두에게 앉도록 권했습니다. 그리고 술잔을 씻고는 앞으로 나온 시종들에게 이렇게 말했습니다.

"여러분 뒤로 물러나 계십시오. 이 시중은 저에게 맡겨 주시기 바랍니다. 저의 술 따르는 솜씨는 빵을 굽는 일보다 더 훌륭합니다. 술을 흘리는 일이 없으니 당신들은 흘린 술 맛도 볼 수 없을 겁니다."

이렇게 말하고는 손수 아름다운 새 술잔 네 개를 씻어 최상품 포도주가 들어 있는 작은 항아리를 가져오게 해서 제리를 비롯하여 사절들에게 열심히 술을 따라 주었습니다. 그 술은 자기들이 오랫동안 마셔온 것보다 더 고급 포도주라는 생각을 했습니다.

그리하여 제리는 크게 칭찬하였을 뿐만 아니라 그 사절들이 체재하고 있는 동안 거의 아침마다 제리와 함께 포도주를 마시러 들렀습니다.

그 사이에 사절들은 맡은 임무도 끝나고 돌아가게 되었으므로 제리는 화려한 작별 연회를 열었습니다. 그 환송연에는 시내의 저명인사 대부분을 초대했을 뿐만 아니라 치스티도 초대했습니다. 그러나 그는 한사코 초대를 사양했습니다.

그래서 제리는 하인 한 사람을 치스티에게 보내서 그 포도주를 한 병 가져오도록 시키고, 그것을 최초의 요리가 나올 때 손님의 잔에 반잔씩만 채우도록 분부했습니다. 하인은 아직 한 번도 그 최상품 포도주를 대접받은 적이 없어 분개하고 있었던 참이었는지 큰 병을 가지고 갔습니다. 그랬더니 치스티는 그것을 보고 이렇게 말했습니다.

　"여보시오, 제리 님은 당신을 나에게 보낸 것이 아닐 거요."

　하인은 몇 번이고 자기를 보냈다고 주장했지만 납득을 하지 않아 주인에게 돌아와서 자초지종을 보고했습니다.

　이에 제리는, "다시 가서 내가 보낸 하인이라고 말해라. 그대로 곧이듣지 않으면 제리가 심부름을 보낸 상대가 도대체 누구냐고 물어 보도록 해라."하고 말하였습니다.

　하인은 다시 돌아가서 이렇게 말했습니다. "틀림없이 제리 님은 당신한테 나를 심부름꾼으로 보냈습니다." "아냐 그럴 리가 없다." 하고 치스티는 대답했습니다. "그럼, 누구한테로 보낸 것입니까?" 하고 하인은 말했습니다.

　치스티는 다음과 같이 대답했습니다.

　"아르노 강일 것이다." 하인은 이 말을 제리에게 전했는데, 그는 깜짝 놀라면서 하인에게 이렇게 말하였습니다.

　"네가 가지고 갔던 술병을 이리 가져오너라." 그리고는 그것을 보더니, "과연, 치스티가 말한 대로구나."라고 말하면서 하인을 몹시 꾸짖고 적당한 술병을 가져가게 했습니다. 치스티는 그것을 보더니 이렇게 말했습니다.

"이번에야말로 주인께서 당신을 보냈다는 것을 잘 알겠소."
하며 쾌히 그 술병에다 포도주를 하나 가득 채웠습니다. 그리
고는 그날 안으로 작은 술통에다 똑같은 포도주를 채워서 몰
래 제리에게 보내 놓고는 찾아갔습니다.

"나리, 제가 오늘 아침 그 큰 병을 보고 깜짝 놀랐기 때문이
라고 생각하시면 섭섭합니다. 그러나 전부터 작은 항아리에
다 드린 것은 이것이 하인배들에게 마시게 하는 포도주가 아
니라는 것을 잊으신 것은 아닌지 생각되어 오늘 아침 나리께
서 상기해 주시기를 바랐던 때문입니다. 이제 저는 나리를 위
해 포도주를 맡아 둘 수 없으므로 전부 갖고 온 것입니다. 아
무쪼록 좋으실 대로 하시기 바랍니다."

제리는 치스티의 선물을 대단히 고맙게 여기고 그에 상당
하는 예를 표시했습니다. 그리고 그 이후로는 훌륭한 인간으
로서 또한 친구로서 그와 사귀게 되었습니다.

세 번째 이야기

논나 데 풀치 부인이 피렌체의 사교(司敎)의 노골적인 농담에 즉석에서 기
지를 발휘하여 재치 있게 대하여 그를 굴복시킨다.

일동은 치스티의 재치와 아량에 찬사를 보내며 팜피네아가
이야기를 마치자, 여왕은 다음 차례인 라우레타에게 이야기
를 하도록 분부를 내리고 라우레타는 기쁘게 이야기를 시작

했습니다.

　여러분! 앞에서 팜피네아 님과 필로메나 님이 말했듯이 우리들에게도 작지만 겸양의 미덕이 있고 가끔은 굉장히 적절한 경구를 나타낼 때도 있습니다. 그러므로 경구에 관한 이야기에 더 이상 덧붙일 필요는 없습니다. 다만, 경구라는 것은 그 성질상 듣는 쪽에서 양이 무는 것과 같아야지, 개처럼 물어뜯어서는 안 된다는 것을 머릿속에 기억해야 한다고 생각합니다. 그러므로 경구가 개처럼 물어뜯으면 그것은 이미 경구가 아니라 악담이 되기 때문입니다. 오레타 부인이나 치스티의 대답은 훌륭한 경구이며 그 가치도 충분했습니다. 그래서 경구가 논쟁으로 이어져 서로 갑론을박하며 서로 헐뜯으면서 비난하고 비난받을 수도 있겠지만, 경구란 것은 장소와 시간과 대상에 따라 잘 사용해야 하고 세심한 주의를 기울여야만 한다는 것입니다. 오래 전의 일이지만 부주의한 경구 때문에 정도 이상으로 심한 비난을 받은 일이 있는데 그것을 짧게 말씀드리겠어요.

　명망 있는 고위 성직자 안토니오 도르소(사케티의 《이야기집(제128화)》에도 '존경할 만한 덕망 있는 인물'로 나온다) 씨가 피렌체의 사교(司敎)였을 때 로베르토 왕(나폴리의 로베르토 왕)의 군단장이었던 데고 델라 라타(1318년, 안조니 가에 의해서 피렌체에 초대된 카탈라니아의 군단장)란 귀족이 피렌체로 왔습니다.

　이 사람은 용모가 상당히 훌륭하고, 무엇보다도 여자를 좋아하는 호색가여서 수많은 피렌체의 부인들 중에서도 피렌체

사교의 조카인 아름다운 부인에게 특히 마음이 끌렸습니다.

군단장은 그녀의 남편이 상류 계급 출신임에도 불구하고 몹시 탐욕스럽고 속이 검은 사내라고 들었기 때문에 그 아내와 하룻밤 자도록 해 주면 피오리니 금화 5백 개를 주겠다고 수작을 걸어 흥정을 했습니다.

그래서 부인은 억지로 그 남자와 잤으며, 군단장은 그 당시에 사용되고 있는 포폴리노 은화(크기와 각인이 모두 금화와 같은 은화)를 금으로 도금을 해서 남편에게 주었습니다. 그런데 얼마 안 가서 이 일이 세상에 알려지고, 그 탐욕스런 남편은 손해를 입었을 뿐만 아니라 사람들의 웃음거리가 되었습니다. 그래도 사교는 영리한 분으로 그런 일은 전혀 모르는 척했습니다.

그 사교와 군단장은 가끔 서로 만나는 기회가 있었는데, 성 요한의 축제일에 서로 말을 타고 경마가 시행되고 있는 경주로 쪽으로 가는 많은 여자들을 바라보다가, 문득 젊은 여자 하나가 사교의 시선을 고정시켰습니다.

이 여자는 지금 유행병처럼 번지고 있는 페스트로 사망한, 알레시오 리누치의 사촌 동생으로 논나 데 풀치라는 분으로 여러분도 아실 겁니다. 그 당시 이분은 젊고 아름다웠으며 부드러운 말투와 아량이 넓었으며, 얼마 전에 포르타 산 피에로에 있는 남자에게 갓 시집을 왔을 때였습니다. 사교는 군단장에게 그녀를 가리키고는 그녀 곁으로 가까이 다가서서 군단장의 어깨에 손을 얹고 이렇게 말씀하셨습니다.

"논나 씨, 이분을 어떻게 생각하세요? 한번 잘 해 볼 마음은 없나요?"

이 말에 논나 부인은 자신의 정숙함에 상처를 받은 기분이었는데, 게다가 주위에서 그 말을 들은 사람들의 오해도 두려웠지요. 그러나 오해를 받지 않겠다는 의도보다 면박을 주려고 즉석에서 이렇게 대답했습니다.

"사교님, 이분은 저를 정복하지는 못할 겁니다. 왜냐하면 저는 진짜 돈을 바라기 때문이지요."

이 말을 들은 군단장은 물론 사교도 한 대 맞은 격이었습니다. 한 사람은 사교 동생의 조카를 범한 파렴치한 장본인이었고, 다른 한 사람은 자기 동생의 조카가 당한 피해자였기 때문입니다.

두 사람은 얼굴을 서로 마주 보지도 못하고 말도 한 마디 못한 채, 부끄러워 슬그머니 그 장소를 떠났으며, 그녀에게 끝내 말도 한 마디 건네지 못했습니다. 그래서 젊은 부인은 적절한 경구를 사용했기 때문에 그녀의 면박에 대해 누구 하나 조금이라도 비난을 받지 않았습니다.

네 번째 이야기

쿠르라도 잔필리아치의 요리사 키키비오는 교묘한 임기응변의 대답을 하여 주인 쿠르라도의 노여움을 웃음으로 바꾸어 버린다. 그리하여 주인이 내릴 뻔한 최악의 벌을 모면한다.

라우레타가 이야기를 마치자 여왕은 다음 이야기를 하도록 분부를 내리고 네이필레가 이야기를 시작했습니다.

여러분, 순간적인 기지는 경우에 따라 화술가에게 그 당장에 유리하고 훌륭한 명언을 토하게 하는 것입니다만, 또한 운명은 때로 겁쟁이에게 구원의 손을 뻗쳐 여느 때 같으면 생각지도 못할 근사한 말을 그들의 말 위에 얹어 주기도 하는 것입니다. 나는 그와 같은 것을 내 이야기에서 밝히고자 합니다.

쿠르라도 잔필리아치(피렌체의 상류 귀족 가문의 한 사람)에 관해서는 이미 여러분께서 이야기를 들으셨거나 만나 보시기도 하셨을 겁니다. 정말로 의젓하고 또 개방적이며 활달한 시민이었으며, 참으로 귀족다운 생활을 하고 있었습니다만, 지금은 그 업적을 잠시 접어 두기로 합시다. 그는 언제나 개를 훈련시켜 사냥에 정신을 쏟고 있었습니다.

어느 날 그는 페레톨라 근방에서 매를 써서 오동통하게 살이 찐 어린 학을 한 마리 잡았습니다. 그래서 베네치아 태생으로 키키비오라고 하는 그의 요리사에게 저녁 식사 때 먹도록 맛있게 요리해 놓으라고 분부했습니다. 키키비오는 아주 소탈하고 재미난 사나이로 알려진 자인데, 이 학의 털을 뽑고 불에 구워 정성스레 요리하기 시작했습니다.

그런데 고기가 다 구워져서 먹음직스런 냄새가 솔솔 풍기기 시작했을 때 마침 이웃에 사는 브루네타라고 하는 아낙네가 주방에 들어왔습니다. 키키비오는 그 여자에게 홀딱 반해 있을 때였고, 학 굽는 냄새와 눈앞에 그것을 보고 있으려니 키키비오에게 친한 사이임을 빌미로 다리 하나만 주지 않겠

88

느냐고 청했습니다.

키키비오는 노래 부르듯 가락을 붙여 대답했습니다. "나는 줄 수 없노라 브루네타, 나는 줄 수 없노라 브루네타." 그 말을 듣자 브루네타는 화가 나서 말했습니다. "흥! 관두라지. 나도 당신이 갖고 싶어하는 걸 절대로 안 줄 테니." 이렇게 해서 금방 둘 사이에는 격렬한 입씨름이 벌어졌습니다.

그러다가 마침내 키키비오는 연인을 달래기 위해 학의 다리를 하나 뚝 떼어 주었습니다. 그런 다음에 쿠르라도와 몇몇 손님 앞에 한쪽 다리가 없는 학을 내놓았으므로 쿠르라도는 깜짝 놀라 키키비오를 불러 한쪽 다리는 어떻게 되었냐고 물었습니다. 그러자 베네치아의 거짓말쟁이 사나이는 서슴지 않고 이렇게 대답했습니다.

"나리, 학은 원래 다리가 하나밖에 없습니다." 그러자 쿠르라도는 화가 나서 말했습니다. "뭣이라고! 학이 한쪽 다리밖에 없다고? 내가 이런 학밖에 보지 못한 줄 아느냐?" 키키비오는 얼른 대꾸했습니다. "나리, 제가 말씀드리는 그대로입니다. 원하신다면 살아있는 놈을 보여드리죠."

쿠르라도는 동석한 손님 앞에서 체면도 있고 하여 그 이상 말다툼을 벌이지 않기로 하고 이렇게 말했습니다.

"그럼 내가 이제껏 본 적도 들은 적도 없는 다리 하나, 발 하나인 학을 보여 준다면 내일 아침에 보리라. 보면 납득이 가겠지. 하지만 하느님께 맹세하건대 만약 네 말이 거짓말이면 네가 살아 있는 한 내 이름을 고통스러운 마음으로 생각해 내도록 혼쩌검을 내줄 터이니 그리 알아라."

이렇게 그날 밤은 입씨름으로 그쳤습니다만 화가 치밀어 잠을 잘 자지 못했기 때문에 쿠르라도는 다음 날 아침이 되자 분연히 일어나 하인에게 말을 준비시켰습니다. 그리고 키키비오를 한 늙다리 말에 태워 가지고 일출 때쯤이면 학을 볼 수 있다는 큰 강가로 데리고 갔습니다.

　"엊저녁에 거짓말한 게 넌지 난지 당장에 알게 될 거야."

　키키비오는 주인의 화가 아직 가라앉지 않은 것을 알고 온 세계의 공포를 혼자 짊어지기라도 한 것처럼 벌벌 떨면서 쿠르라도 옆을 말을 타고 따라갔습니다. 아무리 그럴듯한 변명을 생각해 내려고 해도 얼른 떠오르지 않았습니다. 할 수만 있다면 꼭 도망쳤으면 싶었습니다. 그러나 그렇게도 하지 못한 채 사방을 홀금홀금 둘러보며 눈에 띄는 놈은 모조리 두 다리의 학이 아니겠는가 하고 걱정하는 것이었습니다.

　그런데 강가에 당도해 보니 모래사장에 있는 열두어 마리의 학이 희한하게도 하나같이 한 다리로 서서 자고 있지 않겠습니까. 학은 잠잘 때는 그렇게 하니까요. 거기서 그는 학을 손가락으로 가리키며 쿠르라도에게 말하였습니다.

　"나리, 잘 보십시오. 엊저녁에 제가 드린 말씀이 정말이지요. 저기 서 있는 것을 바라보시면 학의 다리가 하나밖에 없다는 걸 아실 겁니다."

　쿠르라도는 학을 보고 이렇게 말했습니다. "아니 잠깐, 이제 내가 다리가 둘이라는 걸 알게 해 줄 테니." 그렇게 말하고 잠들어 있는 학들 곁으로 다가가서 "휘이, 휘이!" 하고 크게 소리를 질렀습니다. 그 소리에 잠이 깬 학들은 한쪽 다리를 마저 내어 두어 걸음 걷다가 훌쩍 날아가 버렸습니다.

그러자 쿠르라도는 키키비오를 보며 말했습니다. "어떠냐? 이 거짓말쟁이야. 다리는 두 개가 맞지?" 키키비오는 눈을 희번득거리며 우물쭈물하더니 대답했습니다.

"네, 나리. 하지만 나리는 엊저녁에 '휘이휘이' 소리는 외치지 않으셨습니다. 만약에 식탁에서 그렇게 외치셨더라면 지금 날아간 학들처럼 그 학도 한쪽 다리를 마저 내놓았을 텐데요."

쿠르라도는 이 대답이 크게 마음에 들었으므로 이제까지의 노여움도 싹 가셔서 웃음을 터뜨리며 이렇게 말했습니다.

"키키비오, 네 말이 맞다. 그렇게 했더라면 됐을걸."

이와 같이 키키비오는 재치 있고 유쾌한 대답을 했기 때문에 재난을 면하고 주인과의 사이도 원만하게 되었습니다.

다섯 번째 이야기

포레세 다 라바타와 조토 화백이 무젤로에서 돌아오는 길에 상대방의 초라한 모습을 경구를 써서 희롱한다.

네이필레의 이야기가 끝나자 부인들은 요리사의 재치에 크게 기뻐하였으며, 여왕의 명령으로 팜필로가 이야기를 하였습니다.

친애하는 여러분, 앞서 팜피네아의 이야기에서처럼 운명이라고 하는 것은 천한 직업의 그늘에도 훌륭한 덕의 보물을 숨겨 놓고 있는 것처럼, 자연도 인간의 추한 모습 뒤에 굉장한 재능을 숨겨 놓기도 합니다. 이런 일은 이제부터 제가 요약해서 들려 드리는 우리들과 같은 도시에 살고 있는 두 시민에게도 잘 나타나 있습니다.

한 사람은 포레세 다 라바타(1300년대 전반의 뛰어난 법률가)라고 하며 키가 작고 뚱뚱해서 몹시 볼품이 없는데다가 코까지 납작했기 때문에 바론치 집안(이 가문은 피렌체의 오래된 문벌이었지만 집안 대대로 용모가 흉하기로 유명했고, 산타 마리아 마치오레 사원 근방에 몇 개의 저택을 갖고 있기도 했다)의 가장 못생긴 남자와 비교해도 그가 더 못생겼다고 생각할 정도였습니다. 그러나 법률에 정통하고 있어서 많은 사람들에게 민법의 대가라는 평판을 받고 있던 훌륭한 인물이었습니다.

또 다른 한 사람은 조토라고 하는 굉장한 재능을 가진 화가였습니다. 그의 천재적인 재능은 만물을 탄생시킨 어머니이고 하늘의 끊임없는 운행의 조작자인 자연(당시에는 아리스토텔레스의 학설에 의해, 자연이 만물의 창조자이며 육성자로 여겼다)에는 아무것도 보탤 필요가 없을 정도였습니다. 즉, 그 사람은 철필 또는 펜이나 화필로 자연에 유사하게 자연을 그리는 것이 아니었습니다. 오히려 그가 그린 여러 가지 자연 물체는 닮았다고 하는 것보다, 보는 이의 시각이 잘못된 것으로 여길 정도로 오히려 진짜라고 생각되었습니다.

그렇기 때문에 몇 세기 동안 지식인의 지성에 호소하는 것보다, 무지한 사람들의 눈을 즐겁게 해 주려고 그려왔던 일부

화가들의 오류로 인해 묻혀 버렸던 예술에 다시 빛을 주었으므로, 피렌체의 영광스런 공적이라고까지 말하고 있었습니다. 그러므로 당시의 화가들 사이에 화백 중의 화백이었으나 그는 너무나 겸손해서 언제나 그렇게 불리어지는 것을 사양했습니다.

더욱이 조토에 의해서 반려된 이 화백 중의 화백이라는 칭호는 그보다 못한 패거리나 제자들이 앞 다투어 빼앗아 갔으나, 그것이 그에게는 더욱더 영광을 보태는 결과가 되었습니다. 그럼에도 불구하고 그의 예술은 위대한 것이었으나, 용모나 체구에 있어 포레세보다 누가 봐도 낫다고 할 수는 없었습니다.

이제 본래의 이야기를 하자면, 포레세와 조토는 무젤로에 그들의 소유지를 갖고 있었습니다. 포레세는 때마침 재판소가 여름 휴가기여서 자기의 소유지를 보러 갔습니다. 세를 낸 늙은 말을 타고 돌아오는 길에, 똑같이 자기의 소유지를 돌아보고 피렌체로 돌아가는 조토를 우연히 만났습니다. 조토는 타고 있는 말이나 행색이 더 형편이 없었습니다. 두 사람은 늙었으므로 천천히 말을 몰아 앞서거니 뒤서거니 했습니다. 그런데 여름에 흔히 있는 일이지만 갑자기 소나기를 만나, 두 사람은 친구이기도 하고 서로 아는 사이이기도 한 어느 농가로 달려 들어갔습니다.

그러나 좀처럼 비가 멎을 것 같지도 않고, 두 사람은 그날 중으로 피렌체로 돌아가야 했기 때문에 로마냐 지방에서 사용되던 낡은 소매 없는 망토와 낡고 닳아서 너덜너덜한 모자를 빌려 쓰고(공교롭게도 다른 것이 없었기 때문에) 말을 타고 떠났습니다.

이렇게 말을 타고 가는 동안 비에 흠뻑 젖고, 말이 차올리는 진흙으로 온몸은 진흙투성이였습니다. 이런 보기 흉한 모습을 보면 그 누구도 존경심 따위는 생기지 않을 것입니다.

그 사이에 일기도 어느 정도 회복되었기 때문에 오랫동안 침묵을 지키며 걷던 두 사람이 말을 하기 시작했습니다.

포레세는 말 위에서 상당히 이야기를 잘하는 조토의 말에 귀를 기울이면서 머리에서 발끝까지 아래위로 그를 훑어보고 있었습니다. 그리고는 너무나 더러워져서 보기 흉한 모습을 보고 자기 꼴은 생각지도 못하고 껄껄 웃으면서 이렇게 말했습니다.

"조토, 지금까지 한 번도 자네를 본적이 없는 사람이 자네 꼴을 본다면 과연 자네를 화백 중의 화백이라 생각할 수가 있을까?" 그러자 조토는 맞받아 대답했습니다.

"포레세, 바로 그 사람이 자네를 보고 이 남자는 ABC 정도는 알고 있을까 하고 생각한다면 나를 그렇게 생각할 걸세."

포레세는 이 말을 듣고 자기의 잘못을 깨닫고 '오는 말이 고와야 가는 말도 곱다' 라는 속담을 분명히 깨달았던 것입니다.

여섯 번째 이야기

미컬레 스칼차는 청년들에게 바론치 집안이 세계 최고의 귀족이라고 저녁

내기를 하여 이를 증명하고 이긴다.

팜필로의 이야기에 부인들은 모두 즐거워하고 여왕의 분부로 피암메타가 이야기를 시작했습니다.

여러분, 앞에서 이야기한 바론치 가문의 일은 여러분께서는 잘 알지 못하리라고 생각합니다. 그 얘기를 듣고 내 기억에 바론치 가문에 얽힌 한 이야기가 떠올랐습니다. 그것은 그 가문이 얼마나 고귀한 문벌이었는가를 증명해 주는 이야깁니다만, 오늘의 주제에 어긋나지 않는다고 생각되므로 자진해서 이야기하려고 생각하는 바입니다.

우리 시에 미켈레 스칼차가 살고 있었던 것은 그리 오래된 일은 아닙니다. 그는 세상에서도 드물게 보는 믿음직스럽고 쾌활한 젊은이로 언제나 색다른 얘깃거리를 마련해 가지고 있었습니다. 그래서 피렌체의 청년들은 무슨 모임을 가질 때마다 그가 참가하는 것을 반가워하고 그 역시 그것을 즐거워했습니다.

그런데 어느 날 이런 일이 있었습니다. 즉 그가 몇 사람의 친구와 우기의 언덕으로 올라갔을 때 그들 사이에서 어느 가문이 피렌체 제일의 귀족이며 유서 깊은 가문일까라는 논의가 벌어졌던 것입니다. 어떤 자는 우베르티 가문이라 하고, 다른 자는 람베르티 가문이라고 하며 저마다 생각나는 가문의 이름을 댔습니다. 이때 아무 말 없이 가만히 듣고 있던 스칼차는 빙그레 웃으며 이렇게 말했습니다.

"다들, 집어치워. 자네들은 왜 그렇게 어리석은가. 자네들은 자기가 하고 있는 말이 뭔지도 모르는 모양이군. 가장 오래되고 가장 높은 귀족 문벌은 피렌체는 고사하고 온 세계에서도 마렘마에서도(넓은 곳과 좁은 곳을 비교한 말 맞춤의 대구(對句). '온 세계와 마렘마에서도'는 '온 세계를 강조하는 말.' 마렘마는 더러운 늪지로서 좁은 곳이다) 바론치 가문이라는 건 뻔하지 않은가. 이것은 모든 학자가, 그리고 나처럼 그 가문을 잘 알고 있는 모든 사람이 그렇게 인정하고 있어. 자네들이 다른 가문과 혼동하면 난처하니까 다짐을 하는 바이지만 내가 말하는 것은 산타마리아 마치오레 사원 옆의 바로 자네들 집 근처의 바론치 가문 말일세."

청년들은 그가 다른 가문을 댈 것이 틀림없다고 생각했으므로 그 말을 듣자 모두 한결같이 빈정거리면서 이렇게 말했습니다.

"아니, 우릴 놀리는 건가. 자네 말투는 우리가 바론치 가문을 전혀 모른다고 단정하는 것 같은데."

그러자 스칼차는 말했습니다.

"절대로 놀리지는 않아. 사실을 곧이곧대로 말하고 있어. 어디 누구든 나하고 저녁내기라도 할까? 즉, 내기에 이긴 자에게 그가 선택한 친구 여섯 명과 더불어 저녁을 대접한다. 나는 기꺼이 내기에 응할 테니까. 아니 그 이상의 짓이라도 하겠다. 심판자로 자네들 중의 하나를 선정하고 그 심판의 판정에 복종할 테니까."

친구들 중에서 네리 만니니라는 자가 그 내기를 하자고 나섰습니다.

"그럼, 내가 내기를 하고 저녁이나 얻어먹지."

이렇게 하여 일동이 피에로 디 피오렌티노를 심판으로 뽑는 일에 의견의 일치를 보아 그의 집으로 몰려갔습니다. 다른 축들도 스칼차가 져서 당황하는 꼴을 보려고 같이 몰려가서 이 문제를 논의했습니다.

피에로는 신중한 성격의 사나이였으므로 먼저 네리의 주장을 듣고 다음에 스칼차를 향해 말했습니다.

"그런데 자네는 자신의 의견을 어떻게 증명할 수 있는가?

스칼차는 대답했습니다.

"어떻게 증명할 수 있냐고? 그럼 나는 자네뿐만 아니라 다른 모든 반대자들도 나의 주장이 옳다고 긍정할 만한 올바른 이유를 말하기로 함세. 자네도 알다시피 인간이라는 것은 '오래면 오랠수록 귀하다('낡았다'는 것을 '귀하다'는 것의 기초로 아리스토텔레스의 학설이다. 단테는《향연》에서 이 사고를 반대하고 있다)'고 한다네. 이것은 아까 우리들 사이에서 논의되었던 바일세. 그러니 바론치 가문이 어느 가문보다 오래 되었다고 한다면 가장 높은 귀족성이 있다는 말이 되지. 그와 같은 관계로 바론치 가문이 어떤 가문보다 가장 오래된 가문이라는 것을 증명하기만 한다면 어김없이 나는 이 내기에 이기게 되는 것이네. 여기서 자네에게 말하고자 하는 바는 바론치 가문은 신께서 그림을 익히기 시작했을 때에 창조하신 가문이다 그 말이네. 이와 반대로 다른 가계는 그림 솜씨가 숙달된 뒤에 창조하신 가계라는 것을 알아야 해. 한데 이것이 진실이라는 것은 바론치 가문의 사람들과 다른 가계의 사람들을 비교해 보면 알 수 있을 것이네. 다른 가계의 사람들은 정돈되고 신체도 균형이 잡히고 있는데, 바론치 가문의 사람들을 살펴볼 것 같으면 어떤 자는 아주 기다랗고 좁은 얼굴을 하고 있는가 하면, 어떤 자는 지질펀펀한 얼굴을 하고 있으며, 또 사뭇 코가 기다란 자가 있는가 하면, 짤막한 코를 붙인 자도 있다네. 그리고 또 걷어 말린 주걱턱도 있고, 툭 내민 턱을 가진 자도 있지. 마치 당나귀 턱같이 말일세. 또 한쪽보다 축 처져 붙은 것도 있다네. 그야말로 그림을 배우기 시작한 어린 아이가 그린 얼굴이나 마찬가지 아닌가. 그러니까 아까도 내가 말한 것과 같이 신께서 그림을 익히기 시작하셨을 즈음에 바론치 가문을 만드셨다는 뚜렷한 증거이네. 그러니 다른 가계보다 오래 되고 고귀한 문벌이라고 할 수 있지 않은가?"

이렇게 설명하는 것을 듣고 심판인 피에로도 저녁내기를 건 네리도 다른 자들도 모두 그 사실을 깨닫게 되어 스칼차의 유쾌한 변설에 '와아' 하고 웃음을 터뜨렸으며, 그가 정녕 저녁 식사 내기에 이겼다고 인정하고, 또한 확실히 바론치 가문 사람들이야말로 피렌체는 고사하고 온 세계에서도 마렘마에서도 가장 오래되고 고귀한 사람들이라는 것을 서로 인정하게 되었습니다.

일곱 번째 이야기

필리파 부인은 애인과 함께 있다가 남편에게 발각되어 법정에 서게 되지만 즉각 기지를 살린 대답을 해서 법률을 개정시킨다.

이윽고 피암메타의 이야기는 끝이 났으나 일동은 스칼차의 흥겨운 변설에 웃음을 그칠 줄 몰랐습니다. 그러자 여왕은 다음 이야기를 하도록 명령하여 필로스트라토의 이야기가 시작되었습니다. 언변이 좋다는 것은 온갖 일에 있어서 좋은 일입니다만, 특히 적절할 때에 말솜씨가 좋다는 것은 훌륭한 일이 아닐 수 없지요. 제가 지금 이야기하려는 이 귀부인이야말로 그런 분입니다. 이분은 뛰어난 화술로 듣는 사람들에게 즐거운 웃음을 선사할 뿐만 아니라 이제부터 제 얘기를 들으시면 아시겠지만, 죽음에 직면한 불명예의 함정에서 자신을 구할 수도 있었습니다.

옛날 프라토라는 동네에는 실제로 가혹하다기보다 비난받아 마땅한 법률이 있었습니다. 이 법률은 정부와 간통하다가 남편에게 발각된 여자는, 매춘을 하나 발각된 여자와 똑같이 차별하지 않고 불에 태워 죽이는 형벌 규정이었습니다.

그런데 이런 법률이 시행되고 있는 때에, 미인이며 남달리 바람기가 많았던 필리파라는 귀족 부인이 자기 침실에서, 목숨보다 더 사랑하고 아끼던 이 지방의 미남의 젊은 귀족인 라차리노 데 과찰리오트리의 팔에 안겨 있는 것을 남편인 리날도 데 풀리에지에게 발각이 되고 말았습니다. 현장을 목격한 리날도는 몹시 흥분하여 당장 죽이려고 했으나 간신히 참았습니다. 사실 자신의 뒷일을 걱정하지 않았더라면 화가 너무나 치밀어 그들을 죽였을지도 모릅니다. 그러나 간신히 참으면서 자기 손으로 판결을 내리는, 즉 자기 손으로 아내를 죽이는 일은 용납되지 않았지만, 프라토의 법률에 좇아서 그것을 실행하려는 결심은 억제할 수가 없었습니다. 그리하여 아내의 죄를 증명하기에는 증거가 충분했으므로 날이 밝자, 달리 남의 의견도 들어보지 않고 재판소에 아내를 고소해서 소환하도록 하였습니다.

대개 연애에 빠져 있는 여자들이 그렇듯이 이 여자도 대담했기 때문에, 많은 친구들이나 친척들이 만류함에도 불구하고, 비겁하게 재판소에 출두하지 않고 도망하여 어젯밤 안겼던 연인의 정부답지 않은 사람이 되느니, 차라리 제 발로 찾아가 있는 그대로를 고백하고 미련 없이 용감하게 죽어 버리는 편이 낫다고 굳게 결심했습니다. 그래서 그녀를 둘러싼 많은 남녀들로부터 사실을 부정하도록 격려를 받으며 시의 장관 앞에 나아가자, 안색 하나 변하지 않고 분명한 말투로 자기에게 묻고자 하는 일이 뭐냐고 물었습니다.

장관은 그녀를 보니 상당한 미인이며 말씨나 행동이 기품 있는 여자임을 알았고, 그녀의 증언을 듣고 있는 사이에 고상한 마음씨를 가진 것도 알게 되어 동정심이 생기기 시작했습니다. 그리하여 잘못하면 그녀 스스로 불명예로서 상처받기보다는 차라리 자기를 사형에 처하도록 고백하지나 않을까 하고 걱정이 되었습니다. 그러나 고소당한 사건에 대해서 질문을 중단할 수는 없기 때문에 이렇게 말했습니다.

"부인, 보시다시피 여기에는 당신의 남편인 리날도가 있으며, 몹시 유감스럽게도 당신과 다른 남자와의 불륜 현장을 목격했노라고 말하였습니다. 그 이유로 이곳 법률에 따라 사형에 처해 달라고 나에게 소원하였습니다만, 당신이 고백하지 않으면 나는 사형에 처할 수 없습니다. 그러므로 심사숙고하셔서 당신의 남편이 소청한 일이 사실인지 여부를 대답하시기 바랍니다."

그러나 부인은 조금도 당황하지 않고 아주 침착한 목소리로 이렇게 대답했습니다.

"장관님, 리날도는 저의 남편이며, 어젯밤 그가 라차리노의 팔에 안겨 있는 저를 발견한 것도 사실입니다. 그것은 제가 그를 진심으로 사랑하고 있었기 때문이며 절대로 부인하지 않겠습니다. 그러나 당신도 알고 계실 줄 믿습니다. 법률은 평등해야 한다고 생각합니다. 그래서 그와 관련이 있는 모든 사람의 동의 아래 만들어지지 않으면 안 되는 것이라고 확신합니다. 그러나 이 법률은 그렇게 만들어져 있지 않습니다. 다시 말씀드리면 부인은 남자보다 많은 사람을 만족시킬 수가 있는데도 불구하고 부인만을 몹시 구속하고 있기 때문입니다. 그뿐만 아니라 이 법률이 만들어질 때 여자는 아무도 동의한 사람이 없으며, 의견을 청취 받은 사람도 없었습니다. 그러므로 악법이라 해도 마땅한 법률입니다. 이러한 사실에도 불구하고 장관님이 나의 육체에 편견을 가지시고, 자신의 마음에 거역하면서까지, 이 법률의 집행자가 되고 싶으시다면 그리 하시기 바랍니다. 그러나 어떠한 판결을 내리시기 전에 저에게 약간의 자비를 내려 주시길 바랍니다. 그것은 장관님이 저의 남편에게 그가 원할 때는 언제 어느 때라도, 그리고 몇 번이라도 제 몸을 맡기지 않았는지, 싫다는 말을 한 적이 있는지 직접 물어 주시길 바랍니다."

이에 대해서 리날도는 장관이 물어 보기도 전에 즉석에서 아내는 조금도 싫은 기색 없이 자기가 원할 때마다 언제나 즐겁게 충족시켜 주었다고 대답했습니다. "그럼, 장관님." 부인은 곧 말을 계속했습니다.

"묻고 싶습니다만, 만약에 남편이 필요하고 즐거운 일을 언제나 저로부터 얻고 있었다고 한다면, 한편 저는 그래도 주체하지 못하는 것을 어떻게 처리했어야 했겠습니까? 저를 자기의 생명보다도 더 사랑해 주시는 한 젊은 귀족에게 주는 편이 허비하거나 썩혀 버리는 것보다 훨씬 좋지 않았을까요?"

법정에는 간통죄의 심문이 행해지고 더구나 매우 이름이 알려진 귀부인에 대한 사건이었으므로, 프라토의 모든 사람이 몰려왔습니다. 그들은 이 통쾌한 답변을 듣고 모두 크게 웃고는 이구동성으로 부인이 말하는 것은 합당하다, 참 말 잘했다고 외쳤습니다.

그래서 사람들은 법정에서 돌아가기 전에 장관의 권유도 있었기 때문에, 그 잔혹한 법률은 돈을 받고 남편을 배신한 부인에게만 적용하도록 개정되었습니다.

이리하여 리날도는 이같은 뜻하지 않은 법 개정으로 다만, 넋을 잃고 서 있다가 이윽고 법정을 나가 버렸으며, 부인은 화형을 면하고 자유의 몸이 되어 기뻐서 의기양양하게 집으로 돌아갔다고 합니다.

여덟 번째 이야기

프레스코가 조카딸에게 그녀가 말한 것처럼 불쾌한 사람을 보는 것이 싫으면 거울을 보지 말라고 위로한다.

부인들은 필로스트라토의 이야기에 흠뻑 빠져 귀를 기울이면서 부끄러워 얼굴을 붉히고 웃음을 참으며 듣고 있었습니다. 그리고 그의 이야기가 끝났을 때 에밀리아를 돌아보며 이야기를 하도록 분부하여, 다른 생각에 빠져 있던 그녀는 숨을 한 번 크게 쉰 다음 이야기를 시작했습니다.

자, 친애하는 여러분, 잠깐 딴 생각을 하느라 정신을 빼앗기고 있었기에 짧은 이야기로 여왕의 뜻에 합당하도록 이야기를 시작하겠습니다. 이것은 젊은 아가씨가 백부의 풍차 이야기를 이해할 수 있었더라면 어리석은 여자가 되지는 않았을 것이라는 이야기입니다.

프레스코 다 체라티코(체라티코 성의 성주이며 귀족인 프란체스코 디 프레스코발디)라는 사람에게 체스카(프란체스카의 약명)라는 애칭으로 불리어지고 있던 조카가 있었습니다. 그녀는 얼굴도 자태도 다 아름다운 아가씨였습니다(다만, 자주 볼 수 있는 천사의 모습과는 거리가 멀었습니다만).

그런데 그녀는 항상 아름답다거나 기품 있다라는 말을 듣고 있었기 때문에, 기고만장하여 자기의 눈에 띄는 남자든 여자든 무엇이든 악담을 하는 것이 버릇이 되어 있습니다.

그녀는 몹시 성미가 까다롭고 싫증을 잘 내고 누구보다도 화를 잘 내는 성질로 무슨 일이든 자기 마음에 들지 않았습니다. 거기다가 그 거만함이란 프랑스 왕족이라도 그 이상은 아니었을 겁니다. 그렇기 때문에 길을 가다가 쓰레기가 타는 고약한 냄새가 코를 찔렀을 때처럼, 사람을 만나면 악취를 맡은 것처럼 얼굴을 찌푸렸습니다. 또한 그 밖에도 성미가 까다로워 불쾌한 태도가 많았지만 그것은 제쳐놓기로 하고, 어느 날 그녀가 집에 돌아와 보니 백부인 프레스코가 와 있었습니다. 그녀는 잔뜩 상을 찌푸리고 옆에 앉아 깊은 한숨만 쉬는 것이었습니다. 그래서 프레스코가 이렇게 물었습니다.

"체스카, 오늘은 축제날인데 왜 이렇게 빨리 돌아왔나?"

그녀는 무뚝뚝하게 다음과 같이 대답했습니다.

"예, 말씀대로 일찍 돌아왔습니다. 그렇지만 오늘처럼 이 거리에 불쾌하고 재미없는 남녀가 많은 것을 본 일이 없기 때문이에요. 거기다가 길을 지나가는 사람도 모두가 불쾌한 사람들뿐이고 정말 재수가 없어요. 나처럼 불쾌한 것을 싫어하는 사람도 없잖아요. 그래서 더 보지 않으려고 이렇게 빨리 돌아온 거예요."

프레스코는 이 말을 듣고 조카의 태도가 못마땅해서 이렇게 말했습니다.

"아가야, 네가 말하듯이 그렇게도 불쾌한 것이 마음에 들지 않거나, 또 언제나 즐겁게 살고 싶으면 앞으로는 거울에 자기를 비춰 보지 않는 것이 좋을 게다."

그러나 속이 텅 빈 갈대 이상으로 머리가 텅 빈 주제에 솔로몬 왕과 자기를 비교하려고 덤비는 그녀로서는 프레스코의 진정한 경구도 소귀에 염불을 외듯이 알아듣질 못하고 어리석었으므로, 오히려 다른 여자들처럼 거울을 볼 작정이라고 대답하는 상태였습니다. 이래서 그녀는 세월이 흘러도 어리석은 그대로 현재도 그런 생활을 하고 있습니다.

아홉 번째 이야기

귀도 카발칸티는 갑자기 자기를 둘러싼 기사들에게 경구로 품위 있게 경고를 한다.

에밀리아의 이야기도 끝이 났으므로 마지막 은전의 특권을 가진 디오네오 이외에는 여왕 자신밖에 남지 않았음을 알고 여왕은 다음의 이야기를 시작했습니다.

여러분, 오늘 제가 이야기를 하려고 생각했던 것을 여러분들에게 선수를 빼앗겨 두 가지 이상이나 이야기를 하고 말았습니다. 그래도 아직 한 가지가 남아 있습니다. 그 이야기의 끝머리에는 지금까지 이야기했던 것처럼 예지의 번쩍임은 없다고 말하실런지도 모르지만 훌륭한 경구를 품고 있습니다.

이제 여러분께서 미리 알아주십사 하는 것은 옛날에는 우리들의 도시에 극히 칭찬할 만한 아름다운 풍습이 있었다고 하는 사실입니다. 그러나 이 시의 사람들이 모두 유복해지자 탐욕이 증가된 탓으로 아름다운 풍습은 모조리 자취를 감추어 오늘날에는 아무것도 남아 있지 않습니다.

그 좋은 풍습의 하나로서 피렌체 곳곳에 있는 귀족들이 모여 몇 개의 단체를 만들어 기꺼이 비용을 낼만한 사람을 입회시키는 클럽이 있었습니다. 그것은 오늘은 누구, 내일은 누구처럼 순번을 정해서 그 사람이 순번이 된 날에는 회원 전부를 식사에 초대하며, 더구나 때마침 내방중인 외국의 귀족이나 일반 시민들도 가끔 초대되었던 것입니다.

또한 적어도 1년에 한 번은 모두 똑같은 옷을 입고, 그 축제날에는 말을 타고 거리를 천천히 보조를 맞춰 누비고 다녔습니다. 그리고 때로는, 즉 대축제 날이라든가 전승(戰勝)의 통보라든가 그 밖의 좋은 소식이 있을 때는 무술 시합을 열기도 했습니다.

이러한 단체 중에 베토 브루넬레스키(베네딕토 브루넬리스키를 말하며 교황당, 즉 교황청의 우두머리의 한 사람으로 1311년에 피살됨)의 단체가 있었는데 베토나 그 동료회원들은 카발칸테 데 카발칸티의 아들인 귀도(귀도 카발칸티(1225~1300). 단테의 친구이며 시인)를 입회시키려고 열심히 연구를 하고 있었습니다. 거기에는 이유가 없지는 않았습니다. 즉, 이렇게 말하는 것은 그는 세계에서 우수한 이론가의 한 사람이며 또한 물리학자였습니다(그런 일은 클럽에서는 문제 삼지 않았지만). 또한 매우 우아하고 예의바르고 대단한 웅변가였으며, 자기가 하고자 하고 귀족에게 적합한 것이면 그 누구보다도 훌륭히 해낼 수 있었기 때문입니다. 거기에다 상당한 부자였고 가치가 있다고 생각되는 사람이면 그 명예를 최고로 칭찬하는 일을 잊지 않았습니다.

그러나 베토는 아무리 해도 그를 입회시킬 수가 없었습니다. 그래서 베토나 그의 동료들은 귀도가 가끔 사색에 빠져 현실을 망각하는 탓일 거라고 생각했습니다. 거기에다 귀도는 쾌락주의적인 의견을 가지고 있었기 때문에 사람들은 그의 사색은 신이 존재하지 않는다는 것을 발견하려 하고 있을 뿐이라는 소문이었습니다.

그런데 어느 날 귀도는 오르토 산 미켈레를 나와 늘 산책을 하러 가는 길목인 아디마리 거리에서 산 조반니 사원 근처까지 걸었습니다. 이 사원 근처에는 대리석의 묘나 그밖에 돌로 된 묘비가 많이 있었는데, 그는 거기에 있는 반암(斑庵)의 기둥과 지금 말한 것 같은 묘와 묘비, 때마침 문이 닫혀 있는 산 조반니 사원의 입구 사이에 서 있었습니다.

그때 베토가 클럽 회원들과 함께 산타 레파라타 사원의 광장 쪽으로 말을 타고 왔다가 귀도가 묘지 사이에 있는 것을 발견하고 그들은 이렇게 말했습니다.

"한 번 놀려 주러 가자."

일동은 말에 박차를 가하며 즐거운 습격이라도 하듯이 말을 달려 그가 조금도 눈치채지 않는 사이에 옆에까지 가서 이렇게 말을 걸었습니다.

"귀도, 자네가 우리 클럽의 회원이 되기를 꺼리는가 본데 만약에 자네가 신이 존재하지 않음을 발견하면 어쩔 셈인가?"

귀도는 사람들에게 둘러싸인 것을 보자 즉각 이렇게 말했습니다.

"여러분, 여러분이 자기 집에 있을 때는 제멋대로 말을 하는 법이지." 하고는 옆에 있던 큰 묘에 손을 짚더니 몸이 상당히 가벼운 사람이었기 때문에 건너편으로 한 번 뛰어넘어 그들 곁에서 떠나가 버렸습니다.

모두들 한동안 넋을 잃고 있다가 곧 저놈은 정신이 돌았다든가, 그가 말한 것은 달리 뜻이 없는 것이니 하면서 서로 소란을 떨었습니다. 이런 곳에서 일반 시민들은 어떨지 모르지만, 귀도 역시 우리들과 마찬가지로 무엇을 할 수 있단 말이냐 하고 시끄럽게 떠들었습니다. 그러자 베토는 모두에게 결론처럼 말을 했습니다.

"그가 말한 것을 알아듣지 못하면, 정신이 돈 것은 자네들 쪽일세. 그는 품위 있는 짧은 말로 우리들한테 최대의 욕을 한 것이다. 즉, 잘 보게. 여기에 있는 많은 묘는 죽은 사람의 집이 아닌가. 그러니까 죽은 사람이 들어가 살고 있지. 그것을 그는 우리들의 집이라고 말하여, 우리들과 그 밖의 교양과 학문이 없는 자들과, 그나 학자들과 비교해서 죽은 사람보다도 못하다고 비꼰 것일세. 그러니까 여기에 있는 우리들은 지금 자기 집에 있는 것이지."

그러자 비로소 그들은 귀도가 말한 뜻을 깨달아 수치를 느끼고 다시는 클럽에 입회하도록 권유하지도 않았습니다. 또한 베토가 머리가 좋고 이해력이 넓은 기사라고 생각하게 되었습니다.

열 번째 이야기

수도사 치폴라는 농부들에게 천사 가브리엘의 날개를 보여 주겠다고 약속한다. 그런데 날개 대신 숯밖에 없었으므로 이것은 성 로렌초를 태운 숯이라고 말하며 얼버무린다.

여왕의 이야기도 다 마쳤으므로 마침내 마지막의 디오네오의 차례가 되었습니다. 일동이 귀도의 속 깊은 경구에 감탄을 하며, 저마다 얘기를 하고 있어 디오네오는 모두에게 주의를 환기시키며 입을 열었습니다.

여러분, 저는 제가 가장 마음에 드는 이야기를 할 특권을 얻고는 있습니다만, 오늘은 여러분이 훌륭하게 이야기한 주제에서 벗어나지 않을 생각으로 있습니다. 여러분의 이야기에 보조를 맞춰 성 안토니오회(이곳 수도사들은 순박한 농민들에게 금품을 긁어냈으므로 평판이 아주 나빴다. 1240년 교황 그레고리오 9세는 사교들에게 수도사들의 사기 행위를 엄하게 지적한 편지를 냈다)의 수도사 하나가 두 젊은이에게 모욕당하려는 찰나에 그것을 어떻게 교묘하고 재치 있게 막아냈는지 그 이야기를 하려고 합니다. 아직 해도 중천에 걸렸으니 이 이야기의 내용을 늘여 소상하게 해도 여러분께 폐가 되지는 않으리라 생각합니다.

여러분도 아마 들었을 줄 압니다만, 체르탈도라는 거리는 우리 도시의 근교 발델사에 있는 성 아래의 거리입니다. 자그마한 성 아래 거리이기는 하지만 옛날에는 귀족이나 부자가 꽤 많이 살고 있었습니다.

이 거리에서는 좋은 목초가 난다고 해서 성 안토니오회의 수도사 하나는 한해에 한 번은 거리의 우매한 자들로부터 연보를 받아 가는 것을 연중행사로 하고 있었습니다. 그의 이름은 치폴라라고 했는데, 이 지방이 전 토스카나를 통틀어서 유명한 둥근 파(치폴라) 산지인 까닭도 있어 그 이름 때문에 크게 환영을 받았는지도 모를 일입니다.

이 수도사 치폴라는 애교 있는 붉은 얼굴의 왜소한 사나이였습니다만, 세상에서 드물게 보는 유쾌한 인물이었습니다. 게다가 아무런 학문도 없었는데 임기응변이나 유례가 없는 능변가로 그를 잘 모르는 사람은 수사학(修辭學)의 대가라고 생각했을 것이고, 로마의 웅변가 키케로(시세로)나 퀸틸리아노의 재현이라고까지 말했을 정도입니다. 이러한 관계로 이 지방 모든 사람의 친구이자 또 아버지를 대신 하는 사람이고, 그리고 또 자애로운 수도사였던 것입니다.

그는 또 변함없이 어느 해 8월에 이 거리에 찾아들었습니다. 그리고 어느 일요일 아침, 교구의 성당에 근방 마을의 선남선녀들이 미사를 드리러 몰려오자 때는 왔도다 하고 불쑥 앞에 나서서 이렇게 말했습니다.

"여러분, 해마다 여러분은 자신들도 알다시피 재산이나 신앙의 정도에 따라 밀이나 곡식을 거룩한 성 안토니오 님의 가난한 종에게 희사를 해 왔습니다. 그것은 성 안토니오 님께서 여러분의 소나 당나귀나 돼지나 양을 지켜 주시는 사례인 것입니다. 그밖에 한 해에 한 번 약간의 회비를 납부하게 되어 있으며, 특히 회에 적을 두신 분은 그렇게 하기로 작정되어 있습니다. 저는 그와 같은 것을 수집하기 위해서 장상(長上), 즉 수도회 회장의 지시로 여기 파견된 것입니다. 그러므로 여러분은 신의 축복을 받으시고 오후 세 시의 기도 뒤에 종소리가 울리면 이 성당 앞으로 모이십시오. 그렇게 하면 나는 여느 때와 마찬가지로 설교할 것이니 여러분은 십자가에 입 맞추어 주십시오. 그밖에(여러분은 모두가 거룩하신 성 안토니오 님을 깊이 믿고 계시므로) 나 자신이 바다 건너 성지에서 가지고 온 가장 신성하고 가장 아름다운 유물을 특별한 은총으로 여러분에게 보여 드리겠습니다. 그것은 천사 가브리엘 님의 날개의 하나인데, 천사가 나사렛에 수태고지 하러 오셨을 때 성모 마리아 님의 방에 남겨놓고 가신 것입니다." 이렇게 말하고 치폴라는 미사를 집전하러 돌아갔습니다.

그가 이런 이야기를 하고 있었을 때 성당 안에 많은 사람들 중에, 한 사람은 이름을 조반니 델 브라고니에라고 하고 다른 한 사람의 이름은 비아조 피치니라고 하는 대단히 짓궂은 두 청년이 있었습니다. 두 사람은 치폴라의 성스러운 유물의 이야기를 내심 비웃고 있었습니다만, 원래 이 수도사와는 친구로 사귀고 있는 사이였으므로 어디 한 번 천사의 날개를 보고 놀려 주리라고 별렀습니다.

두 사람은 그날 아침 치폴라가 거리의 중심인 언덕 위의 숙소에서 한 친지와 식사한다는 것을 알고, 식탁에 마주 앉았을 시간에 맞추어 그의 숙소로 찾아갔습니다. 그들의 계획은 비아조가 치폴라의 하인과 이야기하는 틈에 조반니는 그의 집에서 그 날개를 찾고 발견되면 몰래 감춘다, 그렇게 하고 그가 신자들 앞에서 어떻게 하는지 그 꼴을 보자는 것이었습니다.

수도사 치폴라에게는 이제 말한 바와 같이 하인이 하나 있었습니다. 어떤 사람은 '고래 구초'라든가 '더러운 구초' 또는 '돼지 구초'라고 부르는 사람도 있었습니다. 어찌나 더러운 놈인지 화가인 리포 토포조차도 그림으로 그리지 않을 정도였습니다. 치폴라는 이 하인에 대해 그의 친구들에게 농담 반 진담 반으로 이런 말을 곧잘 했습니다.

"내 하인 놈은 아홉 가지나 결점을 갖고 있다. 그 중의 어느 하나의 결점이라도 솔로몬이라든가 아리스토텔레스라든가 세네카가 가지게 된다면 이 훌륭한 사람들의 온갖 덕이나 지혜나 신성함을 망가뜨릴 것이다. 그런데 덕도 지혜도 경건함의 한 조각도 없는 이 사나이에게 아홉 개나 되는 결점이 있으니 어떤 놈인지 상상하고도 남음이 있겠지."

거기서 아홉 개의 결점이란 어떤 것인가 하고 물으면, 그는 노래처럼 가락을 붙여 이렇게 대답하는 것이었습니다.

"그렇다면 말해 주리. 어른 말 듣지 않고, 남의 흉보는 버릇에, 하나에서 열까지 잊어 먹고, 게다가 무례하기 짝이 없도다. 이 밖에도 결점은 수없이 많으나 그것은 차라리 말을 않으리. 한 가지 허리 잡고 웃을 일은 어딜 가나 마누라를 얻어 가지고 살림을 차리고 싶어하는 일. 그리고 지저분한 검은 수염을 매만지지도 않는 주제에 천하의 미남자로 자처하면서 자기를 한 번 본 여자들은 모두가 자기에게 반한다고 진심으로 생각하는 사나이라나. 그런 모양이니 제멋대로 하게 놓아두면 허리띠가 끌러진 것도 모르고 계집애 꽁무니만 쫓아다닐걸. 그렇지만 내게는 쓸모 있는 놈, 누군가가 나하고 단둘이서 비밀스런 이야기를 하려 해도 놈이 어느 새 중간에 끼어들어서 참견하니까 비밀 이야기는 아예 못하며, 내가 무슨 질문을 받을 경우엔 자칫 내가 대답하지 못할까 봐서 저 혼자 판단으로 '네' 라든가 '아니오'를 서슴지 않고 대신 대답해 주니 쓸모가 있지 않소."

한데 치폴라는 이런 사나이를 여관에 남겨 두고 아무도 내 물건에 손을 대서는 안 된다, 특별히 신성한 물건이 들어 있는 행낭은 아무도 만져서는 안 된다고 엄한 분부를 내렸습니다.

그러나 불결한 구초는 나이팅게일이 푸른 가지에 앉는 것보다도 더 부엌에 있는 것을 좋아했는데 특히 하녀 이외에 아무도 없을 때는 더욱 그랬습니다. 그런 그가 이 여관집 부엌에서 우둥퉁하게 살이 찌고 볼썽사납게 생긴 난쟁이를 겨우 면한 여자로, 닭똥을 주워 담는 그릇같이 생긴 유방을 가진 바론치 가문 사람들처럼 못생기고, 언제나 땀내를 풍기는 그 을음투성이 하녀였습니다만, 어떻든 여자를 발견해 냈으므로 콘도르가 시체를 쪼아 먹으려고 날아 앉듯이 주인인 치폴라의 방을 비워 놓고 신성한 물건을 내버려 둔 채 부엌으로 내려갔습니다. 그리하여 8월의 더운 날임에도 불구하고 화덕 곁에 자리잡고 앉아 누타라고 하는 그 하녀와 시시덕거리기 시작했습니다. 자기는 귀족 대리로서 차라리 거액이라고 할 수 있는 액수의 돈을 갖고 있으며, 또 주인어른이 말씀하거나 행동하시는 대로 자기도 말하고 행동할 수 있다고 코를 벌름거리며 호기를 부리는 것이었습니다.

그런 주제에 그 모자를 볼라치면 알토파시오의 가마솥에 처넣고 끓였으면 좋을 성싶을 정도로 기름때가 줄줄 흐르고, 조끼는 누덕누덕 기웠고, 그리고 목과 겨드랑이 밑에는 때가 켜로 들어앉아 몽고인이나 인도인의 직물 이상으로 여러 가지 빛깔이 나는 형편이었습니다. 구두는 아가리를 벌릴 대로 벌리고 양말도 구멍투성인 주제에 마치 자기가 샤틸롱(루카시에 있는 큰 수도원, 큰 가마솥에 고깃국을 끓여 가난한 자에게 주었기 때문에 전설처럼 내려오고 있다)의 영주라도 되는 듯 그녀에게 훌륭한 옷을 입혀 호사시켜 주고 싶다느니, 남의 턱하나로 움직이는 이런 환경에서 구원해 주고 싶다느니, 재산은 없으나마 미래의 행복을 바랄 수 있는 처지에 올려 앉혀주고 싶다느니 열심히 꼬이는 것이었습니다. 그 밖에 달콤한 사랑의 말로 여러 가지 약속을 늘어놓았으나 이도저도 모두 헛수고가 되어 이제까지의 그의 계획이 모두 그랬던 것처럼 실패로 끝나 버렸습니다.

그런데 두 청년은 돼지 구치오가 이 누타와 노닥거리는 것을 보고 자기들의 노력이 반으로 줄어들었다고 판단하고 크게 기뻐하며 활짝 열려진 치폴라의 방으로 들어 갔습니다. 둘이서 맨 먼저 한 일은 천사의 날개가 들어 있는 행낭을 찾는 일이었습니다. 행낭 속에 비단보자기로 몇 겹이나 싼 작은 상자가 있어 열어 보니 앵무새의 깃털 한 개가 들어 있었습니다. 두 사람은 이것이야말로 그가 체르탈도의 선남선녀에게 보여 준다고 약속한 천사의 날개임이 틀림없다고 생각했습니다.

사실 그런 것으로도 당시는 손쉽게 사람을 속일 수가 있었습니다. 아직 토스카나 지방에는 오리엔트의 아름다운 그림이나 물건은 그 시절에는 극히 조금밖에 들어와 있지 않으니까요. 그와 같은 것이 대량으로 들어와서 전 이탈리아를 파멸의 구렁텅이로 몰아넣은 것은 훨씬 뒤의 일이었습니다.

그러니 그런 것이 어느 부분에 조금은 알려졌다 하더라도 대부분의 평민들이 알 까닭이 있었겠습니까. 아직도 옛사람의 소박함과 우직성이 그대로 이어지고 있어 앵무새 같은 것은 본 적도 없으며, 옛날부터 들은 적도 없으므로 생각해 내지도 못했던 터입니다.

두 청년은 날개를 찾아내고는 크게 기뻐하여 그것을 꺼낸 다음 마침 방구석에 숯이 있었으므로 상자를 빈 것으로 두지 않기 위해 그것을 넣어 두었습니다. 그리고 상자를 덮고 아무도 건드리지 않았던 것처럼 그 전과 꼭 같이 해 놓고 의기양양하게 깃털을 가지고 돌아갔습니다. 이렇게 상자 속에 깃털 대신으로 숯이 들어 있는 것을 발견하면 치폴라는 어떻게 말할 것인가 하고 가슴을 졸이며 고대하고 있었습니다.

성당에 있던 단순 소박한 선남선녀들은 세 시의 일과 뒤에 천사 가브리엘의 날개를 볼 수 있다는 말을 듣고 미사가 끝나자 자기 집으로 돌아갔습니다. 그리하여 이 사나이에게서 저 사나이에게로, 이 여자는 저 여자에게 전하여 식사가 끝나니 셀 수 없을 정도로 많은 남녀가 거리의 가장 높은 곳에 몰려들어 그 날개를 보려고 기다렸습니다.

치폴라는 배가 불룩하도록 점심을 먹고 조금 눈을 붙였다가 세 시가 좀 지나자 일어났습니다. 그리고 숱한 거리 사람들이 천사의 날개를 보려고 몰려들었다는 말을 듣자 불결한 구초에게 종과 행낭을 가져오도록 분부했습니다. 구초는 마지못해 부엌의 누타 곁을 떠나 지시받은 물건을 가지고 어슬렁어슬렁 왔습니다. 그는 물을 어찌나 많이 마셨던지 물배가 차서 숨을 헐떡헐떡 몰아쉬며 당도하여 성당 입구에 있던 치폴라의 명령으로 힘껏 종을 울리기 시작했습니다.

온 거리의 사람들이 몰려들자 자기의 소지품이 건드려졌다고는 꿈에도 생각지 못하고, 치폴라는 지체 없이 설교로 들어가 자기에게 유리한 말을 물 흐르듯이 지껄여댔습니다. 그리고 마침내 천사 가브리엘의 날개를 보여 줄 단계에 이르자 먼저 사뭇 엄숙하게 고백의 기도를 드리고 두 개의 햇불을 밝힌 다음 우선 자기의 두건을 벗고 나서 천천히 비단 보자기를 풀어 작은 상자를 꺼냈습니다.

그는 또 한 번 천사 가브리엘과 그 유물에 찬사의 말씀을 드리고 작은 상자를 열었습니다. 그러자 그는 상자 속에 숯이 가득 들어차 있는 것을 보았습니다. 하지만 고래 구초가 그런 엄청난 짓을 할 사나이는 못 되었으므로 그가 했으리라고는 의심도 하지 않았습니다. 또 누군가가 그런 짓을 못하게 잘 감시하지 않았다고 그를 욕하지도 않았습니다. 다만 그가 얼마나 믿음성 없고 말을 들어먹지 않는 무책임한 얼간망둥이라는 것을 잘 알고 있으면서 자기의 소중한 물건의 감시를 부탁한 일을 마음속으로 뉘우치고 있었습니다. 그러나 그는 얼굴빛 하나 변하지 않고 얼굴을 들더니 두 손을 하늘 높이 쳐

들고 엄숙하고 우렁찬 목소리로 말했습니다.

"오, 신이시여, 신의 거룩한 힘을 영원히 찬양할지어다."

그리고 작은 상자의 뚜껑을 덮은 다음 군중을 향해 말했습니다.

"선남선녀 여러분, 나는 젊어서, 아니 어리다고 할 수밖에 없던 그 시절에 태양이 가장 빨리 떠오르는 동방 여러 나라를 상사의 분부로 순방한 일이 있습니다. 그러나 나는 포르첼라나 가문의 특권(피렌체의 유서 깊은 가문. 그 거리에 집을 많이 가지고 있었고 현재도 그 이름의 거리는 남아 있다. 그 가문에서 병원을 설립했다는 것은 널리 알려진 일이다. '특권'이라는 것은 입원이 '무료'라는 뜻으로 생각된다)을 얻도록 노력하라는 명을 받았습니다. 그 증명을 받아내는 일은 별반 비용이 드는 것은 아니었지만, 그것을 얻음으로써 이익을 볼 수 있는 사람이 많았던 것입니다. 그러한 관계로 먼 길을 떠났습니다. 먼저 비네지아(베네치아. 이하의 지명은 꾸며낸 것)를 출발하여 보르고 데그레치(그리스)로 향했으며, 다음에 말로 가르보(포로타 롯사의 모퉁이)의 나라로 향하고 그 다음으로 발다카(발도라카라는 골목길), 다음에 파리오네에 당도했는데 거기서 다시 갖은 신고 끝에 사르데냐(사르데냐 섬)로 가게 되었습니다. 그런데 왜 나는 애써 찾아 헤맨 모든 나라의 이름을 말씀드리고 있는 걸까요. 나는 성 조르지오(나가의 한 모퉁이 브라치오 디산조르지오. 현재 마가지)의 해협을 지나 대단히 많은 민족이 섞여 살고 있는 트루피아 국(사기의 나라)과 부피아 국(농담의 나라)으로 건너갔습니다. 다음으로 멘초냐 국

(허위의 나라)에 이르렀습니다만, 그 나라에는 우리 종파의 수도사나 다른 종파의 수도사가 많이 있었습니다. 그 사람들은 자기들의 이익만 취하고 있었으며, 타인의 노고에는 무관심하고 신을 위한 일체의 부자유와 절제도 꺼리고 있었는데, 화폐라는 것이 없이 지금(地金)이 그대로 온 나라 안에서 통용되고 있었습니다. 그리고 아브루치 지방으로 갔습니다만, 그곳 남녀는 나막신을 신고 산을 탔으며, 돼지의 내장으로 소시지를 만들고 있었습니다. 거기를 지나니 막대기에 빵을 꿰고 포도주를 가죽 부대에 넣어 가지고 다니는 사람들과 마주쳤습니다. 다음으로 바스크 지방의 산골로 들어갔는데 골짜기의 개울은 모두 산기슭 쪽으로 흐르고 있었습니다. 이렇게 하여 얼마 뒤에 산골 깊숙이 들어가 드디어 인도의 파스티나카(상상의 나라)에 당도했던 것입니다.

그 나라에서 나는 맹세코 말씀드립니다만, 보지 못한 자로서는 결코 믿기지 않을 일로서 커다란 도끼가 하늘을 나는 것을 보았습니다. 그리고 그 일에 대해서는 내가 그 나라에서 만난 대상인(大商人)으로, 호두 껍질을 잘게 쪼개어 팔고 있던 마소 델 사치오가 거짓말이 아니라는 것을 증명해 줄 것입니다. 하지만 나는 찾으러 간 목적물을 찾지 못하고 인도에서부터는 바다를 건너가지 않으면 안 되었으므로, 되돌아서서 여름에는 차게 식힌 빵을 은전 네 닢으로 살 수 있고, 따뜻한 빵은 그냥 준다고 하는 저 성지를 찾아갔습니다. 그리하여 그곳에서 예루살렘에서 가장 훌륭한 대사교며 존경해야 할 논미블라스메테 세보이 피아체 씨를 만났습니다. 이 분은 내가 늘 입고 있던 거룩한 성 안토니오의 법의에 경의를 표시하고 당신께서 소장하고 계신 성스러운 유물의 전부를 날더러 보아달라는 분부를 하셨습니다. 그것은 실로 무진장한 것이어서 내가 그 전부를 센다고 하면 몇 마일을 걷는 시간에도 다 셀 수 없을 정도였던 것입니다. 그러나 여러분을 실망시키고 싶지 않으므로 그 몇몇을 말씀드리겠습니다. 대사교는 먼저 완전무결한 썩지 않은 성령의 손가락을 보여 주셨습니다. 다음으로 성 프란체스코에게 모습을 나타내신 성령 세라핌의 앞머리라든가, 케라빔 천사들의 손톱이라든가, 또 저 살뜰한 베르붐의 틀림없는 갈비뼈의 하나와 가톨릭의 성녀 산타페의 의복이라든가, 또 동방의 세 학자에게 나타난 별빛을 잠깐 보여 주었으며, 악마와 싸웠을 때에 흘린 성 미카엘의 땀이 들어 있는 작은 병과, 성 나사로의 죽음의 원인이 되었던 턱이라든가, 그밖에 여러 가지 것을 보여 주셨습니다.

거기서 내가 모렐로 산 사면(山斜面)을 그린 것이라든가, 이탈리아 속어로 번역해서 쓴 카프레치오의 몇 장(章)인가의 책을 드렸던 바, 대사교는 오랫동안 그것들을 찾아 헤매었노라고 하시면서 자신의 신성한 유물을, 즉 성녀 크로체의 앞니한 개, 솔로몬 신전의 종소리를 담은 작은 병, 이미 말씀한 천사 가브리엘의 날개, 성 게라르도 다 빌라마냐(성 프란체스코의 최초의 신봉자로, 나막신을 신은 수도사의 한 사람으로 유명)의 나막신 한 짝을 내게 주셨습니다. 그것은 뒤에 피렌체에서 게라드도 디 본시에게 주어 버렸는데, 그는 몹시 소중하게 간수하고 있습니다. 그리고 또 대사교는 성 로렌초가 불에 타죽어 지상지복(地上至福)의 순교자가 되었을 때의 타고 남은 숯을 내게 주셨습니다. 그와 같은 것의 전부를 나는 경건한 마음으로 몸에 지니고 다닙니다. 그런데 대사교는 그런 유물들이 진짜인지 아닌지 증명이 되기까지는 사람들에게 보여서는 안 된다고 금지하셨습니다. 그러나 현재는 그것들이 기적을 나타내기도 했고, 그 대사교님으로부터 받은 편지도 있어 진짜가 틀림없다는 것을 확인했으므로, 사람들에게 보여 주어도 좋다는 허락을 받았습니다. 그러나 개인에게 맡겨두기가 걱정스러워 언제나 가지고 다니는 바입니다.

사실 나는 천사 가브리엘의 날개를 상하지 않도록 작은 상자에 넣어 두고 있으며, 성 로렌초를 태운 숯은 다른 상자에 넣어 두고 있습니다. 그런데 그 두 상자는 퍽이나 비슷하게 생겨서 가끔 뒤바뀌기가 일쑤입니다. 지금도 그와 같은 일이 일어난 모양입니다. 나는 날개가 들어 있는 상자인 줄로만 알고 숯이 들어 있는 쪽의 상자를 가져온 것입니다. 하지만 나는 그것을 잘못이라고는 생각지 않습니다. 아니 오히려 신의 거룩하신 뜻에 의한 것이라 생각하고 신께서 이틀 뒤에 이곳에서 성 로렌초 축제가 거행된다는 것을 나로 하여금 상기하도록 숯이 든 상자를 내게 건네주신 거라고 믿는 바입니다. 그리하여 신께서는 성 로렌초를 태운 숯을 여러분께 보여 드림으로써 여러분의 마음에 순교자의 신앙심을 불타오르게 하려는 뜻에서 내가 원한 날개가 아니라, 신성하기 그지없는 신체에서 흘러내린 체액으로 인하여 꺼진 성스러운 숯을 내게 건네 주셨던 것입니다. 이와 같은 경위이니 축복받으신 여러분, 모자를 벗으시고 여기 나오셔서 경건한 마음으로 보아 주시기 바랍니다. 한데 특히 내가 말씀드리고 싶은 것은 이 숯으로 십자를 그려 받으면 어떤 분이거나 1년간은 절대로 화상 같은 것을 입는 일없이 무사히 지낼 수 있다는 것을 아시길 바랍니다."

이렇게 말을 마치자 자기가 지은 성 로렌초의 찬가를 부르면서 상자를 열어 숯을 관람시켰습니다. 어리석은 백성들은 경건하고 경이에 찬 눈으로 한동안 멍하니 보고 있었습니다. 이윽고 '와아' 하고 물밀듯이 밀려들어 치폴라를 에워쌌습니다. 그리고 저마다 그 숯으로 십자를 그려 달라고 아우성치며 이제까지는 없었던 많은 연보를 냈습니다.

거기서 치폴라는 숯을 손에 들고 그들 곁으로 다가가 흰 셔츠와 조끼, 부인들의 베일에 뚜렷하게 알아볼 수 있도록 커다란 십자를 그리기 시작했습니다. 십자를 그리면서 그는 이제까지 자주 경험해 온 바이지만 아무리 십자를 그려도 상자 속의 숯은 늘 그대로라고 되풀이해서 말하는 것이었습니다.

이렇게 하여 크게 돈벌이를 하고 체르탈도 거리의 사람들을 몽땅 십자군 병정으로 만들어 버렸으며, 그에게서 천사의 날개를 빼앗아 골탕먹이려고 한 자들을 임기응변의 지혜로 오히려 골려 주었습니다.

두 청년은 그 자리에 참석하여 그의 설교를 들었는데 순간적인 기지로 곤경을 무난히 넘기고 덧붙여서 교묘한 화술로 이야기를 먼 데서부터 이끌어 오는 그 솜씨에 턱이 떨어질 정도로 크게 웃었습니다. 그리고 거리 사람들이 돌아가자 자기들이 한 짓을 실토하고 곧바로 가브리엘 천사의 날개를 돌려주었습니다. 이 날개는 그날 숯이 올렸던 이상의 성과를 다음해에 올렸다는 것은 더 말할 필요조차 없습니다.

일동은 모두 유쾌한 기분이 되었으며, 치폴라의 모든 행위는 실소를 자아내었습니다. 그의 꾸며낸 순례 여행 경로와 거기서 가져왔다는 어처구니없는 신성한 유물에는 박장대소하였습니다. 그리하여 모두의 이야기도 끝났으므로 여왕은 월계관을 디오네오의 머리에 씌우며 말했습니다. '디오네오 이제 지금까지의 여왕들이 이야기를 주재하여 이끌어온 책임이 얼마나 막중했는가를 통감할 때가 되었습니다. 어서 왕이 되어 당신의 훌륭한 통치를 모두 경탄해 마지않도록 그 능력을 보여 주세요.' 그러자 디오네오는 왕관을 받으며 '여러분은 지금까지 많은 훌륭한 실재의 왕을 보아 왔습니다. 그러므로 실존의 왕에게 복종하듯이 저에게도 그러한 복종을 보여 주신다면 이제까지 보아 왔던 어떠한 축제의 즐거움보다도 더욱 흥미롭고 흥겨운 최고의 기분을 만들어 드리겠습니다. 서설은 그만두고 제 능력껏 훌륭한 통치를 펼쳐 보이도록 하겠습니다.' 하며 지금까지와 마찬가지로 하인들을 불러 자신이 통치하는 동안 해야 할 것들을 지시했습니다. 그리고 우리는 지금껏 인간의 재치를 이야기했는데, 그것은 너무나 다양해서 아까 리치스카와 틴타로의 말다툼을 목격하지 않았다면 나는 내일의 주제를 정하느라고 애를 썼을 것이지만, 다행히 그들의 다툼에서 화제를 찾았다고 말했습니다. 숫처녀로 시집간 이웃 처녀는 찾기 힘들며, 또한 남편 있는 부인들의 배신과 밀회에 대한 것이었는데, 그것은 상당히 흥미로울 것이므로 내일은 부인들이 사랑을 찾는다거나, 남편을 속이고 배신하며 쾌락을 찾는 행위에 대한 이야기를 주제로 정하자고 했습니다. 그러자 두 명의 부인은 반대하여 이의를 제기했고, 왕은 그 의도는 알겠으나 남녀가 부정행위를 하지 않고 다만 화제를 삼는 일은 허락되는 시대이므로 이미 제의한 것을 취소할 수 없다고 말했습니다. 또한 흑사병이 만연하여 재판관은 법정 문을 닫은 지 오래고, 신과 인간의 규범은 침묵하며, 저마다 생명을 유지하기 위한 자유가 허락되고 있습니다. 그러므로 이야기 속에서 다소 부정스럽고 정절을 훼손한다고 하여 음탕한 쾌락을 추구하는 것도 아니며, 다른 사람을 즐겁게 해 주기 위한 것이므로 비난받을 일은 없을 겁니다. 이 모임의 처음부터 지금까지 정숙하고 도덕적 생활을 해 왔으므로 어떠한 이야기를 한다고 하더리도 부정한 행위로 더럽혀진 일은 없었고 앞으로도 일어나지 않을 것입니다. 여러분의 정숙을 모르는 자는 없으며, 또한 나는 기분 전환을 위한 것뿐만 아니라 죽음의 공포마저도 그 정숙함은 위협받지 못할 것으로 굳게 믿고 있습니다. 다시 말하면 그런 부정한 행위를 기피한다면 오히려 의심할 수도 있을 것이고 그릇된 추측을 할런지도 모릅니다. 그리고 나에게 왕의 명예를 주시고 나의 명령을 순순히 따르지 못하겠다고 하시면 쓸모없는 왕의 명예를 주신 것이 되므로, 의심이 많은 자들이나 갖는 그런 의혹은 버리시고 거리낌 없이 즐겁고 흥미로운 이야기를 생각하도록 하시길 바란다고 말을 마쳤습니다. 그 말에 부인들은 모두 동의했으며 왕은 저녁 식사시간까지 자유 시간을 주었습니다. 오늘의 이야기는 모두 짧았으므로 해가 길게 남아 있었고, 엘리사는 부인들을 모아 말했습니다. 이 장소로 옮겨올 때부터 가보고 싶은 여자의 골짜기라고 불리는 장소로 안내하고자 생각하는데 오늘이 아니고는 기회가 없을 것이므로 함께 가보시면 기쁠 것이라고 말했습니다. 부인들은 모두 각자의 하인에게 남자들에게는 말하지 않도록 이르고 그곳으로 향하여 갔습니다. 그 골짜기는 2km 정도였으며, 가장 무더운 때였고 한쪽으로 흐르고 있는 물이 어찌나 시원하고 맑은지 부인들은 아주 반가워하였습니다. 또한 골짜기 안의 평지는 인공이 아니라 자연적인 것이었지만, 마치 컴퍼스로 그린 듯이 7, 8미터 정도로 둥근 모양을 하고, 그곳은 또 작은 여섯 개의 언덕으로 둘러싸고 그 언덕에는 아름다운 성곽이 있는 작은 저택이 있었습니다. 그 저택의 언덕은 마치 원형 극장에서 아래로 층계를 좁히며 돌계단을 나란히 하는 것과 흡사하게 층층으로 내려오고 있었습니다. 남쪽 언덕 경사면에는 포도, 올리브, 아몬드, 무화과와 버찌 등 열매가 열리는 갖가지 나무들이 빼곡히 심어져 있었고, 저택의 북쪽 비탈에는 떡갈나무와 그 밖의 온갖 나무들이 우거져 녹음이 짙은 숲을 이루고 있었습니다.

그곳은 부인들이 들어온 입구 외에는 월계수, 소나무, 삼나무, 전나무 등이 꽉 차도록 최고의 솜씨를 발휘하여 심은 듯 아름다웠으며, 그 나무 사이사이로 아직도 해가 높이 있어 흐

드러지게 핀 오색찬란한 꽃들이 풀밭으로 나오기도 하고 또 그늘을 만들고 있기도 하였습니다. 그 위에 작은 여울이 하나 있어 언덕 사이의 골짜기로 흘러내렸습니다. 그 물줄기는 기묘한 천연 바위로 떨어져 싱그러운 연주를 듣는 듯했으며 거기서 흩어지는 은색의 물보라는 아름답기 그지없었으며, 그 물은 다시 한곳으로 모여 평지를 가르듯 흘러 작은 연못을 이루었습니다. 도시에서 보아왔던 마당의 웅덩이와 비슷했으나, 거울처럼 맑았으므로 밑바닥의 아주 작은 돌멩이 하나하나까지 보였으며, 마음만 먹으면 능히 그 수까지도 욀 수 있었습니다.

수면을 가만히 보고 있노라면 밑바닥이 들여다보일 뿐만 아니라 물고기가 헤엄치는 비늘 하나까지도 헤일 듯했습니다. 개울가는 둑으로 되어 있지 않고 풀밭으로 이어져 있고, 물이 넘치면 또 하나의 여울이 이어져 작은 골짜기 밖으로 쉴 새 없이 흘러내리는 것이었습니다. 부인들은 누가 먼저랄 것도 없이 이 아름다운 장소에 탄성을 질렀으며 무더위가 한창이었던 때라 목욕이 하고 싶었고 누가 엿볼 걱정도 없었습니다. 그래서 부인들이 들어온 길목 입구에 하녀 한 명을 보초로 세워두고 일곱의 부인들은 옷을 벗고 목욕을 하려고 못 속으로 뛰어들었습니다. 뽀얀 살결은 마치 유리컵에 빨간 장미를 꽂아 놓은 것처럼 빛을 발하는 아름다운 광경이었고, 맑은 물 속에서는 훤히 보이는 물고기를 잡으려 우왕좌왕, 야단법석을 떨면서 몇 마리의 물고기를 잡기도 하였으므로 가슴 벅차도록 즐거워하였습니다. 이윽고 옷을 입고 별장으로 돌아가야 할 시간이 되어 그곳의 아름다움에 대한 이야기를 나누며 천천히 별장에 당도하였으며, 청년들은 아직 장기를 두고 있었습니다. 그래서 팜피네아가 자신들은 당신들을 따돌리고 정말 멋진 장소에 다녀왔으며 얼마나 떨어진 곳이며, 어떠한 곳인지를 낱낱이 얘기해 주었습니다. 그러자 왕은 그 더할 나위 없는 장소가 궁금해졌는데 곧 저녁 식사를 분부하여 유쾌하게 식사를 마치고, 세 청년은 부인들을 남겨두고 하인들과 같이 그 골짜기를 찾아갔으며 그곳을 모두 둘러보고는 정말 아름다운 장소라고 격찬하였습니다. 목욕을 하고 서둘러 별장으로 돌아왔을 때 여인들은 피암메타의 노래에 맞춰 춤을 추고 있었으므로 모두 합세하여 윤무를 춘 후에 골짜기에 대해 이야기하고 그 아름다움을 찬양하였습니다. 그리고 왕은 하인의 수장을 불러, 내일 아침 나절의 자유 시간에 쉬거나 잘 수 있는 침대를 마련해 두도록 지시했습니다. 그리고 적당하게 포도주와 다과를 준비하고 다같이 춤을 추도록 하여 팜필로가 춤을 추었습니다. 왕은 엘리사를 보며 자신을 오늘의 주재자로 왕관의 명예를 주셨으니 칸초네를 한 곡조 부탁한다고 했습니다. 엘리사는 방긋이 웃으며 기꺼이 칸초네를 부르기 시작하였고, 그녀는 은쟁반의 구슬처럼 고운 소리로 아주 구슬픈 노래를 불렀습니다. 그러나 그 노래의 미묘한 가사와 한숨의 뜻을 헤아리는 자가 없었으나 왕은 한층 기분이 좋았는지 자신의 피리를 불며 일동에게 흥겨운 춤을 추도록 하였습니다. 그리고 밤이 깊어져 왕은 일동이 저마다의 침실로 돌아가 쉬도록 명을 내렸습니다.

일곱째 날

디오네오가 주재하는 일곱째 날이 되어 어제의 그 아름다운 골짜기로 하인들이 큰 짐들을 가지고 출발을 하였을 때는 으스름의 새벽이 밝아오고 마지막 남은 샛별만이 유난히 그 빛을 발하는 때였습니다. 하인과 짐꾼들의 출발로 여러 가지 소란함에 잠이 깨어 일어난 왕은 일동을 동시에 깨웠습니다. 부인과 청년들이 그 골짜기를 향해 걷기 시작했을 때는 아직도 해가 떠오르지 않았지만 이렇게 많은 종류의 새가 즐겁게 지저귀는 것을 본 적이 없었습니다. 어제의 골짜기에 그들이 당도했을 때는 더 많은 새들이 그들을 맞아 함께 기뻐하는 듯했습니다. 여기저기를 둘러보는 그 새벽 시각에는 어제보다도 더욱 아름답고 신비감마저 더했습니다. 일동은 포도주와 맛있는 다과를 함께 하고는 새들과 시합이라도 하듯 노래를 부르고 골짜기의 메아리도 한데 어우러져 달콤하고 아름다운 또 하나의 가락이 되었습니다. 아침 식사 시간이 되자, 아름다운 연못 가까이에 싱싱한 나뭇가지로 장식한 식탁에서 연못의 물고기가 유유히 헤엄치는 것을 보며 식사를 한 뒤, 더욱 즐겁게 악기로 연주를 하고 노래를 불렀습니다. 그러고 난 다음 재치 있는 하인 수장이 미리 침대를 여기저기 놓아두었는데 침대 끝에는 프랑스식 커튼을 둘러 햇빛을 가리는 휘장까지 둘러놓았으며, 왕의 명령으로 잠을 자러 가거나 또는 늘 하던 놀이를 하거나 하였습니다. 그리고 일동이 일어날 시간이 되어 왕의 희망에 따라 아름다운 연못 근처 풀밭에 모포를 깔고 둘러앉았으며 왕의 명령으로 먼저 에밀리아가 웃으며 즐겁게 이야기를 시작했습니다.

첫 번째 이야기

잔니 로테링기는 한밤중에 자기 집 문을 두드리는 소리를 듣는다. 아내를 깨웠는데 아내는 유령이 온 것이라고 남편에게 얘기를 한다. 두 사람은 문 가로 가서 기도를 올린다. 그러자 문을 두드리는 소리가 그친다.

에밀리아는 첫 번째 이야기꾼으로 왕께서 자신이 아니라 다른 사람을 지명하였더라면 더 좋았을 것이라고 하면서, 그 러나 왕의 명령이시니 장차 여러분에게 용기를 주는 의미로 생각한다고 말했습니다. 왜냐하면 나처럼 우리 여인들은 모 두 용기가 없으며, 귀신에 대해서는 이름만 듣고도 무서워 하니까요. 솔직히 저는 귀신을 본 적도 만난 적도 없지만, 귀 신이 여러분 앞에 나타났을 때 제 얘기를 생각하시면 귀신을 쫓는데 도움이 되고 기도문을 하나 준비할 수도 있을 겁니다.

옛날 피렌체의 성 판크라초 지구에 잔니 로테링기라는 양털 장수가 살고 있었습니다. 세상일에는 어두운 듯 했으나 직업적인 장사 수완은 뛰어난 점을 가진 매우 소박한 남자였습니다. 그는 가끔 산타 마리아 노벨라 사원의 성가대를 지도하고 있었으며, 성가대의 감독도 하고 그 밖에 그 일에 관련된 일을 잘해 나가고 있었기 때문에 그것을 몹시 자랑스러워하고 있었습니다. 그렇게 될 수 있었던 것도 그가 어느 정도 부러울 것 없이 돈푼이나 가진 자로서 수도사들에게 열심히 먹이를 뿌렸기 때문이었습니다.

수도사들은 가끔 양말이나 외투나 스카프 따위를 얻었기 때문에 그에게 이익이 있는 기도의 문구를 가르쳐 주기도 하고 속어의 주기도문이나 성 알레소의 노래나 성 베르나르도의 만가나 돈나 마틸다의 찬가 등을 가르쳐 주었습니다. 그는 그런 것에 대단한 친근감을 느껴 자기의 영혼을 정화하기 위해서 지극히 열심히 터득하고 배웠습니다.

그런데 이 남자에게는 테사라고 하는 매우 귀엽고 아름다운 아내가 있었습니다. 테사는 쿠쿨리아 거리의 만누초의 딸로서 영리하고 빈틈이 없는 여자였습니다. 남편이 지극히 단순한 것을 알고 있었으므로 미남이고 젊음이 넘치는 페데리고 디 네리 페골로티라는 남자와 사랑을 나누고 있었습니다. 그 청년 역시 그녀를 사랑하였으므로 그녀는 자기의 하녀를 시켜 남편인 잔니가 카메라타에 가지고 있던 아름다운 별장으로 만나러 오도록 일렀습니다. 그녀는 여름이 되면 거기에 살았으며 남편은 가끔 와서 저녁을 함께 먹거나 자고 가기도 했는데 아침이 되면 가게나 자기의 성가대로 돌아가는 것이었습니다.

페데리고는 어떻게 해서든 테사를 만나야겠다고 맘먹고 있던 참에 하녀의 전갈을 받고는 약속한 날 저녁에 시간을 맞춰 그 별장으로 찾아갔습니다. 그 날 밤은 남편인 잔니가 없었기 때문에 즐겁게 그녀와 별장에서 보냈습니다. 그리고 그녀는 사내의 팔에 안겨서 남편이 자랑으로 하는 찬가를 여섯 개나 그에게 가르쳐 주었습니다. 이것이 그녀에게는 최초의 밀회였습니다. 그렇지만 이것을 마지막으로 하고 싶지 않았고, 페데리고도 같은 생각이어서 그가 와도 좋은 날은 일일이 하녀를 시켜 전할 필요가 없도록 두 사람은 다음과 같이 약속을 정했습니다.

그가 그녀의 별장보다 약간 높은 위치에 있으니 오갈 때, 그녀의 별장 옆에 있는 포도밭을 보면 밭의 말뚝 위에 짚으로 만든 말머리가 올려져 있는 것을 보게 되는데, 그 주둥이가 피렌치 쪽을 향하고 있으면 그날 밤은 안전하고 확실하게 그녀에게로 오고, 만일 입구의 문이 열리지 않으면 살짝 세 번 두드린다. 그러면 그녀가 문을 열어 안으로 들여보낼 것이다. 그러나 만일 짚으로 만든 말머리의 주둥이가 피에솔레 쪽을 향하면 남편이 있으니 오지 말도록 약속을 정했습니다. 그리고 이 방법으로 자주 밀회를 나누었습니다.

그런데 어느 날 밤, 일이 일어났습니다. 그날 밤은 페데리고와 저녁 식사를 함께 하기 위해 테시는 큰 수탉요리를 준비시켰습니다. 그리고 하녀에게 일러서 두 마리의 찐 수탉과 갓 낳은 많은 계란과 고급 백포도주 한 병을 수건에 둘둘 감싸서 정원으로 운반시켰습니다. 이 정원은 집을 통하지 않고도 갈 수가 있게 되었습니다. 그녀는 가끔 여기서 페데리고와 저녁 식사를 함께 한 일이 있었던 것입니다. 그래서 그녀는 정원으로 운반시킬 때 잔디밭 옆의 복숭아나무 바로 아래에다 놓아두도록 분부한 것입니다.

그런데 생각지도 않았던 잔니가 늦게 왔던 것입니다. 그래서 그녀는 몹시 당황해서 별도로 삶아 놓았던 약간의 소금에 절인 고기로 남편과 식사를 했습니다. 그러나 남편이 불시에 왔으므로 페데리고가 집으로 들어오지 말고 정원에서 기다리며 정원에다 갖다놓은 음식을 먹고 있으라고 하녀에게 분부하는 것을 잊어버렸습니다.

그래서 테사와 잔니는 침대로 들어가고 하녀도 잠이 들었는데, 페데리고가 찾아와서 문을 두드리는 사태가 일어나고 말았습니다. 거기서 그는 가볍게 문을 한 번 두드렸습니다. 그 문은 침실에 가까웠기 때문에 잔니가 곧 들었고 그녀도 그 소리를 들었습니다. 그래도 남편은 아내를 조금도 의심하고 있지 않았기 때문에 눈을 감고 있었습니다. 잠시 후 페데리고는 두 번째 노크를 했습니다. 이번에는 잔니도 놀라면서 아내를 쿡 찔렀습니다.

'테사, 무슨 소리가 나는데 들었소? 아무래도 우리 집 문을 노크하는 것 같아." 아내는 물론 남편보다도 먼저 듣고 있었지만 그제서 잠이 깬 듯이 "네? 뭐라고 말씀하셨어요?" 하고 되물었습니다.

"우리 집 문을 노크하는 것 같다고 말했소."

"문을 노크하는 소리라구요? 아, 무서워라. 잔니, 당신 모르세요? 유령이 틀림없어요. 요사이 매일 밤같이 찾아와서 어찌나 무서운지. 저 소리를 들으면 머리부터 이불을 뒤집어쓰고 날이 밝을 때까지 얼굴을 내밀 용기가 없어요."

"무서워할 건 없소. 유령이라고 해도 내가 자기 전에 성가 〈너에게 빛을〉과 성구 〈꾸짖음〉을 외었으며, 그 밖에 여러 가지 기도를 드려 놓았단 말이오. 거기에다 성부와 성자와 성령의 이름으로 찬양하고, 침대 구석구석까지 성호의 표시를 그어 놓았으니 아무것도 무서워할 필요가 없어요. 유령이 어떤 힘이 있다 해도 우리들에게 해를 가하지는 않을 거야."

아내는 페데리고가 갑자기 무슨 의심을 품지 않도록, 또 연인에게 남편이 있다는 것을 알리지 않으면 안 되겠다고 결심하고 일어나 남편에게 이렇게 말했습니다.

"어머, 그거 참 잘됐네요. 그러나 당신 나름대로 방법을 취하셨지만 저는 그것만으로는 안심할 수 없어요. 그러니까 당신 뒤를 따라 우리 두 사람이 유령을 쫓는 주문을 외우도록 해요......"

"그래, 어떻게 외는 거요?"

"저는 유령을 쫓는 주문을 잘 알고 있어요. 사실은 전날 제가 속죄를 하기 위해 피에솔레에 갔을 때 여은자의 한 사람이 '테사, 이것은 하느님께서 나를 위해서 말씀하신 가장 신성한 일이에요.' 하며 제가 몹시 무서워하고 있는 것을 보고, 존귀하고 영험 있는 기도를 가르쳐 주었어요. 그 은자는 은자가 되기 전에 자주 외웠는데 아주 효험을 봤다고 했어요. 그렇지만 혼자서는 용기가 없어요. 지금은 당신이 곁에 있으니까 우리 두 사람이 유령을 쫓는 기도를 올리도록 해요."

잔니는 그렇게 하자고 대답했습니다. 그래서 두 사람은 자리에서 일어나 함께 문 쪽으로 갔습니다. 밖에서는 페데리고가 아까부터 약간 이상하게 생각하며 서 있었습니다. 문간께로 오자 아내가 남편에게 말했습니다. "제가 주문을 외면 침을 뱉으셔요." 하고 말하자 "좋아." 하고 잔니는 대답했습니다.

아내는 기도문을 외기 시작했습니다.

"유령아, 밤에 나오는 유령아. 너는 꼬리를 세우고 들어왔듯이 그 꼬리를 세우고 나가거라. 정원으로 가서 큰 복숭아 나무 아래 기름에다 요리한 음식과 우리 집 닭이 낳은 계란 백 개가 있다. 술병에 입을 대고 포도주를 마시고 물러가거라. 나에게나 잔니에게는 해를 주는 일이 없도록 하라."

이렇게 외고는 남편에게 말했습니다. "잔니, 침을 뱉으셔요." 잔니는 퉤하고 침을 뱉었습니다.

밖에 있던 페데리고는 이것을 듣고 이제는 질투심도 사라져 몹시 맥이 풀려 버리고, 한편 웃음이 터지는 것을 억지로 참았습니다. 잔니가 침을 뱉자 그는 작은 소리로 "이빨도 뱉어 버려라." 하고 중얼거렸습니다.

아내는 이렇게 유령을 쫓는 주문을 네 번 외고는 남편과 함께 침대로 돌아왔습니다.

그녀와 함께 식사를 할 작정으로 왔던 페데리고는 저녁 식사 전이었으므로 그녀가 왼 주문의 뜻을 잘 이해하고 정원으로 갔습니다. 그리고 큰 복숭아나무 아래서 두 마리의 큰 수탉과 포도주, 계란을 찾아내어 그것을 집으로 가지고 돌아가 유유히 식사를 했습니다. 그 후에도 몇 번이고 그녀와 밀회를 거듭했으며, 언제나 이 유령을 쫓는 기도 때문에 크게 웃곤 했습니다.

그런데 어떤 사람들은 이 이야기의 진상을 달리 주장하기도 합니다. 그녀가 짚으로 만든 말머리의 방향을 피에솔레 쪽으로 향했는데 포도밭을 지나던 농부가 막대로 건드려서 방향이 피렌체 쪽으로 돌아갔다는 것입니다. 그래서 페데리고가 신호로 착각해서 찾아갔고 다음과 같은 유령을 쫓는 기도를 들었다는 것입니다.

"유령아, 유령아. 물러가라. 짚으로 만든 말머리를 바꾼 것은 내가 아니라 다른 자로다. 신의 벌을 받으리라. 나는 잔니와 함께 여기에 있노라."

이 말을 들은 페데리고는 같이 자지도 못하고 저녁 식사도 못하고 물러갔다는 것입니다.

그런데 이웃에 아주 늙은 부인이 살고 있었는데, 그녀가 어렸을 때 들은 바에 의하면 둘 다 정말이었다고 말씀하셨습니다. 다만 나중 이야기는 잔니 로텔링기에게 일어났던 이야기가 아니라, 산피에트로 문 옆에 살고 있었던 잔니 디 넬로라고 하는 로테링기와 맞먹을 만큼 어리석은 자에게 일어났던 일이라고도 합니다.

그러니까 여러분, 이 이야기는 좋으실 대로 어느 쪽을 택하셔도 좋습니다. 양쪽을 다 택하셔도 물론 괜찮구요. 이런 이야기는 경험으로 들어 두시면 매우 도움이 되지 않을까 합니다. 아무쪼록 마음에 새겨 두셨다가 쓸모 있게 써 주시기 바랍니다.

두 번째 이야기

페로넬라는 남편이 돌아왔기 때문에 정부를 술통 속에다 숨긴다. 그 술통을 남편이 팔려고 하기에 그녀는 자기가 이미 팔았는데 그 술통을 산 사람이 지금 튼튼한지 속에 들어가 조사 중이라고 꾸며대고, 통 속에서 나온 남자는 남편에게 속을 긁어내게 한 후 자기 집으로 운반시킨다.

에밀리아의 이야기를 들으며 정말 효험이 있는 기도문이라고 칭찬을 하며 일동은 크게 웃었습니다. 왕은 다음 이야기를 하도록 필로스트라토에게 분부를 내렸으며, 그는 즉각 이야기를 시작했습니다. 친애하는 여러분, 남자들 특히 세상의 남편들은 아내를 속이는 일이 많습니다. 그러나 여자가 그렇게 속일 경우에는 자랑삼아 알려주어야 합니다. 남자가 할 수 있는 것은 여자도 할 수 있다는 것을 그들에게 알려 경고할 필요가 있기 때문입니다. 남자가 알고 있는 것을 이쪽도 알고 있으면 쉽게 속지 않기 때문이지요. 그런데 오늘의 주제대로 우리가 이야기한 것이 세상 남자들에게 알려지면 남자들도 크게 주의를 기울이게 되겠지요. 제가 지금 들려드릴 이야기는 신분이 낮은 젊은 여자의 이야기인데 순간의 재치로 자신을 구원하는 이야기입니다.

여러분, 그리 먼 옛날 이야기는 아닙니다만, 어느 가난한 남자가 페로넬라라고 하는 젊고 매력이 넘치는 미인을 아내로 맞았습니다. 남자는 미장이로 일을 하고 아내는 실을 자아 가난한 대로 최선을 다하며 생활을 꾸렸습니다.

그러던 어느 날, 사치스럽게 멋을 낸 남자 하나가 이 페로넬라를 보고 완전히 반해 버렸습니다. 그래서 갖은 수단을 다해 꾀어냈으므로 그녀 역시 끝내 뿌리치지 않고 꾀임에 동조하고 말았습니다.

그래서 두 사람은 남몰래 만날 은밀한 약속을 정했습니다. 남자는 매일 아침 일찍 일을 하러 가든가 일을 찾아 밖으로 나가므로 젊은이가 근처에 있다가 그가 나가는 것을 확인한 후, 그 근처의 아보리오라는 거리는 사람의 통행이 드문 한적한 거리로 남편이 출타하면 그녀의 집으로 가 두 사람은 몇 번이고 밀회를 즐기곤 했습니다.

그러나 이런 일이 계속되던 어느 날 아침, 사람 좋은 남편이 밖으로 나갔으므로 잔넬로 스트리냐리오는(이것이 그 젊은이의 이름이었습니다) 집 안으로 들어가서 페로넬라와 한창 밀회에 빠졌는데 잠시 후 남편이(여느 때 는 하루 종일 돌아오지 않지만) 갑자기 집으로 돌아왔던 것입니다. 그런데 문이 안으로 잠겨 있자 툭툭 문을 두드리면서 이렇게 혼잣말을 했습니다.

"아아, 하느님 감사합니다. 저를 가난한 사람으로 만드셨을 망정 이렇게 품행이 바르고 훌륭한 아내를 주시다니! 내가 밖으로 나가면 누가 와서 귀찮게 굴지 못하게 즉시 문을 잠그지 않았습니까!"

페로넬라는 문을 두드리는 소리를 듣고 남편이 돌아왔다는 것을 알고 사내에게 말했습니다.

"아아, 잔넬로. 큰일났어요. 남편이 돌아왔어요. 이런 때에 돌아오다니. 지금까지 이렇게 돌아온 일은 없었는데 무엇 때문이지? 어쩌면 당신이 집으로 들어오는 것을 봤을지도 몰라. 어쨌든 미안하지만 저기 있는 술통 속으로 들어가요. 저는 문을 열러 갈 테니까. 그 동안에 오늘 아침엔 왜 일찍 돌아왔는지 알게 되겠죠."

잔넬로는 곧 술통 속에 숨었습니다. 그래서 페로넬라는 문을 열고는 찌푸린 얼굴로 말했습니다.

"어머나! 오늘 아침엔 이렇게 일찍 돌아왔어요? 정말 이상하네요. 보아하니 오늘은 아무 일도 하기 싫으시군요. 연장을 가지고 돌아왔으니 말이에요. 이렇게 해서 어떻게 생활을 하려는 거예요? 어디서 빵이 그냥 나와요? 내 스커트와 속내의까지 전당포에 맡겨 나를 슬프게 만들 작정인가요? 손톱이 닳아빠질 정도로 온종일 밤늦도록 실을 짜게 하겠다는 건가요? 나는 등불의 기름값이나 벌자고 애를 쓰고 있는데 말예요. 이웃 사람들은 억척스런 나를 보고 놀라거나, 바보 취급을 하기까지 해요. 잘도 참고 일을 한다고요. 아니 그런데 당신은 일을 할 시간에 빈손으로 돌아오다니……."

140

이렇게 말하면서 울음을 터뜨림과 동시에 다시 처음부터 되풀이하며 바가지를 긁기 시작했습니다.

"아, 참 불쌍하고 박복하기도 하지. 나는 어째 이렇게 운수 사납게 태어났을까! 나는 아주 부유한 젊은 남자와 사귈 수도 있었는데, 마누라 생각 따위는 생각지도 않는 남자 때문에 기절했으니. 이웃집 여편네들은 제각기 마음에 드는 사내들과 적당히 즐기고 있고, 두세 명 씩이나 그 사내가 없는 사람이 없는데, 그렇게 재미를 보면서도 남편에게는 남편대로 속여 먹는다구요. 아아, 그에 비하면 얼마나 나는 불쌍한 신세인 가! 이건 내가 사람이 좋아서 그런 얘기를 귀담아 듣지 않고 쓸데없이 일만 하며 불행한 일을 당하고 있는 건지. 나는 왜 다른 여자들처럼 한두 사람 정부를 갖지 않았는지 나도 잘 모르겠어요. 자, 당신 잘 들으세요. 만약에 제가 나쁜 일을 하려고 마음먹으면 당장이라도 상대는 있어요. 나를 좋아하든가 나한테 반해서 원하기만 하면 옷이든 보석이든, 혹은 돈을 듬뿍 안겨 주겠다는 정부는 얼마든지 있다구요. 그래도 난 그런 일을 못하는 여자라서 그런 맘을 먹지 않았던 거예요. 그런데 도 당신은 한창 일할 시간에 집으로 돌아오다니요!"

그러자 남편은 이렇게 말했습니다.

"이봐, 그렇게 울적해하지는 마. 당신이 어떤 여잔지는 내가 잘 알고 있으니까. 오늘 아침에만 해도 당신을 잘 알게 되었소. 나는 당신이 말한 대로 일을 하러 갔는데, 당신도 몰랐고 나도 몰랐지만 오늘은 성 갈레오네의 축제일이라 일을 하지 않아요. 그래서 이런 시간에 집으로 왔지. 그렇지만 나는 한 달 이상 먹고 살아갈 방법을 발견했지. 사실은 함께 온 이 사람한테 저 술통을 팔기로 약속한 거야. 당신도 아다시피 집 안에선 방해가 되고 두통거리였던 물건이 아니오? 그것을 5질리아토(나폴리의 은화)에 사겠다고 하는 거요." 이어 페로넬라가 이렇게 말했습니다.

"그 점이 나를 괴롭히는 원인이에요. 당신은 남자로서 사방을 두루 돌아다녀서 세상일을 잘 알 텐데, 5질리아토로 이 큰 술통을 팔아 버려요?. 나는 여자로 집 밖을 거의 나가본 적도 없지만 저것이 자리만 차지해서 어떤 남자에게 7질리아토에 팔았어요. 그 사람은 당신이 돌아왔을 때 술통이 튼튼한지를 조사하기 위해서 막 그 속에 들어갔단 말예요."

주인은 이 말을 듣고 매우 기뻐하며 술통을 사러온 남자에게 말했습니다.

"여보시오. 미안하지만 돌아가시오. 들으신 바와 같이 당신은 은화 5섯 닢이었지만, 집사람은 일곱 닢에 팔았다고 하는군요"

"그럼 할 수 없군." 하고 그 남자는 돌아갔습니다.

그랬더니 페로넬라는 남편한테 이렇게 말했습니다.

"당신이 돌아왔으니 이리로 와서 홍정을 해 주세요."

한편 잔넬로는 뭔가 곤란해지지 않을까 걱정을 하며 엿듣고 있다가 페로넬라의 말을 듣고 즉시 술통에서 튀어나와 남편이 돌아온 것은 아무것도 모르는 듯이 말했습니다. "아주머니, 어디 계십니까?" 바로 옆에까지 와 있던 남편은, "여기요. 왜 그러슈?" 하고 말했습니다.

"당신은 누구십니까? 저는 이 술통 때문에 아주머니와 거래를 하고 싶습니다." 하고 잔넬로가 말했습니다.

"안심하고 나와 흥정합시다. 내가 주인이니까요." 하고 사람 좋은 남편이 대답했습니다.

"이 술통은 튼튼하긴 하나 지게미를 제법 오래 담아 놓았던 것 같소. 뭐가 손톱으로 긁어도 떨어지지 않게 달라붙어 있어 그것을 깨끗이 하기 전에는 살 수 없소." 하고 잔넬로가 말했습니다.

이때 페로넬라가 말참견을 했습니다.

"아닙니다. 그런 일로 흥정을 중지할 수는 없어요. 우리 집 주인이 지금 곧 깨끗하게 해 드리겠어요."

"그렇고 말고, 그렇고 말고." 하며 남편은 대답했습니다.

이렇게 해서 그는 연장을 아래다 내려놓고 셔츠바람으로 등불을 켜게 하고 통 속을 긁기 시작했습니다. 그랬더니 페로넬라는 남편이 일하는 것을 보고 싶다는 듯이 그리 크지도 않은 술통의 구멍에 머리를 들이밀고 거기다가 한 팔을 뻗어 어깨까지 넣고는, "여기도 긁어요. 여기도, 그리고 저기도." 하면서 "이봐요, 여기도 아직 남아 있어요." 하고 쓸데없는 참견을 하고 있었습니다.

안주인이 이렇게 남편에게 주의를 주고 가르치는 동안에도 잔넬로는 갑자기 남편이 돌아오는 바람에 아직도 욕망을 채우지 못했으므로 뜻대로 되지 않을 수도 있지만 어떻게든 욕망을 채우려고 생각했습니다.

그래서 술통의 아가리를 꽉 막고 있는 안주인의 뒤로 가서 넓은 들판에 고삐를 풀린 수말이 욕정에 불타올라 파르티아 국의 암말을 덮치는 형국으로 타오르는 욕정을 기꺼이 채우 고야 말았습니다.

그 일이 끝난 순간 술통도 모조리 손질되었습니다. 그래서 젊은이는 페로넬라로부터 떨어지고 그녀도 구멍에서 얼굴을 꺼내고 남편은 술통에서 나왔습니다. 페로넬라가 잔넬로에게 말했습니다.

"당신이 이 등불을 들고 당신 말대로 술통 안이 깨끗한지 살펴보세요."

잔넬로는 안을 들여다보며 이제 됐다, 만족하다고 대답하 고 7질리아토를 치르고는 그 술통을 자기 집까지 그 남편에게 운반하도록 하였답니다.

세 번째 이야기

아이의 이름을 지어준 수도사 리날도가 아이의 어머니와 밀회를 즐기고 있을 때 남편이 돌아오자 아내는 수도사가 기도문을 외어 아이의 병을 쫓아내고 있는 중이라고 남편을 속인다.

필로스트라토가 고삐 풀린 말 이야기를 얼렁뚱땅 넘기자 정숙한 부인들은 애매한 미소를 띠며 마치 다른 일로 웃는 듯 이 웃음을 참고 있었습니다. 또한 왕은 그가 이야기를 마치자 엘리사에게 분부를 내려, 다음 이야기를 하도록 하였습니다.

그녀는 미리 생각해 둔 이야기가 있었으므로 즉각 이야기를 시작했습니다.

여러분, 에밀리아의 귀신을 쫓은 이야기를 들으며, 나는 다른 마술 이야기를 하나 생각했는데 앞의 이야기만큼 재미는 없지만 지금 우리의 주제에 적합한 것이 떠오르지 않아 그런 대로 말씀드리려고 합니다.

옛날 시에나에 리날도라고 하는 가문 좋고 우아한 청년이 살고 있었습니다. 그는 대단한 미인인 이웃의 어느 부호의 부인에게 뜨거운 연정을 품고 있었습니다. 그리하여 남의 의심을 사지 않고 부인과 대화할 수만 있다면 자기의 욕망도 채울 수 있을 것이라고 자신만만했습니다. 그러나 그럴 기회도 쉽사리 오지 않고, 부인은 임신 중이었으므로 어떻게든 그 태어나는 아이의 대부가 되어야겠다고 생각했습니다. 그래서 그녀의 남편과 애써 가까워지고 가장 알맞은 방법으로 대부가 되고 싶다는 뜻을 비춰 결국 그렇게 하기로 되었습니다.

아녜자 부인 아기의 대부가 된 리날도는 부인과 대화할 좋은 구실이 생겨 용기가 솟았으며, 자기의 마음을 고백하게 되었습니다. 그런데 부인은 그의 고백을 듣고 불쾌한 낯빛은 아니었으나 대단한 효과는 없는 듯했습니다. 그런데 그 뒤로 리날도는 무슨 까닭에서인지 수도사가 되어(여러 가지 이점이 있어서 일까요) 수도사 생활을 시작했습니다. 처음으로 수도사가 되었을 당시는 아녜자 부인에 대한 연정이나 그 밖의 허영적인 세상일에 대해서는 얼마간 염두에 없었습니다만, 시간이 지남에 따라 수도복을 입었으나 옛날 기분으로 돌아가 옷감도 고급으로 하고 외모를 가꾸기 시작했는데, 가진 물건 모두가 값지고 호화로운 것이었습니다. 그리고 칸초네, 소네트, 무용 시를 짓기도 하고 부르기도 했는데, 어쨌든 이와 비슷한 여러 가지 행동을 하기 시작했습니다.

그러나 이런 짓이 리날도에게만 한한 것이겠습니까? 수도사라는 자들이 모두 그 모양인데. 아, 나는 이처럼 어지러운 세상을 꾸짖고 싶은 것입니다! 그들은 비만하여 배가 불룩 튀어나오고, 화장을 하고, 보드라운 비단옷에, 호화로운 장신구를 몸에 지니는 것쯤은 전혀 부끄러운 일이 아니었습니다. 또한 '비둘기 같은' 이 아니라 기세등등한 '수탉처럼' 볏을 세우고 오만하고 무례하게 활보합니다.

더욱 나쁜 것은(그들의 방에는 화장용 연고나 유약이 가득한 항아리, 각종 과자상자, 증류수, 기름 담은 병, 아가리 좁은 단지, 단지 포도주, 백포도주 그 밖의 값비싼 포도주가 담긴 항아리가 놓여 있어, 수도사의 방이라기보다 마치 고급술이나 향료품 가게로 비친다는 말까지는 않겠습니다만) 그들은 자기들이 관절염 환자라는 사실이 알려져도 부끄러워하지 않으며, 또 단식이나 영양가 있는 적은 양의 음식물과 절도 있는 생활이 비만을 줄이고 가장 건강에 적합하다는 것을 세상 사람들이 알지 못한다고 생각하고 있는 일입니다. 그러므로 절제된 생활을 하면 병에 걸리는 일은 있을지라도 적어도 관절염(痛風)은 일으키지 않습니다. 이 병을 예방하려면 조신한 수도사다운 생활에 보태어 절제해야 하고 기타 여러 가지 방법을 취하는 것이 좋다고 되어 있습니다.

그런데도 그들은 검소한 생활과 밤늦도록 하는 공부나 기도, 종교상의 규율에 복종하는 일이 안색을 창백하게 만들며, 사람들로 하여금 동정심을 일으키게 한다는 것을 세상 사람들이 모르는 줄 알고 있습니다. 또 성 도미니쿠스나 성 프란체스코가 네 벌 이상의 법의를 갖지 않았고, 섬유에 물들여서 짠 양모나 그 외의 보드라운 옷감은 몸에 걸치지도 않았습니다. 본래의 거친 털로 짠 옷감을 외양의 장식을 위해서가 아니라 추위를 막기 위해 입고 있었다는 사실을 세상 사람들은 모르고 있는 줄로만 알고 있습니다. 신이여, 원하건대 이와 같은 일에 높으신 배려를 내리시옵소서. 그들, 오로지 살이나 찌우는 단순 무식한 사람들의 마음에 높으신 배려를 내리시옵소서.

리날도는 옛날 기분으로 다시 돌아가 아녜자 부인을 열심히 찾았습니다. 그러면서 점차 대담해져 끈질기게 가슴에 품은 욕망을 부인에게 고백하였습니다. 이런 끈덕진 구애를 받는 동안에 선량한 부인은 수도사 리날도가 전에 생각하던 것보다는 잘 생겼다는 것을 알았습니다. 너무나 시달림을 받고 있던 어느 날, 간절히 원하면 모든 여자가 모조리 허락할 마음인 것처럼, 그녀도 그런 마음으로 말했습니다.

"어마나! 리날도 님, 수도사직에 있는 분도 그런 생각을 하는 건가요?"

그러자 리날도는 대답했습니다.

"부인, 수도복 따위는 간단히 벗어 버릴 수가 있습니다. 그렇게 하면 나를 수도사가 아닌 한사람의 사나이라고 생각하시겠습니까?"

부인은 터지려는 웃음을 억지로 참으면서 말했습니다.

"어머, 어처구니 없어라. 당신은 내 아들의 대부시잖아요 (당시 대부는 혈연으로 가족으로 생각되었다). 어떻게 그런 일 이 허락되겠어요? 그건 아주 나쁜 짓이에요. 나는 그것이 중 죄가 된다는 말을 자주 들었습니다. 그러니까 그런 죄가 되는 일이 아니라면 원하시는 바를 받아들여도 좋지만."

그러자 리날도가 말했습니다.

"그 정도의 이유 때문에 허락하지 않는다면 당신은 정말 바 보입니다. 그것이 죄가 아니라고는 하지 않겠습니다. 그러나 신께서는 후회하는 자는 용서하십니다. 그런데 친아버지인 당신 남편과 당신 아들에게 세례를 준 나와 어느 쪽이 아드님 과 더 친밀한 관계에 놓여 있는지 어디 한 번 말씀해 보시죠."

거기서 부인은 대답했습니다.

"그거야 내 남편이지요."

"그렇습니다. 그래, 주인께서는 당신과 같이 잠자리에 드십 니까."

"네, 언제나."

"그렇다면, 당신의 남편보다도 아드님에 대한 친밀감이 적 은 나는 당연히 남편과 마찬가지로 당신과 같이 잘 수 있을 것입니다."

부인은 그런 논리 따위는 알지도 못했고 마음을 변경시킬 필요도 없었지만 리날도의 말이 그럴듯하다고 생각했거나 그 럴싸하다고 생각하는 척했는지 이렇게 대답했습니다.

"당신의 현명한 말씀을 반박할 만한 자가 있을까요?"

이렇게 하여 부인은 대부라는 관계임에도 불구하고 그의 소원대로 몸을 맡겼습니다. 그것은 한 번만으로 끝나지 않고 사람들이 눈치채지 못하는 것을 기회로 대부라는 이름 뒤에 숨어 자주 밀회를 즐겼습니다. 그러나 그런 일이 반복되는 동안에 사건이 일어나고 말았습니다.

리날도가 부인의 집으로 갔을 때는 아주 예쁘고 귀여운 젊은 하녀 외에는 아무도 없었습니다. 그는 데리고 간 수도사에게 그녀에게 기도문을 가르쳐 주도록 일러 같이 다락방으로 쫓아 보내고, 자기는 어린아이를 받아 안고 부인의 침실로 들어가 문을 잠그고 방에 놓인 안락의자 위에서 열락에 빠졌습니다. 이런 상황에 남편이 돌아왔습니다. 그는 아무도 모르게 부인의 침실 앞에 서서 문을 두드리며 부인의 이름을 불렀습니다. 아녜자 부인은 노크 소리를 듣고 깜짝 놀라며 말했습니다.

"야단났군요, 남편이 돌아왔으니. 끝내 일이 폭로되고 말겠어요."

그때 리날도는 외투와 두건을 벗고 속옷만 걸치고 있었는데, 그녀의 말을 듣더니 이렇게 대답했습니다.

"정말 그래. 옷이라도 입고 있다면 그런대로 얼버무리겠지만, 주인이 이 모양을 하고 있는 나를 보는 날에는 어떤 변명도 소용없지요."

그러자 부인은 언뜻 좋은 생각이 떠오른 모양으로 이렇게 말했습니다.

"옷을 빨리 입으세요. 이 아이를 안고 내가 남편에게 하는 말에 당신은 적당히 꼬리를 맞춰 주세요. 뒷일은 내게 맡기고요."

남편은 아직도 계속 문을 두드리고 있었습니다. 부인은 문을 향해 대답했습니다.

"지금 열어요." 부인은 일어나자 웃는 낯으로 걸어가 문을 열면서 남편을 맞아들였습니다.

"여보, 리날도 대부님이 와 계셔요. 하느님께서 보내신 거예요. 글쎄 오시지 않으셨더라면 오늘 아기는 목숨을 잃어버릴 뻔했지 뭐예요?"

어리석은 미신가인 남편은 그 말을 듣고는 금방 새파랗게 질려 "아니, 왜?" 하고 외쳤습니다.

"아기가 경련을 일으켰어요. 나는 죽은 줄 알았을 정도였으니까요. 만약에 대부님이 오시지 않았더라면 나 혼자서 어떻게 해야 할지 몰랐을 거예요. 리날도 님은 아기의 어깨를 껴안고 내게 이렇게 말씀하셨어요. '부인, 뱃속에 벌레가 생긴 겁니다. 만약 심장에까지 벌레가 기어 올라가면 목숨이 위험합니다. 그러나 내가 기도문을 외어 벌레를 모조리 죽일 테니 걱정 마십시오. 내가 나가기 전에 전보다 아기를 더 튼튼하게 만들어 놓겠습니다.' 그래서 기도를 드릴 때는 당신이 입회해야 하지만 당신이 집에 없음을 알고 있으므로 리날도 님은 하녀더러 이 집에서 가장 높은 다락방에서 기도를 드리도록 일러 함께 오신 신부님과 같이 올려 보냈습니다. 그리고 리날도 님과 나는 이 방으로 들어왔던 것입니다. 이와 같이 성사(聖

事)에는 타인이 끼면 방해가 되므로 아기 어머니만 입회하는 법이라는군요. 그래서 방문을 잠갔습니다. 리날도 님은 아직도 아기를 껴안고 계시고요. 함께 오신 신부님이 기도를 마치기까지 기다리시는 모양인가 봐요. 아마도 이제 끝난 모양이죠. 아기는 완전히 정상으로 돌아왔으니까요."

착하기만 한 남편은 아기에 대한 사랑으로 가슴이 메어져 아내의 새빨간 거짓말을 의심하기는커녕 곧이곧대로 믿고는 크게 한숨을 쉬며, "아기를 보아야겠군." 하고 말했습니다.

"안 돼요. 지금 들어가지 마세요. 일껏 잘됐는데 그러다가 꿩도 매도 다 놓치려구요. 여기서 잠깐만 기다리세요. 들어가셔도 좋을 때를 내가 알려 드릴 테니까요. 그때 부르겠어요."

부인의 능숙한 연극을 듣고 있던 리날도는 여유 있게 옷을 입을 수 있었으므로 아기를 안고 만반의 준비를 갖춘 다음 부인을 불렀습니다.

"부인, 주인 양반의 목소리 아닙니까?"

"네, 그렇습니다."

"어서 이리로 들어오십시오."

미신가인 남편이 들어오자 리날도는 말했습니다.

"신의 은총으로 기운을 차린 아기를 받으십시오. 조금 전까지만 해도 당신이 저녁에 돌아와 살아있는 아기를 못 보실까 걱정했습니다만, 신에게 감사하십시오. 그리고 성 암브로시오 님(대단히 존경받고 있는 시에나의 성 암브로시오)의 성상 앞에 아기와 같은 크기의 조상을 초로 깎아 바치십시오. 성사의 공덕으로 신께서 은총을 내리셨으니까."

아기는 아버지를 보자 안기어 재롱을 부렸습니다. 아버지는 아기를 껴안고 눈물을 흘리면서 마치 무덤에서 데려오기라도 한 듯이 키스를 퍼붓고, 대부에게 감사의 말을 늘어놓았습니다.

한편 리날도가 데리고 온 수도사는 다락방에서 귀여운 하녀에게 기도문을 네 개 이상이나 가르쳐 주고 어떤 수녀에게서 받은 흰 마직 지갑을 주고는 열렬한 신자로 만들어 버렸습니다만, 부인이 자기 침실로 남편을 불러들이는 소리를 듣자 그 방에서 일어나는 일을 낱낱이 듣고 볼 수 있는 장소까지 살그머니 내려왔습니다. 그래서 만사가 무사히 끝난 것을 알았으므로 아래로 내려와 부인의 침실에 들어가자 이렇게 말했습니다.

"리날도 님, 당신이 지시한 네 개의 기도를 전부 외웠습니다."

그 말에 대해 리날도가 대꾸했습니다.

"형제여. 그대는 정말로 장하다. 수고가 많았다. 나는 주인 어른이 돌아오셨을 때 겨우 두 개밖에 외지 못했었는데, 그러나 그대와 나의 노력의 덕분에 신께서 은총을 베푸시어 아기는 원기를 회복했다."

신앙심이 깊은 남편은 고급 포도주와 과자를 가져오게 하여 아들의 대부와 동행한 수도사에게 감사의 환대를 베풀었습니다. 두 사람에게는 융숭한 대접이었습니다. 그리고 그는 수도사들이 돌아갈 때 대문 밖까지 나와 전송했습니다. 다음에 지체 없이 납상을 주문하여 시에나의 성 암브로시오 성상 앞에 다른 조상과 나란히 매달라고 보냈습니다. 물론 밀라노의 성 암브로시오의 성상 앞은 아닙니다.

네 번째 이야기

토파노는 어느 날 밤 아내를 밖으로 내보내고 문을 잠근다. 그녀는 사과를 해도 안으로 들여보내 주지 않으니까 우물에 몸을 던진 것처럼 큰돌을 던져 넣는다. 토파노는 집에서 나와 우물로 뛰어가는데 아내는 반대로 남편을 밖에 놔두고 문을 걸어 잠가서 수치를 당하게 한다.

엘리사가 이야기를 마쳤을 때 왕은 라우레타를 돌아보며 다음 이야기를 하도록 희망하였으므로 그녀는 바로 이야기를 시작했습니다. 아아, 사랑의 신이시여. 그 힘은 얼마나 위대하고 벅찬 것인지! 또 그 충고와 예지력은 얼마나 빛나는 것인지요. 어떤 철학자나 예술가가 길을 구하는 자에게 확실한 논거를 들어 앞일을 예지하고 가르칠 수가 있을까요. 다른 어떤 가르침도 비할 수없이 지극히 미약하고 부족하였습니다. 그래서 나는 아주 단순 무구한 여인이 사랑의 힘으로 할 수 있었던, 다른 무엇으로도 할 수가 없었던 이야기를 덧붙여 이야기해 드리려고 합니다.

옛날 아레초의 거리에 토파노라는 부자가 살고 있었습니다. 그는 기타 부인이라고 하는 아름다운 여자를 아내로 맞이하고 어찌된 일인지 질투심 많은 남자가 되었습니다. 그래서 부인은 매우 화가 나서 어찌 그리 질투를 하느냐고 몇 번이나 물었지만, 어떤 특별한 이유가 있는 것도 아니어서 그렇다면 질투를 하고 있는 남편을 몹시 골려 주려고 마음을 먹었습니다.

마침 부인은 전부터 한 청년이 뜨거운 연정을 품은 것을 알고 그를 이용하려고 부인도 남몰래 은근한 뜻을 전하였습니다. 그리하여 두 사람 사이는 급속히 진척되어 이제 말 따위는 필요 없게 되었으며, 드디어 부인은 그것을 실행에 옮기려고 생각했습니다.

부인은 남편이 수많은 나쁜 버릇 가운데서 술버릇이 나쁜 것을 알고 있었으므로 언제나 술에 만취가 되도록 습관을 들였습니다. 그리고는 완전히 곤드레가 되면 남편을 눕혀 잠이 들면 연인과 밀회를 하였는데 그 후로는 자주 밀회를 갖게 되었습니다.

이렇게 해서 부인은 남편이 만취 되는 것에 완전히 자신을 얻어, 대담하게도 집 안으로 연인을 끌어들이기도 하고 남자의 집이 가까웠기 때문에 그의 집으로 찾아가 아예 새벽녘까지 지새우는 일도 많았습니다.

연인의 포로가 된 부인은 이런 재미에 빠져 있었는데, 점차이 어리석은 남편은 자기에게만 권하면서 아내는 조금도 마시지 않는다는 것을 알게 되었습니다. 그래서 그는 이상하다, 말하자면 자기가 잠에 곯아떨어진 사이에 다른 사내와 정을 통하려고 곤드레가 되도록 만드는 것이 아닌가 하고 의심을 품기 시작했습니다.

그래서 사실을 확인하려고 그날은 마시지도 않고 완전히 만취된 모습으로 집에 돌아와 전에 없이 혀도 돌아가지 않는 상태로 횡설수설 지껄여댔습니다.

아내는 그것을 진짜로 알고 곯아떨어지게 하려면 더 마시게 해야 한다는 생각도 하지 않고 곧 자리에 눕혔습니다. 이렇게 잠을 재우고는 지금까지 그렇게 해온 것처럼 집을 빠져나와 연인 집으로 가서 밤이 깊도록 있었습니다.

토파노는 아내가 없는 것을 확인하고 안에서 문을 잠갔습니다. 그리고는 창가에 앉으니 그녀가 돌아오는 것을 볼 수 있었고, 또한 그녀의 행동을 자기가 눈치채고 있다는 것을 깨닫게 해줄 수 있었습니다. 이렇게 아내가 돌아올 때까지 의자에 걸터앉아 있었습니다.

부인은 집에 돌아와 보니 문이 잠겨 있는 것을 알고 몹시 당황했습니다. 그래도 힘을 다해 열 수 있는지를 시험해 봤습니다. 그것을 보고 있던 토파노는 조금 가엾게 여겼지만 이윽고 이렇게 말을 걸었습니다.

"아니, 여보 그런 일을 해도 쓸 데 없소. 들어오지는 못할 거요. 되돌아가시지. 지금까지 당신이 있었던 곳으로 말이야. 이제는 절대로 여기에 돌아올 수 없다고 각오를 하시오. 내가 당신의 친척이나 이웃 사람들 앞에서 이 문제에 대해서 당신에게 알맞은 명예로운 조치를 취할 때까지는……."

그러자 아내는 "당신이 생각하고 있는 그런 곳에 간 것은 아니에요. 이웃집 부인이 요사이는 밤이 길어 잠도 오지 않고 혼자라고 하기에 그분과 함께 잠도 자지 않고 지금까지 이야기를 했던 거예요." 하며 어서 문을 열어 안으로 들여보내 달라고 애원하기 시작했습니다.

그러나 이 인정머리 없는 남자는 지금까지 아무도 모르는 자신들의 수치를 아레초의 모든 사람에게 알리려고 마음먹었으므로 이런 애원에 귀를 기울이지도 않았습니다. 아내는 애원이 받아들여지지 않는다는 것을 알고는 위협하는 수밖에 없다고 생각하며 "문을 열어 주지 않는다면 당신을 이 세상에서 가장 나쁜 인간으로 만들어 버리겠어요." 하고 말했습니다.

이 말에 대해서 토파노는 이렇게 대답했습니다.

"무엇을 할 수 있겠소?"

아내는 사랑의 신이 가르쳐 준 지혜대로 이미 빈틈이 없이 차고 넘쳤으므로 이렇게 말했습니다.

"당신이 나에게 누명을 씌워 수치스럽게 만들 것이라면 나는 여기 있는 낡은 우물에 몸을 던지겠어요. 후에 내가 죽은 것을 알면 사람들은 당신이 술에 취해서 틀림없이 나를 우물에다 던졌다고 생각할 거예요. 그렇게 되면 당신은 이 거리에서 도망을 치든가 재산을 몰수당하고 추방당하든가, 나를 죽인 범인으로 체포되어 말 그대로 목이 잘리게 될 거예요."

이런 협박 정도로는 토파노의 어리석은 생각을 바꿀 수는 없었습니다. 그래서 아내는 "그럼, 좋아요. 나는 당신의 이런 행동은 참을 수가 없어요. 하느님 용서해 주십시오. 저의 실패는 여기다 남겨 놓겠으니 주인에게 돌려 주시기 바랍니다." 하고 덧붙여 말했습니다.

그날 밤은 길에서 사람을 만나도 분간을 할 수 없을 정도로 무척 깜깜했습니다. 부인은 우물가에 다가가서 옆에 있던 큰 돌을 들어올려, "하느님, 용서해 주십시오." 하고 부르짖고는 우물 속에 집어던졌습니다.

돌은 우물 속에 떨어지면서 첨벙하고 상당히 큰소리를 냈습니다. 토파노는 물론 그 소리를 듣고 분명히 아내가 투신했다고 생각했습니다. 그래서 밧줄이 달린 두레박을 손에 잡더니 즉시 집을 뛰쳐나와 아내를 구하려고 우물가로 뛰어나왔습니다.

아내는 문 뒤쪽에 숨어 있다가 남편이 우물가로 뛰어가는 것을 보고는 집 안으로 들어가 문을 잠가 버렸습니다. 그리고는 창가로 가서 이렇게 말했습니다.

"술을 마시려면 초저녁엔 물을 타야 되는 거예요(직역하면 '포도주를 사람들에게 마시게 할 때는 물을 타서 엷게 하는 것이 좋다. 밤이 되기 전에는'이다. 그러나 의미가 명백하지 않은 말이라고 주석자인 엔리코 비안키는 쓰고 있다)."

토파노는 그녀의 말을 듣고는 한 대 얻어맞았다고 생각하며 문 입구로 돌아왔지만 안으로 들어가지 못하고 문 열어라, 열어라 하며 소리를 지르기 시작했습니다. 그녀는 그때까지 조용히 듣고만 있다가 이번에는 크게 소리를 질러 말했습니다.

"어머나, 징그러워. 이 술주정꾼. 오늘 밤은 집 안으로 들어오지 못해요. 그런 당신의 모습은 이제 정말 견딜 수 없어요. 당신이 어떤 사람인가를 모든 사람들에게 보여 주기에 딱 좋군요. 한밤중 몇 시에 집으로 돌아오는가를 아주 광고를 하시지."

　한편 토파노도 이에 맞서 소리를 지르고 욕을 했기 때문에 이웃사람들이 그 소리에 잠에서 깨어 창문으로 얼굴을 내밀고는 무슨 일이 있어났느냐고 저마다 물었습니다. 아내는 울음을 터뜨리면서 이렇게 말하기 시작했습니다.

　"이 사람은 정말로 성질이 나빠요. 매일 밤 술에 만취가 돼서 돌아오든가 술집에서 잠을 자기도 하지요. 그리고 오늘도 이제야 돌아와서는… 이제는 더 이상 고생을 하는 것도 참고 사는 것도 싫어져서 저 사람이 마음을 고쳐먹는지 어떤지 보려고 안에서 문을 잠그고 수모를 당하게 하려는 참입니다."

　한편 토파노는 사실을 폭로하면서 아내를 큰소리로 위협하고 있었습니다. 그러나 그녀는 이웃 사람들에게 이렇게 말하고 있었습니다.

　"저 사람을 보세요. 만일 내가 지금 저 남자처럼 거리에 있고 저 남자가 집 안에 있다고 하면 여러분은 뭐라고 말씀하시겠습니까? 반드시 저 사람이 말하는 것이 옳다고 생각하실 겁니다. 이러니 내 마음을 알 수 있겠지요. 저 사람이 했다고 내가 생각하고 있는 일을 저 사람은 내가 했다고 하는 것입니다. 저 사람은 나를 놀려 주려고 우물 속에 뭔가를 집어 던졌습니다. 차라리 자기가 몸을 던져서 빠져 죽었으면 좋았을 거예요. 그렇게 되면 술독에 빠질 정도로 마실 술이 좀 깨었을 것 아니겠어요?"

　이웃의 남자나 여자들 모두 토파노를 비난했습니다. 그리고 아내에게 준 모욕에 대해 몹시 욕을 퍼부었습니다. 그리고 이 소동은 즉각 이웃에서 이웃으로 전해져 결국에는 그녀의 친척한테도 알려졌습니다.

친척들은 급히 달려와서 사건의 전말을 이웃이나 다른 사람들로부터 듣고는 토파노를 붙잡아 뼈가 부러지도록 패주었습니다. 그리고 난 뒤 집 안으로 들어가 부인의 살림을 들어내놓고 토파노를 매섭게 비난하면서 그녀를 데리고 친정으로 돌아갔습니다.

토파노는 이번 일은 공교롭게 됐구나, 자기의 질투심 때문에 이런 일을 당했다고 생각하고 원래는 부인을 몹시 사랑하고 있었으므로 친구 두세 명을 중간에 넣어 평온한 기분으로 부인을 집으로 맞아들이려고 노력했으며 부인에게는 앞으로는 절대로 질투를 하지 않겠다는 다짐을 했습니다. 그뿐만 아니라 아내에게 어떠한 즐거움에 빠져도 좋으나 자기가 눈치채지 않게 잘해 달라고 허락해 주었습니다.

이런 식으로 마치 어리숙한 촌놈처럼 어처구니없는 일을 당한 뒤에 평화협정을 맺은 것입니다. 사랑이여 만세, 욕심은 멸망하라(원문에서는 '돈이여 죽어라'로 되어 있으나 현재는 '탐욕이라든가 허욕을 멸망하라'는 뜻으로 볼 수 있다. 원래 오리엔트에 기원하는 우화로서 널리 알려져 있다). 싸움은 모두 중지하라.

어느 질투심 많은 남자가 신부로 분장해서 아내의 참회를 듣는다. 아내는 매일 밤 찾아오는 어느 교부를 사랑하고 있다고 말한다. 그는 몰래 문간에 숨어서 감시를 하고 아내는 지붕으로 해서 연인을 끌어들인다.

라우레타의 이야기를 들으며 질투심 많은 남편을 골탕먹이고 평온을 가져온 부인에게 칭찬을 아끼지 않았습니다. 왕은 다정한 태도로 피암메타에게 이야기를 부탁했으며 그녀는 이야기를 시작했습니다. 라우레타의 이야기를 들으며 한 가지 이야기를 떠올렸는데 나는 질투심 많은 한 사나이의 이야기를 하려고 합니다. 특히 그것이 이유도 없는 것일 때 그런 사나이에 대해 우리 부인들의 보복은 당연한 것으로 여겨집니다. 그러한 이유로 법을 만들 때에도 이기적으로 남을 해치는 자에 대해서 내리는 벌과는 별도로, 억울한 부인들을 위한 법률도 제정되었어야 했습니다. 왜냐하면 질투심 많은 사나이들은 젊은 부인들의 생명을 해치는 자이기 때문입니다. 부인들은 집 안에서 가정을 돌보고 가족을 보살피느라 온통 시간을 쏟고 있지만, 늘 다른 사람들처럼 즉, 농부나 직공이나 재판관들처럼 축제일에는 위로받거나 휴식하거나 또 쾌락을 원할 수도 있습니다. 하느님께서도 마지막 날에는 휴식을 취하셨으니, 종교에서나 세상에서나 신의 은총으로 모든 사람이 공히 행복하도록 일 하는 날과 휴식하는 날을 정하였지요. 그러나 질투심 많은 사내들이란 이런 것을 염두에 두지 않으므로 모두가 쉬거나 즐길 때, 여인들은 더더욱 엄하게 구속합니다. 그러므로 그들의 참담함이나 비참함이란 겪지 않고는 알 수가 없는 것입니다. 결론적으로 여인들의 부당한 질투에 대한 응징이라면 비난하거나 책망할 것이 아니라 격려해야 한다는 것입니다.

그 옛날 아리미노 거리에는 돈과 땅이 많은 부호 상인이 있었는데, 그는 매우 아름다운 아내와 살면서 대단한 질투심을 갖게 되었습니다. 이것은 달리 이유가 있어서라기보다 아내를 몹시 사랑했고 엄청난 미인이라고 생각했기 때문이었습니다.

거기에다 그녀가 가능한 한 노력을 기우려 그의 마음에 들도록 처신하는 것을 알고 있었으며, 어떤 남자라도 아내를 탐낼 것이 틀림없다고 믿고 있었습니다. 또한 누구라도 미인이라고 생각할 것이고, 자기에게 대하는 것처럼 다른 사람도 기쁘게 해 주려 한다고 생각하는 탓이었습니다.

이런 이유로 남편은 항상 질투심에 애를 태우며 엄한 감시로 그녀의 행동을 일일이 구속했으므로 마치 사형을 선고받은 죄인과 같았으며, 오히려 중죄인도 간수들로부터 이처럼 엄중한 감시는 받지 않을 것이라 생각할 정도였습니다. 그래서 부인은 남의 결혼식과 축제, 혹은 성당마저도 갈 수 없었으며, 무슨 일을 핑계 삼아도 집에서 한 발자국도 밖으로 나갈 수가 없었습니다.

자, 그건 그렇다 칩시다. 더욱 심한 것은 창문으로 얼굴을 내밀 수도 없고, 어떠한 이유로도 집 밖을 바라볼 수조차 없었다는 것입니다. 그래서 그녀의 생활은 실로 최악의 것이었고 자기에게 아무런 잘못도 없다고 생각했기 때문에 그 고통을 도저히 참을 수 없는 것이었습니다.

그녀는 남편으로부터 부당한 취급을 받는다고 생각했고 자신을 위로하고자 그 부당한 취급에 대한 이유를 찾으려고(찾을 수 있다면) 작정했습니다. 그렇지만 창문으로 얼굴을 내밀 수도 없고, 집 앞을 지나치는 누군가의 추파에 답으로 고개를 끄덕일 수도 없었습니다. 그러다가 우연히 이웃에 젊고 미남이며 쾌활한 젊은이가 산다는 것을 생각해 냈는데, 그 옆집과 자기 집의 벽에다 구멍을 뚫으면 종종 얼굴을 볼 수 있을 것이므로, 상대가 받아 주기만 한다면 자기의 사랑을 바쳐도 좋다, 그래서 그렇게라도 남편의 몸에서 질투의 화신이 사라질 때까지 현재의 비참한 생활을 참고 견디리라 맘먹었습니다.

그리하여 남편이 집에 없을 때 벽의 이곳저곳을 살펴보다가, 조금도 사람 눈에 띄지 않는 곳에 적당한 구멍이 뚫려 있는 것을 우연히 발견했습니다. 그래 그 구멍으로 들여다보니 저편에서는 모르는 듯했으며, 구멍이 뚫린 곳은 방이었는데 '만일 그곳이 필리포의 방이라면(즉, 이웃 청년의 방이기를)······.' 하고 생각했습니다.

그래서 자기의 처지를 동정하고 있는 하녀에게 조심스럽게 들여다보게 하여 그 청년이 혼자 자는 방이란 걸 알았습니다. 그 후로 부인은 노상 그 구멍을 엿보았습니다. 그리고 청년이 그 방에 있으면 돌멩이나 나무 조각을 던져 어떤 반응이 오나

기다렸는데, 이내 그 청년이 가까이 다가왔고 그녀는 청년의 이름을 불렀습니다. 그 목소리를 들은 일이 있었으므로 청년이 대답했습니다. 그녀는 기운을 내고 간단히 자기의 마음을 전했습니다. 청년은 크게 기뻐하며 저쪽에서 그 구멍을 넓혔습니다. 이리하여 두 사람은 자주 이야기를 주고받거나 손을 잡기도 했는데 질투심 많은 남편의 엄중한 감시로 그 이상 아무것도 할 수 없었습니다.

그러는 사이 성탄절이 가까워지자 부인은 남편에게 그 날 아침에는 성당에 나가 다른 교인들처럼 고해를 하고 성체를 배수(拜受)하도록 허락해 달라고 청했습니다. 질투심 많은 남편은 "고해를 하다니 도대체 어떤 죄를 지었소?" 하고 물었습니다. "뭐라고요? 당신이 나를 가두어 둔다고 내가 성인이라도 되었단 말인가요? 나도 세상 사람들처럼 죄를 지어요. 그렇지만 당신한테는 말하고 싶지 않아요. 당신은 신부가 아니잖아요?" 부인은 말했습니다.

질투심 많은 남편은 이 말에 의혹을 품고는 아내가 어떤 죄를 범했는지 알고 싶었습니다. 그래서 자기가 할 수 있는 묘안을 생각했습니다. 남편은 성당에 가되 늘 가던 성당이어야 하고, 그리고 아침 일찍 가서 반듯이 주교가 지명하는 신부에게 참회를 하도록 해야 하며, 그 일이 끝나는 즉시 집으로 돌아오도록 명령했습니다. 부인은 대체로 남편이 말하는 뜻을 알았으므로 딴 말은 하지 않고, "예, 그렇게 하겠어요."라고 대답했습니다.

성탄절 아침이 되자 부인은 새벽같이 일어나서 옷을 차려 입고 남편이 지정한 성당으로 갔습니다. 한편 질투 많은 남편도 일찍 서둘러 같은 성당에 그녀보다 먼저 가 있었습니다.

그는 그 성당의 신부와 사전의 계획대로 흔히 신부들이 자주 입는 얼굴이 가려지는 모자가 달린 옷을 입고, 모자를 푹 눌러 쓰고는 성가대에 앉아 있었습니다.

부인은 성당에 도착하자 신부님 뵙기를 청하여 신부를 보고 그녀는 고해를 하고 싶다고 말했으며, 그 신부는 자기는 들을 수 없으니 다른 신부를 보내겠다고 대답했습니다. 그리고는 그곳에서 물러가고 그녀에게 운 나쁘게 그 질투 많은 남편을 보냈던 것입니다. 남편은 몹시 거드름을 피우며 걸어왔습니다. 그러나 날이 아직 완전히 밝지도 않았고, 신부복의 모자를 푹 눌러 썼다고는 하지만, 아내의 눈에는 즉각 간파되고 말았습니다. 이를 눈치챈 부인이 혼잣말을 했습니다. '질투 많은 남편이 신부로 변장을 하다니, 뜻하지 않은 행운이군. 그대로 놔두자. 듣고 싶어하는 것을 말해 줄 테니.'

그녀는 모른 척하고 발아래 무릎을 꿇었습니다.

질투 많은 남편은 약간 혀가 어둔한 것처럼 입 안에 작은 돌을 두어 개 넣어 두었습니다. 그렇게 말을 하면 아내가 눈치 채지 못할 거라 생각했고 또한 완전히 변장을 했으므로 탄로 날 염려는 없다고 믿었습니다.

드디어 고해할 시간이 되자 부인은 자기는 결혼한 몸이란 것을 맨 먼저 밝히고, 여러 가지 자질구레한 주변이야기를 한 다음 어느 교부와 사랑에 빠져 그가 매일 밤 자신과 함께 자려고 찾아온다고 고백했습니다.

이 말을 들은 질투 많은 남편은 칼로 심장을 푹 찔린 것 같은 충격을 받았습니다. 그가 만약 더 자세한 것을 알려고 하지 않았다면 고해를 더 듣는 일 따위는 집어던지고 집으로 도망갔을 터입니다만, 아무튼 버티면서 이렇게 물었습니다.

"뭐라고요? 그렇다면 주인은 당신과 함께 자지 않는다는 겁니까?"

"아닙니다. 함께 잡니다."

"그렇다면 어떻게 해서 그 교부하고도 잘 수 있습니까?"

"예, 신부님. 저는 어떤 요술을 사용하는지는 모르겠습니다만, 우리 집은 그분의 손이 닿게 되면 열리지 않는 문이 하나도 없습니다. 그분이 말씀하시기를 제 방의 문 앞에 왔을 때, 문을 열기 전에 뭐라고 두서너 마디 하시면 남편은 즉시 잠들어 버린다고 합니다. 잠이 든 것을 알면 문을 열고 방 안으로 들어와 나와 함께 자는데, 아직 한 번도 실패한 적은 없습니다." 하고 그녀는 대답했습니다. 그랬더니 질투 많은 남편이 말했습니다. "부인, 그것은 잘못입니다. 그런 일은 중단하는 것이 좋을 겁니다." 이 말에 대해서 부인이 대답했습니다. "신부님, 그것은 도저히 안 됩니다. 저는 그분을 매우 사랑하고 있기 때문입니다."

"그럼 나는 당신을 용서할 수 없습니다." 하고 질투 많은 남편이 말했습니다. 그러나 부인은 말했습니다. "그것은 슬픈 일이군요. 저는 여기에 거짓말을 하러 온 것이 아닙니다. 그런 일을 할 수 있으면 할 수 있다고 말씀드릴 겁니다."

"부인, 진실을 말씀드리자면 당신이 혼을 빼앗기고 있는 것을 보면 매우 유감스럽게 생각합니다. 그러나 나는 당신을 대신해서 하느님께 특별한 기도를 바치는 일을 당신을 위해서 하겠습니다. 반드시 하느님은 당신에게 은혜를 내리실 겁니다. 때때로 우리의 보좌 신부를 가끔 파견할 테니 하느님의 자비가 있었는지 보고하시기 바랍니다. 만일 있었으면 그 후의 일은 그 때 상의하겠습니다."

그러자 부인이 말했습니다.

"신부님, 누구든지 사람을 보내지는 마세요. 만일 주인이 그것을 알면 매우 질투심이 많은 사람이기 때문에 뭔가 아내에게 좋지 않은 일을 하러 왔다고 단정하게 될 것입니다. 그렇게 되면 일 년 내내 단 하루도 마음 편히 그와 살 수가 없을 겁니다."

"부인, 그런 일은 걱정하지 마세요. 주인께 아무런 일이 없도록 내가 잘 처리하겠습니다." 하고 질투 많은 남편이 말했습니다.

이 말을 듣고 부인이 말했습니다. "그런 염려를 해 주시다니 고맙습니다."

이렇게 부인은 고해를 마치고 통회를 한 다음 일어나 미사를 드리려고 그곳을 떠났습니다.

질투 많은 남편은 자기의 불행에 한숨을 쉬며 신부복을 벗으러 갔습니다. 그리고 그 교부와 아내가 함께 있는 밀회의 현장을 덮치고 마음껏 복수를 할 수 있는 묘안을 이것저것 생각하면서 집으로 돌아갔습니다.

부인은 성당에서 돌아와 남편의 안색을 보고 자기가 남편에게 대단한 성탄절 선물을 했음을 알았습니다. 그러나 남편은 자기가 한 짓을 숨기고 그녀의 고백을 알고 있다는 눈치를 채지 않도록 태연한 척하려고 애를 썼습니다. 그리고 그날 밤은 거리 쪽의 문 입구에서 망을 보고 교부가 오는지 지켜보려고 생각하면서 아내에게 이렇게 말했습니다.

"오늘 저녁, 밖에서 식사를 하고 외박하게 될지도 모르니 거리 쪽 입구에 있는 문단속을 단단히 하도록 해요. 그리고 계단 중간의 문과 침실문도 잘 잠그고 적당한 시간에 자도 좋아요." 부인은 "잘 알았습니다." 하고 대답했습니다.

이렇게 해서 부인은 적당한 때를 맞추어 벽의 구멍에 대고 전과 같이 신호를 보냈습니다. 그것을 듣고 필리포가 나타났습니다. 부인은 오늘 아침 자기가 한 일과, 남편이 식사가 끝난 뒤에 한 말을 들려주고 말했습니다.

"주인은 외출하는 것이 아니라 반드시 출입구 쪽에서 망을 볼 거예요. 그러니까 오늘 밤은 어떻게든 지붕을 타고 오세요. 그러면 우리는 함께 지낼 수 있어요." 그러자 청년은 "부인 저에게 맡겨 두십시오." 하며 매우 기뻐하였습니다.

밤이 되자 질투 많은 남편은 칼을 쥐고 남몰래 아래층에 있는 방에 숨었습니다. 그때 부인은 '때는 왔구나.' 하면서, 하녀에게 문이란 문은 모두 자물쇠를 채우고 특히 계단 중간에 있는 창문은 남편이 들어오지 못하도록 단단히 잠그도록 명령했습니다. 청년은 아주 조심스럽게 지붕을 타고 왔습니다. 그래서 두 사람은 침대로 들어가 즐거운 시간을 충분히 보냈습니다. 이리하여 날이 밝자 젊은이는 자기 집으로 돌아갔습니다.

질투 많은 남편은 한 가지 생각에 빠져 저녁도 먹지 않고 추위에 떨면서 밤새도록 칼을 쥐고 교부가 오기를 기다렸습니다. 이윽고 새벽녘이 가까워지자 감시할 필요도 없어져 아래층 방으로 들어가 잠을 잤습니다. 9시 정도에 잠에서 깨었는데 모든 출입구가 열려져 있었으므로 밖에서 돌아온 것처럼 자기 방으로 들어가 식사를 했습니다.

그리고 잠시 후에, 한 젊은이를 아내가 고해했던 신부의 보좌 신부로 가장시키고 그녀에게 보내어 잘 아는 교부가 왔는지를 알아오도록 했습니다. 부인은 그 심부름 온 젊은이를 잘 알고 있었으며, 어젯밤은 오시지 않았다, 그래서 만약에 이런 일이 계속된다면, 잊으려 해도 잊혀지지 않는 분이지만 언젠가는 잊혀지게 될지도 모르겠다고 대답했습니다.

자, 이제 더 이상 무엇을 이야기할까요? 질투 많은 남편은 아내가 말하는 교부가 들어오는 것을 붙잡으려고 며칠 밤이고 보초를 섰으며, 아내는 아내대로 연인과 더없이 즐거운 시간을 보냈습니다.

그러다가 도저히 고통을 견딜 수 없게 된 질투 많은 남편은 완전히 창백하고 초췌해져서는 부인에게 당신이 고해하던 그날 아침, 신부에게 무엇을 고해했느냐고 물었습니다. 그러나 부인은 그것은 옳지 않고, 예의에 벗어나므로 이야기하고 싶지 않다고 대답했습니다.

"이런 속이 시커먼 년, 네가 무슨 말을 했는지 다 알고 있다고. 네가 홀딱 반한 교부가 어디의 어떤 놈인지, 매일 밤 마법을 걸어 너하고 자고 가는 놈이 어떤 말뼈다귀인지를 밝혀 용서하지 않겠다. 만일 네가 말하지 않으면 목을 분질러 놓을 테니." 하며 따졌습니다. 그래서 부인은 자기가 교부하고 사랑에 빠졌다는 것은 거짓말이라고 대답했습니다.

"뭐라고! 네가 고해했던 신부에게 교부를 사랑한다고 참회하지 않았느냐 말이야?" 남편이 소리쳤습니다.

"신부가 그런 일을 당신에게 전할 리는 없어요. 그렇다면 당신이 그 장소에 있었다는 말이군요. 예, 저는 그렇게 말했어요." 하고 부인도 말했습니다.

"그러면 그 신부는 누구냐? 빨리 말해." 하고 남편이 말하자 부인은 웃기 시작했습니다.

"도살장에 끌려가는 황소처럼, 현명한 사람이 어리석은 여자에게 질질 끌려가는 꼴이 정말로 재미있군요. 원래 당신은 현명한 편은 아니었지만, 아무런 이유 없이 가슴속에 질투심을 품고부터는 더욱더 현명하지 못하군요. 그러니까 당신이 바보 같은 짐승처럼 될수록 나는 훌륭한 빛을 발하는 거예요. 여보, 당신이 자기 마음의 눈을 보지 못하듯이, 내 눈도 장님처럼 여기세요? 아니에요. 그렇지 않아요. 나는 나의 고해를 듣고 계시는 신부를 보고 즉시 간파했어요. 그 신부가 당신이라는 것을 곧 알았던 거지요. 그래서 나는 당신이 듣고 싶어하는 말을 하려고 결심했어요. 그리고 그대로 했어요. 당신이 스스로 생각하는 것처럼 현명한 분이라면 자기 아내의 비밀을 그런 식으로 알려고 하지 않았겠죠. 그리고 쓸데없이 의심을 품었으며, 당신에게 고백한 일이 사실이라 해도 조금도 죄를 범하지 않은 것을 알게 되었을 거예요. 저는 어떤 교부를 사랑하고 있다고 말씀드렸지요. 내가 지극히 사랑하는 당신은 신부가 되어 있지 않았던가요? 나는 당신이 나와 자고 싶다 생각하면, 어떤 문의 자물쇠도 쓸모가 없다는 걸 말씀드렸지요. 당신이 내게로 오고 싶었을 때, 어떤 문이든 잠긴 일이 있었나요? 그 교부는 밤마다 와서 나와 함께 잤다고 말씀드린 대로 당신은 나하고 자지 않은 날이 있었나요? 그리고 당신은 가끔 보좌 신부를 내게로 보냈지만 잘 아시다시피 그때 당신은 내게로 오시지 않았기에 그 교부는 오지 않았다고 대답한 거예요. 질투에 눈이 멀어 버린 당신 이외에 이런 일을 모르는 바보가 또 있을까요? 그런데도 당신은 밤이면 밤마다 집 입구를 감시하고 집 안에 있으면서도 밖에서 식사를 하고 외박하는 척하기도 했구요.

자, 이제 눈을 뜨세요. 그리고 예전의 당신으로 돌아가요. 나처럼 당신의 유치한 수법을 세상 사람들이 눈치를 챈다면 웃음거리가 될 거예요. 그리고 지금 하고 계시는 거추장스런 감시 따위는 그만하세요. 나는 하늘에 맹세하지만 만일 내가 당신을 배신할 마음이라면, 당신의 두 눈이 백 개가 된다고 해도 당신한테 들키지 않고 나의 쾌락을 취할 수가 있다는 말이에요."

아내의 비밀을 잘 탐지했다고 여겼던 이 어리석은 남편은 이 말을 듣자 기가 죽고 질투도 꺾였습니다. 그래서 아내를 선량하고 영리한 여자라고 마음에 새겼습니다. 이와 같이 질투가 필요 없을 때 질투의 옷을 온몸에 걸치고 있다가, 정말로 질투가 필요하게 되었을 때는 그 옷을 벗어 버렸던 것입니다.

이렇게 해서 이 영리한 여인은 자기의 쾌락을 거의 자유롭게 만족시키면서, 연인을 고양이처럼 지붕을 타지 않고 현관으로 조심스럽게 불러들여 오래도록 기쁨을 맛보며 즐거운 시간을 누릴 수 있었던 것입니다.

여섯 번째 이야기

람베르투초의 사랑을 받고 있는 이사벨라 부인이 레오네토와 밀회를 즐길 때 람베르투초가 그녀를 불쑥 찾아온다. 게다가 또 그녀의 남편이 돌아오자, 기지를 발휘해 람베르투초는 단검을 쥐어 밖으로 내보내고, 남편에게는 레오네토를 집까지 바래다 주게 한다.

질투 많은 남편을 완전히 굴복시킨 영리한 부인의 응징에 일동은 환영하여 찬사를 보냈습니다. 피암메타가 이야기를 마치자 왕은 팜피네아에게 다음 이야기를 분부하여 그녀가 이야기를 시작했습니다.

세상에는 매우 단순한 생각으로 사랑은 사람에게서 사려 깊은 분별력을 빼앗고, 사랑을 하는 자를 장님으로 만든다고 말하는 사람이 많습니다. 하지만 그것은 어리석은 생각이며, 지금까지의 이야기에도 잘 나타나 있습니다. 여기서 나는 그것을 다시 한 번 확인하고자 하는 바입니다.

온갖 혜택을 잘 받고 있는 우리의 도시에 아름답고도 신분이 높은 부인이 있었습니다. 이 부인은 재산도 많고 인물도 훌륭한 기사의 아내였습니다. 그러나 인간은 항상 같은 것을 먹으면 싫증을 내고 색다른 것을 먹고 싶다고 생각하는 법입니다. 이 부인 역시 남편에게 싫증을 느끼고 신분은 떨어지지만 품위 있고 예절바른 레오네토라는 청년을 좋아하게 되었습니다. 그 청년도 그녀를 좋아했습니다. 여러분도 아시다시피 서로의 마음이 통하면 으레 열매는 맺게 마련입니다. 두 사람의 사랑이 이루어지는데 그다지 긴 시간이 필요하지 않음은 두 말할 필요도 없지요.

또한 람베르투초라는 기사도 이 아름답고 우아한 부인에게 뜨거운 마음을 품었지만, 부인은 그를 불쾌하고 천박한 사람으로 알고 있었으므로, 선물이 산더미처럼 쌓여도 사랑할 마음이 없었습니다. 그러나 그는 몇 번이나 사람을 내세워 그녀에게 열렬한 사랑을 호소했지만 아무런 효과가 없었습니다. 그는 매우 권세를 가진 기사로서 화가 났으며, 자기 뜻을 끝내 거절한다면 세상 사람들에게 망신을 주겠다고 사람을 시켜 엄포를 놓았습니다. 그러자 부인은 그의 인간성도 그렇고 두렵기도 하여 그의 뜻을 받아들였습니다.

우리도 그렇습니다만, 이사벨라 부인은 매해 여름이면 관례에 따라 시골에 있는 아름다운 별장으로 갔습니다. 그런데 어느 날 아침, 남편이 며칠 동안 다른 지방을 다녀오게 되어 레오네토를 별장으로 불렀습니다. 그는 크게 기뻐하며 당장에 달려왔습니다.

한편 람베르투초는 이사벨라 부인의 남편이 어디 다니러 갔다는 말을 듣고 부랴부랴 말을 타고 부인의 별장으로 달려와 문을 쾅쾅 두드렸습니다. 그러자 하녀는 레오네토와 침실에 있는 부인에게 람베르투초가 왔음을 알렸습니다. 부인은 그 말을 듣고 그가 몹시 두려워 앞이 캄캄했습니다. 그래서 레오네토에게 미안하지만 람베르투초가 돌아갈 때까지 커튼 뒤에 숨어 있도록 애원했는데, 그 역시 부인 이상으로 람베르투초가 두려워 시키는 대로 했습니다. 그런 다음 람베르투초를 안내하도록 일렀습니다. 하녀가 대문을 열자마자 안마당에 말을 매고 집 안으로 들어갔습니다. 부인은 층계 위에서 정다운 미소를 지으며 무슨 볼 일이냐고 물으며 인사를 했습니다.

　람베르투초는 부인을 껴안고 입을 맞춘 다음 "사랑하는 그대여, 주인께서 출타했다기에 잠시나마 그대와 함께 즐기고자……." 이렇게 대답했습니다. 이어 두 사람은 침실로 들어가 문을 잠그고 사랑의 행위를 시작했으며, 한창 쾌락에 빠져 있을 때 갑자기 남편이 돌아왔습니다. 하녀가 집 부근에서 주인의 모습을 발견하고 냅다 달려와 부인에게 알렸습니다.

　"마님, 나리께서 돌아오셨습니다. 벌써 안마당까지 오셨을 겁니다."

　부인은 그 말을 듣고 집 안에는 두 사나이가 있고, 안마당에는 람베르투초의 말이 있으며, 도대체 숨길 방도가 없어 새파랗게 되었습니다. 하지만 침대에서 뛰어내려 결심한 듯 이렇게 말했습니다.

"여보세요, 당신이 진정으로 나를 사랑하고 내 목숨을 구할 마음이 있다면 내가 말하는 대로 해 주세요. 단검을 빼들고 몹시 화가 난 형상으로 이렇게 외치면서 층계를 뛰어내려가세요. '잘 들어라. 난 네놈을 어디서든 붙잡고 말 테다.' 만약 남편이 당신을 만류하든가 무슨 말을 물어보더라도 지금 그 말 이외에는 아무 말도 하지 마세요. 그리고 말을 타고 무슨 일이 있더라도 멈추지 말고 달려가세요."

람베르투초는 그렇게 하겠다고 대답했습니다. 그리하여 단검을 빼들고 쾌락에 빠졌던 피로와 갑자기 돌아온 주인에 대한 분노로 얼굴을 빨갛게 만들고는 부인이 시킨 대로 했습니다.

안마당에서 말을 내려 낯선 말이 매어져 있으므로 미심쩍어 하며 집 안으로 들어가려다가 람베르투초가 층계를 뛰어내려오며 날뛰는 무서운 형상에 놀라 말을 걸었습니다.

"아니 무슨 일이오?"

람베르투초는 그를 본 체도 않고 등자에 발을 걸어 말 등에 훌쩍 뛰어오르면서, "두고 보자, 내 너를 반드시 붙잡고 말 테다." 하고 외치면서 쏜살같이 말을 달려 사라졌습니다. 주인이 안으로 들어가니 부인은 층계 위에서 두려움에 떨고 있었습니다. "웬일이오? 무슨 일로 람베르투초는 저다지도 화가 나서 야단이오?" 하고 주인은 물었습니다.

부인은 침실로 돌아가 레오네토에게 들리도록 큰소리로 대답했습니다.

"여보, 나는 이런 무서운 꼴은 정말 처음 당했어요. 지금 알

174

지도 못하는 젊은 남자가 도망쳐 오고 이어 람베르투초 님이 단검을 빼들고 쫓아왔어요. 마침 이 방문이 열려 있었는데, 젊은이는 와들와들 떨면서 '마님, 제발 살려 주십시오. 당신이 구원해 주시지 않으면 잡혀 죽습니다.'라고 말하는 거예요. 내가 정신없이 일어나 당신은 누구며 무슨 사정이냐고 물으려는 순간 람베르투초가, '배신자는 어디 있느냐?'며 층계를 올라왔어요. 나는 입구를 가로막고 서서 그를 안으로 못 들어오게 했지요. 헌데 그분은 원래 예의 있는 분이니 자기가 들어오는 것을 내가 싫어한다는 것을 알고 더 이상 억지 쓰지 않고 당신이 지금 보신 대로 도로 내려갔어요."

그 말을 들은 주인은 말했습니다.

"정말 잘했소, 당신. 글쎄 우리 집에서 살인이라도 났다면 어떻게 할 뻔했소? 원 참, 람베르투초 씨가 젊은 사나이를 쫓아 여기까지 뛰어들다니 추태도 이만저만이 아니로군."

그리고 그 젊은 사나이는 어디 있느냐고 물었습니다. "글쎄, 나도 어디 숨었는지 모르겠군요." 하고 부인이 대답했습니다. 그러자 주인이 큰소리로, "젊은이, 이제 괜찮으니 나와 보시오." 하고 말했습니다.

둘이 하는 말을 하나도 빼놓지 않고 다 듣고 있던 레오네토는 당연히 두려움에 떨면서 커튼 뒤에서 나왔습니다.

"자네 람베르투초 씨와 무슨 언짢은 일이 있었나?" 하고 주인이 물었습니다. "아닙니다. 주인님, 절대로 아무 일도 없습니다. 그분은 정신이 이상한지 뭔가 잘못 오해하신 모양입니다. 글쎄 댁의 근처에서 나를 보자 갑자기 단검을 빼들고, '이

배신자, 죽여 버릴 테다.' 라며 소리를 질렀습니다. 나는 영문
도 모른 채 꽁지가 빠져라 댁으로 도망을 쳤는데, 신의 자비
와 고마우신 마님 덕분에 그를 피할 수 있었습니다."

그러자 주인은 말했습니다.

"무서울 건 없으니 그만 돌아가게나. 내가 자네 집까지 바
래다 주겠네. 그가 왜 자네를 죽이려 했는지 나중에 잘 알아
보도록 하고."

그리하여 셋이 식사를 하고 그 젊은이를 말에 태워 피렌체
의 집까지 바래다 주었다는 겁니다. 또한 젊은이는 부인의 지
시에 따라 그날 밤 람베르투초 씨를 찾아가 여러 가지로 은밀
한 논의를 한 끝에 앞으로의 일, 그렇죠, 즉 밀회의 날짜나 시
간 등에 대한 서로의 약속을 성립시켰습니다. 그리하여 결국
남편은 아내에게 우롱당했다는 것을 전혀 알지도 못했습니
다.

일곱 번째 이야기

로도비코는 베아트리체 부인에게 자기가 품고 있는 생각을 털어놓는다. 부
인은 남편인 에가노에게 자신의 모습으로 정원으로 내보내고 자기는 로도
비코와 잔다. 그 후 로도비코는 정원으로 나가서 에가노를 두들겨 팬다.

팜피네아가 이야기를 마치자 이사벨라 부인의 영리함에 일
동은 찬사를 보냈습니다. 왕은 필로메나에게 다음 이야기를

하도록 분부를 내렸으므로 그녀는 즉시 이야기를 하기 시작했습니다. 친애하는 여러분, 제 생각이 빗나가지 않는다면 나는 지금 들으신 것보다 더 흥미로운 이야기를 들려 드릴 생각입니다

옛날 파리에 피렌체 태생의 귀족이 살았는데, 이 사람은 너무 가난해서 장사를 시작했는데, 장사가 번창하여 대부호가 되었습니다. 부인과의 사이에 로도비코라는 아들이 하나 있었습니다. 그런데 그 부호는 아들에게 장사일은 일체 모르게 하고, 아버지가 귀족 출신이라는 점을 가슴 깊이 각인시키면서, 다른 귀족들과 함께 프랑스 국왕을 섬기도록 하여 아들은 귀족으로서 훌륭한 예의범절과 여러 가지 필요한 사항들을 몸에 익혔습니다.

이러한 나날을 보내던 어느 날, 성지 예루살렘에서 돌아온 몇 명의 기사들이 젊은 사람들과 어울려 이야기를 나누게 되었고, 로도비코도 그들과 함께 있었습니다. 그 기사들이 프랑스, 영국, 그 밖의 나라의 미인 이야기를 하면서 한 사람이 자기는 많은 나라를 돌아다니며 많은 여자들을 보았지만 볼로냐의 에가노 데 갈루치의 아내 베아트리체 부인처럼 아름다운 여성은 본 일이 없다고 말했습니다. 그리고 볼로냐에서 다함께 그 부인을 보았던 다른 기사들도 모두 동의했습니다.

로도비코는 이 이야기를 들으며 아직까지 사랑을 해 본 일이 단 한 번도 없었으므로 그녀를 만나보고 싶은 마음이 간절하여 그 일이 온통 머릿속에서 떠나질 않았습니다. 그리하여 그녀를 만나러 갈 것을 결심하고 마음에 들면 오랫동안 머물

작정을 하고 아버지에게 성지순례를 다녀오겠다며 승낙을 요청했으며, 겨우 허락을 받았습니다.

이렇게 해서 그는 아니키노라는 이름으로 볼로냐에 갔으며, 다행히 그 이튿날이 축제일이어서 그녀를 만나게 되었습니다. 더구나 상상했던 것보다 더 미인이었으므로 첫 눈에 반해 버렸으며, 목적이 달성될 때까지는 볼로냐를 떠나지 않으리라 마음먹었습니다.

그리하여 이것저것 여러 가지 방법을 궁리한 끝에, 그 댁에는 많은 하인을 부리고 있으므로 자기를 하인으로 써 준다면 자기가 바라고 있는 일이 성취될지도 모른다고 생각했습니다. 그래서 그는 가지고 있던 몇 마리의 말을 팔아 하인에게는 자기를 모르는 척하라는 분부를 하는 동시에 생활할 수 있는 방도를 마련해 준 다음, 여관 주인하고는 친숙해져서 돈 많은 부자의 하인이 될 수 있도록 부탁했습니다.

여관 주인은 이렇게 말했습니다.

"당신은 이 거리의 귀족 에가노라는 분의 하인으로 적격이겠어요. 그분은 많은 사람을 부리는데 모두 당신처럼 훌륭한 풍채를 가졌어요. 제가 말해 보겠습니다." 이렇게 여관 주인은 말대로 실행했으며, 에가노가 집에 돌아오기도 전에 벌써 아니키노의 일을 성사시켰습니다. 아니키노는 무척 기뻐했습니다.

아니키노는 이렇게 에가노의 저택에 들어갔으며, 부인을 볼 수 있어 기뻐하였고, 정직하게 에가노를 섬겼으므로 그는 아주 신임하고 흡족해하였습니다. 에가노는 그가 없으면 아무 일도 못할 정도로, 자기 일뿐만 아니라 무슨 일이든 그에게 믿고 맡겼습니다.

그러던 어느 날, 에가노는 사냥하러 가고 아니키노는 집에 있습니다. 베아트리체 부인은 그의 짝사랑은 눈치채지 못 했지만, 그의 옷맵시나 행동은 아주 마음에 들었으며 그와 함께 장기를 두게 되었습니다.

또한 아니키노는 그녀를 기쁘게 해 주려고 교묘히 져 주었는데, 부인은 아주 흥겨워했습니다. 하녀들은 잠시 구경을 하다가 모두 그 자리를 떠났으므로 두 사람만이 남게 되자 아니키노는 깊은 한숨을 내쉬었습니다.

"왜 그러지, 아니키노? 진 것이 그렇게도 억울하냐?"

"부인, 저의 한숨은 그런 것이 아닙니다. 더 큰 원인이 있습니다." 하고 아니키노는 대답했습니다.

"그래, 주저 말고 말하라."고 부인이 말하였습니다.

아니키노는 짝사랑하는 부인이 '주저 말고 말하라'고 하자 더 큰 한숨이 나왔습니다. 이에 부인은 그렇게 한숨짓는 이유가 무엇이냐고 물었습니다.

아니키노가 대답했습니다.

"부인, 이유를 말씀드리면 부인께서 불쾌하게 여기시지 않을까 두렵습니다. 또한 다른 사람이 알게 되는 것도 두렵습니다."

그러자 부인은 말씀하셨습니다.

"그런 일은 나에게는 대단치 않은 일이에요. 당신이 무슨 말을 하든 안심해도 좋아요. 원하지 않는다면 절대로 비밀로 할 테니까요."

그러자 아니키노는 "그럼, 부인께서 약속하신다면 말씀드리겠습니다." 하고 눈물을 글썽이며 자기의 신분을 밝히고 또 부인의 소문을 듣고 여기까지 왔으며 그녀를 본 순간 사랑에 빠져 버렸으며, 그래서 하인이라도 될 수밖에 없었다고 단숨에 말했습니다. 그리고는 지극히 조심스럽게 가능하면 자신의 짝사랑을 불쌍히 여겨 살펴주시고, 그것마저도 안 되는 일이라면 지금 이대로 짝사랑만이라도 할 수 있게 해 달라고 간절히 말했습니다.

아아, 볼로냐 사람의 피는 이 얼마나 따스한 것인지요! 찬양할 만한 것입니다. 눈물과 한숨에 굴복하는 것이 아니라 간절한 소망과 사랑의 탄원에 귀를 기울여 주었습니다. 만일 내가 찬양의 말을 아무리 소리 높여 외친다고 해도 지나치지 않을 것입니다.

마음이 따스한 부인은 아니키노가 이야기하고 있는 동안 가만히 바라보았습니다. 그의 말을 믿었으며 간절한 그의 짝사랑을 깊이 생각했습니다. 그리고 자신도 몇 번이나 한숨을 지었습니다.

"가엾은 아니키노, 안심하세요. 나는 귀족이나 신사, 그 밖의 많은 사람들로부터 선물이나 그 많은 약속들과 같이 엄청난 공세와 유혹은 자주 있어 왔지만, 한 번도 동요된 적도 다른 사람을 사랑한 적도 없었어요. 그런데 당신이 이야기하는 잠깐 동안에, 내 마음을 모를 정도로 당신이 내 마음을 사로잡아 버렸으니 내 사랑을 드리겠어요. 그래서 오늘 밤 안으로 당신의 사랑을 실현시켜 드리겠어요. 한밤중에 문을 열어둘 테니 내 침실로 오세요. 당신은 내가 누운 침대 쪽은 아시죠? 만일 내가 잠들었으면 나를 깨우세요. 당신이 긴 시간 바랐던 간절한 사랑을 이루어 드리겠어요. 이 약속의 증거로 키스를 해 드리겠어요."

이렇게 말하고 부인은 그의 목에 팔을 감고 열렬한 키스를 했으며, 아니키노도 뜨거운 키스를 해 주었습니다. 그리고 부인의 곁에서 나와 다가올 가슴 벅찬 밀회를 기뻐하면서 볼일을 보러 갔습니다.

에가노는 사냥에서 돌아와 식사를 끝내자마자 침대로 가서 잠을 잤습니다. 부인도 그 뒤를 따랐으며 약속대로 침실문은 열어 두었습니다.

아니키노는 미리 정한 시간에 찾아와 살짝 침실로 들어갔습니다. 그리고 문을 잠그고 부인 옆으로 들어가 그녀의 가슴에 손을 대보니 잠들지 않고 있었습니다. 부인은 아니키노가 온 것을 알고 그의 손을 꼭 쥐고 침대에서 몸을 뒤척거렸습니다. 그것이 너무 심해서 남편이 잠을 깨고 말았습니다.

"에가노, 저녁엔 너무 피곤한 것 같아 물어보지 못했는데 우리 집 하인 중에 누가 제일 성실하고 미더운가요?"

"아니, 그런 일을 이 한밤중에 묻는 거요? 당신은 모르고 있었나? 아니키노만큼 내가 신용하고 사랑하는 하인은 없어요. 그런데 왜 그런 걸 묻소?"하며 에가노가 대답했습니다.

아니키노는 에가노가 잠에서 깨어 자신의 이야기를 하자, 부인이 자기를 속이려는 것이 아닌가 하여 몇 번이나 손을 떼고 달아나려고 했습니다. 그러나 부인이 꽉 잡고 있어서 도망칠 수 없었습니다.

부인은 남편의 말에 대답하면서 이렇게 말했습니다.

"그럼 대답할게요. 저도 당신처럼 생각했으며, 어느 하인보다도 당신에게 충실하다고 믿었어요. 그런데 오늘 당신이 사냥을 하러 가자 여기서 우물쭈물하다가 '기회가 왔다' 하고 뻔뻔하게도 나에게 사랑을 호소하지 않겠어요? 그래서 저는 이에 대해 여러 가지 증거가 되도록 하고, 또 당신이 직접 확인하실 수 있도록, 요구를 승낙을 할 것이니 오늘 밤에 정원의 소나무 아래에서 기다리라고 했습니다. 저는 물론 가지 않을 것이니, 당신이 그 사나이의 충성심을 확인할 생각이라면, 내 속옷에 베일 달린 모자를 쓰고 정원에서 기다려 보세요. 저는 꼭 올 것 같아요."

부인의 말을 듣고 에가노가 말했습니다.

"물론 가봐야지."

이렇게 말하면서 그럴 듯하게 부인 옷에다 머리에는 베일 달린 모자를 쓰고는 정원의 소나무 아래에서 아니키노를 기다렸습니다.

남편이 방에서 나간 것을 확인하고 부인은 얼른 일어나 문을 잠가 버렸습니다.

아니키노는 난생 처음으로 이런 일을 당하여 부인에게서 도망가려고 몸부림쳤으며, 이런 부인을 짝사랑하고 또 그 말을 믿었던 자신을 저주하며 자신의 경솔을 후회했지만, 마지막에 부인의 재치 있는 솜씨에 이 세상에서 가장 행복한 남자라고 느꼈습니다. 그리고 부인이 침대로 왔을 때는 그녀처럼 옷을 벗고 함께 몇 번씩이나 쾌락과 환희에 젖었습니다.

이윽고 부인은 더 이상 머물게 할 수 없었으므로 그를 일어나게 하여 옷을 입혀 주며 말했습니다.

"착한 아니키노, 가는 나뭇가지를 꺾어 정원의 소나무 아래로 가서 나를 유혹하려고 수작한 것처럼 에가노에게 욕을 퍼부으며 나뭇가지로 사정없이 때려요. 그러면 앞으로도 계속해서 밀회를 즐길 수 있을 테니까."

아니키노는 일어나서 나뭇가지를 들고 정원의 소나무 아래로 다가갔습니다. 에가노는 그가 다가오자 매우 기뻐하면서 그를 맞이하는 척 일어나 거침없이 마주 다가갔습니다. 그러자 아니키노는 그를 향해서 소리를 질렀습니다.

"이 나쁜 여자 같으니, 예상대로 잘도 왔군, 내가 주인을 배반할 줄 여겼군 그래? 이런 여자는 혼쭐을 내야 된다구."

이렇게 외치면서 나뭇가지가 휙휙 소리가 나도록 위협적으로 휘둘렀습니다. 에가노는 호통소리와 회초리를 보더니 아무 말도 없이 줄행랑을 쳤으며, 아니키노는 계속 호통을 치며 그 뒤를 따랐습니다.

"꺼져 버려. 나쁜 여자는 벌을 받아야 해! 내일 날이 밝으면 주인께 다 말씀드릴 테다."

에가노는 호되게 얻어맞고 가까스로 침실로 도망쳐 왔습니다. 부인은 아니키노가 정원에 나왔느냐고 시치미를 떼고 물었습니다.

에가노는 이렇게 대답했습니다.

"차라리 가지 않았더라면 좋았을 걸 그랬소. 나를 당신으로 착각하고 나뭇가지로 나를 두들겨 패더군. 더구나 나는 그놈이 당신에게 수작을 걸어 나를 망신시키려는 것이라고 의심했는데, 실은 당신이 평상시에 마음이 들떠 있으니 시험을 한 것이더란 말이지."

그러자 부인이 말했습니다.

"하느님의 뜻으로 그는 나를 말로써 시험하고, 당신을 행동으로 시험해 본 거군요. 그리고 당신이 그의 행동을 참으셨듯이 나도 그의 욕지거리를 꾹 참고 있어야겠군요. 어찌됐던 그는 당신에겐 충성스런 하인이니 친절하고 소중히 대해 주세요."

부인의 말에 동의하며 에가노는 고개를 끄덕였습니다. 이 사건으로 그는 가장 충실한 아내와, 어떤 신사도 가지지 못한 충성스런 하인을 데리고 있다고 믿었습니다. 이렇게 두 사람은 아니키노를 증인으로 몇 번이고 이 사건을 웃음거리로 삼았습니다. 아니키노와 부인이 자주 '볼로냐의 에가노'(《오를레앙의 부르주아》에 실린 코믹 에피소드)라고 불렀던 주인과 함께 살고 있는 동안 내내, 만일 이 사건이 없었다면 있을 수 없다고 생각할 만큼 자유로운 사랑과 그 즐거운 환희에 열중할 수가 있었습니다.

여덟 번째 이야기

질투심이 심한 남편이 아내를 몹시 의심한다. 아내는 발가락에 끈을 묶어 밤에 연인이 온 것을 감지한다. 남편이 그것을 눈치채고 그의 뒤를 쫓지만, 아내는 다른 여자를 침대에 눕혀 놓는다. 남편은 사실을 호소하지만 형제들은 오히려 그를 욕한다.

필로메나가 이야기를 끝냈을 때, 아니키노가 부인의 침대에서 자신의 수작을 남편에게 일러바치는 것을 들었을 때의 걱정하던 순간을 얘기하며, 일동은 부인의 능란한 솜씨에 경탄했습니다. 왕은 다음은 네이필레를 돌아보며 그녀의 차례임을 지시했습니다. 그녀는 미소로 답하고 이야기를 시작했습니다.

여러분, 저도 여러분들처럼 훌륭한 이야기를 하겠다고 한다면 웃으실지도 모르겠습니다만, 신의 은총으로 저의 책임을 다하겠습니다.

옛날 우리들 마음에 아리구초 베를링기에리라고 하는 돈 많은 상인이 있었습니다. 이 사람은 옛날 상인들처럼 바보스럽게도 귀족의 딸과 결혼해서 귀족이 되고 싶어했습니다. 그래서 결코 어울리지 않는 귀족인 시스몬다라는 아가씨와 결혼을 했습니다.

그런데 상인들이 흔히 그렇듯이 사업상 이곳저곳을 돌아다녔으므로 부인과 함께 있을 때가 드물었습니다. 그러자 그녀는 오랫동안 그녀에게 사랑을 호소해 왔던 루베르토라는 청년과 깊은 관계를 맺었습니다.

둘은 관계가 더욱 깊어져 그녀는 정신을 못 차릴 지경으로 노골적이고 황홀한 쾌락의 극치에 빠졌으며, 남편은 느낌인지 무슨 소문을 들었는지, 아내를 향해 세상에 비할 것이 없는 질투의 화신이 되고 말았습니다. 그래서 이곳저곳 밖으로 돌아다니지도 않고 사업도 모두 팽개치고는, 아내의 감시에 모든 주의력을 기울였습니다. 그래서 아내가 침대로 들어가 잠들기 전에는 절대로 잠을 자지 않는 형편이었기에, 부인은 루베르토와 밀회를 할 수가 없자 완전히 슬픔에 잠겼습니다.

그래서 어떻게 해서라도 그와 만날 수 있는 방법을 늘 궁리하고 있었으며, 청년도 독촉을 하며 아주 안달이 나 있었으므로 드디어 한 가지 방법을 고안했습니다. 즉, 그녀의 침실은 거리에 접해 있고, 또한 남편인 아리구초는 쉽게 잠들지는 않았으나, 일단 잠이 들면 세상 모르게 아주 곯아떨어졌습니다. 한밤중에 남편이 잠에 곯아떨어지면 루베르토를 집 안으로 끌어들여 잠깐이라도 즐길 생각이었습니다. 그래서 아무도 모르게 침실 창문으로 한 가닥의 끈을 늘어뜨려 그가 왔다는 것을 알 수 있도록 그 끝을 자기 발가락에 감아 놓기로 했습니다.

이렇게 루베르토가 찾아오면 반드시 창문 아래 끈을 잡아 당기도록 이르고, 남편이 잠들지 않았으면 그 끈을 되잡아 당길 터이니 그때는 기다리지 말라고 당부했습니다. 그 계획은 루베르토의 마음에도 들었으며, 그는 자주 찾아왔으나 그녀와 시간을 보낼 때도, 그렇지 못하는 때도 있었습니다. 이런 방법이 계속되던 어느 날 밤, 부인이 잠들고 아리구초가 침대에서 발을 뻗다가 그 끈을 발견했습니다. 부인의 발가락에 묶여 있는 것을 발견하고 '이것은 분명히 무슨 계략이 있는 것이야.' 하며 중얼거렸으며, 그 끈이 창 밖으로 이어진 것을 보고 더욱더 그렇다고 확신했습니다. 그래서 그 끈을 살짝 풀어 자기 발가락에다 묶고 주의를 기울이고 있었습니다.

오래 기다릴 것도 없이 루베르토가 찾아와 끈을 힘껏 잡아당겼으므로 아리구초도 눈치를 챘습니다. 그런데 끈이 단단히 묶여지지 않았던지 루베르토 쪽으로 슬슬 끌려갔는데 그는 기다리라는 신호로 알고 기다리고 있었습니다.

아리구초는 즉시 침대에서 일어나 무기를 손에 쥐고 어떤 놈인가를 알기만 하면 죽여 버리려고 문 밖으로 달려갔습니다.

아리구초는 상인이었지만 강하고 난폭한 남자였습니다. 그러므로 문을 열 때 항상 그의 아내처럼 조심성이 없었으므로 밖에서 기다리고 있던 루베르토는 이상한 낌새를 느끼고, 즉 문을 연 것이 아리구초라고 생각하며 즉각 도망쳤으므로, 아리구초는 그 뒤를 쫓아갔습니다.

루베르토는 사력을 다해 있는 힘껏 도망을 쳤으나 끝까지 따라 왔으므로 루베르토도 결국 검을 뽑아 대항했습니다. 그래서 서로 격렬한 공격으로 몰고 몰리는 싸움이 벌어졌습니다.

부인은 아리구초가 문을 여는 소리에 잠이 깨어 발가락에 매었던 끈이 풀어져 있는 것을 알자 자기의 계략이 들통났음을 눈치 채고, 아리구초가 루베르토의 뒤를 쫓아가는 소리에 어떤 사태임을 짐작했으며, 모든 것을 알고 있는 하녀에게 자기 대신 침대에 누워 있도록 했습니다. 그리고 네가 곤란하게 하지 않을 것이며 보상도 충분히 해 줄 터이니, 나인 체하며 아리구초가 마구 때려도 가만히 참으라고 부탁했습니다. 그리고는 방 안의 불을 모두 끈 후 마당 구석에 몸을 숨기고 결과를 기다리고 있었습니다.

아리구초와 루베르토는 격렬한 격투를 하는 동안 근처 사람들이 잠에서 깨어나 저마다 한 마디씩 욕을 하였습니다. 그러자 아리구초는 다른 사람에게 알려지는 것이 두려웠고, 칼솜씨도 서툴러서 상대를 확인하지도 못 하고, 상대를 그대로 놔둔 채 집으로 돌아갔습니다. 화가 머리끝까지 치밀어 침실로 돌아와서 소리를 질렀습니다.

"야, 어디 있냐? 나를 속이려고 불을 꺼도 뜻대로는 되지 않을 거다."

거친 욕을 해대며 침대에 누워 있는 하녀를 아내인 줄 알고, 있는 힘을 다해 닥치는 대로 손으로 때리고 발로 찼습니다. 하녀의 얼굴은 망신창이가 되었으며, 끝내는 최악의 악담을 퍼붓고 머리털까지 잘라 버렸습니다.

하녀는 엄청 당하면서 마침내 엉엉 울었습니다. "아이고, 제발 좀 멈춰요." 몇 번이나 소리를 질렀습니다. 아리구초는 물론 그 울부짖는 목소리가 하녀라고는 꿈에도 생각지 못하고 노여움에 펄펄 뛰었습니다. 실컷 아내를 두들겨 패고 머리카락을 자른 다음 이렇게 말했습니다.

"이 갈보야, 이제 너 따위는 손도 대고 싶지 않다. 그렇지만 너의 형제들에게 더러운 너의 행실을 알려야겠다. 그래서 그들을 이곳으로 불러 나의 명예가 더럽혀지지 않도록, 너를 데려가도록 하겠다. 절대로 이 집에 둘 수 없단 말이야."

그러고는 방문을 잠그고 밖으로 나가 버렸습니다. 한편 시스몬다 부인은 이 모든 것을 지켜보고 있다가, 남편이 밖으로 나가자 침실 문을 열고 불을 켰습니다. 거기에는 하녀가 멍투성이가 되어 엉엉 울고 있었습니다.

부인은 정성껏 위로하고 자기 방으로 돌려보낸 후, 몰래 상처를 치료해 주면서 아리구초의 돈도 듬뿍 주었으므로 하녀는 그것으로 만족했습니다.

그리고 아내는 재빠르게 침대를 정돈하고, 그날 밤 아무도 그곳에 자지 않은 것처럼 정리를 한 후 등불을 켰습니다. 그리고 아직 침대에 들지 않은 듯 옷매무새도 매만진 다음, 작은 등에 불을 밝히고 계단 맨 위 층계에 앉아 천 조각에 바느질을 하면서 다가올 일을 기다렸습니다.

한편, 아리구초는 집을 나서자마자 서둘러 아내의 형제들에게로 달려가 탕탕 거칠게 문을 두들겨 자는 사람들을 깨웠습니다. 아내의 오빠 삼형제와 어머니는 아리구초를 보고 불을 켜고 모두 그의 옆으로 왔으며, 이 밤중에 무슨 일로 여기까지 혼자 오게 되었는지를 걱정스럽게 물었습니다.

그래서 아리구초는 아내의 발가락에 묶여져 있던 끈에서부터 그것이 어떤 뜻이며 어떤 일이 일어났던가를 털어놨습니다. 그리고 자기가 한 일의 증거로 아내의 머리카락을 그들에게 건넸습니다. 그리고는 자기는 이제 그녀를 집에다 두고 싶지 않으므로 여러분이 집으로 가서 명예가 손상되지 않을 조치를 취하라고 덧붙였습니다.

친정 사람들은 그 이야기를 듣고 매우 분개하였으며, 단번에 그의 생각을 지지하였습니다. 그녀에게 아주 혼을 내 줄 생각으로 횃불을 쳐들고 아리구초를 따라 그의 집으로 갔습니다. 그것을 보자 어머니도 눈물을 흘리며 뒤를 따랐습니다. 그리고 아들들을 붙잡고 그런 일을 눈으로 보지 않고 확인하지도 않고서 경솔하게 믿으면 안 된다, 남편이 다른 이유로 다투고 골려 주려는 것일 수도 있고, 뿐만이 아니라 내 딸은 내가 제일 잘 아는데 어릴 때부터 키워 왔지만, 그런 일은 너무나 어이가 없어 말을 못하겠다든가, 그 밖에 비슷한 말들로 끈덕지게 설득을 했습니다.

일동은 아리구초와 함께 그의 집에 도착하자 안으로 들어가 계단을 올라갔는데, 그 소리를 듣고 시스몬다가 말했습니다.

"누구십니까?"

한 오빠가 대답했습니다.

"누가 왔는지 네가 더 잘 알 텐데, 이 나쁜 것아."

그러자 시스몬다가 말했습니다.

"이 한밤중에 그런 말을 하고 싶으세요? 아, 주여 도와주시기를."

이렇게 말하고 일어나며 말을 계속했습니다.

"어머나, 오라버니들! 잘 오셨어요. 이 시각에 세 사람이 함께 무슨 일로 여기에 오신 거예요?"

일동은 그녀가 계단에 앉아 바느질을 하고 있는 것을 보았으며, 또한 아리구초가 온몸이 멍투성이로 혼을 냈다고 했는데 얼굴에는 흔적조차 없어, 처음에는 놀라면서도 끓어오르는 분노를 억제하며, 아리구초가 너에게 화를 내는 문제는 어떻게 되었는지 모조리 말하지 않으면 혼을 낼 거라고 위협했습니다.

부인이 말했습니다.

"제가 무엇을 말해야 하는지 모르겠어요. 아리구초, 나에게 화를 내고 있나요?"

아리구초는 자기가 그녀의 얼굴을 주먹으로 수십 번은 더 패고 거칠게 행패를 부렸음에도 그녀의 얼룩에는 흔적조차 없었으니 다만 넋을 잃고 멍청히 서 있었습니다. 오빠들은 아리구초가 이야기했던 끈이라든가, 두들겨 팼다든가, 그 밖의 일을 간단하게 들려주었습니다. 부인은 아리구초를 향해서 말했습니다.

"어머나, 도대체 무슨 말을 하는 거예요? 어째서 나를 그런 여자로 만들어 자신을 수치스럽게 하는 거죠? 그리고 당신은 스스로 나쁘고 잔혹한 남자가 되려는 거죠? 게다가 오늘 밤은 잠자리에 함께 들지도 않았고, 집에 계시지도 않았잖아요. 언제 나를 때렸죠? 나는 그런 기억이 없는데요."

부인이 말을 마치자 아리구초가 말을 이었습니다.

"뭐라고 이 망할 것, 나와 함께 잠자리에 들지 않았다고? 내가 네 정부를 쫓아 버리고 되돌아온 일이 없다고? 실컷 너를 두들겨 패고 머리카락까지 잘랐는데 말이다."

"당신은 어젯밤 집에서 주무시지 않았어요. 하지만 그 일은 증거가 없으니 더 이상 말하지 않겠어요. 그렇지만 당신이 말씀하시는, 나를 때렸다든가 머리카락을 잘랐다는 일에 대해서는 더 자세히 밝혀 주세요. 당신은 그렇게 말씀하시지만 나를 때린 일은 없었어요. 오라버니들과 당신은 내 몸에 맞은 흔적이 있는지 살펴봐 주세요. 하지만 재차 다짐해두지만 당신이 내 몸을 더듬는 뻔뻔스런 짓을 하면 용서치 않겠어요. 그와 마찬가지로 나는 머리카락을 잘린 느낌이나, 실제로 눈으로 봐도 흔적이 없으므로, 당신은 내 머리털을 자르지는 않았어요. 그러나 나도 모르는 사이에 잘렸을 수도 있으니, 나의 머리카락을 보여 드릴게요."

이렇게 말하면서 그녀는 모자를 벗고 머리카락을 풀어 보였으나 물론 머리털은 완전했습니다. 오빠들과 어머니는 그녀의 말을 듣고, 또 그 말이 사실임을 확인하자, 정색하며 아리구초에게 말했습니다.

"아리구초, 대체 자네는 뭣을 말하고 싶었지? 이렇게 되면 자네 얘기와는 전혀 다르지 않나. 답답한 사람, 이 일을 어떻게 증명할 작정인가?"

아리구초는 꿈인 듯 어처구니가 없었지만, 변명은 해야겠다고 생각했습니다. 그러나 증거로 생각한 것이 이 지경이었으니 아무 할 말이 없었습니다. 그러자 부인은 오빠들에게 이렇게 말했습니다.

"오라버님들, 남편은 내가 아무래도 말하기 싫은 일을 말하게 하려고 그곳에 갔나 봐요. 말하자면 자신의 몹쓸 짓과 행패를 내 입으로 말하도록 말예요. 그렇다면 차라리 원하는 대로 말할 게요. 남편이 오라버니들한테 한 말은 실제로 일어났고, 또한 남편이 저지른 일일 거예요. 자, 오라버니들이 불행

192

하게도 나를 시집보낸 이 훌륭한 남자는, 상인으로 자처하며 신뢰받기를 원합니다. 그러려면 수도사보다도 더 근엄하고 숫처녀보다도 조신해야 하지만, 술에 절어 녹초가 되지 않는 날이 극히 드물고, 그뿐만이 아니라 여기저기 질 나쁜 여자들과 놀아나기까지 한답니다. 그리고 오라버니들이 보셨듯이 한밤중은 물론 때로는 아침까지 나를 기다리게 하기도 한답니다. 그래서 저 사람이 말하듯 발가락에 끈을 보았고 칼싸움을 하고 여자한테로 돌아와서 때리고 머리카락을 잘랐던 것이 틀림없어요. 그것이 나라고 착각한 모양입니다. 저 사람은 아직도 술이 덜 깼으니까요. 하지만 그 사람이 어떻든 나는 주정뱅이쯤으로 생각하니 그를 너무 책망하지는 마세요. 내가 남편을 용서하고 있으니 오라버니들도 용서해 주셔요."

부인의 어머니는 이 말을 듣고 분해서 소리를 쳤습니다.

"아아 딸아. 신에 맹세코 그런 말은 말아라. 차라리 이런 배은망덕하고 수치를 모르는 개만도 못한 놈은 죽여도 시원치가 않겠다. 이놈한테는 너 같은 훌륭한 여자가 어울리지 않아. 생각해 보거라! 가령 진흙 속에서 너를 주웠다고 해도 이놈에게는 과분하다. 네가 이런 조랑말 말똥 같은 장사치한테 욕지거리와 잔소리를 듣다니! 이놈의 악운마저 오늘 뿐이다. 닳아빠진 구두를 신고 허리에다 펜을 꽂은 로마냐 골짜기 산적 출신이, 약간의 돈을 모으면 귀족의 딸이나 양가집 딸을 신부로 삼으려 하고, 문장(紋章) 달린 무구(武具)를 자랑하며 떠벌리기를, '나는 이런 사람이며, 이러이러한 가문으로…' 어쩌고저쩌고 하면서……. 네 오라비들이 내 의견대로 했으면 좋았을 텐데. 너는 극히 적은 지참금으로 백작 가문으로 시집을 갈 수도 있었는데 말이다. 그걸 네 오라비들은 마치 우리들이 너를 전혀 알지 못한 것처럼 수치도 체면도 없이 밤중에 너를 갈보라고 욕을 하는 사내 따위한테 시집을 보냈으니. 하지만 신에 맹세코 내 말이 옳다면 먼지가 나도록 혼찌검을 내줘라."

이렇게 말하면서 아들들을 향하여 말을 이었습니다.

"아까 내가 그럴 리가 없다고 말한 대로가 아니냐. 너희들의 그 잘난 매부가 누이동생을 어떻게 취급했는가를 들었지? 돈푼이나 만지는 장사꾼 놈이라고 말이야! 만약에 내가 너희들이라면 저놈이 엉뚱한 소리를 하고 뻔뻔스런 행동을 하는 것을 보고 죽여 버리지 않고는 분이 풀리지도 마음이 편치도 않겠다. 내가 남자라면 귀찮게 부탁할 것도 없지. 주여, 저놈을 불행 속에 처넣어 주세요! 저 염치없는 주정뱅이를……."

젊은이들은 이런 모양을 보고 들었으므로 아리구초에게 다가가서 천하의 악인에게 하는 욕설과 저주를 퍼붓고는 마지막에 이렇게 덧붙였습니다.

"이번 한 번은 술 탓으로 용서를 해 주겠다. 목숨이 아깝거든 다시는 우리들에게 이 이야기가 들리지 않게 조심하는 게 좋아. 두 번 다시 이런 것이 들리면 이번 것과 합해서 실컷 손을 봐 주겠다."

이렇게 말하고는 돌아갔습니다.

잠시 넋이 빠져 그 자리에 멍청히 서 있던 아리구초는 이것이 사실인지 아니면 꿈인지를 분간할 수가 없어 아무 말도 못하고 아내를 그냥 내버려두었습니다. 아내는 완벽하리만큼 위기를 모면했을 뿐 아니라 그 후로는 남편에 대해서는 아무 걱정하지 않고 맘껏 사랑의 즐거움에 빠졌다고 합니다.

아홉 번째 이야기

니코스트라토스의 아내 리디아는 피르로를 사랑한다. 피르로는 그것을 확인하고자 그녀에게 세 가지 일을 요구하고, 그녀는 세 가지를 모두 수행한다. 그 뒤에 남편인 니코스트라토스의 눈앞에서 그와 사랑을 즐기고 그가 눈으로 본 것은 현실이 아니라고 믿게 한다.

일동은 재치 있는 부인의 완전한 승리로 이야기가 끝나자 흥미 있는 대화에 빠져 웃고 떠드느라고 왁자지껄 소란이 계속되었고, 왕의 다음 명령이 있은 후에도 소란은 잠시 계속되다가 점차 조용해진 후에 팜필로의 이야기가 이어졌습니다. 친애하는 여러분, 사랑의 길이 아무리 험난하고 위험한 지경에 처해진다 하더라도 사랑에 빠진 자의 대담함이라면 극복하리라 생각합니다. 이것은 지금까지 여러 번 되풀이 된 이야기이고, 나의 이야기에서 더욱 분명히 보여 드리겠습니다. 이 부인은 대단히 운이 좋았는데, 그렇다고 이 부인의 재치를 여러분에게 권하고 싶지는 않습니다. 그것은 모든 경우에 이러한 행운이 따를 수도 없거니와 이 세상 남편들이 모두 눈뜬 장님이 아니기 때문입니다.

희랍의 아카이아에서 가장 오래 된 수도 아르고스(여기는 큰 도시라기보다 옛 왕들 덕분에 유명한 도시)에는 니코스트라토스라는 귀족이 살았는데, 그는 중년 이후에 우연히 미인이며 통이 크고 대담한 리디아라는 귀부인을 아내로 맞았습니다.

그는 귀족이면서 부자였고, 수많은 하인을 부리고, 수많은 개와 매를 사육하였으며, 특히 사냥을 대단한 즐거움으로 삼았습니다. 수많은 하인 가운데에서도 미남에다가 체격도 훌륭하고 무엇을 시켜도 빈틈이 없으며, 하인답지 않은 품위를 지닌 피르로라는 젊은이가 있었었는데, 니코스트라토스는 누구보다도 그를 아끼고, 또 믿고 있었습니다.

한편, 리디아 부인은 온종일 이 하인을 생각할 정도로 깊이 사랑에 빠져 있었습니다. 그러나 피르로는 눈치가 없었거나, 아니면 그럴 마음이 없었는지 무덤덤했으므로 부인은 참을 수 없이 가슴을 태웠습니다. 그래서 모든 것을 털어놓으려고 가장 미더운 하녀인 루스카를 불렀습니다.

"루스카, 너는 지금까지도 그랬지만, 내가 말하는 것을 잘 듣고 그대로 지키거라. 이제부터 나의 말은 전갈할 사람 이외는 누구한테도 비밀로 하라는 것이다. 루스카, 너도 알다시피 나는 아직 젊고 발랄해서 여자에게 필요한 것들이 넘쳐나고 있다. 간단히 말해서 단 한 가지를 빼놓고는 무엇 하나 아쉬울 것이 없다. 그 한 가지는 바로 내 나이에 비해서 남편이 너무 늙어, 다른 여자들은 한껏 즐기는데 나는 불만에 찬 날을 보내고 있다. 그래서 마음속으로는 쾌락을 원하지만, 진정한 쾌락과 나의 건강한 육체를 만족시킬 방법이 없어 만사가 짜증스럽다. 돈은 있으나 저런 늙은 남편과 살고 있는 동안은 친한 친구일 뿐 몸과 마음을 허락하는 사이가 될 수도 없고, 남편에게는 그런 것은 바라지 않을 작정이다. 그러나 나는 이 욕망을 풀기로 결심했단다. 그것은 누구보다도 가치가 있는 피르로를 품에 안고 쾌락을 즐기려는 결심이지. 나는 매일 그에게 몰두하여 그를 만나지 못하거나 소식이라도 듣지 못하면 죽을 지경이란 말이야. 나를 가엾게 여기고 소중하게 생각한다면 네가 가장 좋은 방법으로 내 생각을 그에게 전해 다오. 그리고 나의 소원이니 나에게로 올 수 있도록 전해 다오."

"분부대로 하겠습니다."라고 하녀는 대답했습니다. 그리고는 기회를 보아 알맞은 때와 장소로 피르로를 가까이 불러 아주 요령 있게 부인의 소원을 전했습니다.

피르로는 감히 생각지도 못한 말을 듣고 매우 놀랐으며, 부인이 자신을 시험하는 것이라 생각하여 무뚝뚝하게 대답했습니다.

"루스카, 마님이 그런 말씀을 하시다니 믿을 수가 없어요. 지금 한 말을 생각해 봐요. 가령 그것이 사실일지라도 당신한테 시키시다니 믿을 수 없어. 또한 당신에게 그 말을 전하게 했더라도, 주인님께선 나를 과분하게 신용하시니, 목숨을 걸어서라도 주인님께 그런 모욕을 드릴 수는 없어요. 그러니 그 따위 이야기는 하지 마세요. 알았죠?"

루스카는 그의 냉랭함에 아랑곳하지 않고 말했습니다.

"피르로, 나는 마님의 명령이라면 무슨 일이든 분부에 따라 몇 번이라도 전할 거요. 당신이 좋든 싫든……. 하지만 당신 정말 바보로군요."

피르로의 반응에 난처해하면서 부인에게로 왔습니다. 부인은 하녀의 이야기을 듣고 죽고 싶은 심정이었으나, 이삼일 지난 뒤 다시 하녀에게 말했습니다.

"루스카, 떡갈나무는 도끼로 한두 번 찍어 넘길 수 없다는 것을 잘 알고 있지. 그 자는 나의 안타까운 진심을 알지도 못하고, 주인에 대한 충성심만을 내세우는 모양이니 또 한 번 가 보거라. 기회를 봐서 불타고 있는 내 마음을 낱낱이 전하거라. 꼭 성사되도록 애를 써봐. 만약에 일이 성사되지 않으면 나는 죽을 수밖에 없어. 왜냐하면 나는 진심으로 사랑을 원하는데 그 자는 시험당한다고 생각하니 말이야. 그러면 미움만 커지게 되지."

하녀는 마님을 위로하고 피르로를 찾아가니 다른 기분좋은 일이 있는지 반갑게 맞았습니다.

"피르로, 내가 며칠 전에 당신의 주인이자 나의 주인이신 마님께서 당신을 그리워하며 얼마나 애타하시는지 전했죠? 지금 다시 전하지만 당신이 아직도 고집불통이라면 마님은 곧 죽게 될지도 몰라요. 그러니 마님의 소원을 이루어드려요. 나는 당신이 퍽 영리한 줄 알았더니 이렇게 고집을 피우면 영 바보라고 생각할 수밖에 없겠죠. 미인에다 착하시며 젊으신 마님이 만사를 젖히고 당신을 원하는데 이런 영광이 어디 있나요? 거기다 마님은 한창 무르익은 육체를 가진 나이이고, 당신의 젊은 욕망 앞에 바치고 적합한 밀회의 안식처까지 제공하는데, 이런 행운을 차 버릴 이유가 뭐가 있어요. 당신만 영리하게 처신하면 즐거움을 누리면서 지금보다 더 좋은 처지가 된다는 것을 모르겠어요? 마님의 사랑에 응한다면 무기, 옷, 돈, 이 모두가 손에 들어오고 마음먹은 대로 할 수가 있어요. 이보다 더 좋은 것이 있나요?

자, 정신을 차리고 내가 하는 말을 들어봐요. 행운의 신이 나를 향해 평생 단 한 번 미소를 지으며 성큼 다가왔음에도 놓쳐 버리는 일말이에요. 이런 행운의 신을 잡지 못한다면 평생 돈 한 푼 없는 가난뱅이가 되어도 하느님을 원망하지는 못할 거예요. 더구나 하인과 주인 사이의 충실함이란 친구들이나 친척들과는 엄격히 다른 거예요. 그래서 하인은 주인이 하는 것처럼 똑같이 주인을 이용하는 것이죠. 만일 당신의 아름다운 아내, 어머니, 딸이나 누이가 니코스트라토스 님의 마음에 들었다면, 당신과 같은 충실함 같은 것이 그분에게도 있을까요? 그걸 믿는다면 정말 어리석은 일이죠. 아무리 울고 불며 애원해도 강제로 욕망을 채우고 말 테니. 그래서 우리도 주인들이 우리를 다루듯이 하자는 거죠. 행운을 쫓아 버리거나 거절하지 말고 스스로 맞아들여요. 만약에 끝끝내 고집을 피우다가는 반드시 마님을 죽음으로 몰아넣을 것이며, 그렇게 되면 당신도 반드시 후회의 상념에 빠져 살고 싶지도 않을 거예요."

피르로는 그렇지 않아도 며칠 전 루스카의 말을 곰곰이 생각하며, 루스카가 다시 그를 찾아와 시험당한 것이 아니라 마님의 진심을 확인할 수 있다면 더 이상 고집부리지 않고 부인의 뜻을 따를 생각이 아주 없지는 않았으므로 이렇게 말했습니다.

"루스카, 당신의 말이 전부 진실이라 해도 주인님은 영리하고 머리가 아주 좋은 분이거든. 게다가 모든 일을 나에게 맡겼기 때문에, 주인님이 나를 시험하려는 것은 아닌지 하는 의심이 들기도 해요. 그러니 나의 부탁 세 가지가 분명해진다면 기꺼이 받아들이겠어요. 첫째, 주인님이 보는 앞에서 잘 숙련된 매를 죽일 것, 다음은 주인님의 수염을 한 움큼 잘라 나에게 보낼 것, 마지막으로 주인님의 제일 튼튼한 이를 하나 뽑아서 내게로 보내는 일이야."

루스카도 쉽지 않겠다고 생각했으며, 부인 역시 보통 힘든 일이 아니라고 생각했습니다. 그러나 선량한 위안자이며 충고의 스승인 사랑의 신께서는, 부인이 이를 실행하는 결단을 하게 했습니다. 그래서 하녀를 시켜 그의 요구를 반드시, 가능한 빨리 실행하겠으며, 거기다 주인인 니코스트라토스를 아주 영리하다 했으나, 그것이 사실이 아닌 것처럼 믿게 하겠다고 전했습니다.

피르로는 부인이 어떻게 할 것인가 기대하고 있었습니다. 그러자 이삼일 후, 이런 일은 종종 있었지만, 니코스트라토스는 몇 사람의 귀족을 초대해서 성대한 만찬회를 열었습니다. 식사가 끝나고 테이블이 치워졌을 무렵, 리디아 부인은 녹색 벨벳 옷을 입고 여러 가지 아름다운 보석을 하고는 자기 방을 나와 손님이 있는 홀에 나타났습니다. 그리고는 피르로를 비롯하여 모든 사람이 보는 앞에서 니코스트라토스가 몹시도 귀여워하는 매가 앉아 있는 횃대에 다가서서 마치 손으로 쓰다듬는 체하면서 가죽 끈을 풀고 매를 잡아 벽에다 내리쳐 죽여 버렸습니다.

니코스트라토스는 그녀를 향해서 소리를 질렀습니다.

"아니, 무슨 짓이오?"

부인은 아무 대답도 하지 않고 그곳에 있던 귀족들을 향해서 이렇게 말했습니다.

"여러분, 만일 나에게 매 한 마리를 죽일 만한 용기가 없다면, 나를 업신여긴 자에게 복수한다는 것은 어림도 없을 것입니다. 여러분께 말씀드릴 것은, 이 매는 남성이 여성에게 줘야 할 쾌락의 시간을 오랫동안 나에게서 빼앗았습니다. 그 이유는, 날이 밝자마자 니코스트라토스는 침대를 박차고 일어나 매와 함께, 넓은 들판으로 말을 달려 매와 즐기고 있기 때문입니다. 그 탓에 나는 홀로 따분한 침대에 버려졌으므로 그동안 몇 번이나 지금 같은 이 일을 실천하려고 생각했습니다. 하지만 사정상 미루어 왔습니다. 그것은 나의 슬픔을 올바르게 판단할 수 있는 사람들의 눈앞에서 결행하려고 기회를 기다렸던 것입니다."

이 말을 들은 귀족들은 니코스트라토스에 대한 그녀의 애정은 틀림없다고 생각하고 모두가 껄껄 웃으며, 몹시 흥분하고 있는 니코스트라토스에게 이렇게 말했습니다.

"여보게! 부인이 매를 죽여서 자신의 모욕에 복수한 것은 당연한 것 아닌가!"

그때 부인은 이미 자기 방으로 물러갔으므로 그들은 이 사건에 대해 이런저런 농담을 하면서 니코스트라토스의 분노를 웃음으로 바꿔놓았습니다.

피르로는 이것을 보고 '마님은 나의 행복한 사랑에 훌륭한 단서를 주셨다. 신이여, 끈기 있게 계속되도록 해 주소서.' 하고 중얼거렸습니다.

리디아 부인은 매를 죽인 지 며칠이 지난 어느 날, 니코스트라토스와 함께 침실에서 그를 애무하면서 장난을 쳤습니다. 그러자 남편이 장난삼아 아내의 머리털을 가볍게 잡아당겼습니다. 그것을 계기로 피르로가 요구했던 제2의 어려운 문제를 해결하였는데, 부인은 웃으면서 재빨리 남편의 수염을 손에 쥐고 힘껏 잡아당겼으므로 수염이 한 움큼 빠졌습니다. 니코스트라토스는 아파서 큰 소리를 질렀는데 그녀가 말하였습니다.

"어머, 뭐예요? 내가 당신의 수염을 대여섯 가닥 뽑았다고 그렇게까지 얼굴을 찌푸리다니요? 당신이 내 머리털을 잡아당긴 아픔에 비교하면 아무것도 아닐 텐데요."

이렇게 둘이서 장난질을 치면서, 부인은 남편에게 뽑은 수염을 몰래 숨겼다가 그날 곧바로 그녀가 친애하는 애인에게 보냈습니다.

그러나 세 번째의 문제는 깊이 생각하지 않을 수 없었으나, 그녀는 영리했고 사랑의 신은 지혜를 더해 주었으므로 성공 가능한 묘책을 구했습니다.

니코스트라토스에게는 귀족 신분의 품행을 익히기 위해 맡겨진 귀족의 자제 두 명이 그의 시중을 들고 있었습니다. 니코스트라토스가 식사를 할 때, 한 명은 접시에다 고기를 잘라 담아내고, 다른 한 명은 마실 것을 따라 주는 일이었습니다.

부인은 이 두 사람을 불러 들여, 니코스트라토스의 입에서 썩은 냄새가 난다고 믿도록 하고 시중을 들 때 가능한 머리를 뒤로 젖히도록 분부를 하고 누구에게도 말하지 않도록 당부했습니다. 두 사람은 정말로 부인이 시킨 대로 자세를 취했는데, 어느 날 부인은 니코스트라토스에게 물었습니다.

"당신은 저 두 명이 시중을 들 때 뭔가 눈치챈 것이 없으세요?"

"눈치를 챘는데, 그 이유를 두 아이에게 물어 볼 생각이었어."

니코스트라토스는 대답했습니다.

"그런 일을 괜히 물어 보지 말아요. 내가 말해 드릴 게요. 사실은 당신이 불쾌해할까 봐 오랫동안 참았지만 남들도 알게 되었으니 이제 분명히 말할 게요. 그것은 당신의 입에서 악취가 심하기 때문이에요. 그런 일 외에는 다른 이유는 모르겠어요. 그런데 당신은 귀족들과 교제를 해야 하는데 그것은 정말 흉한 일이군요. 어떻게 해서든 고칠 방법을 찾아야 하지 않을까요?"

"뭣 때문이지? 충치가 생겼나?" 하고 니코스트라토스가 말했습니다.

"아마 그렇겠지요." 하고 리디아 부인이 말했습니다.

그리고 남편을 창가로 데리고 가서 입을 열게 하고는 여기 저기를 자세히 살피고는 다시 덧붙여서 말하였습니다.

"어머나, 니코스트라토스, 어떻게 참으셨지요? 이쪽에 하나가 완전히 썩었어요. 좀더 방치한다면 반드시 이쪽 이들을 모조리 썩게 할 거예요. 더 심해지기 전에 이 충치를 뽑아 버리는 것이 좋겠어요."

그러자 니코스트라토스가 대답했습니다.

"당신이 그렇다면 그게 좋겠어. 곧 의사를 불러 뽑도록 합시다."

부인은 남편의 말을 막으면서 말하였습니다.

"그만한 일에 의사를 부르다니요. 의사가 없어도 내가 뽑을 수도 있는 상태인데요. 그리고 의사들은 치료를 할 때 몹시 난폭하게 해요. 나는 어떤 일로든 당신이 아파하는 소리를 듣거나 보는 일을 견딜 수가 없어요. 만일 몹시 아프시면 곧 중지하겠어요. 의사는 그렇게 하지 않아요."

그래서 부인은 그것에 쓰는 기구를 가져오도록 하고 루스카만을 남겨 놓은 후 다른 사람은 모두 방에서 내보냈습니다. 그리고는 안에서 방문을 잠그고 남편을 식탁 위에 눕히고는 입 속에 뜨거운 쇠와 집게를 넣어 남편이 아파서 소리를 질러 댔지만, 루스카에게 단단히 잡도록 하고는 이 하나를 집어 엄청난 힘으로 뽑아 버렸습니다.

리디아 부인은 그 이를 감추고 미리 준비했던 몹시 썩은 충치 하나를 아파서 반은 죽어 있는 남편에게 보이면서 말했습니다.

"보세요, 당신의 이가 이렇게 되어 있어요."

남편은 몹시 지독한 일을 당해 투덜댔으나 그 말을 곧이듣고 이제 충치가 없어졌다 생각하니 통증이 약하게 느껴졌으며, 이것저것 다른 일로 위로를 받았으므로 아픈 것도 가벼워진 듯 방에서 나갔습니다.

부인은 그 이를 즉시 애인에게로 보냈습니다. 그는 이리하여 부인의 사랑이 확실하다는 것을 믿고 부인의 뜻대로 따르겠다고 답했습니다.

부인은 그의 요구대로 다했으므로 피르로와 가장 안전한 방법으로 시간이 허락하는 한 그와 함께 있을 생각으로 미리 꾀병을 가장하고 드러누웠습니다. 어느 날 식사 후에 남편이 병세를 보러 들어왔습니다. 그녀는 피르로 혼자만 따라온 것을 보고 병도 많이 나았으니 두 사람이 자기를 정원으로 데려다 달라고 부탁했습니다.

그러자 한쪽은 남편이 잡고 한쪽은 피르로가 끌어안다시피 정원으로 나왔습니다. 그래서 아름다운 배나무 아래 잔디에 앉았습니다. 이렇게 세 사람이 잠시 앉아 있다가 부인은 미리 피르로와 약속한대로 "피르로, 저 배가 몹시 먹고 싶구나. 네가 올라가서 몇 개 떨어뜨려 다오."라고 말했습니다.

피르로는 곧 나무에 올라 배를 아래로 떨어뜨렸습니다. 그리고 배를 떨어뜨리면서 이렇게 말했습니다.

"아니, 주인님 무얼 하고 계십니까? 거기다 마님까지도 이놈 앞에서 그걸 받아들이다니 부끄럽지도 않으세요? 두 분은 내가 장님이라고 생각하세요? 바로 전까지만 해도 몹시 앓고 계셨는데 그걸 하실 정도로 갑자기 나았다는 말입니까? 그짓을 하고 싶으시면 아름다운 방이 얼마든지 있지 않습니까?

이놈 앞에서 하시는 것보다 훨씬 품위가 있을 텐데요."

그러자 부인은 남편을 바라보면서 말했습니다.

"피르로가 무슨 말을 하는 건가요? 정신이 돌았나요?

그러자, 피르로가 말했습니다.

"천만에요, 마님. 정신은 말짱해요. 두 분께서는 내 눈에 보이는 것을 믿지 못하십니까?"

니코스트라토스는 황당해하며 이렇게 말했습니다.

"피르로, 네가 꿈을 꾸고 있는 거다."

이 말에 피르로가 대답했습니다.

"나리, 저는 꿈을 꾸지 않습니다. 두 분께서도 꿈을 꾸지는 않고 계십니다. 오히려 열심히 몸을 움직이십니다. 만일 배나무가 이렇게 흔들리면 배가 하나도 남아나지 않겠습니다."

그러자, 부인이 말했습니다.

"이것이 어찌된 일이죠? 그의 말대로 그런 것이 보일 수가 있을까요? 만약에 하느님의 은혜로 내가 전처럼 건강해진다면 그가 본 것을 확인하기 위해 나무에 올라가 볼 텐데."

피르로는 배나무 위에서 계속해서 그런 이상스런 말을 큰 소리로 떠들어대고 있었습니다.

그러자, 니코스트라토스가 소리를 질렀습니다.

"썩 내려와라!"

피르로가 나무에서 내려오자 다시 말했습니다.

"도대체 뭣이 보인다는 것이냐?"

그러자, 피르로가 대답했습니다.

"두 분께서는 내가 미쳤다거나, 꿈이라도 꾸는 것으로 생각하십니다만, 나는 주인님이 마님 위로 덮치는 것을 봤습니다. 이렇게 말씀드려 죄송합니다만……. 그런데 나무에서 내려와 보니 주인님께서는 일어나 거기에 그렇게 앉아 계시는군요."

"정말로 너는……머리가 어떻게 되었구나. 네가 나무 위에 있을 때 우리는 움직이지 않고 이렇게 앉아 있었다. 네가 본 일은 있을 수 없다." 하고 니코스트라토스가 말했습니다.

이 말에 대해서는 피르로가 말했습니다.

"어째서 여기서 그런 문제로 말다툼을 하고 있을까요? 저는 틀림없이 보았습니다. 주인님이 마님 위에 덮치는 것을."

니코스트라토스는 더욱 놀라 이렇게 말할 수밖에 없었습니다.

"자, 그렇다면 내가 확인해 보겠다. 이 배나무가 마술을 부려, 나무에 오르면 그런 굉장한 것을 볼 수 있는지를."
하면서 나무 위에 올라가기 시작했습니다. 남편이 나무 위로 올라가기 시작하자 부인은 피르로와 즐기기 시작했으므로 그것을 본 니코스트라토스가 소리를 질렀습니다.

"야, 이 갈보년, 지금 무슨 짓이냐! 피르로, 넌 내가 그렇게도 신뢰하고 있지 않느냐?"

이렇게 부르짖으며 배나무에서 내려오기 시작했습니다.

부인과 피르로는 서로 약속했습니다.

"얌전히 앉아 있자."

그래서 주인이 나무에서 내려왔을 때, 그 두 사람은 남편처럼 점잖게 앉아 있었습니다. 니코스트라토스가 나무에서 내려와 보니 두 사람이 아까와 같은 자리에 앉아 있으므로 큰소리로 꾸짖었습니다.

그러자, 피르로가 그에게 말했습니다.

"주인님, 생각해 보니 주인님의 말씀대로 제가 배나무 위에서 본 것은 환상을 본 것입니다. 그렇지 않으면 설명이 안 됩니다. 사실, 총명하고 마음이 곧은 마님께서 주인님께 모욕을 주실 리도 없으며, 잘 생각해 보면 모든 것이 분명해지지 않습니까? 또한 저 역시 주인님 앞에서 그런 일을 하기보다는 제 몸을 갈기갈기 찢어 버리겠습니다. 이런 착각을 일으킨 것은 분명히 이 배나무 탓입니다. 저는 그런 엄청난 짓을 하지 않았고, 하려는 생각조차 하지 않았다고 단언할 수 있습니다. 마찬가지로 주인님이 마님과 여기서 그 일을 하셨다고 해도 세상 사람들은 믿지 않을 것입니다."

그러자 초조하게 앉아 있던 부인이 일어서며 말했습니다.

"당신이 보셨다는 그런 슬픈 일을 내가 하다니, 더구나 당신이 보는 앞에서 말이에요. 그렇게 내가 바보라니 이 얼마나 불행한 일입니까? 만약에 그럴 마음이었다면 이곳에 오지 않았을 거예요. 오히려 당신이 절대로 알지 못하도록 비밀 방을 선택하겠죠. 그렇지 않나요?"

니코스트라토스는 두 사람 모두 자기 앞에서 그런 행위를 할 리가 없다고 말했으며, 본인도 그렇게 생각이 들어 꾸짖는 것을 그치고, 나무 위에 오르면 눈앞의 상황이 바뀌므로 이상한 일이라고 말하기 시작했습니다. 그러나 부인은 남편이 자기에게 한 말이 불쾌하다는 듯 이렇게 말했습니다.

"가능하다면 이런 부끄러운 일이 나뿐만 아니라 다른 여인에게도 절대로 일어나지 않게 해야 합니다. 피르로 뛰어가서 도끼를 가져와. 저 나무를 베고 나의 수치를 갚아 줘. 그보다 먼저 사려분별 없이 이성의 눈이 현혹돼 버린 남편의 머리를 한 대 때리는 편이 낫겠다……. 가령 머릿속에서는 그렇게 생각되어도 마음으로 판단했다면 그런 일이 일어났다고 느끼거나 생각할 수 없었을 텐데."

피르로는 당장에 도끼를 가져와 그 배나무를 베어 쓰러뜨렸습니다. 나무가 넘어진 것을 보고 부인이 남편에게 말했습니다.

"내 정절의 적을 베어 쓰러뜨리니 가슴이 후련해요."

그러면서 니코스트라토스를 관대하게 용서하면서, 자신보다 더 당신을 사랑하고 있으니, 앞으로는 절대 이런 판단은 하지 말라고 못을 박았습니다.

이렇게 해서 완전히 속아 버린 불쌍한 남편은 부인과 그 애인을 데리고 집안으로 들어갔습니다. 그 후 그 집 안에서는 리디아 부인과 피르로는 몇 번이고 편안하게 사랑의 즐거움을 나누었던 것입니다. 하느님, 아무쪼록 우리들에게도 그 같은 즐거움을 허락하소서.

열 번째 이야기

사이좋은 두 시에나 사람 중 한쪽이 그 대부가 된 아이의 어머니를 같이 사랑하게 된다. 대부가 된 한 사나이가 죽으면서 약속대로 다른 사나이에게 팜필로의 이야기가 영리한 부인이 완벽한 승리를 거두며 배나무를 베어 버리자 죄 없는 배나무를 동정하는 말이 끊이질 않았습니다. 이제 오늘의 이야기는 오늘의 왕이신 디오네오가 마지막 차례로 남겨져 있어, 부인들이 조용해지기를 기다려 이야기가 시작되었습니다. 여러분, 스스로 제정한 법률에 대해 가장 봉사하는 자는 바로 국왕임에 틀림이 없습니다. 그러나 그렇지 못하다면 왕은 스스로의 권위를 무너뜨릴 뿐만 아니라 당연히 심판을 받아야만 할 것입니다. 그래서 오늘의 왕인 내가 책망을 받아야 할 것 같습니다. 사실은 오늘의 주제에 맞춰 내가 가진 특권을 행사하지 않고 여러분처럼 규정을 지켜 이제까지 여러분께서 이야기한 것과 같은 이야기를 하려고 생각하고 그와 같은 규정을 마련했던 것입니다.

그러나 내가 생각한 것을 앞서 여러분께서 모두 이야기를 하셨을 뿐만 아니라 모두 재미있었던 것들뿐이었으므로 도저히 이야깃거리를 생각해 내지 못하였으므로, 당연히 심판을 받아야만 할 것입니다. 그래서 여러분이 주시는 어떠한 벌이라도 달게 받을 각오를 하고 지금껏 제가 행사해 오던 특권으로 조금은 다른 이야기를 하겠습니다. 이야기는 아주 재미있는 이야기이지만 엄밀히 종교적인 이야기는 아닙니다.

여러분, 엘리사가 이야기한 대부와 그 아기 어머니의 이야기와 시에나 인들의 어리석음을 꼬집은 이야기는 매우 재미있었습니다. 그러나 나는 영리한 부인들이 어리석은 남편을 응징한 주제에서 벗어나 시에나 사람에 대한 짧은 이야기를 들려 드리겠습니다.

옛날 시에나에 팅고초 미니와 메우초 디 투라라는 두 젊은 사나이가 있었습니다. 두 사람은 살라야 문(門) 안에 살면서 거의 두 사람 이외에는 다른 사람들과 교제하지 않았으므로 몹시 사이가 좋은 것처럼 보였습니다. 그리고 남이 하는 대로 성당에도 가고 설교를 들어 인간이 죽으면 그 영혼은 생전의 행동에 따라 저 세상에서 어떤 명예를 받게 된다든지 또 비참하게 된다는 것을 짐작하고 있었습니다.

두 사람은 더욱 확실한 것을 알고 싶었지만 그 방법이 없었으므로 만약 누구든 먼저 죽으면 뒤에 남은 자에게 나타나 알고 싶은 것을 이야기를 해 주기로 약속하고 굳은 맹세를 했던 것입니다. 이와 같은 약속을 한 뒤로도 두 사람은 앞서 밝힌 것처럼 어느 때든 가리지 않고 자주 드나들었습니다.

우연한 기회에 팅고초가 캄포레치에 살고 있는 암브루조 안셀미니라는 사람의 아들의 대부가 되었습니다. 암브루조 안셀미니라는 아내 미타 부인과의 사이에 아들 하나가 있었습니다. 팅고초는 메우초와 함께 이 대자(代子, 가톨릭에서 성세 성사와 견진 성사를 받는 남자를 그 대부(代父)에 대하여 이르는 말 : 옮긴이)의 어머니를 자주 방문했습니다. 그러다가 팅고초는 대자(代子)의 어머니가 대단한 미인으로 요염하기 그지없는 부인이었으므로, 대부라는 것도 잊은 채 그녀를 사모하고 있었습니다. 한편, 메우초도 그녀가 마음에 들었는데 팅고초가 입에 침이 마르도록 칭찬을 하는 바람에 어느 새 그녀에게 반해 버렸습니다.

그리하여 이를 두 사람은 서로 경계를 하였는데, 그 이유으로 팅고초는 자기의 대자(代子)의 어머니를 사랑하는 것은 죄악이라 여겼으며, 만약 다른 사람이 안다면 그보다 더한 망신은 없다고 생각하였기 때문이었고, 한편 메우초가 경계하는 것은 팅고초가 그녀를 연모한다는 것을 알고 있어서 그랬던 것이었습니다. 그리하여 그는 이렇게 생각했습니다.

'만약 이 일을 고백하면 그 녀석은 나를 질투할 것이 틀림없어. 그렇게 되면 그 녀석은 대부이니까 언제든 자유롭게 대화를 할 수가 있으니, 그녀에게 내 험담을 늘어놓을 것이고 그렇게 되면 생전 가야 그녀가 나를 좋아해 줄 리가 없지.'

두 젊은이는 이렇게 각자 짝사랑을 하고 있었으며, 팅고초는 어쨌든 자기 마음을 호소할 기회가 많았고 온갖 기교를 동원하고 달콤한 공세를 계속하여, 마침내 그녀를 자기 뜻대로 손아귀에 넣었습니다. 메우초도 그것을 금방 눈치채었고 아주 불쾌하였으나, 자기도 기회를 엿보아 사랑의 소망을 이룰 작정이었으므로, 팅고초가 자신을 경계하거나 방해하는 빌미를 주지 않으려고 모른 체하고 있었습니다. 이렇듯 두 사람의 사랑은 똑같이 지속되고 있었으나, 이미 사랑의 승리에 취한 팅고초는 부인의 비옥한 밭에 미쳐 쉬지 않고 갈고 집착하는 바람에 정력은 아주 바닥을 드러내고, 마침내는 병들고 쇠하여, 갈수록 병세가 무거워져 끝내는 세상과 영영 작별하고 말았습니다.

죽은 지 사흘째 되는 날에(아마도 그 이전에는 올 수 없었던

212

모양이지요) 생전에 했던 약속대로 팅고초는 한밤중에 메우초의 침실에 나타나 잠든 그를 불러 깨웠습니다. 잠에서 깨어난 메우초는 "너는 누구냐?" 하고 물었습니다. "나야 나, 팅고초. 약속한 대로 저 세상 이야기를 들려 주려고 왔다." 하고 그는 대답했습니다.

메우초는 그 말을 듣고는 흠칫 놀랐지만 마음을 가라앉히고는 "잘 왔다, 형제여." 라고 대답한 다음, "너는 정말 죽었냐?"고 물었습니다. 그 말에 팅고초는 대답했습니다.

"죽는다는 것은 두 번 다시 돌아오지 못한다는 것을 뜻한다. 만약에 내가 죽었다면 어떻게 여기 올 수 있겠나?"

"아아." 하고 메우초는 말했습니다. "나는 그 걸 물어 보는 게 아냐. 네가 지옥에 떨어져 뜨거운 형벌을 당하고 있는가를 묻는 거야."

팅고초는 대답했습니다.

"그렇지는 않아. 하지만 내가 지은 죄 때문에 많은 괴로움을 당하고는 있다."

이 말을 듣고 메우초는 저 세상에서는 이승에서 죄를 범한 자를 어떻게 벌하는지 특별히 자세하게 듣기를 원했습니다. 팅고초는 모조리 털어놓았습니다. 메우초는 이 세상에서 그를 위해 무엇이든 도와줄 것이 있느냐고 물었습니다. 그러자 팅고초는 "물론 있지, 나를 위해 미사를 올리고 기도드리고 헌금을 모아 줘. 저 세상에 있는 자에게는 그런 일들이 크게 도움이 되거든." 하고 대답했습니다. 그 말을 들은 메우초는 기꺼이 그렇게 하겠다고 말했습니다. 팅고초가 돌아갈 때쯤

대자의 어머니 일이 떠올라 약간 고개를 쳐들고 물었습니다.

"팅고초, 지금 막 생각났는데 자네가 세상에 있을 때 곧잘 같이 자곤 하던 대자의 어머니 일로는 어떤 벌을 받았나?"

그러자 팅고초는 대답했습니다.

"메우초, 내가 저 세상에 가니 내 죄를 송두리째 아는 듯한 사람이 하나 있었네. 그 사람은 내게 이 세상에서 지은 죄를 갚으려면 최대의 벌을 받으면서 속죄하는 장소로 가라고 명령하더군. 그곳에는 나 같은 형벌을 받는 자들이 많았지. 나는 그곳에 있는 동안 대자의 어머니와 관계한 일이 떠올라 그때보다 더한 형벌을 받지 않을까 하고 빨갛게 타오르는 불구덩이에 있는데도 몸이 막 떨리지 않았겠나. 그런데 내 곁에 있던 사내가 나를 보고, '이봐, 불 속에서도 떨다니 자네는 여기 있는 다른 자들보다 더 중한 죄를 범했나?' 하고 묻더군. 그래서 네가, '여보시오. 나는 속세에서 지은 죄과로 중한 벌을 받을 것을 생각하니 무서워서 견딜 수가 없구려.' 하고 대답하니 그는 그것이 어떤 죄냐고 다시 묻더군. 그래서 '대자의 어머니와 같이 잔 죄요. 너무 도가 지나쳐 나는 병을 얻었을 정도였어.' 라고 대답하자 '당신 굉장한 바보로군. 그까짓 건 걱정할 것 없어. 여기서는 대자의 어머니 일 따위는 조금도 문제 삼지 않아.' 라고 하지 않겠어. 그 말을 듣고 마음을 좀 놓았지."

이렇게 대화를 주고받는 동안에 날이 밝아 왔습니다. "메우초, 잘 지내. 이제 더 이상 자네하고 있을 수가 없겠어."라고 말하고는 사라져 버렸습니다. 메우초는 저 세상에서는 대자의 어머니의 일 따위는 문제 삼지도 않는다는 말을 듣고 나자 이제까지 다른 여자와 관계를 갖는 것을 심히 기피해 왔던 자기의 어리석음을 비웃었습니다. 그리하여 그 후로는 아주 약삭빠르게 실속을 차리게 되었습니다.

이런 일을 진작에 리날도 수도사도 알았더라면 그의 대자의 어머니와 정을 통하게 되었을 때 삼단 논법 같은 어려운 방법을 쓸 것까지도 없었을 것입니다.

왕의 모든 이야기가 끝이 났으며, 더 이상 이야기할 사람도 없게 되었을 때는 해는 석양빛으로 기울고, 아주 기분 좋은 서풍이 불어와 부인들의 머릿결을 간지럽히듯 흩날리고 있었습니다. 왕은 라우레타의 머리에 왕관을 씌워 주며 말했습니다.

"라우레타, 당신과 같은 이름의 월계관을 당신 머리에 씌워 드립니다. 내일 우리를 주관하시는 주재자로서 우리 모두의 기쁨과 위안이 될 수 있는 명령을 내려주시길 바랍니다."

디오네오가 말을 마치고 자리에 앉았을 때, 여왕이 된 라우레타는 하인의 수장을 불러 이 아름다운 골짜기에서 느긋하게 즐겁고 한가로운 시간을 보내고 별장으로 돌아갈 것이니 식탁을 준비하도록 지시를 한 다음, 자신이 지배하는 동안에 해야 할 일들도 함께 명령을 내렸습니다.

그리고 일동을 돌아보며 내일의 주제로서 "어제의 왕이신 디오네오는 어리석은 남자에 대한 여자들의 보복으로서 남자에 대한 재치 있는 속임수를 명하였습니다. 내가 그것을 되갚

자고 한다면 남자들이 여자에게 늘어놓은 거짓말에 대해 이야기하도록 명령을 내려야 하겠지만, 그것은 하지 않기로 하고, 대상을 구애받지 말고 여자가 남자에게 또는 남자가 여자에게 저질렀던 속임수에 대한 이야기를 내일의 주제로 정하겠어요. 이것은 오늘처럼 즐거운 시간이 될 것입니다."

그리고 식사 시간이 될 때까지 일동은 자리를 떠나 자유 시간을 가졌으며, 몇몇은 맑은 물에 발을 담그기도 하고, 몇몇은 풀밭 위에 빽빽이 서 있는 나무 사이를 유유히 거닐었으며, 디오네오와 피암메타는 노래를 부르기도 하며 흥겹게 보냈습니다. 연못가의 식탁에 둘러앉아 아름다운 새소리와 언덕에서 불어오는 기분좋은 미풍을 맞으며 즐거운 식사를 마치고, 쾌적하고도 포근함이 깃든 골짜기에서 잠시 산책을 즐기다가, 여왕의 명령에 따라 별장을 향해 유유히 발걸음을 옮겼습니다. 그리고 다른 날과 마찬가지로 특히 재미있거나 유쾌한 부분을 들어 이야기를 나누는 동안에 별장에 닿았습니다. 별장에는 미리 준비된 다과와 포도주로 그날의 피로를 풀고 아름다운 분수대 곁의 풀밭에서 피리와 악기에 맞추어 춤을 추고, 여왕의 명령으로 필로메나가 칸초네를 불렀습니다. 그녀의 칸초네는 아주 새롭고도 행복함이 배어났으며, 그것은 그녀의 가슴속에 행복한 사랑이 온 것이라고 생각되었으므로 일동에게도 행복함이 전달되었습니다.

이윽고 춤과 노래도 끝이 나고 일동이 조용해지자, 여왕은 "내일은 금요일로서 주의 수난일이므로 지난날 네이필레 여왕의 주재일에 그랬듯이, 진심으로 기도하고 이야기와 여흥

을 중지하겠어요. 그리고 토요일도 일요일도 그 관례에 따르
도록 하겠어요. 이날은 이야기와 여흥을 삼가고 우리의 영혼
을 살찌우기 위한 날임을 새겨 거룩하게 지내도록 합시다."

일동은 여왕의 경건함에 감동을 받았으며, 밤이 적당히 깊
어지자 여왕의 명령을 받아 각기 저마다의 방으로 물러가 잠
을 잤습니다.

여덟째 날

날이 밝아 라우레타가 주재하는 여덟째 날의 일요일 아침
이 되었습니다. 벌써 아침 햇살이 높은 산 꼭대기는 물론 어
두운 그늘을 모조리 거둬 주위의 형체를 뚜렷이 드러내고 있
었습니다.

여왕은 일어나 다른 사람들과 함께 이슬 먹은 풀밭이며 초
원을 거닐었으며, 근처의 작은 성당에서 기도를 드리고 별장
으로 돌아와 이미 잘 준비된 식탁에 앉아 즐거운 식사를 하
고, 식탁을 물린 후 노래를 부르고 춤을 추었습니다.

그리고 일동이 즐거운 여흥을 가진 후에, 여왕의 허락을 받
아 물러갔으며 저마다 원하는 대로 휴식을 취하였습니다.

그리고 여왕이 지시한 시간이 되자 여왕의 명령에 따라 일

동은 아름다운 분수대 곁에 둘러앉았습니다. 여왕은 네이필레에게 오늘의 주제에 따라 가장 먼저 이야기의 서두를 열도록 지명하였고, 그녀는 다음과 같이 이야기를 시작하였습니다.

첫 번째 이야기

굴파르도는 과스파르룰로에게 돈을 빌린다. 그리고는 그의 아내에게 그 돈을 줄 테니 함께 자자고 약속하고 돈을 건넨다. 그 후 그녀 앞에서 과스파르룰로에게 빌린 돈은 부인에게 건넸다고 말하니 그녀는 그대로라고 대답한다.

네이필레가 입을 열어 오늘 이야기의 맨 처음 실마리를 풀게 된 기쁨을 이야기하였습니다. 여러분 제가 하느님의 뜻에 따라 이제까지는 여자가 남자를 속인 이야기가 많았으나 저는 남자가 여자를 속인 이야기를 하고자 하며, 이는 남자를 비난하거나 여자들이 겪은 부당한 처사를 밝히려는 것이 아닙니다. 오히려 남자를 옹호할 수도 있고 흔히 자신이 믿고 있는 사람에게 속을 수 있다는 것을 밝히는 것으로서, 남을 속이는 것이 정당한 보복이라고 할 수 있는 것인지 좀더 분명히 하려는 것입니다. 즉, 여자가 정숙하고 자신의 정조를 소중히 하며 더럽히지 않아야 함은 당연합니다. 그러나 약하다는 핑계로, 또는 금전을 목적으로 한 여자는 화형에 처해야 한다는 것이며, 필로스트라토가 이야기했던 필리파 부인과 같이 강렬하고 거역할 수 없는 사랑의 힘에 이끌린 것이라면 재판관마저도 관대하리라 생각합니다.

옛날 밀라노에 굴파르도라는 독일 군인이 있었습니다. 독일인으로는 드물게 자기가 신세를 진 자나 주인에게 몸을 아끼지 않고 매우 충실했습니다. 돈을 빌렸을 때는 꼭 갚았으므로 많은 상인들은 싼 이자로도 액수의 다소에 관계없이 빌려 주었습니다,

그가 밀라노에 사는 동안 암브루자라는 매우 아름다운 부인을 좋아하게 되었습니다. 이 부인은 과스파르룰로 카가스트라초라는 돈 많은 상인의 아내였고 굴파르도와는 절친한 친구사이였습니다.

굴파르도는 마음을 나타내지 않고 조심스럽게 연모하였기 때문에 아무도 눈치채지 못하였습니다. 그러던 어느 날, 부인한테 심부름꾼을 보내 자신의 사랑을 쾌히 받아 주신다면, 부인이 원하는 것이면 무엇이든 서슴지 않겠다고 전했습니다.

부인은 여러 가지 이야기 끝에 두 가지 일을 실행한다면, 굴파르도의 소원을 받아 주기로 하였습니다. 하나는 누구에게도 말하지 않을 것, 또 하나는 자신이 금화로 2백 피오리니

가 필요하며 즉각 융통해 준다면 당신이 바라는 대로 하겠다는 것이었습니다.

굴파르도는 비천하고 탐욕스런 그녀의 말을 듣고, 고귀한 부인으로 연모해오던 열렬한 열정은 일시에 환멸로 바뀌고 말았습니다. 그래서 골려 주려는 마음으로 당신의 소원을 위해서라면 무엇이든 하겠다고 기꺼이 회답을 보냈습니다. 그리고 돈을 가지고 언제 가면 좋은가, 이 일은 매우 신용하고 있는 친구 한 사람 이외에는 절대로 말하지 않겠다고 전했습니다.

부인은, 아니 오히려 나쁜 여자라고 하는 편이 옳은 그녀는 크게 기뻐하여 남편인 과스파르룰로는 이삼일 뒤에 제노바로 가게 되었으니 그때 다시 심부름꾼을 보내겠다고 대답했습니다. 굴파르도는 적당한 기회에 과스파르룰로에게 이렇게 말했습니다.

"나는 어떤 일을 계획 중인데, 그 일에는 2백 피오리니가 필요한데, 자네가 빌려 주었던 다른 돈과 똑같은 이자로 그 돈을 좀 빌려 주게나?"

과스파르룰로는 기꺼이 그에게 돈을 빌려 주었습니다.

그리고 사흘 뒤 그 부인의 말 대로 제노바로 떠났습니다. 그러자 부인은 굴파르도에게 2백 피오리니를 가지고 그녀에게 오도록 전했습니다. 굴파르도가 친구와 함께 부인을 찾아가 기다림에 지친 그녀에게 친구가 보는 앞에서 부인의 손에 2백 피오리니를 건네며 이렇게 말했습니다.

"부인, 이 돈을 받으십시오. 그리고 주인이 돌아오시면 돌려주세요."

　부인은 돈을 받으며 굴파르도의 말뜻을 제대로 이해하지 못하고, 그가 그런 말을 한 것은 친구가 그 일의 대가로 돈을 부인에게 주었다고 생각하지 않도록 하기 위해서라고 생각했습니다.

　그러자 부인은 대답했습니다.

　"기꺼이 그렇게 하지요. 하지만 얼만지 셈이나 해봅시다." 하며 테이블 위에다 쏟아 놓고 2백 피오리니를 확인하였으며, 그날 그를 침실로 안내했을 뿐만 아니라 남편이 제노바에서 돌아오는 날까지 매일 밤 몸을 맡겨 그를 만족시켰습니다.

　과스파르룰로가 제노바에서 돌아오자 굴파르도는 그가 부인하고 함께 있는 시간에 맞춰 찾아가 부인 앞에서 이렇게 말했습니다.

　"과스파르룰로, 전날 내게 빌려 준 2백 피오리니는 불필요하여 즉시 부인에게 돌려 드렸으니 그 빚은 갚은 것이네."

　과스파르룰로는 부인을 돌아보며 돈을 받았느냐고 물었습니다. 부인은 증인도 있었고 부정할 수도 없어 이렇게 말할 수밖에 없었습니다.

　"예, 받았어요. 말씀드리는 것을 깜박했군요."

　그러자, 과스파르룰로가 말했습니다.

　"굴파르도, 그건 기쁜 일이네. 자네의 빚은 갚았으니 안심하고 돌아가게."

　굴파르도는 지체 없이 돌아가고, 부인은 완전히 모욕을 당했으며 자기의 부정한 대가를 남편에게 내놓았습니다. 이렇게 해서 빈틈이 없는 탕아는 탐욕스런 부인에게서 돈 한 푼 들이지 않고 자신의 욕심을 채울 수 있었던 것입니다.

두 번째 이야기

바를룽고의 사제가 벨콜로레 부인과 자고 그 저당물로 자기의 외투를 놓고 간다. 그리고 부인한테는 약연 등과 같이 음식물을 갈 때 쓰는 그릇을 빌렸다가 나중에 그것을 돌려 준다. 그리고 저당 잡혔던 외투를 돌려 달라고 사람을 보낸다. 부인은 투덜대면서 돌려 주는 처지가 된다.

일동은 탐욕스런 부인을 골려 준 사나이에게 칭찬을 아끼지 않았으며, 여왕은 팜필로에게 다음 이야기를 하도록 분부를 내렸으므로 그가 이야기를 시작했습니다. 친애하는 여러분, 우리가 언제나 모욕당하면서도 우리의 모욕은 절대로 받지 않는, 즉 신부라는 족속들의 얘기를 간단히 들려 드리겠습니다. 그들은 호시탐탐 우리의 아내를 정복하길 벼르고 이런 아녀자의 정복이 마치 저 알렉산드리아의 술탄을 사로잡은 개선장군의 형상을 하고 이것이 무슨 속죄의 원천이라는 듯이 여깁니다. 그러나 우리는 그들에게 보복하지도 못하면서 다만 우리의 어머니나 자매, 연인, 딸들에게 아주 맹렬한 기세로 분풀이를 해댑니다. 그 예로서 어느 농가에서 벌어진 신부와의 어처구니없는 정사와, 신부는 아무것도 믿을 수 없다는 얘기를 들려 드릴 생각입니다. 여러분도 알고 계시든가,

혹은 들으셨을 줄 압니다만, 여기서 아주 가까운 바를룽고라는 마을에 영리하고 여자에 관한한 매우 정력적인 사제가 한 사람 있었습니다. 이 사제는 책을 잘 읽지는 못하였으나 일요일이 되면 느릅나무 아래에서 교구의 사람들에게 진정으로 고마운 성서 이야기를 들려 주었습니다. 또한 그 자들이 외출이라도 한다면 이전에 어떤 사제보다도 훨씬 민첩하게 그들의 부인들을 찾아가 축복을 내리고 축제날의 성품, 성수, 타다 남은 초 같은 것을 나누어 주었습니다.

그 교구 안에서 그가 가장 마음에 두고 있었던 것은 벤티베냐 델 마초라는 농부의 아내였던 벨콜로레였습니다. 실제로 그녀는 검은 머리털에 젊고 요염할 뿐만 아니라 그 일에 적합한 탄력 있는 몸매를 가진 여자였습니다. 게다가 솜씨 있게 탬버린을 치면서 〈사람에겐 제각기 좋아하는 사람이 있다〉라는 노래를 불렀는데, 때에 따라 한 손에 부드러운 손수건을 흔들며 근방의 누구보다 춤도 잘 추었습니다. 사제는 그녀에게 반해 미칠 지경이었습니다. 하루 종일 그녀가 있는 곳을 찾아 이곳저곳을 헤맸습니다.

그래서 그녀가 성당에 오면 자기가 찬가의 대 선생처럼 보이려고 키리에(미사 때 가장 먼저 외는 말로서 '주님, 자비를 베푸소서' 라는 뜻)나 상투스(미사의 끝에 있는 말 '성스러운' 또는 '성자' 란 뜻으로 세 번 왼다)를 큰 소리로 노래를 했는데 마치 그 목소리는 조랑말의 울음소리 같았습니다. 그러나 그녀가 없을 때는 맥이 빠져 있었습니다. 그러나 무엇이든 감쪽같이 잘 꾸미는 재주가 있어 그녀의 남편인 벤티베냐 델 마초나 이웃들은 그런 일을 전혀 눈치채지 못했습니다.

사제는 벨콜로레를 어떻게든 가까이해 볼 심산으로 가끔 그녀에게 선물을 보내거나, 자기 손으로 직접 심어 가꾼 이 근처에서는 나지 않는 신선한 야채, 귀한 콩, 양파 등을 보내기도 하고, 기회가 있을 때마다 은근한 눈빛으로 달콤한 말을 건네기도 했습니다. 그러나 이 야성의 시골 아낙은 모르는 척 시치미를 뚝 떼고 있었죠. 그래서 사제 선생은 좀처럼 목적을 달성할 수가 없습니다.

그런데 어느 날 점심 나절에 동네를 느릿느릿 어슬렁거리다가 짐을 산더미처럼 실은 조랑말을 끌고 가는 벤티베냐와 딱 마주쳤습니다. 그는 어디를 가느냐고 물었습니다.

"예! 신부님, 실은 볼일이 있어 시내에 갑니다. 이 물건을 보나코르리 데 지네스트레토 님께 갖다 드리려고요. 저는 잘 모릅니다만 재판관께 출두하라는 명령을 받았는데 그 일로 보나코르리 님의 도움을 좀 받을까 해서요." 사제는 '옳거니.' 하며 이렇게 말하였습니다.

"잘 해야지. 그렇다면 내 축복을 받아야지. 빨리 돌아오시오. 그리고 라푸초나 날디노를 만나거든 보리타작에 쓰는 가죽 끈을 잊지 말고 보내라고 전해 주고."

벤티베냐는 알았다고 대답하고 피렌체를 향해 갔습니다. 사제는 지금이야말로 벨코로레에게 수작을 걸어 볼 절호의 기회라고 생각했습니다. 그래서 급히 그녀의 집 앞까지 와서 거침없이 집 안으로 들어가 이렇게 말했습니다.

"실례합니다. 아무도 없소?"

다락방에 있던 벨콜로레가 말했습니다.

"어머나, 신부님 잘 오셨습니다. 이 무더운 날 어디를 다녀오시나요?"

사제는 대답했습니다.

"하느님의 계시로 당신과 있으려고 왔소. 실은 주인이 시내로 외출하는 걸 보고 왔소."

벨콜로레는 다락방에서 내려와 자리에 앉더니 남편이 아까 두들겨 놓은 양배추 씨를 고르기 시작했습니다. 사제는 그녀에게 이야기했습니다.

"벨콜로레, 당신은 언제까지 나를 이렇게 몸을 달게 하여 죽일 작정이오?"

벨콜로레는 웃음을 터뜨리면서 대답했습니다.

"어머, 내가 신부님께 뭘 어떻게 했다는 거예요?"

사제가 대답했습니다.

"어쩌지야 않지. 하지만 내가 바라고 하느님도 명령하신 것을 해 주지 않고 있지?"

벨콜로레가 말했습니다.

"어머나! 돌아가세요. 돌아가요! 아이고, 신부도 그런 짓을 하나요?"

사제가 대답했습니다.

"응, 우리들은 보통 남자들보다 훨씬 잘하지. 그럴 리가 없다고 말할 수는 없겠지. 자, 더 말해 볼까? 우리들은 하는 방식이 능숙하지. 그 이유는 우리들은 정력을 저장했다가 일을 하기 때문이지. 하지만 당신은 가만히 누워 나한테 맡겨두면 당신한테 도움이 되지."

벨콜로레가 말했습니다.

"그 일이 뭐가 나한테 도움이 된다는 거죠? 당신은 악마보다 훨씬 욕심이 많군요?"

사제가 말을 이었습니다.

"나는 모르니까 갖고 싶은 걸 말해. 아름다운 구두나, 목에다는 비단 리본, 양털로 만든 허리띠는 어떨까? 뭣이든 갖고 싶은 것이 있으면 말을 해."

벨콜로레가 말했습니다.

"좋아요, 신부님! 나는 그런 것은 모두 갖고 있다니까요. 하지만 그렇게도 나를 생각하신다면 어째서 나를 위해서 애를 써 주지는 않는 거죠? 그렇다면 당신이 바라는 것을 해 드릴 텐데."

그러자 사제는 말하였습니다.

"그럼, 어서 소원을 말해요. 기꺼이 들어 주겠소."

벨콜로레는 즉시 대답했습니다.

"나는 토요일에 피렌체로 털실 잣은 것을 갖다 주고 물레를 고치러 갈 거예요. 신부님은 가지고 계신 줄로 압니다만, 5리라 정도 빌려 주시면 검은 자줏빛 스커트와 내가 시집올 때 해온 축제날에 매는 띠를 전당포에서 찾을 수 있어요. 보다시피 지금 그것 때문에 성당에나, 많은 사람들이 모이는 화려한 장소에도 갈 수가 없어요. 그러니까 그렇게 해 준다면 신부님의 소원을 들어 드리지요."

사제가 대답했습니다.

"유감스럽게 지금은 가진 돈이 없어. 하지만 꼭 토요일 전까지는 기꺼이 당신의 소망을 이루어 주겠소."

"과연 그렇군요."라고 벨콜로레가 말했습니다.

"당신들은 모두 말로 하는 약속만 잘 하시는군요. 그러나 훗날 약속을 지킨 예는 없어요. 나한테도 빌리우차에게 한 것처럼 공수표를 줄 작정이군요. 맹세코 그런 일을 하시는 게 아니에요. 그 때문에 그 여자는 나쁜 여자로 소문만 났잖아요. 지금 가진 것이 없으면 집에 가서 가져오시죠."

"이거 놀랐는데."라고 사제는 말했습니다.

"새삼스럽게 내가 집에 가서 가져오게 할 작정인가. 지금이나 이외에 아무도 없는 절호의 기회가 아닌가. 내가 집에 갔다 오면 방해자가 생길지도 몰라. 이런 좋은 기회가 두 번 다시 올라고?"

그러자 그녀가 말했습니다.

"가고 싶으면 가시고, 싫으면 그대로 계시지요."

사제는 뭔가 물질적인 호의를 표시해야 자기의 뜻을 받아줄 것이고, 새삼스레 집에 갔다 오기에는 위험하므로 이렇게 말하였습니다.

"과연 당신은 내가 나중에 돈을 준다는 것을 믿지 않는군. 그렇다면 이렇게 하지. 내 이 푸른 외투를 벗어 주고 갈 터이니."

벨콜로레는 얼굴을 들면서 말했습니다.

"아아, 그 외투요. 값이 얼마나 되요?"

사제가 대답했습니다.

"값이 얼마냐구? 두아조(플랑드르 지방의 도우아이라는 마을)에서 만들어진 것으로 트레아조(트레 아조 (3아조)라고 금액 단위처럼 꾸며낸 말)는 문제없지. 이곳 사람들은 콰트라조(콰트라조(4아조), 금액 단위처럼 꾸며낸 말)는 된다고 말하고 있어. 헌옷 장사인 로토에게 7리라를 주고 산 지 아직 보름도 되지 않았어. 당신도 알겠지만 이런 푸른 옷감에 조예가 깊은 불리에토가 5솔도는 싸게 샀다고 나한테 말했거든."

"어머 그래요?"라고 벨콜로레는 말했습니다.

"도저히 믿을 수 없어요. 어떻든 먼저 이리 내봐요."

팽팽하게 긴장하던 사제 선생은 외투를 벗어 건넸습니다. 그녀는 그것을 받고는 말했습니다.

"신부님, 저기 조그만 창고로 와요. 저기는 아무도 오지 않아요." 두 사람은 그 곳으로 들어갔습니다.

조그만 창고에서 사제는 이 세상에서 둘도 없는 달콤한 키스를 하고 그녀를 하느님의 친척으로 찬양하면서 오랫동안 그 즐거움에 열중했습니다. 그리고 결혼식에 참석했었던 것처럼 사제복만을 걸치고 성당으로 돌아왔습니다.

성당에 돌아오자 사제는 1년 동안 바쳐진 타다 남은 초를 모아봤자 5리라의 반도 되지 않는다는 것을 생각하고 쓸데없이 외투를 두고 온 것을 후회했습니다. 그래서 어떻게 거저 찾아올 수 있는 방법을 궁리했습니다.

사제는 교활한 면이 있는데다 어떻게 공짜로 찾아올 수 있는 아주 근사하고 교묘한 것을 생각해 내고는 즉각 실행에 옮겼습니다.

말하자면 이웃집의 사내아이를 시켜 그 이튿날 축제일에 비구초 달 포조와 누토 불리에티가 내일 아침 식사를 하러 오기로 하였으니, 소스를 만들 절구 같은 것을 빌리러 보냈던 것입니다.

벨콜로레는 그것을 빌려 주었는데 사제는 복사(가톨릭에서, 성사(聖事)를 집전하는 사제의 시종(侍從) : 옮긴이)에게 시켜 남편과 벨콜로레가 식사를 하고 있는 시간에 맞추어서 이렇게 분부했습니다.

"이 그릇을 벨콜로레에게 돌려 주고, 사제님이 매우 감사해하고 있으며, 그리고 아까 소년이 저당물로 두고 온 외투를 돌려 주길 바란다고 말이야."

복사(服事)가 절구그릇을 가지고 벨콜로레에게 갔을 때 마침 그녀는 남편과 식사를 하고 있었습니다. 그래서 그릇을 놓고 사제가 시키는 대로 말했습니다.

벨콜로레는 외투를 돌려 달라는 말을 듣고 대답을 하려는데 남편이 얼굴을 찌푸리면서 말참견을 했습니다.

"이제 보니 당신은 사제님으로부터 저당을 잡고 있었군. 무슨 꼴이야. 네 목이라도 조르고 싶군. 당장에 돌려 드려. 너 같은 것은 암에 걸려 죽어야 마땅해. 사제님이 필요하시다면 뭐든 빌려 드려. 가령 우리 집 조랑말일지라도 싫다고 하면 안 되지."

벨콜로레는 투덜거리면서 자리에서 일어나 침대 아래 물건 넣어두는 상자에서 외투를 꺼내 복사(服事)에게 건너면서 이렇게 말했습니다.

"내가 그러더라고 사제님께 이렇게 전해요. '사제님은 내 절구그릇으로 앞으로는 절대로 소스를 만들지 못하십니다. 이번 일로 사제님의 체면은 땅에 떨어졌습니다.' 라고 말예요."

복사는 외투를 가지고 돌아와서 그녀의 전갈을 전했습니다. 그러자 사제는 빙그레 웃으면서 이렇게 말했습니다.

"네가 또 그녀를 만나거든 이렇게 전해라. 당신이 절구를 빌려 주지 않으면 나도 절대 절굿공이를 빌려 주지 않는다고. 서로 피장파장이라고 말이야."

남편인 벤티베냐는 아내가 그런 실례되는 말을 사제한테 한 것은 자신이 화를 낸 탓이라고 여기고 별로 신경을 쓰지 않았습니다. 그러나 완전히 한 방 먹은 벨콜로레는 포도 수확기까지 사제하고 말 한 마디 건네지 않았습니다. 그 후 사제는 그녀를 마왕의 입 속에 집어던져 버리겠다고 겁을 주었는데, 그녀는 완전히 겁을 집어먹고는, 생포도주하고 따근한 군밤을 보내 사제에게 사과를 했습니다. 그리고 그로부터는 두 사람이 하고 싶은 일에 아주 열중하여 재미를 보았습니다.

더욱이 사제는 5리라 대신 탬버린 가죽을 꿰매주고 방울도 달아 주었는데 그녀는 그것으로 매우 만족해하였답니다.

세 번째 이야기

칼란드리노와 브루노와 부팔마코가 엘리트로피아(붉은 반점이 있는 녹색

돌)를 찾으러 무뇨네 강가로 간다. 그래서 칼란드리노는 그 돌을 발견했다고 생각한다. 그가 많은 돌을 짊어지고 집에 돌아오니 아내가 소리를 높여 꾸짖으므로 화가 나서 아내를 때린다. 그리고 두 사람의 친구에게 자기보다도 그들이 더 잘 알고 있는 일을 새삼스레 말한다.

팜필로가 얘기하는 동안 내내 부인들은 간간이 웃음을 터트렸으며 그가 이야기를 마쳤을 때도 웃음이 그치지 않고 있었습니다. 여왕이 엘리사의 차례임을 지시하였으므로 그녀 역시 웃으면서 이야기를 시작했습니다. 저는 극히 짧지만 실제로 있었던 이야기를 들려 드리겠어요. 팜필로의 이야기처럼 재미있지는 않겠지만 시작하겠습니다.

그리 오래되지 않았습니다만, 우리들의 시에(이 시는 항상 사람이 많아 끊임없이 풍습이 바뀌거나, 기묘한 사람이 많았는데) 칼란드리노라는 지극히 단순하고 한편 기묘한 일을 하는 남자가 있었습니다. 그는 언제나 한 사람은 브루노, 또 한 사람은 부팔마코라고 하는 두 사람의 화가와 교제하고 있었습니다.

두 사람은 매우 쾌활한 사람이었고 동시에 상당히 빈틈이 없는 영리한 사람들이었고, 칼란드리노의 기묘하고 단순한 행동을 몹시 재미있어하며 서로 잘 어울렸습니다.

그런데 그 당시 피렌체에는 무엇을 시켜도 교활하고 애교가 풍부한 아주 유쾌한 마조 델 사조라는 청년이 있었습니다. 이 청년은 칼란드리노가 너무나 정직하다는 말을 듣고, 무엇으로 그를 놀려 주든가 엉뚱한 일을 정말로 믿게 하여, 재미

있는 장난을 치려고 생각했습니다.

그런데 다행히도 어느 날 그가 성 조반니 사원에서 아주 최근에 설치된 제단 위 바위에 그려진 회화나 부조에 도취되어 있는 것을 발견하고 자기의 계획을 실행에 옮길 수 있는 절호의 장소와 기회가 왔다고 생각했습니다.

여기서 마조는 자기의 계획을 함께 온 친구들에게 이야기하고 함께 칼란드리노가 혼자 앉아 있는 곳으로 찾아갔습니다. 그리고 그의 존재는 짐짓 모른 척하면서 여러 가지 돌의 오묘한 효력에 대해서 이야기하였습니다.

칼란드리노는 그 이야기에 귀를 기울이다가 잠시 후 자리에서 일어나 그 이야기가 달리 별다른 것이 아니라는 생각으로 그들과 섞여 이야기를 하였습니다. 이것은 마조가 바랐던 것인데, 아직도 이야기를 계속하고 있는 마조에게 어디에 그런 효력을 가진 돌이 있냐고 칼란드리노가 물었습니다.

그러자 마조는 그 돌의 대부분은 바스크 사람이 살고 있는 베를린초네(마조가 지어낸 곳)라는 지방에 있지만 그곳에 세상에서는 벤고디(이 세상의 낙원)라고 불리는 곳이며, 소시지가 포도나무에 묶여져 있고, 동전 하나면 거위 한 마리를 사고, 덤으로 새끼까지도 준다고 대답했습니다. 또한 그 지방에는 파르마 산(産)의 가루 치즈로 이루어진 산이 있고, 그 산에 살고 있는 사람들은 마카로니와 라비올리(일종의 고기 완자)를 만들어 그것을 수탉 삶은 수프에 데쳐 산 아래로 흘려보내므로 누구나 먹을 수 있고, 더구나 근처에는 물 한 방울 섞이지 않은 백포도주의 개울이 흘러, 이것 역시 언제든 누구나 마실 수 있다고 덧붙였습니다.

"그래요!" 하며 칼란드리노가 말했습니다.

"굉장한 곳이군요. 하지만 삶은 수탉은 어떻게 합니까?"

"그거야 바스크 사람들이 먹지요."라고 마조가 대답했습니다.

그러자 "당신은 그곳에 가본 적이 있나요?" 칼란드리노가 물었습니다.

"가봤냐구요? 몇 번이라고 말할 수 없을 정도로 가봤습니다"라고 마조가 대답했습니다.

"여기서 얼마나 먼 곳입니까?" 칼란드리노가 물었습니다.

"수천 마일 이상입니다. 밤새도록 세도 셀 수 없을 정도일 겁니다." 하고 마조가 대답했습니다.

그래서 칼란드리노가 다시 말했습니다.

"그러면 아브루치에 가는 것보다 먼 곳이 되겠군요?"

"예, 그렇습니다." 라고 마조가 대답했습니다.

"좀 더 멀죠."

지극히 단순한 칼란드리노는 마조가 웃지도 않고 진지한 얼굴로 그런 말을 하기 때문에, 이렇게 자신에 찬 태도는 사실이 명백할 때만 할 수 있는 거라고 완전히 곧이들었습니다.

"나에게는 좀 멀군요. 조금만 가깝다면 함께 가서 마카로니가 흘러내리는 것을 보고 배불리 먹고 싶기도 합니다. 그래서 묻는 것이지만, 그 근처에는 아까 이야기했던 오묘한 효력을 가진 돌은 없을까요?"

그러자 마조가 대답했습니다.

"아, 있고말고요. 아주 절대적인 마력을 가진 두 개의 돌이 있습니다. 하나는 세티냐뇨와 몬티시(피렌체의 아르노 강 좌우에 있는 작은 언덕)에서 나는 돌인데 절구를 만들면 밀가루가 나온다고 합니다. 그래서 그곳 사람들은 '은총은 하느님께서, 절구는 몬티시'에서라고 하지요. 그렇지만 그런 돌은 얼마든지 있으므로 우리들은 고마울 것도 없지요. 마치 그곳 사람들에게 에메랄드와 같습니다. 거기에는 모렐로(피렌체 근처의 산) 산보다도 더 큰 에멜랄드의 산이 있어 밤이 되면 번쩍번쩍 빛을 낸답니다. 그리고 이런 것도 알아 두세요. 절구를 파기 전에 끌로 잘 다듬어서 아름답게 만들어 술탄께 가져가면 원하는 것을 무엇이든 준다는 것입니다. 그리고 또 하나의 돌은 보석 세공사가 엘리트로피아(붉은 점이 있는 녹색의 돌)라고 하는 보석인데, 이 보석의 마력은 굉장한 것으로 몸에 지니고 있으면 자기의 모습을 다른 사람이 볼 수 없다는 사실입니다."

그러자 칼란드리노가 말했습니다.

"정말로 굉장한 마력이군요. 그런데 그 이야기의 두 번째의 돌은 어디에 있습니까?"

마조는 무뇨네에 가면 언제라도 발견할 수 있다고 대답했습니다.

"크기는 얼마나 되지요? 그리고 빛깔은요?" 하고 칼란드리노가 물었습니다.

"크기는 여러 가지로 큰 것도 있고 작은 것도 있습니다. 하지만 빛깔은 거의 검은 빛깔에 가깝습니다." 하고 대답했습니다.

칼란드리노는 그것을 모조리 기억하고는 볼 일이 있는 체하면서 마조와 작별하고 마음속으로는 그 돌을 찾으러 갈 결심을 했습니다. 하지만 브루노와 부팔마코에게 비밀로 하려는 생각은 없었습니다. 두 사람하고는 특별히 친하다고 여겼으므로 즉시 두 사람을 찾아 셋이서 다른 사람보다 먼저 그 돌을 찾아 나서기로 한 것이었습니다. 그래서 한나절을 온통 그들을 찾는데 시간을 허비하고 말았습니다.

마지막으로 오후 세 시의 기도시간이 지난 후 두 사람이 피렌체의 수녀원(피렌체의 문 밖에 있었으나 현재는 반쯤 파괴된 요새가 있다)에서 일을 한다는 것을 생각해 내고는 자기의 모든 일을 중단하고 몹시 더운 날이었지만 뜀박질을 하여 그들에게로 갔습니다. 그리고는 두 사람을 불러내어 이렇게 말했습니다.

"이봐, 자네들이 내 말을 믿으면 우리들은 피렌체에서 제일가는 부자가 될 거다. 실은 믿을 만한 자에게 들은 이야긴데 무뇨네의 강가에 가면 어떤 마력을 가진 돌이 있는데 그 돌을 몸에 지니면 누구한테도 자기 모습이 보이지 않는다고 하더군. 그러니까 우물쭈물하지 말고 다른 사람이 가기 전에 그 돌을 찾으러 가자고. 우리들은 반드시 그 돌을 발견할 거야. 내가 그 돌을 알고 있으니까. 발견하면 주머니에 넣어 환전상으로 가기만 하면 되는 거야. 자네들도 알고 있듯이 거기엔 은이나, 피오리니 금화가 언제고 잔뜩 쌓여 있지. 그것을 욕심대로 가져올 수 있을 거 아냐. 왜냐하면 우리들의 모습은 누구에게도 보이지 않으니까 말이야. 그렇게 되면 하루 종일 달팽이처럼 매달려 벽을 칠할 필요도 없을 테고 단번에 큰 부자가 된다는 이치란 말이다."

브루노와 부팔마코는 하마터면 웃음을 터뜨릴 뻔했지만 서로가 깜짝 놀란 척하면서 칼란드리노의 의견을 크게 칭찬했습니다. 부팔마코는 그 돌의 이름이 뭐냐고 물었습니다.

원래 머리가 좋지 않은 칼란드리노는 벌써 그 이름을 잊어버리고 이렇게 대답했습니다.

"이름은 알아서 뭣해? 마력만 있으면 됐지. 꾸물거리지 말고 빨리 떠나자니까."

"그래? 그런데 그 돌은 어떤 모양이지?" 하고 브루노가 말했습니다.

칼란드리노가 대답했습니다

"형태는 여러 가지지만 빛깔은 거의 검다네. 그러니까 검은 것은 닥치는 대로 주우면 돼. 그렇게 하면 진짜가 있겠지. 그러니까 꾸물대지 말고 출발하세."

그러자, 브루노가 말했습니다.

"잠깐만 기다리게. 칼란드리노가 말한 대로겠지만, 아무래도 적당한 시간이 아니라고 생각해. 왜냐하면 한낮인데 무뇨네의 강가는 쨍쨍 햇볕이 내리쬐어 지금쯤 그곳의 돌은 모두 말라붙어 하얗게 되어 있을 거야. 아침이면 해도 빛나지 않으니 검게 보일 거야. 그 외에도 오늘은 일을 하는 날이라서 무뇨네 근처에는 여러 가지 이유로 사람들의 출입이 많을 걸세. 그러니까 우리들을 보면 우리가 하는 일을 알고 같은 일을 시

작할 거고, 그렇게 되면 그놈들이 돌을 더 많이 손에 넣고 말
아. 우리들은 일부러 일찍 출발한 보람이 없을 거야. 그러니
까 이것은 검은 돌이 분명히 판별되는 아침에 해야 할 일이
야. 그 외에 아무도 그런 곳에 가지 않는 축제날이 좋을 거
야."

　브루노의 생각에 부팔마코는 찬성했습니다. 그러자 칼란드
리노도 찬성했으므로 세 사람은 다음 일요일 아침 함께 돌을
찾아 그곳에 가기로 결정했습니다. 그러나 칼란드리노는 이
번 일은 비밀이니 어떠한 일이 있더라도 절대로 남에게 말하
지 말라고 당부했습니다. 그리고는 벤고디에 관한 이야기는
정말이라고 하늘에 맹세를 하며 두 사람에게 일렀습니다.

　칼란드리노와 헤어진 두 사람은 이 일을 어떻게 할까를 두
고 순서를 정했습니다. 한편, 칼란드리노는 일요일 아침까지
기다린다는 것이 견딜 수 없었습니다. 그리하여 드디어 그날
아침이 되자 새벽같이 일어나 그들을 데리고 성 갈로 문을 나
와 무뇨네 강가를 따라 돌을 찾으면서 하류로 내려갔습니다.

　칼란드리노는 아주 열심으로 선두에 서서 부지런히 검은
돌을 주워 호주머니에 넣었습니다. 뒤따르는 두 사람도 가끔
하나 둘 돌을 줍고 있었습니다. 하지만 칼란드리노는 금방 호
주머니가 가득 차 마음대로 걷지도 못하게 되었습니다. 그래
서 헐렁헐렁한 상의의 옷자락을 걷어 올려 주름을 만들고 허
리띠로 묶었으나 그것도 금방 가득 찼고 똑같은 방법으로 망
토자락을 주머니로 만들었으나 그것마저 잠시 후엔 가득 차
고 말았습니다.

부팔마코와 브루노는 칼란드리노가 돌을 넘치도록 가득히 주웠고, 또 식사 시간도 가까워져 미리 정한 대로 브루노가 부팔마코에게 말을 걸었습니다.

"칼란드리노는 어디에 있지?"

부팔마코는 칼란드리노가 바로 옆에 있는데도 근처를 두리번거리면서 이렇게 대답했습니다.

"모르겠는데, 아까까지도 내 옆에 있었는데……."

그러자 브루노가 말했습니다.

"그래, 조금 전까지도 여기에 있었어. 아마 지금쯤 집에 돌아가 밥이라도 먹고 있을 거야. 우리들이 무뇨네 강을 따라 검은 돌을 정신없이 줍는 사이에 우리들을 두고 가 버린 거야."

"체, 한방 얻어맞았군. 우리들을 속이고 혼자 내빼다니. 그놈의 이야기를 믿은 우리가 바보였어. 생각해 봐! 무뇨네의 강가에 그런 마력의 돌이 있다고 믿는 어리석은 자가 우리들 말고 또 있을까?" 하고 부팔마코가 말했습니다.

칼란드리노는 두 사람의 이야기를 들으며 이미 자기가 그 돌을 주웠기 때문에 그 마력으로 그들의 눈앞에 있는 자신이 보이지 않는 것이라고 믿었습니다. 그래서 뜻밖의 행운에 매우 기뻐하여 두 사람 몰래 집으로 돌아가려고 등을 돌려 걷기 시작했습니다.

이를 보자 부팔마코가 브루노에게 말했습니다.

"우리는 어떻게 하지? 돌아갈 수밖에 도리가 없겠지?"

"그래, 돌아가자구. 하지만 앞으로 칼란드리노에게 절대로 당하지 않겠어. 만약에 옆에 있다면 이 돌로 발꿈치를 내리쳐 이런 장난에 대한 따끔한 맛을 보여 주면 속이 좀 풀릴 텐데."

그러면서 팔을 뻗쳐 작은 돌 하나를 힘껏 칼란드리노의 발꿈치를 향해 던졌습니다. 돌에 맞은 칼란드리노는 너무나 아파서 발을 높이 올려 펄쩍 뛰었지만 다시 입을 꾹 다물고 걸었습니다.

이번에는 부팔마코가 주운 작은 돌 하나를 쥐면서 브루노에게 말했습니다.

"이 아름다운 돌 좀 봐. 이것을 칼란드리노의 허리뼈에다 한 대 내리치고 싶군."

이렇게 말하고, 뒤에서 칼란드리노의 허리를 향해 힘껏 내던졌습니다.

두 사람은 이렇게 욕을 퍼붓기도 하고 돌을 던지기도 하면서 무뇨네 골짜기에서 성 갈로에 있는 문까지 걸어갔습니다. 그리고는 주워온 자갈을 땅 위에 던져 버리고 세관의 관리와 잠시 선 채로 이야기를 했습니다. 세관의 관리들은 미리 두 사람에게 이야기를 듣고 못 본 체하면서 칼란드리노를 통과시키고 큰 소리로 배꼽이 빠지도록 웃었습니다.

칼란드리노는 세관 관리에게 검문도 받지 않고 칸토 알라 마치나 근처의 집으로 돌아왔습니다. 게다가 이런 짓궂은 장난을 행운의 신도 재미가 있었던지, 강에서 출발해서 거리를 지나오는 동안 때마침 식사 시간이었고 만나는 사람도 적었던 데다가 말을 걸어오는 사람조차 없었습니다.

이리하여 칼란드리노는 무거운 돌을 가지고 집으로 들어갔습니다. 그때 그의 아내인 테사가 우연히 계단 앞에 서 있었습니다. 그녀는 매우 미인이고 영리하였으나, 남편이 아침 식전부터 집을 비웠으므로 잔뜩 골이 나서 그가 돌아오자 버럭 소리를 질렀습니다.

"아이고, 이제야 돌아왔군. 어디를 싸돌아다니다가, 사람들은 벌써 아침 먹은 지가 언젠데, 이제 겨우 먹으로 돌아왔단 말이야!"

칼란드리노는 그 말을 듣자 자기의 모습이 보였다는 것을 알고 호통을 쳤습니다.

"에이, 이년! 그런 곳에 서 있었군? 얼간이 같은 네가 나를 엉망진창으로 만들었어. 복수를 꼭 하겠다."

이렇게 말하면서 계단을 뛰어오르더니 가지고 왔던 많은 돌을 집어던지고 짐승처럼 아내에게 달려들었습니다. 그리고 머리카락을 잡아 흔들고, 주먹을 휘두르고, 발로 차고, 온 몸의 뼈가 부서지도록 때리고 차면서 난폭하게 행패를 부렸습니다. 아내가 가슴에 십자가를 긋고 사죄를 하며 싹싹 빌어도 그치질 않았습니다.

부팔마코와 브루노는 잠시 관리들과 서로 웃으며 이야기를 나누다가 천천히 칼란드리노의 뒤를 쫓아갔습니다. 그의 집 입구까지 오니 아내를 때리는 소리가 들렸으므로 지금 막 도착한 것처럼 그를 불렀습니다.

칼란드리노는 땀투성이의 시뻘건 얼굴로 거친 숨을 쉬면서 창문으로 얼굴을 내밀고는 올라오라고 했습니다. 두 사람은 약간 곤란한 눈치로 올라가 보니, 방 안에는 돌이 하나 가득히 흩어져 있고 한 구석에 옷이 갈기갈기 찢겨진 아내가 머리를 풀어 헤치고, 눈물로 뒤범벅이 된 엉망진창의 멍투성이 얼굴을 하고 있었습니다. 한편, 칼란드리노도 허리띠도 풀어지고 완전 녹초가 되어 거친 숨을 몰아쉬며 주저앉아 있었습니다.

두 사람은 잠시 그 처참한 광경을 바라보다가 이렇게 말했습니다.

"칼란드리노, 이건 어찌된 일이야? 이런 곳에 많은 자갈을 가지고 와 벽이라도 바르겠다는 건가?"

그러면서 다시, "게다가 테사는 어떻게 된 거야. 자네가 때린 것 같은 데 무슨 일인가?"

칼란드리노는 무거운 돌을 지고 온 고단함, 아내를 때린 분노, 다 잡았다 놓쳐 버린 행운에 대한 분노로 헉헉 거친 숨을 몰아쉴 뿐 대답을 할 수가 없었습니다. 그가 꾸물대고 있자 부팔마코가 다시 말했습니다.

"칼란드리노, 자네가 무슨 일로 화가 났더라도, 우리를 속일 필요는 없잖아. 마력의 돌을 찾자고 하고서 마치 우리를 천치처럼 무뇨네에 버려두고 말도 없이 가 버리다니, 우리가 이 무슨 꼴이야. 다시는 이런 일이 없도록 부탁하네."

이 말을 듣고 칼란드리노는 다시 기운이 생겨 말했습니다.

"자네들 그리 화내지 말게. 자네들이 생각한 것처럼 일이 잘 진척되지 않았어. 내가 그 돌을 발견했을 때 운이 다된 거였어! 내 말이 사실인지 아닌지 듣고 싶은가? 자네들이 서로 내가 있는 곳을 물었을 때, 나는 10미터 정도 가까운 곳에 있었어. 그런데도 자네들에게 내가 보이지 않는 모양이어서 자네들 바로 앞을 쭉 걸어 돌아온 거야."

그리고 두 사람이 한 말을 처음부터 끝까지 되풀이한 후 돌에 맞은 발꿈치와 허리의 멍을 보여 주며 이렇게 덧붙였습니다.

"그런데 내 말은 이렇게 많은 돌을 가지고 세관 문을 지나왔는데 누구도 나를 보지 못했어. 왜냐하면 그곳의 관리들은 무엇이든 귀찮게 물었는데 말이야. 그뿐만이 아니야. 여느 때 같으면 한 잔 하자고 하는 친구들이 나를 보고도 보이지 않는 듯 나에게 말을 걸지 않았다네. 그런데 막 집에 돌아오니 이 여편네가 눈앞에 나타나서 나를 알아본 거야. 모두 알다시피 여자란 사물의 효력을 모조리 없애 버리는 작자들이거든. 그래서 나는 피렌체 제일의 행복한 사람이 될 뻔하다가, 제일 불행한 사람이 되고 말았어. 그래서 나는 여편네를 실컷 두들겨 패 준 거야. 어째서 저년의 핏줄을 끊어놓지 않았는지 몰라. 저년에게 한눈에 반해서 아내로 삼은 것이 원망스러워 죽겠어!"

이렇게 말하더니 다시 화가 치밀어 재차 아내를 때리려고 자리에서 일어났습니다.

부팔마코와 브루노는 칼란드리노의 말을 들으면서 한 마디 한 마디에 아주 놀란 척도 하고 끄덕이기도 했지만, 당장이라도 웃음이 터질 것 같았습니다. 그러나 칼란드리노가 미친 듯이 일어나 아내를 때리려고 달려들자 중간에 그를 말리고 차분하게 말했습니다.

"이번 일에 대해서는 아내에게 아무런 죄가 없어. 왜냐하면
자네는 여자는 무슨 일이든 사물의 효력을 없애게 하는 힘이
있다는 것을 알고 있으면서도 오늘 이렇게 아내 앞에 돌을 가
지고 오는 것을 미리부터 알리지 않았잖아. 자네가 운이 없었
거나, 마력의 돌을 발견했을 때 털어놓지를 않고 친구들을 속
이려는 생각 때문에 하느님께서 그런 힘을 자네에게서 빼앗
아 버린 거야."

그리고는 두 사람은 여러 가지 말로 달래고 타일러, 몹쓸
욕을 들으며 울고 있는 아내와 그를 화해시키고, 발 디딜 곳
이 없을 정도로 돌이 흩어져 있는 집 안에서 침통한 얼굴을
하고 있는 그를 남겨두고 두 친구는 돌아갔습니다.

네 번째 이야기

피에솔레 성당의 사제가 어느 미망인을 좋아하게 되나 그녀는 몹시 싫어하
고 있다. 사제는 그녀와 함께 잠을 자는 것으로 믿고 실제로 그녀의 하녀와
잠을 잔다. 그리고 현장을 미망인의 형제들이 데리고 온 주교에게 실제로
보게 한다.

엘리사의 이야기가 끝나자 여왕은 에밀리아를 돌아보며 다
음 이야기를 하도록 신호를 보내고 그녀는 기꺼이 이야기를
시작하였습니다. 지금까지의 이야기에서도 이미 우리의 마음

을 유혹하는 성직자들은 수없이 확인되었어요. 그러나 그것은 바닥을 드러낸 것이 아니라 오히려 빙산의 일각이 아닐까요. 그래서 나는 어떤 사제의 이야기를 하나 해 드리겠어요. 그 사제는 세상의 도덕적 관습이나 상대방에 대한 배려라고는 안중에도 없었습니다. 그런 자가 대단히 총명하고 아름다운 귀부인에게 홀딱 빠졌는데, 그가 그 부인에게서 그 뻔뻔스런 그의 체신머리에 딱 맞는 취급을 당했던 것입니다.

여러분도 알고 계시는 여기서 저 언덕이 보이는 피에솔레라는 거리는 지금은 완전히 거칠고 황폐되었지만, 옛날에는 가장 오래되고 큰 거리였습니다. 그래서 이 거리에 사제(이 사제 기욤 노르망의 이야기는 우화《Leprestre et Alison》과 비슷하다)가 없었던 적은 한 번도 없었고, 그리고 지금도 있습니다.

그런데 이 거리의 대성당 근처에 그리 크지는 않으나 규모 있는 저택과 토지를 가진 피카르다라는 귀족의 미망인이 살았습니다. 그러나 살림이 넉넉하지가 못해서 1년의 반 정도는, 아직 젊고 선량한 예의바른 두 남동생들과 함께 지냈습니다.

그 부인은 자주 대성당에 나갔고, 젊고 미인으로 매력이 넘쳤으므로 이 성당의 사제가 홀딱 반해 버려 다른 사람은 안중에도 없이 열중하고 있었습니다. 그리고 그는 매우 대담하게 스스로 그녀를 사랑한다고 고백했을 뿐만 아니라 자신에게 사랑을 받는 것을 기뻐하라, 그리고 내가 사랑하는 것처럼 당신도 나를 사랑해야 한다고 뻔뻔스럽게 말하는 것이었습니다.

이 사제는 나이가 많았지만 마음만은 아주 젊었고, 자부심이 강해 거만하여, 무슨 일이든 오만하고, 그 태도나 인품이 불쾌하기 짝이 없었으며, 탐욕스럽고 천박했기 때문에 누구도 그를 좋게 생각하는 사람이 없었습니다. 그 중에서도 유별나게 이 부인은 그를 싫어했습니다. 좋아하기는커녕 두통이 날 정도로 혐오했습니다. 이렇게 견디기조차 역겨운 그의 사랑의 고백을 들은 총명한 부인은 대답했습니다.

"신부님, 당신이 나를 사랑해 주신다니 매우 고마운 일입니다. 그러므로 나도 당신을 사랑해야 할 일이면 기꺼이 사랑해 드리지요. 하지만 당신의 사랑과 나의 사랑 사이에 조금이라도 부정한 일이 있어서는 안 됩니다. 당신은 내 종교상의 아버지이며 신부님이십니다. 또 당신은 아주 나이가 많기 때문에 올바르고 청결한 행동을 해야 하고, 나 또한 사랑 따위에 마음이 들뜨는 젊은 아가씨도 아니며 미망인입니다. 미망인에게는 어떤 올바른 행동이 필요한가를 당신이 더 잘 아실 것입니다. 그러므로 당신이 바라는 방법으로 당신을 사랑해 드릴 수는 없으며, 나도 그런 방법으로 사랑을 받고 싶지 않으니 아무쪼록 이해하시길 바랍니다."

사제는 그녀에게서 아무것도 얻지 못했지만, 이 정도로 굴복 한다든가 물러날 남자는 아니었습니다. 더구나 방자하고 거만하게, 뻔뻔스럽게 편지나 사람을 보내 몇 번이고 설득을 하거나, 그녀가 성당에 온 것을 발견하면 스스로 나서는 지경이었습니다.

그래서 부인은 끈덕지게 설득을 받는 것은 여자로서 견딜 수 없고 귀찮은 일이기도 하였으나, 달리 도리가 없어서 그 사제에게 썩 알맞은 방법으로 격퇴하려고 생각했습니다. 그 일로 우선 동생들과 상의를 하여 자기의 계획을 털어놓고 두 사람의 승낙을 얻었으며, 전과 같이 성당으로 갔습니다.

사제는 그녀를 보자 그녀에게 따라붙어 말을 걸어 왔습니다. 부인은 사제가 다가오자, 그를 바라보고 웃어 주었습니다. 두 사람이 구석진 곳에 있게 되자 사제는 전처럼 끈덕지게 사설을 늘어놓았는데, 부인은 한숨을 깊이 쉬고 난 후에 이렇게 말하였습니다.

"신부님, 어떤 견고한 성이라도 매일처럼 공격을 반복하면 함락되지 않는 것은 하나도 없다고 들었습니다만, 그것이 실제 내 일이 되고 보니 더욱 잘 알겠습니다. 당신은 어느 때는 달콤하게, 어느 때는 친절하게, 어느 때는 또 다른 방법으로 나를 공략하시므로 나의 굳은 결심이 보기 좋게 무너졌습니다. 이 몸을 그토록 사랑하신다면 당신 것이 되어 드리기로 마음을 정했습니다."

사제는 매우 기뻐하면서 이렇게 말했습니다.

"부인, 대단히 고맙습니다. 사실이지 나는 어떤 부인에게도 이런 꼴을 당한 적이 없었기 때문에 당신이 매우 절개가 굳은 여자라고 생각했습니다. 아니 나는 '여자는 금이 아니고 은과 같아서 쇠망치한테는 못 당한다.'라고 말씀드렸는데 꼭 그대로입니다. 하지만 그런 것은 아무래도 좋습니다. 언제 어디서 단둘이 만날까요?"

부인이 대답했습니다.

"나의 친절하신 신부님, 언제라도 좋습니다. 왜냐하면 나는 밤에도 방해하는 남편 같은 것이 없으니까요. 그렇지만 어디가 좋을지는 모르겠어요."

"당신 집에서는 안 되겠소?"

"신부님, 아시다시피 나에게는 젊은 동생이 둘이나 있습니다. 두 사람은 밤낮으로 친구들을 집에 데려옵니다. 거기다 우리 집은 그리 넓지가 않습니다. 그러니까 벙어리처럼 아무 말을 못하거나, 장님처럼 어둠도 상관이 없는 경우가 아니면 도저히 안 됩니다. 그래도 관계치 않으시면 동생들은 내 방에 오지는 않으니까 못할 것도 없지만, 내 방과 동생들의 방은 벽이 서로 맞붙어 있어 작은 소리라도 들리지 않을 수는 없을 거예요."

"부인, 그런 일이라면 하루, 이틀 밤은 괜찮을 겁니다. 그 사이에 더 마음 놓고 즐길 장소가 생기겠죠."

그러자 부인이 부탁했습니다.

"신부님, 그것은 신부님께 맡기겠습니다만, 부디 부탁드리고 싶은 것은 이 일은 절대 비밀로 해 주시고 다른 사람이 모르도록 해 주십사 하는 겁니다."

"부인, 그 점은 안심하시고, 가능하면 오늘 밤 만납시다." 하고 말했습니다.

"예, 좋아요." 부인은 그렇게 대답을 하고 언제쯤이 좋다는 시각과 방법을 일러 준 후에 그와 헤어져 집으로 왔습니다. 부인은 마침 하녀를 한 사람 데리고 있었는데 나이도 젊지 않고 세상에 그리 흔치 않을 정도로 못생기고 기형적인 얼굴이었습니다. 납작코에다 비뚤어진 입, 두꺼운 입술, 들쭉날쭉한 이빨과 고르지 못한 잇몸, 사팔뜨기에 눈병을 앓고 있어서 한여름 피에솔레 시가 아니고 시나갈리아(좋지 못한 토질로 알려졌던 지방)에서 지내고 온 것 같은 푸르고 누런 안색이었으며, 절름발이라서 몸의 오른쪽이 약간 자유롭지 못했습니다. 이름은 치우타였지만 납 같은 안색이어서 누구나 추타차라고 부르며 업신여겼습니다. 몸도 이 모양이었지만, 그 심성도 다소 비뚤어져 있었습니다. 부인이 이 하녀를 불러 이렇게 말했습니다.

"추타차, 미안한 일이지만 오늘 밤 나를 위해서 애를 써 준다면 너에게 아름다운 새 속옷을 주도록 하겠다."

추타차는 속옷이란 말을 듣고 이렇게 말했습니다.

"마님, 저에게 속옷을 주신다면 불 속에라도 뛰어들겠어요, 정말입니다."

"그럼, 좋아."라고 부인은 말하였습니다. "오늘 밤 어느 남자하고 내 침대에서 자면 된다. 그리고 그 남자를 충분히 사랑해 주어야 하는 것인데 너도 알겠지만 옆방에는 동생들이 자고 있으니 소리를 내어 눈치채이지 않도록 조심하고……나중에 새 속옷을 줄 터이니."

추타차는 이렇게 대답했습니다.

"알았습니다. 필요하다면 한 명이 아니라 여섯 남자하고라도 자겠어요."

밤이 되자 사제는 약속한 대로 찾아왔습니다. 그래서 두 사람의 동생들은 부인이 시킨 대로 자기들 방에서 엿듣고 있었습니다. 한편, 사교는 캄캄한 어둠 속을 더듬어 부인의 침실로 들어와서 분부 받은 대로 침대로 들어갔습니다. 그러자 반대쪽에서 추타차가 미리 주인이 가르쳐 준대로 침대로 들어갔습니다.

사제는 자기 옆에 있는 것은 부인이라고 믿고 추타차를 끌어안고 말없이 키스를 하기 시작했습니다. 그래서 추타차 쪽에서도 그에게 키스를 했습니다. 이리하여 사제는 그녀와 사랑의 쾌락에 열중하며 오랫동안 염원하던 것을 손에 넣고 환희에 젖었던 것입니다.

부인은 일이 여기까지 진행되자 동생들과 미리 계획했던 대로 그 다음 일을 착수했습니다. 동생들은 방에서 나와 거리의 광장으로 나아가자 다행히도 자기들이 마음먹었던 일이 힘들이지 않고 척척 진행되었습니다.

다름이 아니라 더운 계절이었고 평상시에 늘 주교가 이 두 사람에게 그들 집에서 포도주를 마시고 싶어했기 때문이었습니다. 더구나 주교는 그날 밤 두 사람을 보자 새삼스럽게 자기의 희망을 말하고 함께 걷기 시작했습니다. 그리고 등불이 하나 가득히 켜져 있는 안마당으로 들어가 질 좋은 포도주를 함께 즐거이 마시고 있었습니다.

포도주를 다 마시고 나자 젊은이들이 이렇게 말했습니다.

"주교님, 저희들이 먼저 주교님을 초대하지 못했으나, 이런 누추한 집에 일부러 걸음을 해 주셨으니 정말 고맙습니다. 당신께 보여 드리고 싶은 일이 있습니다만, 한 번 보시겠습니까?"

주교는 기꺼이 보겠다고 대답했습니다. 그러자 동생 하나가 불이 붙은 횃불을 한 손에 들고 선두에 서고, 그 뒤에 주교와 다른 사람들이 뒤를 따라, 사제가 추타차와 자고 있는 방으로 걸어갔습니다.

사제는 흡족하게 목적을 달성하려고 말 타기 운동을 계속하고 몰아쳤습니다. 그래서 다른 사람이 오기 전에 벌써 세 번이나 목적을 이룬 직후로, 지치고 피로하여 무더운데도 불구하고 추타차를 끌어안은 채 휴식을 취하고 있었습니다.

그 때 한 손에 횃불을 들고 동생 하나가 방으로 들어오고 그 뒤로 주교와 다른 사람들이 들어서며 사제가 추타차를 끌어안고 있는 것이 발각되었던 것입니다. 이 바람에 사제는 정신이 번쩍 들어 눈을 뜨고 횃불과 주위에 있는 많은 사람들을 발견하고는 몹시 당황하여 이불 속으로 머리를 처박았습니다. 주교는 노발대발하여 사제의 머리를 끌어내어 누구와 자고 있었던가를 확인시켰습니다.

그제야 사제는 부인에게 한 방 맞았음을 깨닫고는 수치심으로 깊이 절망스러워했습니다. 그리고 주교의 명령으로 옷을 도로 걸친 후 자신이 저지른 죄과를 받기 위해 감시를 받으면서 성당으로 돌아갔습니다.

주교는 자초지종을 물어 어찌된 일인가, 즉 어떻게 추타차와 자고 있었는지 궁금하여 한시라도 빨리 알고 싶어했습니다.

부인의 동생들은 모든 것을 순서대로 털어놨습니다. 주교는 그 이야기를 듣고 부인을 크게 칭찬하고, 다른 신부들의 손을 더럽히지 않고 그의 행동에 어울리는 처분을 한 동생들을 칭찬했습니다.

주교는 이 죄에 대해서 40일 동안 벌을 내려 사제를 곤혹스럽게 했지만, 그는 그대로 사랑의 파탄과 분노로 40일 이상이나 괴로워하지 않을 수 없었습니다. 그뿐만이 아닙니다. 그로부터 상당한 시일이 흐른 뒤에도 그가 거리를 걸을 때면 아이들이 그에게 손가락질을 하며 '추타차와 잠잔 신부가 저기 간다.'고 놀렸던 것입니다. 아무리 철면피인들 신경이 쓰이고 속이 뒤집힐 지경이었습니다.

이렇게 해서 총명한 부인은 뻔뻔하고 염치없는 신부의 구애를 깨끗이 물리칠 수가 있었습니다. 그리고 추타차는 환상의 밤과 함께 아름다운 속옷을 가질 수 있었습니다.

다섯 번째 이야기

피렌체에서 마르케 출신의 재판관이 자리에 앉아 재판을 하고 있을 때, 세 사람의 젊은이가 그의 바지를 벗긴다.

일동이 총명한 부인의 재치를 칭찬해 마지않는 가운데 에밀리아가 이야기를 마쳤으며 여왕은 필로스트라토를 돌아보며 '이제 당신의 차례'입니다. 라고 말하자 '기꺼이 준비가 다 되었노라.'고 하며 이야기를 시작했습니다. 제가 미리 준비한 이야기가 아니라 아까 엘리사의 얘기 중간에 마소 델 사조의 이야기가 언뜻 비쳤는데 나는 그 친구들의 이야기를 하겠습니다. 이것은 좀 고상하지 못한 점도 있겠으나 배꼽이 빠질 정도로 재미있는 이야기이므로 들려 드리지요.

여러분도 이미 들으셨겠지만 우리들의 시에는 마르케 출신의 시장이 자주 부임해 옵니다. 그 사람들로 말하면 대체로 비열한 마음을 가진 사람들이며, 하는 일이 모두 인색하기 짝이 없고 극단적입니다. 그래서 이러한 타고난 인색함이나 욕심이 많은 탓인지, 재판관이나 공증인을 법률학교에서 데리고 오지 않고 농사꾼이나 구두 수선공 정도로 보이는 자들을 데려 옵니다. 지금 이 시의 시장으로서 그가 데리고 온 많은 재판관 중에서 니콜라 다 산레피디오라는 자는 아무리 봐도 자물쇠 장수 정도로 보이는 한 남자를 데리고 왔습니다. 그리고 그 남자는 다른 재판관 중에 형사문제의 재판을 맡고 있습니다.

흔히 시민들은 재판과는 아무런 관계가 없어도 심심풀이로 가기도 하는데, 어느 날 아침 우연히 마조 델 사조도 친구들을 찾아서 재판소에 갔습니다. 그러다가 니콜라가 앉아 있는 것을 보았는데 아무래도 풋내기 같아서 자세히 뜯어보며 관찰했습니다.

머리에 쓰고 있는 것은 쭈그러진 모피 모자이고, 허리에는 잉크병을 차고, 윗저고리는 위에 걸친 법의보다 훨씬 비어져 나와 옷차림이 좋은 법관과 일반시민에 비해 우스꽝스런 모습이었습니다. 그 중에서도 제일 주목을 끈 것은 그가 입고 있는 바지였습니다. 자리에 앉으면 바지가 어색해서 앞쪽을 벌려놓고 있었기 때문에 그 바지가 허리의 반쯤도 미치지 못하는 것을 발견하였습니다.

그래서 그는 바지를 계속 바라보는 것도 그렇고, 친구를 찾는 일도 단념하고는 거리로 나가 별다른 재미있는 일을 찾다가, 리비와 마테우초라는 두 친구와 딱 마주쳤습니다. 두 사람 다 마조와 마찬가지로 장난을 좋아하는 쾌활한 패들이었습니다. 그래서 두 사람에게 말했습니다.

"만약 호응하는 마음이 있으면 나와 함께 재판소에 가지 않겠나? 자네들이 본 일이 없는 재미있는 것을 보여 줄 테니."

이들이 함께 재판소로 가서 이미 말한 재판관의 바지를 보여 주었습니다. 그들은 멀리서 그걸 보면서 웃음보가 터졌습니다. 다시 재판관이 앉아 있는 의자 쪽으로 가 보니 의자 아래까지 쉽게 갈 수 있다는 사실을 알았습니다. 그 뿐만 아니라 재판관이 올려놓고 있는 발아래의 마루가 부서져 있어 거기로 팔이나 손을 들이밀 수 있다는 것도 알았습니다.

마조는 두 친구에게 말했습니다.

"나는 저 바지를 벗겨 보고 싶다. 아주 쉽게 잘 될 거야."

이미 친구들은 어떻게 하면 좋은가를 알고 있었습니다. 그래서 말과 행동순서를 결정하고 이튿날 아침 다시 찾아왔습니다. 법정은 만원이었으므로 마테우초는 아무에게도 눈치채지 않게 마루 밑으로 기어들어 그 재판관이 발을 얹어 놓고 있는 마룻장까지 갔습니다. 그러자 마조는 한쪽에서 재판관에게 다가가서 법복의 끝자락을 잡고, 리비는 반대쪽에서 다가서며 마찬가지로 잡았습니다. 그리고 마조는 이렇게 말했습니다.

"재판관님, 오! 재판관님. 소원입니다. 그쪽의 도둑놈이 도망치기 전에 그놈이 훔친 내 장화를 도로 찾게 해 주십시오. 훔치지 않았다고 버티는 저놈이 구두 밑창을 갈아 끼우는 것을 본 지 아직 한 달도 안 됐습니다."

리비는 반대쪽에서 큰 소리로 질렀습니다.

"재판관님, 그놈이 말하는 것을 믿지 마십시오. 그놈은 불량배라서 나한테서 훔친 손가방 때문에 내가 고소를 하러 오는데, 그에 앞서 와서는 내가 전부터 가지고 있는 장화에다 트집을 잡는 것입니다. 만일 재판관님이 나를 믿지 않으신다면 이 근처의 과일 장수 그랏사, 이놈이 마을에서 돌아가는 것을 보았다는 베르차에서 산타 마리아까지 쓰레기를 모으는 자, 누구라도 증인으로 세울 수 있습니다."

이렇게 이쪽저쪽에서 마소나 리비의 말이 채 끝나기도 전에 서로 소리를 질러 댔습니다.

그때 재판관이 가까이 가서 말을 자세히 들으려고 자리에서 일어서려는 순간, 때를 놓치지 않고 마테우초가 갈라진 마룻장 틈새로 손을 내밀어서 재판관의 바지를 힘껏 잡아당겼습니다. 재판관의 바지는 몸이 말라 허리가 가늘어 걸릴 데도 없이 훌렁 벗겨졌습니다.

재판관은 눈치는 챘으나 어쩌면 좋을까 몰라 윗저고리 앞을 모아 감추고는 자리에 앉으려고 했습니다. 그러나 마조와 리비가 양쪽에서 잡고서 큰 소리를 쳤습니다.

"재판관님, 나에게 결백함을 증명시켜 주지 않고 이야기도 듣지 않고 도망가려 하다니 너무하지 않습니까. 이런 사소한 일은 이 지방에서 서면으로 고소가 되지도 않습니다."

이런 말을 하면서 옷을 붙잡고 있기 때문에 재판소 안에 있던 사람들은 재판관의 바지가 벗겨져 내린 것을 보고 말았습니다. 그래도 마테우초는 한참 바지를 붙잡고 있다가 놓고 다른 사람에게 들키지 않고 그곳을 빠져 나갔습니다. 리비는 이것으로 만족스럽게 생각하고 이렇게 말했습니다.

"나는 이 의회에 심사를 요청하겠습니다."

그러자 반대쪽에서 마조가 법의를 놓아 주면서 말했습니다.

"아닙니다. 나는 오늘 아침처럼 이렇게 당신이 바쁘지 않을 때 몇 번이고 찾아오겠습니다."

이렇게 말하고 두 사람은 각기 다른 방향으로 될 수 있는 대로 빨리 사라졌습니다.

재판관은 여러 사람이 보는 앞에서 금방 침대에서 일어났을 때처럼 바지를 끌어올리고 그제야 겨우 장난이라는 것을 깨닫고 장화와 손가방 문제를 호소하던 패들은 어디 갔느냐고 물었습니다. 그러나 이미 그들은 발견할 수 없었으므로, 피렌체에서는 재판관이 자리에 앉아 있을 때 바지를 잡아당기는 습관이 있는지 꼭 알 필요가 있다고 신에게 맹세했습니다.

한편 시장은 이 사건을 듣고 괘씸한 일이라고 떠들어댔습니다. 그러나 친구들이 장관이 훌륭한 재판관을 데려오지 않고 싸게 먹히는 쓸모없는 자들을 데리고 오는 것을, 피렌체 사람들이 알고 분개한 것이므로 부정할 수 있는 증거를 제시하지 않는 이상 어찌할 수 없는 일이라고 설명했기 때문에, 장관은 침묵을 지키는 것이 상책이라고 여겨 더 이상 문제 삼지도 않았습니다.

여섯 번째 이야기

브루노와 부팔마코가 칼란드리노의 돼지를 훔친다. 그들은 생강으로 만든 알약과 베르나차 포도주로 점을 치게 하여 노회(蘆薈)를 설탕으로 바른, 개 먹이용 환약을 두 개를 먹인다. 그러자 그는 자기가 돼지를 훔친 기분이 된다. 그들은 아내에게 일러바치겠다고 협박하여 수탉 두 마리까지 받는다.

일동이 모두 박장대소를 하는 가운데 필로스트라토가 이야기를 마치자, 여왕은 필로메나에게 다음 이야기를 지시하여 그녀가 이야기를 시작했습니다. 마소라는 이름에서 필로스트라토가 이야기의 실마리를 풀었듯이 나는 칼란드리노와 그의 친구들의 이름에서 생각나는 것이 있어 그들의 이야기를 하나 들려 드리겠어요. 아마도 모두 기쁘게 해 드릴 거예요.

여러분은 이미 알고 계시고 새삼스럽게 칼란드리노와 브루노와 그리고 부팔마코가 어떤 인물이라는 것을 설명할 필요가 없을 것 같아 이야기의 본론으로 바로 들어가도록 하겠습니다. 칼란드리노는 피렌체의 근교에 작은 농장을 가지고 있었습니다. 이것은 아내가 지참금으로 가져왔고 1년의 수확물은 여러 가지 있었는데, 그 가운에 돼지 한 마리도 있었습니다. 12월이 되면 그는 아내하고 언제나 농장으로 갔으며 그 돼지를 잡아 소금에 절였습니다.

그런데 어느 해에는 아내의 몸이 아파 칼란드리노는 혼자서 돼지를 잡으러 갔습니다. 이를 듣게 된 브루노와 부팔마코는 그의 아내가 오지 않는다는 것을 알고 농장 근처에 살고 있는 친구인 신부를 찾아가 이삼일 묵게 해 달라고 했습니다.

두 사람이 도착한 아침 칼란드리노는 돼지를 잡았습니다. 그리고 두 사람이 신부와 함께 온 것을 보고 그들에게 말했습니다.

"잘 왔어. 내가 얼마나 훌륭한 농장 관리인인가를 자네들에게 보여 줘야겠군."

그리고는 집 안으로 들어가 두 사람에게 잡은 돼지를 보여 주었습니다. 두 사람이 보니 아주 살찌고 쓸 만한 돼지였습니다. 그리고 가족을 위해 저장하려고 돼지를 소금에 절였다고 말했습니다.

그러자 브루노가 말했습니다.

"쳇! 너는 정말 바보로군! 팔아서 그 돈으로 한바탕 놀기나 하세. 아내한테는 도둑맞았다고 하고."

칼란드리노가 말했습니다.

"안 돼, 안 돼. 그녀가 그런 일을 곧이듣겠어. 아마도 나를 내쫓을 거야. 나를 곤란하게 하지 마. 나는 그렇게는 못 해."

두 사람은 열심히 꾀었으나 전혀 말을 듣지 않았습니다. 칼란드리노는 마지못해 두 사람을 식사에 초대했으나 거절하고 돌아가 버렸습니다.

브루노는 부팔마코에게 말했습니다.

"오늘 밤 그 돼지를 훔치자."

부팔마코가 말했습니다.

"어떻게 훔치지?"

"세심하게 일이 성취되는 것을 보라고. 먼저 돼지를 다른 곳으로 옮겨야 된다는 이야기지."라고 브루노가 대답했습니다.

"그럼, 해 보세. 안 할 수 있나. 훔치면 신부님과 함께 실컷 먹어 보세." 하고 부팔마코가 대답했습니다.

신부가 그것은 매우 좋다고 말했습니다.

"이건 좀 어려운 것인데.... 그렇지, 부팔마코? 칼란드리노는 욕심쟁이라서 공짜라면 뭐든 잔뜩 마시는 놈이야, 우선 그 놈을 술집으로 데리고 가세. 신부님이 우리들을 축복해서 계산을 전부 책임지는 척해서 그놈한테는 한 푼도 내지 않게 한다면 녹초가 되도록 취할 거야. 무엇보다도 놈이 집에 혼자 있으니 일은 수월할 거야."

두 사람은 브루노의 말대로 했습니다.

칼란드리노는 신부가 다른 사람들에게 술값을 치르지 못하게 하는 것을 보자 열심히 마셔댔습니다. 그는 그렇게 도를 지나칠 필요가 없는데 실컷 퍼마셨습니다. 그래서 술집을 나올 때는 밤도 꽤 깊었고 식사를 할 마음도 없어 그대로 집 안으로 들어가 문을 잠그지도 않고 침대에 누웠습니다.

부팔마코와 브루노는 신부와 식사를 하러 갔으며, 식사가 끝나자 브루노가 사전에 생각해 놓았던 대로 칼란드리노의 집으로 침입하기 위해 여러 가지 도구를 가지고 발소리를 죽이며 숨어들었습니다. 그러나 문이 열려 있어 손쉽게 안으로 들어가 돼지를 메고 와서 신부 집에 숨겨 놓고 잠을 자러 갔습니다.

칼란드리노는 아침에 술이 깨어 일어났습니다. 아래층으로 내려가 주위를 둘러보니 돼지가 없습니다. 자세히 보니 문이 열려 있었습니다. 돼지를 가지고 간 놈을 모르느냐고 한두 사람에게 물어 봤으나 아무도 몰랐으므로 "큰일났다, 큰일났어. 돼지를 도둑맞았다." 하며 징징거리며 떠들었습니다.

브루노와 부팔마코도 잠자리에서 일어나자 칼란드리노가 돼지 때문에 어떻게 하고 있을까 궁금해서 그의 집으로 갔습니다. 칼란드리노는 두 사람의 모습을 보자 울상을 지으며 말했습니다.

"아아! 돼지를 도둑맞았네."

브루노는 옆으로 다가와서 말했습니다.

"아, 이거 놀랐어. 자네가 언제부터 그런 거짓말까지 할 줄 알게 되었나."

"어, 사실을 말하는 건데."하고 칼란드리노가 울 것 같이 말했습니다.

"정말, 도둑 맞았다니까."

"그래, 그렇게 말해야지." 하고 브루노가 말했습니다.

"더 큰 소리로 말하게. 누구라도 곧이들을 테니."

그러자 칼란드리노는 더 큰 소리로 부르짖었습니다.

"신에 맹세코 사실대로 말하는 걸세. 내 돼지를 도둑맞았네."

그러자 브루노가 말했습니다.

"더 크게 말해, 더 큰 소리로 부르짖게. 모두 알아들을 수 있게 말이야. 그래야 모두가 곧이듣네."

칼란드리노가 말했습니다.

"자네는 영혼을 악마한테 팔아 버렸나? 내 말을 안 믿는다는 말이지. 돼지를 도둑맞지 않았으면 내가 교수형을 당해도 좋아."

그러자 브루노가 말했습니다.

"햐! 어쩌다 그렇게 됐어? 어제 나는 자네 집에 있는 것을 보았단 말이야. 어디로 사라지다니, 그것을 나한테 믿으라는 말인가?"

"내가 말하는 대로야."

"햐! 그런 일이 있을 수 있을까?" 하고 브루노가 말했습니다.

"확실하네." 하고 칼란드리노가 소리쳤습니다.

"거짓말이 아닐세. 나는 이제 끝장이야. 아내에게 뭐라고 하지. 여편네가 곧이듣겠어. 정말로 곧이들어 준다고 해도 일 년 내내 여편네하고 싸우게 될 거야."

그러자 브루노가 말했습니다.

"아아, 그것이 정말이라면 곤란하겠는데, 하지만 칼란드리노, 어제 내가 아내에게 그렇게 말하라고 했지? 아내하고 우리들을 동시에 조롱하는 그런 일은 하지 말게."

칼란드리노는 또다시 큰 소리를 질러댔습니다.

"쳇, 사실 그대로야. 어째서 자네들은 나를 슬프게 만들고, 하느님이나 성인들까지 모욕하려는 거야? 분명히 말하지만 내 돼지는 어젯밤에 도둑을 맞았네."

여기서 부팔마코가 말참견을 했습니다.

"만약에 그것이 사실이라면 돼지를 도로 찾을 방법을 생각해야지."

"어떤 방법인가?" 하고 칼란드리노가 말했습니다.

틈을 주지 않고 부팔마코가 대답했습니다.

"설마하니 인도에서 돼지를 훔치러 오는 놈은 없겠지. 틀림없이 자네 이웃이 훔친 거야. 만일 자네가 그들을 모아 준다면 빵과 치즈로 점을 쳐 볼 수도 있는데…… 그렇게 하면 즉시 훔친 놈을 알 수 있어."

"그렇지." 하고 브루노가 말했습니다.

"자네 이웃에 사는 사람들을 한 번 빵과 치즈로 점을 쳐 보면 좋아. 그 중에 누군가가 훔친 게 틀림없을 테니. 그렇다 하지만 그걸 눈치채면 오지 않을지 모르지."

"그럼 어떻게 하면 좋은가?"

브루노가 대답했습니다.

"생강의 환약하고 품질이 좋은 베르나차 포도주로 해 보도록 하세. 마시러 오라고 꾀는 거야. 그렇게 하면 아무것도 눈치채지 못하고 올 거야. 이렇게 하면 빵과 치즈와 똑같이 생강 환약의 효력이 나타나게 돼."

부팔마코가 말했습니다.

"분명히 자네 말 대로네. 그러나 칼란드리노, 자네는 어떤가? 해 보도록 하세."

칼란드리노가 대답했습니다.

"오히려 이쪽에서 부탁하고 싶은 일일세. 누가 훔쳤는가를 알면 그것만으로라도 절반은 위로가 되기 때문이지."

"맡겨 두게." 라고 브루노가 말했습니다.

"자네가 비용을 대면 피렌체에 가서 자네를 위해 재료를 마련해 오도록 하겠네."

칼란드리노는 수중에 있던 40소르드 가량을 주었습니다. 브루노는 피렌체에 있는 친구의 약방에 가서 고급 생강의 둥근 뿌리를 1파운드 사고, 그것으로 개에 먹이는 환약을 두 개 만들게 해서 약액(aloes, 노회)에 넣고 설탕으로 발랐습니다. 그리고 다른 환약도 똑같이 설탕으로 표면을 한 번 씌웠습니다. 그리고 다른 것과 잘못해서 바뀌지 않도록, 즉 분별할 수 있도록 이 두 개는 작은 표를 붙였습니다. 그리고 고급 베르나차 포도주를 한 병 사서 칼란드리노의 농장으로 돌아와 이렇게 말했습니다.

"내일 아침 자네가 의심스럽다고 생각되는 사람을 초대하는 거야. 축제날이니까 기꺼이 올 걸세. 나는 오늘 밤 환약에다 주문을 걸어 놓았다가 내일 아침 자네 집으로 보내겠어. 그래서 내가 자네 대신 모든 사람에게 나눠 주고 할 말과 할 일을 전부 해 주겠네."

칼란드리노는 시키는 대로 했습니다.

그런데 이튿날 아침, 농장에 와 있던 피렌체의 젊은이들과 그 지방의 농부 한패가 성당 앞에 있는 느릅나무 아래로 모여 들자, 브루노와 부팔마코는 환약과 포도주병을 담은 작은 상자를 들고 왔습니다. 그리고 일동을 둥글게 둘러서게 하더니 브루노가 말했습니다.

"여러분, 왜 여러분을 여기에 모이게 했는지 이유를 말하겠습니다. 그것은 나를 원망하지 않도록 하기 위해섭니다. 실은 지금 여기에 있는 칼란드리노가 어젯밤 살찐 돼지 한 마리를 도둑맞았는데 누가 훔쳐갔는지를 모릅니다. 그래서 돼지를 훔친 것은 우리들 중의 한사람이고 그 범인을 찾기 위해서 이 환약을 한 알씩 먹고 포도주를 마시도록 하십시오. 미리 여러분께 말씀드리는데 돼지를 훔친 자는 이 환약을 먹을 수 없고 독보다도 맛이 쓰기 때문에 토해 버릴 겁니다. 그러니 이렇게 많은 사람들 앞에서 큰 수치를 당하고 후회하기보다는 신부님께 고백하는 것이 상책일 겁니다. 그렇게 되면 나도 이런 시험을 하지 않아도 될 것입니다."

그런데 모여 있던 사람들은 모두 그 환약을 먹겠다고 말했습니다. 그래서 브루노는 칼란드리노도 그 속에 끼게 하고 일동을 한 줄로 세워 순서대로 환약을 나누어 주었습니다. 그리고 칼란드리노에게는 표시를 해 두었던 개에게 먹이는 환약을 그의 손에 올려놓았습니다. 칼란드리노도 즉각 입안에 넣고 씹기 시작했으며 그 환약은 너무나 쓰디쓴 것이라 더 이상 참지 못하고 토하고 말았습니다. 사람들은 서로 누가 토하는지 서로 얼굴을 지켜보며 감시하고 있었습니다.

한편 브루노는 아직 나누어 주는 일이 끝나지 않았기 때문에 그것을 모르는 척하고 있었으며 누군가 뒤에서, "이상하다." 칼란드리노가 환약을 토해 버린 것을 알자 브루노는 말했습니다.

"잠깐 기다리게. 다른 이유가 있는지 알 수 없으니 다른 것을 먹어 보세."

그러면서 두 번째 것을 손으로 집어 그의 입 안에다 넣어 주고 나머지 사람에게 환약을 나누어 주었습니다.

칼란드리노는 처음보다도 이번 것은 더욱더 참을 수 없을 정도로 지독하게 쓴 것이었습니다. 하지만 뱉는 것이 수치스러워 잠시 입 안에 물고 있었지만 닭똥 같은 눈물을 뚝뚝 흘리기 시작했습니다. 이윽고 도저히 참을 수 없었는지 처음과 마찬가지로 탁 뱉고 말았습니다.

부팔마코와 브루노는 일동에게 포도주를 돌리고 있었습니다. 두 사람은 물론 다른 패들도 이 광경을 보고 일제히 돼지를 훔친 것은 칼란드리노라고 소리쳤습니다. 그 중에는 그를 욕하는 사람도 있었습니다. 그러나 모두 돌아가고 브루노와 부팔마코, 그리고 칼란드리노만이 남았습니다.

그러자 부팔마코가 그에게 말했습니다.

"이것으로 자네가 돼지를 훔쳤다는 걸 알았네. 자네는 돼지를 판 돈으로 우리와 함께 술 마시기가 싫어서 도둑을 맞았다고 한 거야."

칼란드리노는 입 안에 환약의 쓴맛이 남아 있었지만 돼지를 훔친 것은 내가 아니라고 변명을 계속했습니다.

그러자 부팔마코가 말했습니다.

"여하튼 얼마 받았어? 6피오리너냐?"

이 말을 듣고 칼란드리노는 울상이 되었습니다. 브루노가 말했습니다.

"잘 듣게 칼란드리노. 여기서 환약을 먹고 포도주를 마셨던 사람 중에 어떤 남자가 이렇게 말했어. 자네는 이 집 2층에 젊은 여자를 숨겨 놓고 있다, 그래서 될 수 있는 대로 물건을 모아서는 그녀에게 준다, 틀림없이 돼지도 그녀에게 주었을 거라고 말이야. 자네는 사람 속이는 솜씨가 아주 훌륭해졌네. 언젠가는 검은 돌을 찾으러 우리들을 무뇨네 강가에까지 데리고 갔었잖아. 그때 자네는 우리들을 당황하게 만들고 그대로 버려두고 혼자서 돌아갔지. 그리고 그 돌을 발견한 것처럼 믿게 하려고 했고, 이번에는 자네가 남에게 줬든가 팔아 버린 돼지를 도둑맞았다고 우리를 속인 거야. 우리들은 자네의 속임수를 잘 알고 있고, 또 여러 번 보았으니 이제 그런 일은 성공하지 못할 걸세. 정직하게 말하자면 우리가 이번 점을 칠 때 무척 애를 썼는데 이것을 죄다 자네 아내한테 일러바치기 전에 수탉 두 마리를 내놓게."

칼란드리노는 자기 말을 믿지 않는 것이 매우 슬퍼하면서도 아내가 화를 내며 야단치는 것이 두려워 그들이 원하는 수탉 두 마리를 주었습니다.

브루노와 부팔마코는 소금에 절인 돼지를 가지고 피렌체로 돌아가 버리고, 칼란드리노는 큰 손해를 입고도 거짓말쟁이라는 누명까지 쓰게 되었으며 홀로 남겨지고 말았다는 것입니다.

일곱 번째 이야기

어느 학자가 다른 남자를 사랑하고 있던 미망인에게 연정을 품는다. 그녀는 어느 눈 오는 날 학자를 기다리라고 거짓말을 한다. 그러자 학자는 계략을 꾸며 7월의 한창 무더운 날, 그녀가 하루 종일 어느 높은 탑 위에 알몸으로 있게 하여 햇볕에 그을리고 파리와 해충들에게 시달림을 받게 한다.

부인들은 칼란드리노의 난처한 처지를 동정하거나 불쌍하게 여겼으나 계속해서 웃음을 터뜨렸으며 한동안 웃고 있었습니다. 여왕은 다음 차례를 지시하여 팜피네아가 이야기를 시작했습니다.

친애하는 여러분, 남을 놀리는 것은 그리 부추길 일이 아닙니다. 왜냐하면 남을 속인다는 것은 내가 속을 수도 있는 것이기 때문입니다. 그래서 저는 우리들의 이야기에서 남을 놀리고 속이는 것을 칭찬하고 박수를 보내왔습니다만, 그러나 골탕이나 속임수에는 보복이 뒤따르는 것은 당연한 일일 것으로 속임수를 쓴 한 부인이 오히려 자신이 속아 엄청난 봉변을 당한다고 해도 동정심을 가질 필요성이 있을까 하는 생각입니다. 이런 이야기를 듣는 것은 여러분에게 도움이 될 것입니다.

아직 그리 오래 된 일은 아니지만, 피렌체에 살고 있던 엘레나라는 한 부인은 약간 오만한 점이 없지 않았으나, 젊었으며 매우 아름답고 아주 상냥한 말씨를 가졌을 뿐만 아니라 상당히 많은 재산을 가지고 있었습니다.

그녀는 남편을 잃고 미망인이 되었으나 자기가 직접 선택한, 훤칠한 미남에 기품 있는 어느 청년을 사랑하고 있었으므로 다시 남편을 얻을 마음이 없었습니다. 또한 이런저런 눈치를 볼 것도 없이 가장 신용하는 하녀의 주선으로 청년과 가끔 즐거운 시간을 보내고 있었습니다.

마침 그 무렵, 이 마을의 귀족으로 파리에서 오랫동안 유학하던 리니에리라는 청년이 피렌체로 돌아왔습니다. 이 사람은 세상의 많은 학자들처럼 자기 학문을 여기저기서 뽑거나 추려 강의 또는 출판하는 등의 돈벌이 수단으로 하지 않고, 사물의 도리나 원리를 연구하고자 하는, 진정한 귀족의식을 가진 주인공이었습니다. 그래서 그 귀족성과 학식 때문에 크게 존경받아 훌륭한 생활을 하고 있었습니다.

하지만 흔히 그렇듯이 리니에리에게도 사물의 깊은 이치를 깨닫는 것보다 한발 빨리 사랑의 포로가 되는 사태가 발생하고 말았던 것입니다.

어느 날 산책길에서 축제일의 행사를 구경하던 엘레나가 그의 눈앞에 나타난 것에서부터 시작되었습니다. 그 당시 그녀의 옷차림은 다른 미망인들처럼 검은 옷을 입고 있었지만, 지금까지 이렇게 아름답고 이런 교태를 지닌 요염한 여자는 처음이라고 생각했지요. 그는 마음속으로, 신이 그녀의 부드러운 알몸을 그 팔에 안기게 하는 은혜를 받는 자야말로 가장 행복한 자라고 생각했던 것입니다.

넋을 잃고 그녀를 바라보면서, 큰일이나 훌륭한 것은 고생 없이는 손에 넣을 수 없다는 것을 알고 있었으므로, 그녀의 마음에 붙잡는 것이라면 어떤 고생도 어떤 번거로움도 기꺼이 하리라고 결심했습니다. 그래야만 그녀를 기쁘게 하는 사랑을 쟁취할 수 있고 그 때문에 그녀를 자기 것으로 만드는 힘을 얻을 수 있다고 생각했기 때문입니다.

한편 이 젊은 부인은 남자의 눈길을 피하지는 않았습니다. 더구나 보통 때보다 더 주위를 열심히 둘러보고 있었기 때문에 은근한 호의적인 눈길로 자기를 바라보고 있는 자에게는 재빨리 시선을 주었습니다.

리니에리의 시선을 의식하며 미소를 지으며 마음속으로 중얼거렸습니다. '오늘 축제에 나온 것은 헛된 일이 아니었어. 내 생각이 틀리지 않다면 봉을 잡았군.'

그리고 두서너 번 추파를 보내 그가 마음에 들었다는 것을 알리려고 무척 애를 썼습니다. 그것은 왜냐하면 남자들을 될 수 있는 대로 자기의 아름다움으로 유혹해서 포로로 만들어 놓으면, 자기 미모의 가치가 높아질뿐더러 특히 자기가 사랑을 준 남자들에게는 한층 그 감회가 깊을 거라고 생각했기 때문입니다. 그런데 이 총명한 학자는 철학적인 사색을 내팽개치고 마음의 전부를 그녀에게로 쏟아 버리고 말았습니다. 그리고 그녀의 마음에 든 것이 틀림없다고 여기고 그녀의 집을 찾아내고 구실을 만들어 그녀의 집 앞을 오락가락하는 것이었습니다. 그녀는 먼저 밝힌 바대로 자기의 가치를 과시해 볼 작정이었으므로 그를 보고 기뻐하는 눈치를 보냈습니다. 여기서 젊은 학자는 방법을 생각하고 그녀의 하녀에게 접근하여 자기의 마음을 털어놓고 부인에게 그의 마음을 전해 달라고 부탁했습니다. 하녀가 쾌히 승낙하고 부인에게 이야기하자, 이 말을 들은 그녀는 소리내어 웃으면서 이렇게 말했습니다.

"저 사람은 모처럼 파리에서 훌륭한 학문을 연구했는데 어디서 그것을 잃어버렸는지 알겠니? 어쨌든 좋아. 저분이 원하고 있는 것을 드리자고. 다시 너한테 말을 걸어오면, 당신 이상으로 마님이 당신을 원하고 있다고 말하렴. 하지만 체면상 자신의 정조를 지켜야 하고 명예를 지켜 다른 부인들에 대해서도 양심에 부끄러운 일이 없도록 하지 않으면 안 된다고 하여라. 만약에 그분이 소문대로 현명한 분이라면 한층 더 나를 깊이 사랑하게 되겠지."

아아, 이 얼마나 사악한 여자입니까! 여러분, 그녀는 학자를 괴롭히면 어떤 결과를 초래할지를 몰랐던 것입니다.

하녀는 학자를 만났을 때 주인의 분부대로 했습니다. 학자는 대단히 기뻐하며 하녀를 통해 분주히 소원을 말하고 편지를 보내거나, 선물을 보내기도 했습니다. 그리고 그것들은 전부 받아들여졌지만, 학자는 지극히 평범한 대답밖에 받지 못했습니다. 이와 같이 그녀는 오랫동안 기다리게 하고 애를 태우면서 허탕을 치게 만들었던 것입니다.

그런 후에 그녀는 이 모든 사실을 자기 애인에게 털어놓았습니다. 그러자 그 연인이 질투를 나타냈으므로, 그런 일로 자기를 의심하는 것은 잘못이라는 사실을 알려 주려고, 끈질기게 학자가 자기한테 구애하는 것을 다행으로 여겨 학자에게 하녀를 보내 전갈을 부탁했습니다.

'마님은 당신의 사랑을 확인하고 있지만 너무 바빠서 받아들일 겨를이 없었다, 하지만 다가오는 성탄절에는 함께 지낼 수 있다고 생각하고 계신다. 그러니 성탄절날 밤, 원하신다면 저의 집 안마당으로 와 주신다면 마님도 될 수 있는 대로 일찍 나가실 것이다.' 라는 내용이었습니다.

학자는 공중을 날 것 같은 기분으로 정해진 시간에 부인 집으로 갔습니다. 그러자 하녀가 안마당으로 맞아들여 문을 잠그고 나갔으므로 그는 거기서 조용히 기다리고 있었습니다.

그날 밤 부인은 연인을 오게 하여 식사를 함께 하면서 그녀가 계획하고 있는 일을 털어놓고는 이렇게 덧붙였습니다.

"그럼 당신이 어리석게도 질투심을 품고 있는 그를 내가 어떤 식으로 사랑하고 어떤 방법으로 다루어 왔는가를 보여 드리지요."

연인은 긴장하여 이 말을 들었습니다. 그리고 부인이 꾸민 일을 실제로 빨리 보고 싶다고 생각했습니다.

그런데 그 전날 큰 눈이 내려 사방이 눈으로 하얗게 덮여 아직 안마당으로 들어선 지 얼마 되지 않았는데도 학자는 뜻하지 않게 추위를 느끼기 시작했습니다. 그러나 어차피 따뜻한 방에서 쉴 수 있을 거라고 생각하면서 꾹 참고 있었습니다.

부인은 잠시 후 연인에게 말했습니다.

"자, 침실로 갑시다. 그리고 당신이 질투했던 그자가 어떻게 하고 있는지, 그리고 내 전갈을 받은 하녀에게 무슨 말을 하는지 창가에서 봅시다."

두 사람은 창가에 서서 밖에서 눈치채지 않게 바라보면서 다른 창에서 하녀가 학자에게 이렇게 말하는 것을 들었습니다.

"리니에리 님, 마님은 대단히 난처하게 되었습니다. 다름이 아니라 오라버니 한 분이 오늘 밤 오셔서 줄곧 이야기를 하시다가 식사를 마치셨는데도 아직 돌아가시지 않았습니다. 하지만 곧 돌아가실 겁니다. 그래서 마님께서 안마당으로 곧 나가실 겁니다. 오래 기다리시게 해서 죄송하다고 말씀드리라고 하십니다."

학자는 그 말을 곧이듣고 이렇게 대답했습니다.

"부인한테 전해 주게. 형편이 되셔서 내게로 오실 때까지, 내 일은 염려 마시라고. 하지만 될 수 있는 대로 빨리 나오시도록 잘 말씀드려요."

하녀는 창문에서 물러나 잠을 자러 가 버렸습니다. 그러자 부인은 연인에게 말했습니다.

"어때요? 당신이 질투하고 있듯이 내가 저 사람을 사랑한다면 안마당에서 얼어붙게 되었는데도 마음 편히 여기 있을 것 같아요?" 하며 이제 어느 정도 마음이 누그러진 연인과 침대로 가서는 그 불쌍한 학자를 놀리고 비웃으면서 장난을 치다가 오래도록 육체의 쾌락에 빠졌습니다.

학자는 앉을 곳도, 추위를 피할 곳도 없었으므로 몸을 따뜻하게 하려고 안마당을 이리저리 걸었습니다. 그리고 부인의 오라버니가 이토록 오래 머무는 것을 투덜대고 있었습니다.

그때 입구 쪽에서 무슨 소리가 나는 듯싶으면 부인이 문을 열어 주려고 온 것인가 하고 가슴을 두근거렸지만 그것은 헛된 기대였습니다.

부인은 한밤중까지 연인과 쾌락에 빠져 있다가 이윽고 이렇게 말했습니다.

"저 학자를 어떻게 생각하세요? 저 사람의 학식과 내가 당신한테 품고 있는 사랑과 어느 쪽이 크다고 생각하세요? 요사이 나 때문에 당신이 받았던 슬픔도 내가 저 사람을 괴롭히고 있는 추위로 당신 가슴을 깨끗이 씻을 수 있지 않을까요?"

"그렇고말고요. 내 귀여운 사람. 나는 알고 있습니다. 당신이 나의 행복이며, 나의 휴식이며, 나의 모든 희망임을. 그리고 그와 마찬가지로 내가 당신 것이라는 것을." 하고 연인은 대답했습니다.

"그럼 그 증거로 천 번 키스를 하세요." 하고 부인이 말했습니다.

그래서 연인은 그녀를 힘껏 끌어안고 천 번뿐만 아니라 만 번도 더 키스를 했습니다. 두 사람은 잠시 그런 사랑의 속삭임을 즐기고 있었으나 이윽고 부인이 말했습니다.

"잠깐만 일어나세요. 나의 새 연인이 나를 위해서 하루 종일 불태우고 있다는 사랑의 불이 꺼졌는지 아닌지 보러 가지 않겠어요?"

그래서 두 사람은 자리에서 일어나 아까 그 창가로 갔습니다. 안마당을 내다보니 학자 선생은 극심한 추위 때문에 이를 달달거리며 윗니와 아랫니가 맞부딪치는 소리에 맞추어 마당에서 두 사람이 이제까지 본 일이 없는 템포가 빠른 일종의 탭댄스를 추고 있었습니다.

그것을 보고 부인이 말했습니다.

"당신은 어떻게 생각해요? 나팔이나 피리 없이도 내가 남자에게 탭댄스를 추게 할 수 있다고 생각하지 않으세요?"

"그렇군, 정말 말한 대로야." 하고 연인은 웃으면서 대답했습니다.

"문까지 가보고 싶어요. 내가 말을 걸어 볼 테니 당신은 잠자코 있어요. 저 사람이 어떤 대답을 하는지 들어 봅시다. 가만히 바라보는 것보다 훨씬 재미있을 거예요."

이래서 그녀는 침실 문을 살며시 열고 안마당으로 통하는 문 앞까지 다가가 문을 열지 않고 문틈으로 작은 소리로 그를 불렀습니다. 학자는 자기를 부르는 소리를 듣자 이제야 안으로 들어갈 수 있겠구나 하며 입구 쪽으로 뛰어가서 이렇게 말했습니다.

"부인, 여기 있습니다. 여기요. 어서 문을 열어 주세요. 얼어 죽을 지경입니다."

그러자 부인이 말했습니다.

"아아, 그래요. 나는 당신이 추위에 약한 사람이란 걸 알고 있어요. 이곳은 눈이 조금만 내려도 몹시 추워요! 파리도 눈이 많이 내린다는 것도 알고 있지요. 하지만 아직 문을 열 수가 없어요. 저의 오라버니가 오셔서 저녁 식사를 함께 했는데 아직 돌아가지 않았어요. 하지만 곧 돌아가시면 즉시 문을 열어 드리겠어요. 나는 당신이 추위에 떨며 기다리시는 것을 위로하기 위해 잠깐 빠져 나왔어요."

"아아, 부인. 빨리 문을 열어 주세요. 조금 전부터 눈이 몹시 퍼붓고 있으며 지금까지 계속 내리고 있습니다. 지붕 아래에라도 들어서게 해 주세요. 그러면 얼마든지 기다리겠습니다." 하고 학자가 애처롭게 말했습니다.

"어머나, 착하신 분. 하지만 그렇게는 안 돼요. 이 문을 열면 큰 소리가 날 것이고, 조그마한 소리에도 오라버니는 눈치를 채실 거예요. 이제 돌아가시도록 말씀을 드릴 게요 곧 문을 열어 드릴 수 있도록 말이에요." 하고 부인이 대답했습니다.

"그럼 빨리 오세요. 그리고 제발 내가 안으로 들어가면 몸을 따뜻하게 녹일 수 있도록 잔뜩 불을 지펴 주세요. 이제 나는 아무 감각도 느끼지 못할 정도로 얼어 버렸어요." 하고 학자가 말했습니다.

"어마, 그럴 리가 있나요? 당신의 편지에는 저를 위한 뜨거운 사랑의 불꽃을 태우고 있다고 하셨잖아요. 그렇다면 그것은 농담이었군요. 하여튼 저는 방으로 돌아가야 하는데 조금만 더 기다려 주세요. 기운을 내세요." 하고 부인이 대답했습니다.

이런 수작을 보며 부인의 연인은 몹시 기뻐하면서 부인과 다시 침대에 뛰어들어 밤새도록 쾌락을 즐기며 학자 선생을 웃음거리로 삼았습니다.

불쌍하게도 학자는(마치 황새처럼 이를 달달 맞부딪치고 있었습니다) 그때서야 겨우 놀림감이 된 것을 알아차렸습니다. 있는 힘을 다해 몇 번이나 문을 열려고 하면서 또 다른 문이 있는지 주위를 돌아보았습니다. 그러나 결국은 헛된 일임을 알고 우리 안에 갇힌 사자처럼 이리저리 왔다갔다하면서 눈을 저주하고, 부인의 악랄함에 치를 떨며, 밤이 너무나 긴 것을 한탄하며, 자신의 무모한 열정을 후회했습니다.

그리고 부인에 대한 격렬한 분노는 그의 오랫동안 불타던 연정이 오히려 잔혹하고 격렬한 증오로 바뀌었습니다. 그와 동시에 처절한 복수를 궁리했습니다. 과거의 그녀를 갖고자 하던 열망은 이제 격렬한 복수심으로 변하게 되었던 것입니다.

겨울의 긴긴 밤을 지새우고 새벽이 밝아왔습니다. 그리고 아침 햇살이 비치기 시작했습니다. 그러자 부인의 분부를 받은 하녀가 내려와 안마당의 문을 열고는 사뭇 가엾다는 듯이 이렇게 말했습니다.

"정말로 어젯밤에 온 분은 저주를 받을 거예요. 밤새도록 고생하시고 게다가 얼어 죽을 뻔했습니다. 하지만 이유는 알고 계시잖아요. 아무쪼록 마음을 진정하세요. 어젯밤은 실패하셨지만 또 다른 밤이 있으니까요. 제가 잘 압니다만, 마님께서 이런 불쾌한 일을 겪으신 적은 한 번도 없었거든요."

학자는 몹시 분노에 떨고 있었지만 현명했으므로 이제 와서 위협을 한들 오히려 더 우스운 꼴이 되고 약점이 될 뿐이었습니다. 그래서 폭발하려는 격렬한 분노를 꾹 참았습니다. 그리고 화가 났다는 것은 내색하지도 않고 조용한 목소리로 이렇게 말했습니다.

"사실, 나는 이런 지독한 꼴을 당한 적이 없습니다. 그러나 부인에게 무슨 죄가 있겠어요. 부인이 직접 여기 오셔서 나를 애처로이 여기고 사과와 위로를 하시지 않으셨나요. 그리고 당신 말처럼 어젯밤에는 뜻을 이루지 못했지만 다음에는 뜻을 이룰 수도 있겠지요. 부인께도 그렇게 말씀드리고, 당신도 축복이 있기를 빕니다."

학자는 꽁꽁 언 몸으로 간신히 집으로 돌아왔습니다. 졸음과 피로 때문에 지쳐 몸을 침대에 내던지고 곯아떨어졌으나, 잠에서 깨어났을 때는 손과 발의 감각이 없었습니다. 그래서 몇 사람의 의사를 불러 추위 때문에 동상에 걸렸으니 치료를 부탁했습니다. 의사들은 즉시 여러 가지 응급조치를 했으며, 짧은 시간에 그의 신경을 전과 같이 치료하여 건강한 몸으로 회복되었습니다. 이것은 그가 젊었을 뿐만 아니라 날씨가 곧 따뜻해졌기 때문이었습니다. 그러나 그렇지 않았다면 이 깊은 상처의 타격을 견디지 못했을 것입니다. 이윽고 건강을 회복하고 기운을 차리게 되자, 격렬한 증오는 완전히 감추고 지금까지 보다도 더 열렬히 그 미망인을 연모하는 척 꾸몄습니다.

그러는 사이에 다행히 그의 증오를 충족시킬 수 있는 좋은 기회가 왔습니다. 그것은 미망인이 사랑하던 청년이(그녀의 사랑 따위는 이제 거들떠보지도 않고) 다른 여자를 사랑하게 되어 버렸고, 그가 그녀를 기쁘게 해 주지 않았음은 물론 말조차도 하지 않았으므로 그녀는 눈물로 세월을 보내며 비탄에 빠져 죽을 지경이 되었던 것입니다.

하지만 부인에게 대단히 충실했던 하녀는, 연인을 잃고 슬폼 속에서 세월을 보내고 있는 주인을 전처럼 위로할 수 있는 좋은 방법을 찾아내지 못하고 있던 차에, 여느 때와 같이 근처를 지나는 학자를 보자 문득 어리석은 생각이 하나 떠올랐습니다. 그것은 전처럼 주인의 젊은 연인이 그녀를 사랑하도록 뭔가 강신술(降神術)같은 것이 있을 것이고, 그 방면에는 이 학자가 대가임에 틀림없으므로, 그에게 그 일을 부탁하자는 것이었습니다. 하녀는 그 생각을 곧 부인에게 이야기했습니다.

원래가 그리 현명하지 못했던 부인은 만약에 학자가 강신술 같은 것을 알았다면 당연히 자기를 위해서 사용했을 것이라는 생각은 하지도 못하고, 하녀의 말을 따라, 즉시 그에게로 하녀를 보내 강신술을 시술해 준다면 그 대가로 마님은 당신이 원하는 일은 무엇이든 모두 하겠다고 맹세하겠다는 약속을 전하도록 분부했습니다. 하녀는 그 분부를 충실하고 훌륭히 해냈습니다.

학자는 그녀의 말을 듣고 매우 기뻐하면서 마음속으로 '신이여, 고맙습니다. 내가 쏟았던 열렬한 연정에 대한 보답으로 지독한 모욕을 주었던 악녀에게 신의 도움으로 엄벌에 처할 시기가 드디어 왔습니다.'

그는 하녀에게 이렇게 말했습니다.

"그런 일이라면 걱정하시지 말라고 마님한테 전하시오. 가령 연인이 저멀리 인도에 있다 해도 즉시 돌아와 부인을 배반한 일을 사죄하도록 만들겠습니다. 하지만 그와 관련해서 부인이 취해야 할 사항은 만나 뵙고 말씀드리겠습니다. 때와 장

소는 부인이 정하도록 전하시고, 그리고 나로서는 진정 동정
해 마지않는다고……."

하녀는 부인의 회답을 가지고 왔습니다. 산타루치아 델 프
라토에서 만나자는 약속이었습니다.

약속한 장소에서 부인과 학자가 만났습니다. 그런데 그 부
인은 자신이 학자에게 지독한 모욕을 주었다는 것은 안중에
도 없이 다만 자기의 소망만을 노골적으로 호소하며 어떻게
든 도와 달라고 매달렸습니다.

학자는 이렇게 말했습니다.

"부인, 저는 파리에서 여러 가지를 배웠고, 물론 강신술도
배웠으며, 아주 능통합니다. 그러나 하느님은 강신술을 몹시
기피하시는 관계로, 자신을 위해서나 남을 위해서나 절대로
사용하지 않겠다고 맹세했습니다. 그러나 제가 당신을 진심
으로 깊이 연모했기에 당신이 간절히 원하시는 것을 도저히
거절할 수가 없습니다. 그러므로 그 때문에 제가 악마의 집으
로 쫓겨 간다고 하더라도 당신의 소원이라면 해 보겠습니다.
그러나 이 강신술은 당신이 생각하는 이상으로 어려운 일이
며, 특히 여자가 사랑하는 남자를, 반대로 남자가 사랑하는
여자를 돌아오게 하는 한다는 것은 어려운 것입니다. 또 이것
은 본인이 직접 행해야 하고, 한밤중에 한적한 곳에서 홀로
해야만 하며, 대담한 마음을 가진 자여야 합니다. 그런 일을
과연 당신이 할 수 있을까요?"

그러자 부인은 완전히 사랑에 눈이 멀어 이렇게 대답했습
니다.

"나는 내 사랑 때문에 절박하며, 한때의 잘못된 생각으로 나를 버린 그가 돌아온다면 무슨 일이든 못할 것이 없어요. 어서 빨리 좋은 방법을 가르쳐 주세요."

학자는 꾹 참았던 격렬한 복수를 떠올리며 이렇게 말했습니다.

"부인, 당신이 간절히 원하는 남자 대신에 놋쇠 인형을 만들어야만 됩니다. 제가 그것을 보내거든 해가 진 후 사람들이 잠들기 시작할 무렵 홀로 알몸으로 급류에 들어가 그 인형과 일곱 번 목욕을 하시오. 그것이 끝나면 알몸으로 나무 위나 지붕에 올라 놋쇠 인형을 손에 쥐고 북쪽을 향해서 제가 써 주는 기도문을 일곱 번 외시오. 기도문이 끝나면 부인께서 지금까지 본 일이 없는 아리따운 두 명의 아가씨가 다가올 것입니다. 그리고 그녀들은 당신한테 절을 하고 무얼 도와드릴까를 부드럽게 물을 것입니다. 그 두 사람에게 당신은 자세한 설명을 하고 자신의 소원을 말하세요. 이때 주의할 일은 상대방의 이름이 틀리면 안 됩니다. 당신의 말이 끝나면 두 사람은 돌아갈 것입니다. 그러면 당신은 옷을 벗어 놓았던 곳으로 가 다시 옷을 입고 댁으로 가십시오. 그러면 틀림없이 다음 날 한밤중이 되기 전에 당신의 연인이 울면서 당신 앞에 나타나 용서를 빌 것입니다. 그리고 그 후로는 절대로 다른 여성 때문에 당신을 버리는 일이 없다는 것을 알게 될 것입니다."

부인은 이 말을 듣고 완전히 믿으며 벌써 연인을 자기 팔에 안은 듯이 마음이 들떠 이렇게 말했습니다.

"안심하십시오. 꼭 훌륭하게 해낼 거예요. 저에게는 발 다르노(아르노 강) 위쪽에 나의 농장이 있고, 바로 옆에 강이 있어요. 거기에다 7월이 다 되었으니 차가운 물 속에서 목욕을 하는 것도 아주 기분이 좋을 거예요. 그뿐만 아니라 하천에서 그리 멀지 않은 곳에 작은 탑이 있는 것을 기억하고 있어요. 그곳은 인적이 없는 한적한 곳으로 양치기들이 길 잃은 가축을 찾으려고 가끔 사다리를 올라가 탑 위의 종루에 올라갈 뿐 아무도 살지 않아요. 나는 그 곳에 올라가 당신의 말씀대로 훌륭하게 실행할 수 있어요."

학자는 부인이 말한 장소와 탑에 대해서 잘 알고 있었으며, 부인의 생각을 확인하고 만족하면서 이렇게 말했습니다.

"부인, 나는 아직 그 근처에 가본 적이 없어 당신의 농장과 탑에 대해서는 모르겠습니다. 당신의 말대로라면 그렇게 알맞은 장소는 없겠군요. 그럼, 잠시 후에 놋쇠 인형과 기도문을 보내겠습니다. 다시 한 번 부탁합니다만, 당신의 소원을 이루고 나의 도움을 확인하시면 저와의 약속을 지켜 주시기 바랍니다."

부인은 틀림없이 그렇게 하겠다고 대답하고 그와 헤어져 집으로 돌아갔습니다. 학자는 자기의 계획대로 실현될 것을 대단히 기뻐하며 마법의 글씨를 새긴 인형을 만들고 엉터리로 기도문을 작성했습니다. 그리고는 때를 맞추어서 부인에게 보냈습니다. 그날 밤 즉시 자기의 지시대로 실행하도록 했습니다. 그리고는 남몰래 자신의 하인을 데리고 자기의 계획을 실현시키기 위해 그 탑 근처에 사는 친구 집으로 갔습니다.

한편 부인도 충실한 하녀를 데리고 자기 농장으로 갔습니다. 그리고 밤이 되자 얼른 침대에 들어가는 척하여, 하녀가 잠이 들어 조용해졌을 무렵, 알몸 그대로 몰래 집을 빠져 나와 아르노 강의 기슭에 있는 탑 근처로 갔습니다. 그리고는 사람 그림자는 물론 기척 하나 들리지 않는 것을 확인하고는 옷을 풀숲에 감추고 인형을 손에 쥐고 일곱 번 목욕을 했습니다. 그리고는 알몸으로 인형을 손에 쥐고 탑으로 왔습니다.

학자는 탑 옆의 버드나무가 우거진 관목 사이에 하인과 몸을 숨기고 처음부터 끝까지 지켜보고 있었습니다.

그리고 부인이 발가벗은 채 자기 옆을 지나갈 때 밤의 어둠 속에 부인의 새하얀 알몸이 뚜렷하게 부각되어 눈에 들어왔습니다. 그녀의 가슴 곡선이나 그 밖의 부분에 눈을 크게 뜨고 바라보면서 그 아름다움에 넋이 빠지도록 도취하며, 잠시 후의 일을 생각하니 약간의 동정심도 생겼습니다. 그와 동시에 온몸이 달아올라 잠자던 그것을 깨우고 빳빳이 일어나, 숨은 곳에서 뛰쳐나와 그녀의 알몸을 덮치고 싶은 욕망이 활활 타올랐습니다. 그렇게 복수와 타오르는 욕망 사이에서 하마터면 욕망에게 무릎을 꿇을 뻔했습니다.

그러나 자기가 처한 입장과 처절한 모욕을 생각하며 다시 격렬한 분노로 치를 떨며 동정이나 욕정 따위는 모조리 버리고 단호한 결의로써 그녀를 지나쳐 보냈습니다.

부인은 탑 위에 올라 북쪽을 향해서 학자가 써 준 기도문을 외웠습니다. 학자는 잠시 후 탑 안으로 몰래 들어가 부인이 올라간 탑 위로 통하는 사다리의 발판을 서서히 제거했습니다. 그리고 부인이 어떤 말과 어떤 행동을 하는지 지켜보았습니다.

부인은 기도문을 일곱 번 외고는 아리따운 두 명의 아가씨를 기다렸습니다. 이렇게 상당히 오랫동안 기다렸으나 생각과는 달리 새벽의 서늘함이 알몸을 엄습하고 날이 밝아 왔습니다. 그러자 부인은 학자가 그녀에게 말한 대로 일이 실행되지 않는 것을 안타깝게 생각하며 중얼거렸습니다.

'내가 그 사람을 기다리게 하고 낭패를 당하게 한 것과 같이 나를 골탕먹일 작정인지도 몰라. 그 때문에 이런 일을 꾸몄다면 매우 서투른 복수야. 왜냐하면 그때에 비해서 지금은 밤이 3분의 1이나 짧고 추위도 그때와는 다르거든.' 그러면서 곧 날이 완전히 밝아오기 전에 탑에서 내려오려고 하다가 사다리가 없어진 것을 알았습니다. 그제야 눈앞이 캄캄해지고 깜짝 놀라 정신을 잃고 탑 위의 바닥에 쓰러지고 말았습니다. 그러다가 시간이 흐른 뒤에 정신을 가다듬고 슬퍼서 훌쩍훌쩍 울기 시작했습니다. 드디어 이것이 학자의 계략이라는 것을 확실히 알았으며, 그를 악랄하게 모욕했던 일을 후회하고 자기가 경계해야 할 자를 너무 믿었던 것을 후회하기도 했습니다. 이렇게 또 한참 시간이 흘렀습니다.

두리번거리며 여기서 내려갈 방법은 없을까 하고 주위를 둘러보았으나, 아무것도 발견할 수 없었으므로 다시 흐느껴 울면서 절망적인 생각에 사로잡혀 혼잣말을 계속하는 것이었습니다.

'아아, 나는 얼마나 불행한 여자인가. 이렇게 알몸으로 있는 것을 형제나 친척들, 이웃 사람, 피렌체의 모든 사람들이 보면 뭐라고 할까? 그렇게 정숙한 나의 정조가 거짓이라고 손가락질 하겠지. 거짓말을 하려고 생각하면 못할 것도 없지만, 그 저주받은 학자 놈. 모든 것을 알고 있으니 당장 알려질 테고……. 아이고, 불쌍하다. 젊은 연인과 명예를 한꺼번에 잃다니!……'

이렇게 넋두리를 하고 있으려니 더욱 슬퍼지고 당장이라도 높은 탑 위에서 몸을 던져 버릴까 하는 생각이 들기도 했습니다. 하지만 벌써 태양이 높이 떠올랐고 하녀에게 심부름을 보낼 만한 양치기 소년이라도 지나가지 않을까 하고 아래를 내려다보고 있는데, 관목 옆의 나무 밑에서 졸고 있던 학자가 그녀를 올려다보았고 그녀도 그를 발견했습니다.

학자는 그녀에게 이렇게 말을 걸었습니다.

"밤새 안녕하십니까, 부인. 아가씨들은 왔던가요?"

부인은 그의 목소리를 듣고는 다시 소리내어 울면서 이야기할 것이 있으니 탑 위로 올라와 달라고 부탁했습니다. 학자는 여기서도 충분히 잘 들리므로 말씀하시라고 정중하게 대답했습니다. 부인은 탑 위의 바닥에 엎드려 있다가 얼굴만 들어 울음 섞인 목소리로 말하기 시작했습니다.

"리니에리 님, 내가 당신에게 주었던 모욕은 이것으로 충분히 복수가 되었다고 생각합니다. 7월이지만 아무것도 없이 알몸으로 어젯밤에 얼어붙는 것 같았습니다. 여기에서 나는 당신을 기만한 일과, 당신을 신용한 나 자신의 어리석음을 한없이 후회하며 울었기 때문에 내 눈이 아직도 얼굴에 붙어 있는 것이 이상할 정도입니다. 그러니까 나를 위해서가 아니고, 하느님과 당신을 위해서, 만일 당신이 신사라면 나에게 받은 모욕에 대한 복수로 지금까지 당신이 하신 일로 끝내 주세요. 그리고 내 옷을 가져오게 하고 여기서 내려가게 해 주세요. 당신이 나중에라도 돌려 줄 수 없는 것, 즉 내 명예를 훼손하지 말아 주세요. 만약에 그날 밤 당신이 원했던 것을 내가 빼앗았다면, 이번에는 당신이 원할 때 언제라도 그날 대신 며칠 밤이라도 응해 드리겠어요. 그러니 이것으로 끝내 주세요. 당신은 훌륭한 남자로서 충분히 복수를 했고 부족한 나를 깨닫게 하셨어요. 아무쪼록 가냘픈 여자에게 당신의 힘을 남용하지는 마세요. 독수리가 비둘기를 이긴 것은 조금도 명예스러운 것이 아닐 거예요. 그리고 소원이니 당신의 명예를 위해서 나를 불쌍히 여겨 주세요.“

학자는 부인이 울면서 애원하는 것을 보면서 굳은 마음으로 자기가 받은 모욕을 되새기고 잠시 동안은 마음속에 쾌감과 함께 비애와 연민이 교차되고 있었습니다. 쾌감이란 간절히 바라던 복수의 기쁨이고, 비애와 연민이란 가여운 것에 동정을 베푸는 그의 인간성에서 오는 것이었습니다. 그렇지만 격렬한 모욕의 감정이 앞서 이렇게 말했습니다.

“엘레나 부인, 그날 밤 추위에 떨며 눈 속에서 거의 얼어 죽을 지경이 되어 안마당에 갇혔던 내가, 지붕 밑에라도 들여달라고 그렇게 애원했을 때 만약에 당신이 동정이라도 했더라면(더구나 실제로 그때의 나는 눈물을 흘리지도, 지금 당신처럼 꿀처럼 달콤한 말을 할 수도 없었지만), 지금 당신의 소원을 들어 주는 일은 지극히 간단했을 겁니다. 명예가 더럽혀지는 것이 그다지도 중대하고 거기에 알몸으로 있는 것이 그렇게도 중대한 사건이 된다면 당신도 기억하는 그날 밤, 당신의 집 앞마당에서 이를 덜덜 맞부딪치며 눈 위에서 갈피를 잡지 못하는 나를 보면서도 가엾은 생각은커녕 알몸으로 안겨 있던 그 사내에게 부탁하면 어떻겠습니까? 그 사내에게 도움을 청하고, 옷을 가져오게 하고, 사다리를 가져오라고 하시오. 당신의 명예를 굳게 지켜 준다고 믿고 있는 사내, 그리고 당신이 의심해 본 적이 없는 그 사내에게 부탁하는 게 어떻겠습니까. 어째서 그를 불러 살려 달라고 하지 않습니까? 그 사내 이상으로 적합한 자가 있습니까? 당신은 그의 것입니다. 당신을 지키고 도와주지 않으면, 그가 무엇을 지키고 무엇을 돕는다는 겁니까? 그를 부르시오. 당신은 정말로 어리석군요. 당신이 그에게 품고 있는 사랑을 시험하세요. 그의 식견(識見)과 당신의 식견으로 나의 어리석음에서 당신을 구하는지를 시험해 보시오. 어리석음이라면, 당신이 그와 즐기면서 나의 학식과 당신이 그에게 품고 있는 연정 중에 어느 것이 크냐고 그에게 물어 보았다지요? 나는 내가 바라지 않는 일을 지금 받아들일 생각이 없고, 내가 바라면 당신이 다만 거절하지 않는 일을 받아들일 생각도 없습니다. 만약에 당신이 거기서 무사히 내려오면 당신의 그러한 밤들은 당신의 연인을 위해 쓰도록 하시오. 그런 밤들은 당신과 그의 것입니다. 저는 그 참혹하고도 긴 하룻밤을 맛보았습니다. 그런 모욕적인 밤은 한 번만으로도 충분합니다. 그런데도 아직 당신의 교활함은 달콤한 말로 나를 속여 내 호의를 얻으려 하는군요. 그리고 말로만 나를 훌륭한 신사라고 부추기면서 내가 관대한 마음으로 당신의 죄과를 구원해 주길 바랍니다. 그러나 나는 알고 있습니다. 내가 파리에서 학문을 쌓아 설령 관대한 인간일지라도 당신은 그 관대함의 혜택을 받을 수 없는 사람입니다. 당신과 같은 야수에게는 죽음의 징벌이 필요하며, 그와 같은 죽음의 복수가 행해져야만 합니다. 당신이 말씀하신 것은 인간의 세상에서는 통하지 않습니다. 제가 독수리가 아닌 것처럼 당신도 비둘기는 아닙니다. 오히려 먼 인류의 오랜 적인 독사라고 생각되며 모든 증오와 모든 힘을 동원하여 응징을 실행할 작정입니다. 제가 지금 하는 일은 복수는 모욕 이상으로 해야 하므로 복수라기보다는 징벌 정도이며, 징벌을 실행할 것입니다."

그는 계속해서 말했습니다.

"그러므로 당신 때문에 받은 고통만을 생각해서 내가 당신에게 복수하려고 한다면 당신의 생명을 빼앗는다 해도 도저히 만족할 수는 없을 것입니다. 만일 당신 같은 여자 백 명을 죽인다 해도……. 결과적으로 나는 비겁하고 악랄한 한 여자를 죽이는 것입니다. 여기서 만약에 내가 몇 년 후면 주름투성이가 될 당신의 얼굴을 조금 깎아내리면 당신은 그 근처에 있는 비천한 하녀와 도대체 어디가 다르다는 겁니까? 아까 당신은 나를 훌륭한 남자라고 했는데 그런 남자를 죽이는 일쯤은 당신에게 대수롭지도 않은 일입니다.

그러한 인간의 생명은 당신 같은 인간 10만 명이 일평생 애써도 할 수 없는 이 세상에 유익한 일을 불과 하루에 해치웁니다. 자, 나는 당신이 지금 받고 있는 슬픔으로 다소라도 인간다운 감정을 지닌 사람을 조롱하는 일이 어떤 결과를 만드는가, 그리고 학자를 조롱하는 일이 어떤 일을 초래하는가를 가르쳐 주겠습니다. 그리고 또 당신이 여기서 도망친다 하더라도 두 번 다시 이런 어리석은 일이 없도록 교훈을 가르쳐 드리지요. 그리고 당신이 그렇게 거기서 내려오고 싶다면 어째서 땅 위로 뛰어내리지 않습니까? 그렇게 하면 신의 도움으로 당장에 목이 부러져 당신은 한탄스런 그 고통에서 벗어날 수 있습니다. 이제 나는 아무 말도 드리지 않겠습니다. 나는 성공적으로 당신을 탑에 오르게 했습니다. 자, 이번에는 지난날 당신이 나를 조롱하던 것처럼 거기서 뛰어내리는 데 성공해 보십시오."

학자가 이렇게 말하는 동안 그녀는 비참하게 계속 울고 있었으며, 시간은 더욱 지나 태양은 더욱 높게 떠올랐습니다.

"아아, 지독한 사람, 그 저주받은 하룻밤이 당신에게 그다지 잊을 수 없고, 나의 과오가 나의 빛나는 아름다움과, 나의 쓰라린 눈물과, 절망에 찬 애원으로도, 당신의 마음을 조금도 움직일 수 없이 혹독한 것이었다 해도 이제는 마음을 좀 돌려주세요. 그래서 이 잔혹하고 엄중함을 부드럽게 해 주십시오. 마지막으로 이렇게 당신을 신뢰하고 나의 모든 비밀을 고백했으므로 당신의 바라던 대로 나의 죄를 깨닫게 할 수 있었으니까요. 만약에 내가 당신을 믿지 않았다면 당신이 염원하던 복수의 길은 아마도 없었을 겁니다.

아아! 분노를 거두시고 나를 용서하세요. 만일에 당신이 용서하시고 여기서 내려가게 되면 나는 그 불성실한 남자와는 절교하고, 아무리 당신이 나의 아름다움을 비난하고 그런 아름다움이란 물거품에 지나지 않고, 가치 없는 것이라 여기실지라도 당신을 가장 사랑하는 주인으로 모시려 합니다. 나는 아름다움이 다른 부인들의 아름다움까지도 포함해서 그것이 어떤 것이든, 외면한다 하더라도, 젊은 남성들이 열망하는 것임에 틀림없고, 더구나 당신은 혈기왕성한 청년이에요. 그러므로 내가 아무리 참혹하게 취급을 받더라도 당신이 거짓말쟁이가 아니라면, 나를 그렇게 사랑했던 당신의 눈앞에서 절망하여 여기서 몸을 던져 죽게 하는 잔혹한 복수를 원한다고는 도저히 믿을 수 없습니다. 아아! 제발 애원합니다. 햇빛이 쨍쨍 빛나고 있어요. 어젯밤은 심한 추위 때문에 괴로웠지만 이 무더위도 못 견디게 나를 괴롭히기 시작했어요."

학자는 통쾌한 마음으로 그녀의 이야기를 들으며 이렇게 대답했습니다.

"부인, 당신이 지금 나를 신뢰하는 것은 당신이 내게 가진 사랑 때문이 아니라 당신이 잃어버린 사랑을 도로 찾기 위해서였어요. 그러므로 최악의 불행을 당하는 외에는 달리 방법이 없습니다. 그래서 당신이 이 방법만이 나에게 주어진 절호의, 바라던 복수였다고 믿고 계시다면 그것은 잘못된 생각입니다. 나는 여러 가지 방법이 있었습니다. 당신을 사랑하는 척하면서 당신의 주위에 수많은 함정을 파놓았습니다. 만약에 이 함정에 빠지지 않았더라면 그것이야말로 더 큰 수치와 고통을 겪어야 하는 함정에 빠지는 것은 필연적이었을 겁니다. 그래서 내가 이 방법을 택한 것은 당신을 편하게 해 주기 위해서가 아니라 좀더 빨리 내가 기쁨을 느끼기 위해서였습니다.

또한 이 모든 것이 실패로 끝나더라도 나에게는 펜의 힘이 남아 있습니다. 펜의 힘으로 당신의 일을 세상에 알리고, 당신은 그것을 읽고(읽지 않을 수 없으므로) 아아, 이 세상에 태어나지 않았더라면 좋았을 걸 하고 천 번은 생각할 것입니다. 펜의 힘이란 경험하지 못한 자에게는 생각조차 할 수 없는 위대한 힘을 가지고 있습니다. 나는 분명히 맹세하지만(내가 지금 채택하고 있는 이 복수가 그 처음부터 끝까지 나를 기쁘게 하도록), 당신이 타인에게 부끄러운 생각을 하기보다, 자신의 눈을 뽑고 싶도록 스스로가 수치 때문에 몸부림치도록 온갖 것을 썼을 것입니다. 그러니 작은 개울물이 바닷물 때문에 조금 불어났다고 해도 바다를 비난하는 일을 그만두세요. 당신의 사랑이든가, 당신이 내 것으로 된다든가 하는 일은 이미 밝힌 대로 나는 관심 밖의 일입니다. 가능하면 당신은 예전처럼 그 사람의 여자로 남으시오. 나는 전에는 그를 미워했지만 당신을 배신했으므로 지금은 그에게 호의를 느낍니다. 당신들은 활기 있고 싱싱한 체구에 멋진 수염을 기른 젊은 남자들이 보란 듯이 걷거나, 춤을 추거나, 운동경기를 하는 것을 보면 홀딱 빠져 그들의 사랑을 얻으려 애를 태웁니다. 젊은 남자들이 하는 그 일은 중년의 남자들도 해 온 일이며, 그들은 앞으로도 배우지 않으면 안 된다는 것을 알고 있습니다. 그러나 여자들은 그들을 훌륭한 기사라고 생각하며 늙은 사람들보다도 하루에 거리를 몇 마일이나 더 걸을 수 있다고 확신합니다. 나는 분명히 단언하지만 젊은 남자들은 꼬리를 거칠게 휘두르며 강한 힘을 가졌을지는 모르지만, 나이를 먹은 중년은 숙련되어 있으므로 어디에 벼룩이 있을지를 이미 알고 있습니다. 그래서 양 많고 저급한 것보다는 시간이 들고 양이 적더라도 양질의 것을 선택합니다. 또 너무 빨리 말을 달리게 하면 아무리 젊더라도 곧 지쳐 버리지만, 천천히 걷게 하면 다소 늦더라도 지쳐 떨어지지 않고 목적지에 갈 수 있다는 것입니다. 지성이 없는 짐승 같은 당신들은 얼마나 많은 악이 아주 작은 아름다움의 그늘에 숨겨져 있는가를 알지 못합니다. 젊은 친구들은 한 여자에게 만족하지 않고 마음에 드는 많은 여자를 원하고 명예라고 여깁니다. 그들은 변덕스럽고, 지금 당신의 처지가 그 증거입니다. 그리고 그들 자신은 여자들에게 존중받고 사랑받을 가치를 지녔다 여기면서 자기 수중의 여자를 자랑하고 떠벌리며 으쓱해지려 합니다. 그래서 이런 낭패를 당하는 많은 여자들은 차라리 입이 무거운 신부의 품으로 가는 것입니다. 당신은 자기의 밀회를 하녀와 나 이외에는 아무도 모른다고 하시지만, 모르는 것이 약이라고 오히려 다행한 일입니다. 그 남자의 주변에는 온통 당신 소문이고 당신의 이웃에서도 마찬가집니다. 그러나 소문이란 당사자에게 전해지는 것은 언제나 맨 마지막의 일입니다. 그리고 중년의 남자들은 선물을 하지만, 젊은 친구들은 빼앗아 갈 뿐입니다. 또한 당신은 스스로 한 선택이니, 몸을 맡긴 자의 것이 되면 되는 것입니다. 당신이 조롱했던 나는 다른 사람에게 맡겨 두십시오. 나는 당신 이상으로 나를 잘 알고, 당신 이상으로 훌륭한 여자를 발견했으니까요. 그러니까 당신은 나에게 이러한 시련을 받지 않는 저 세상으로, 내가 이 눈으로 보고 싶어하는 최대의 보증을 가지고 갈 수 있으니 빨리 거기서 뛰어내리시오. 그렇습니다. 내가 믿는 것처럼 이미 악마의 손에 있는 당신의 영혼은 거꾸로 떨어져 가는 당신을 보고 내가 현기증을 일으키는지의 여부로써도 아실 수 있을 겁니다. 그러나 그 일은 그리 나를 기쁘게 하지 않을 것이므로 햇볕이 당신을 태우기 시작하면 나를 괴롭혔던 추위를 생각하시고 그 더위와 섞어 보세요. 그렇게 하면 반드시 햇볕이 알맞게 느껴질 것입니다."

완전히 비탄에 빠진 부인은 학자의 말이 참혹한 죽음을 뜻함을 깨닫고 또다시 흐느끼며 이렇게 말했습니다.

"그럼 나에게 아무런 연민의 마음도 가지고 있지 않다 해도 당신이 발견하셨다던, 그리고 사랑하고 계시다는 나보다도 아름다운 부인에게 당신이 느끼시는 사랑의 마음을 조금만이라도 나에게로 나눠 주세요. 그리고 그녀에게 향한 사랑으로 나를 용서해 주세요. 내 옷을 갖다 주세요. 그러면 여기서 뛰어내릴 수 있을 거예요."

그러나 학자는 웃음을 터뜨렸습니다. 그리고 9시를 훨씬 지나고 있었기 때문에 이렇게 대답했습니다.

"과연, 그녀를 끌어들여 용서를 구하시니 안 된다고는 못하겠습니다. 옷이 어디에 있는지 말하십시오. 찾아오지요. 거기서도 내려오도록 해 드리겠습니다."

부인은 그 말에 다소 마음이 놓였으며, 옷이 있는 곳을 가르쳐 주었습니다. 학자는 탑 밖으로 나오자 하인에게 그곳을 떠나지 말고 탑 옆에 있으면서 자기가 돌아올 때까지 아무도 접근하지 못하도록 잘 감시하라고 명령했습니다.

그리고 친구 집으로 가서 천천히 식사를 한 다음 침대에서 잠을 좀 잤습니다. 탑에 홀로 남겨진 부인은 덧없는 희망에 다소 기운이 나긴 했으나, 몸을 일으키고 앉아 조금 그늘진 벽 쪽에 기대어 간절히 기다리기 시작했습니다. 때론 생각에 잠기고 때론 훌쩍거리다가, 옷을 가져온다는 학자의 생각에 밝은 희망을 갖기도 하고, 혹여 돌아오지 않는 것은 아닐까 걱정하기도 하고, 때론 불길한 생각에 사로잡혀 절망의 고통으로 허덕이기도 하는 동안에 어젯밤 한잠도 자지 못하여 깊은 잠에 떨어졌습니다.

이미 정오의 강렬한 태양은 모든 것을 태워 버릴 듯 뜨거웠고, 그녀의 무자비하게 노출된 알몸의 부드러운 살갖과 머리는 무차별 공격을 당하여 여기저기 온몸에 화상을 입고 물집 투성이가 되었습니다. 그 쓰리고 아픈 고통으로 깊은 잠에서 깨어났으며, 그 끔찍한 통증으로 인하여 몸을 움직여 보았는데, 움직일 때마다 마치 양피지가 타는 것처럼 잡아당기고 햇볕에 덴 살갖이 입을 벌려 피부가 온통 벗겨지는 것 같았습니다. 게다가 머리는 지끈지끈 쪼개지고 눈은 빠질 듯이 욱신거렸습니다. 그것은 놀랄 것도 없는 당연한 일이지요.

그리고 탑 위의 밑바닥이 너무나 뜨거워서 서 있을 곳도 없었으며, 한곳에 가만히 서 있지도 못하고 울면서 이리저리 옮겨 다녔습니다. 또한 바람은 한 점 불지 않고 파리와 해충은 떼를 지어 알몸에 몰려들어 마치 송곳을 가진 듯이 꼭꼭 찔러댔습니다. 그녀는 양 손을 쉴 새 없이 휘저으면서 자기의 운명과 연인과 학자를 저주했습니다.

지독한 무더위와 작열하는 태양과 파리와, 해충, 타는 듯한 갈증에 시달리고, 더 할 수 없는 절망에 빠졌으며, 마침내 어떤 일도 상관없으니 소리를 질러 구원을 청하려고 주위를 둘러보았습니다. 운 좋게 사람을 볼 수 있거나, 소리라도 들리지 않을까 하고 말입니다. 그러나 이마저도 운명은 외면하였으며, 농부들은 심한 더위로 아무도 밭에 나오지 않았고, 더구나 그들은 자기 집 옆에서 보리타작을 했으며 그날 온종일 밭에 나가지 않았습니다. 들리는 것은 매미 소리요, 눈에 보이는 것은 아르노 강뿐이었습니다. 강물은 오히려 갈증을 배가시키고, 또 멀리 수풀과 나무 그늘, 집들이 보였는데 그것도 고통의 원인이 되기는 마찬가지였습니다.

더 이상 이 불행한 여자에 대해서 이야기해야 하나요. 그녀는 온종일 태양의 뜨거움과 발밑의 타들어가는 뜨거움에 괴로움을 당하고, 사방팔방에서 파리와 해충에게 찔려 온몸이 만신창이가 되었습니다. 어젯밤까지도 뽀얀 피부는 부드러움을 잃고 빨갛게 부풀고 온몸이 붉은 피투성이가 되었으므로 처음 본 사람은 아마 이 세상에서 가장 추악한 것을 보았다고 생각했을 것입니다. 이제 부인은 어떤 생각도 희망도 없이 그대로 죽음을 기다릴 뿐이었습니다.

한편 학자는 4시 반이 되어 침대에서 일어나 부인의 일을 떠올리고, 그녀의 상태를 보려고 탑으로 왔습니다. 그리고 하인에게는 식사를 하도록 보냈습니다. 부인은 그의 목소리를 듣고 극심한 고통으로 시달리며 출구로 다가와 앉아 울면서 말했습니다.

"리니에리 님, 당신은 충분히 복수하셨어요. 내가 당신을 겨울밤 마당에서 혹독한 추위에 얼어붙게 했듯이, 당신은 한여름 낮에 이 탑 안에서 나에게 불타는 고통을 주었을 뿐만 아니라 허기와 갈증의 숨이 멎는 듯한 고통도 느꼈습니다. 그러니 더 이상 나에게 죽음의 고통을 주지 않도록 어서 이 위로 올라와 단숨에 죽여 주세요. 내가 지금 받는 형벌은 말씀드린 대로예요. 죽음 이외에 아무런 소망도 없어요. 만일 그런 자비마저 싫으시면 물을 한 잔 주세요. 온몸이 바싹 말라 버려 눈물도 나오지 않으니 입술이라도 축이고 싶어요."

학자는 그 목소리를 듣고 완전히 지친 것을 알았습니다. 그리고 몸의 일부지만 햇볕에 타 버린 화상도 보았습니다. 그녀의 눈물겨운 애원에 동정심이 솟아났으나, 단호하게 말했습니다.

"나쁜 것, 이제 내 손으로 죽이지는 않소. 죽고 싶거든 스스로 죽도록 하시오. 더위를 잊으려면 내가 추위를 잊도록 나에게 베풀었던 불 정도의 물을 주겠소. 나의 동상은 구린내 나는 똥으로 치료하는 고통을 맛보았소. 당신의 화상 치료에는 장미로 만든 향수의 냉기가 효력이 있을 거요. 나는 신경보다 목숨을 잃을 뻔했는데, 당신은 화상으로 살갗이 벗겨지면 뱀이 낡은 허물을 벗은 듯 아마 아름다운 살갗을 남기겠지."

"아아! 나의 불쌍한 운명! 그렇게까지 해서 얻은 이 아름다움 따위를 신이여, 나를 미워하고 있는 자들에게나 주십시오. 하지만 당신은 어떤 야수보다 잔혹하군요. 이렇게까지 나를 괴롭혀야 하나요? 만일 내가 비할 것 없는 잔혹한 방법으로 당신의 모든 친척을 죽였다고 해도 당신 이외의 사람에게서 이 이상의 복수는 받지는 않았을 거예요. 한 마을의 주민 모두를 몰살시킨 배신자라도 당신처럼 햇볕에 태우고 해충에게 뜯기는 지독한 복수 이상으로 잔혹한 형벌을 내리진 않을 겁니다. 당신은 한 잔의 물조차 주려고 하지 않습니다. 사형의 판결을 받은 죄인도 형장으로 갈 때는 그들이 원한다면 포도주를 마시게 해 줍니다. 이제 알았어요. 당신이 끝까지 잔혹함을 고집하시는 것도, 나의 애원에 마음을 움직이지 않는 것도 알았습니다. 하느님은 나의 마음을 불쌍히 여기실 테니 참고 죽어 가겠습니다. 나는 당신의 행위를 바른 눈으로 보실 수 있도록 하느님께 기도하겠습니다." 하고 부인은 말했습니다.

이렇게 말하고 부인은 타들어가는 더위에서 벗어날 수 없는 것에 절망하고 몹시 고통스럽게 바닥 한가운데로 돌아갔습니다. 그리고 심한 통증으로 흐느끼며 자기의 불행과 갈증으로 몇 번이나 숨이 끊어지는 것은 아닌가 하고 생각했는지 모릅니다.

이럭저럭 저녁 무렵이 되었으며, 학자도 충분한 복수를 했다고 생각하고 부인의 옷을 가져오게 하여 하인의 망토에 싸서 가련한 부인의 집으로 갔습니다. 그러나 그녀의 하녀는 정말로 슬프고 맥이 빠진 모습으로 말없이 입구에 앉아 있었습니다. 학자가 말했습니다.

"부인은 안녕하신가?"

그러자, 하녀가 대답했습니다.

"학자님, 저도 모릅니다. 어젯밤 주무시러 가는 것을 보았는데 오늘 아침에 보니 침대에 계시지 않았습니다. 그리고 아무데도 계시지 않고 어떻게 되셨는지 짐작할 수도 없습니다. 나는 걱정이 되어 죽겠습니다. 하지만 학자님, 무언가 알고 계신 것이 있나요?"

학자는 이렇게 대답했습니다.

"내가 부인을 모시고 간 곳에 너도 함께 갔더라면 좋았을 걸 그랬군. 그렇게 하면 내가 부인의 죄를 벌한 것처럼 너도 벌을 받았을 텐데! 하지만 내 엄중한 형벌에서 벗어날 수 없을 거야. 나에게 행한 일을 상기하지 않고 어떤 남자도 조롱하지 못하도록 너의 행실도 처벌을 받아야만 하니까."

이렇게 말하더니, 학자는 자기의 하인한테 말했습니다.

"그 옷을 이 여자에게 주고 가고 싶으면 주인한테 가라고 말해 줘라."

하인은 분부대로 했습니다. 하녀는 그것을 받아들자 주인의 옷이 틀림없음을 알고 주인이 죽은 것이 아닌가 두려워졌습니다. 그래서 비명을 지를 뻔했습니다. 하녀는 훌쩍훌쩍 울면서 학자가 돌아간 것을 알고 부인의 옷을 가지고 탑으로 뛰어갔습니다.

그날 운 나쁘게도 부인의 농장에서 농부의 돼지 두 마리가 없어졌습니다. 농부는 돼지를 찾으려고 학자가 가고 얼마 안되어 탑 근처로 왔습니다. 그리고 돼지를 찾느라고 주위를 왔다 갔다하다가 숨이 끊어질 듯한 여자의 가냘픈 울음소리가 들려 탑 옆의 언덕을 올라갔습니다.

농부는 엉겁결에 소리쳤습니다.

"누구요! 왜 거기서 울고 있소."

부인은 소작인의 목소리를 알아듣고 이름을 부르며 말했습니다.

"아아! 하녀한테 뛰어가서 이리로 빨리 오라고 해."

소작인은 주인의 목소리를 확인하고 이렇게 말했습니다.

"아이구, 마님 그런 곳에 왜 올라갔나요? 하녀는 하루 종일 마님을 찾고 있던데요. 이런 곳에 계시리라는 생각은 못했습니다."

소작인은 사다리의 양쪽 발을 가져오더니 똑바로 세우고 칡넝쿨로 십자 묶음을 하여 단단히 붙들어맸습니다. 그때 하녀가 탑 아래에 당도하여 공손하게 물을 겨를도 없이 손뼉을 탁탁 치면서 소리를 쳤습니다.

"마님, 마님. 어디에 계십니까?"

부인은 그 목소리를 듣더니 갑자기 기운을 차리고 말했습니다.

"아이고, 너구나. 나는 이 위에 있다. 울지 말고 빨리 내 옷을 가져와라."

하녀는 주인의 목소리를 듣자 기운을 되찾고 농부가 매어 놓은 사다리를 올라갔습니다. 그리고 농부의 도움을 받아 탑

루에 닿았습니다. 하녀는 사람의 몸이라기보다 마치 나무를 불에 거슬린 것 같은 형상으로, 녹초가 되어 정신을 잃고 알몸으로 누워 있는 주인을 보더니, 자기 얼굴을 꼬집으며 주인을 덮치듯이 달려들어 울음을 터뜨렸습니다.

그런데 부인은 울지 말고 어서 옷을 입히라고 말했습니다. 그리고는 옷을 가져온 하녀와 자기 앞에 와 있는 소작인 이외에는 자기가 어디에 있었는지 아무도 모른다는 것을 알자 다소 마음이 놓였고, 이 일을 절대 함구하도록 일렀습니다.

소작인은 부인을 안심시키고 걸을 수도 없는 부인을 안아 일으켜서 무사히 탑 밑으로 데리고 왔습니다. 뒤에 남았던 고약한 하녀는 사다리를 내려오다가 무심코 발을 헛디뎌서 탑 아래로 떨어져 허리가 부러졌으며, 너무나 아파서 사자처럼 울부짖었습니다. 소작인은 부인을 들판에 살며시 내려놓고 하녀의 상태를 보러 갔습니다. 그리고 그녀가 허리뼈가 부러진 것을 알고 마찬가지로 들판으로 데리고 나와 부인 옆에다 앉혔습니다.

부인은 자기의 불행에다 하녀의 불행마저 겹쳐, 더구나 허리뼈가 부러졌으니 그녀의 도움도 받을 수 없게 되었다고 생각하여 또다시 비참하게 소리내어 울기 시작했습니다. 소작인은 너무나 가엾은 모습에 위로는커녕 자기도 울기 시작했습니다.

그렇지만 이제 해도 기울어 가고 이곳에서 밤이 되면 곤란하므로 슬픔 속에 빠져 있던 부인도 찬성하여 자기 집으로 돌아가 두 형제와 아내를 불러 큰 판자 한 장을 가지고 왔습니다. 거기다 하녀를 태우고 두 사람을 집으로 데려왔습니다.

부인은 물을 조금 먹고 여러 가지 위로를 받아 완전히 기운을 되찾았으며 소작인은 그녀를 안아 일으켜서 침실로 데리고 갔습니다. 소작인의 아내는 물에 적신 빵을 먹인 후 옷을 벗기고 침대에 눕혔습니다. 그리고 부인과 하녀를 그날 밤 안으로 피렌체로 데리고 가도록 분부를 받았기 때문에 그렇게 했습니다. 그런데 상당히 교활하고 약삭빠른 부인은 자기와 하녀에게 일어났던 일을 실제의 사건과는 완전히 다르게 꾸며 형제자매와 다른 사람들에게 마법처럼 믿게 만들었습니다.

즉시 의사를 불러 부인은 비명을 지르며 고통과 통증의 괴로움을 느끼며 침대 시트에 몇 번이나 피부가 벗겨지는 곤경을 당했지만, 의사들은 심한 열과 거기에서 생긴 여러 가지 병들도 낫게 하고, 허리뼈가 부러진 하녀도 고쳐 주었습니다.

이 일로 인해 부인은 연인을 잊었으며, 또한 남을 속이는 일과 사랑하는 일에 신중하게 되었습니다. 학자는 하녀가 허리뼈가 부러졌다는 말을 듣고 이것으로 완전히 복수를 했다고 기뻐했지만 입 밖에 내지는 않았으며 예전처럼 생활했습니다. 이리하여 영리하지 못한 부인은 학자도 다른 사람과 같이 속일 수가 있다고 마음속에 결정해 버렸으므로 학자라는 자들이(거의 모든 학자라고는 말씀드리지 않지만) 악마의 꼬리가 어디에 붙어 있는가를 알고 있다는 사실도 모른 채 사람을 조롱하다가 이런 참담한 일을 당하게 되었던 것입니다.

그러므로 여러분, 사람을 조롱할 때는 아주 주의를 기울이

시기 바랍니다. 특히 학자에 대해서는……

여덟 번째 이야기

두 사람의 남자가 사이좋게 교제하고 있다. 한쪽이 다른 쪽 남자를 아내와 정을 통한다. 그러자 그는 아내와 짜고는 상대방 남자를 옷상자인 긴 궤 속에 가두고 그 위에서 상대방의 아내와 관계를 한다.

부인들은 팜피네아의 이야기를 들으며 학자의 응징을 통쾌하게 여기면서도 한편 당하는 엘레나의 고통 때문에 가슴이 아팠습니다. 학자의 복수는 일말의 동정도 없이 참혹했으나 그 응징은 타당성이 있고 당연하다고 생각했습니다. 여왕은 팜피네아의 이야기에 이어 피암메타에게 이야기를 하도록 분부를 내렸으며, 그녀는 기꺼이 이야기를 시작했습니다.

여러분, 모욕을 당한 학자의 복수로 처참한 지경의 엘레나 때문에 가슴 아파하시는 여러분들에게 나는 좀 즐거운 이야기로 풀어 드리는 것이 좋지 않을까 생각합니다. 그래서 나는 한 젊은이가 심하게 수치스런 모욕을 당했으나 잘 참고 견디다가 절묘하고도 온화한 방법으로 일격을 가해 복수를 했다는 이야기를 들려 드리겠어요.

이 이야기에서 각자가 받은 수모에 대해서 복수할 때는 보복의 상식을 넘은 처참한 응징이 아니라 '조랑말이 부딪치면 벽이 되받아 퉁긴다.'라는 속담처럼 '반격' 정도로 만족해야 한다는 것을 느끼실 겁니다.

내가 전에 들은 것입니다만, 옛날 시에나에 대단히 유복하고 평민으로서는 좋은 가정환경을 가진 두 사람의 젊은이가 있었습니다.

한 사람은 스피넬로초 타베나였고, 또 한 사람은 제파 디 미노였습니다. 이들은 캄몰리아 거리에 살면서 집이 서로 이웃해 있고, 서로 제 집 드나들듯 하며, 사이가 좋아서 마치 형제처럼 보였습니다. 더구나 둘 다 매우 아름다운 아내가 있었습니다.

그런데 스피넬로초는 제파가 있든 없든 그의 집을 드나들었고, 그의 아내와 친밀한 사이가 되었는데 그만 동침까지 하게 되었습니다. 그리고 오랫동안 밀회를 계속하고 있었습니다. 어느 날 제파가 집에 있는 것도 모르고 있던 그의 아내에게 스피넬로초가 찾아 왔고, 제파의 아내는 남편이 없다고 대답했으므로 스피넬로초는 안으로 들어가, 거실에 있던 그의 아내를 부둥켜 안고 키스를 하기 시작했고, 그녀도 키스를 했습니다.

이것을 목격한 제파는 아무 말 없이 이들의 행동을 숨어서 지켜볼 요량이었으나, 잠시 후 아내와 스피넬로초는 서로 끌어안은 채 침실로 들어가 문을 잠가 버리는 것이 아니겠어요. 그는 몹시 화가 치밀었지만, 시끄럽게 떠벌린다면 자신의 수모는 커지고 오히려 망신만 당한다는 것을 알았으므로, 아무도 모르게 복수를 하고 모욕을 갚을 수 있는 방법을 궁리하기 시작했습니다. 그리하여 오랫동안 궁리한 끝에 묘책을 찾아내었으며, 스피넬로초가 아내와 즐기는 동안 내내 숨어 있었습니다.

스피넬로초가 돌아가자 그는 침실로 들어갔습니다. 그때 아내는 스피넬로초가 장난하다가 떨어뜨린 머릿수건을 매만지고 있었습니다.

"당신 지금 뭘 하고 있지?"

"머릿수건을 쓰려고요."

제파가 말했습니다. "그건 그렇고, 좀 전에 뭘 했느냐고?" 하면서 그녀가 방금 저질렀던 일을 폭로했습니다. 아내는 겁에 질려 여러 가지 장황한 핑계를 늘어놓고, 스피넬로초와 관계한 것을 울면서 고백하고 용서를 빌었습니다.

그래서 제파는 이렇게 말했습니다.

"당신은 몹쓸 짓을 한 거야. 만약 내 용서를 바란다면 내가 시키는 일을 반드시 해야 해. 그것은 당신이 내일 9시경 스피넬로초에게 어떻게든 핑계를 대고 나와 헤어져 당신에게 오도록 하는 거야. 그놈이 이리로 오면 나도 돌아올 것이므로 그 소리가 들리면 그를 이 장궤에 숨기고 자물쇠를 채워 둬. 그 다음 일은 그 뒤에 말해 주겠어. 두려워할 것은 아무것도 없어. 절대로 그놈에게 해를 입히지 않을 것을 약속하지."

아내는 남편의 마음에 들도록 그렇게 하겠다고 대답하고 그대로 실행했습니다. 다음 날 제파와 스피넬로초가 함께 있다가 9시가 되자 스피넬로초는 제파의 아내에게 가기 위하여 제파에게 이렇게 말했습니다.

"나는 오늘 아침 한 친구와 식사 약속을 해 두었어. 기다리고 있을 테니 실례하겠네."

"아직 식사 시간은 멀었잖아." 라고 제파가 말했습니다.

"상관없어, 내 일로 이야기를 나누기로 했네. 그러니까 좀 일찍 가는 것이 좋을 것 같네." 스피넬로초가 그렇게 대답했습니다.

스피넬로초는 제파와 헤어져 먼 길로 돌아 그의 아내를 만났고, 두 사람이 침실로 막 들어갔을 때 제파가 돌아왔습니다. 아내는 그 소리에 당황한 체하며 남편이 분부한 대로 장궤에 그를 숨기고 자물쇠를 잠그고 침실에서 나갔습니다.

제파는 거실로 들어오며, "여보, 이제 식사할 시간이지?" 하고 말했습니다.

"예, 그래요." 하고 아내가 대답했습니다.

"스피넬로초는 오늘 아침 다른 친구와 선약이 있다고 가 버렸으니 부인이 혼자 있을 거야. 창문으로 불러 함께 식사하자고 하지 그래." 하고 제파가 말했습니다.

아내는 지은 죄도 있고, 그 걱정 때문에 아주 얌전하게 남편의 말대로 했습니다. 스피넬로초의 아내는 제파 아내의 청도 있고, 남편도 다른 데서 식사한다고 들었으므로 그들에게로 왔습니다.

그녀가 오자 제파는 다정하게 맞아들이고 은근하게 그녀의 손을 꽉 잡고 아내는 부엌으로 보냈습니다. 그리고 그녀를 침실로 데리고 들어가 침실 문을 걸어 잠갔습니다. 스피넬로초의 아내는 방문을 잠그자 이렇게 말했습니다.

"어머! 제파 씨, 이게 무슨 짓이에요? 이런 짓을 하려고 불렀나요? 이것이 남편에 대한 우정인가요? 그런 거예요?"

이 말에 제파는 그녀의 남편을 가둬 둔 궤짝으로 밀어 붙이고 꼼짝 못하도록 잡고 대답했습니다.

"부인, 그런 불평을 하시기 전에 내 말씀을 잘 들어 주세요. 나는 스피넬로초를 형제처럼 사랑해 왔고 지금도 사랑하고 있습니다. 사실은 그는 아직 모릅니다만, 내가 그를 지나치게 믿었던 결과 그가 당신과 동침하듯이 내 아내와도 동침한다는 것을 알았습니다. 나는 그를 사랑하며 지금도 나는 내가 받은 모욕만큼의 보복을 되갚아 주는 방법 이외의 짓은 하고 싶지 않습니다. 그가 내 아내를 가졌으니 나도 당신을 내 것으로 만들 것입니다. 당신이 원하지 않는다면 나는 이 수모를 틀림없이 되갚을 작정이므로 이제부터 당신과 그는 행복하게 살 수가 없도록 복수를 할 것입니다."

스피넬로초의 아내는 제파가 이미 여러 가지 증거를 제시하기도 했으므로 이 말을 믿고 이렇게 말했습니다.

"제파 씨, 당신의 복수가 저에게 닥쳐온 이상 당신의 조건에 기꺼이 응하겠어요. 당신이 어떻게 하든 당신의 부인과는 사이좋게 지내고 싶으니 그렇게 할 수 있도록 약속해 주세요."

이 말에 제파는 대답했습니다.

"예, 꼭 그렇게 하겠습니다. 그리고 당신 말고는 아무도 가지지 못할 값지고 아름다운 보석도 드리겠습니다."

여러분, 말하고 그녀를 끌어안고 키스를 퍼부으며 그녀의 남편이 갇혀 있는 장궤 위에 눕혔습니다. 그 위에서 둘은 마음껏 쾌락을 즐겼으며 그녀도 적극적으로 응하고 있었습니다.

스피넬로초는 궤짝 속에서 제파가 하는 말과 아내의 대답을 듣고 있었습니다. 게다가 자기 머리 위에서 벌어지고 있는 환락의 무도(舞蹈)소리는 죽고 싶을 만큼 극심한 고통을 주며 오래 지속되는 것이었습니다. 만약에 제파를 두려워하지 않았다면 그렇게 갇힌 채 아내를 비난했을 겁니다. 그러나 결국 이 모든 수모는 자기에게서 비롯되었고, 제파가 자신과 똑같은 짓을 하는 것은 무리가 아니며, 그에게 더없는 인정을 베풀어 준 친구이므로, 그가 원한다면 앞으로는 제파의 더욱 절친한 친구가 될 것이라고 다짐을 하는 것이었습니다.

제파는 마음껏 스피넬로초의 아내와 즐기고 궤짝에서 내려왔습니다. 그러자 부인은 약속한 보석을 달라고 졸랐으며 제파는 침실 문을 열고 아내를 불렀습니다. 아내는 "부인, 제게 보복을 했군요." 하며 단한마디 외에는 아무 말 없이 웃었습니다. 그러자 제파는 아내에게 말했습니다.

"이 궤짝을 열어."

아내는 상자를 열었습니다. 제파는 그 속에 있는 스피넬로초를 그의 부인에게 보여 주었습니다.

이렇게 제파를 쳐다보고 자기의 행실을 그가 알고 있었다는 것을 깨닫게 된 스피넬로초와, 남편을 내려다보며 그의 머리 위에서 자기가 행한 짓을 듣고 느꼈다는 것을 깨달은 아내가, 어느 쪽이 더 부끄러워해야 한다고 간단하게 판단할 수 있습니까? 즉, 상대방의 변명을 무시하며 어느 일방을 꾸짖는 일이 용이한 일일까요!

제파는 그의 아내를 향해 말했습니다.

"자, 여기에 있는 보석을 부인께 드리겠습니다."

스피넬로초는 궤짝에서 나오자 변명 없이 이렇게 말했습니다.

"제파, 우리들은 피장파장이군. 그러니까 자네가 내 아내에게 말한 것처럼 전처럼 친구로서 지내도록 하세. 우리들은 아내가 각기 다를 뿐 아무것도 변한 것이 없으니 이제부터는 그점도 공유하기로 하세."

제파는 만족해했습니다. 이리하여 네 사람은 그날 이 세상에 다시없을 만큼 지극히 사이좋게 식사를 함께 했을 뿐만 아니라, 그 후로는 각각 두 명의 아내와 두 명의 남편을 공유하면서 아무런 걱정도 다툼도 없이 살아갔답니다.

아홉 번째 이야기

의사인 시모네 선생은 브루노와 부팔마코가 속해 있는 '약탈' 회원이 되기 위해 한밤중에 지정된 장소에 갔는데, 부팔마코가 오물이 가득한 두엄 구덩이에 빠뜨리고 도망간다.

피암메타가 이야기를 마쳤을 때 부인들은 두 명의 아내와 두 명의 남편을 공유한 사건을 두고 의견이 분분하여 작은 소란이 일었습니다. 그 소란이 잦아들자 여왕은 디오네오의 마지막 특권을 인정하여, 직접 이야기를 시작했습니다.

여러분, 스피넬로초가 제파에게 당한 보복 정도는 자업자
득이지요. 그러므로 애써 사람을 속인 자이거나, 속아 주어야
할 가치가 있는 자에게 속은 정도의 앙갚음을 당했다고 해서
속인 자를 굳이 책할 것은 없을 것입니다.

그래서 저도 애써 사람을 속인 어떤 사나이의 이야기를 하
겠습니다. 또한 되갚음한 자의 행위는 비난이 아니라 칭찬을
해야겠지요.

앙갚음의 주인공은 볼로냐에서 피렌체로 다람쥐 가죽모자
(당시의 재판관이나 의사는 다람쥐 가죽으로 만든 모자를 썼다.
여기서는 '바보 주제에 볼로냐 대학에서 박사 칭호를 받고 피렌
체로 왔다' 는 뜻이다)를 쓰고 돌아온 멍청한 의사였습니다.

우리가 흔히 봅니다만, 우리 시의 사람들은 재판관이 되고
의사가 되고 공증인이 되어 볼로냐에서 헐렁헐렁한 긴 옷이
나 새빨간 옷에 다람쥐 가죽 모자를 쓰고 그 밖에도 휘황찬란
한 차림새를 하고 돌아옵니다. 그런 것이 어떤 효과를 내는지
그것도 우리는 흔히 보고 있습니다. 그래서 시모네 다 빌라
선생이 학문보다는 물려받은 재물 덕으로 새빨간 옷에 폭넓
은 리본을 늘어뜨린 모자를 쓰고 그의 말대로 고매한 의학 박
사가 되어 돌아온 것은 그다지 오래 전의 일이 아닙니다. 그
리하여 현재 우리가 코코메로 가(家)로 부르는 곳에 저택을
마련했습니다.

갓 돌아온 그 시모네 선생은 여러 가지 묘한 버릇이 있었습
니다. 그 중에서도 거리를 지나는 사람을 보면 누구냐고 아랫

사람에게 묻지 않고서는 견디지 못하는 이상한 버릇이 있었습니다. 마치 통행인의 차림새로 판단하여 환자의 약을 조제해야 한다는 듯이 그것을 외고 기억해 두는 것이었습니다.

특히 그의 관심을 끈 사람들 중에 오늘 두 번이나 이야기에 등장한 부팔마코와 브루노라는 두 화가가 있었습니다. 두 사람은 늘 같이 다녔으며, 의사 선생의 집 근처에 살고 있었습니다. 그리고 의사의 눈에는 이 두 사람은 번거로운 세상사에는 아랑곳없이 그야말로 즐겁게 살아가는 것처럼 비쳤으므로 만나는 사람마다 붙잡고 그들에 대해 묻곤 했습니다. 그리하여 가난뱅이 화가라는 것을 알아냈지만 정말로 가난하다면 저토록 즐거울 수는 없다고 생각했습니다. 그리고 상당히 능청스러운 자들이라는 소문도 들었으므로 틀림없이 아무도 모르는 딴 벌이가 있다고 여겼습니다.

그는 가능하다면 두 사람과, 아니 한 사람이라도 친해지기를 원했으며 브루노와 우선 교제를 하게 되었습니다. 그런데 브루노는 두어 번 만났지만 이 의사의 어리석음을 간파하고, 그의 장기인 엉터리 이야기를 들려 주면서 그도 즐거운 시간을 보내고 있었습니다.

한편, 의사도 그와 보내는 시간이 재미가 있어 그가 없으면 무료할 지경이었습니다. 이렇게 몇 번의 식사를 초대하는 동안에 이쯤이면 털어놓고 이야기할 수가 있다고 생각하고, '자네와 부팔마코는 가난하다는 말을 들었는데, 어떻게 그리 즐겁게 지내는가, 참으로 놀랍다, 그 까닭을 가르쳐 달라.'는 말까지 나왔습니다.

의사의 말을 들은 브루노는 '참으로 어리석고 바보스런 질문이군.' 하고 생각하면서 허허 웃었습니다. 그래서 어리석은 질문에 딱 어울리는 대답을 해 주려고 이렇게 말했습니다.

"선생님, 우리가 어떤 생활을 하는지 다른 사람들에게 알리고 싶지 않습니다. 하지만 선생님과는 친구 사이고 비밀을 지키실 터이니 실토하겠습니다. 보시는 것처럼 내 친구와 나는 틀림없이 아주 즐겁고 행복하게 생활하는 것이 사실입니다. 그러나 우리가 그리는 그림이나 손바닥만한 토지에서 들어오는 수입으로는 우리가 매일 쓰는 물값도 제대로 치르지 못할 형편이지요. 그렇다고 우리가 도둑질을 한다고 생각하시면 곤란합니다. 우리는 '약탈'을 합니다. 이것으로 즐겁게 우리에게 필요한 것을 남에게는 손해를 입히지 않고 손에 넣습니다. 그래서 우리는 당신이 보는 바와 같은 즐거운 생활을 하고 있습니다."

의사는 이 말에 뭐가 뭔지 전혀 알지도 못하면서 그의 말을 사실로 믿고 눈을 크게 떴습니다. 그리고는 당장에 그 약탈은 어떻게 하느냐, 절대로 말하지 않을 테니 좀 가르쳐 달라고 애걸복걸을 하는 것이었습니다.

"아하! 선생님, 무슨 말씀을 하십니까? 당신이 알고자 하는 것은 절대 비밀입니다. 그것을 아시게 되면 내 신변은 파멸하고 나는 이 세상에 살아남지 못합니다. 아니 남이 알면 성 갈로의 마왕 루치페로(성 갈로 사원 정면 벽의 마왕 벽화)의 입에 처넣을 겁니다. 하지만 레냐야(당시 양배추, 수박의 명산지) 같은 후한 선생님의 인품을 존경하고 선생님을 절대로 신뢰하므로 원하시는 바를 거절할 수 없군요. 그래서 절대 비밀을 지키겠다고 약속하신 대로 몬테소네(피렌체 지방의 고지대)의 십자가에 맹세하신다면 그 약속 하에 알려 드리겠습니다."하고 브루노가 말했습니다.

의사는 아무에게도 말하지 않겠다고 맹세했습니다.

"그러면 존경하는 선생님. 먼저 선생님께서는 이 시에 별로 오래되지 않은 스코틀랜드 태생의 마이클 스콧(페데리고 2세 당시의 유명한 점성술가.《신곡(제20곡)》에도 등장함)이라고 하는 강신술의 대가가 있었다는 것을 기억해 두셔야 합니다. 그리고 지금 생존해 계신 분은 별로 없습니다만 당시에는 많은 귀족들의 존경을 받았습니다. 그런데 그 선생이 이 시를 떠나면서, 여러분의 간절한 청을 받아들여 유능한 제자 두 사람을 남기시고 자기를 존경하던 귀족들이 기뻐하는 일이라면 무엇이든 들어 드리라고 명령했습니다. 그리하여 두 제자는 지금 말씀드린 귀족들에게 애정사의 교량 역할도 해 주고 그 밖의 하찮은 일까지도 성심껏 봉사하고 있었습니다. 그 뒤 그들은 이 시의 시민의 풍습이 마음에 들어 오래 머무르게 되었는데, 귀족, 평민, 부자, 가난뱅이를 가리지 않고 자기들의 풍습에 맞는다는 이유만으로 몇 명의 인사들과 친교를 맺었습니다. 그리고 그 친구들을 기쁘게 해 주려고 25명 정도의 어떤 회를 조직하고, 적어도 한 달에 두 번 두 사람이 정한 장소에서 회합을 가졌는데, 회원들은 모이기만 하면 저마다 자기들의 소원을 말하고 그 중 두 사람에게는 당장 그날 밤 안으로 소원을 이루게 해 주었습니다. 부팔마코와 나는 이 두 사람과 특별한 친교를 맺고 있었으므로, 그 회에 들었으며 지금도 그 회원입니다. 들어 보십시오. 우리가 거기 모이고 또 식사하는 큰 홀과 안락의자와 쿠션의 호화로움, 왕가 풍의 훌륭한 식탁의 호사스러움에는 누구라도 놀라 쓰러질 정도입니다. 게다가 한분 한분의 시중을 드는 하녀들의 그 나를 듯한 맵시라든가, 우리가 먹고 마시는 식기류, 즉 접시, 주전자, 포도주병, 컵 그 밖의 금과 은으로 된 식기류의 찬란한 광채 하며, 게다가 각자의 기호에 맞는 산더미 같은 요리는 때에 맞춰 눈앞으로 날라져 옵니다. 무수한 악기로 연주하는 실내악의 귀를 간질이는 멜로디와 그 달콤함과 황홀함은, 나로서는 도저히 설명할 길이 없으며, 또 식사 때 켜지는 촛불 수가 얼마인지, 과자의 종류가 얼마나 다양한지, 포도주가 얼마나 고급인지, 이것도 말로는 다하지 못합니다. 그런데 선생님, 우리가 거기에 출석할 때 선생님이 지금 보시는 꼴로 간다고 생각하시면 곤란합니다. 모두 황제 부럽지 않은 어엿한 복장을 하고 값비싼 의상에 화려한 보석들을 잔뜩 달고서……말입니다. 하지만 이 여러 즐거움 중에서도 최대의 것은 미녀를 만난다는 것이죠. 사나이가 원한다면 눈 깜짝할 새에 세계 어디서든 달려옵니다. 우선 예로 들 수 있는 것은 바르바니카(엉터리로 꾸며낸 지명)의 귀부인과 바스크의 여왕, 술탄의 왕비와 오스베크의 황후, 노르니에카의 찬찬페라, 베를린초네의 세미스탄테, 나르시아의 스칼페드라 등등의 부인입니다. 왜 내가 일일이 이런 이름을 예로 드는지 아시겠습니까? 거기에는 온 세상의 여왕의 명성이 붙은 자는 모조리 오기 때문입니다. 엉덩이 한

복판에 뿔이 돋은 신부 조반니(이디오피아의 신비적이고 유명한 신부 이안니를 말함)의 부인 스킹키무르라까지 온다니까요. 자아, 다음이 볼 만합니다! 그녀들은 과자를 먹고 포도주를 마시면 두어 가지 춤을 추고 자기를 원하는 상대방 남자와 각기 침실로 갑니다. 그 침실이라는 것은 황홀경으로, 천국을 연상케 하는 침실입니다. 그리고 선생님이 카민(남방의 식물, 그 열매를 향료와 약용으로 씀) 열매를 갈 때의 약제실의 향로 단지처럼 향기로운 냄새가 사방에 풍깁니다. 거기에는 베네치아 총독의 것보다 더 훌륭한 호화로운 침대가 있고 거기에 자러 가는 것이죠. 해서 황홀한 직녀들이 견우를 기쁘게 해 주기 위해 어떻게 다리를 놀려 베를 짜는지, 선생님의 상상력에 맡깁니다. 한데 그 모든 사람들 중에서 가장 맛나는 젖을 맛보는 것은 단연 부팔마코와 나일 것입니다. 부팔마코는 세계 그 유례가 없는 프랑스의 여왕을, 나는 영국 여왕을 불렀기 때문이지요. 게다가 우리는 그녀들이 우리들 이외의 자에겐 관심도 흥미도 갖지 않는 방법을 터득했으니까요. 우리가 이처럼 고혹적인 여왕의 사랑을 독차지한다는 것을 생각하시면 세상의 어떤 사람들 이상으로 즐겁게 살 수밖에 없다는 것을 선생님도 아시겠지요. 그것과는 별도로 우리는 금화 이삼천이 필요할 때는 언제든지 얻을 수 있습니다. 그래서 우리는 이것을 '속된 말'로 '약탈하러 간다'고 하지요. 옛날에 해적들이 남의 것을 약탈했듯이 우리도 그렇게 하지요. 다만, 해적들과 크게 다른 점은 그들은 약탈한 것을 돌려 주지 않지만 우리는 쓰고서 돌려 주는 점입니다. 자아, 행복한 선생님, 내가 약탈하러 간다고 하는 의미를 아셨나요? 그러면 이 일을 얼마나 비밀로 해 두고 싶었는가도 아셨을 줄 압니다. 따라서 이제 더 이상은 말씀드릴 수 없습니다." 하고 브루노가 말했습니다.

의사라고는 해도 겨우 어린아이의 비듬이나 가려움증 정도밖에 치료할 줄 모르는 선생은 브루노의 말을 진짜로 믿었습니다. 그리고 이제 다른 일에는 모든 관심과 열정을 잃고, 오직 그 모임에 참가했으면 하는 마음만 간절할 뿐이었습니다.

의사는 브루노에게 두 사람이 그토록 즐겁게 지내는 것도 불가사의한 일이 아니라고 대답은 했지만, 이제부터 더욱더 그들과 친하게 사귀어 자기를 신용하고 자신이 청하는 바를 쾌히 받아들일 때까지 입회의 소망을 참고 있자니 괴로워 죽을 지경이 되었습니다. 그리고 선생은 당장은 꾹 참고 있었으나 더욱더 브루노와 친교를 계속하며 아침, 저녁으로 식사에 초대하는 극진한 친절을 베풀었으며, 선생은 브루노 없이는 살아갈 수도 없을 것 같은 마음이 되었습니다.

브루노는 일이 잘 진행된다고 여기면서도 의사의 친절을 받기만 하고 보답이 없으면 은혜를 모르는 놈이라고 할까 봐, 의사의 응접실에 사순절 그림을 그려 붙이고, 침실 입구에는 〈어린 양의 상(像)(그리스의 상징)〉을 그렸으며, 복도 출입구에는 그의 진찰을 받을 필요가 있는 환자가 다른 의사와 구별할 수 있도록 변기를 그려 붙였습니다. 또 복도에는 고양이와 쥐가 싸우는 그림을 그려 놓았는데, 의사는 이것을 썩 잘된 그림이라고 여겼습니다. 이러한 봉사는 그렇다 치고 식사를 같이 하지 않을 때는 이런 이야기를 들려 주었습니다.

"어젯밤도 회합에 다녀왔습니다만, 그 영국 여왕이 어째 좀 싫증이 나서 타타르 대왕의 구메드라를 불러 달라고 했지요."

그러자 선생은 이렇게 묻는 것이었습니다.

"구메드라가 누군가? 나는 그런 이름은 못 들었는데."

"오오, 선생님. 선생님이 모르신다고 이상할 것도 없습니다. 폴코그랏소나 반나체라도 그런 말을 한 적이 없다고 사람들이 그러더라구요." 하고 브루노가 말했습니다.

그러자 의사가 물었습니다.

"자네가 말하는 건 히포크라테스와 아비첸나(11세기의 의사이며 철학자인 아라비아 인) 아닌가?"

브루노가 대답했습니다.

"글쎄요, 나도 잘 모릅니다. 내가 말하는 이름을 선생님이 잘 모르듯이 나도 선생님이 말씀하시는 이름을 모르니까요. 한데 구메드라는 투르크 족의 말로 '황후'라는 뜻입니다. 아아, 눈부신 미인이었습니다. 그 여자라면 틀림없이 선생님에게 약, 관장, 고약을 잊게 할 겁니다."

의사 선생의 불붙은 간절함에 부채질을 해대며 거듭 들려 주곤 하였는데, 마침 어느 날 밤, 선생은 고양이와 쥐가 싸우는 그림을 그리고 있는 브루노 곁에서 불을 밝히고 있다가, 지금까지 여러 가지로 그를 우대하였으니, 상대방도 자기를 완전히 살뜰한 친구로 여길 것으로 믿고, 또 곁에 아무도 없고 단둘이었으므로 이렇게 말을 꺼냈습니다.

"브루노, 하느님도 아시겠지만, 지금 나처럼 자네를 위해 애쓰는 자가 또 있을까? 즉 자네가 날더러 페레톨라(피렌체 부근의 마을)로 가라고 하면 나는 당장에 뛰어갈 거네. 그러니까 내가 믿는 마음으로 자네에게 어떤 부탁을 하든 조금도 놀라지 말게나. 자네가 말했다시피 자네가 즐거운 회합 광경을 내게 이야기한 것도 그다지 오래 되지는 않았어. 한데 나는 그 이야기를 들은 뒤로 거기에 참가하고 싶은 간절함으로 다른 소망은 아무것도 없네. 하기야 까닭이 없는 것은 아니야. 그 회합에 내가 가입하기만 하면 저절로 알게 되겠지만, 나는 회합에 참가해서 내가 전에 카카빌칠리에서 만난, 자네가 이제까지 본 적도 없는 최고의 미인을—나는 그녀에게 내 모든 행복을 걸고 있다네—불러올 수 없다면 자네가 나를 우롱했다고 믿을 수밖에 없게 되니까. 그녀를 만나면, 그리스도께 맹세코 그녀에게 나를 받아들이도록 볼로냐 은화 천 닢을 주겠다고 그랬지. 한데 그녀는 거절했어. 그 때문에 내가 특별히 청하는데, 어떻게 입회할 수 있는 방법을 가르쳐 주고, 내가 입회할 수 있도록 자네도 힘써 주게. 그렇게 되면 자네는 사실 나같이 선량하고 믿음직스런 훌륭한 회원 하나를 얻게 되는 것이네. 자네는 진작에 내가 풍채 좋은 호걸에 건장한 체격의 소유자라는 것을 알고 있었지. 자, 내 얼굴은 홍안이고 의학 박사야. 이런 훌륭한 인물은 그리 흔하지 않아. 게다가 나는 고상한 이야기, 아름다운 칸초네, 뭐든 잘 알지. 원한다면 한 곡조 뽑을까……."

이렇게 말하고 갑자기 노래를 부르기 시작했습니다. 브루노는 너무나 우스워서 하마터면 웃음보를 터뜨릴 뻔했지만 간신히 참았습니다. 노래를 끝낸 의사가 물었습니다.

"어떤가? 내 노래가."

브루노는 대답했습니다. "분명 수수깡 칠현금도 따르지 못하겠군요. 목소리는 왕방울 굴리는 소리군요."

의사가 말했습니다. "자네는 듣기 전에는 이 정도일 줄은 몰랐겠지."

"그랬지요."

의사는 더욱 신이 나서 말했습니다.

"이 밖에도 나는 아는 것이 많지만 지금은 이만해 두지. 내 아버지는 지금 자네가 보는 나와 꼭 닮은 귀족이었어. 촌에서 살았지만……. 나는 발레키오(카스텔 피오렌티노 부근에 있는 마을) 태생의 역시 귀족이신 여인에게서 태어났지. 자네도 알 겠지만 피렌체를 통틀어 값으로 따지면 백 바가티노(별 값어 치 없는 베네치아의 화폐)는 될 거야. 이건 10년 전부터 가지고 있는 물건인데, 꼭 입회하도록 주선해 주게나. 맹세코 말하지 만 만약에 자네가 그렇게 해 주면 자네가 병이 나도 치료비는 한 푼도 받지 않을 거네."

브루노는 그 말을 듣고 진작부터 멍청하다고 여겨왔지만 이렇게 대답했습니다.

"선생님, 좀더 이쪽으로 불을 밝혀 주세요. 이 서생원들 꼬리를 다 그릴 때까지 좀 조용히 하세요. 끝나면 대답할 테니." 브루노는 꼬리를 다 그리고 나서 난처하다는 듯 이렇게 말했 습니다.

"선생님, 선생님께서 내게 베푸신 은혜는 대단한 것이지요.

나는 그것을 잘 압니다. 그렇지만 선생님께서 내게 청탁하시는 일은 선생님의 위대한 머리로는 지극히 사소한 일이겠으나 나로서는 너무나 벅찬 사건입니다. 하지만 선생님을 위해 힘쓰지 않는다면 이 세상에는 달리 그럴 사람은 없습니다. 그것도 내가 선생님을 진심으로 믿고 있기 때문이며, 또 선생님의 말씀에 매혹되었기 때문입니다. 선생님의 말씀은 내 마음을 여지없이 뒤흔들어 놓았고, 신자라면 벗은 발로 기도를 드릴 정도로 지혜를 가지셨지요. 선생님과 교제할수록 선생님은 현명하신 분이라 생각됩니다. 덧붙여서 말하자면 나는 내 마음을 사로잡는 것이 아무것도 없음을 한탄했습니다만, 선생님만은 나를 휘어잡고 있다는 것입니다. 또한 나와 마찬가지로 선생님께서도 아름다운 미인의 육체를 숭배한다는 것도 알았습니다. 그럼에도 불구하고 내가 선생님이 원하시는 일을 해 드릴 수가 없다는 것입니다. 그러나 선생님께서 비밀을 굳게 지키신다면 위대하고 현명하신 신념을 걸고 내게 약속해 주신 것이니 말씀하신 값진 책과 그 밖에 갖가지 물건을 갖고 계신 것이 확실하다고 생각되므로 반드시 목적을 달성하실 수 있으리라 믿습니다."

그 말에 의사가 말했습니다.

"마음 놓고 말해 주게. 한데 내가 비밀을 지켜낼 만한 사나이인지도 아직 모르고 있는 것 같군. 과스파르룰로 다 살리체토 씨가 포를림 포폴리 시장 밑에 재판관으로 있을 때 무슨 일이든 내게 다 말해 주었는데, 그런 일은 세상에 그리 흔한 일은 아니었네. 그것은 내가 굳게 비밀을 지키는 사나이였기 때문이 아니겠는가. 내가 사실을 말하는지를 알고 싶은가? 그가 베르가미나와 결혼하려 했을 때 제일 먼저 의중을 밝힌 상대가 바로 나였네. 어떤가, 이제 알았나!"

"아아 좋습니다." 하고 브루노가 말했습니다.

"그러한 분이 신뢰했다니 나도 신뢰하겠습니다. 선생님께서는 이런 방법을 취하시면 됩니다. 우리들 회에는 회장이 한 사람, 고문이 둘이며, 모두 6개월마다 재선출합니다. 내달에는 틀림없이 부팔마코가 회장이 되고 내가 고문이 되도록 내정되어 있습니다. 거기서 회장이 되면 대단한 권한으로 마음에 드는 자를 입회시킬 수 있습니다. 그러니 선생님께서는 되도록 부팔마코와 친교하고 그를 정중하게 대하십시오. 선생님이 이처럼 현명한 분인 줄 알면 당장에 홀딱 반해 버릴 그런 사나이지요. 선생님의 명석한 두뇌와, 갖고 계신 훌륭한 물건으로, 마음을 잡아 놓으면 입회를 청하는 일은 한층 수월해집니다. 그는 고개를 가로젓지는 않을 겁니다. 게다가 선생님 말씀을 좋게 전하고 있어서 지금도 그는 아주 선생님께 호의를 가지고 있습니다. 그러니 선생님이 운을 뗀 뒤의 일은 내게 맡기세요."

그러자 의사는 말했습니다.

"과연 그럴 듯하네. 만약에 그가 현인을 알아보는 사나이라면 내가 슬쩍 한 마디만 하면 나를 찾아 헤매며 나를 만나고 싶어 못 견딜 걸세. 원래 나는 넘치는 지혜를 가졌고, 그 지혜는 거리에 뿌려대더라도 남아 도는 지혜를 주체하지 못할 지경이네."

그리고 브루노는 부팔마코에게 일의 자초지종을 이야기했습니다. 그것을 들은 부팔마코는 이 천치 선생의 손님으로 초대될 날을 초조하게 기다렸습니다.

한편 의사는 어떻게든 약탈하러 가고 싶어 몸이 근질거렸고, 지체 없이 부팔마코를 친구로 삼는 일에 착수하여, 세상에 흔치 않은 훌륭한 만찬과 정찬에 그를 초대했습니다. 물론 브루노도 함께 갔습니다. 두 사람은 신사처럼 점잔을 빼며 최상급 포도주며 살찐 수탉 등 그 밖의 여러 가지 요리를 대접받았습니다. 그리고 초대받지 않았을 때도 어슬렁어슬렁 찾아가 다른 분이라면 이렇게 한가하게 찾지도 않았을 거라며 그 집에 눌러붙었습니다.

의사 선생은 이제 슬슬 이야기를 붙여도 좋을 때라고 생각하고 브루노에게 말한 것처럼 부팔마코에게 말했습니다. 그러자 부팔마코는 느닷없이 화를 내면서 마구 소리를 질렀습니다.

"파시냐노의 신(그리스도. 즉, 파시냐노 사원 정면 벽에 그리스도의 상이 그려져 있기 때문이다)께 맹세코 말하지만 이놈 브루노야, 네놈의 코쭝배기가 뒤꿈치에 가서 붙을 만큼 두들겨 패야 알겠냐. 배신자 같으니라고. 선생께 이런 말을 한건 너뿐일 테니."

그러자 선생은 다른 곳에서 들었다고 브루노를 감쌌습니다. 그리고 한껏 여러 가지 현명한 말을 늘어놓으며 상대를 달랬습니다. 그러자 부팔마코는 의사를 향해 말했습니다.

"선생님, 당신이 볼로냐에서 굳게 비밀을 지키는 법을 배워

오신 것은 참으로 좋은 일입니다. 덧붙여 내가 말씀드리는 것은 선생님께서는 세상의 바보들처럼 사과 위의 ABC를 공부하신 분이 아니라 참외 위에서 공부하셨다(사과에 글씨를 써서 가르치던 시대가 있었다. 그것은 사과를 먹으면서 욀 수 있도록 한 것이다. 참외 위에서 공부했다는 것은 바보라는 뜻)는 그 말씀입니다. 참외 쪽이 더 길지 않습니까? 또한 나의 잘못된 짐작이 아니라면 선생님은 일요일에 세례('바보스럽다'는 뜻. 일요일에는 소금을 팔지 않으므로 소금 없이 세례를 받았다는 뜻)를 받으셨습니다. 그런 브루노의 말에 따르면 선생님은 거기서 의학을 공부하셨다는데, 나로서는 사람을 휘어잡는 술법을 공부하셨다고밖에 생각되지 않습니다. 선생님처럼 현명하게 머리를 쓰시고 현명하게 말씀하시는 분을 나는 아직 뵌 적이 없습니다."

의사는 그의 말을 가로막으며 브루노에게 이렇게 말했습니다.

"지혜 있는 분과 대화하고 교제하는 일은 정말 즐거운 일이 아닐 수 없소! 이 사람처럼 이렇게 순식간에 내 마음을 살피는 자가 이 세상에 또 있을까? 자네도 이분만큼은 내 가치를 알아주지 못했네. 자, 그것은 접어두고 내게 부팔마코 씨가 지혜로운 사람을 좋아한다고 했을 때, 내가 자네에게 했던 말 정도는 기억하겠지. 어떤가, 나는 지혜롭게 행동하지 않았나?"

그러자 브루노가 대답했습니다.

"정말 뜻밖일 정도입니다."

거기서 의사는 부팔마코에게 말했습니다.

"내가 볼로냐에 있었을 때 당신이 나를 만났더라면 다른 말을 하셨을 겁니다. 거기서는 어른, 아이, 박사, 학생 모두 한결같이 나의 화술과 명석한 두뇌로 모든 사람을 만족시키고, 사람들이 웃지 않고는 못 배기는 재치 있는 말을 했지요. 그래서 모두가 좋아서 야단을 떨고, 내가 볼로냐를 떠날 때는 모두 소리내어 울면서 날더러 있어 달라고 모두 애원하는 것이 아니겠습니까. 꼭 붙잡을 욕심에 전체 학생의 의학 강의는 나 하나에게 맡긴다고까지 하더란 말씀입니다. 그렇지만 거절했지요. 내가 지금 가지고 있는 조상 대대로의 막대한 재산을 상속받게 되었기 때문입니다. 그리고 그대로 했습니다."

이번에는 브루노가 부팔마코에게 말했습니다.

"어떻게 생각하나? 내가 자네에게 말할 때 자네는 믿지 않았어. 거짓말이 아니네. 이분만큼 당나귀 오줌에 해박한 사람은 이 세상에 없을 테니. 거짓말 같으면 찾아보라구, 여기서 파리 성문까지 찾아 헤매도 이런 명의는 없어. 자아, 선생님이 소망하시는 일을 싫으면 싫다고 말해 보라구!"

선생은 말했습니다.

"브루노 군, 참 말 잘했소. 그러나 아직 나는 이곳에서는 그다지 알려지지 않았소. 이 시의 사람들은 아주 이해가 빠르지 못하더군요. 그러나 당신은 여러 박사들 중에서도 내가 어떤 위치를 차지하고 있는지 알아야 하오."

그러자 부팔마코는 말했습니다.

"선생님, 정말로 당신은 내가 생각했던 것보다 훨씬 식견이 높습니다. 그래서 나는 당신과 같은 현인에게 어울리는 말을 쓰겠습니다만, 나는 당신이 우리들의 회에 참가할 수 있도록 틀림없이 주선하겠습니다만, 하고 잠정적(놀리는 뜻)으로 말씀드립니다."

이처럼 약속을 하자 두 사람에 대한 의사의 언행은 더욱 정중해졌습니다. 두 사람은 매우 재미있어하며 허무맹랑한 일을 꾸몄습니다. 즉, 전 인류의 신체의 뒤쪽에서 발견되는 가장 아름다운 것, 즉 치빌라리(피렌체 성벽 옆의 용변을 보는 더러운 장소) 백작 부인을 정사의 상대자로 그에게 안겨 줄 것을 약속을 했던 것입니다. 의사가 그 백작 부인이 누굽니까, 하고 묻자 부팔마코는 이렇게 대답했습니다.

"아이구, 씨오이(외설스런 뜻으로 씨만 받는 큰 오이) 선생. 그분은 참으로 고귀한 부인으로 이 세상에 그녀의 권한이 미치지 않은 가정은 거의 없습니다. 뿐만이 아니라 성 프란체스코 파의 신부들도 캐스터네츠를 치면서 그녀에게 경의를 표하고 있습니다. 다시 말하자면 부인이 외출하면 아무리 미행일지라도 곧 알려질 정도입니다. 그런데 어느 날 밤에 부인은 신선한 공기를 마시고, 발도 씻을 겸 아르노 강으로 나가셨죠. 선생님 댁 앞을 지나쳐 가신 것은 바로 어젯밤의 일입니다. 하지만 가장 오래 사시는 곳은 라테리나입니다. 그리고 부인의 하인들은 항시 그 주위를 보살피고 부인의 권위를 나타내기 위해 모두가 청소용 몽둥이와 철봉을 들고 다닙니다. 부인을 모시는 사람들 중에는 문지기 각하를 비롯해서 반토막 남작, 빗자루 경, 설사 경(갖가지 형태의 배설물) 등이 있습니다. 선생님으로서는 모두 정다운 이름들뿐입니다만 지금은 이미 기억에서 사라지셨겠지요. 그러니 카카빈칠리 여인의 일 따위는 깨끗이 잊어버리시고 만약 우리 계획대로 잘 된다면 이 훌륭한 백작 부인의 부드러운 품안에 선생님을 안기게 해 드리겠습니다."

볼로냐에서 태어나고 자란 의사 선생은 그런 말을 미처 알지 못했으므로 그런 부인이라면 만족한다고 대답했습니다. 이런 엉터리 짓을 한 뒤에 두 화가는 선생님은 입회가 허락되었음을 전했습니다. 마침내 회원이 모인다는 날 밤이 되자 의사는 두 사람을 식사에 초대하고 식사가 끝나자 그 회에 출석하려면 어떤 방법을 취해야 되는지를 물었습니다.

부팔마코가 대답했습니다.

"선생님, 선생님께서는 크게 용기를 내셔야 합니다. 만약에 용기를 내지 못하게 되면 일이 꼬일 우려가 있으며 우리도 큰 타격을 받습니다. 어느 정도로 대담하게 행동해야 되는지 이제부터 말씀드리겠습니다. 오늘 밤 선생님은 사람들이 모두 잠들었을 즈음에 가장 훌륭한 의복을 차려 입고 산타마리아 노벨라 사원 밖의, 최근 새로 봉분한 무덤에 걸터앉아 계십시오, 그것은 선생님께서 처음으로 명예로운 회원으로서 회원들 앞에 선을 보이기 때문이고 또 우리는 그때 입회하지 않았었기 때문에 이야기로 들은 바를 말씀드리는 것입니다만, 선생님은 귀족이시니까 백작 부인은 자기의 비용으로 선생을 목욕의 기사(목욕 후에 훈위를 받으므로 이렇게 부른다. 목욕훈작사(沐浴勳爵士)라고도 하며 세 계급이 있다)로 선출하시고

자 생각하시는 모양입니다. 그리고 선생님은 우리가 보내는 영접의 사자가 선생님을 맞으러 갈 때까지 그대로 죽 기다리고 계십시오. 여기서 모두 말씀드립니다만 영접의 사자라는 것은 실은 뿔이 돋은 그다지 크지 않은 검은 짐승입니다. 그 짐승은 선생님 눈앞에서 무서운 기세로 뛰어 돌아다니며 선생님을 놀라게 하려고 할 것입니다. 그러다가 선생님이 놀라지 않는다는 것을 알면 가만히 다가옵니다. 다가오면 무서워 마시고 그 짐승의 등에 올라타십시오. 그러면 짐승은 천천히 걸어서 우리에게로 옵니다. 그러나 그 사이에 선생님께서 무서워하며 신이나 성인의 이름을 부르시면 짐승은 선생님을 내던지거나 혹은 몸을 흔들어 선생님에게 구린 꼴을 보여 드릴는지 모릅니다. 그러니 도저히 못하겠다고 생각되시거든 묘지로 가지 않는 것이 좋을 겁니다. 선생님 자신도 손해일 뿐 아니라 우리에게도 이득이 될 게 없으니까요."

그러나 의사가 말했습니다.

"당신은 아직도 나를 잘 모르는 모양이군. 내가 장갑을 끼고 긴 상의를 입고 있으니까 그렇게 보는 모양이오. 내가 볼로냐에 있었을 때는 한밤중에 친구들과 곧잘 여자의 집을 찾았는데, 그때 저지른 일을 안다면 아마 깜짝 놀랄 것이오. 거짓말이 아니오, 어느 날 밤은 여자가(그 여자는 단순히 나쁘다기보다 질이 좋지 못한 여자로 키는 남들 반밖에 안 되었는데) 우리와 같이 가려고 하지 않으므로 나는 우선 주먹으로 그녀를 갈기고 다음에 번쩍 들어 태질치듯 내던졌소. 그랬더니 끝내는 항복하고 따라오더군. 그리고 이런 일도 있었소. 하인

하나를 데리고 아베마리아 기도 시간 바로 뒤에 성 프란체스코 파의 묘지 옆을 지난 일이 있소. 그날 그 묘지에는 여자가 매장되었는데, 나는 조금도 무섭지 않았다오. 그러니까 그런 일이라면 걱정할 필요가 없소. 나는 남보다 두 배의 용기가 있고 원기가 넘치고 있소. 여기서 밝혀 두지만 훌륭한 모습으로 여러분 앞에 나아가도록 나는 의학 박사 학위식에 입었던 빨간 가운을 입고 가겠소. 나를 본 회원 여러분은 몹시 기뻐할 것이고, 얼마 안 가 내가 회장이 되리라는 것을 짐작할 것이오. 또 백작 부인은 나를 만나보지 않고도 내게 반해 목욕 기사로 발탁해 주신다는 형편이니, 내가 가입하면 얼마나 회의 운영이 매끄럽게 될 것인지를 알 수 있지 않소. 기사의 칭호는 내게 어울리지 않으나 그 지위를 솜씨 있게 유지할 것인지는 그녀가 알고 있을 것이오. 자아, 그대들은 모든 것을 내게 맡기시오."

그러자 부팔마코가 말했습니다.

"정말로 훌륭한 말씀입니다. 하지만 절대로 우리를 속이진 마십시오. 우리가 사자를 보냈을 때, 거기에 없거나 우리에게로 오지 않거나 하는 일은 없기를 바랍니다. 내가 이런 말씀을 드리는 것은 날씨가 아직도 춥고, 당신들 의사 선생들은 추위에 신경이 예민하기 때문입니다."

"원, 별말씀을. 나는 그런 바보가 아니오. 추위 따위는 괜찮소. 사람들은 흔히 밤중에 소변보러 갈 때 이것저것 껴입지만 나는 겨울에도 조끼 위에 모피를 걸칠 뿐 그 이상 껴입지 않소. 그러니까 틀림없이 묘지로 갈 것이오."

이윽고 두 사람이 돌아가고 밤이 깊어지자 의사는 적당한 구실을 붙여 아내는 집에 있게 하고 제일 좋은 옷을 몰래 꺼내어 입은 다음 밖으로 나가 무덤에 올라갔습니다. 그날 밤은 추웠으므로 선생은 대리석 위에 몸을 움츠리고 앉아 짐승을 기다렸습니다. 몸집이 크고 둔해 보이는 부팔마코는 지금은 거의 사라진 가면 놀이에 흔히 쓰이는 가면을 입수하고 또 검은 모피를 뒤집어쓰고 꼭 곰처럼 꾸몄습니다. 가면에는 뿔이 없어 악마로는 보이지 않았기 때문이었습니다.

이런 모양으로 그는 산타마리아 노벨라 사원의 새 광장으로 갔으며, 브루노는 그 꼴을 살피려고 그 뒤를 따랐습니다. 의사 선생이 와 있는 것을 본 부팔마코는 온 광장을 뛰거나 달리거나 미친 듯이 코를 불기도 하고 소리를 질러대며 꺼이꺼이 울기도 했습니다.

의사는 울부짖는 소리를 듣자 원래 무섬타는 계집애보다 더 겁이 많은 작자였으므로 그만 머리털이 하늘로 솟고 몸이 덜덜덜 떨렸습니다. 그리고 이런 곳에 오느니 집에 있는 편이 좋았을 것이라고 후회했습니다. 그러나 이왕 왔으니 마음을 침착하게 하고 정신을 가다듬어 두 사람에게서 들은 진귀한 것들을 보아야겠다는 마음이 차츰 강해졌습니다. 그러는 동안에 이미 미쳐 날뛰던 부팔마코는 마음이 진정된 체하면서 의사가 앉아 있는 무덤 쪽으로 다가가 조용히 있었습니다.

의사는 그래도 두려워서 처음에는 그 등에 타기를 망설였습니다. 그러나 만약 올라타지 않으면 더 큰 봉변을 당하지 않을까 하고 걱정되어 결국은 그 두려움이 처음의 두려움을 이겼습니다. 의사는 무덤에서 내려와 작은 소리로, "신이여, 살펴 주소서." 하면서 짐승의 등에 올라탔습니다. 그리하여 완전하게 걸터앉아 벌벌 떨면서도 지시받은 대로 팔짱을 끼고 짐승에게 모든 것을 맡겼습니다. 짐승이 된 부팔마코는 산타마리아 델라 스칼라 사원 쪽으로 조용히 기어가 리폴레 수녀원 부근에 이르렀습니다.

당시 그 근처에는 분뇨 구덩이가 많았습니다. 농민들이 밭에 거름을 주기 위해 예의 치빌라리 백작 부인을 많이 모아 두었던 것입니다. 부팔마코는 한 분뇨 구덩이에 다가가 의사 선생의 한쪽 다리를 붙잡고 등을 탁 쳐서 냅다 거름 구덩이에 처박았습니다.

이렇게 해놓고 다시 미치광이처럼 소리를 지르기도 하고 울부짖기도 하면서 산타마리아 델라 스칼라 사원을 지나 오닛산티 초원을 향해 갔습니다. 그러자 거기에는 터지는 웃음 때문에 브루노가 먼저 와 있었습니다. 두 사람은 허리를 잡고 웃고 법석을 떨면서 의사 선생이 어떤 모습으로 오물투성이가 되었는지가 궁금하여 멀리서 까치발을 했습니다.

의사 선생은 떨어진 장소가 얼마나 더러운 것인가를 깨닫고는 허우적거리며 밖으로 기어 나오려고 했습니다. 그러나 한쪽 발을 올려놓으면 다른 쪽 발이 미끄러져 도로 풍덩 빠져 민망하게도 머리에서 발끝까지 오물을 뒤집어썼을 뿐만 아니라 입으로 들어가기도 하였습니다. 그러다 겨우 밖으로 기어 나왔지만, 다람쥐 가죽 모자는 떨어뜨리고 말았습니다.

선생은 두 손으로 분뇨를 닦고 훑어 내리면서 어디다가 호소하지도 못하고 그대로 집으로 돌아와 탕탕 문을 두드렸습니다. 선생께서 이런 구린내 나는 몸을 하고 집 안에 들어가문을 닫으려는 순간에, 그 부인이 남편에게 어떻게 하는가를 보려고 브루노와 부팔마코가 슬쩍 들어갔습니다.

그러자 부인은 어떤 악인도 듣지 못할 욕설을 마구 퍼부었습니다.

"얼씨구, 참 꼴좋다! 아니 어떤 년한테 갔던가요? 그 아끼던 붉은 가운을 꺼내 입고서 훌륭도 하셔라……. 이제 나는 필요 없다는 말이구먼. 하지만 나는 아직 온 교구 안의 사람들을 만족시킬 정도예요. 당신쯤은 문제가 아니야. 빠져야 할 구덩이에 빠졌거든 그냥 죽어 버릴 일이지 뭣 하러 살아왔어. 아이구 내 팔자야, 동네 사람들 들으시오. 여기 명예도 높으신 의학 박사님이 캄캄한 밤중에 똥통에 빠졌습니다 그려!"

부인은 선생이 몸을 씻는 동안에도 계속 온갖 욕설에 패악을 떨며 한밤중까지 남편을 윽박질렀습니다. 그리고 이튿날 아침이 되자, 브루노와 부팔마코는 그림물감으로 온몸에 멍을 그려 의사의 집으로 왔습니다. 의사는 벌써 일어나 있었는데 집 안은 온통 구린내가 진동하여 머리가 아플 지경이었습니다. 아무리 씻어도 냄새가 가시지 않았던 것입니다. 의사는 두 사람을 보고 "잘 왔소." 하며 인사했습니다. 인사를 받은 브루노와 부팔마코는 미리 짜고 온 대로 화를 내며 대답했습니다.

"선생, 우리는 당신에게 그런 인사를 들으러 온 것이 아닙니다. 차라리 하느님의 자비로 누군가 우리를 찔러 죽였으면 좋겠습니다. 이보시오, 사람을 이렇게 배신한단 말이오? 우리는 선생에게 명예와 쾌락을 주려고 했는데 선생이 우리에게 한 보답은 개돼지처럼 죽도록 당하게 한 일이니까요. 선생의 배신으로 엊저녁 우리는 매만 실컷 맞았습니다. 그렇게 매질하면 당나귀도 로마까지는 갈 거요. 그뿐인가요. 우리가 선생을 입회시키려던 회합에서 쫓겨날 뻔했구요. 믿지 못하시겠다면 우리가 어떻게 됐는지 멍을 좀 보시오."

두 사람은 어두운 쪽에서 가슴을 열어 물감으로 그린 피멍을 보이고 얼른 다시 여몄습니다. 의사는 잘못했다고 사죄하고 자기가 어떤 곳에 어떻게 처박혔는지를 이야기하려고 했습니다. 그러자 부팔마코가 덮어씌우듯이 말했습니다.

"나는 선생이 아르노 강에나 빠져 버렸으면 했습니다. 왜 선생은 신이나 성인의 구원을 빌었죠? 우리가 미리 말하지 않았소!"

"맹세코 구원을 빌지 않았소."

"뭐라구요? 신께 빌지 않았다고? 그럴 리가, 빌었다던데? 우리의 사자는 선생이 사시나무 떨듯이 떨면서 자기가 어디 있는지도 모르게 겁을 내더라고 하더군요. 선생은 이번에 우리를 보기 좋게 골렸지만 앞으로는 그렇게 안 될 겁니다. 우리는 이일에 대한 보복을 하고야 말 테니까."

의사 선생은 백배 사죄를 하면서 더 이상 망신시키지 말아 달라고 애원하면서 온갖 말로 두 사람을 달랬습니다. 그 이후로는 자기의 처참한 사건을 사람들에게 퍼뜨릴까 걱정이 되어 두 사람을 계속 환대하고 정중하게 식사에 초대하는 등 극진한 대접을 했다는 것입니다.

이제 이야기는 여기서 끝났습니다만, 볼로냐까지 가서 유학을 했다 하더라도 진정한 공부를 하지 않은 자에게는 좀더 지혜를 줄 필요가 있지 않겠습니까.

열 번째 이야기

어느 시칠리아의 여자가 어떤 상인을 속여 그가 팔레르모로 가지고 온 상품을 뺏는다. 그는 전보다 더 많은 상품을 다시 가지고 온 것처럼 꾸미고 여자로부터 돈을 빌린 후 사실은 상품이 아닌 짠물과 삼 부스러기를 주고 간다.

여왕이 긴 이야기를 하는 중에도 부인들은 폭소를 연발하며 눈물까지 훔칠 지경이었으며, 잠깐인 듯 긴 이야기를 끝냈을 때 디오네오는 자신의 차례를 맞아 이야기를 시작했습니다. 친애하는 여러분, 계략을 꾸며 남을 속이려다가 더욱 치명적인 계략에 빠졌다고 한다면 이 얼마나 어리석고 가소로운 일이겠습니까. 지금까지 여러분은 각기 재미있는 이야기를 들려 주셨습니다만, 나도 정말 흥미 있는 이야기를 하겠습니다. 왜냐하면 이것은 어떤 여자보다도 계략을 잘 꾸미고, 또한 어떤 남자보다도 교묘히 잘 속이는 선수였기 때문입니다.

옛날, 아니 지금도 있겠지만, 항구가 있는 해안에는 상인이

상품을 싣고 오면 대개 부두 같은 장소에 영주나 그 지방의 세관을 관리하는 세관 창고가 있으며, 일단 그 창고에 상인들의 상품들을 넣는 것이 관습으로 되어 있습니다. 여기서 짐을 내릴 상인이 제출하는 모든 상품과 가격표를 제출하면 그에 따라 세관은 상인에게 창고를 지정하고, 상인은 상품을 창고에 넣고 자물쇠를 채워 놓습니다. 세관원은 모든 상품을 상인에게 채권으로 세관의 장부에다 기입합니다. 그래서 상인이 상품의 일부 또는 전부를 인출하는 경우에는 보관료를 징수하는 것입니다.

그리고 중매인은 이 세관의 장부에 보관되어 있는 상품의 수량이나 품질을 조사하고, 다시 소유주 이름을 조사한 후 필요에 따라서 그 상인과의 물품교환이나 매각을 교섭하기도 하는 것이지요.

이러한 관습이 다른 항구와 마찬가지로 시칠리아의 팔레르모에도 있었습니다. 이곳에는 옛날부터 용모는 매우 아름답지만, 정숙하고는 거리가 먼 품행이 좋지 못한 여자들이 많았으며, 지금도 많습니다. 이런 여자들은 모르는 사람들이 겉만 볼 때는 아주 고상하고 정숙한 여자로 보입니다.

그녀들은 남자의 속옷뿐만 아니라 가죽까지 벗겨 버리는 것을 업으로 하기 때문에, 외국의 상인이 오면 세관의 장부에서 그의 소유 상품이 뭔가 또는 수량이 어느 정도인가를 조사하지요. 이것이 끝나면 요염을 떨고 넌지시 후려내며 달콤한 소리로 유혹하고 사랑의 함정에 빠뜨리지요.

지금까지 많은 상인이 걸려들어 상품의 대부분을, 아니 전부를 빼앗겼던 일이 많습니다. 그들 상인 중에는 상품뿐만 아니라 배, 아니 껍데기까지 벗긴 사람도 있습니다. 그렇습니다. 여자 이발사들은 그만큼 면도날을 부드럽게 사용하는 솜씨가 훌륭했습니다.

그런데 그리 먼 옛날은 아니지만, 이 거리에 살라바에토라고 불리며, 보통 다치냐노의 니콜로라는 피렌체의 젊은이가 주인들의 명령으로 살레르노의 시장에서 팔다 남은 금화 5백 피오리니 정도의 옷감을 가지고 찾아왔습니다. 그는 상품의 명세서를 세관원에게 제출하고 창고에 넣었습니다. 그리고 그리 서둘러 팔 눈치도 없이 가끔 거리로 놀러 가곤 했습니다.

그는 얼굴이 흰하고 금발인 쾌활한 남자로, 단정하고 매력이 있었기 때문에 마담 안코피오레라는 여자가 그에 관한 일을 듣고 놓치지 않으려고 눈독을 들이며 은근한 추파를 보냈습니다.

젊은이는 그것을 눈치채자 그 여자를 고귀한 신분의 여자일 거라고 지레짐작하고 자기 정도의 미남이라면 그녀의 마음에 들 것이 틀림없으므로 사랑의 밀회를 성취하려고 생각했습니다. 그래서 이 일을 아무에게도 말하지 않고 그녀의 집 창문 아래를 왔다갔다하기 시작했습니다. 그녀는 그것을 알고, 처음 며칠간은 요염하게 뜨거운 눈길을 보내 그를 사모하여 애가 타는 것처럼 보이게 한 후, 남녀의 밀회에 관한한 뛰어난 수완을 가진 자신의 하녀를 그에게 보냈습니다.

하녀는 온갖 거짓말 끝에 눈물마저 보이면서 당신의 눈부신 매력에 주인은 완전히 포로가 되어 밤낮으로 마음이 들떠 정신을 차리지 못할 지경이라는 것이었습니다. 그런 이유로 당신만 좋다면 만사 제쳐놓고 어디 온천 여관에서 몰래 만나기를 원한다고 말했습니다. 그리고 즉시 손 주머니에서 반지 하나를 꺼내 마님의 선물이라고 건네 주었습니다.

그러자 살라바에토는 하늘에 오를 듯한 심정으로 반지를 받아 눈에 비비며 키스를 하고 손가락에 끼었습니다. 그리고는 만약에 마담 안코피오레가 그처럼 나를 사랑하고 있다면 그것은 절대로 짝사랑이 아니며, 자기도 목숨을 걸고 그녀를 사랑하므로 언제라도 그녀가 있는 곳으로 갈 작정이라고 대답했습니다. 하녀가 이 대답을 주인에게 즉시 전하자 이러저러한 온천 여관에서 내일 밤에 기다린다는 전갈이 살라바에토에게 전해졌습니다.

그는 이 일을 아무에게도 알리지 않고 즉시 약속된 장소에 가보니 그들을 위해서 목욕 준비까지 되어 있었습니다. 거기에 잠시 후 두 사람의 여자 노예가 짐을 가지고 나타났습니다. 한 사람은 크고 아름다운 이불을, 다른 한 사람은 여러 가지 물건이 담긴 바구니를 갖고 왔습니다. 그리고는 아름다운 이불을 침대 위에 펴고 그 위에다 비단으로 가장자리를 붙인 아름다운 한 쌍의 시트를 덮고 환상적인 무늬가 있는 두 개의 베개에 키프로스 산의 투명한 그물눈의 덮개를 씌웠습니다. 그리고 두 사람은 발가벗고 욕탕으로 들어가 욕조를 아주 깨끗이 씻었습니다.

그러자 잠시 후, 부인은 또 다른 여자 노예 두 사람과 온천 여관으로 왔습니다. 그녀는 잠시 쉬더니 과장된 몸짓으로 살라바에토에게 기쁨의 인사를 하고 여러 번 깊은 한숨을 쉰 후 그를 끌어안고 키스를 나누며 속삭이듯 말했습니다.

"당신이 아니라면 나는 이렇게 되지 않았을 거예요. 당신은 내 마음에 불을 질렀어요. 사랑스런 토스카나 사람."

이런 말을 나누고 그녀가 이끄는 대로 알몸으로 욕조로 들어갔습니다. 두 명의 노예도 들어왔습니다. 그녀는 다른 사람한테는 그의 몸에 손을 대지 못하게 하고 사향과 정향이 섞인 비누로 살라바에토의 몸을 놀라울 만큼 공을 들여 씻은 후에, 노예에게 자기의 몸을 씻고 주무르게 했습니다.

그것이 끝나자 노예들은 향이 좋은 두 장의 새하얀 천으로 한 장으로는 살라바에토를 감싸고 다른 한 장으로 여자를 감쌌습니다. 그리고 두 사람을 안고 준비가 완료된 침대로 옮겼습니다. 조금 후 땀이 식자, 하얀 젖은 천을 치우고 두 사람을 알몸으로 다른 천위로 옮겨놓았습니다. 노예들은 바구니 안에서 장미 향, 오렌지꽃 향, 재스민 향, 레몬꽃 향이 나는 향수병을 꺼내 두 사람에게 뿌렸습니다. 또 과자 상자와 고급 포도주로 두 사람은 다소 기분을 풀었습니다.

살라바에토는 천국에 온 기분었고, 몇 번이고 그녀를 바라보았으며, 보면 볼수록 그녀는 아름다웠습니다. 빨리 노예들을 내보내고 그녀의 보드라운 몸을 두 팔로 끌어안고 싶어 몸살이 날 정도였습니다.

드디어 노예들이 여인의 명령으로 등불 하나만 방 안에 남겨 놓고 나가 버리자 그녀와 살라바에토는 서로 끌어안았습니다. 무엇보다도 살라바에토는 그녀가 사랑 때문에 온몸이 불타고 있는 것으로 알고, 두 사람은 오랫동안 쾌락의 즐거움에 열중했습니다.

이윽고 여자는 자리에서 일어날 시간이라 생각해서 여자 노예를 불러들여 두 사람은 옷을 입었습니다. 그리고 다시 한 번 포도주를 마시고 과자를 먹으며 기운을 회복하고 아까 그 향수로 얼굴과 손을 씻고 일어설 때쯤 살라바에토에게 말했습니다.

"좋으시다면 오늘 밤 우리 집에 오셔서 저녁을 함께 하시고 주무신다면 더 이상 기쁜 일이 없겠습니다."

그녀의 아름다움과 그녀가 잠자리에서 행하던 달콤한 사랑의 기교에 완전히 마음을 빼앗긴 살라바에토는 여자가 진심으로 자신을 사랑하는 것이라고 마음에 새기며 대답했습니다.

"마담, 당신의 소원이라면 기꺼이 따르겠습니다. 그래서 오늘 밤은 물론, 언제라도 당신이 원하신다면, 당신의 명령에 따르겠습니다."

여자는 집에 돌아오자 아름다운 옷과 가구로 방을 완전히 장식하고 굉장한 음식을 준비하고 살라바에토를 기다렸습니다.

그는 다소 날이 어두워진 뒤에 그곳에 갔으며, 기분 좋게 영접을 받아 호화스런 식사와 향응을 받았습니다. 그리고 침실에 들어가니 침향의 향기가 알맞게 감돌고, 키프로스제의 새로 장식을 한 호화로운 침대가 놓여 있었으며, 옷장에 걸린 아름다운 수많은 옷을 보았습니다.

　이러한 것을 동시에 또는 하나하나 보면서, 그는 여자가 고귀한 부잣집 귀부인이 틀림없다고 여기면서, 다소 그녀의 생활에 대해 부정적인 소문을 들었다고 하지만 그것을 믿고 싶었겠어요. 또한 과거에 그녀가 몇 명의 남자를 속였다 하더라도 그 일이 자기에게 일어나리라고 어떻게 믿을 수 있었겠어요? 그는 더욱더 불처럼 타올라 그날 밤 그녀와 최고의 쾌락과 환희는 거듭되었습니다. 아침이 되자 그녀는 아름답고 가벼운 은으로 만든 허리띠를 꺼내 그의 허리에 매어주면서 이렇게 말했습니다.

　"귀여운 살라바에토 님, 제발 나를 잊지 마세요. 내 몸이 당신의 마음에 드는 것처럼 여기에 있는 물건도, 내가 할 수 있는 일이라면 무엇이든 당신의 명령대로 하겠어요."

　살라바에토는 기뻐하면서 그녀를 끌어안아 키스를 하고, 그녀의 집을 나와 상인들이 모여 있는 곳으로 갔습니다. 이리하여 그는 돈 한 푼 들이지 않고 두 번이나 그녀와 정사를 가졌으며, 점점 깊이 빠져 들고 있는 사이에 한편으로는 세관 창고의 옷감을 팔아서 크게 돈을 벌었습니다. 그것을 그 여자는 당장 그가 아닌 다른 사람한테서 소식을 들었습니다.

　그날 밤, 살라바에토가 그녀의 집으로 가자 그녀는 몹시 흥분하여 희롱을 해대며 요염한 키스를 하고 꽉 끌어안기도 하고 그의 팔 안에서 사랑으로 불타 마치 죽을 듯이 달려들며 몸부림을 치는 것이었습니다. 그녀는 두 개의 받침대가 달린 은으로 만든 술잔을 그에게 선물하려고 했습니다.

살라바에토는 그것을 거절했습니다. 그는 은화 한 닢만큼도 그녀에게 선물한 적이 없었고, 그녀에게서는 금화 30피오리니에 해당하는 선물을 받았기 때문입니다. 그럼으로써 여자는 호화롭게 돈과 물건을 잘 쓰는 것으로 가장하여 자기가 사랑에 몸을 불태우며 열렬하게 사랑하고 있다는 것을 믿게 만든 후에, 미리 지시해 놓았던 대로 그녀의 여자 노예 하나가 그녀를 불렀습니다. 잠시 후 그녀는 울면서 돌아왔습니다. 그리고는 침대에 쓰러져 정신없이 몸부림치며 울었습니다. 살라바에토는 깜짝 놀라 그녀를 안아 일으켜 따라 울면서 이렇게 말했습니다.

"아아, 소중한 내 사랑, 어찌 이렇듯 우는 것입니까? 우는 원인을 말씀해 주세요. 말을 해 주세요."

여자는 한참을 애를 태운 다음 이렇게 말했습니다.

"오, 나의 귀여운 분, 나는 어떻게 말하면 좋을지 모르겠군요. 지금 막 메시나의 오빠로부터 편지를 받았습니다. 8일 안으로 내가 가진 것을 모조리 팔든가 저당해서 금화 1천 피오리니를 보내 주지 않으면 교수형을 당한다는 것입니다. 나는 어떻게 해야 하지요? 그렇게 많은 돈을 무슨 수로 금방 만들어요? 적어도 15일만이라도 여유가 있다면 그 이상의 돈이라도 마련하거나 융통할 수가 있을 것이고, 내 토지를 팔 수도 있습니다. 하지만 그럴 수가 없으니, 이런 나쁜 소식을 접하기 전에 죽어 버리는 것이 나았을 거예요."

이렇게 말한 그녀는 애간장을 녹이듯 계속 울었습니다. 살라바에토는 사랑으로 가슴이 아파 판단력을 잃고 있었으며 여자의 눈물을 추오의 의심도 없이 진정으로 믿고는 이렇게 말했습니다.

"부인, 15일 내로 돌려 주신다면 1천 피오리니까지는 되지 않지만, 5백 피오리니는 빌려 드릴 수 있어요. 당신은 운이 좋군요. 어제 내 옷감이 팔렸습니다. 만일에 그것이 아니었다면 한 푼도 빌려 드릴 수가 없었을 것입니다."

"어머나! 그렇다면 그 동안 곤란하셨다는 말인가요? 왜 나에게 말씀하지 않으셨나요? 천 정도는 안 되지만 백이나 2백 정도는 융통해 드릴 수 있었는데. 그런 상황이라면 지금 말씀하신 원조는 받아들일 수가 없습니다." 하고 여자가 말했습니다.

"부인, 그런 일로 거절하시는 것을 원치 않습니다. 나에게 지금 당신과 같은 일이 생긴다면 나도 부탁했을 거라고 생각하기 때문입니다."

"아아! 당신의 나에 대한 사랑이 진실하고 완전한 것이란 걸 알았습니다. 청하지도 않았는데 호탕하게 나를 구해 주신다고 하시니 말이에요. 이런 일이 없더라도 나는 당신의 것이었는데 이렇게까지 하시니 나의 모든 것은 당신 것이 되지 않을 수가 없군요. 이것으로 오빠가 교수형을 면할 거예요. 하지만 당신은 상인이시고 상인은 돈으로 일을 한다는 것을 생각하니 내가 그것을 받는 것이 정말 마음이 아프군요. 하지만 돈이 절박하게 필요하고 반드시 갚아 드릴 것이니 받기로 하겠습니다. 부족한 금액에 대해서는 당장에는 좋은 방법이 없으니 여기 있는 내 물건을 저당하겠습니다."

그녀는 눈물을 흘리면서 이렇게 말하고 살라바에토의 품에 얼굴을 파묻었습니다. 살라바에토는 그녀를 위로했습니다. 그리고 그날 밤을 함께 지내고 진실로 호기 있는 그녀의 종이란 것을 증명하려고 그녀가 재촉하기 전에 금화 5백 피오리니를 보냈습니다. 살라바에토는 간단한 언약만으로 신용을 한 것입니다. 그녀는 겉으로는 눈물을 줄줄 흘리며 그 돈을 받았으나 속으로 비웃었습니다.

여자는 돈을 받자 태도가 돌변했습니다. 전에는 살라바에토가 원할 때면 언제라도 자유롭게 그녀의 집에 갈 수 있었으나, 이제는 여러 가지 핑계가 붙어 일곱 번에 한 번 정도 안으로 들어갈 수 있었고, 전과 같은 웃는 얼굴도 볼 수 없었으며 더구나 환영은 물론 애무 같은 것은 기대할 수도 없었습니다. 그러면서 돈은 기한을 넘기고 한 달이 지나고 두 달이 지났습니다. 재촉하면 핑계만 둘러댔습니다. 그래서 살라바에토는 이 질 나쁜 여자의 책략을 깨닫고, 자기의 경솔함을 뉘우쳤지만, 증서나 증인도 없었고 그녀가 갚지 않겠다면 무슨 말도 소용이 없었습니다.

이런 결과는 이미 다른 사람으로부터 듣고 있었으므로, 하소연한다고 해 봤자 자기의 어리석음에 비웃음만 살 것이고, 남에게 호소하는 것도 부끄럽게 여기고 다만 자기의 어리석은 행동을 한탄하고 있었습니다. 그러는 동안에 그에게는 주인으로부터 자주 편지가 왔으며, 상품이 팔렸으면 대금을 송금해 달라는 것이었습니다. 그는 그렇게도 할 수 없었으므로 자기의 잘못이 탄로나기 전에 이 거리에서 떠날 결심을 했습니다.

그리하여 작은 배를 타고 자기가 돌아가야 할 피사로 가지 않고 나폴리로 갔습니다. 그 당시 나폴리에는 콘스탄티노플 여왕의 재정관을 지내고 있던 우리와 같은 고향 출신인 피에 트로 델로 카니자노가 있었습니다. 그는 학식이 풍부하고 재 능이 많은 사람으로 살라바에토와 그의 가족들과는 친한 친 구 사이였습니다. 나폴리에 도착하여 며칠을 지내며 이 박학 다식한 지략과 권모술수에도 능한 카니자노에게 눈물을 흘리 면서 자기가 저지른 일과 불행한 사건을 모조리 털어놨습니 다. 그리고 다시는 피렌체에 돌아가지 않을 작정이므로 나폴 리에서 생계를 유지하려면 어떻게 하면 좋겠느냐고 조언과 원조를 구했습니다.

카니자노는 그 말을 듣자 언짢은 표정으로 말했습니다.

"경솔한 일을 저질렀군. 자네가 나빴어. 주인의 명령을 배 반했기 때문이야. 정사 따위로 그런 대금을 한꺼번에 써 버리 다니. 하지만 지난 일은 지난 일이고, 뭔가 찾을 방법을 강구 해야 하네."

그는 머리가 좋았으며 어떻게 하면 좋은가를 곧 생각해 내 어 살라바에토에게 그 방법을 일러 주었습니다. 살라바에토 는 그 방법이 마음에 들어 즉시 착수하였습니다. 그래서 약간 의 돈을 가지고(카니자노도 얼마간 빌려 주었기 때문에) 많은 궤짝에 하나하나 꼼꼼하게 묶게 한 다음, 기름을 가득히 채운 항아리 20개를 사들여 그것들을 모두 배에 싣고 팔레르모를 향해서 출범했습니다. 그는 궤짝의 명세서와 항아리의 가격

표를 세관원에 건네면서 전부를 자기의 권리로 기록한 후, 뒤에 오는 짐이 도착할 때까지는 이 상품에 손을 대지 않을 것이라고 말했습니다.

안코피오레는 이 소문을 듣고, 현재 그가 기다리고 있는 물품은 3천 피오리니 이상의 값이 될 것이고, 그것을 별도로 해도 지금 등록한 물품만도 2천 피오리니 이상의 값이 된다는 것을 알아냈는데, 자기가 손에 넣은 5백 피오리니는 극히 적은 것이라고 생각했습니다. 그래서 5천 피오리니를 손에 넣기 위해서는 전의 5백 피오리니는 돌려 주는 것이 낫겠다고 생각하여 그에게 심부름꾼을 보냈습니다. 기다리고 있던 살라바에토는 그녀를 찾아갔습니다. 여자는 창고에 넣은 물품은 아무것도 모르는 척하면서 크게 수선스럽게 그를 맞이했습니다.

"기간이 지났는데도 돈을 갚지 않아, 아마 나에게 화가 나셨을 거예요……."

살라바에토는 웃으면서 말했습니다.

"부인, 화가 나긴 했지요. 나는 당신의 마음에 드는 일이라면 심장을 도려내서 바칠 생각까지 있었습니다. 어쨌든 내가 얼마나 쓰라린 일을 당했는가 하면 내 소유지의 대부분을 팔아 버려야만 했습니다. 그래서 나는 지금 2천 피오리니에 해당하는 다량의 상품을 가지고 왔습니다. 더구나 3천 피오리니 이상의 값이 나가는 상품이 서쪽에서 도착하기를 기다리고 있습니다. 그래서 나는 여기에 창고를 짓고 당신 옆에 있기 위하여 이곳에 정착하려고 합니다. 그렇게 하면 당신을 사랑하는 어떤 사나이가 나타나더라도 당신의 사랑을 더 많이 얻을 수 있다고 믿기 때문입니다."

그러자 여자가 말했습니다.

"예, 예, 살라바에토 님. 당신이 원하는 일이라면 뭣이든 나는 기쁩니다. 왜냐하면 나는 내 목숨보다도 당신을 사랑하고 있기 때문이지요. 이곳에 살 작정으로 돌아오신 일도 나에게는 무척 행복한 일이에요. 내가 당신과 함께 즐거운 시간을 보내고자 하기 때문이에요. 전에 당신이 출발하실 무렵, 자주 오셨지만 집 안으로 모시지 못했던 일이나 반갑게 대해 주지 못한 것을 깊이 사과드리고 싶어요. 그뿐만 아니라 약속한 기간까지 돈을 돌려 주지 못했던 것도 사과드려요. 하지만 이것만은 기억해 주세요. 그 무렵 나는 슬픔과 괴로움에 지쳐 있었어요. 아무리 사랑하지만 그런 상태에서는 상대가 원하는 기쁜 얼굴을 할 수도 없고, 기대에 응하지도 못할 지경이었어요. 그 위에 여자의 몸으로 1천 피오리니의 돈을 만드는 일은 벅찬 일로서, 상대방에게 거짓말을 하고 약속을 지킬 수 없었어요. 그러니까 내가 돈을 갚지 못했던 것도 다른 뜻의 악의는 절대로 없었어요. 하지만 떠나시고 얼마 안 있어 돈이 마련되었는데 계신 곳을 알았다면 틀림없이 돌려 드렸을 텐데 알지를 못해 지금까지 맡아두고 있었습니다."

그녀는 그가 빌려 주었던 것과 똑같은 금액이 들어 있는 지갑을 가져오도록 하여 건네 주며 이렇게 말했습니다.

"부인, 당신이 말씀하시는 대로 모두 진실이라고 생각합니다. 이것이 충분히 그것을 증명하고 있습니다. 이 일뿐만 아니라 내가 당신에게 품고 있는 사랑을 걸고 말씀드리는 것이지만, 만약에 돈이 필요한 일이 있으면 이 정도의 금액은 앞으로 언제라도 융통해 드리겠습니다. 나는 이곳에 살 것이니 증명할 수 있을 것입니다."

이렇게 외면상 두 사람 관계는 다시 회복되어 살라바에토는 자주 그녀의 집을 드나들었습니다. 그녀도 온갖 기교를 다하고 더없는 애정을 쏟아 그가 기뻐하도록 애썼습니다. 그러나 살라바에토는 그녀의 사기 행각에 대해 똑같이 보복해 줄 생각이었으므로, 어느 날 그녀에게서 저녁 식사를 하고 자고 가라는 전갈이 왔는데, 당장에 죽을 듯이 우울하고 슬픈 모습으로 찾아갔습니다. 안코피오레는 그를 끌어안고 키스를 퍼부으면서 어찌 그런 슬픈 모습을 하느냐고 물었습니다.

그는 잠시 동안 그녀가 하는 대로 내버려 두었다가 이렇게 말했습니다.

"나는 절망입니다. 내가 기다리고 있는 상품을 실은 배가 모나코의 해적에게 습격을 당해 모조리 약탈당했습니다. 그것을 도로 찾자면 1만 피오리니가 필요합니다. 그 중에서 내가 지불해야 할 돈은 1천 피오리니지만, 나에게는 한 푼도 없습니다. 당신에게 돌려받은 5백 피오리니는 옷감을 보내 달라고 즉시 나폴리로 송금을 했고, 지금 가지고 있는 물품은 계절이 맞지 않아 반값에 팔아야 합니다. 그렇다고 다급한 처지를 호소하기에는 나를 아는 사람이 많지 않습니다. 빨리 돈을 보내지 않으면, 상품은 모나코로 운반될 겁니다. 나는 아무것도 찾을 수가 없게 되는 것입니다."

여자는 이렇게 되면 자기는 이것저것 다 잃게 되므로 몹시 고민하며, 상품이 모나코로 운반되지 않도록 어떻게 할 방법이 없을까를 생각하면서 말했습니다.

"아아, 사랑하는 사람이 절망에 빠져 있으니 마음이 아픕니다. 그러나 절망이 무슨 소용이 있겠어요? 만약에 내게 그런 돈이 있으면 당장 빌려 드리겠지만, 나는 지금 가진 게 없습니다. 실은 전에 내가 곤란에 처했을 때 5백 피오리니를 융통해 주신 분이 있는데 이자가 아주 비쌉니다. 어쨌든 3할 이상의 이자가 아니면 안 된다는 거예요. 만일 그 조건이라도 좋으시다면, 상당한 저당물을 잡혀 보증을 해야 합니다. 나는 당신을 위해서 내 가구와 옷과 내 몸까지 내 전부를 저당물로 하겠습니다. 하지만 부족한 것은 어떻게 보증하지요?"

살라바에토는 여자가 왜 이러한 조건까지 감수하려는지 그 까닭을 생각하고, 빌려 주는 돈이 그녀의 것임을 알았습니다. 그래서 그 제안을 반기듯이, 이자가 비싸더라도 시일이 촉박하니 거절할 수도 없으며, 현재 세관 창고에 맡겨 둔 물품을 돈을 빌려 주는 사람의 명의로 해 주고 보증하겠다, 그러나 필요할 때 물품을 보여 주거나 또는 물품을 옮긴다든가 몰래 바꿔치지 못하도록 창고의 열쇠는 자기가 가지고 있겠다고 말했습니다. 그러자 여자는 그대로 좋으며 보증도 충분하다고 말했습니다.

자! 드디어 약속한 날이 오자 여자는 대단히 신용하는 중매인을 불러 이 일을 털어놓고 1천 피오리니의 돈을 건넸습니다. 중매인은 그 돈을 살라바에토에게 빌려 주고, 세관에서 살라바에토가 맡고 있던 물품의 명의를 그의 명의로 고쳤습니다. 두 사람은 증서와 보증서를 만들고 서명을 끝내고 제각기 제 갈 길로 갔습니다.

살라바에토는 금화 천 5백 피오리니를 가지고 서둘러 배를 타고, 나폴리에 있는 피에트로 델로 카니자노에게 돌아왔습니다. 그리고 그를 파견했던 피렌체의 주인에게 늦었지만 돈과 이자를 갚았으며, 카니자노와 돈을 조금씩 도와준 사람들에게도 은혜를 갚았습니다. 그리고 며칠 동안이나 시칠리아 여자에게 보복한 것을 웃음거리로 삼으면서 유쾌한 날을 보냈습니다. 이 후에 그는 장사일이 싫어져서 페르라라로 떠났습니다.

한편, 안코피오레는 팔레르모에서 살라바에토가 오래도록 보이지 않자 이상하게 여기며 의심을 하시 시작했습니다.

두 달 이상을 기다렸지만 그가 나타나지 않았으므로 중매인을 시켜 창고 문을 열었습니다. 먼저 기름이 가득 들었다고 생각되는 항아리를 열어 보니 위쪽에만 기름이 떠있을 뿐 나머지는 바닷물로 채워져 있었습니다.

그리고 단단히 묶인 짐을 풀어 보니 짐짝 두 개에만 옷감이 들었을 뿐, 나머지는 삼 찌꺼기가 채워져 있을 뿐이었습니다. 결국 전부 합쳐도 값어치는 2백 피오리니도 되지 않았습니다. 이렇게 천하의 악녀인 안코피오레도 이번에는 완전히 속임수에 당했으며, 먼저 돌려 준 5백 피오리니와 빌려 준 1천 피오리니의 거금을 생각하며 통탄을 했던 것입니다. 그래서 우리의 속담에 '토스카나의 사내를 상대하려면 애꾸눈이면 못한다.'라는 말처럼 남을 속이려다가 오히려 보기 좋게 당하듯, 자기가 교활하면 그에 못지않게 다른 사람도 교활할 수 있다는 것을 깨달았던 것입니다.

드디어 디오네오의 이야기도 끝났으므로 라우레타는 현명하고 지혜로운 카니자노와 재치 있고 실천력 있는 살라바에토를 칭찬하였으며, 이제 자신이 주재하는 날이 다하였음을 알고 에밀리아에게 자신의 월계관을 벗어 그녀의 아름다운 머리카락 위에 씌우고 부드럽게 말했습니다.

"에밀리아, 내일의 여왕으로서 얼마나 존경스러운 여왕이 될지는 모르겠지만, 참으로 아름다운 여왕이 될 것은 틀림이 없습니다. 그 아름다움에 걸맞는 아름다운 지배를 바랍니다."

이렇게 말하며 라우레타가 자리에 앉자 에밀리아는 자신의 아름다움을 칭찬하고 여왕으로 추대되었으므로, 밝은 빛을 받아 갓 피어난 장미꽃같이 수줍은 미소로 뺨을 붉히며 하인의 수장을 불러 필요한 것들을 전날과 같이 지시하고, 이렇게 말했습니다.

"친애하는 여러분, 소가 밭을 갈더라도 쟁기를 내려놓으면 숲이나 그늘로 가서 자유롭게 풀을 뜯고 휴식을 취합니다. 우리는 온갖 나무들이 잘 가꾸어진 정원이 단순히 떡갈나무만이 무성한 숲보다 아름답다는 것도 압니다.

그러므로 우리는 그 동안 정해진 규칙에 따라 이야기를 했으므로 잠깐의 휴식으로 원기를 회복하는 것이 적절하다고 생각합니다. 그래서 내일의 주재는 하나로 한정하기보다 각자 자유롭게 마음에 드는 소재로 이야기를 하도록 하겠어요.

반드시 흥미 있고 다양한 이야기를 해 주실 것으로 생각합니다. 그런 후에는 다시 규정대로 이야기를 할 수 있는 힘이 생기지 않겠어요?"

여왕은 저녁 식사시간까지 저마다 자유 시간을 주었으며, 일동은 여왕의 지혜를 찬양하고 각자 한가로운 시간을 가졌습니다. 부인들은 꽃다발을 만들거나 유유히 산책을 즐겼으며, 청년들은 내기 장기를 두거나 노래를 부르기도 하였습니다. 식사 시간이 되자 일동은 아름다운 분수 가에 모여 유쾌한 식사를 한 후, 노래를 부르고 춤을 추었습니다.

마지막으로 여왕은 팜필로에게 칸초네를 한 곡조 부탁하였으며, 그는 감동이 우러나는 멋진 노래를 들려 주었는데 일동은 그의 심정을 읽으려 많은 상상의 나래를 폈으나 끝내 알 수는 없었습니다. 이윽고 밤도 깊고 그의 노래도 끝이 났으며, 저마다 쉬기를 소망하여 일동은 여왕의 명령에 따라 침실로 물러갔습니다.

아홉째 날

　에밀리아가 주재하는 아홉 째 날이 밝아 어둠을 헤치고 희뿌연 하늘의 마지막 별마저 묻혀 버리고 아침 햇살에 빛나는 풀밭에는 작은 꽃들이 고개를 내밀었습니다. 여왕이 일어나 일동을 깨우고 저택에서 가까운 숲을 걸었습니다.

　숲 속에는 그 세찬 페스트의 그림자도 없이 사슴 가족과 토끼, 다람쥐, 온갖 동물들이 뛰놀아 그들과 같이 한참을 놀았습니다. 일동은 향기로운 꽃과 풀로 화환과 꽃다발을 만들어 한 아름씩 안았습니다. 아마도 이때의 그들을 봤다면 죽음의 그림자도 빗겨 갔음에 틀림이 없을 것입니다.

　이렇게 노래하고 떠들어대고 장난을 치며 별장으로 돌아왔으며, 이미 모든 준비를 마친 하인의 시중을 받으며 식사 전에 몇 곡의 칸초네를 차례로 불렀습니다. 그리고 손을 씻고 매무새를 고친 후 여왕의 분부대로 하인들은 일행을 식탁으로 안내하고 즐거운 식사를 마친 뒤, 악기를 연주하고 윤무를 추었으며, 희망에 따라 오후의 모임 때까지 잠을 자거나 휴식을 취하였습니다. 다른 날과 같이 약속한 시각에 일동은 모두 둘러앉았으며, 여왕은 필로메나에게 오늘의 첫 번째 이야기를 시작하도록 하고 그녀는 즐겁게 이야기를 시작했습니다.

첫 번째 이야기

프란체스카 부인은 리누초와 알렉산드로라고 하는 두 남자에게 사랑을 받지만, 그 어느 쪽도 좋아하지 않는다. 그래서 한 사람은 시체가 되어 무덤에 들어가게 하고 다른 사람은 시체를 무덤에서 꺼내오도록 한다. 그러나 두 사람 다 실행하지 못했으므로 부인은 그들을 뿌리친다.

제가 영광스럽게도 오늘의 첫 번째 이야기를 시작할 수 있게 되어 기쁜 마음입니다. 제가 여왕님의 지혜로운 뜻에 따라 자유로운 주제로 훌륭하게 이야기를 할 수 있다면 여러분은 더욱더 훌륭하고 재미있는 이야기를 하시리라 생각합니다.

여러분, 지금까지 우리가 나누었던 이야기 중에 사랑의 힘이 얼마나 위대하고 강한 것인지를 이야기했습니다. 하지만 그것으로는 아직 충분할 수 없으며 앞으로 1년을 이야기한다 해도 다 할 수는 없을 것입니다. 사랑이라고 하는 것은 갖가지 죽음도 사양하지 않는 모험을 쫓기도 하고, 때로는 시체를 무덤에서 끌어내는 대담한 일까지도 마다하지 않습니다. 그래서 나는 그 많은 이야기 위에 또 하나를 덧붙일까 합니다. 이 이야기를 들으시면 사랑의 힘을 이해하고 가치 없는 사랑을 호소하는 귀찮은 두 남자를 뿌리치는 어느 훌륭한 부인의 지혜를 알 수 있을 것입니다.

옛날 피스토야의 거리에 한 아름다운 미망인이 살았습니다. 피렌체에서 추방되어 피스토야에 살고 있던 리누초 팔레르미니와 알렉산드로 카르몬테지는 각기 이 부인을 열렬하게 짝사랑하고 있었습니다. 그들은 어떻든 부인의 사랑을 차지하려고 남몰래 온갖 방법을 궁리하고 있었습니다.

이 귀부인은 프란체스카 데 라차리라였으며, 자주 그들의 심부름꾼이 전해오는 선물과 사랑의 고백을 귀찮게 여기면서도, 교묘하게 거절을 못하고 지내는 동안에 문득 이 성가신 일에서 벗어나는 묘안이 생각났던 것입니다. 그것은 할 수는 있으나 모두가 꺼리는 일을 두 사람에게 시키고, 만약에 두 사람이 실행하지 못한다면 앞으로 그들의 심부름꾼을 사절한다는 합당한 구실로 삼을 계획이었습니다.

이런 명안이 떠오른 날, 피스토야에서 어떤 남자가 죽었습니다. 이 남자의 근본이 귀족이라고는 하지만, 피스토야에서나 그 어디에서나 악행이 자자한 악인이었습니다. 행동뿐만 아니라 그 얼굴까지 이 세상에 비길 데 없는 추악한 형상이었

358

으므로 처음 그를 보는 자는 공포스러울 정도였습니다. 그는 성 프란체스코 사원의 문 밖의 묘지에 묻혔는데, 부인의 계획과 딱 맞는 일이었으며, 하녀를 불러 이렇게 말했습니다.

"너도 보았듯이 나는 리누초와 알렉산드로의 심부름꾼에게 항상 괴롭게 시달리고 있다. 나는 그들을 사랑하는 마음이 털끝만큼도 없기 때문에 귀찮은 그들을 쫓아 버리기 위해서, 내 방법대로 두 사람을 시험하기로 했어. 아마도 그들은 도저히 못하리라는 확신이 있어. 그렇게 되면 이런 귀찮은 일에서 벗어날 수 있을 거야.

그러니 잘 들어라. 오늘 아침 스칸나디오가 성 프란체스코 사원에 묻힌 것은 너도 알고 있지. 그 남자는 죽었든 살았든 아무리 대담한 자라도 그 꼴을 보면 무서울 거야. 그래서 네가 몰래 알렉산드로에게 가서 이렇게 말해라.

'마님의 심부름으로 왔습니다. 드디어 당신이 오랫동안 애태우던 사랑을 손에 넣고 마님과 함께 지낼 수 있는 날이 왔습니다. 어차피 후에 아시겠지만 어떤 일로 오늘 밤 마님의 친척 한 분이, 오늘 아침에 묻힌 스칸나디오의 시체를 집으로 운반할 것입니다. 그자가 죽었더라도 마님은 몹시 무서워하시기 때문에 그런 일이 벌어지면 큰일이라고 말씀하십니다. 그래서 꼭 당신이 오늘 밤 사람이 잠들었을 때, 스칸나디오가 묻힌 무덤으로 가서 그의 옷을 벗겨 입고 마님의 집으로 운반될 때까지 죽은 자처럼 해 달라는 겁니다.

이렇게 하면 마님과 함께 지낼 수 있으며, 나중은 마님께 맡기시고 돌아가시고 싶을 때 돌아가시면 됩니다.' 이에 대해 그 자가 한다고 하면 그뿐이고, 만약에 못한다고 하거든 내 전갈을 전해. 앞으로는 마님이 있는 곳에 얼씬하지도 말고 목숨이 아깝거든 다시는 심부름꾼도 보내지 말라고 하면 돼. 그런 후에 곧 리누초 팔레르미니에게 가서 이렇게 말해라.

'프란체스카 마님이 말씀하셨습니다. 당신이 마님을 위해서 어떤 수고를 해 주신다면 당신의 뜻에 응할 생각이시며, 그 수고라는 것은 오늘 한밤중에 오늘 아침 매장된 스칸나디오의 무덤에 가서 절대로 어떤 소리도 내지 말고 몰래 시체를 둘러메고 마님의 집까지 운반해 달라는 것입니다. 그렇게 하면 마님의 마음을 확인할 수 있을 것이며, 당신의 소원도 이루실 수 있을 것입니다. 만약에 그 일을 못하신다면 앞으로는 절대로 마님께 심부름꾼 따위를 보내 성가시게 하지 말아 달라고 하십니다.' 라고 하거라."

하녀는 각자에게 가서 지시받은 대로 이야기했습니다. 그에 대해서 두 사람은 마님이 기뻐하시는 일이라면 무덤은 물론 지옥에라도 가겠다는 대답을 들었습니다. 하녀가 두 사람의 대답을 전하자 부인은 그런 일을 할 만큼 두 사람은 마음이 있는지, 한 번 봐야겠다고 잔뜩 기대를 했습니다.

그리고 밤이 되어 사람들이 잠들었을 무렵에 알렉산드로 카르몬테지는 속옷만 입은 후 스칸나디오의 무덤을 향해 집을 나왔으며, 길을 걷고 있는 동안에 맥박이 빨라지며 무서워졌습니다.

'아이고, 내가 정말 바보구나. 어디를 가려는 거지? 그 여자의 친척들이 내가 그녀를 열렬히 연모하여 공연한 오해를 믿고 그 무덤에서 나를 죽이려고 이 일을 시켰는지도 몰라. 그렇다면 어리석은 놈은 나뿐이고 세상에서는 그들이 저지른 일은 아무도 모를 테지. 아니면 누군가 나의 적이 이 일을 꾸민 것은 아닐까? 그녀가 그자를 사랑하므로, 그자를 기쁘게 하려고 시킨 것은 아닐까?' 하며 혼잣말을 계속 중얼거려 댔습니다.

'설령 그런 일은 없더라도, 친척들이 나를 그녀의 집으로 운반한다고 해도, 스칸나디오의 시체를 그녀에게 안겨 주려는 것이라고는 생각할 수 없어. 오히려 그가 그들에게 몹쓸 짓을 한 적이 있어 시체에라도 복수하려는 건지도 모르지. 그녀는 나에게 절대로 말을 하면 안 된다고 했거든. 만일에 그들이 내 눈을 도려내든가, 이를 뽑든가, 손을 자르는 그런 엉뚱한 짓을 해도 가만히 있어야 하나? 또한 말을 한다면 역시 시체가 아닌 것이 탄로나 해를 당할 테고. 그렇지 않다 해도 그들이 나를 그녀 곁에 놔두고 가지는 않을 테니 나에게 소득은 없잖은가. 게다가 그녀는 명령을 어겼으므로 내가 원하는 것을 아무것도 해 주지 않겠지.'

그래서 그는 집으로 돌아가려 했으나, 열렬한 사랑의 마음은 정반대로 더욱 강한 힘으로 그를 앞으로 나아가게 하여 드디어 무덤까지 오게 되었습니다. 그는 무덤 안으로 들어가자 스칸나디오의 옷을 벗겨 자기가 입었습니다. 그리고는 무덤을 닫고 스칸나디오의 시체가 있던 장소에 누웠습니다. 그러자 그가 어떤 자였고, 가는 곳마다 한밤중이 되면 무덤뿐만 아니라 곳곳에 일어난다는 갖가지 생각이 머릿속에 떠올랐습니다. 그러자 온몸의 털이 곤두서고 당장에 스칸나디오가 벌떡 일어나 자기를 죽여 버리는 생각마저 들었습니다. 그러나 맹렬한 사랑의 힘 덕택에 여러 가지 망상을 이기며 마치 죽은 사람처럼 꼼짝 않고 다음을 기대하고 있었습니다.

한편 리누초도 한밤중이 되자 부인의 부탁을 실행하기 위해서 집을 나왔습니다. 그래서 걷고 있는 동안에 스칸나디오의 시체를 어깨에 둘러메고 갈 때 관리의 손에 붙잡히지나 않을까, 마법사로 오해하여 화형에 처해지지는 않을까, 또 나중에 이 일이 알려져 친척들에게 비난을 받지는 않을까, 그 밖에 갖가지 일을 머리에 떠올리며 발걸음이 무거워졌습니다.

'아니야. 내가 오랫동안 사랑하고, 지금도 사랑하는 부인의 특별한 최초의 부탁을 거절할 수 있는가? 아니 가령 죽음을 불사하고 일단 약속한 일은 지켜야 한다.'

그는 마음을 고쳐먹고 무덤에 당도하여 힘들지 않고 무덤을 열었습니다. 알렉산드로는 무덤이 열리는 소리에 공포를 느끼며 숨을 죽이고 꼼짝하지 않았습니다. 리누초는 안으로 들어가 스칸나디오의 시체로 보이는 알렉산드로의 발을 잡고 밖으로 끌어냈으며, 어깨에 둘러메고 부인의 집을 향해 걸었습니다. 그는 아무런 주의 없이 시체를 담 모서리나 길가의 벤치에 부딪치기 일쑤였습니다. 그날 밤은 너무나 캄캄해서 자기가 어디를 걷고 있는지도 전혀 알 수 없을 정도였습니다.

드디어 리누초가 귀부인 집에 도착했을 때 그녀는 하녀와 함께 창가에서 리누초가 알렉산드로를 운반해 오는지를 살피고 있었으나, 이미 두 사람을 쫓아 버리겠다고 마음을 정하고 있었습니다. 우연히도 부인의 집 근처에는 관리들이 범인 체포를 위해 잠복하고 있었는데, 리누초의 발자국 소리를 듣고 무엇인지 확인하기 위해 등불을 쑥 들이밀고 방패와 창으로 위협하며 소리를 쳤습니다.

"거기 누구냐?"

리누초는 관리를 발견하자마자 알렉산드로를 내팽개치고 '걸음아, 날 살려라!' 하며 달아났습니다. 알렉산드로 역시 재빨리 일어나 기다란 수의를 걸친 채 달아났습니다. 부인은 관리가 내민 등불 때문에 리누초가 알렉산드로를 어깨에 메고 있는 것을 분명히 보았고, 또한 알렉산드로가 스칸나디오의 수의를 걸친 것을 보고는, 두 사람의 대담성에는 놀라지 않을 수 없었습니다.

깜짝 놀라기는 했지만, 길바닥에 내팽개쳐진 알렉산드로가 정신없이 달아나는 꼴을 보고는 자기도 모르게 웃음을 터뜨렸습니다. 이렇게 부인은 아주 재미있는 사건도 보고 귀찮은 두 사내로부터 해방시켜 준 신의 은총에 감사드리며, 침실로 들어갔습니다. 그리고 두 사람은 그녀의 명령을 확실히 수행했고, 자기를 사랑한 것은 틀림없다고 하녀와 이야기를 했습니다.

리누초는 이 불행한 재난으로 신을 저주하고 한탄하며, 관리가 근처에서 철수한 것을 알자 집으로 돌아가지 않고, 알렉산드로를 내팽개쳤던 곳으로 돌아와 명령을 실행하려고 그를 찾았습니다.

그러나 찾아내지 못하고 관리가 운반해 갔을 것으로 생각하고 맥이 빠져 집에 돌아갔습니다. 알렉산드로도 누가 자기를 운반했는지 알아볼 겨를도 없이 달리 갈피를 찾지 못하고 역시 불행한 재난을 슬퍼하면서 집에 돌아갔습니다.

다음 날 아침에 스칸나디오의 무덤이 파헤쳐진 것이 발견되었습니다. 하지만 알렉산드로가 무덤 구석으로 시체를 떠밀어 두었으므로 시체가 보이지 않았습니다. 그래서 피스토야의 모든 사람들은 이것을 화제로 삼았고, 어리석은 사람들은 악마가 가져갔다고 떠들었습니다.

그럼에도 불구하고 두 사내는 부인에게 자기의 행동과 뜻하지 않은 불행한 재난을 알리고, 부인의 명령을 실행하지 못한 변명과 사죄를 구하면서 그녀의 호의와 사랑을 끝까지 애걸하였습니다.

부인은 어떠한 변명도 소용없음을 전하고 자기의 명령을 실행치 못했으니, 어떠한 보답도 있을 수 없다고 분명히 하였으므로 드디어 귀찮은 일에서 벗어나는 데 성공하였다는 것입니다.

두 번째 이야기

어느 수녀원 원장이 밀고를 받고, 애인과 자고 있는 수녀의 죄를 문책하러 가려고 어두운 방에서 일어난다. 그러나 자신도 사제(司祭)와 동침 중이어서 모자를 쓴다는 것이 사제의 팬티를 머리에 쓴다. 수녀는 죄를 묻는 원장에게 그것을 알리고 무사히 풀려나 유유히 애인과 즐긴다.

필로메나의 이야기에 일동은 총명한 부인에 대한 찬사를 보내는 동시에 원하지도 않는 뻔뻔스런 사랑의 애걸에는 비난하였습니다. 그러자 여왕은 엘리사에게 다음 이야기를 하도록 부드럽게 분부를 내리고 엘리사는 즉시 이야기를 시작했습니다. 여러분, 앞에서 얘기한 귀부인처럼 아주 훌륭하게 귀찮은 일에서 벗어날 수도 있습니다. 저는 정확한 상황 판단과 재치 있는 말솜씨로서, 자기에게 닥친 위기를 벗어날 수 있었던, 운 좋은 젊은 수녀의 이야기를 시작하겠습니다.

세상에는 주제도 모르고 어리석기 짝이 없음에도 불구하고 남을 가르치려 들거나, 남을 처벌할 수 있다고 믿는 자가 많습니다만, 운명은 때때로 그런 자들에게 효과적인 응징을 가하기도 합니다. 제가 지금 얘기하는 수녀원의 관리자인 수녀원장에게 이런 일이 일어났던 것입니다.

롬바르디아에 종교심과 성덕으로 대단히 유명한 수녀원이 있었습니다. 그곳의 수녀 가운데 귀족 출신으로 굉장히 아름다운 이사베타라는 젊은 수녀가 있었습니다.

그런데 어느 날 친척이 방문했을 때 함께 왔던 청년에게 첫눈에 반해 버렸던 것입니다. 또한 청년도 그녀가 보기 드문 미인이고, 그 눈에 이미 불타오른 연정을 보며 그의 마음도 불타고 있었습니다. 하지만 서로 그리워하면서 이 사랑은 오랫동안 맺지 못하고 있었습니다.

이리하여 제각기 애를 태우다가 드디어 청년은 남몰래 그녀에게로 숨어 들어가게 되었습니다. 이 방법에 그녀도 만족했으므로 청년은 이 후로도 그녀에게 숨어들어 사랑의 즐거움에 열중하곤 했습니다.

그런데 이런 일을 계속하던 어느 날 밤, 청년이 이사베타와 헤어져서 돌아가는 것을 한 수녀에게 들키고 말았습니다. 그러나 두 사람은 발각된 것을 알지 못했고, 그 수녀는 이 사실을 다른 사람들에게 소문을 내고 폭로하였습니다.

수녀들은 우선 수녀원장에게 사실을 알려 그녀를 벌하도록 의견을 모았습니다. 우심발다라는 수녀원장은 수녀들이나 그녀를 아는 사람들 사이에서 선량하고 신앙심이 깊은 분이라는 평을 받고 있었으며, 수녀들은 원장이 사실을 믿도록 청년과 밀회하고 있는 현장을 보여 주려 생각했습니다. 그리하여 그녀들은 모두 입을 굳게 다물고 현장을 잡기 위해 제각기 남몰래 밤을 새워 감시를 하고 있었습니다.

하지만 그런 일을 전혀 알지 못하는 이사베타는 어느 날 밤 애인을 끌어들였습니다. 그것은 감시하던 자들에게 즉시 알려졌고, 그녀들은 이미 밤도 깊었으므로 두 패로 나누어 한쪽은 이사베타의 방을 감시하고, 다른 한패는 원장의 방으로 이 사실을 알리러 갔습니다. 그래서 문을 탕탕 두들기고 이렇게 말했습니다.

"자, 원장님 빨리 나오세요. 이사베타가 방 안에 젊은 남자를 끌어들였으니까요."

그날 밤 원장은 지금까지 여러 번 큰 상자에 넣어 자기 방으로 운반시켰던 어느 사제와 동침하고 있었습니다. 원장은 이 말을 듣자 수녀들이 당황하거나 너무 조급해서 문을 열까 봐 걱정이 되어 침대에서 벌떡 일어났습니다. 그리고 눈에 익은 자기 방이었으므로 어둠 속에서 옷을 입었으나 코이프(coif)라고 하는 모자를 집는다는 것이 사제의 팬티를 손에 쥐고 말았습니다. 그리고 너무 당황하여 그런 줄도 모르고 사제의 팬티를 머리에 쓰고는 밖으로 나왔습니다. 그리고 재빨리 꽝 하고 문을 닫고는 이렇게 말했습니다.

"그 괘씸한 수녀는 어디 있지?"

원장은 수녀들과 이사베타의 방 앞으로 갔습니다. 그러나 수녀들도 이사베타가 죄를 범하는 현장을 보이려고 서둘렀기 때문에 원장이 무엇을 썼는지는 눈치채지 못했습니다. 원장은 모두와 힘을 합쳐 문을 밀었습니다. 이리하여 한꺼번에 방 안으로 몰려 들어가 보니 침대에는 두 연인이 서로 끌어안고 있었고, 불의의 습격에 깜짝 놀라 어찌할 바를 모르고 그대로 있었습니다. 젊은 수녀는 즉시 다른 수녀들에게 잡혀 원장의 명령으로 집회소로 끌려가고, 청년은 그 곳에 남았습니다. 천천히 옷을 입으면서 만일 그녀에게 무슨 일이 생기면 그녀를 데리고 도망갈 결심을 하고 그들을 지켜보고 있었습니다.

원장은 집회소의 높은 자리에 앉아 모두의 시선이 죄를 범한 수녀에게 고정되어 있는 가운데 그녀의 면전에 욕을 퍼붓기 시작했습니다. 수녀원의 신성과 정결과 명성이 그녀의 음란 행위와 파렴치한 행동으로 더럽혀졌다고 비난했을 뿐만 아니라 협박까지 덧붙였습니다. 이사베타는 죄를 범한 몸으로 수치심으로 떨며 겁에 질려 다만 입을 꾹 다물고 있었으므로, 그런 모습이 다른 수녀들의 동정을 사게 됐습니다.

그런데 원장은 더욱 악랄하게 욕을 계속해 댔으므로, 드디어 이사베타가 용기를 내서 그녀를 쳐다보자 수녀원장이 머리에 쓰고 있는 팬티가 눈에 띄고, 더구나 팬티의 끈이 흔들리고 있지 않겠습니까. 그녀는 그것이 뭔지를 알고 겨우 안심을 하고 이렇게 말했습니다.

"원장님, 어서 모자의 끈을 매십시오. 그리고 난 후 하고 싶은 말씀을 하십시오."

원장은 그녀의 말뜻을 알지 못한 채 이렇게 대답했습니다.

"모자가 어떻다는 거냐? 여기까지 와서 뻔뻔스럽게 희롱할 작정이냐? 농담으로 끝날 일이라고 생각하느냐?"

그러자 젊은 수녀는 다시 한 번 말했습니다.

"원장님, 어서 모자의 끈을 바로 매십시오. 그리고 난 후 화가 가라앉을 때까지 말씀하십시오."

그러자 비로소 다른 수녀들은 머리를 들어 원장의 머리를 바라보았습니다. 그와 동시에 원장은 두 손을 올려 모자를 만져 보았고, 모두가 이사베타가 말한 이유를 알아차렸습니다. 원장은 자기도 똑같은 죄를 범했다는 깨달음과 동시에 모두에게 간파되었다는 것을 알고, 설교를 중단하고 갑자기 어조를 바꾸었습니다. 인간은 육신의 자극으로부터 몸을 지키는 일은 불가능하다는 결론을 내리고, 그렇기 때문에 지금까지 행해져 왔듯 남몰래 할 수 있다면 각자 적당히 행해도 관계치 않겠다고 말했습니다.

이리하여 원장이 젊은 수녀를 용서하고 사제와 동침하러 자기 방으로 돌아가고, 이사베타는 애인과 자기의 방으로 돌아갔습니다. 그 후에도 그녀에게 선망의 눈길을 보내던 다른 수녀들에게 보란 듯이 청년을 끌어들였으므로, 애인이 없었던 수녀들도 옳다 잘 됐다는 듯이 남몰래 사랑의 모험을 찾아 즐기게 되었다는 것입니다.

세 번째 이야기

의사인 시모네 선생은 브루노와 부팔마코와 넬로의 부탁을 받고, 칼란드리노가 임신하고 있는 줄로 믿게 만든다. 그는 초제한 약을 얻기 위하여, 앞서 말한 사람들에게 수탉과 돈을 주고, 분만하지 않고 임신한 몸으로부터 원래의 몸으로 된다는 이야기.

엘리사가 이사베타의 이야기를 마치자 그녀를 수녀들의 질투로부터 구원하신 하느님의 은총에 감사하였으며, 필로스트라토에게 다음 이야기를 하도록 한 여왕의 분부에 따라 기다렸다는 듯이 그가 이야기를 시작했습니다.

나는 어제 칼란드리노의 이야기를 하려고 했는데, 엉뚱하게 마르케의 재판관 이야기를 했으므로 오늘 그 이야기를 해 드리겠습니다.

칼란드리노가 어떤 자이며, 이 이야기 속의 인물들이 어떤 자들이라는 것은 지금까지의 이야기로도 알 수 있습니다. 그래서 여기서는 칼란드리노의 백모가 죽어 현금 2백 리라 정도의 유산이 굴러들어왔다는 말씀을 드리면서, 이런 이유로 칼란드리노는 토지를 사들일 것이라고 말을 하곤 했습니다. 그래서 수중에 금화로 1만 피오리나나 있는 척하며 피렌체의 모든 중개인과 교섭을 했으나, 언제나 가격 문제로 깨지고 말았습니다.

이런 소문을 들은 브루노와 부팔마코는 아무 쓸모도 없는 손바닥만한 땅을 사려고 싸돌아다니느니 우리들과 함께 노는 편이 났다고 몇 번이나 말했지만, 그렇게 하기는커녕, 단 한 번도 술 한 잔을 사지 않았습니다.

어느 날 그 일로 투덜대고 있는데, 두 사람과 한패인 넬로라는 화가가 찾아와, 세 사람은 어떻게든 칼란드리노가 한턱 내도록 할 방법을 궁리했습니다. 그리고 잠시 후 상의가 끝나 서로의 역할이 결정되었습니다. 그래서 다음 날 아침 칼란드리노가 먼 곳을 돌아다니기 전, 집 밖으로 나올 때를 기다렸다가 우연히 마주친 것처럼 넬로가 이렇게 말했습니다.

"여, 칼란드리노 오늘 하루도 안녕하시게."

"자네는 1년 내내 무사하게." 하고 칼란드리노도 대답했습니다.

넬로는 잠깐 망설이다가 그의 옆으로 가까이 가서 얼굴을 몇 번이고 들여다보았습니다. 그래서 칼란드리노가 물었습니다. "뭘 그렇게 보는가?" 그때 넬로는 이렇게 대답했습니다. "그런데 어제 저녁 별일이 없었나? 얼굴이 이상한데."

그러자 칼란드리노는 깜짝 놀라며 "뭐라고? 어떻게 보이는가?"

"아니야! 그 이유는 말할 수 없네. 하지만 아주 사람이 달라진 것 같애. 그렇지만 아무 일도 없겠지." 넬로는 이렇게 대답하면서 그대로 헤어져 가 버렸습니다.

칼란드리노는 여우에게 홀린 기분이 되어 걸어갔습니다. 그러나 거기서 얼마 되지 않은 곳에 있던 부팔마코는 넬로와 헤어진 것을 보자 거침없이 다가가서 "안녕하신가?" 하고 인사를 하고 "자네 기분이 아무렇지도 않은가?" 하고 물었습니다.

칼란드리노는 대답했습니다. "아무렇지도 않지만 말이야, 조금 전에 넬로의 말은 내가 아주 변했다는 거야. 내가 무슨 탈이 날 까닭이 없는데?"

부팔마코가 말했습니다. "없는 게 아니라 뭔가 있군 그래. 왜냐하면 반은 죽은 것같이 보이기 때문이야."

그 말을 듣자 칼란드리노는 벌써 열이 나는 기분이 됐습니다. 그때 브루노가 나타나 칼란드리노가 무슨 말을 하기 전에 선수를 치면서 말했습니다.

"칼란드리노, 자네 얼굴이 왜 그래? 죽은 사람 같잖아. 정말 아무렇지도 않나?"

칼란드리노는 세 사람이 모두 그런 말을 하므로 틀림없이 병에 걸린 것이라고 믿고 완전히 기가 꺾여 말했습니다.

"나는 어쩌면 좋지?"

재빨리 브루노가 말했습니다.

"빨리 집에 돌아가서 침대에 들어가 이불을 뒤집어쓰고 자는 것이 좋을 거야. 그리고 난 다음 시모네 선생한테 자네의 오줌을 보내는 거야. 자네도 알다시피 그분은 우리들의 친한 친구가 아닌가. 어떻게 하면 좋은가 즉시 가르쳐 줄 거야. 우리들도 함께 가서 할 일이 있으면 도와주겠네."

거기에 넬로도 왔으므로 칼란드리노와 네 사람이 그의 집으로 돌아왔습니다. 칼란드리노는 피곤한 것처럼 방 안에 들어가자 아내에게 이렇게 말했습니다.

"이리 와서 이불을 잘 덮어 주오. 아무래도 심한 병인 것 같아."

그리고 눕기 전에 오줌을 받아 하녀에게 주고 시모네 선생에게로 보냈습니다. 그 무렵 선생은 구시장이라는 곳에 멜론(바보의 뜻이 있음. 바보를 진찰한다는 것은 작가가 풍자한 것)이 그려진 간판을 내걸고 진찰을 하고 있었습니다.

한편 브루노는 친구에게 말했습니다.

"자네들은 여기 남아 있게. 나는 의사의 말을 들어 보고 오겠네. 그래서 필요하다면 선생을 모시고 오겠네."

그러나 칼란드리노가 말했습니다.

"그렇지! 자네가 좀 가보게. 그래서 어떤 증상인가 알려 주게. 뭔지 모르지만 몸이 이상하다고."

브루노는 소변을 가지고 갔던 하녀보다 먼저 시모네 선생에게 갔습니다. 그리고 사정을 미리 이야기해 놓았습니다. 그래서 하녀가 도착하자 시모네 선생은 소변을 조사하고 이렇게 말했습니다.

"돌아가서 칼란드리노에게 몸을 따뜻하게 간수하라고 하게. 나도 곧 가서 증세를 진찰하고 조치를 하도록 하겠어."

하녀가 말을 전하고 있을 때에 선생과 브루노가 왔습니다. 선생은 칼란드리노의 옆에 앉더니 맥을 짚어보고 잠시 후에 아내가 있는 앞에서 이렇게 말했습니다.

"알겠나? 칼란드리노, 친구로서 말하는 것인데, 자네는 다른 곳은 아무런 이상이 없네. 다만 임신을 했을 뿐이야."

이 말을 듣자 칼란드리노는 '앗' 하고 비통한 소리를 지른 후 말했습니다.

"아이고! 테사, 당신이 자꾸 위로 올라타서 그래. 내가 말했잖소."

아내는 매우 얌전한 여자로 부끄러움에 얼굴이 새빨개졌습니다. 그래서 고개를 숙인 채 한 마디도 못하고 방에서 나가 버렸습니다.

"아아! 나는 왜 이리 불행할까? 어떻게 하면 좋을까? 어떻게 아이를 낳지? 어디로 아이가 나오지? 여편네가 색골이라 내가 죽겠네. 제기랄, 내게 행복이 오는 만큼 불행하거라. 내게 기운이 있으면 일어나서 힘껏 때려 주겠는데. 아랫도리를 못 쓰게 하면 내 몸에는 좋을 텐데. 저년을 위에 태우지 말 것을. 앞으로 그런 일은 피해야겠어. 그러면 저것은 위에 타고 싶어 나보다 먼저 죽을 거야."

브루노와 부팔마코와 넬로는 그 말을 듣고 배꼽이 빠질 만큼 웃음이 터져 나오려는 것을 꾹 참고 있었습니다. 그러나 시모네 선생은 이가 몽땅 빠질 듯이 하하하 크게 웃었습니다.

그러나 잠시 후 칼란드리노는 이렇게 된 이상 어떻게 하면 좋은가, 어떻게든 도와 달라고 사정하므로 선생은 이렇게 말했습니다.

"칼란드리노, 그렇게 낙담하지 말게. 하느님의 은총으로 우리들이 빨리 눈치챘으니 다행이야. 대수롭지 않은 일이니, 이 삼일이면 돈은 좀 들겠지만 고칠 수 있을 걸세."

칼란드리노가 대답했습니다.

"아아! 선생님. 제발 잘 부탁합니다. 땅을 사려고 모아 두었던 2백 리라가 있습니다. 비용으로 전부 받아 주시고, 어린애만 낳지 않도록 해 주세요. 어떻게 해야 좋을지 모르겠습니다. 나는 여자들이 어린애를 낳을 때 울며불며 야단법석을 떠는 것이 아주 싫었는데……. 대개 여자들은 그렇게 큰 그릇을 가지고도 울고불고 하는데, 내가 그런 고통을 당하면 어린애를 낳기 전에 죽어 버릴 겁니다."

칼란드리노의 말에 의사가 말했습니다.

"걱정하지 말게. 내가 아주 효력 있는 물약을 만들어 줄 테니. 사흘이 지나면 모두 녹아서 자네는 물고기보다도 팔팔할 걸세. 하지만 앞으로는 머리를 써서 이런 어리석은 짓은 다시는 하지 말게. 그런데 그 물약을 만드는 데는 살이 찐 상품 수탉 여섯 마리와 그 밖의 필요한 것을 사야 되니 5리라 정도의 돈을 수탉과 함께 나에게로 보내 주게. 그렇게 하면 내일 아침에는 틀림없이 그 물약을 보낼 것이니 한 번에 큰 컵으로 한 잔씩 마시게."

칼란드리노는 그 말을 듣자 이렇게 말했습니다.

"선생님, 잘 부탁합니다. 나는 선생님만을 믿고 의지합니다."

그러면서 브루노에게 잔돈 5리라와 수탉을 살 돈을 주면서 귀찮더라도 그렇게 해 주도록 부탁했습니다. 의사는 칼란드리노의 집을 나오자 특별한 포도주를 만들어서 그에게로 보냈습니다. 브루노는 술과 안주로 필요한 것과 수탉을 사서 의사와 다른 친구들과 함께 배불리 먹었습니다.

칼란드리노는 사흘 동안 매일 아침 그 포도주를 마셨습니다. 그리고 며칠 후 그의 집으로 그들이 찾아왔습니다. 의사는 그의 맥을 짚어 보더니 이렇게 말했습니다.

"칼란드리노, 완전히 나아졌네. 이제 무슨 일이든 나가서 해도 좋아. 집 안에 누워 있을 필요가 없어."

칼란드리노는 기뻐하며 일어나 일을 보러 나갔습니다. 그리고 만나는 사람마다 시모네 선생의 훌륭한 솜씨를 칭찬하고 사흘 만에 고통 없이 유산시켜 주었다는 말을 널리 퍼뜨렸습니다.

브루노와 부팔마코와 넬로는 욕심쟁이 칼란드리노를 감쪽같이 속여 먹고 대만족이었지만, 아내인 테사는 그것을 알아차리고 남편에게 투덜투덜 불평을 퍼부었음은 두 말할 것도 없을 것입니다.

네 번째 이야기

포르타리고 가의 아들 체코는 분콘벤토에서 노름으로 자기의 소지품과 안줄리에리 가의 아들 체코의 돈까지 몽땅 털린다. 그러나 셔츠 하나만 입고 그를 쫓아가 자기의 옷을 훔친 도둑이라 하여 마을 사람들에게 그를 붙들게 한다. 그리고 상대의 옷뿐 아니라 말까지 빼앗아 타고, 상대를 셔츠바람에 맨발로 만들고 떠난다.

일동은 필로스트라토가 이야기를 하는 동안에도 칼란드리
노가 아내에게 퍼붓는 말을 들으며 웃음보를 터트렸습니다.
다음은 네이필레가 여왕의 명령대로 이야기를 시작했습니다.

여러분, 많은 사람들이 자기의 두뇌가 명석하다는 것을 남
에게 알린다는 것이, 자기의 어리석음과 결점을 드러내는 것
보다 어려운 것이라면, 말을 삼가 하는 것은 헛된 일이 아닐
것입니다. 그 점은 지금 칼란드리노의 바보짓으로 확실히 알
게 되었을 것입니다.

그는 자신의 어리석음으로 있지도 않은 병을 고치려고, 아
내와의 은밀한 즐거움까지 남에게 지껄였습니다. 그러나 나
는 그것과는 반대되는 얘기를 하나 생각했습니다. 그것은 한
사내의 음흉한 꾀가 또 다른 사내를 앞섰기 때문에 많은 손해
와 모욕을 주었다는 이야기를 한번 해 보겠습니다.

그리 오래 된 일은 아닙니다만, 시에나에 이미 청년기를 지
난 두 사내가 살았습니다. 두 사람 모두 이름은 체코였으나
한 사람의 성이 안줄리에리였고, 또 한 사람의 성은 포르타리
고였습니다. 두 사람의 생활 방식은 확연히 달랐습니다만, 한
가지는 일치했습니다. 그것은 둘 다 아버지를 아주 싫어한다
는 점이었습니다. 그 때문에 서로 항상 가까이 지내고 있었습
니다.

미남이고 상류 생활이 몸에 익은 안줄리에리는 아버지가
보내 주는 생활비만으로는 시에나에서의 생활에 불편한 점이

많았습니다. 그런데 우연히 그를 매우 사랑해 주었고 보호자였던 한 추기경이 마르카 당코나에 교황의 사절로 와 있다는 소식을 듣고, 자기의 처지가 크게 나아질 것으로 생각하고 그를 찾아가려고 마음먹었습니다. 그래서 그 일을 아버지에게 알리면서, 의복과 말을 갖추어 당당한 풍채로 방문하고 싶으니 반년치의 생활비를 한꺼번에 송금해 달라고 하여 승낙을 받았습니다.

그리하여 하인을 물색하고 있는데, 그것을 포르타리고가 듣고, 안줄리에리를 찾아와서, 제발 자기를 데리고 가 달라, 하인이나 종이라도 좋으며 무슨 일이라도 하겠으니, 먹여만 준다면 급료 따위는 필요 없다고 사정을 했습니다. 그러자 안줄리에리는 좋기는 하지만 노름을 하는 데다 때로는 주정까지 하니 데리고 갈 수가 없다고 했습니다. 이 말을 들은 포르타리고는 기필코 두 가지 다 삼가 하겠다고 몇 차례나 맹세를 하면서 무릎을 꿇고 사정하는 바람에, 안줄리에리는 마음을 움직여 승낙을 하였습니다. 그리하여 어느 날 아침에 출발한 두 사람은 분콘벤토에 도착해서 식사를 했습니다. 안줄리에리는 식사가 끝나자, 몹시 더웠으므로 낮잠을 좀 잘 셈으로 포르타리고에게 잠자리를 마련하도록 하여 옷을 벗고, 3시가 되면 깨우라고 한 다음 침대에 누웠습니다.

포르타리고는 안줄리에리가 잠이 들자 술집으로 나가 술을 몇 잔 들이키고는 그곳에 있던 무리들과 노름을 시작했습니다. 그러나 그는 금방 있던 돈을 다 털리고 입고 있던 옷까지 몽땅 벗게 되었습니다. 그는 잃은 돈을 되찾으려고 셔츠만 걸친 꼴로 안줄리에리가 자고 있는 방으로 왔으며, 안줄리에리가 곤히 잠들어 있자, 그의 지갑에 있는 돈을 몽땅 꺼내 다시 그곳으로 가서 노름을 했으나 역시 아까와 마찬가지로 몽땅 털리고 말았습니다.

눈을 뜬 안줄리에리가 일어나서 옷을 입고 포르타리고를 불렀으나 나타나지 않았습니다. 보나마나 어디서 자고 있으려니 생각하고는 혼자서 떠날 작정을 하고 말안장을 얹고 여행 가방을 실으면서, 코르시냐노에 닿으면 다른 하인을 고용할 생각을 했습니다. 그가 떠나기 전에 셈을 치르려고 하니 지갑이 없어졌지 않겠습니까. 그만 큰 소동이 벌어지고 말았습니다. 안줄리에리가 이 여관에서 도둑을 맞았으니 하인, 하녀 전원을 시에나로 붙들어 가서 감옥에 넣겠노라 위협하자 온 집안이 발칵 뒤집힌 것입니다. 그러는 차에 포르타리고가 셔츠 하나만 걸친 꼴로 나타났습니다. 돈을 훔친 데 재미를 붙여 이번에는 옷을 들고 가려고 나타난 것입니다. 안줄리에리가 벌써 말 준비를 해 놓은 것을 보고 그는 이렇게 말했습니다.

"이게 웬일인가, 안줄리에리? 벌써 떠나려나? 잠깐만 기다려. 내 옷을 38솔도로 저당 잡은 자가 지금 이리 올 걸세. 35솔도만 지불하면 반드시 되돌려 주기로 되어 있다네."

그 말이 채 끝나기도 전에 한 사내가 찾아와서, 돈을 훔친 것은 포르타리고가 틀림없다, 그가 노름에서 잃은 돈이 이만저만 하다고 안줄리에리에게 말했습니다. 안줄리에리는 화가 머리끝까지 나서 포르타리고를 마구 비난했습니다. 그가 만약 하느님을 무서워하지 않는 사람이었다면 그 이상의 제재를 가했을 것입니다. 그는 시에나의 궐석 재판에 회부하여 교수형에 처하겠다고 입으로만 겁을 주었을 뿐, 말에 올랐습니다.

포르타리고는 안줄리에리가 딴 사람에게 지껄이기라도 하는 것처럼 뻔뻔스럽게 대꾸했습니다.

"여보게, 안줄리에리, 이런 판에 그런 말은 아무런 소용이 없다네. 내 말을 들어 보게. 지금 당장 35솔도를 내면 되찾을 수가 있네. 내일로 연기되면 내가 잡힌 38솔도에서 한 푼도 안 깎아 줄 걸세. 왜냐하면 그의 말대로 돈을 걸었기 때문이지. 어째서 3솔도를 벌 생각은 안 하는 건가?"

안줄리에리는 그의 제멋대로 지껄이는 말을 들으니 속이 부글부글 끓어올랐습니다. 더구나 거기 모인 사람들이 안줄리에리의 돈을 포르타리고가 노름에서 날린 것이 아니라, 포르타리고의 돈을 안줄리에리가 아직 보관이라도 하고 있는 듯이 여기는 것 같아서 크게 호통을 쳤습니다.

"네 옷이 나와 무슨 관계가 있느냐? 너는 목을 매달 놈이야. 내 돈까지 훔쳐서 노름을 하더니 이젠 길을 막고 방해해? 날 바보 취급하지 말라구."

그러자 포르타리고는 마이동풍으로 넘기면서 대꾸했습니다.

"아니 어째서 자네는 내가 3솔도를 벌 기회까지 뺏으려는 건가? 그걸 내가 못 갚을까 봐 그러나? 자, 날 봐서라도 내놓게. 왜 그렇게 갈 길을 서두르나? 저녁때까지 토르레니에리에 닿을 수 있네. 어서 지갑을 꺼내게. 시에나를 다 뒤져도 그렇게 몸에 잘 맞는 옷은 없다네. 그런 옷을 38솔도로 그에게 넘겨 주다니! 자그마치 40솔도 이상의 값이 나갈 텐데 자네는 내게 이중의 손해를 끼치려 하는 건가."

안줄리에리는 이자에게 돈을 도둑맞은데다가 떼까지 쓰려고 하니 어처구니가 없어 그만 대꾸도 하지 않고 토르레니에리로 떠나고 말았습니다.

그러나 음흉한 꾀를 생각해 낸 포르타리고는 셔츠바람으로 그를 뒤쫓기 시작했습니다. 그리하여 안줄리에리의 귀가 따갑도록 소리소리 지르며 2마일 이상이나 따라 갔으므로, 안줄리에리의 앞쪽 밭에 있던 농부들이 이쪽으로 몰려오는 것이 눈에 띄었습니다. 그러자 그는 큰 소리로 외쳤습니다.

"저놈 잡아라! 저놈 잡아라!"

농부들은 삽과 괭이를 들고 안줄리에리의 길을 막고는 소리를 지르며 셔츠바람으로 쫓아오는 사내가 몽땅 털린 것이 틀림없겠다 싶어 안줄리에리를 붙들었습니다. 안줄리에리가 신분을 밝히고 경위를 설명했으나 도대체 통하지가 않았습니다. 거기에 포르타리고가 따라와 노려보면서 입을 놀렸습니다.

"이 도둑놈 같으니, 내 것을 훔쳐 달아나다니 당장 죽여도 직성이 안 풀리겠다!"

이렇게 외치고 마을 사람들을 보고 말했습니다.

"여러분 알만 하시죠? 이 사내는 노름에서 소지품을 깡그리 털리고는, 나를 이 꼴로 여관에 버리고 달아났단 말입니다. 하느님과 여러분의 은혜로 보잘것없는 물건이나마 되찾게 되었습니다. 은혜는 잊지 않겠습니다."

안줄리에리는 여러 모로 설명을 했지만, 농부들은 그의 말을 믿지 않았고, 포르타리고는 농부와 합세하여 그를 말에서 끌어내린 후 옷을 벗겨 자기가 입었습니다. 그리고 안줄리에리는 셔츠 한 장에 맨발로 남겨두고 자기는 말을 타고 시에나로 돌아왔습니다. 그리고는 말과 옷은 안줄리에리와 노름을 해서 차지한 것이라고 퍼뜨렸습니다. 안줄리에리는 거창하게 행색을 갖추고 마르카의 추기경을 찾아가려다가, 가엾게도 셔츠바람에 맨발로 분콘벤토로 갔으나, 한동안은 시에나로 돌아올 용기도 없습니다. 하는 수 없이 옷을 빌려 입고 포르타리고가 타던 노새를 타고 코르시냐노의 친척 집에 들러, 다시 아버지에게서 돈이 올 때까지 머물러 있었습니다.

이처럼 포르타리고의 음흉한 꾀는 안줄리에리의 모처럼의 계획을 수포로 만들어 버렸지만, 언젠가 또는 어디서든 안줄리에리의 보복을 받지 않으리라는 보장을 누가 하겠습니까.

다섯 번째 이야기

칼란드리노가 젊은 여자에게 반한다. 브루노는 칼란드리노에게 부적을 만들어 준다. 그 부적이 여자의 몸에 닿으니 여자는 그를 따라 온다. 그것이 아내에게 발각되어 몹시 혼쭐이 난다.

네이필레의 이야기는 일동의 별다른 감흥을 받지 못하고 짧게 끝이 났으며, 여왕은 피암메타에게 다음 이야기를 분부하였으며, 그녀는 미소를 지으며 기다렸다는 듯이 즐겁게 이야기를 시작했습니다.

우리가 이곳에 모인 것은 즐겁고 흥미로운 시간을 보내려는 목적이었으니, 이를 위한 이야기의 소재를 선택함에 있어 때와 장소를 잘 선택한다면 재미없는 것은 없을 것입니다. 그러므로 재미있는 이야기는 수없이 들어도 즐거울 것입니다. 그래서 같은 이야기를 한다면 주인공의 이름이나 또는 내용을 재구성할 수도 있겠으나 오히려 흥미를 감할 수도 있으므로 솔직히 사실대로 이야기를 하겠습니다.

니콜로 코르나키니는 우리들처럼 이 시에 살았는데, 상당히 부유하여 사방에 토지가 있었고 그 중에서도 카메라타에는 아주 아름다운 토지가 있었습니다. 그는 그곳에 굉장히 호화로운 저택을 지었습니다. 그리고 브루노와 부팔마코에게 온 집안에 그림을 그리도록 부탁했습니다. 그 일은 규모가 컸으므로 넬로와 칼란드리노도 같이 그 일에 착수하게 되었습니다.

그 집에는 이미 두세 개의 방에 침대와 가구가 비치되었고 노파 한 사람이 집을 지키며 살고 있었습니다. 그러나 그 외에는 가족이 없어서 니콜로의 아들로 아직 총각인 필리포가 가끔 여자를 데리고 와서는 쾌락을 즐기거나 이삼일씩 지내다가 돌려보내는 일에 이용하고 있었습니다.

그런데 이런 짓을 반복하던 어느 날에 그는 니콜로자라고 하는 여자를 데리고 왔습니다. 그러나 사실은 이 여자는 만조네라는 건달이 카말돌리에 있는 한 집에다 숨겨 두고 매춘을 시키는 여자였습니다.

그녀는 용모가 아름답고 옷맵시도 괜찮고 그런 환경의 여자답지 않게 예의바르고 말도 잘했습니다. 그런데 어느 날 그녀가 하얀 속옷 바람으로, 머리는 둥글게 걷어 올리고 침실을 나와 안마당에 있는 우물가에서 세수를 하고 있는데, 마침 칼란드리노가 물을 길으러 왔다가 매우 정답게 인사를 했습니다.

그녀도 답례를 하고 그를 훑어보았습니다. 그것은 칼란드리노가 별난 유머가 있는 것 같았기 때문입니다. 칼란드리노도 그녀를 자세히 보니 상당히 미인으로 적당한 핑계를 찾으며, 친구들에게 물을 가져가지 않고 꾸물거렸습니다. 하지만 처음 얼굴을 대한 사람이라 감히 말도 붙일 수가 없었습니다.

그녀는 그가 자기를 유심히 본다는 것을 알고 한번 골려 주려고 가끔 한숨을 쉬며 가만히 바라보았습니다. 그러자 칼란드리노는 필리포가 침실에서 그녀를 부를 때까지 넋을 잃고 그 자리에 서 있었습니다.

칼란드리노는 다시 돌아와 일을 시작했으나 한숨만 자꾸 나왔습니다. 브루노는 항상 그의 행동을 눈여겨보고 있었는데 그가 하는 짓을 보며 뭔가 눈치를 채고 이렇게 말했습니다.

"어떻게 된 거야? 칼란드리노, 왜 한숨만 쉬고 있나?"

칼란드리노가 대답했습니다.

"누가 나를 좀 도와주면 좋겠는데……."

"뭘?" 하고 브루노가 물었습니다.

칼란드리노가 대답했습니다.

"남에게 말하면 곤란하네. 실은 이 집에 아주 미인이고 마치 요정 같은 젊은 여자가 있단 말이야. 자네는 못 믿겠지만 그 여자가 나한테 홀딱 반했네. 아까 내가 물을 길러 갔을 때 만났거든……."

"그래?" 하고 브루노가 말했습니다.

"그렇지만 주의를 하는 게 좋아. 아마도 필리포의 아내일지도 모르고."

칼란드리노가 말했습니다.

"그런 것 같아. 그가 부르자 그의 침실로 갔거든. 이 일에 관한한 필리포는 물론 예수님이라도 눈감아 달라 하고 싶네. 사실 그 여자에게 홀딱 반했네. 자네한테 보여 줄 수는 없지만."

그러자 브루노가 말했습니다.

"그래. 그렇다면 그 여자에 대해 내가 조사해 주지. 필리포의 아내라고 해도 간단히 연결해 주겠네. 나는 그녀와 친한 사이거든. 하지만 부팔마코에게는 어떻게 하면 좋을까? 나는 그 녀석과 함께 이야기하는 것이 훨씬 수월한데."

그래서 칼란드리노가 말했습니다.

"부팔마코라면 괜찮지. 하지만 넬로는 안돼. 테사의 친척으로 일을 더 어렵게 만들 거야."

부르노는 "그럴 거야." 하며 고개를 끄덕여 동의하였으나,

이 집에 오는 그녀를 가끔 보았고 필리포와 지껄이며 어떤 여자인지를 잘 알고 있었으므로, 칼란드리노가 그녀를 보러 간 사이에 브루노, 부팔마코, 넬로에게 모두 이야기를 하고 이 사건을 어떻게 할 것인가에 대해 몰래 각본을 짰습니다.

그래서 칼란드리노가 돌아오자 "만나 보았나." 하고 조용히 물었습니다.

"그 여자는 나를 애태워 죽일 거야."

그러자 브루노가 말했습니다.

"그래? 내가 한번 보고 올게. 내가 아는 여자라면 걱정하지 말게."

그리고 브루노는 아래층으로 가, 마침 필리포가 그녀와 함께 있는 자리에서 칼란드리노의 사정과 그가 한 말을 모두 들려 주면서, 그를 한번 골려주자고 합의가 되었습니다. 그 후에 돌아와 칼란드리노에게 말했습니다.

"그 여자가 맞더군. 자네 아주 조심해야만 되겠어. 필리포에게 들키는 날에 아르노 강물에 집어넣고 말거야. 그런데 그녀에게 어떻게 다리를 놓아 달라는 거지?"

칼란드리노는 얼른 말했습니다.

"그건! 우선 내가 그녀에게 아이를 배게 해 주고 싶을 정도로 사랑을 불태운다고 말해 주게. 그리고 그녀의 종이 되어 뭐든지 하겠다고, 설사 아무것도 바라지 않는다 해도 말일세. 알겠지?"

"좋아, 나한테 맡겨 두게." 브루노가 대답했습니다.

저녁 식사 시간이 되어 모두 일을 중지하고 안마당으로 내려왔습니다. 거기에 필리포와 니콜로자가 와서 칼란드리노 때문에 일부러 잠깐 있었습니다. 그랬더니 칼란드리노는 니콜로자를 뚫어지게 바라보면서 장님이라도 알아차릴 만큼 이상한 짓을 하기 시작했습니다.

한편 여자도 그를 유혹하듯 여러 가지 몸짓을 했습니다. 필리포는 칼란드리노의 요상한 행동을 보며 세상에 이런 재미있는 일은 없으리라 여기고, 부팔마코나 다른 패들과 이야기를 하는 척하며 그 일은 모르는 것처럼 했습니다. 잠시 후 그들이 돌아가게 되었을 때 칼란드리노의 아쉬워하는 꼴이란 과연 볼만 했습니다. 그런데 피렌체로 가는 도중에 브루노가 칼란드리노에게 말했습니다.

"정말로 자네는 대단해. 얼음이 태양에 녹은 것처럼 그 여자를 녹여 버렸더군. 만약에 자네가 리베바(레벡rebec, 리베카ribeca, 중세 및 르네상스 시대 때 찰현악기의 일종.〈 루바브 rubabe 〉라고도 함 : 옮긴이)를 가지고 자네가 자랑하는 세레나데를 두어 개 부르면, 그 여자는 창문으로 뛰어내려 자네에게 안길 걸세.

칼란드리노가 말했습니다.

"그렇게 생각하나? 그럼, 리베바를 가지고 올까?"

"그렇게 해 보게." 하고 브루노가 대답했습니다.

그러자 칼란드리노가 이렇게 말했습니다.

"오늘 내가 그 여자 얘기를 했을 때, 자네는 믿지 않았지? 나는 다른 사내들보다 내가 하고 싶은 일은 훌륭히 해치울 자신이 있네. 그만한 미인을 이렇게 빨리 반하게 하는 일을 나

말고 할 자가 있다고 생각하나? 하루 종일 여기저기 뛰어다니고 천 년이 걸려도 개암나무 열매 세 주먹도 벌지 못하는 변변치 못한 요즘 젊은 놈들이 무엇을 할 수 있겠나. 자, 내가 리베바 켜는 것을 한 번 보겠나? 굉장한 솜씨지. 그리고 나는 자네가 생각하는 만큼 늙지 않았다는 것을 알아 주게. 그것을 그 여자는 알고 있네. 만약에 그렇지 않다고 하더라도 내가 그 여자를 손안에 넣기만 하면 즉시 알게 해 주지. 신에 맹세코 내 솜씨를 보여 주겠네. 어리석은 엄마가 어린애 뒤를 쫓아다니듯 그 여자가 내 뒤를 쫓아오도록 해 보이겠네."

"아아! 자네는 그 여자를 마음껏 즐길 거야. 그리고 리베바의 일로 그녀의 붉은 입술과 장미꽃처럼 빨간 볼을 물고 부비다가 나중에는 몸을 몽땅 먹어치울 거야. 그것이 눈에 선하군." 하고 브루노가 말했습니다.

칼란드리도는 그 말을 듣자 벌써 그 기분에 취했습니다. 그래서 너무나 좋아 가만히 있지 못하고 노래를 부르고 껑충껑충 뛰기도 했습니다.

그 다음 날 그가 리베바를 켜며 노래를 불렀고 모두들 매우 즐거웠습니다. 그는 당장이라도 그녀를 보고 싶어서 일이 전혀 손에 잡히지 않았고 몇 번씩이나 창가로, 다시 입구로 뛰어다니고, 다시 안마당으로 나가기도 했습니다. 한편 여자도 브루노의 지시에 따라서 그에게 맞춰 맞장구를 치듯 소란을 떨었습니다.

한편 브루노는 사람을 보내 여러 가지 지시를 보내고 그녀도 소식을 보내 왔습니다. 그녀가 집을 비울 때는 보통 그녀가 편지를 보내도록 시켰습니다. 그 편지에는 그가 몹시 애가 타도록 지금 친척 집에 있어 만날 수 없겠다는 내용들이 씌어 있었습니다.

이런 식으로 이 사건을 꾸미고 있던 브루노와 부팔마코는 마치 여자가 조르기라도 하는 것처럼 때때로 상아로 만든 빗, 예쁜 지갑, 작은 칼 따위를 선물하도록 하고, 여자 쪽에서는 아무 가치 없는 물건이나, 모조 반지 같은 것을 답례로 보내도록 하여, 칼란드리노를 정신이 혼미할 정도로 흥분시켜 이 세상에 둘도 없는 구경을 하고 있었습니다. 또한 주선을 잘해 달라는 뜻으로 차나 식사를 대접받기도 했던 것입니다.

한편 두 사람은 이런 식으로 일이 진척되지 않도록 두 달 이상을 끌어왔는데, 이 집 일도 드디어 다 끝날 때가 되었다는 것을 칼란드리노도 알았습니다. 그는 일이 끝나기 전에 이 사랑을 성취하지 못하면 영원히 목적을 이룰 수 없다는 것을 알고 브루노를 조르기도 하고 강요하기도 했습니다. 그래서 브루노는 여자가 그 집에 왔을 때 우선 필리포와 여자가 할 일을 미리 의논한 후 칼란드리노에게 이렇게 말했습니다.

"여보게, 칼란드리노. 그 여자는 자네의 소원대로 하겠다고 몇 번이나 약속을 했네. 그런데도 이처럼 응하지 않으니 자네가 당한 게 아닌가. 약속을 어겼으니 자네만 좋다면 우리가 막무가내로 실행시켜 버릴까?"

칼란드리노가 대답했습니다.

"그래, 그래! 부탁하네. 빨리 그렇게 해 주게."

그러자 "내가 부적을 만들어 줄 테니 그걸 가지고 그녀에게 가보겠나?" 브루노가 말했습니다.

"좋고 말고." 칼란드리노가 대답했습니다.

"그렇다면 사산된 새끼 양가죽 조금, 살아 있는 박쥐 한 마리, 향 세 개, 성당의 초 한 자루를 가져오게. 그 뒤는 내게 맡기고." 하고 브루노가 말했습니다.

칼란드리노는 그날 밤새도록 채를 들고 박쥐를 잡았습니다. 그래서 겨우 한 마리 잡아 다른 것과 함께 브루노에게 가져왔습니다. 브루노는 침실에 틀어박혀 양가죽 뒤에다 뒤죽박죽 글씨를 써서 그에게로 가져와 이렇게 말했습니다.

"칼란드리노, 잘 듣게. 자네가 이것을 그 여자의 몸에다 대면, 여자는 자네를 따라올 것이고, 자네의 뜻대로 될 걸세. 오늘 필리포가 외출을 하면 어떻게든 그녀에게 가까이 다가가 이것을 대 보게. 그리고 즉시 헛간으로 들어가는 거야. 거기는 아무도 오지 않으니까 아주 좋은 장소란 말이야. 그 여자는 반드시 따라올 테니 그때 자네가 어떻게 하는지는 자네가 더 잘 알고 있겠지."

칼란드리노는 하늘에 닿을 듯이 기뻐하며 그 부적을 받아 들고는 이렇게 말했습니다.

"그럼, 나에게 맡기게."

한편으로 칼란드리노가 경계하고 있던 넬로는 이 일에 유달리 흥미를 가지고 그를 놀리기 위해 단단히 벼르고 있었습니다. 그래서 브루노의 마지막 계획을 듣자, 칼란드리노의 아내에게 가서 이렇게 말했습니다.

"테사, 칼란드리노가 무뇨네의 돌을 가져왔을 때, 이유도 없이 얼마나 심하게 맞았는지 잊지 않았겠지? 그러니까 당신이 그 보복을 할 기회를 주겠어. 만일 그것이 싫으면 나를 친척이나 친구로 생각하지 마. 실은 칼란드리노가 그 집에 있는 여자에게 홀딱 반했어. 그런데 그 여자는 언제든 그를 방 안으로 끌어들이는 색골이지. 조금 전에도 만날 장소를 정하고 있었어. 그러니까 당신이 현장을 잡고 단단히 혼쭐을 내란 말이야."

이 말을 들은 아내는 농담은 아니라고 생각하고 자리에서 일어나 이렇게 말했습니다.

"아이고! 어리석게 그런 짓을 하다니! 절대로 그렇게는 안 될 거야, 당신한테 감사하는 뜻에서라도."

이리하여 망토를 손에 들고 하녀를 데리고 즉시 넬로와 함께 카메라타로 갔습니다. 브루노는 멀리서 그녀가 오는 것을 보자 필리포에게 말했습니다.

"왔습니다. 왔습니다. 우리들의 친구가."

그러자 필리포는 칼란드리노나 그 밖의 패들이 일을 하고 있는 곳으로 가서 이렇게 말했습니다.

"여러분, 나는 지금 피렌체에 갑니다. 힘껏 일하시기 바랍니다." 하고 칼란드리노의 행동을 볼 수 있는 곳으로 가서 숨었습니다.

칼란드리노는 필리포가 상당히 멀리 갔을 때쯤에 안마당으로 내려가자 니콜로자가 혼자 서 있었습니다. 그는 즉시 그녀에게 말을 걸었습니다. 한편 그녀는 자기가 해야 할 일을 알고 있었기 때문에 가까이 가서 다른 날과 달리 아주 정답게 행동했습니다.

칼란드리노는 이때 얼른 그 부적을 그녀의 몸에 대고, 그러자마자 즉시 아무 말 없이 뒤도 돌아보지 않고 헛간으로 갔습니다. 니콜로자는 뒤를 따라갔습니다. 그래서 헛간으로 들어서자 문을 잠그고 칼란드리노에게 달려가 끌어안고는 거기에 있던 볏짚 위에 그를 넘어뜨린 다음 올라타고는 그의 양어깨를 두 손으로 누르며 얼굴을 가까이하지 않고 욕정을 참을 수 없다는 듯이 이렇게 말했습니다.

"아아, 가장 멋진 칼란드리노, 당신은 내 심장, 내 영혼, 내 그리운 분, 내 마음의 휴식처입니다. 얼마나 오랫동안 내 것으로 만들어서 가슴에 꼭 끌어안고 싶어 시달렸을까! 당신의 부드러운 마음이 내 사랑을 쟁취했어요. 그 리베바는 내 마음을 사로잡았고요. 내가 당신을 끌어안고 있는 것이 현실인가요?"

칼란드리노는 몸도 움직이지 못하고 대답했습니다.

"아아! 사랑스런 당신, 키스를 하게 해 주오."

니콜로자가 말했습니다.

"어머나, 너무 서둘지 마세요. 그보다는 내게 당신을 잘 보여 주세요. 내 눈이 싫증나도록 당신의 부드러운 얼굴을 보여 주세요."

브루노와 부팔마코도 필리포가 있는 곳으로 갔습니다. 셋이 이 광경을 보고 들었습니다. 그리고 칼란드리노가 막 니콜로자에게 키스를 하려 할 때 넬로가 테사를 데리고 도착했습니다. 그 헛간 문 앞에서 넬로가 말했습니다.

"분명히 두 사람은 재미를 보고 있을 거야."

이미 헛간 앞에 있던 아내는 몹시 흥분하여 두 손으로 문을 밀어 젖히고 뛰어들었습니다. 그곳에는 니콜로자가 칼란드리노 위에 올라타고 있지 않겠어요. 니콜로자는 그녀를 보자 즉시 필리포가 숨어 있는 곳으로 도망치고, 테사는 아직 누워 있는 칼란드리노에게 달려들어 손톱으로 온 얼굴을 할퀴었습니다. 그리고 머리털을 잡아 쥐고 끌고 다니며 부르짖었습니다.

"이 개만도 못한 놈, 이 따위 어처구니없는 짓을 잘도 하는군? 이 여색에 빠진 영감쟁이. 내가 너 같은 잡놈을 좋아했다니 저주스럽구나. 집구석에도 네놈이 파야 할 우물이 태산인데 남의 우물을 파다니……이 꼬락서니 하고는! 이 자기 분수도 모르는 악당아! 아무리 짜 봐도 한 몫의 소스도 안 될 거야. 맹세를 하건데 이 말 타기로 네놈을 임신시킨 것은 내가 아니지. 네놈에게서 그 재미를 보겠다는 그 몹쓸 년이 어떤 년이든 지옥에나 떨어질 것이다."

칼란드리노는 아내를 보자 혼비백산하여 아내가 하는 대로 몸을 내맡기고 있었습니다. 지키는 건 고사하고 엉망진창으로 할퀴고 살갗이 벗겨지고 머리털을 쥐어 뜯긴 뒤 겨우 일어나며 모자를 줍고는, 그렇게 떠들며 소란을 피우지 마라, 그 여자는 이 집 주인의 아내인데 내 온몸을 찢어 죽이고 싶지 않거든 큰 소리를 치지 말라고 머리를 조아리며 빌었습니다.

"그년은 벌을 받아야 해." 하고 테사가 말했습니다.

브루노, 부팔마코, 필리포, 니콜로자는 함께 이 광경에 배꼽을 쥐고 웃고 있다가, 이윽고 소란 때문에 들어온 듯이 나타나, 온갖 말로 테사를 진정시키고, 만약 필리포가 이 일을 안다면 자네에게 응징을 할 것이니 피렌체로 돌아가서 다시는 카메라타에는 오지 말라고 충고했습니다.

이리하여 온 얼굴과 몸을 할퀴고 뜯기는 모진 고통을 당한 칼란드리노는 피렌체로 돌아오자 다시는 감히 그 저택으로 갈 마음이 나지 않고 밤낮으로 아내의 잔소리와 구박에 괴로움을 당했으며, 그 외에 친구들이나 니콜로자, 필리포의 비웃음거리가 되어 결국은 그의 불타는 사랑에 종지부를 찍었다는 것입니다.

여섯 번째 이야기

두 청년이 어느 남자의 집에 유숙하고 그 중의 한 사람이 딸의 침실에 숨어 들어간다. 그리고 그 남자의 아내는 무심코 다른 한 청년과 자게 된다. 딸과 함께 잤던 청년이 친구인 줄 알고 아버지 옆에 자면서 모든 것을 이야기한다. 그러자 큰 소동이 벌어진다. 아내는 그것을 눈치채고 딸의 침대로 기어들어가 변명을 하고 모든 것을 원만하게 수습한다.

피암메타의 칼란드리노 이야기도 역시나 일동을 즐겁게 만들었습니다. 칼란드리노의 이야기는 이전에도 여러 번 웃음을 선사했으며, 그때마다 부인들은 그의 어리석은 행동을 이야기하며 즐거워하는 것이었습니다. 여왕은 팜필로에게 다음

이야기를 분부하고, 그는 다음과 같이 이야기를 시작했습니다.

여러분, 칼란드리노가 반했던 여자 이름이 니콜로자라는 것에서 나는 또 한 명의 니콜로자에 대한 일이 생각났는데, 그 이야기(옛부터 널리 구전되는 이야기. 프랑스 우화는 유명하다)를 하나 여러분께 들려 드리겠습니다.

그것을 듣고 나면 한 사람의 빈틈없는 여인이 어떻게 기지를 발휘해서 급박한 사태를 원만히 수습했는가를 아시게 될 것입니다.

그리 오래된 일은 아니지만 무뇨네의 계곡에 한 마음씨 좋은 남자가 살고 있었습니다. 이 남자는 돈을 받고 나그네에게 음식을 팔고 있었습니다. 가난하고 집도 작았지만 때때로 돈에 쪼들릴 때는 사람을 가려서 안면이 있는 사람들에게 가끔 잠자리를 제공하기도 했습니다.

그런데 이 남자는 상당히 미인인 아내와 자식이 둘 있었습니다. 열다섯이나 여섯 정도의 예쁘고 고운 딸과, 아직 어머니 젖을 먹는 돌도 안 된 사내아이가 있었습니다.

우리 시의 귀족 출신으로 호감이 가고 품위가 있는 어느 청년이 이 근처를 자주 왕래하면서 이 처녀를 발견하고 완전히 반해 버렸습니다. 그리고 이 처녀도 이런 훌륭한 청년에게 사랑 받는 것을 자랑으로 여겨 오래도록 사랑을 받으려고 친절히 대접을 하면서 그를 좋아하게 되었습니다.

만약에 피누초(이 청년의 이름)가 자기와 그녀에 대한 세상의 비난을 두려워하지 않았더라면, 그들의 사랑의 열도(熱度)

로 봐서 이 사랑은 더 빨리 수차례의 결실이 있었을 것입니다. 그러나 날이 갈수록 피누초의 마음이 끓어올라 어떻게든지 그녀를 만나고 싶었습니다. 그래서 그녀의 집에 유숙할 수 있는 좋은 방법을 궁리하며 여러 가지로 지혜를 짰습니다.

그렇습니다. 그는 그녀의 집안 사정을 잘 알았고 유숙할 수만 있다면 아무에게도 들키지 않고 그녀와 밀회를 즐길 수가 있었을 것입니다. 그렇게 생각하자 그는 즉시 실행에 착수했습니다.

그는 이 사연을 알고 있던 아드리아노라는 친구와 함께 두 필의 말을 빌려 타고 아마 볏짚으로 채웠을 큰 여행 가방을 두 개 싣고는 어느 날 밤, 피렌체를 출발했습니다. 멀리 길을 돌아 무뇨네의 계곡으로 말을 타고 들어왔을 때는 이미 깊은 밤이었습니다.

그래서 마치 로마냐에서 돌아오는 것처럼 뒤로 돌아가 그 남자의 집 대문을 탕탕 두드렸습니다. 주인은 두 사람을 잘 알고 있었기 때문에 즉시 문을 열어 주었습니다.

피누초가 말했습니다.

"여보게, 오늘 밤 우리들을 재워 주게. 사실은 피렌체에 들어갈 수 있다고 생각했는데, 보다시피 뜻밖에도 이런 시간(성문이 닫힘)에 여기에 도착하고 말았네."

주인이 대답했습니다.

"피누초 님, 여기는 당신과 같은 분을 재울만한 집이 못 된다는 것을 잘 알고 계시지요. 하지만 이런 시간에 도착하셨으니 다른 곳에 가서 유숙할 시간도 없을 것입니다. 가능한 한 기꺼이 재워 드리겠습니다."

그래서 청년들은 말에서 내려 이 조그마한 집으로 들어가
먼저 말을 돌보아 준 다음 미리 준비했던 음식으로 주인과 함
께 저녁밥을 먹었습니다.

그런데 이 집에는 좁은 방 하나밖에 없어서 주인이 최선을
다해 작은 침대를 세 개 마련했습니다. 침대 세 개가 들어가
는 충분한 넓이가 아니었으므로 두 개는 방 양쪽 벽에 바싹
붙이고 다른 하나는 반대쪽 벽에다 붙여서 방 한가운데에 겨
우 사람이 지날 수 있는 간격을 두었습니다.

주인은 이 세 개의 침대 중에서 두 손님에게 제일 좋은 것
을 골라 잠을 자도록 했습니다. 두 사람은 잠시 후 마치 잠이
든 것처럼 하고 있으려니, 주인은 남은 침대 하나에 딸을 재
우고 또 하나에 아내와 함께 들어갔습니다. 아내는 자기가 자
는 침대 옆에 어린애를 재워 놓은 요람을 가지런히 놓았습니
다.

이렇게 배치가 완료되었는데, 피누초는 그것을 완전히 파
악하고 모두가 깊이 잠이 들자 살짝 일어나 사랑하는 처녀의
침대로 몰래 갔습니다. 그리고는 그녀의 옆으로 파고들었습
니다. 처녀는 처음엔 무서워했으나 기꺼이 맞아들여 두 사람
은 기다리고 원했던 육체의 쾌락을 맛보며 함께 자고 있었습
니다.

이같이 피누초가 처녀와 자고 있는데 고양이가 뭔가를 떨
어뜨렸는지 달가닥 하는 소리가 났습니다. 그 소리를 듣고 안
주인이 깨어나 무엇이 깨졌는지 걱정이 되어 어둠 속에서 소

리가 난 쪽으로 더듬으며 걸었습니다.

그것을 눈치채지 못했던 아드리아노가 침대에서 일어나 소변을 보려고 슬슬 더듬다가 안주인이 놓아둔 요람에 부딪쳤습니다. 그것을 치우지 않고 지나갈 수 없어서 그것을 들어 자기가 자던 침대 옆에 두었습니다. 소변을 본 후 요람의 일은 잊은 채 침대로 기어들었습니다.

안주인은 고양이가 떨어뜨린 것을 보고 자기가 걱정했던 물건이 아니어서, 불을 켜지 않고 고양이를 나무란 후 침실로 돌아왔습니다. 그리고는 똑바로 남편이 자고 있는 침대 쪽으로 손을 더듬어 갔습니다.

하지만 요람이 없으므로 '어머나! 엉뚱한 일을 저지를 뻔했군! 손님의 침대로 들어가다니!' 하고 무의식중에 혼잣말을 했습니다. 그러고 옆을 보니 요람이 있어서 남편이 자는 줄로 믿고 아드리아노가 자고 있는 침대로 들어갔습니다. 아직 잠이 들지 않았던 아드리아노는 기뻐하면서 그녀를 맞아들였습니다. 그리고는 한 마디의 입도 떼지 않고 기교를 다해 몇 번이나 그녀를 기쁘게 해 주었습니다.

한편 피누초는 그 일을 하는 동안에 처녀와 함께 잠이 들면 큰일이라고 생각하고 전부터 소원했던 사랑의 쾌락도 맛보았으므로 자기 침대로 가서 자야겠다고 일어났습니다. 그래서 건너편으로 가려고 하니 요람이 있어서 그곳은 주인의 침대라고 생각하고 조금 더 가서 주인과 함께 누웠습니다.

주인은 피누초가 옆으로 들어오자 눈을 떴습니다. 피누초는 아드리아노의 옆에 누운 것으로 알고 이렇게 말했습니다.

"여보게, 니콜로자처럼 굉장한 아가씨를 만난 일이 없네. 정말로 사내가 여자에게 얻는 최상의 쾌락을 맛보았어. 여기를 빠져 나가 여섯 번 이상 그것을 느꼈네."

주인은 이 말을 듣자 발끈해서 '이 악마 같은 놈?' 하고 중얼거리고 무의식중에 울컥 분노를 터트리며 말했습니다.

"피누초 님, 어찌 그리 지독한 짓을 하시오? 어째서 그런 일을 하셨는지 그 이유를 모르겠소. 반드시 보복을 하고 말겠소."

피누초는 그리 영리한 사람은 아니었으며 자기의 실수를 깨닫고도 어떻게 교묘한 거짓말도 꾸미지 못하고 이렇게 대답했습니다.

"나에게 보복을 한다고? 자네가 무엇을 할 수 있다고."

한편 남편과 자고 있는 것으로 생각하고 있던 안주인은 아드리아노에게 말했습니다.

"어머나! 우리 집 손님들이 서로 말다툼을 하고 있어요!"

아드리아노는 웃으면서 대답했습니다.

"내버려 둬. 싸움을 하게, 어젯밤 과음한 탓이야."

안주인은 남편인 줄 알았다가 아드리아노의 목소리를 듣고 즉각 자기가 어디에서 누구하고 자고 있는가를 알았습니다. 그러나 영리한 여자였으므로 아무 말 없이 침대에서 일어나 어린애의 요람을 옮기고 더듬거리면서 딸이 자는 침대로 가서 함께 누웠습니다. 그리고 남편의 목소리에 마치 잠을 깬 것처럼 남편의 이름을 부르면서, 뭘 가지고 피누초 님과 말다툼을 하느냐고 물었습니다.

남편이 대답했습니다.

"어젯밤, 이 자가 니콜로자와 잤다고 지껄이는 것을 당신은 듣지 못했어?"

안주인이 말했습니다.

"그분은 아무렇게나 말하는 거예요. 니콜로자는 그분하고 잠을 자지 않았어요. 보세요. 내가 여기서 자고 있었는데요. 그런 일을 믿다니 정말로 당신은 어리석군요. 여러분이 어젯밤에 과음을 하시더니, 아마도 한밤중에 꿈을 꾸고 꿈 속에서 재미를 보았던 거예요. 목이 부러지지 않은 것이 천만다행이군요. 피누초 님, 거기서 뭘 하세요?"

한편 아드리아노는 안주인이 교묘하게 자기와 딸의 수치를 속이고 있는 것을 알고 이렇게 말했습니다.

"피누초, 자네는 꿈을 꾼 후에 꿈에서 본 것을 사실인양 말하는 버릇이 있어. 언젠가는 봉변을 당할 것이니 주의하라고 몇 번이나 말했나. 이리로 돌아오게. 자네에게 운이 나쁜 것이란 이런 일을 두고 하는 말이야."

주인은 아내가 말했던 것과 아드리아노의 말을 듣고 피누초가 꿈을 꾸었다고 믿었습니다. 그는 피누초의 어깨를 흔들면서 이렇게 말했습니다.

"피누초 님, 눈을 뜨세요. 당신의 침대로 돌아가세요."

피누초는 일동이 말한 취지를 알고 꿈을 꾸고 있는 사람처럼 다시 헛소리를 하였습니다. 그러자 주인은 배를 쥐고 크게 웃었습니다.

피누초는 자기 몸을 흔드는 것을 알면서도 이제 겨우 잠에서 깬 것처럼 아드리아노를 부르며 이렇게 말했습니다.

"벌써 날이 밝았나, 나를 왜 부르지?"

"응, 이리로 오게."

피누초는 아직 잠이 와서 죽겠다는 듯이 간신히 주인 곁에서 일어나 아드리아노의 침대로 돌아왔습니다.

그러다 날이 밝아오자 두 사람은 침대에서 일어났습니다. 그러나 주인은 다시 웃으면서 꿈 이야기로 피누초를 놀렸습니다. 그러나 두 사람은 두서너 마디 맞장구를 치면서 말에 안장을 얹고 여행 가방을 얹었습니다.

그리고 주인과 술을 한 잔 나눈 다음 말을 타고 피렌체로 갔습니다. 일이 성공했고 결과도 좋았으며, 둘은 매우 만족했습니다.

한편 그 후로도 다른 좋은 방법을 발견하여 피누초는 니콜로자와 여러 번 밀회를 거듭하고 있었습니다. 그녀는 어머니에게 그는 분명히 꿈을 꾸었다고 주장한 것은 말할 필요도 없겠지요. 그러나 어머니는 아드리아노의 포옹을 생각할 때마다 자기만은 꿈을 꾼 것이 아니라고 혼잣말을 하는 것이었습니다.

일곱 번째 이야기

탈라노 디 몰레세는 늑대가 아내의 목과 얼굴을 물어뜯는 악몽을 꾸고, 아내에게 조심하라고 주의를 준다. 그녀는 들은 척도 않다가 실제로 꿈과 똑

같은 일이 발생하고 만다.

부인들은 이구동성으로 위기일발의 순간에 기지를 발휘한 안주인을 칭찬하였으며, 다음은 팜피네아에게 이야기를 하도록 분부를 내리고, 그녀는 이야기를 시작했습니다.

여러분, 앞에서 여러분은 그냥 웃고 지났지만 꿈이 현실이 된 일을 이야기한 적이 있습니다. 이미 앞의 이야기에도 나왔지만, 다시 한 번 남편이 꾼 꿈을 믿지 않아서, 근처에 사는 부인에게 발생했던 재난을 요약해서 들려 드릴까 합니다. 그것은 그리 먼 옛날 일은 아닙니다.

나는 여러분이 탈라노 디 몰레세라는 사람(매우 명성이 높으신)을 알고 계시는지 모르겠습니다. 그분은 세상에도 드문 아름답고 젊은 부인을 아내로 삼았으나, 그녀는 지나치게 무뚝뚝하고 고집이 세고 성미가 까다로웠습니다. 그래서 남에게 무엇 하나 베풀지 않았으며, 남들도 그녀를 위해 무엇 하나 도와주지를 않았습니다. 탈라노는 그런 것들을 꾹 참는 일이 몹시 괴로운 일이었지만, 어찌할 도리가 없어 혼자서 괴로워할 뿐이었습니다.

탈라노가 마르가리타 부인과 시골의 별장에 머물고 있던 어느 날 밤, 잠을 자다가, 부인이 별장 가까이에 있는 아름다운 숲 속을 산책하는 꿈을 꾸었습니다. 꿈 속에서 부인이 산책하는데 갑자기 숲에서 거칠고 사나운 큰 늑대가 나타나더니 순식간에 부인의 목을 물고 쓰러뜨려 땅 위를 질질 끌고 갔습니다. 부인은 큰 소리로 사람 살리라고 고함을 치면서 늑대가 끌고가려는 것을 모면하려고 몸부림쳤습니다. 그러다가 부인은 간신히 늑대의 입에서 벗어났지만 얼굴과 목이 엉망진창으로 물어 뜯겨져 있었습니다.

남편은 아침 잠에서 깨자 부인에게 이렇게 말했습니다.

"이봐요, 당신이 고집이 세어 내가 함께 사는 동안 하루라도 마음 편한 날이 없었는데, 그래도 당신이 불행한 일을 당하면 슬퍼하게 될 거요. 그러니 내가 하는 말에 귀를 기울여 오늘 하루만은 외출하지 않는 것이 좋겠소."

그러자 그 이유를 물었습니다. 그래서 꿈에서 본 것을 모조리 이야기했습니다. 부인은 고개를 저으며 대답했습니다.

"누구라도 상대방에게 악의가 있으면 상대방에 대한 나쁜 꿈을 꾸게 돼요. 당신이 내 걱정을 한다지만, 그렇게 되길 바라기 때문에 그런 꿈을 꾼 거예요. 꼭 주의를 하지요. 오늘뿐 아니라 언제고 그런 일이 일어나 당신이 좋아하는 일이 없도록 조심하겠어요."

그러자 탈라노가 말하였습니다.

"그렇게 말할 줄 알았소. 피부병을 앓는 머리를 빗어 주면 그 보답을 받는다고 하지 않소. 하지만 당신 좋을 대로 하구려. 나는 당신을 위해서 한 말이니까. 다시 한 번 말하지만 오늘은 집에 있거나 적어도 숲에라도 가지 마시오."

"예, 그렇게 하겠어요." 부인은 이렇게 대답은 했지만 마음속으로는 딴 말을 하고 있었습니다. '이 사람이 나를 겁주어 숲에 가지 않도록 심술궂은 말을 하는 것을 알겠지? 틀림없이 숲에서 성질이 고약한 여자와 밀회의 약속을 한 거야. 그것을 내게 들킬까 봐 그러는 거야. 남의 눈을 속여 훔쳐 먹을 생각이겠지. 그런 줄도 모르고, 그 말을 곧이들었다가는 나만 어리석은 바보가 되는 거지! 절대로 그런 일을 내버려 둘 수 없지. 가령, 하루 종일 지키더라도 오늘 그이가 꾸민 속임수를 간파하고 말아야지.'

남편이 집 밖으로 나가자 그녀도 다른 문으로 나갔습니다. 그리고 몰래 남에게 들키지 않게 숲 속의 나무가 우거진 으슥한 장소에 몸을 숨기고 누가 오는지 주위를 열심히 두리번거렸습니다.

늑대 따위는 아랑곳없이 남편의 정부가 나타나기를 기다리는데, 바로 옆 으슥한 숲 속에서 갑자기 크고 사나운 늑대가 튀어나왔습니다. 깜짝 놀란 부인이 "아아, 사람 살려!" 하고 소리를 지르는 순간에 늑대가 달려들어 목을 꽉 물고는 마치 어린 양을 채어 가듯이 질질 끌고 가기 시작했습니다.

그녀는 목을 물렸기 때문에 더는 소리를 지를 수도 없고, 구원을 요청할 다른 방법도 없었습니다. 만일 양치기를 만나지 못했다면 늑대는 그녀를 끌고 가서 목을 물어뜯어 버렸을 것입니다. 다행히도 양치기들이 와와 하고 큰 소리를 질러 늑대를 쫓아 버리고 그녀를 떼어 놓을 수 있었습니다. 다행히도 그녀의 얼굴을 양치기들이 알고 있어 별장으로 운반되었습니다. 그로부터 오랫동안 의사의 치료를 받아 겨우 상처는 아물었으나, 목과 얼굴의 일부분이 엉망으로 흉터가 남아, 원래는 그렇게도 아름다웠던 얼굴이 흉칙하고 볼품없게 돼 버렸습니다.

이리하여 많은 사람 앞에 나서는 것을 꺼리게 되었으며, 자신의 쓸데없는 고집으로 손해 볼 일이 아닌데도 남편의 꿈을 믿지 않은 것을 한없이 후회하며 슬퍼하게 되었던 것입니다.

여덟 번째 이야기

비온델로가 먹는 것을 가지고 차코를 속이자, 차코는 그를 실컷 두들겨 맞도록 하여 복수를 한다.

팜필로의 이야기를 들으며 남편의 꿈은 현몽이 틀림없다고 떠들어댔습니다. 여왕은 한참을 기다려 라우레타에게 이야기를 분부하자 그녀가 이야기를 시작했습니다.

여러분, 오늘 앞의 이야기 중에는 이미 화제가 되었던 사건을 포함한 이야기가 다소 있었습니다. 그래서 나는 어제 팜피네아가 들려 준 학자의 참혹한 보복에 착안하여 어제처럼 참혹하지는 않지만 본인은 몹시 곤혹스러웠을 보복에 관한 이야기를 할까 합니다.

피렌체에 사는 차코라는 인물은 과거와 현재를 통틀어도 전무후무할 정도로 대식가이자 식도락가였습니다. 그렇지만 그의 수입으로는 자기의 엄청난 식도락을 채울 비용을 충당할 수가 없었고, 게다가 옷치장도 상당하였습니다.

그러나 말도 잘하고 재미있는 이야기도 잘하는 만담가여서, 궁정은 아니었지만 음식이 풍성한 부잣집에 출입하면서,

음식을 대접받고 사람들을 즐겁게 해 주기도 했으나, 초청받지 않아도 늘 여러 집을 찾아다니며 점심이나 저녁을 얻어먹는 것이었습니다.

그 당시에 비온델로라는 남자가 역시 피렌체에 살았습니다. 몸집이 작은 남자였으나 매우 유쾌하고 깔끔한 멋쟁이였고, 길게 기른 금발을 한 가닥도 흐트러짐이 없이 머리에는 정발모를 쓰고 있었습니다. 그도 역시 차코와 똑같은 직업을 갖고 있었습니다.

이 남자가 사순절(四旬節)의 어느 날 아침, 생선시장에서 비에리 디 체르키(황제당의 당수)를 위해 큰 칠성장어 두 마리를 사다가 차코의 눈에 띄고 말았습니다. 그는 비온델로에게 가까이 다가가 물었습니다.

"이게 웬 거지."

"어젯밤 코르소 도나티(기벨리니 당(교황당)에 속했다고 전해짐)한테 이것과는 비교도 안 되는 굉장한 칠성장어 세 마리와 철갑상어 한 마리가 들어왔었지. 그런데 세 사람의 귀족에게 대접하기에는 좀 부족해서 두 마리만 더 사오라는 부탁을 받았지. 자네도 오지 않겠나?"

차코는 대답했습니다.

"꼭 가겠네."

그래서 그는 알맞은 시간에 맞춰 코르소 씨의 집으로 갔더니 코르소는 몇 명의 이웃 사람들과 함께 있었고, 아직 식사 전이었습니다. 그는 코르소가 무슨 일로 왔느냐는 질문을 받고 이렇게 대답했습니다.

"나리, 실은 당신의 친구분들과 식사를 대접받으러 왔습니다."

이 말에 코르소가 말했습니다.

"잘 왔네, 마침 식사시간이니 식당으로 가세."

식탁에 자리를 잡자 처음에 이집트 콩 잠두(누에콩)와 소금에 절인 다랑어가 나왔고, 이어 아르노 강의 물고기 튀긴 것이 나왔을 뿐, 더 이상 아무것도 나오지 않았습니다.

차코는 비온델로의 속임수에 당한 것을 눈치채고 내심 분개하며 반드시 보복을 하리라고 결심했습니다. 그로부터 며칠 후 비온델로와 딱 마주쳤는데, 비온델로는 이미 자신의 속임수에 차코가 당한 사실을 널리 퍼트려 그를 웃음거리로 만든 뒤였고, 그를 보자 반갑게 인사를 하며 코르소 댁의 칠성장어 맛이 어떠냐고 물었습니다.

"그 일이라면 8일이 아직 안 되었으니 나보다 더 잘 알 텐데." 차코가 대답했습니다.

그리고 그는 비온델로와 헤어지자, 어느 빈틈없는 장사꾼을 매수하여 계략을 실행에 옮겼습니다. 그는 상인에게 유리병을 건네 주고 카비출리 화랑(아데마리 가의 1층 화랑. 필리포 아르젠티의 가문) 근처로 데리고 갔습니다. 그리고는 필리포 아르젠티라는 기사를 가르쳤는데, 그는 뼈대가 굵직하고 완력이 센 장사로 불끈 화를 잘 내는 기괴한 형상을 하고 있었습니다.

"이 병을 가지고 저 사람한테 가서 이렇게 말하게. '나리, 비온델로의 심부름으로 왔습니다만, 이 병을 당신의 그 고급

빨간 포도주로 새빨갛게 만들어 달라는 부탁입니다. 모기와 같은 친구들과 즐기자는 것입니다.'라고 말이오. 부디 그에게 팔을 붙들리지 않도록 조심하게. 붙잡히면 자네는 봉변을 당할 것이고 내 계획도 허사가 된다네."

"그 밖에 할 말은 없습니까?" 하고 장사꾼이 말했습니다.

"별로 없네. 가보게, 자네는 그렇게 말하고 병을 가지고 나한테 돌아오게. 돈은 줄 테니." 하고 차코는 말했습니다.

한편 장사꾼은 거침없이 필리포 앞에 가서 용건을 말했습니다. 장사꾼의 말을 듣자 필리포는 벌컥 화를 잘 내는 성질대로 비온델로가 조롱하는 것이라 생각하고 얼굴이 새빨갛도록 소리를 지르며 꾸짖었습니다.

"새빨갛게 만든다거나, 모기와 같은 친구란 도대체 무슨 말이냐? 네놈과 그놈 모두 맛 좀 봐야겠다."

이렇게 말하며 일어서서 팔을 뻗쳐 장사꾼을 붙잡으려고 했습니다. 그는 미리부터 조심을 하던 터라 재빨리 도망쳤으며, 다른 곳에 있던 차코에게로 돌아왔습니다. 그리고는 필리포가 한 말을 전했습니다. 차코는 만족하여 장사꾼에게 돈을 주고 바로 비온델로를 찾아 헤매다가 결국 그를 만나서 이렇게 말했습니다.

"자네 카비출리 화랑에 가지 않았나?"

그러자 "아니 왜, 오랫동안 간 적이 없는데."라고 비온델로가 말하자 "필리포가 자네를 찾는다는 말을 들었기 때문일세. 무슨 일인지는 몰라도 말이야."

차코의 말에 "알겠네." 라고 대답하며 비온델로가 사라지자, 차코는 어떤 일이 벌어지는지 구경하려고 그 뒤를 따랐습니다. 필리포는 장사꾼을 놓치고 화가 머리끝까지 나 있었습니다. 그리고 장사꾼의 말뜻은 전혀 짐작도 못하고, 비온델로가 누군가의 부탁으로 자기를 조롱한 것으로 여기며, 분해서이를 갈고 있었습니다. 이런 상황에 비온델로가 나타난 것이 아니겠습니까? 그는 비온델로는 보자 큰 손바닥으로 얼굴을 냅다 후려갈겼습니다.

"앗! 나리! 뭐하시는 겁니까?"

비온델로는 비명을 질렀습니다. 필리포는 머리채를 잡고 모자를 찢어 땅바닥에다 팽개치면서 호되게 혼을 낸 다음 말했습니다.

"이 나쁜 놈, 새빨갛게 만들고, 모기 같은 친구들과 어쩌고 어째? 내게 심부름을 시킨 이유가 뭐지? 바보 취급할 만큼 내가 어린애로 보이냐?"

그는 무쇠 같은 주먹으로 흠씬 두들겨 팼으며, 정성들여 빗은 머리털을 엉망으로 헝클어뜨리고 흙탕물 속에 거꾸로 처박아 넣고 옷은 갈기갈기 찢어 버렸습니다. 화가 나서 미친듯이 날뛰며 두들겨 팼으므로 비온델로는 말 한 마디 못하고, 어째서 이러는지 물어 볼 수도 없었습니다. 그가 새빨갛게 한다든가, 친구라든가 하는 말을 했지만 전혀 알 수도 없었습니다. 어쨌든 필리포는 그를 호되게 두들겨 패서 녹초를 만들어버렸고, 주위에 모여든 사람들이 간신히 그를 떼어 놓았습니다. 그리고 일동은 왜 필리포가 이런 일을 했는가, 사람을 보내 놀렸던 일을 꾸짖고, 이것으로 필리포의 성품을 잘 알았을 테고 조롱을 할 사람이 아니라고 충고했습니다.

비온델로는 울면서 용서를 빌고 심부름꾼에게 포도주 따위의 애기는 하지 않았다고 변명을 했습니다. 그러나 잠시 후 옷차림을 정돈하고 처량하게 집으로 돌아가면서 차코의 계략이 틀림없음을 알았습니다. 그로부터 상당한 시일이 지난 후, 얼굴의 멍도 사라지자 외출을 하였는데 우연히 차코와 딱 마주쳤습니다. 그러자 차코가 웃으면서 물었습니다.

"비온델로, 필리포 씨의 포도주 맛이 어떻던가?"

그는 즉시 "코르소 씨의 칠성장어 맛과 같았었네."

그러자 차코가 말했습니다.

"자네의 덕일세. 나에게 잔뜩 음식을 대접한다면, 자네도 잔뜩 마시도록 해 주지."

비온델로는 차코를 조롱한다는 것은 그 이상의 보복이 온다는 것을 깨닫고 화해를 청했으며, 그 후로는 그를 조롱하지 않도록 조심했다는 것입니다.

아홉 번째 이야기

두 사람의 젊은이가 솔로몬을 찾아가 한 사람은 어떻게 남에게 사랑을 받을 수 있는가, 다른 한 사람은 어떻게 고집이 센 아내를 응징할 것인가를 묻는다. 솔로몬은 한 사람에게는 스스로 남을 사랑하도록, 다른 한 사람에게는 거위 다리에 가보라고 가르친다.

라우레타가 이야기를 마쳤을 때 녹초가 되도록 두들겨 맞고도 변명 한 마디 못한 비온델로가 가엾기는 하나, 그 모습이 하도 우스워 부인들은 즐겁게 웃었으며, 디오네오의 마지막 차례 특권을 인정하여 여왕은 스스로 이야기를 시작하였습니다.

여러분, 사물의 질서를 조용히 관찰해 보면 거의 모든 여성은 천성적 법칙이나 관습에 따라 남성에게 종속되고 남성의 사고에 따라 규제되고 지배되는 사실을 쉽사리 아실 것입니다. 그러므로 종속하는 남성으로부터 평화와 위로와 휴식을 원하는 여성이라면 정숙하고 겸손하며 철저히 순종해야만 하는 것입니다. 이것이야말로 총명한 여성의 최고의 덕목이 되는 것이지요.

그러나 이 점에서 만사에 공통적으로 통용되는 법칙은, 우리 여성을 전적으로 지배하는 것은 아니라 하더라도, 관습이나 습성이 갖는 힘은 참으로 위대하고 소중한 것입니다. 천성은 충분히 그것을 나타내고 있습니다. 즉 여성의 몸은 부드럽고 섬세하게, 마음은 착하고 조용하게, 거기다 육체는 아름답고 연약하게, 목소리는 가냘프고 곱게, 몸짓은 우아하게 만들려고 하지요. 이러한 것들은 전부 타인의 지배를 필요로 한다는 것을 증명하고 있습니다.

그러므로 구원과 지배를 필요로 하는 자가, 자기의 지배자나 원조자에 종속하고 복종하고 존경하는 것은 당연한 일입니다. 사실 우리들에게 지배자나 원조자로서 남성 이외에 무엇이 있겠습니까? 그러므로 우리들은 남성을 마음으로 존경하고 남성에게 복종하게 되는 것입니다. 그래서 이를 벗어나는 자는 강렬하게 비난을 받으며 준엄한 벌을 받게 되는 것이라고 생각합니다.

한편 나는 훨씬 전부터 이러한 생각을 가졌으며, 조금 전 팜피네아가 이야기한 고집이 센 아내를 남편인 탈라노가 응징하지 못하자, 하느님이 대신 벌을 주었다는 이야기 때문에 이 이야기를 해 볼 마음이 생겼습니다.

하지만 자세히 생각해 보면 조금 전에 말씀드렸지만 천성이나 관습의 법칙이 요구하는 것처럼 부드러움이나 애교나 순종하는 태도에서 벗어나는 여성은 모조리 엄벌에 처해야 한다고 생각합니다. 그래서 '이런 종류의 고약한 병의 명약'으로 솔로몬 왕의 처방과, 이 약이 필요한 여성이나 더불어서 남성의 입에 오르내리는 '달리는 말에는 박차(拍車)가 필요하고, 사나운 계집은 몽둥이가 필요하다'는 속담이 있습니다. 이것은 농담으로 가볍게 생각하거나 또는 깊이 생각하거나 다 좋습니다. 여성은 모두가 연약해서 꺾이기가 쉽고, 그럼에도 지나치게 마음을 풀어놓고 있는 부정한 여성은 그것을 다잡을 몽둥이가 필요하지요. 게다가 마음이 올바른 여성에게도 그것을 유지하도록 하는 위협용 몽둥이도 필요한 법이지요. 이 이야기는 이 정도로 하고, 내가 생각한 이야기를 시작하겠습니다. 옛날 솔로몬 왕의 지혜는 이미 세상에 널리 알려진 것처럼 경이로워 온 세계에서 많은 사람들이 각기 자신의 절박한 어려운 문제에 대해 가르침을 받으러 몰려 왔습니다.

그러한 사람들 가운데 라이아초(아르메니아의 항구 도시)

출신으로, 그곳에서 태어나고 자라서 그곳에 살고 있는 대단한 부호이고 귀족이었습니다. 그는 멜리소라는 젊은이로 예루살렘에 가려고 말을 재촉하며 안티오키아(안타키아 Antakya)의 거리를 빠져 나왔을 무렵, 우연히 요셉이라는 젊은이와 만나, 같은 방향의 길을 여행하는 동안 여느 나그네들처럼 자연스럽게 말을 주고받게 되었습니다.

멜리소는 이미 요셉으로부터 신분을 듣고 있어 어디에 무얼 하러 가느냐고 물었습니다. 그러자 요셉은 자기 아내가 대단히 고집이 세고 심술이 많아 달래고 빌어도 어쩔 수가 없어 솔로몬 왕께 가는 길이라고 말했습니다. 그리고 그도 마찬가지로 질문을 받아 멜리소는 다음과 같이 대답했습니다.

"나는 라이아초에 사는 사람이며, 당신에게 불행한 일이 있듯 나도 그렇습니다. 나는 젊고 돈도 있어서 자주 마을 사람들을 초대하고 잔치를 베풉니다. 그럼에도 불구하고 아무도 나를 좋아하지 않습니다. 어떻게 하면 사람들에게 사랑을 받을 수 있는가 그 의견을 구하러 나도 그곳에 가는 길입니다."

두 사람이 예루살렘에 도착하자, 솔로몬 왕의 신하에게 안내되어 왕 앞에 나아가, 멜리소가 먼저 간단하게 자기의 용건을 이야기했습니다.

이에 대한 왕의 대답은 "스스로 사랑하라."는 한 마디 뿐 이내 밖으로 내보내졌습니다. 다음은 요셉이 사연을 아뢰자 왕은, "거위 다리(橋)에 가보라."는 대답 뿐 이 말이 끝나자, 요셉도 왕의 면전에서 쫓겨나왔습니다. 그리고는 그를 기다리던 멜리소를 만나 왕의 대답을 이야기했습니다.

두 사람은 솔로몬의 말을 골똘히 생각했으나, 자기들의 용건에 대한 답변으로는 의미도 쓸모도 없는 것으로 생각하고, 마치 우롱당한 기분으로 제각기 귀로에 올랐습니다. 이리하여 며칠 여행을 계속하여 아담한 다리가 있는 강가에 닿았습니다. 노새와 말에 많은 짐을 실은 대상들이 다리를 건너고 있었기 때문에 그들이 다 건너갈 때까지 기다려야만 했습니다. 이렇게 거의 전부가 다 건너갔을 무렵, 자주 있는 일이지만 우연히 노새 한 마리가 무엇에 놀라 한 발자국도 앞으로 나가려 하지 않았습니다. 그래서 마부가 채찍을 들고 몇 대 때렸습니다. 그러나 노새는 펄쩍펄쩍 뛰기만 할 뿐 뒷걸음질까지 치면서 좀처럼 앞으로 나가질 않았습니다.

그러자 마부는 화가 잔뜩 나서 채찍을 들고 나귀의 머리, 옆구리, 엉덩짝 어디든 사정없이 닥치는 대로 두들겨 패기 시작했지만 아무 소용이 없었습니다. 그 광경을 보고 있던 멜리소와 요셉은 몇 번이나 마부에게 말했습니다.

"어허! 지독하군, 무슨 짓이오? 죽일 작정이오? 어째서 얌전하게 달래려 하지 않소? 당신처럼 채찍으로 때리는 것보다는 살살 달래는 것이 더 빠를 거요."

"당신네들은 자기 말을 잘 알고 계시지요? 나도 내 노새의 버릇을 잘 알지요. 내 방법대로 다룰 것이오."

그러고는 다시 채찍을 들고 때리기 시작했습니다. 얼마 동안 두들겨 패자 드디어 마부에게 굴복했는지 노새는 앞으로 나가기 시작했습니다. 그제야 두 사람은 다리를 건너갈 수 있게 되었는데, 다리 입구에 앉아 있는 초라한 남자에게 이 다리의 이름이 뭐냐고 요셉이 물었습니다.

"나리, 거위 다리입니다."

이 말을 듣자, 요셉은 솔로몬 왕의 말을 떠올리고 멜리소에게 말했습니다.

"여보게, 솔로몬 왕의 충고는 옳았네. 나는 아내를 때린 적이 없었기 때문일세. 이 마부는 내가 할 일을 가르쳐 주었어."

그리고 며칠 후 두 사람은 안티오키아에 도착하게 되었는데 요셉은 멜리소를 만류하여 이삼일 자기 집에 머물게 했습니다. 그러자 아내는 드러나게 싫은 얼굴을 했으나, 그는 아내에게 멜리소가 주문하는 저녁 식사를 만들도록 일렀습니다. 멜리소는 요셉이 권하여 자기가 좋아하는 두세 가지의 요리를 주문했습니다. 그러나 아내는 언제나 그랬듯이 멜리소가 주문한 것은커녕 전혀 엉뚱한 것을 만들었습니다. 그것을 보자 요셉은 얼굴빛이 변하면서 말했습니다.

"이분이 무슨 요리를 만들어 달라고 말했었지?"

아내는 퉁명스럽게 뒤돌아보면서 대답했습니다.

"흥! 그것이 무슨 소용이에요? 좋으시면 드시고, 싫으시면 그만두세요. 다른 것을 만들어 달라 하셨지만 나는 이렇게 할 생각이었어요."

멜리소는 부인의 대꾸를 듣고 세상에 이럴 수가 하는 생각이 들었습니다. 요셉은 아내의 말을 듣자 이렇게 말했습니다.

"당신은 역시 전과 마찬가지군. 하지만 그런 당신의 태도를 고쳐 주겠어."

그리고는 멜리소 쪽으로 몸을 돌리면서 말했습니다.

"여보게, 이제부터 솔로몬 왕의 충고를 시험해 볼 것이네. 그러나 부탁하네만 눈앞의 일을 너무 심각하게 생각지 말게. 또 내가 하는 일은 놀이쯤으로 생각하게. 그리고 나를 방해하지 말고 우리들이 노새를 동정했을 때 마부의 대답을 상기하기 바라네."

멜리소가 말했습니다.

"나는 자네 집에 있네. 자네가 그런다면 반대하지 않겠네."

요셉은 떡갈나무의 단단하고 둥근 몽둥이를 들고, 화를 내고 투덜대며 들어가 버린 침실로 아내를 따라가서 그녀의 머리채를 낚아채어 바닥에 쓰러뜨리고 몽둥이로 사정없이 때리기 시작했습니다. 아내는 처음에는 울부짖고 악을 쓰며 위협하기도 했으나, 요셉이 매질을 중단할 기미가 없자 '살려 주세요, 제발. 앞으로는 절대로 당신이 시키는 말에 거역하지 않겠어요'라고 애원하며 빌었습니다. 그러나 요셉은 들은 척도 않고 더 한층 난폭하게 가슴, 어깨, 허리 어디든 사정없이 지칠 때까지 때렸습니다. 간단히 말하면, 성질이 고약한 부인은 몸 어느 구석 몽둥이질 당하지 않은 곳이 없었습니다.

그리고 멜리소에게 돌아와 이렇게 말했습니다.

"내일이면 '거위 다리에 가보라.'는 충고의 효력을 알 수 있을 걸세."

그는 잠시 쉬었다가 손을 씻고 멜리소와 식사를 한 후 침실로 갔습니다. 성질 고약한 아내는 간신히 일어나 침대에 몸을 던졌습니다. 그날 밤 충분히 휴식을 취하고, 다음 날 아침 일찍 요셉에게 어떤 요리를 원하느냐고 사람을 시켜 물었습니다. 그는 멜리소와 웃으면서 먹을 것을 말했습니다. 이윽고 식사 시간에 가보니 지시한 음식이 준비되어 있었습니다. 두 사람은 처음에 의아해했던 솔로몬의 충고를 크게 칭찬했습니다. 그로부터 며칠 후 멜리소는 요셉과 작별을 하고 고향으로 돌아가 어느 현자에게 솔로몬의 충고를 들려 주었습니다.

"그 이상의 충고를 할 사람은 없을 걸세. 자네는 아무도 사랑하지 않았네. 자네가 그 동안 남들에게 베푼 것은, 사랑이 아니라 허영이었네. 이제부터는 솔로몬 왕의 충고대로 진심으로 남을 사랑하게. 그러면 남들로부터 사랑을 받을 걸세."

이렇게 호된 응징을 당한 고집 센 여자는 부드러워지고, 젊은이는 남을 진심으로 사랑하면서 남들에게도 사랑을 받게 되었습니다.

열 번째 이야기

수도사 잔니는 동료인 피에트로의 부탁으로 마법을 써서 그의 아내를 말로 만든다. 마지막 꼬리를 붙이려고 할 때 피에트로가 꼬리는 필요 없다고 소리를 질러 모든 마술이 허사가 된다.

여왕이 이야기를 마치자 둘러앉은 부인들은 강하게 불만을 표시했으며, 남자들은 아주 흐뭇하게 소리내어 웃었습니다. 이윽고 마지막 디오네오가 입을 열었습니다.

친애하는 여러분, 현자들 가운데 우둔한 자 한 명이 섞여 있다면 현자들은 더욱 빛을 발하고 더 즐거울 것입니다. 그것은 흰 비둘기 속에 까마귀가 섞여 있을 때 백조보다도 더욱 아름다워 보이듯이 말입니다. 그렇듯 나의 어리석음과 모자람이 여러분의 명석하고 점잖은 품위를 더욱 훌륭하게 돋보이게 할 것입니다. 또한 내가 값진 것을 가졌다면 그것으로 여러분의 기쁨은 더 커질 것으로 생각합니다. 그래서 솔직하게 나를 보일 것이니 무례함이라면 용서하시고, 내 이야기에 관한 것이라면 재치로 여기고 참아 주십시오. 매우 짧은 이야기로 마술 도중에는 충실히 명령을 따라야 하며, 사소한 실수라도 모든 것이 실패하게 된다는 것을 아시게 될 것입니다.

두어 해 전의 일입니다만 바를레타에 돈 잔니 디 바롤로라는 신부가 있었습니다. 그는 성당의 재정이 가난하여 자기의 생활을 유지하기 위해 자기가 데리고 다니는 암말에 물건을 싣고 풀리아 지방 곳곳의 시장을 돌아다니며 직접 상품을 사거나 팔았습니다. 이런 일을 하는 사이 트레산티에 사는 피에트로란 남자와 친하게 되었습니다. 그는 노새에 짐을 싣고 똑같은 장사를 하고 있었습니다. 신부는 친근한 정을 나타내는 뜻에서 풀리아 지방의 관습대로 친구 피에트로라고 불렀습니다. 그래서 피에트로가 바를레타로 올 때면 언제나 성당으로 데리고 와서 잠을 재워 주고, 극진한 대접을 했습니다.

이 친구인 피에트로는 매우 가난한 자로 트레산티에 젊고 아름다운 아내, 한 마리의 노새가 겨우 들어 가는 아주 좁은 집 한 채가 전부였습니다. 그렇지만 잔니 신부가 트레산티에 오면 가끔 자기 집으로 안내해서 바를레타에서 환대받은 답레로 최선의 대접을 했습니다. 그러나 막상 잠을 자게 되면 피에트로의 집에는 아내와 함께 자는 작은 침대가 하나밖에 없어 마음대로 되지 않았습니다. 그래서 마구간에 잔니의 암말을 넣고 그 옆에 볏짚을 약간 깔아 그에게 잠을 자게 할 수밖에 다른 방법이 없었습니다.

아내는 신부가 바를레타에서 남편을 환대하는 것을 알고 있었으므로 신부가 올 때마다 자기는 근처의 주디체 레오의 젊은 아내인 치타 카라프레사에게 자러 갈 테니 남편과 함께 자라고 말했지만 신부는 그때마다 사양하였습니다. 그런데 언젠가 신부가 그녀에게 말했습니다.

"젬마타 씨, 나는 잘 자고 있으니 걱정 마십시오. 나는 이 말을 아름다운 처녀로 만들어 함께 잘 수도 있고 다시 말로 바꿀 수도 있습니다. 그러니 이 암말과 떨어질 수가 없지요."

젊은 아내는 깜짝 놀라 이 말을 믿고 남편에게 그 이야기를 전하고 이렇게 덧붙였습니다.

"저 사람이 당신의 말대로 진정한 친구라면 왜 그 마법을 당신에게 가르쳐 주지 않죠? 그러면 당신이 나를 암말로 바꾸어 노새와 두 마리의 말로 장사를 하면 벌이도 두 배가 되잖아요. 또 집에 오면 나를 여자로 바꾸면 되지요"

피에트로는 조금 모자라는 자로 그 말에 혹하여 찬성했습니다. 그리고는 간곡히 잔니에게 그 방법을 가르쳐 달라고 졸라댔습니다. 잔니는 쓸데없는 짓은 하지 말자고 했으나 막무가내였으므로 결국 이렇게 말했습니다.

"좋아, 그렇게 원한다면 언제나처럼 일찍 일어나게. 날이 새기 전에. 그때 비법을 가르쳐 주지. 이 일에서 가장 힘든 일은 나중에 알게 되겠지만 꼬리를 붙이는 일이야."

피에트로와 젬마타는(밤새 가슴을 콩닥대며 마술을 기다렸으므로) 그날 밤은 잠을 설치고 새벽녘이 되자 벌써 일어나 잔니를 깨웠습니다. 잔니는 잠옷을 입은 채 일어나 피에트로의 방에 와서 이렇게 말했습니다.

"이 비법은 자네에게만 가르쳐 주는 거야. 그러니 내가 하는 대로 잘 하게."

두 사람은 신부의 지시대로 하겠다고 대답했습니다. 그러자 잔니는 등불을 피에트로에게 건네며 말했습니다.

"내가 하는 것을 잘 보고, 내가 하는 말을 잘 기억해 두게. 실패하지 않으려면 어떤 일을 보든 듣든 한 마디도 해서는 안 돼. 그리고 꼬리가 잘 붙게 해 달라고 기도나 올리게."

친구 피에트로는 등불을 들고는 그대로 하겠다고 대답했습니다. 즉시 잔니는 젬마타를 알몸으로 발가벗겨 말처럼 엎드리게 하고 절대로 말을 해서는 안 된다고 다짐을 했습니다. 그리고 두 손으로 그녀의 얼굴과 머리를 어루만지면서 이렇게 말했습니다.

"이것이 말의 아름다운 머리가 되도록 해 주소서."

그 다음은 머리카락을 쓰다듬으며, "이것이 아름다운 암말의 갈기가 되게 해 주소서." 하고 말했습니다.

다음에는 팔을 만지며, "이것이 암말의 튼튼한 앞 다리가 되게 해 주소서." 하고 말했습니다.

그리고 그녀의 가슴을 만지자 부드럽고 토실하게 솟은 것이, 저도 모르게 단단한 것이 팽창되며 부르지도 않는 것이 슬슬 고개를 들자 이렇게 말했습니다.

"이것이 말의 근사한 가슴이 되게 하소서."

이렇게 그녀의 등과 배와 엉덩이, 허벅지, 다리까지 모두 만졌습니다. 마지막으로 꼬리를 붙이는 일만이 남았습니다. 신부는 내의를 걷어 올리고 사랑의 말뚝을 쥐고 그것을 위한 구멍에 재빨리 집어넣고 말했습니다.

"이것이 암말의 아름다운 꼬리가 되도록 하소서."

친구 피에트로는 하나하나 주의를 기울여 보고 있었으며, 마지막의 행위를 보고는 무의식중에 소리를 질렀습니다.

"잔니, 꼬리는 필요 없네. 꼬리 따위는 만들 필요가 없네."

하지만 그때는 이미 식물의 뿌리에서 영액이 나온 후였기에, 잔니는 말뚝을 쑥 뽑으며 말했습니다.

"아니, 피에트로. 무슨 짓이야? 무엇을 보든 절대로 말을 해서는 안 된다고 했잖아? 틀림없이 말이 완성될 판에 소리를 질러 마법을 죄다 망쳐놓았네. 이제 부인은 다시는 암말이 될 수 없어."

피에트로가 말했습니다.

"이제는 괜찮아. 나는 그런 꼬리는 부탁하지 않았네. 어째서 '자네가 해 보게.'라고 말해 주질 않았나? 그리고 꼬리를 붙인다고 너무 깊게 넣는 거 같았어."

잔니가 말했습니다.

"하지만 자네는 처음이니 나처럼 잘 넣지 못할 거 아니야."

이 말을 들으며 젊은 아내는 기분 좋은 듯 남편에게 말했습니다.

"당신은 어찌 그리 바보예요? 왜 우리의 일을 허사로 만들었어요. 아아, 꼬리 없는 말이 있나요? 이젠 가난한 당신이 더욱 가난해져도 별 수 없죠."

피에트로가 갑자기 입을 열었기 때문에 말이 되는 방법이 없어졌다고 부인은 낙담을 하며 서운한 표정으로 옷을 입었습니다. 한편 피에트로는 노새를 끌고 전처럼 장사를 계속하였고, 잔니와 함께 비톤토의 도시로 갔으나 두 번 다시는 그런 일을 해 달라고 부탁하지 않았다고 합니다.

디오네오가 이야기를 하는 도중이나 이야기를 다 마쳤을 때까지도 부인들은 그것을 상상하며 배를 잡고 허리를 잡고 즐거운 웃음을 그치지 않았으며, 아마 여러분도 웃고 계실 것입니다. 이렇게 오늘의 이야기도 끝을 맺었습니다. 석양도 기울고 여왕의 주재도 끝이 났으므로 왕관을 벗어 팜필로에게 씌워 주었습니다. 마지막 남은 영예를 가질 내일의 왕이었습니다.

미소를 지으며 여왕이 말했습니다.

"왕이시여. 우리의 마지막 왕이시니, 이미 그 자리에 올랐던 저와 다른 분들의 단점을 보완해 주시고 제가 하느님의 은총을 입었듯이 왕께도 은총이 내리시길 빕니다."

기꺼이 왕의 월계관을 받은 팜필로가 말했습니다.

"당신과 여러분들의 노고로 여러분처럼 나 또한 칭찬받을 수 있으리라 믿고 있습니다."

그리고 앞의 왕들이 행했던 전례대로 하인의 수장을 불러 필요한 지시를 내리고 부인들을 둘러보며 말했습니다.

"친애하는 사랑을 아시는 숙녀 여러분, 오늘 주재하신 에밀리아 여왕의 배려로 오늘은 자유로운 주제로 편안하고 여유 있는 이야기를 하였습니다. 그리하여 충분한 휴식과 기운을 되찾았으니, 다시 우리들의 이야기의 법칙을 따라 주제를 정하여 내일은 관용을 베풀거나 훌륭한 일을 수행한 사람의 이야기를 하도록 하겠습니다. 이것은 진작부터 생각하신 적이 많을 것이므로 무궁무진한 소재가 될 것입니다. 인간의 삶은 짧으나 오래도록 이름을 남기는 것이 아닙니까? 그래서 짐승과는 달리 전력을 기울여 진리를 탐구하고 실행하는 것이지요."

일동은 모두 흡족했으며, 왕의 허락을 얻어 저마다 좋아하는 장소와 여흥을 찾아 즐겼으며, 저녁 식사 때까지 시간을 보냈습니다.

식사를 마치고 전날처럼 군무를 추며, 가사가 애절하거나 아주 흥미 있는 합창곡을 부르기도 했습니다. 왕의 부탁으로 네이필레가 일어나 아름다운 목소리로 칸초네를 불렀는데, 왕과 일동에게서 찬사와 박수를 받았습니다. 이제 밤도 깊어 왕의 명령을 받아 일동은 침실로 가서 푹 쉬었습니다.

열째 날

팜필로가 주재하는 열째 날이 밝아 왕이 일어나 부인과 청년 일동을 깨웠을 때는 동쪽 하늘에 솟아오는 아침 햇살의 찬란함은 황금빛으로 빛나고 있었습니다.

왕은 일동이 모두 기상하자 즐거운 곳을 찾아 앞장서서 걸음을 옮겼습니다. 바로 뒤에 필로메나와 피암메타가 걸었으며 그 뒤를 따라 모두 걸음을 옮겼습니다.

이렇게 산책을 하는 동안 현재의 생활과 미래에 대해 이런저런 이야기를 나누며 꽤 오랫동안 거닐었고 점점 따가워지는 햇살을 뒤로 하며 별장으로 돌아왔습니다. 맑은 물이 솟아나는 분수대에서 차가운 물을 마시기도 하고 식사 시간이 될 때까지 정원의 서늘한 그늘에서 즐겁게 보냈습니다.

그리고 즐거운 식사를 하고 오후 시간이 될 때까지 낮잠을 잔 후, 왕의 분부대로 오늘의 이야기 장소에 둘러앉았습니다. 왕은 네이필레에게 첫 번째 이야기를 시작하도록 분부를 하여 그녀는 즐겁게 입을 열었습니다.

첫 번째 이야기

스페인 국왕을 섬기는 한 기사가, 자신은 보수를 적게 받는다고 생각한다. 그러나 왕은 그것이 왕 자신의 탓이 아니고 그가 불운한 탓이라는 것을 증명해 보이고, 그 후에 후하게 보상을 내린다.

여러분, 오늘 왕께서 나에게 첫 번째 이야기를 분부하신 것을 참으로 감사히 여기며, 넓은 관용과 아량을 소재로 정하신 것을 찬양해 마지않습니다.

천지 만물을 밝혀 비추는 것이 태양이라면 인간을 빛나게 하는 광채는 관용과 아량일 것입니다. 이것에 관한 아주 재미있는 이야기 하나를 해 드리겠습니다. 여러분께서 기억해 두신다면 도움이 되실 것입니다.

옛날부터 이 도시에는 훌륭한 기사가 많았습니다만, 그 중에서도 가장 훌륭한 기사의 한 사람으로 루지에리 데 피 조반니라는 사람이 있었습니다.

이 사람은 부자이고 큰 희망을 품고 있었습니다만, 토스카나 지방의 생활이나 풍습으로 생각해 볼 때, 이곳에 살다가는 아무래도 자기의 진가를 발휘할 수 없다는 생각이 들었으므로, 그 명성이 다른 영주를 능가하고 있었던 스페인 왕 알폰소(카스틸랴의 알폰소 8세(1155~1214)라고 추정. 단테의《향연》에 나오는 총명하고 용감하며 자유주의적인 왕) 왕을 한번 섬기기로 결심했습니다. 그래서 그는 훌륭한 갑옷과 투구, 그리고 많은 말과 종자(從者)들을 데리고 스페인으로 가 왕으로부터 정중한 영접을 받았습니다.

루지에리는 스페인에 체재하는 동안 당당하고 화려한 생활을 하고 굉장한 무술을 보여 주어 당장에 진가를 인정받았습니다. 이렇게 상당 기간을 머물러 있으면서, 왕이 정사를 돌보고 통치하는 것을 보았는데 아무래도 그로서는 국왕의 처사에 이해가 되지 않을 때가 많았습니다. 이번에는 이 기사, 다음에는 저 기사 하는 식으로 별로 공도 없는 자들에게 성과 마을, 영지를 내린다는 생각이 들었습니다.

그러나 자기의 진가를 알고 있음에도 불구하고 그에게는 아무것도 보내지 않았으므로, 이래서는 자기의 평판이 땅에 떨어지고 말 것이라 생각했습니다. 그래서 스페인을 떠나기로 결심하고 국왕에게 하직을 청했습니다.

국왕은 쾌히 승낙하고 지금까지 아무도 타본 일이 없는 굉장한 노새를 선물로 주었습니다. 그것은 이제부터 긴 여행을 해야 하는 루지에리에게는 매우 쓸모가 있는 소중한 것이었습니다.

그 후 즉시 국왕은 주의력이 깊은 부하 한 사람을 시켜, 모든 기지를 발휘하여 국왕이 보낸 것을 알지 못하도록 여행의 첫날을 루지에리와 함께 동행하도록 하고, 그가 하는 왕에 대한 평가 일체를 보고하도록 한 후, 하루가 지나면 왕에게로 데려오도록 했습니다.

한편 주의를 기울이고 있던 부하는 루지에리가 그곳을 출발하자 즉시 자기도 이탈리아에 가는 척하면서 자연스럽게 동행을 하고 있었습니다. 루지에리는 국왕이 하사한 노새를 타고 길을 가고 있었으며, 국왕의 부하는 여러 가지로 말을 걸면서 아침 9시경이 되었을 때 이렇게 말했습니다.

"말을 마구간에 넣어 좀 쉬게 하면 좋을 것 같습니다만."

이래서 다른 말은 마구간에서 오줌을 누었는데, 노새만은 오줌을 누지 않았습니다. 다시 국왕의 부하는 루지에리의 말을 주의 깊게 들으면서 길을 가노라니 어느 강에 닿았습니다. 다른 말들은 물을 먹는데 노새는 강에다 오줌을 내갈겼습니다. 그것을 보고 루지에리가 소리를 쳤습니다.

"이런 제기랄! 벌을 받을 게다. 너는 꼭 나에게 너를 준 국왕 같구나."

신하는 이 말을 기억했습니다. 그리고 하루 종일 함께 여행을 재촉하면서 여러 가지 말을 기억했는데 국왕을 모욕하는 말은 한 마디도 없었습니다.

다음 날 아침, 다시 말을 타고 토스카나를 향해서 출발하려고 할 때, 신하는 루지에리에게 국왕의 명령을 전하고 그가 즉시 되돌아가게 했습니다.

국왕은 루지에리가 노새에게 했던 말을 이미 알고 있었으므로 그를 불러 싱글벙글 웃으면서 왜 자신이 노새와 닮았는지를 물었습니다.

루지에리는 태연하게 대답했습니다.

"폐하, 폐하는 그 노새를 닮았습니다. 그것은 그 노새가 용변을 보아도 좋은 곳에 용변을 보지 않고 해서는 안 될 곳에 용변을 본 것처럼, 폐하는 주지 않아도 좋을 사람에게 선물을 하고 주어야만 할 사람에게는 선물을 하지 않았기 때문이옵니다."

그러자 국왕은 말하였습니다.

"루지에리 경, 짐이 아무런 가치도 없는 많은 사람에게 보상을 내리고, 그대에게는 아무것도 주지 않았던 것은, 그대가 많은 상을 받을 수 있는 훌륭한 기사라는 것을 인정하지 않은 것이 아니라, 그대의 운이 나빠 짐이 상을 줄 기회가 없었던 것이오. 그것은 짐의 탓이 아닐세. 짐의 말이 사실이라는 것을 그대에게 보여 주겠소."

루지에리는 대답했습니다.

"폐하, 저는 유복하게 되는 것을 별로 바라고 있지 않으므로 폐하로부터 상을 받지 못했던 것을 이러쿵저러쿵 말씀드리려는 것이 아닙니다. 다만 저의 값어치에 상당한 증표를 내려 주시지 않은 것이 불만인 것입니다.

저는 폐하의 변명과 성실함에 그 증거의 일단을 보기는 했습니다만, 그런 것이 아닌 다른 것으로써 제가 폐하를 신뢰할 수 있는 무엇을 보고 싶은 것입니다."

여기서 국왕은 그를 아주 넓은 방으로 데리고 갔습니다. 거기에는 미리 명령이 있었는지 꼭 맞는 뚜껑을 덮은 큰 궤가 두 개 놓여 있었습니다. 국왕은 많은 신하들을 앞에 놓고 이렇게 말하였습니다.

"루지에리 경, 이 금고의 하나에는 짐의 왕관과 지팡이, 십자가가 붙은 구슬, 그 밖에 아름다운 허리띠나, 귀고리, 가락지 또는 짐의 중요한 여러 가지 보물들이 들어 있소. 그리고 다른 하나의 금고에는 흙이 채워져 있을 뿐이오. 자, 그 어느 쪽이든 그대가 잡은 것을 그대에게 줄 것이며, 그것으로 그대의 진가에 대한 보상이 짐 때문인가 그대의 운 때문인가를 알 수 있을 것이오."

루지에리는 그렇게 하여 그 중의 하나를 잡았습니다. 그러자 국왕이 뚜껑을 열도록 명령했습니다. 열어 보니 그 속에는 흙이 하나 가득 채워져 있었습니다. 국왕은 빙그레 웃으면서 말했습니다.

"루지에리 경, 이것으로 짐이 그대에게 운이 없다고 말했던 것이 사실이라는 것은 잘 알았을 것이오. 그러나 분명히 그대의 값어치는 짐이 운명을 어겨도 좋을 만큼의 가치가 있소. 더욱이 짐은 그대가 스페인 사람이 될 마음이 없다는 것도 잘 알고 있소. 그래서 이 땅에서 성이나 도시를 줄 생각은 없지만, 운명이 그대에게 주지 않았던 금궤를 운명을 거역해서 그대에게 내리는 바이오. 그러니 고향으로 가지고 가서 그대의 진가에 대한 짐의 선물의 증거로 고향 사람들에게 널리 자랑하시오."

루지에리는 그것을 공손히 받고, 그에 알맞은 정중한 감사의 인사를 드리고 매우 기뻐하면서 토스카나로 돌아왔던 것입니다.

두 번째 이야기

기노 디 타코는 클뤼니 수도원장을 붙잡아 그의 위장병을 고쳐 준 다음 석방한다. 원장은 로마의 교황청에 돌아가서 기노와 교황 보니파치오를 화해시키고, 교황은 그에게 자선단 대원장으로 기사의 대원장으로 칭호를 내린다.

스페인의 왕이 피렌체의 기사에게 내린 진가에 걸 맞는 관용은 모두의 찬사를 받았으며, 왕도 기뻐하며, 엘리사에게 다음 이야기를 하도록 분부를 내렸으므로 그녀는 즉시 이야기를 시작했습니다.

여러분, 국왕의 관대함과 그 관대함을 신하에게 베풀었다는 것은 찬양받아 마땅하며, 아무런 이의가 있을 수 없는 정말로 훌륭한 일이지요. 또한 어느 성직자가 설령 적대시해도 누구 하나 비방할 자가 없는 상대에 대해 놀랄 만한 관용을 베풀었다고 한다면 도대체 무슨 말로 찬양을 해야 좋을까요?

정말로 앞서의 국왕의 관대함이 덕이 높은 행위라면, 이 성직자의 관대함은 기적적인 것입니다. 특히 성직자들이 여자 이상으로 탐욕스럽고 관용에 관한한 강렬한 적의를 불태우는 자가 많기에 더욱 그렇습니다.

인간은 누구나 모욕을 받으면 복수하려는 마음을 가집니다. 그러나 아시다시피 성직자라는 자들은 입으로는 인내를 설교하고 모욕당한 자를 용서하는 것을 크게 칭찬하지만, 속으로는 세인들 이상으로 복수심을 불태우는 것입니다. 그럼에도 불구하고 한 성직자가 얼마나 관대히 관용을 베풀었는지 여러분은 아실 수 있을 것입니다.

기노 디 타코(시에나의 귀족. 보니파치오 8세와 싸운 후 화해를 했다고 전해진다.《신곡의〈연옥편〉에도 나온다)는 강도, 약탈을 마음대로 자행하여 악명이 높았습니다. 그러나 시에나에서 추방당하자 산타피오레 백작을 적으로 삼고, 라디코파니를 부추겨 교황청에 대해 반기를 들게 하고, 자기는 부하들을 시켜 시에나 인근을 근거로 근처를 통행하는 사람들에게 약탈 행위를 일삼았습니다.

한편 로마에 보니파치오 8세가 있었을 때, 세계에서 가장 부유한 수도원장의 한 사람이었던 클뤼니(프랑스의 부르고뉴 클뤼니. 베네딕트 데사파의 유명한 수도원이 있다)의 수도원장이 교황청에 왔습니다. 그런데 머무는 동안 위장병을 앓자 의사들은 시에나의 온천에 가면 치료할 수 있다고 했습니다. 교황의 허락을 얻어 기노의 악행 따위는 염두에 두지도 않고 일상생활에 필요한 것들과 많은 짐을 싣고, 많은 말과 종자들을 대동한 호사스런 행렬로 여행길에 올랐습니다.

기노 디 타코는 수도원장이 온다는 소문을 듣고 그물을 쳤으며, 하인은 물론 모든 짐과 함께 수도원장을 좁은 장소에 포위했습니다. 이렇게 한 다음 매우 영리하고 교활한 부하에게 많은 졸개를 주어 수도원장에게 사자로 보내 기노의 말을 전하고, 자기와 함께 기노의 성까지 동행하도록 정중히 제의했습니다.

그 말을 듣자 수도원장은 발끈 화를 내며 기노와는 아무런 상관이 없으니 동행하지 않겠다고 화를 냈습니다. 그리고 자신은 여행을 계속해야 하고 방해하는 자가 있으면 용서하지 않겠다고 했습니다.

이에 대해서 기노의 사자는 정중하게 답했습니다.

"수도원장님, 당신은 하느님 이외는 아무것도 무서워하는 것이 없는 장소에 오셨습니다. 여기서는 파문(破門)도 금령(禁令)도 아무 소용이 없습니다. 그러므로 기노의 말을 들으시는 것이 가장 좋은 길일뿐입니다.

이런 교섭이 있는 사이에 벌써 주위는 온통 기노의 부하들에게 포위되었습니다. 수도원장은 하인들도 모두 체포된 것을 알고 몹시 화가 났으나 하는 수없이 사자를 따라 기노의 성으로 갔습니다. 물론 하인과, 모든 짐도 그 뒤를 따랐습니다.

성에 도착하여 말에서 내리자 기노의 명령으로 수도원장은 홀로 몹시 어둡고 황폐한 방에 들여보내지고, 종자들은 모두 신분에 따라 성 안의 각 방에 안내되고 말이나 모든 짐은 일체 손대지 않고 안전한 장소에 두었습니다. 그리고 기노는 다른 사람인 것처럼 하고 수도원장에게 물었습니다.

"원장님, 당신을 초대한 주인인 기노의 분부입니다만, 당신은 어디에 무엇 하러 가시는 길인지 여쭈어 보셨습니다."

수도원장은 총명한 분이었으므로 조금도 존귀한 체하지 않고 자기의 행선지와 이유를 말했습니다.

기노는 그 말을 듣자 방을 물러나와, 온천을 하지 않고 고쳐 드릴 방법을 생각했습니다. 그리하여 방에 끊임없이 불을 지펴 따뜻하게 하라고 명한 다음 감시하도록 하고 다음 날 아침까지 모습을 보이지 않았습니다.

다음 날이 되자 새하얀 냅킨에 싼 토스트 두 쪽과, 원장 자신이 가져온 코르네유 산의 백포도주를 가득하게 따른 컵을 들고 왔습니다.

"원장님, 기노는 아주 어렸을 때 의학을 공부한 적이 있습니다. 그래서 당신에게 만들어 드리는 이 약만큼 위장병에 잘 듣는 약은 없다고 합니다. 내가 가지고 온 것은 최초의 약입니다. 어서 이 약을 드시고 기운을 차리십시오."

수도원장은 아직 화가 가시지 않았으나, 말도 못하게 배가 고팠기 때문에 빵과 백포도주를 마셨습니다. 그리고는 많은 이야기를 하기도 하고, 여러 가지를 질문하고, 많은 충고를 한 후, 특히 기노를 만나게 해 달라고 강력하게 주문했습니다. 기노는 그 말을 듣자 쓸데없는 것은 한쪽 귀로 흘려 버리고, 두세 가지는 정중히 대답한 다음 기노는 즉시 뵈러 올 것이라고 단언했습니다. 이렇게 말하고 방을 나와 다음 날 같은 양의 토스트와 포도주를 가져 올 때까지 모습을 나타내지 않았습니다.

이렇게 며칠이 계속되었고 그 사이에 그가 남몰래 가져다 놓았던 말린 누에콩을 수도원장이 먹어 치운 것을 눈치챘습니다.

여기서 그는 기노의 분부라고 전하며, "원장의 증세가 어떻습니까?" 하고 물었습니다.

그러자, 원장은 이렇게 대답했습니다.

"나는 그에게서 석방되었으면 하네. 그의 약이 내 병을 고쳤고 약의 효력이 좋았다고 생각하네. 지금 나는 먹는 일 외는 아무런 소원도 없네."

한편 기노는 종자를 시켜 원장의 물건을 사용하여 아름다운 방을 만들고 대연회를 준비시켰습니다. 대연회에는 성 안의 모든 부하와 원장을 따라온 모든 사람을 초대했습니다.

기노는 다음 날 아침 원장에게 "원장님, 이제 완쾌되셨으니 병실에서 나오셔도 되겠습니다."

이렇게 말하고, 원장의 손을 잡고 화려하게 장식된 방으로 안내하고 원장의 종자들과 함께 있게 하고 자기는 연회를 성대하게 지시하려고 밖으로 나갔습니다.

원장은 안도의 숨을 쉬었습니다. 그리고 자기가 어떤 대접을 받았는가를 이야기하자, 반대로 종자들은 기노로부터 깜짝 놀랄 정도의 정중한 대우를 받았다는 것을 저마다 말하였습니다.

그리고 식사 시간이 되자 원장을 비롯한 하인들은 연달아서 굉장한 요리와 음료수를 대접받았습니다. 그때까지 아직

기노는 원장에게 자기를 알리지 않았습니다. 하지만 원장이 계속해서 며칠 머물고 있으려니, 어느 날 기노는 원장의 짐을 전부 넓은 방에 운반시키고 창문 아래 있는 안마당에 말이란 말은 모두 끌고 나오게 해 놓고는 원장 앞으로 갔습니다.

그리고 건강은 어떤가, 말을 탈 수 있느냐고 물었습니다. 원장은 완전히 건강해졌고 위장병도 다 나았으며 이제는 기노로부터 석방되면 좋겠다고 대답하자, 기노는 넓은 방으로 가 그의 말이 전부 보이는 창가로 가까이 다가가 말했습니다.

"원장님, 귀족의 몸으로, 집에서 쫓겨나 가난에 허덕이고, 더구나 많은 적을 가졌기 때문에 스스로 생명과 귀족의 체면을 지키기 위해, 나 기노 디 타코가 도적이 되고 로마의 교황청의 적이 되어 버린 것을 알아 주시기 바랍니다. 그러나 결코 정신이 썩었기 때문은 아닙니다. 원장님은 보아하니 훌륭한 신사라고 생각되어 아시다시피 나는 위장병을 고쳐 드렸고, 다른 사람처럼 하는 난폭한 취급을 할 마음은 없습니다. 그러나 당신이 나의 궁핍함을 생각하셔서 가진 것 중에서 꼭 필요한 만큼의 물건만을 가지시고 나누어 주시기를 바랍니다. 짐은 전부 원장님의 눈앞에다 갖다 놓았으며, 안마당에 있는 말은 이 창문에서 보실 수 있습니다. 그러니 일부이든 전부이든 좋으실 대로 가지십시오. 이제부터는 출발하시든 머무르시든 마음대로 하시기 바랍니다."

원장은 이처럼 훌륭한 말이 도적의 입에서 나올 수 있는가 하고 놀랐습니다. 뿐만 아니라 그가 몹시 마음에 들어 노여움도 불쾌함도 당장에 사라지고 오히려 호의를 느끼고 기노를 진정한 친구로 생각하며, 원장은 와락 끌어안더니 이렇게 말했습니다.

"나는 신에게 맹세코 말하겠네. 자네와 같은 인물의 우정을 얻기 위해서는 지금까지 자네가 내게 가했다고 생각되는 모욕보다도 더 독한 모욕을 받았다 해도 나는 견디겠노라고. 자네를 이러한 혐오스런 곳으로 내몰았던 운명이여, 저주받을지어다."

이렇게 말하고 많은 짐 중에서 극히 필요한 것만 가지고 말도 필요한 몇 마리만 취해서 나머지는 전부 남겨 놓고 로마로 돌아갔습니다.

교황은 수도원장이 도적에게 체포됐던 일을 알고 몹시 걱정을 하고 있었으나 그를 만나자 "온천의 효력은 있었는가?" 하고 물어 보게 되었습니다.

원장은 싱글벙글 웃으면서 대답했습니다.

"교황님, 나는 온천보다 훨씬 가까운 곳에서 훌륭한 의사를 만났습니다. 그는 훌륭하게 저를 완쾌시켜 주었습니다."

그리고 그 방법을 이야기하자, 교황은 웃었습니다. 수도원장은 이야기를 계속하는 사이에 새삼 기노에게 관대한 마음이 샘솟아 교황의 자비를 내려 달라고 말하였습니다. 뭔가 다른 청을 할 줄 알았던 교황은 흔쾌히 그렇게 하겠다고 대답했습니다. 그래서 원장은 말했습니다.

"교황님, 제가 간청하는 것은 저의 의사인 기노 디 타코에 대해 자비를 내려 주십사 하는 일입니다. 내가 지금까지 알았던 훌륭한 많은 인물 중에서 그야말로 제일 훌륭한 사람이기 때문입니다. 만일 교황님이 그에게 손을 내밀어 뭔가 합당한 방향을 제시하시면 그는 자기의 생활을 바꾸게 될 것입니다. 저는 교황님이 즉각 저의 이런 생각에 동의하실 것을 믿어 의심치 않습니다."

교황은 대범하고 아량을 갖춘 분으로, 훌륭한 인물을 아끼는 분이었으므로, 만일 그가 당신이 말하는 그 인물이 틀림없다면 교황청으로 무사히 오게 해 주겠다고 약속했습니다.

이렇게 기노는 원장의 소원대로 신분이 보증되어 교황청으로 왔습니다. 그가 교황에게 훌륭한 인물이라고 인정받는 데는 그로부터 얼마 걸리지 않았으며, 화해를 하고 자선단의 대원장의 지위와 기사의 칭호를 받았습니다. 그는 교황청과 클뤼니 수도원장의 친구가 되고, 하느님의 봉사자가 되어 일생동안 그 지위를 누렸습니다.

세 번째 이야기

미트리다네스는 나탄의 관대한 행동을 시기해서 그를 죽이려고 갔다가 그 나탄을 만나고 있는 줄도 모르고 죽이는 방법의 가르침을 받는다. 그래서 배운대로 숲 속에서 만나지만 그 남자가 비로소 나탄이라는 것을 알고 수치심을 느껴 사과하고 친구가 된다.

엘리사의 이야기대로 성직자의 관대함은 기적적인 것이라며 부인들의 감동과 칭찬이 끝나자 왕은 필로스트라토에게 분부를 내리고 그는 즉시 다음 이야기를 시작했습니다.

여러분, 스페인 국왕이 매우 관대함은 물론, 클뤼니 수도원장의 관대함은 정말 보기 드문 훌륭한 일이었습니다. 또한 자기의 목숨을 노리고 있는 자에게 본인의 목숨을 깨끗이 주겠다고 결심하거나, 그리고 정말로 상대방이 자기의 목숨을 원한다면 즉시 주겠다고 하는 이야기를 듣는다면 틀림없이 깜짝 놀랄 것입니다. 나는 그 관대하기 비할 데 없는 이야기를 요약해서 들려 드리려고 합니다.

실은 두세 명의 제노바 인과 그 주변 사람들에게 들은 이야기이고 사실이라고 생각됩니다만, 옛날 카타요(혹은 카타이. 북중국의 변경에 있다)라는 지방에 나탄이라는 귀족 출신으로 그 유래가 없을 정도의 엄청난 부자가 살고 있었습니다.

그는 서쪽에서 동쪽, 동쪽에서 서쪽, 어느 쪽으로 왕래하든 그곳을 지나야만 하는 곳에 한 채의 별장을 가지고 있었습니다. 또한 그는 관대하고 도량이 넓은 사나이였고, 그러한 마음을 행동으로 옮길 수 있도록 그 땅에다 많은 건축가와 목수를 동원해서 지금까지 본 일이 없는 아름답고 호화스런 저택을 지었습니다. 그리고 사람들을 훌륭히 접대할 수 있도록 음식과 접대에 필요한 가구와 도구를 갖추게 했습니다. 또한 많은 하인과 시녀들을 고용해서 그 대로를 왕래하는 사람을 환영하고 유쾌한 접대를 계속하고 있었습니다. 한편 이 같은 일을 계속하다 보니 그 소문은 동서양으로 널리 퍼졌습니다.

이제 그는 많이 늙었지만 좀처럼 환대하는 데에 피로한 기색이 없었습니다. 그 사이에 소문은 거기서 그리 멀지 않은 지방에 살던 미트리다네스라는 젊은이의 귀에 들어갔습니다.

청년은 나탄에 뒤떨어지지 않는 부자라고 생각하고 그의 명성과 덕행을 시기해서 그 이상의 배포를 보여 주어 그 평판을 비하시키거나 없애 버리려고 생각했습니다.

그래서 나탄과 마찬가지로 큰 저택을 마련하고 그 근처를 왕래하는 사람에게 아직 아무도 한 일이 없을 정도로 굉장한 접대를 시작했습니다. 그렇기 때문에 짧은 기간 안에 대단한 소문을 얻게 되었습니다.

그런데 어느 날 이 젊은이가 집 앞 정원에 혼자 있을 때 구차스럽게 보이는 노파가 한쪽 문을 거침없이 열고 들어와서는 구걸을 하였습니다. 그리고 밖으로 나갔다가, 이번에는 두 번째의 문으로 들어와서 구걸을 하고 역시 뭔가를 얻었습니다.

이렇게 열두 번을 반복했습니다. 열세 번째가 되었을 때, 미트리다네스가 이렇게 말했습니다.

"당신, 너무하지 않소."

그렇게 말하고 역시 물건을 주었습니다. 이 말을 들은 노파가 말했습니다.

"아아, 나탄 님의 관대함은 정말로 굉장한 것이었습니다. 그분의 저택에는 여기와 마찬가지로 서른두 개의 문이 있는데 그곳에 들어가 구걸을 해도 절대로 나를 붙잡고 따지는 일 없이 언제나 물건을 얻었습니다. 여기서는 아직 열세 번밖엔 오지 않았는데도 잔소리를 듣고 말았습니다."

미트리다네스는 노파의 말을 듣자, 나탄의 명성을 덮어 버

리려고 생각했던 자였으므로 분노에 떨며 이렇게 혼잣말을
했습니다.

'아! 분한 일이다. 나탄의 관대함을 넘기는커녕 이런 사소
한 일마저도 좇아갈 수 없다니, 언제나 그처럼 된단 말이냐?
그놈이 살아 있는 한, 내 노력은 물거품이 될 거야. 그놈이 늙
어서 죽지 않는 한……어물거리지 말고 내 손으로 해치워야
겠어.'

그는 충동적으로 벌떡 일어나 자기의 생각을 아무에게도
알리지 않고 몇 사람의 시종과 함께 말을 타고 사흘 만에 나
탄이 사는 땅에 도착했습니다. 그리고 시종들에게는 아는 체
를 하지 말 것, 또 자기에게 무슨 소식이 있을 때까지 여인숙
에서 묵고 있으라고 명령했습니다.

저녁때쯤 그가 혼자 나탄의 아름다운 저택 근처에 이르자
검소한 옷차림으로 하인 하나 없이 혼자 산보하는 나탄을 보
았습니다. 그는 나탄을 몰랐으므로 나탄이 어디에 사는지 그
에게 물었습니다. 나탄은 빙그레 웃으면서 대답했습니다.

"젊은이, 그 근처에는 나만큼 잘 알고 있는 사람은 없을 것
입니다. 좋으시다면 내가 안내해 드리지요."

미트리다네스는 매우 고마운 일이지만, 될 수 있으면 나탄
에게 자기를 보이거나 알리고 싶지 않다고 대답했습니다.

그 말에 나탄이 말했습니다.

"그편이 좋으시다면 그렇게 하겠습니다."

미트리다네스는 말에서 내려 금세 친숙하게 된 나탄과 함
께 그의 아름다운 저택으로 들어가게 되었습니다. 여기서 나

탄은 하인 한 사람에게 젊은이의 말고삐를 잡으라고 이르고, 그의 귀에 입을 대고 자기가 나탄이라는 것을 젊은이가 알지 못하도록 즉시 집 안에 있는 사람에게 알리도록 명령했습니다. 이 일은 그대로 실행되었습니다. 저택 안으로 들어간 나탄은 미트리다네스가 아직 한 번도 보지 못했던 아름다운 방으로 안내했습니다. 그곳은 젊은이의 시중을 맡도록 한 하인 이외에는 그 자신이 정중하게 상대를 해 주었습니다. 미트리다네스는 그와 이야기하는 동안 그를 아버지처럼 존경하게 됐으며, 마침내 당신은 어떤 분이냐고 물었습니다. 이 말에, 나탄은 대답했습니다.

"나는 나탄의 시종인 하인에 불과합니다. 나는 어릴 때부터 나탄과 같이 자라고 나이를 먹었지만 당신이 보시다시피 그이상으로는 써 주지 않았습니다. 사람들은 주인을 몹시 칭찬하지만, 나는 조금도 칭찬할 마음이 없습니다."

이 말을 듣자 미트리다네스는 조심스럽게 행동한다면 확실한 방법으로 자기의 결심이 성공할 것이라고 생각했습니다. 나탄은 매우 정중하게 당신은 어떤 분이며 무슨 용무로 오셨냐고 묻고 필요하다면 원조를 아끼지 않겠다고 말했습니다.

미트리다네스는 잠시 대답하기를 꺼리다가 그를 신용하기로 결심하고, 길게 자신의 말을 해 놓고 비밀을 지켜 달라고 부탁한 후, 조언과 원조를 요청하면서 자기는 어떤 사람이고, 이런 생각을 가지게 된 이유를 털어놨습니다.

나탄은 상대방의 이야기를 듣고 미트리다네스의 잔인한 계획을 듣자 마음이 흔들렸으나 아무렇지도 않은 듯이 느긋한 표정으로 대답했습니다.

"미트리다네스 님, 당신의 아버님은 훌륭한 분이었습니다. 당신이 모든 사람에게 덕행을 하려는 것도 아버님의 명망을 지키고자 하는 마음일 것이며 나탄의 덕행에 시기심을 갖는 것도 지당한 일입니다. 그런 선망의 마음이 많아질수록 비참한 세상도 점점 더 즐거운 곳이 될 것입니다. 당신이 나에게 말씀했던 계획은 반드시 비밀로 해 두겠습니다. 그 일에 관해 원조보다 적절한 충고를 하겠습니다. 여기서 반마일쯤에 작은 숲이 보일 것입니다. 나탄은 매일 아침 그곳에서 혼자 오랫동안 산책을 즐깁니다. 그때 그를 만나 당신의 소원을 푸는 것은 아무 일도 아닙니다. 만일 나탄을 죽이고 아무에게도 들키지 않고 댁으로 돌아가려면 처음에 왔던 길보다는 왼쪽 길로 해서 숲 밖으로 나가면 됩니다. 왼쪽 길은 좀 험하지만 댁으로 돌아가기에는 지름길이고 훨씬 안전합니다."

미트리다네스는 이러한 정보를 얻자 나탄도 방에서 나갔으므로 저택 내에 잠입해 있던 시종들에게 몰래 내일 자기를 기다릴 장소를 일러 주었습니다. 더구나 나탄은 다음 날 미트리다네스에게 알려 준대로 죽음을 각오하고 혼자 숲으로 갔습니다. 미트리다네스는 잠자리에서 일어나, 이렇다 할 무기도 없었으므로 활과 칼을 갖고 말을 타고 숲으로 갔습니다. 그리고 멀리서 나탄이 혼자서 산책하는 것을 발견하자, 죽이기 전에 그에게 말을 시켜 보려고 말을 몰았습니다. 그리고는 머리에 감고 있는 모자를 붙잡자 큰 소리로 부르짖었습니다.

"늙은이, 죽여 버리겠다."

그 말에 나탄은, "과연, 나는 그만한 값어치가 있다." 라고 대답했습니다.

미트리다네스는 그 목소리를 듣고 틀림없이 자기를 쾌히 맞이하여 저택으로 안내하고 친절히 의견을 말해 주었던 그 하인이라는 것을 알았습니다. 분노는 수치로 변했습니다. 머리 위로 치켜들었던 칼을 집어 던지고 말에서 뛰어내려 눈물을 흘리며 나탄의 발밑에 꿇어 엎드렸습니다.

"아아, 저의 가장 친애하는 아버님과도 같으십니다. 당신 마음속의 관대함이 몸에 스며들어 있습니다. 이유 없이 당신의 목숨을 노렸던 저에게 눈치채지 않게 목숨을 주시려 하셨군요. 하지만 하느님은 이 극단적인 상황에서 가련한 질투에 눈이 멀었던 저의 이성에 눈을 뜨게 하셨습니다. 그러므로 제 뜻에 응해 주실수록 더욱 저의 과오를 느낄 뿐입니다. 어서 저의 죄에 응분의 죄과를 내려 주십시오."

나탄은 발아래 꿇어앉은 미트리다네스를 안아 일으켜 볼에 키스를 하면서 말했습니다.

"내 아들이여, 너는 자기의 행동을 악덕이라거나, 또 다른 의미로 욕을 하거나, 용서를 빌 필요는 없다. 왜냐하면 그것은 증오심에서 한 행위가 아니고 자기가 훌륭한 인물이란 소리를 듣고 싶어서 한 것이기 때문이다. 그럼 나에 대한 일은 잊어버리고 누구보다 훌륭하게 생활한다는 자신을 가져라. 탐욕스럽게 돈을 모으려 하지 않고 모든 일에 자선하려고 하는 너를 생각하면 사랑하지 않을 수 없다. 유명해지려고 나를 죽이려 한 것을 부끄러워도 말고, 내가 그 일에 놀랐을 거라는 생각도 마라. 위대한 황제나 뛰어난 국왕은 사람을 죽이는 술수 하나쯤은 가지고 있고, 그것은 한 인간을 죽이는 정도가 아니라 수많은 마을과 도시를 태우고 약탈해서 자기의 영토를 늘리거나 자신들의 명성을 빛내고 있기 때문이지. 그러니 네가 유명을 위해 나 한 사람을 죽이려 했다는 것은 새롭고 놀랄 일도 아니고, 흔히 있는 일에 불과한 것이다."

미트리다네스는 자기의 야망에 대한 변명은 하지 못하고, 나탄이 대신한 정직한 변명에 감동하여, 어찌 자기에게 목숨까지 내어 주며, 그 방법과 정보를 가르쳐 주었는지 견딜 수 없이 궁금하다고 말했습니다.

그러자 나탄은 대답했습니다.

"미트리다네스, 나의 충고나 결의가 그렇게 놀랄 것은 없어. 그것은 왜냐하면 내가 하려고 한다면 무엇이든 할 수 있게 된 후, 내 집에 오는 손님에 대해서는 누구든 부탁을 하면 내가 할 수 있는 한 만족을 시켜 주지 않은 일이 없었기 때문이다. 네가 내 목숨을 원하는 것을 듣고(원하던 일이 이루어지지 못하고 여길 떠나는 유일한 한 사람이므로) 즉석에서 내 목숨을 내놓을 결심을 한 것이며, 다시 내 목숨을 얻더라도 네가 다치지 않게 도망갈 수 있는 충고를 한 것뿐이야. 그러니 다시 말하지만, 원한다면 내 목숨을 취해 만족하기 바라며, 나는 내 목숨을 더 유효하게 사용될 수 있는 방법을 잘 모르기 때문이다. 또 나는 팔십년의 세월을 지내 왔고, 갖가지 즐거운 일과 위안을 가졌으며, 한편으로 자연의 이치대로라고 해도, 이제 여생이 얼마 남지 않았을 것이므로, 내가 항상 내 재산을 필요한 사람에게 주거나 소비하여 왔듯이, 나의 의지에 반해 목숨이 다하는 날을 기다리기보다는 스스로 주는 편이 유익하다는 것이다. 백 년을 남에게 준다고 해도 작은 선물에 불과한데 하물며 나에게 남겨진 6년이나 8년의 목숨쯤이야 초라한 선물이 아니겠느냐. 그만큼 너에게 중요한 것이라면 사양치 말고 내 목숨을 가지길 부탁한다. 지금까지 살아오는 동안 내 목숨을 달라는 사람을 만난 적이 없고, 만약 네가 나타나지 않았다면 그런 사람을 못 만날 뻔했다. 설령 앞으로 그런 사람을 만난다 해도 그만큼 내 목숨의 값어치가 떨어지겠지. 그러니 값이 떨어지기 전에 목숨을 가져가거라."

미트리다네스는 깊이 부끄러움을 깨닫고 말했습니다.

"당신처럼 존귀한 목숨을 가지다니요, 조금 전까지 생각하고 있었던 것만으로도 하느님이 용서해 주실 턱이 없습니다. 저는 당신의 목숨을 단축시키기는커녕 가능하면 제 목숨을 보태 드리고 싶습니다."

나탄은 즉석에서 말했습니다.

"그럼, 가능하다면 너의 목숨을 나에게 덧붙이길 바란단 말이지. 지금까지 해 본 일이 없는 것을 나에게 시키는군. 즉 한 번도 남의 것을 취한 적이 없는 나에게 네 것을 취하도록 할 작정이구나?"

"예, 그렇습니다." 하고 미트리다네스는 대답했습니다.

"그렇다면 내가 말하는 대로 해라. 지금의 네가 내 집에 머물면서 나탄이라고 하고, 나는 네 집으로 가서 미트리다네스의 행세를 하도록 하지."

그러자 미트리다네스가 대답했습니다.

"만일 제가 당신이 하고 계시고, 해 오셨던 일을 훌륭히 할 수 있다면 제안을 즉시 받아들였을 것입니다. 제가 하는 방법으로는 나탄의 명성을 더럽힐 것이 뻔합니다. 제 앞가림도 못하는 주제에 다른 사람의 일을 망칠 수는 없으므로 절대로 그 말씀은 따르지 못하겠습니다."

이렇게 나탄과 미트리다네스는 여러 가지 겸양지덕의 이야기가 오가는 동안 나탄과 함께 그의 저택으로 돌아왔습니다. 나탄은 며칠 동안 미트리다네스를 환대하고, 그의 고귀하고 훌륭한 결의를 자신의 지혜를 다해 격려했습니다. 그리하여 미트리다네스가 시종들과 자기 집으로 돌아가려 하자 나탄은 그의 씩씩한 기상이 자기보다 훨씬 높다는 것을 깊이 인식하도록 하고 쾌히 돌려보냈습니다.

네 번째 이야기

젠틸레 데 카리센디는 모데나서 돌아와 죽은 사람으로 매장된 사랑하는 여자를 묘지에서 꺼낸다. 부인은 살아나서 사내아이를 낳는다. 젠틸레는 남편인 니콜루초 카차니미코에게 그녀와 아이를 돌려 준다.

일동은 나탄의 아량을 칭찬하며 자신의 목숨까지도 내놓을 수 있는 대범함에는 놀라움을 감추지 않았으며, 나탄이야말로 찬양받아야 하며 국왕이나 수도원장보다도 더 관대하다는 결론을 내렸습니다. 왕은 라우레타에게 다음 이야기를 하도록 신호를 보내고 그녀는 바로 이야기를 시작했습니다.

친애하는 여러분, 우리는 많은 훌륭한 이야기를 들었으며, 이 이야기 중에 연애와 사랑의 관대함을 이야기하지 않는다면 이야기는 바로 바닥을 드러내거나 같은 자리를 맴돌 것입니다.

사랑을 위해서라면 값비싼 재물은 물론 목숨과 명예, 명성을 내놓거나 적개심도 잊어버립니다. 그래서 나는 사랑하는 사람의 관대함이란 어느 이야기에도 뒤지지 않으리라 생각합니다.

롬바르디아의 유서 깊은 도시 볼로냐에 귀족의 혈통으로 덕망이 있는 가문이며 매우 존경을 받고 있던 젠틸레 데 카리센디라는 기사가 살았습니다.

아직 나이가 젊었던 이 사람은 니콜루초 카차니미코라는 사람의 아내인 카탈리나 부인을 열렬히 사랑하고 있었으나, 부인의 반응은 호의적이지가 않았으므로 몹시 비관해서 모데나의 시장에게 발탁된 것을 기회로 볼로냐를 떠나갔습니다.

그런데 그 당시 니콜루초는 볼로냐에 없었고, 부인은 임신 중으로 시에서 3마일 정도 떨어진 영지에 가 있었는데 갑자기 심한 발작을 일으켰습니다. 그것은 매우 심한 발작이었고 부인이 살아 있다고는 믿기지 않았으며 사망했다고 여겼습니다. 그녀의 친척들은 임신 사실을 알게 된 것이 얼마 되지 않았고 태아가 제대로 자라지 못한 것으로 보고, 별 번거로움 없이 근처에 있는 성당 묘지에 눈물을 흘리며 매장하였습니다.

이 일은 즉각 친구들로부터 젠틸레에게 알려졌습니다. 그는 지금까지 부인에게 한 가닥의 호의조차 받지 못했으나 몹시 슬퍼하며 무의식중에 혼잣말을 했습니다.

"카탈리나, 당신은 죽고 말았군요. 당신은 살아 있을 때 다정한 눈길 한 번 주지 않았습니다. 그러나 당신이 죽어 육신을 포기한 지금, 나는 당신으로부터 키스를 받을 수 있을 것으로 생각합니다."

그는 이렇게 말하고 한밤중이었으나 하인에게 입 밖에 내지 않도록 명령하고는 그를 데리고, 말을 몰아 단숨에 부인이 묻힌 묘지에 닿았습니다. 그래서 무덤을 열고 그 속으로 들어가, 죽은 부인 곁에 누워 얼굴을 그녀의 얼굴에 대고 소리 없이 눈물을 흘리면서 몇 번이고 키스를 했습니다.

그러나 인간의 욕망은 그칠 줄을 모르고 점점 더해 가는 것으로, 특히 사랑하는 사람에 대해서는 끝이 없는 것입니다. 그래서 그는 돌아가려고 생각하면서도 이렇게 중얼거렸습니다.

"아아! 여기까지 왔다가 어찌 가슴을 한번 만져 보지 않고 가겠는가? 이제 다시는 만져 볼 수 없고 지금까지도 만져 보지 못했으니."

욕망에 굴복하듯 그녀의 가슴에 손을 대고 그대로 한참을 서 있던 그는 그녀의 심장이 뛰는 것처럼 느꼈습니다.

그는 섬뜩한 전율과 모든 공포심을 떨쳐 버리고 다시 주의력과 촉각을 집중하였는데, 끊어질 듯이 아주 미약하긴 했지만 분명히 죽지 않았다는 것을 알았습니다. 그래서 그는 하인의 도움을 받아 될 수 있는 대로 가만히 문 밖으로 안고 나와 말에 태우고 남몰래 볼로냐의 자기 집으로 옮겼던 것입니다. 그는 매우 총명하고 훌륭한 어머니가 계셨는데 아들에게 모든 이야기를 듣고 비밀리에 조심스럽게 불을 지피고 부인을 목욕시켜 꺼져가던 생명을 다시 소생시켰습니다.

부인은 정신이 들자, 깊은 한숨을 쉬더니 말했습니다.

"어머나! 나는 지금 어디에 있나요?"

그러자 그의 어머니는 이렇게 대답했습니다.

"안심하세요. 당신은 별로 걱정스럽지 않은 곳에 있어요."

부인은 정신을 가다듬어 주위를 둘러보았으나 어디인지 전혀 알 수가 없었습니다. 게가가 눈앞에 젠틸레가 있는 것을 보고 더욱 놀라 그의 어머니에게 이곳에 와 있는 연유를 알려 달라고 부탁했습니다. 그래서 젠틸레가 자초지종을 이야기해 주었습니다.

그 얘길 들으며 부인은 눈물을 흘렸으며 잠시 후에 아주 정중하게 감사의 인사를 했습니다. 그가 자기에게 품었던 애정과 그의 정성어린 간호에 맹세하고, 이 집에서 그녀와 남편의 명예에 상처 받지 않도록, 날이 밝으면 집으로 돌려보내 달라고 그에게 부탁했습니다.

그러자 젠틸레는 이렇게 말했습니다.

"부인, 나의 욕망이 과거에 아무리 극렬한 것이었다고 해도(내가 지금까지 당신에게 품고 있던 애정 때문에, 하느님이 당신을 죽음으로부터 소생시킬 정도의 자비심을 나에게 주셨으므로), 지금부터 앞으로는 언제 어디서나 당신을 친애하는 누이동생으로 대해 드릴 것을 약속드립니다. 그러므로 이제 내가 원하는 단 한 가지 소망만은 거절하시지 말아 주세요."

부인은 자기가 할 수 있는 일이고 옳은 일이라면 무엇이고 하겠다고 부드럽게 대답했습니다. 그러자 젠틸레가 말했습니다.

"부인, 당신의 친척과 볼로냐 사람들은 당신이 죽었다고 믿고 있습니다. 그러므로 지금 당신이 돌아오는 것을 기다리고 있는 사람은 없습니다. 그래서 내가 모데나에서 돌아올 때까지, 물론 빨리 돌아오겠습니다만, 어머니와 함께 여기 계시기를 부탁합니다. 이런 부탁을 하는 연유는 이 도시의 많은 사람들 앞에서 당신의 주인에게 굉장하고 귀중한 선물로 당신을 선사하려는 마음이기 때문입니다."

부인은 친척에게 자기가 살았다는 기쁜 소식을 알리고 싶은 마음이 간절했으나, 그에게 입은 은혜와 그의 제의에는 악의가 없음을 알고 그대로 따르기로 했습니다. 그래서 그렇게 하겠노라고 약속했습니다.

그런데 부인은 그 말을 하며 갑자기 진통의 기미가 시작되었으며, 젠틸레의 어머니는 출산이 임박한 것을 알고 극진하게 보살폈습니다. 부인은 잘 생긴 사내아이를 낳았으며, 젠틸레와 그의 어머니도 두 배로 기뻐하였습니다. 젠틸레는 마치 자기 아내인 것처럼, 필요한 것을 모두 갖추어 주고 충분히 부인을 돌보도록 당부하고 몰래 모데나로 되돌아갔습니다.

이윽고 그의 임기가 끝나 볼로냐로 돌아갈 시기가 되어, 볼로냐에 도착하는 날 아침, 니콜루초 카차니미코를 포함하여 시의 유지들을 모두 초대하여 자기 집에서 성대한 연회를 열 수 있도록 가족들에게 부탁했습니다.

그가 돌아와 말에서 내리고 손님들과 인사를 하고 거실로 가서 부인을 만났는데, 부인은 전보다 한층 더 아름다워지고 건강해졌으며 사내아이도 건강하게 자란 것을 보고 싱글벙글 기뻐하며 일동을 식탁에 앉게 하고 굉장한 음식을 대접했습니다.

식사가 끝날 무렵, 그는 미리 부인에게 자기가 하려는 일과, 그에 대해 부인이 해야 할 행동을 약속해 놓고 다음과 같은 이야기를 시작했습니다.

"여러분, 이것은 언젠가 남에게 들은 이야기입니다만, 페르시아에는 매우 바람직한 풍습이 있답니다. 그것은 친구를 최고로 대접하려고 할 때 그를 자기 집으로 초대하여 아내나 애인이나 혹은 딸 그 밖에 자기가 가장 소중히 하는 것을 보여 준다는데, 할 수만 있다면 기꺼이 자기의 심장까지도 보여 줄 용의가 있노라고 덧붙였답니다. 나는 이런 풍습을 볼로냐에서도 한번 해 보고 싶은 생각을 갖고 있습니다. 여러분은 기꺼이 나의 연회에 와 주셨습니다. 그래서 나는 나에게 이 세상에 다시없는, 아니 언제까지나 가지고 싶은 소중한 것을 페르시아 식으로 여러분에게 보여 드려 경의를 표할까 합니다. 그러나 그 전에 내가 말씀드리는 어떤 문제에 대한 생각을 밝혀 주기길 바랍니다. 여기 어떤 사람이 자기 집에 선량하고 충실한 하인이 있었는데, 그 하인이 중병을 앓은 후 그 주인은 병든 하인의 최후를 확인하지도 않고 거리에 내다 버리고 뒤돌아보지 않았습니다. 거기에 남모르는 자가 지나다가 그 병자를 가엾게 여겨 자기 집으로 데리고 와 비용을 들여 간호하고 원래의 건강한 몸으로 회복시켰습니다. 여기서 여러분께 묻는 것은 그 사람이 그 병자를 자기 집에 두고 있을 때, 만약에 최초의 주인이 돌려 달라고 하나 돌려 주기가 싫다면, 이 두 번째 주인을 비난하는 것은 옳은 일인가 하는 것입니다."

초대되었던 신사들은 그 문제를 서로 이야기하며, 의견을 정리하고 말주변이 뛰어난 니콜루초 카차니미코에게 대표로서 대답하라고 부탁을 했습니다. 그는 먼저 페르시아의 풍습을 칭찬하고, 자기도 다른 사람들과 함께 다음 의견에 찬성이라고 전제하고, 최초의 주인은 하인이 병들었을 때 간호를 하지 않았고 거리에 내다 버렸으므로 그 하인에 대한 아무런 권리도 없다, 그래서 그 하인은 두 번째 주인에게 받은 은혜도 있으니 그의 하인이 되는 것이 당연하다, 두 말할 것도 없이 두 번째 주인의 하인이 된다고 해도, 최초의 주인에게 어떠한 폐도 끼치는 바가 없으며, 폭력을 휘두른 것도 어떤 모욕을 준 것도 아니라고 말했습니다. 식탁에 앉아 있던 사람들은 모두 훌륭한 사람들로서 니콜루초와 모두 같은 의견이라고 덧붙였습니다. 젠틸레는 이러한 대답을 니콜루초가 했으므로 만족하고 자기도 같은 의견이라고 하며 계속해서 이렇게 말했습니다.

"그럼, 약속대로 가장 소중한 것을 보여 접대할 때가 왔습니다."

그는 두 하녀를 불러 벌써 화려하게 차려 입고 성장을 한 부인을 앞에 모시고 나와 여러분을 기쁘게 해 드리도록 전갈했습니다. 부인은 두 사람의 하녀가 부축하여 귀여운 아들을 안고 넓은 방으로 들어왔습니다. 그리고는 젠틸레의 안내대로 한 사람의 훌륭한 신사 옆에 앉았습니다. 여기서 그는 이렇게 말했습니다.

"여러분, 이것이 내가 가장 소중히 하고 있는, 그래서 무엇보다도 더 내 놓기 싫다고 생각하는 것입니다. 내 말이 옳은지 잘 보시기 바랍니다."

손님들은 그녀에게 인사를 하고 칭찬을 한 다음, 젠틸레를 향해서 이런 분이니까 당신이 소중히 함에 틀림없다고 하며 그녀를 가만히 바라보았습니다. 그리고 그들 중에는 니콜루초의 아내가 죽지 않았더라면 이 여성이야말로 그녀일 것이라고 말하는 사람이 많았습니다. 그 중에서도 니콜로초는 꼼짝 않고 바라보았는데 젠틸레가 잠깐 자리를 비우자, 이 사람이 어떤 사람인가 가장 궁금하여 참을 수가 없어, 당신은 볼로냐의 사람인가 다른 지방 사람인가를 그녀에게 물었습니다.

부인은 남편에게 질문을 받고 대답을 하지 못하는 것이 매우 괴로웠습니다. 그러나 사전에 약속한 명령을 지키기 위해서 입을 다물고 있었습니다. 그러자 어떤 사람은 당신 아들이냐, 젠틸레의 친척 되느냐고 부인에게 물었으나 그녀는 어떤 질문에도 잠자코 있었습니다.

젠틸레가 돌아오자 손님 중의 한 사람이 물었습니다.

"젠틸레 씨, 이분은 매우 아름다운 분이지만 벙어리 같습니다. 사실입니까?"

"여러분, 그녀가 지금 말을 하지 않았던 것은 그녀의 미덕이 보통이 아니라는 것을 나타내는 것입니다." 하고 젠틸레가 말했습니다.

"그럼 말씀해 주십시오. 이분은 누구십니까?" 하고 손님이 말을 했습니다.

젠틸레가 답했습니다.

"그 일에 대해서는 기꺼이 말씀드리지요. 다만 여러분께 약속을 해 주십사 하는 것은 내가 어떤 말씀을 드리든 내 이야기가 끝날 때까지 누구도 자리를 떠나시지 말아 주십시오."

손님은 모두 약속을 했고 이미 식탁도 치워졌으므로 젠틸레는 부인 옆에 앉아 말하기 시작했습니다.

"여러분, 이분이야말로 조금 전에 말씀드린 참되고 거짓 없는 충실한 하인에 해당하는 분입니다. 가족으로부터 소외당하고 쓸모없는 비천한 사람으로 취급되어 거리 한가운데 버려졌던 이분을 내가 데려왔습니다. 그래서 나의 정성어린 간호와 노력으로 죽음의 문턱에서 구해냈습니다. 하느님은 나의 친절한 사랑의 마음에 감동하시어 무서운 시체로부터 나를 위해 아름다운 분으로 소생시켜 주셨습니다. 여기서 여러분께 어째서 이런 일이 내게 일어났는지를 좀더 확실히 설명하겠습니다."

그는 그녀를 사랑하고 있었던 일부터 그때까지 일어났던

일을 숨김없이 밝혔으므로 그 자리의 모든 사람은 놀라지 않을 수 없었습니다. 그는 덧붙여서 말했습니다.

"이러한 사정으로 여기에 계시는 여러분, 특히 니콜루초 씨가 조금 전의 의견을 변경하지 않는 한 이분은 틀림없이 나의 것이며, 어느 누구든 어떤 정당한 권리를 주장하더라도 이분을 돌려 달라고 요구할 수는 없을 것입니다."

이 말에 대해 누구 하나 이의를 제기하지 못했습니다. 오히려 일동은 다시 그가 무슨 말을 할까 그것을 기다리고 있는 형편이었습니다.

니콜루초도, 거기에 있던 사람들과 부인도 너무나 감격한 나머지 눈물을 흘렸습니다. 그러나 젠틸레는 일어서서 작은 사내아이를 안아 올리고 부인의 손을 이끌면서 니콜루초에게 다가가 이렇게 말했습니다.

"어서 일어나십시오. 나는 당신의 부인을 돌려드리는 게 아닙니다. 당신의 친척과 부인의 친척 분들은 이미 이분을 버리셨기 때문입니다. 그러나 이 아이의 이름을 지어 준 양부로서 부인과 아이를 당신에게 선사하고자 합니다. 이 아이는 분명히 당신의 아들입니다. 그리고 내가 세례에 입회하여 젠틸레라고 이름을 지었습니다. 그리고 당신에게 밝히는 것은 부인이 3개월 정도 내 집에 있었다고 박절하게 대하지 말아 달라는 것이며, 그 연유는 하느님께 맹세코 부인의 목숨을 구하도록 나에게 이분을 사랑하게 하셨다는 것입니다. 이분이 당신 집에 계셨더라면 내 집에서 나의 어머니와 지냈던 만큼, 시부모님이나 당신과 정결한 나날을 보내지 못했을 것이 틀림없을 것입니다."

여기까지 말하자, 젠틸레는 부인 쪽을 바라보면서 말했습니다.

"부인, 부인이 나에게 하신 모든 약속으로부터 해방하여 부인을 니콜루초에게 보냅니다." 하면서 부인과 아이를 니콜루초에게 건네고 자기 자리로 돌아왔습니다.

니콜루초는 상상하지도 못했던 만큼, 그 기뻐하는 모습은 각별하여 껑충껑충 뛰면서 부인과 아이를 안고, 진심으로 감사의 뜻을 전했습니다. 사람들은 모두 감동하여 눈물을 흘리며 젠틸레를 극구 칭찬했습니다. 그리고 또 이 말을 전해 들은 사람들도 모두 입을 모아 칭찬을 아끼지 않았습니다.

부인은 축제날 같은 대환영을 받으며 자기 집으로 돌아갔습니다. 그리고 볼로냐 시의 사람들로부터는 오랫동안 경이로운 시선을 받았습니다. 그리고 젠틸레는 니콜루초를 비롯해서 그의 친척이나 부인의 친척들과도 사이좋게 지냈습니다.

이 이야기에서 여러분은 무엇을 느끼십니까? 젠틸레의 이야기가 앞서 우리가 들었던 국왕이나 수도원장이나 자기의 목숨을 내 놓은 나탄만 못하다고 느끼십니까?

젊은 피가 끓는 젠틸레가 사랑의 힘으로 부인을 찾고, 소생시키고, 또한 너무도 당연한 자신의 권리에도 불구하고, 사랑을 위해서라면 값비싼 재물은 물론 목숨과 명예, 명성, 온갖 것을 바쳐서라도 얻고 싶었고 훔쳐서라도 갖고 싶어했으나, 자유롭게 할 수 있을 때 세상에서 가장 소중한 사랑의 이름으로 되돌려 보냈습니다. 이런 점을 따져볼 때 앞서 이야기한 어떤 것과도 비교할 수는 없다고 생각합니다.

다섯 번째 이야기

디아노라 부인은 안살도에게 1월의 정원을 5월처럼 아름다운 정원으로 만들어 달라고 한다. 안살도는 어느 마술사에게 부탁해서 보수를 약속하고 이 소원을 이루어 준다. 그녀의 남편은 안살도에게 아내가 몸을 맡기는 것을 허락한다. 안살도는 남편의 관대함을 듣자 부인과의 약속을 포기하고 마술사도 보수를 받지 않고 안살도와의 약속을 지킨다.

라우레타가 이야기를 끝냈을 때 일동은 젠틸레의 관대한 사랑에 드높은 찬사를 보냈습니다. 이번 차례에는 에밀리아가 이야기를 하도록 왕의 분부가 내려졌으며 그녀는 기꺼이 준비된 이야기를 시작했습니다.

착하고 마음씨 고운 여러분, 젠틸레의 행동이 관대하지 않다고 말씀하실 분은 한 사람도 없을 것입니다. 그러나 그 이상 관대함이 있을 수 없다고 말하신다면, 그보다 더 큰 관대함을 보여 드리는 것은 그리 어려운 일이 아닙니다. 나는 그것을 짧게 이야기해 볼까 합니다.

프리올리 지방은 기후는 추우나 아름다운 산이 나란히 이어지고 강이 흐르며 맑은 샘도 갖추어진 고장인데, 그 지방에 우디네라는 마을이 있었습니다. 옛날 이 마을에 디아노라라는 아름다운 귀부인이 살았습니다. 그녀는 큰 부자이며 아주 대범한 질베르토의 부인이었습니다. 그런데 안살도 그라덴세라는 남작은 이 아름다운 부인을 열렬히 연모하였는데, 그는 지위가 높고 무예가 뛰어나며 예의바른 성품으로 명성이 자자했습니다.

그의 부인에 대한 사랑은 열렬하고 간절하여, 그녀에게 사랑받을 수 있다면 무엇이든 했으며, 사람을 보내 자주 사랑을 고백하였으나 모두 헛수고였습니다. 부인은 기사의 끈질긴 하소연을 귀찮게 여겨 문득 그에게 불가능한 다른 요구를 한다면 단념할 것이라고 생각했습니다. 그녀는 번번이 그의 소원을 모두 거절했으나, 그의 사랑에 대한 집착을 중단시킬 수가 없어 그가 도저히 수행할 수 없는 일을 궁리하여, 어느 날 자주 그의 심부름으로 오는 여자에게 다음과 같이 말했습니다.

"여보세요, 당신은 자주 안살도 씨가 더없이 나를 사랑한다고 하고, 그분이 보내는 선물을 가져오지만 그런 것 때문에 내가 그분을 사랑하거나 기쁘게 해 줄 수는 없어요. 하지만 그토록 나를 사랑한다는 것을 내가 알 수 있다면 나도 그분을 사랑할 마음이 생기고 그분이 원하는 대로 할 작정이니, 내가 원하는 일을 실행하여 그 증거를 보이시면 뜻에 따르겠어요."

이에 심부름 온 여자가 말했습니다.

"부인, 그분이 어떤 일을 해 주길 바라십니까?"

부인은 대답했습니다.

"나의 소원은 이런 것입니다. 다가오는 1월에 근처의 어느 정원을 5월의 싱싱한 푸른 풀과 푸른 나뭇잎과 아름다운 꽃이 어우러진 초록의 정원으로 만들어 달라는 것입니다. 그것을 이룰 수 없다면 다시는 당신뿐만 아니라 그 누구에게도 전갈 따위는 보내지 않도록 해 주세요. 만일 그래도 귀찮게 하면 숨겨 왔던 일체의 이야기를 남편과 친척들에게 알리고 내 주위에서 쫓아 버리게 하겠어요."

기사는 부인의 요구와 소원을 듣자, 그 일은 도저히 불가능할 것이라고 생각했습니다. 그래서 그는 자기의 희망을 포기하라는 것임을 알면서도 하는 데까지 해 보리라 결심했습니다.

그리하여 각 나라와 지방으로 사람을 보내 널리 자신을 돕거나 조언을 해 줄 사람을 찾았습니다. 그러자 보수에 따라서 마술을 부려 해 보겠다는 사람이 나타났습니다. 안살도는 막대한 돈을 지불하기로 하고 그 때가 오기를 기쁜 마음으로 기다렸습니다.

드디어 그 시기가 되어 추위가 대단하고 모든 것은 눈과 얼음으로 뒤덮였습니다. 그러나 그 마술사는 1월 첫날 밤, 마을 근처의 아름다운 목장에 마술을 걸어 그 다음 날 아침 그것을 본 사람의 증언으로는, 초록의 풀이 돋고 아름다운 꽃이 피어나고, 나무마다 갖가지 종류의 과실의 열매가 달려 있고, 지금까지 본 일이 없는 아름다운 정원이 나타났다는 것이었습니다.

안살도는 그것을 보자 크게 기뻐하며 과일과 꽃을 따서 부인에게 몰래 보내고 부탁한 정원을 보러 오도록 초대했습니다. 그것으로 얼마나 부인을 사랑하는지를 보여 주고, 굳은 맹세로 약속했던 일을 상기시켜, 진실로 부인의 약속을 실행하라는 것이었습니다.

부인은 아름다운 꽃과 과일을 보았습니다. 이미 많은 사람에게 굉장한 정원에 관한 이야기를 들었으며 그런 약속을 한 것을 후회하였지만, 진귀한 것을 보고 싶은 호기심에 마을의 다른 부인들과 구경을 갔습니다. 그리고 자신도 모르게 경탄에 마지않았으나, 이로 인해 어떤 결과를 초래했는지를 생각하며 너무나 슬픈 기분으로 돌아왔습니다.

그것은 속으로 숨길 수 없는 슬픔이었기 때문에 결국 남편이 눈치채었고 그 이유를 끝까지 물었습니다. 부인은 수치스러움에 오랫동안 침묵하다가 남편의 끈질긴 물음에 모든 것을 명백히 밝혔습니다. 질베르토는 처음에는 불같이 화를 냈으나, 부인의 마음이 결백하다는 것을 알고 분노를 가라앉히고 이렇게 충고했습니다.

"디아노라, 누구와 정조를 걸고 조건을 내세워 약조를 하는 것은 정숙한 부인으로서 현명한 행동이 아니야. 대체로 남을 통해서 전해지는 말은, 아무도 예기치 못할 큰 힘을 가지며, 하물며 사랑에 빠진 자에게는 불가능한 일이 없는 법이오. 그런데 먼저 조건을 걸고 그 다음에 약조를 하다니, 서투른 짓을 한 거요. 그러나 나는 당신의 결백을 믿고 있으니, 그 약조의 압박에서 해방되도록 아무도 허용할 수 없는 일을 허락해 주겠소. 왜냐하면 나는 마술사의 무서운 힘을 알고 있고, 만약에 당신이 이 약조를 어긴다면, 안살도는 마술사를 이용해 우리들을 혼낼 것이오. 여하튼 당신은 그에게 가서 최선으로 그 약조를 풀고 정조를 지키기를 바라며, 만일 그것이 불가능하다면 이번만은 몸을 허락하되 마음까지 허락해서는 안 될 일이오."

부인은 남편의 말에 그런 엄청난 호의를 받을 수 없다고 눈물을 흘렸으며, 질베르토는 오히려 그것이 홀가분한 것이라고 했습니다. 다음 날 새벽에 부인은 하인과 하녀를 동반하고 안살도의 집으로 갔습니다.

안살도는 부인이 왔다는 소식에 크게 놀라 일어났으며 마술사를 불러 이렇게 말했습니다.

"당신의 마술 덕택으로 내가 어떤 것을 손에 넣었는지 보시기 바랍니다."

그는 부인에 대한 욕망 따위는 생각지도 않고, 따뜻하게 지핀 난로가 있는 아름다운 방으로 정중하고 예의바르게 부인을 맞아들여 의자에 앉기를 가다려 이렇게 물었습니다.

"부인, 내가 오랫동안 품어온 부인에 대한 사랑을 생각하시어 이런 시간에 시종까지 거느리고 찾아오신 진정한 연유를 밝혀 주실 수는 없으신가요?"

부인은 부끄러워 눈에 눈물이 가득하여 이렇게 답했습니다.

"내가 여기에 온 것은 사랑 때문도 약속 때문도 아닙니다. 남편의 명령 때문입니다. 그것은 남편과 나의 명예를 초월한, 당신이 치르신 사랑을 위한 노고에 경의를 표하며 나를 여기에 보내셨습니다. 이번에 나는 남편의 명령에 따라 당신이 원하시는 어떤 일에도 응할 각오입니다."

안살도는 부인의 말을 듣고 놀라움에 놀라움을 더하고 있었습니다. 그리고 질베르토의 관대함에 감동하여 지금까지의 열정은 동정으로 바뀌었습니다.

"부인, 당신의 말씀대로라면, 나의 정열에 따뜻한 동정을 보내시는 분의 명예에 상처를 내는 것이며 하느님도 용서치 않을 것입니다. 그러므로 당신은 나의 누이동생으로 여기 계시다가, 좋으실 때 자유로이 돌아가십시오. 진정 주인께서는 당신과 마찬가지로 예의바른 분입니다. 당신께서 나를 대신하여 감사의 말씀을 올려 주시길 바랍니다. 나는 이제부터 언제까지고 주인의 형제이며 종이 될 것입니다."

부인은 이 말에 기뻐하며 말했습니다.

"나는 평소 당신의 하신 일로 미루어 내가 찾아오면 당신의 소원대로 하시리라 여기고…… 이처럼 이러한 결과가 있으리라고는 도저히 생각하지 않습니다. 나는 언제까지나 은혜를 잊지 않을 것입니다."

그리하여 정중히 작별을 고하고 하인들과 질베르토에게로 돌아왔으며, 그 동안의 일을 모조리 이야기했습니다. 질베르토와 안살도는 이렇게 돈독한 우정이 맺어지게 되었습니다.

한편, 마술사에게 안살도가 미리 약속한 보수를 주려고 하자, 마술사는 안살도에 대한 질베르토의 관대함이나 부인에 대한 안살도의 대범함을 보고 다음과 같이 말했습니다.

"나는 질베르토의 명예에 대한 관대함, 또 당신의 사랑에 대한 대범함을 생생히 보고도, 내가 내 보수에 대해 대범함을 보이지 않을 수 있겠습니까? 그 돈은 당신의 손 안에 있는 것이 좋을 듯하니 그렇게 하십시오."

기사는 수치로 여기고 전부가 아니면 일부라도 주려고 노력했으나 그는 받지 않았습니다. 마술사는 사흘 뒤 아름다운 정원을 없애 버리고 유쾌하게 출발하였고, 안살도는 무사한 여행이 되길 빌며 작별하였습니다. 그 후로는 부인에 대한 연정을 버리고 참된 우정을 가졌습니다.

자, 여러분 이 이야기는 어떻게 느끼십니까? 그렇게 열렬히 열망하던 사랑이 손 안에 있을 때 안살도가 취한 관대함이, 죽어가던 부인의 이야기처럼 희망이 거의 없었던 사랑과 견줄 수가 있을까요? 이 관대함을 앞서 말한 관대함과 비교하려는 생각조차 나에게는 매우 어리석게 생각될 뿐입니다.

여섯 번째 이야기

노왕(老王) 샤를은 싸움에 승리를 거두고 어느 처녀를 연모한다. 그러나 자기의 어리석은 생각을 부끄러이 여기고 그 처녀와 그녀의 동생을 좋은 곳에 시집보내 준다.

에밀리아가 디아노라 부인의 이야기를 마쳤을 때, 부인들은 각자 질베르토, 안살도, 마술사의 관대함에 대해 이야기를 나누며, 누가 가장 관대한지 의견이 분분했습니다. 한참이 지나도 의견은 그치질 않고, 이윽고 왕은 피암메타에게 다음 이야기를 하도록 분부를 내리고 그녀는 즉시 이야기를 하였습니다.

여러분, 저는 다음과 같은 의견을 가지고 있습니다. 이런 모임에서는 이야기의 의도를 분명히 하여 더 이상 논란이 없도록 하는 것이 좋다는 것입니다. 토론은 학생들이 할 일이지, 우리들 부인네들이 물레질과 바느질을 하며 할 수 있는 것은 아닐 것입니다.

아무래도 조금 전의 이야기는 논의의 여지가 많고 논란도 많은 것 같습니다. 그래서 그런 이야기를 피해 신분이 낮은 사람이 아닌, 어느 훌륭한 왕께서 자신의 명예를 조금도 두려워하지 않고 기사로서 행하신 일을 말씀드릴까 합니다.

여러분께서는 샤를 노왕(老王) 혹은 샤를 1세(1266년 이탈리아로 온 앙주 가의 샤를 1세. 나폴리와 시칠리아의 국왕)에 대한 많은 이야기를 들으셨을 것입니다. 그분의 업적은 위대하며 특히 맨프레디 왕에게 대승리를 거둬 기벨리니 당을 추방하고 구엘피(교황) 당을 복귀시킨 것은 유명합니다.

이 유명한 사건으로 네리 델리 우베르티 기사는 가족과 더불어 막대한 재산을 갖고 피렌체를 떠났는데, 샤를 왕의 지배가 미치지 않는 먼 곳까지 갈 생각은 없어, 디스타비아의 바닷가에 있는 카스델로로 갔습니다. 그는 그 한적한 곳에서 여생을 조용히 보내고 싶었던 것입니다.

마을에서 조금 떨어진 곳에 땅을 사서 아름다운 저택을 짓고, 앞에는 훌륭한 정원을 만들었습니다. 물이 풍부했으므로 정원 한가운데에 피렌체풍의 연못을 만들고 그 아름답고 맑은 연못에는 곳곳에서 구해온 많은 물고기를 정성스럽게 길렀습니다.

그는 이 정원을 아름답게 꾸미는 일에 전력을 기울이고 있었습니다. 때마침 무더운 계절이어서 샤를 왕이 피서를 하러 이 카스텔로의 해안으로 왔습니다. 왕은 네리의 정원이 아름답다는 소문을 듣고 그 정원을 꼭 보고 싶어했습니다. 그래서 주인을 알아보니 반대당의 기사라는 말을 듣고, 왕은 그렇다면 더더욱 친해질 좋은 기회로 여겨 사람을 보냈습니다. 왕의 전갈은 네리에게 내일 밤 네 사람의 시종만을 거느리고 미행으로 방문하여 그 아름다운 정원에서 식사를 하고 싶다는 청이었습니다.

이 전갈은 네리에게 매우 영광스러운 것이었으므로, 그는 즐거운 시간을 보낼 수 있는 만반의 준비를 하고 왕을 아름다운 정원으로 모셨습니다. 왕은 네리의 저택과 정원을 구석구석 살피고 매우 칭찬을 하고, 연못 옆에 마련된 식탁으로 와 손을 씻고 앉았습니다. 그리고 시종의 한 사람인 귀도 디 몬포르테 백작을 옆에 앉히고 다른 한쪽 옆에는 네리를 앉혔습니다. 그리고 다른 세 사람에게는 네리가 정하는 대로 앉도록 분부했습니다.

이윽고 맛있어 보이는 요리가 나오고 아주 질 좋고 값비싼 포도주가 식탁에 준비되었습니다. 소리도 없이 정연한 가운데 마련되는 규모 있는 식사 준비에 왕은 마음속으로부터 감탄하고 있었습니다.

이렇게 왕이 식사를 즐기며 고즈넉한 분위기를 감상하고

있는데 난데없이 두 소녀가 정원에 나타났습니다. 나이는 열다섯쯤으로 하나는 금실처럼 빛나는 금발을 말아 늘였고, 하나는 묶지 않은 머리 위에 새하얀 화환을 쓰고 있었습니다. 모두 가녀리고 아름다운 모습이 흡사 천사와도 같았고, 두 소녀 모두 눈처럼 흰 드레스를 입고 있었습니다. 어깨와 허리까지는 몸에 딱 맞았으며, 아래로 갈수록 넓어지며 길게 퍼져 발등을 덮고 있었습니다.

앞에 선 소녀는 어깨에 한 벌의 뜰채를 메고 왼손으로 잡고 오른손에는 긴 막대기를 들고 있었습니다. 또 한 소녀는 왼쪽 어깨에 냄비를 메고 왼쪽 겨드랑이에는 장작을 끼었는데 손에는 풍로를 들고, 오른손에는 기름 항아리와 불붙은 작은 횃불을 들고 있었습니다. 왕은 이 두 소녀를 보고 도대체 영문도 모르고 매우 신기해했습니다.

두 소녀는 왕 앞에 이르러 수줍고 얌전한 인사를 올리고는 곧 연못가로 가서 한 소녀는 냄비와 그 밖의 물건을 내려놓고 다른 소녀가 들고 있던 막대기를 받아 들었습니다. 두 소녀는 연못 속으로 들어가 가슴 언저리까지 물에 잠기는 곳에서 섰습니다. 네리의 하인이 곧 풍로에 불을 피우고 냄비를 올려놓고 기름을 붓고 나서 소녀들은 향해 무엇인가 기다렸습니다.

연못 속에서 한 소녀는 물고기가 숨은 곳을 막대기로 쑤시고, 한 소녀는 뜰채로 건져 올려 순식간에 많은 물고기를 잡는 것이 아니겠습니까? 왕은 이 광경이 매우 즐겁고 흥겨웠으며, 하인에게 던져진 물고기는 냄비 속으로 들어가곤 했는데, 두 소녀는 미리 분부를 받았는지 크고 멋진 물고기가 잡히면 왕이나 백작, 또는 부친의 식탁 위로 던지는 것이었습니다. 던져진 물고기는 팔딱팔딱 뛰어 왕의 흥을 더욱 돋우고, 왕도 물고기를 붙잡아서는 그 소녀들에게 도로 던지곤 했습니다. 이렇게 떠들썩하게 놀고 있는 사이에 하인들은 잡은 물고기를 튀김으로 내놓았습니다. 이것은 네리의 지시였으며, 맛있는 고급요리가 아니라 곁들여진 즉흥적인 음식으로 왕 앞에 놓였습니다.

소녀들은 튀김 요리도 올렸고 물고기도 충분히 잡았으므로 연못에서 나왔습니다. 새하얀 천이 몸에 찰싹 달라붙어, 몸의 곡선이 그대로 드러나고 속살이 보일 듯한 모습이었습니다. 그리고 각각 가지고 온 물건을 다시 챙겨서 왕 앞을 지나 부끄러운 듯이 저택 쪽으로 가 버렸습니다.

왕과 백작과 또 다른 시종들은 아주 매혹되었습니다. 소녀들의 균형 잡힌 아름다운 자태뿐 아니라 사람의 마음을 끄는 애교와 절도 있는 예의범절에 깊이 매료되었으며, 특히 왕의 마음을 끌었습니다.

왕은 두 소녀가 연못에서 나왔을 때 눈을 크게 뜨고 그 아리따운 육체에 정신이 혼미해져 누가 왕을 건드려도 모를 지경이었습니다. 왕은 두 소녀가 누구인지도 모른 채 깊은 생각에 빠져 두 소녀를 애무하고 싶은 강렬한 욕망을 참을 수가 없었습니다. 왕은 자신이 사랑의 포로가 된 것이 틀림없다고 느꼈지만, 만일 두 소녀 중에 누가 더 마음에 들었느냐고 한다면 어떻게 대답해야 좋을지 모를 만큼 두 사람은 아주 닮았다고 생각했습니다.

이렇게 잠시 시름없이 생각에 잠겼던 왕은 네리를 향하여 그 두 소녀는 누구냐고 물었습니다. 네리가 대답했습니다.

"폐하, 저 두 아이는 제 쌍둥이 딸입니다. 한 아이가 이쁜 지네브라라 하고 하 아이는 금발의 이조타라고 합니다."

왕은 그의 딸들을 극구 칭찬하고 어서 좋은 곳으로 시집보내라고 권했습니다. 네리는 그렇게 생각하고 있지만, 그런 여유도 방법도 없다고 변명을 했습니다.

이제 식사도 거의 끝나고 과일을 내올 때가 되자, 엷고 아름다운 실크 옷을 입은 두 소녀가 커다란 두 개의 쟁반에 계절에 볼 수 있는 온갖 과일을 담아 들고 왔습니다. 두 소녀는 왕의 식탁에 과일 쟁반을 내려놓고 다음과 같은 가사로 시작되는 노래를 불렀습니다.

사랑, 사랑의 신이여
나 지금 이 자리에 왔으나
긴긴 사연 노래로 다할 수 없어……

그 멜로디가 너무나 달콤하고 감미로워 왕은 귀를 기울이며 두 소녀를 뚫어질 듯이 바라보았습니다. 마치 천사의 노래를 듣는 것처럼 느껴졌습니다. 노래가 끝나자, 두 소녀는 공손히 무릎을 꿇고 그 자리를 물러가도록 허락을 청했습니다. 왕은 못내 섭섭했지만, 겉으로는 웃으며 허락을 했습니다.

마침내 식사가 끝나고 왕은 시종들과 함께 말을 타고 네리의 저택을 떠났습니다. 그들은 세상 이야기를 나누며 왕궁으로 돌아왔습니다. 왕궁에 돌아온 뒤, 왕은 자기의 연정을 홀로 가슴에 숨긴 채 바쁜 국사를 돌보고 있었습니다. 그러나 그 사이사이 아름다운 자태의 지네브라를 잊을 수 없었고, 그녀를 닮은 동생도 사랑스럽기만 했습니다. 이렇게 그리움이 쌓이고 얽혀 괴로움을 참지 못하고, 마침내 왕은 여러 가지 구실을 붙여서는 네리와 만나고, 지네브라를 보러 그 아름다운 정원을 자주 드나들었습니다.

그 정도로는 연모의 갈증을 풀 수 없는 지경에 이르렀으며, 별다른 방법이 없었으므로, 지네브라뿐 아니라 그 동생까지도 아버지 네리에게서 탈취할 생각이었습니다. 왕은 귀도 백작을 불러 자기의 연모와 의도를 밝혔습니다. 그러자 그는 훌륭하고 곧은 인물로 이렇게 대답했습니다.

"폐하, 저는 폐하의 말씀을 듣고 매우 놀랐습니다. 제가 폐하를 소상히 알고 있는 만큼, 그 놀라움은 더욱 크기만 합니다. 사랑이 깊은 상처를 남기는 젊은 시절에도 전혀 없었사온데, 이미 노경에 이르신 폐하께서 그토록 사랑의 정열을 태우시다니, 신기하다기보다 마치 기적과 같은 일입니다. 만일 저에게 폐하께서 조언을 허락하신다면 이렇게 말씀 올리겠습니다.

폐하께서 새로 획득하신 이 왕국에 백성들의 일도 잘 모르시고, 허위와 배신으로 가득 찬 그들을 다스리기 위해서는 언제나 단단한 무장이 필요합니다. 더욱이 여러 가지 중요한 국사와 그 밖의 일이 누적되어 한자리에 앉아 계실 여가도 없으신 폐하께서 그런 연모에 빠지시다니 불가한 일로, 이는 영명

(英明)한 왕의 처사가 아니며, 미천한 젊은이나 할 행동입니다. 특히 못할 일은 그 불쌍한 기사의 두 딸을 탈취하려는 결심이십니다. 그는 자기 집에서 자기의 능력 이상으로 폐하를 환대하지 않았습니까? 또 폐하를 흥겹게 해 드리려 자신의 딸을 알몸의 곡선이 다 드러나는 모습으로 인사드리게 한다는 것은, 그가 얼마나 폐하를 신뢰하며, 폐하가 영명(英明)한 왕이시며, 탐욕스런 늑대가 아니라는 것을 믿고 있음을 절실하게 느끼시지 않습니까?

폐하는 맨프레디 왕이 부녀자들에게 가한 난행(亂行)을 보다 못해 이 나라를 접수하시고 친히 다스리고 있다는 것을 벌써 잊으셨습니까? 그러하신 폐하께서 충성을 다한 자의 명예와 희망과 위안을 빼앗으시려 하다니, 영겁의 형벌에 마땅한 배신을 하실 수는 없습니다. 그리고 또 뭐라고 변명을 하시겠습니까? '그 자는 기벨리니 당원이었노라.'고 하시면 무마되리라 여기십니까? 하지만 폐하께 경의(敬意)를 다한 자에게 내리는 처사로서 과연 왕의 정의라고 할 수 있습니까?

폐하께서 맨프레디 왕을 격파하시고 코르라디노를 쳐부순 것은 최고의 영광을 받아 마땅할 것이나, 자기 자신을 다스리는 것은 그 이상으로 영예로운 일이라 생각되는 것입니다. 그러하오니, 백성의 모범이 되시고 인도해야 할 폐하로서는 우선 자신을 극복하시고 욕망을 버리시어, 애써 이룩한 영광에 오점을 남기시는 일이 없으시길 바랍니다."

그의 말은 왕의 가슴에 비수가 되어 꽂혔습니다. 그의 충언이 구구절절 옳다고 여길수록 더욱 고통스러웠습니다. 왕은 뜨거운 한숨을 길게 쉬며 말했습니다.

"백작, 용감한 전사에게 강한 적은 보잘것없는 적수에 불과하지만, 자신의 욕망에 이긴다는 것은 참으로 고통스러운 것이오. 그러나 그 고통이 아무리 엄청나고 또 견딜 수 없는 것일지라도, 그대의 뼈아픈 충고에 깨우치는 바가 크므로 빠른 시일 안에 짐이 지난날 적을 무찔렀듯이……스스로의 욕망을 이겨내도록 하겠다."

왕은 나폴리로 돌아와 비열한 자기 자신의 행위의 근원을 해결하기 위해 비길 데 없는 고통을 인내하며, 네리로부터 받은 환대에 보답하기 위하여 두 소녀를 네리의 딸로서가 아니라 왕의 공주로서 시집보내겠다고 결심했습니다. 왕은 네리도 크게 기뻐했을 정도의 막대한 지참금을 주어 미인 지네브라를 마페오 다 팔리치(역사상 실존 인물, 빌라니의《연대기(제88장)》에 나온다)에게 시집보내고, 금발의 이조타는 굴리엘모 델라 마냐에게 시집을 보냈습니다. 두 사람 모두 부유한 귀족 가문의 기사로서 남작이었습니다.

왕은 두 딸을 그들에게 시집보낸 뒤, 한량없는 슬픔을 견디며 풀리아로 돌아갔습니다. 왕은 그곳의 번거로운 국사와 격무에 시달리며, 자기 안의 적을 무찔러 욕망을 누르고, 사랑의 사슬을 마침내 가닥가닥 끊어 버렸으며, 다시는 그런 정염의 포로가 되는 일은 없었습니다.

혹시 여러분은 왕으로서 두 사람을 시집보내는 정도는 아주 사소한 일이라 여길 수도 있습니다. 저도 그렇게 생각합니다. 그러나 일국의 왕으로서 자기가 사랑했던 여인을 털끝 하나 다치지 않고 고스란히 시집보냈다는 것은 참으로 훌륭한 일일 것입니다. 샤를 왕은 네리에게도 많은 상을 내렸으며, 자신의 욕망을 훌륭히 이겨 낸 위대한 왕으로서 길이 칭송되었습니다.

일곱 번째 이야기

페드로 왕은 병상에 누운 리사로부터 열렬한 사모의 정을 받고 있다는 이야기를 듣고 그녀를 위로해 주고, 뒤에 그녀를 젊은 귀족에게 시집보낸다. 그리고 그녀의 이마에 입맞추고 언제나 그녀의 기사임을 공언하였다.

피암메타가 이야기를 마쳤습니다. 일동은 왕의 장엄할 정도로 자기 내부의 적과 싸워 이길 수 있었던 결단을 찬양했습니다. 기벨리니 당파였던 팜피네아는 아무 말도 하지 않았으며, 왕이 그녀에게 이야기를 하도록 분부를 내렸으므로 그녀가 입을 열었습니다.

현명하신 여러분, 정치적인 원한이 없다면 왕의 너그러움을 찬양하지 않을 수가 없을 것입니다. 제가 왕과는 반대당이었던 피렌체에 살던 한 여인의 이야기로 찬양해 마지않을 일이 떠올라 그 얘기를 들려 드리겠습니다.

시칠리아에서 프랑스 사람들이 추방되었을 때(베스풀리의 반란으로 시칠리아가 아라곤 왕가의 지배를 받을 때(1282))의 일입니다. 피렌체 사람으로서 아주 부자이며 약방을 하는 베르나르도 푸치니라는 사람이 있었습니다. 그는 아내와의 사이에 꽃다운 나이의 아름다운 딸이 하나 있었습니다. 그 무렵 라오나(아라곤 왕가를 지칭)의 페드로 왕이 시칠리아의 군주가 되자, 예하의 제후들을 초대하여 팔레르모에서 성대한 축제를 벌인 일이 있었습니다.

그 축제에서 왕은 카탈로니아 식의 마상 창 시합을 개최했는데, 마침 베르나르도의 딸(그녀의 이름은 리사라 했습니다)이 다른 부인들과 함께 국왕이 말을 타고 달리는 것을 보고 있었습니다. 그녀는 국왕을 자꾸 바라보면서 그만 왕을 깊이 사모하게 되었습니다.

축제가 끝나고, 평소대로 부모와 함께 지내고 있었으나, 그녀는 엄청난 신분 차이가 있는 왕에 대한 사랑 이외에는 아무 것도 생각할 수도 없게 되었습니다. 더욱이 그녀를 슬프게 하는 것은 자기의 낮은 신분이었습니다. 그런 신분으로는 행복한 결과를 바라기가 어려웠으나, 그녀는 왕에 대한 그리움을 단념하지 않았습니다. 그러나 엄청난 고난이 닥칠 것이 두려워서 감히 다른 사람에게 이야기할 수도 없었습니다.

물론 왕은 그 일을 알지 못했고 관심이 있을 리 없었습니다. 그녀는 남모르게 괴로워할 뿐이었습니다. 날이 갈수록 그리움은 커져만 가고 사랑의 고통은 쌓여 마침내 그녀는 상사병으로 눕고 말았습니다. 그녀는 하루하루 햇볕에 눈이 녹듯 야위어 갔습니다. 그녀의 부모는 가슴 아파하며 딸을 보살피고, 의사의 진료와 약에 온 정성을 다하고 있었으나 아무 소용이 없었습니다. 그녀는 이 절망적인 사랑에 이미 살아갈 희망을 잃고 있었습니다.

어느 날 아버지는 안타까운 심정으로 네 소원이 무엇이냐고 물었습니다. 그녀는 죽기 전에 가슴 깊이 감추어둔 애타는 사랑을 왕에게 전할 수도 있다는 생각이 들었습니다. 아버지에게 미누초 다레초를 불러 달라고 부탁했습니다. 그 당시 미누초는 유명한 가수이며 훌륭한 연주가였습니다. 페드로 왕을 수시로 알현하고 있었습니다. 그녀의 부친은 리사가 미누초의 노래와 연주를 듣고 싶어하는 줄 알고 곧 사람을 보냈습니다. 미누초는 매우 소탈한 성격으로 곧 그녀에게로 왔습니다. 그리고 다정한 말로 위로를 하고 비올라로 소나타를 두세 곡 연주하고, 또 칸초네도 불러 주었습니다.

그녀를 위안하려던 그의 노래(사랑의 노래였던 까닭에)는 오히려 꽃다운 그녀의 연모를 더욱 불태우는 결과가 되고 말았습니다. 리사는 그에게 할 말이 있다고 다른 사람을 밖으로 나가게 한 후, 그에게 물었습니다.

"미누초 님, 저의 비밀을 지켜 주실 가장 신뢰하는 분으로 미누초 님을 택했습니다. 우선 저의 이야기를 절대로 비밀로 해 주시고, 또 미누초 님은 그런 힘이 있으시니 저를 도와주시도록 부탁을 드립니다. 부디 듣고 도와주십시오. 미누초 님, 제 말씀은 페드로 폐하께서 축제를 베푸신 날, 폐하의 창시합하는 모습을 뵙고부터 운명이 시작되었습니다. 그 날부터 제 마음 속에는 폐하를 연모하는 고통의 불길이 시작되어 결국 이렇게 되었습니다. 물론 폐하를 연모하는 것이 얼마나 무모한가를 너무나 잘 알지만, 그 생각을 단념하기는커녕 억

누를 수조차 없어, 이 엄청난 괴로움에서 벗어나고자 죽음을 택했습니다. 도저히 어쩔 수가 없었습니다. 그러나 폐하께 제 마음을 전할 수 있다면 조금이나마 위로받을 수 있을 것입니다. 폐하를 뵙고 제 딱한 사정을 전하실 분은 미누초 님 밖에 없기에 간청을 드립니다. 부디 내치지 마시고, 만일 폐하께 전하시거든 저에게도 알려 주세요. 그러면 저는 이 고통에서 해방되어 기꺼이 죽겠습니다."

그녀는 여기까지 말을 마치자 그저 울고 있었습니다. 미누초는 그녀의 숭고한 사랑과 무서운 결의에 놀라며, 그녀가 가엾어 그 소원을 전할 좋은 방법을 생각해 내고 입을 열었습니다.

"리사, 부디 나를 믿고 그 일로 절대로 당신을 배신하지 않을 테니 안심해요. 또 위대한 우리의 폐하를 연모할 수 있는 당신의 모험심에 깊은 경의를 표하며, 기꺼이 당신을 돕겠습니다. 그러니 자중자애 하십시오. 반드시 사흘 안에 당신에게 기쁜 소식을 가져올 것이니 기다리시오. 그럼 조금도 시간을 지체하지 않도록 저는 이만 실례하겠습니다."

리사는 재삼 부탁을 하며 기운을 차리고 기다릴 것이며, 신의 가호로 성공을 빌겠다고 말했습니다. 미누초는 리사의 집을 나와 당시 뛰어난 시인이었던 미코 다 시에나(단테의 《속어론》에 인용된 시인으로 추정할 뿐 알려진 것이 없음)를 찾아가 그에게 부탁하여 다음과 같은 좋은 시를 받았습니다.

사랑의 신이여, 내 님에게 전해 주오.

이 가슴속 애닮은 고통
두려움을 먹고 서는 그리움
차라리 죽음을 갈망하는 가련함을
내 님에게 전해 주오.
두 손 모아 비오이다.
자비를 베푸소서! 사랑의 신이시여.
내 님 생각 그리움에
이 작은 가슴 상사로 멍들어도
사랑으로 타는 불꽃 이 몸을 태우고
죽음이 다가와도
내 님만이 두려울 뿐
속으로만 불태우고 참고 참는 이 고통은
그 어느 날 벗어나리.
아아, 거룩한 신을 위해 이 고뇌를 전하소서!

사랑의 신이여, 내 님의 사랑을 느낀 날부터
신이 주신 선물은 두려움일세.
이대로는 마음의 병 하도 무거워
이제는 죽음이 남았을 뿐
이 애타는 가슴 단번에
고백할 용기를 내리소서!
님이 내 괴로움 아시고
이 내 마음 고백할 기력을 내리신들
님이 언짢으실 까닭이 있으리!

사랑의 신이여, 그 용기를 내게 주시고

사자가 이 몸 대신

애달픈 이 내 마음 그 님에게 알리노니

거룩한 신의 뜻을 어길 것이 없어라.

신이시여, 엎드려 비옵나니

갑옷 입은 기사들과

창과 방패 휘두르며 무용을 겨누시네.

그 님 모습 지켜보던 그날부터

온 마음 불태워 연모하는 소녀를

단 한 번만 가슴속에 기억하게 하옵소서!

미누초는 곧 이 가사에 어울리는, 부드럽고도 애달픈 곡조를 붙여, 사흘째 되는 날에 궁궐로 갔습니다. 그때 페드로 왕은 아직 식사 중이었지만 그에게 비올라를 반주로 노래를 하나 부르도록 했습니다. 미누초는 비올라에 맞춰 애달픈 노래를 불렀으며, 그 넓은 홀에 있던 사람들은 모두 노래에 매료되었고 왕은 더욱 감동하였습니다. 미누초의 노래를 마치자 왕은 한 번도 들어본 적이 없는데 어디서 전해졌냐고 물었습니다.

"폐하, 이 가사가 만들어지고 제가 곡조를 붙인 지 아직 사흘이 못 되었습니다." 하고 미누초가 대답했습니다.

국왕이 그 연유를 묻자, 그는 이렇게 대답했습니다.

"그것은 폐하 외에는 누구에게도 아뢸 수가 없습니다."

국왕은 그의 사연을 들으려고 식사가 끝나자 그를 자기 방으로 불렀습니다. 미누초는 자기가 듣고 본 것을 순서 있게 모두 전했습니다. 국왕은 그의 말을 듣고 매우 기뻐하며, 그 처녀를 칭찬하고, 그 훌륭한 처녀에게 진심으로 동정을 보낸 다고 말했습니다. 그리고 왕의 뜻임을 밝히고 그녀를 위로해 주고, 저녁에 왕이 반드시 그녀를 찾아갈 것이라고 전하도록 덧붙였습니다.

미누초는 이토록 멋진 소식을 전하러 그녀에게 가게 된 것을 기뻐하며 비올라를 가지고 곧 그녀에게로 갔습니다. 그는 그녀와 단둘이 자초지종을 들려주며 비올라에 맞춰 그 노래를 불렀습니다.

그의 이야기를 듣고 그녀는 더할 나위 없이 기뻐하며 지극히 만족했습니다. 그러자 잠깐 사이에 피부와 혈색이 환해지며 건강의 회복이 역력히 보이는 것이었습니다. 그녀의 집안 사람들도 이런 일은 아무도 상상하지도 못 했으며, 그녀는 국왕이 오신다는 시간까지 들뜬 기분으로 기다리기 시작했습니다.

국왕은 마음이 관대하고 다정한 분으로 미누초가 해 준 이야기를 몇 번이고 생각했습니다. 국왕은 그녀의 아름다운 마음을 헤아리고 더욱 애틋한 생각에 잠겼습니다.

마침내 황혼이 깃들자, 바람이라도 쐬러 나가는 척 말에 올라 약방 근처에까지 왔습니다. 그리고 한 신하를 보내어 약방의 아름다운 정원을 보고 싶다고 청하여 정원으로 들어가 말에서 내렸습니다. 잠시 후 정원을 둘러보고 난 국왕은 주인인 베르나르도에게 그대의 딸은 아직 혼인하지 않았느냐고 물었습니다.

베르나르도가 대답했습니다.

"예, 폐하. 아직 혼인하지 않았습니다. 병이 깊어 누워 있었으며 아직 낫지 않고 있습니다. 그러던 것이 오늘 오후부터 갑자기 좋아지고 있기는 합니다만⋯⋯."

왕은 그녀의 병세가 호전되기 시작했다는 이야기가 무엇을 뜻하는지 곧 알았습니다.

"아름답기로 소문난 그대의 딸이 꽃다운 나이에 세상을 떠난다면 세상은 아주 큰 손실이 되겠군. 어디 잠깐 문병이나 갈까."

베르나르도는 곧 두 사람의 시종과 함께 딸의 방으로 국왕을 안내했습니다. 그 방에 들어선 국왕은 몸을 일으키며 기다리고 있는 딸에게 다가가, 손을 잡고 말했습니다.

"그대는 이 어인 일인고? 그대는 아직 젊고 예뻐서 남에게 기쁨을 주어야 하겠거늘 이렇게 병석에 있다니 하루바삐 건강을 회복하여 세상 사람들에게 기쁨을 주도록 하오, 부디 부탁하오."

리사는 그다지도 그리던 분이 자기 손을 잡고 있었으므로 수줍기는 했지만 하늘을 날듯이 기뻤습니다. 그녀는 애써 용기를 내어 말했습니다.

"폐하, 이렇게 무력하고 약한 몸으로 무거운 짐을 지려 했던 것이 이번 병의 원인입니다. 그러나 이제 폐하의 자비로써 곧 일어나 보일 것입니다."

국왕만은 그녀의 말 속에 숨은 의미를 알 수가 있었습니다.

국왕은 더욱 그녀의 훌륭함을 알게 되고 낮은 신분으로 태어
난 그녀의 운명을 슬퍼했습니다. 그리고 그 곳에 잠시 더 머
무르며 그녀를 위로하고 격려한 후에 돌아갔습니다.

국왕의 이런 인간미 넘치는 따뜻한 덕행은 많은 사람들의
칭송을 받았습니다. 그 아버지와 그녀의 집안에는 더없는 명
예가 되었습니다. 특히 그녀의 기쁨이란 이 세상에 비할 것이
아무것도 없었습니다. 그녀는 크나큰 영광에 힘입어 며칠 만
에 병도 낫고 전보다 더욱 아름다워졌습니다.

리사의 병이 낫자, 왕은 이 사랑에 대하여 어떤 보상을 하
면 좋을지 왕비와 의논했습니다. 그리고 어느 날, 많은 기사
들과 함께 말을 타고 약방으로 갔습니다. 왕은 정원에 들어가
자 딸과 아버지를 불렀습니다. 그리고 그곳에서 왕비와 시녀
들도 배석하여 그녀를 위한 잔치를 벌였습니다. 이윽고 왕과
왕비는 리사를 가까이 불러 말했습니다.

"훌륭한 딸아, 그대의 갸륵한 사랑에 대해 짐이 그대에게
높은 명예를 내리겠다. 짐은 이제 짐을 향한 그대의 사랑의
보답으로 그대가 만족할 만한 일을 하고자 한다. 즉 그대는
이제 꽃다운 나이이니 짐이 정해 주는 자를 지아비로 맞아 주
었으면 한다. 그리고 짐은 그대를 지키는 기사가 될 것이다.
짐은 그대의 사랑을 바라지는 않을 것이며, 단 한 번의 입맞
춤을 바랄 뿐이니라."

리사는 수줍음으로 얼굴이 빨개지며, 왕이 기뻐하시도록
고개를 끄덕이며 대답했습니다.

"폐하, 제가 폐하를 연모한 것이 세상에 알려지면 아마 세

상 사람들은 자기 분수도 모르고 폐하의 존귀하심도 분별하지 못하는 미친 여자라고 손가락질할 것입니다. 저는 누구나를 살피시는 하느님께 맹세컨데 처음 폐하를 뵈옵고 연모할 때부터, 제가 약방집의 딸이며 폐하는 고귀한 분이시기에 연모를 생각한다는 것부터가 잘못인 줄은 알고 있습니다.

그러나 폐하께서도 알고 계신 것처럼, 사람이란 옳고 그른 것을 가려 사랑을 하는 것이 아니라 욕망이나 감정에 의해 사랑을 하게 되는 것입니다. 저는 이런 운명에 안간힘으로 항거했으나 끝내는 폐하를 연모하게 되었고, 지금도 연모하며 언제까지나 연모할 것입니다.

실로 저는 폐하의 사랑의 포로이니 지아비를 맞을 생각은 없으며, 또 폐하께서 내리시는 명예와 지위는 갚을 길이 없으니 기쁘게 여길 수 없습니다. 다만 폐하께서 저에게 불 속으로 뛰어들라 하신들 저는 폐하를 믿고 그렇게 따를 것입니다.

폐하께서 저의 기사가 되어 주시는 것이 저에게 얼마나 기쁜 일인가는 폐하께서 잘 알 것으로 믿습니다. 그 말씀에는 다른 대답을 올리지 않겠사오며, 저의 사랑에 대한 증표로서 단 한 번 입맞춤을 원하시지만, 왕비마마의 허락 없이는 인정될 수 없는 일일 것입니다.

아무쪼록 폐하와 왕비마마까지 이곳에 왕림하신 자애로우심에 저로서는 도저히 보답할 길이 없으므로 저를 대신하여 감사와 인사를 드려 주십사 하느님에게 청하는 바입니다."

리사는 말을 마쳤습니다.

왕비는 그녀의 대답이 매우 마음에 들었으며, 국왕의 말대로 매우 총명한 처녀라고 생각했습니다. 왕은 그녀의 부모를 옆에 불러 왕의 의중을 전했으며 두 사람 모두 만족해했으므로 한 청년을 불러 왔습니다. 그 청년은 페르디코네였으며 귀족이었고 부자는 아니었으나 이 일에는 이의가 없었습니다. 왕은 그에게 두 개의 반지를 하사하고 그녀와 결혼시켰습니다. 왕과 왕비는 즉시 많은 보석과 귀중품을 리사에게 선사하고, 땅이 비옥하고 산출물이 풍부한 체팔루와 칼라타벨로타 두 영지를 이 신혼부부에게 하사했습니다.

"이 영지는 신부의 지참금으로서 그대에게 주는 것이며, 짐이 그대에게는 내릴 것은 앞으로 알게 될 것이다."

그리고는 리사를 향해 말씀하셨습니다.

"그럼, 짐이 그대의 사랑의 증표로서 받기로 되어 있는 그 열매를 받을 것이다……."

왕은 양 손으로 그녀의 머리를 잡고 이마에 입을 맞추었습니다. 페르디코네와 그녀의 부모 특히 리사의 기쁨은 말할 수 없었으며, 성대한 축하연을 열고 멋진 결혼식을 올렸습니다.

그 뒤, 많은 사람들이 단언하기를 왕은 리사와의 약속을 성실하게 지켰으며, 왕은 그 생애를 통하여 자기는 리사의 기사임을 늘 자부하고 어떤 시합에나 반드시 그녀가 선사한 띠(귀부인이 자신의 기사에게 주는 장식용 띠 · 숄 · 리본 · 어깨띠 등으로 표시한다)만을 매고 출장했다고 합니다.

자, 이렇게 함으로써 국왕은 신하의 마음을 잡을 수가 있고, 신하에게는 충성을 다할 당위를 제공하는 것입니다. 그리고 결국에는 불후의 명성을 얻게 되는 것입니다. 오늘날 대개의 군주가 폭군이며 비정하여, 그런 일에까지 배려를 베푸는 일이 극히 드문 것은 매우 유감스러운 일입니다.

여덟 번째 이야기

소프로니아는 지시푸스의 아내로 정했으나 티투스의 아내가 되어 로마로 간다. 몰락한 지시푸스가 티투스에게 경멸당했다며, 자포자기를 하고 자기가 사람을 죽였다고 한다. 한 사나이가 범인을 자처하고 진실을 안 옥타비아누스는 일동을 석방한다. 티투스는 누이동생을 지시푸스에게 시집보내고 재산도 그와 공동으로 소유한다.

팜피네아의 이야기를 들은 일동은 왕의 자애로움에 찬사를 보냈습니다. 더구나 기벨리니 당 소속의 부인은 감동해 마지 않았습니다. 일동의 찬사가 잦아들자 왕의 분부에 따라 필로메나가 입을 열었습니다.

여러분, 왕이란 하고 싶은 것이 있다면 불가능한 일이 없을 것이므로, 특히 왕의 행위에는 관용이 요구되는 것이 아닐까요? 그러니까 힘이 있는 자가 관용을 베푸는 것은 지극히 당연하며, 그런 실력자가 아니거나 힘이 없어 관용을 요구하는 일이 적은 사람일지라도 관용을 베푸는 일이 있고 보면, 힘 있는 자의 관용에 대해 크게 놀라거나 찬양을 늘어놓을 필요는 없다고 생각합니다.

그래도 여러분이 찬사를 보내며 국왕의 관대함을 크게 찬양하고 훌륭한 일이라고 생각하신다면, 우리들과 같은 평범한 인간의 관용이 국왕의 관용과 닮았다든지 그 이상라면, 여러분은 더 기뻐하고 더욱 찬사를 보내며 감동하리라는 것을 믿어 의심치 않습니다. 그런 까닭에 평범한 시민인 두 친구 사이에 일어난 칭찬할 가치가 있는 관대함에 대해 말씀드릴 것입니다.

옥타비아누스가 아직 아우구스티누스로 불리며 아우구스투스(존엄자)의 칭호를 받기 전 삼두정치가 행해지던 로마제국 시대의 일입니다만, 로마에 푸블리우스 퀸투스 풀비우스라는 귀족이 살았습니다. 그에게는 티투스라는 아들이 있었는데 매우 재능이 있었습니다. 그러므로 철학 공부를 위해 아테네로 유학을 보내고 오래 전부터 친구인 크레메스라는 귀족에게 뒷바라지를 부탁했습니다.

티투스는 크레메스의 집에 머물며 그 집 아들인 지시푸스와 함께 지냈습니다. 그리고 아리스티푸스라는 철학자를 스승으로 티투스와 지시푸스는 똑같이 크레메스 가문 사람으로서 공부를 했습니다.

두 청년은 함께 지내는 동안 자신들의 습관과 생활방식도 같고 떼어놓을 수 없을 만큼 우정과 형제애도 깊었습니다. 이러한 처지로 언제나 함께 있지 않으면 마음이 놓이질 않고 행복하지도 않을 정도였습니다.

철학 공부를 시작한 두 사람은 똑같이 두뇌가 명석하고 재능이 있어 진도도 빨랐습니다. 마침내 나란히 세상에 흔치 않은 찬사를 받으며 철학의 깊은 진리를 터득했습니다. 상황이 이러하니 크레메스는 매우 기뻐하며 둘을 구별 없이 친자식으로 여기며 3년이라는 세월이 흘렀습니다. 그런데 그 해 말에 만물의 생성 법칙대로, 노령의 크레메스가 이 세상을 떠났습니다. 두 청년은 공히 아버지가 세상을 떠난 슬픔에 빠졌습니다. 그래서 친구들과 친척들은 이 일에 대해서 누구를 더 위로할 것인지 어리둥절했습니다.

그로부터 몇 달 후 지시푸스의 친구와 친척들은 함께 모여서 그에게 아내를 맞이하라고 권했습니다. 물론 티투스도 함께 권했습니다. 그리고 아테네 시민이고 귀족 가문으로서 소프로니아라는 아주 아리따운 열다섯 살 정도의 정혼자를 골랐습니다. 이윽고 결혼 일자가 다가왔습니다. 지시푸스는 아직 한 번도 그녀를 만난 적이 없어 어느 날 티투스에게 그녀를 만나러 가자고 했습니다.

그녀의 집에 도착하자 소프로니아라는 두 사람 사이에 앉았습니다. 친구의 신부를 감정하듯이 티투스는 자세히 아름다운 그녀를 살펴보았습니다. 그녀는 모든 점에서 마음에 들지 않는 곳이 없이 완벽했습니다. 그래서 드러내진 않았지만 내심 참으로 아름다운 여인이라고 감탄을 하며, 마침내 아직껏 한 번도 느낀 적이 없는 연정을 느끼며 첫눈에 반해 버렸습니다. 두 청년은 잠시 시간을 보낸 후 바로 집으로 돌아왔습니다.

티투스는 자기 방에 혼자 들어앉아 그녀만 생각했습니다. 이렇게 생각하면 생각할수록 가슴속에서는 연모의 정이 깊어질 뿐이었습니다. 그는 뜨거운 한숨을 끊임없이 내쉬며 생각했습니다.

'아아! 티투스, 너는 어찌 이다지도 한심하냐! 티투스, 너는 대체 어디에 너의 마음이나 애정을 두고 있단 말인가? 크레메스나 온 집안이 얼마나 친절하고 은혜로운지를 잊었나? 그녀를 신부로 맞을 지시푸스와 깊은 우정을 보더라도 누이의 정으로 대해야 한다는 것을 모르는가? 그래, 네가 연정을 느꼈다는 것이냐? 잘못된 사랑을 품고서 어쩌자는 것인가? 이성의 눈을 떠라. 오오, 가엾은 놈. 깨어나라, 이성을 되찾고 음탕한 욕망을 억제하고 불건전한 희망은 버리는 거다. 생각을 다른 곳으로 돌려. 아직 시간이 있으니 자기 자신을 이겨야 한다. 이 일은 네가 바라서는 안 될 일. 올바른 일이 아니다. 이런 일을 실행하려면 못할 것은 없지만, 용서받지 못할 일이다. 진정한 우정과 필히 그래야만 하는 옳은 것을 위해 피해야만 하는 일이다. 그러면 어떡해야 하지, 티투스? 너의 참다운 행동은 빗나간 사랑을 버려야 한다.'

이렇게 중얼거려도 곧 소프로니아 생각만 하면 마음이 달라져 지금껏 한 말은 소용이 없었습니다.

'사랑의 힘은 어떤 힘보다도 위대하고 강력하다. 우정의 법도나 신의 계율조차도 넘어선다. 옛날부터 아버지가 딸을 사랑하고, 오빠가 누이를 사랑하고, 계모가 전처 아들을 사랑한 적도 있지? 이런 것이 친구의 아내를 사랑하는 일보다 몇 천 배 무서운 일이고 해괴한 일이 아닌가. 게다가 나는 아직 젊다. 젊음은 사랑의 힘에 지배를 받는다. 사랑이 기뻐하는 일은 내게도 기쁜 것이 당연하다. 고상함이란 늙은이에게나 어울리는 일이다. 그녀의 아름다움은 누구에게나 사랑을 받을 만한 가치가 있다. 아직 젊은 내가 사랑을 한다고 누가 비난할 수 있을까? 지시푸스의 것이라서 그녀를 사랑하는 것이 아니다. 누구의 것이든 마음이 끌려 사랑하는 것이다. 그녀가 다른 사람이 아닌 지시푸스에게 시집오게 된 것은 운이 나빴다. 만약 사랑을 받을 가치가 있다면(그 아름다움이 사랑을 받는 것이 당연하다면) 다른 사내가 아닌 내게서 사랑받는 것이 지시푸스에게는 누구보다도 만족할 수 있을 것이다.'

이런 쓸데없는 변명을 붙이고 자신을 비웃으며 이런 저런 생각에 밤을 지새우고, 그날도 다음 날도 며칠 동안 잠을 설치며, 밥맛도 없고 잠도 못자는 상태가 되어 마침내 몸이 쇠약해지고 자리에 눕게 되었습니다.

지시푸스는 티두스가 무슨 고민에 빠져 병이 난 것을 알자 무척 안타까웠으며, 한시도 그의 곁을 떠나지 않고 이리저리 손을 써서 극진히 간호하며 기운을 차리도록 애를 썼습니다. 가끔은 고민에 잠기는 원인과 병든 까닭을 물었습니다. 그때마다 티투스는 거짓말로 얼버무리고, 끝내는 지시푸스가 눈치를 채자 할 수 없이 탄식하며 털어 놓았습니다.

"지시푸스, 운명의 장난으로 나의 부덕을 밝혀야만 되겠네. 스스로 깊이 자책하지만 그 운명 앞에 굴복하고 말았으니, 신께서 허락하신다면 더 이상 살고 싶지 않네. 자신의 비열함을 통감하며 살기보다 차라리 내게는 죽음이 어울릴 걸세. 자네에게 나의 비열함을 감출 수도 얼버무릴 수도 없으니 수치스럽지만 모든 걸 고백하겠네."

이렇게 입을 열고 자기의 번민의 근원과 그로 인한 자기와의 고통스런 싸움이 시작되고 결과적으로 승리를 거둔 생각은 무엇이며, 몸이 쇠약하여 자리에 눕도록 번민한 것은 소프로니아를 사랑하게 되었기 때문이라고 고백했습니다. 그것이 도리가 아닌 것도 절실히 알고 있기에 죽을 결심으로 한시바삐 결정할 생각임을 말했습니다.

지시푸스는 탄식 속에 고백을 들으며 자신도 그 정도는 아니지만 마음이 전혀 없지는 않았으므로 처음에는 다소 놀랐습니다. 그러나 소프로니아보다도 친구의 목숨이 더 소중했으므로 자신도 눈물을 흘리며 이렇게 말했습니다.

"티투스, 자네는 그런 처지에서 위로를 바라지 않겠지만, 그토록 오래 고귀한 정열을 깊이 감추어 왔듯이, 우리들의 우정을 소용없이 만든 자네를 유감으로 생각하네. 자네가 비난받을 일로 여길지라도 그것을 친구에게 숨긴 것은 더욱 옳지 않네. 친구라면 옳은 일을 서로 기뻐하듯, 옳지 않은 일은 제거해 주는 것이 도리가 아니겠나? 지금은 그런 일을 접어두고, 나와 약혼한 소프로니아를 자네가 깊이 사랑한다고 해도 나는 조금도 놀랄 것이 없네. 오히려 그렇지 않다면 놀랄 일이지. 자네가 사랑하는 대상이 뛰어날수록 자네의 정열을 다스리는 자네의 숭고함과, 그녀의 아름다움을 알 수 있으니 말일세. 더구나 소프로니아를 깊이 사랑할수록(자네는 드러내지 않는데), 내가 아니고 다른 사람의 짝이었다면 의당 정당하게 사랑할 것으로 여기고, 하필 그녀가 나의 짝이 된 운명을 괴로워하고 있네. 그러나 자네가 여느 때처럼 현명하다면 운명이 그녀를 누구에게 주는 것이 옳은 것일까? 오히려 나에게 주어진 운명에게 감사해야 하지 않겠는가. 비록 자네의 사랑이 정당했을지라도 다른 사내가 그녀를 차지했다면 그 자는 자네보다는 자기 자신을 위해서 사랑했을 걸세. 만약 내가 그렇듯이 나를 친구라고 생각한다면 나에 대해서는 마음을 쓰지 말게. 그 까닭은 우리가 친구가 된 이후로 무엇이든 내 것이 자네의 것이 아닌 적은 없었네. 게다가 아직도 모든 면에서 나 혼자의 결정으로 능히 자네의 것으로 할 수 있는 시점이니 더욱 그렇게 하겠네. 왜냐하면 지금 어떤 일을 올바르게 행할 수 있고, 내가 바라는 것을 자네의 것으로 하지 못한다면, 내 우정이란 자네에게 소중한 것인지를 모르게 될 걸세. 내가 소프로니아의 약혼자로 그녀를 사랑하고 결혼식을 즐겁게 기다리는 것은 사실일세. 하지만 자네가 나보다도 더 열렬하고 강한 열정을 쏟아 그녀를 원하고 있는 이상, 내 아내로서가 아니라 꼭 자네의 아내로서 침실에 들도록 할 걸세. 자, 이제 안심하고 상심을 떨치고 잃은 건강과 위안과 쾌활함을 되찾도록 하게. 그리고 앞으로 내 사랑보다 훨씬 가치 있는 자네 사랑의 가치를 기꺼이 기다려 주게."

티투스는 희망을 가질 수 있는 지시푸스의 위로의 말만으로도 큰 기쁨이었으나, 기쁨이 클수록 부끄러웠고, 관대함을 보일수록 그것을 이용할 수는 없다고 생각했습니다. 때문에 눈물이 계속 흘러내려 겨우 진정하며 이렇게 대답했습니다.

"지시푸스, 자네의 관대하고 진정한 우정은 내가 할 일을 가르쳐 주었네. 신의 뜻으로 자네에게 주신 것을 내 사람으로

가로챌 수는 없네. 만일 신의 뜻이 나에게 있었다면 자네에게 내리시진 않았을 걸세. 그러니 자네의 것으로 한 신의 뜻을 기꺼이 받아들여 그 결정적인 판단과 선물을 반갑게 받도록 하게. 하느님은 나를 그러한 행복의 선택을 받을 수 없는 자로 간주하여 나를 고통 속에 두셨으니 이대로 고통을 겪도록 놔두게. 언젠가 내가 그것을 극복하여 이겨낸다면 자네도 기뻐해 줄 테고, 아니면 눈물이 나를 이길 수도 있겠으나 나는 이 고통에서 벗어나도록 해 보겠네."

이 말에 대해서 지시푸스가 말했습니다.

"티투스, 내가 내 뜻대로 자네를 따르게 하고, 자네가 이끌려오도록, 우리의 우정이 허락해 준다면 지금이야말로 내 우정을 나타내 보일 때라고 생각하네. 설사 자네가 나의 뜻을 흔쾌히 받지 않을지라도, 나는 당연히 소중한 친구를 위해 내 뜻을 따라 소프로니아가 자네의 것이 되도록 최대의 노력을 기울일 걸세. 나는 사랑의 힘이 얼마나 강한 것인가를 알고 있으며, 나아가 사랑 때문에 죽음을 불사한다는 것도 알고 있네. 자네는 지금 그 슬픔을 극복할 수도 물러설 수도 없고, 이러다가 깊은 죽음의 심연에 빠지게 된다면, 나 또한 의심할 것 없이 자네의 뒤를 따를 걸세. 그래서 설사 자네를 사랑하지 않는다고 해도 내가 살려면 자네의 목숨이 소중하다는 것일세. 자네의 마음에 든 그녀가 둘일 수는 없을 테니 틀림없이 소프로니아는 자네의 것이 될 걸세. 나라면 다른 사랑을 찾기도 쉬울 테고, 그러면 자네와 나는 다 같이 만족할 수 있을 걸세.

아내 고르기가 친구 고르기보다 어렵고 절대적인 것이라면 나 역시 관대할 수만은 없겠으나, 나로서는 아내는 쉽게 고를 수 있지만 친구는 그렇지가 않을 것이네. 나는 그녀를 자네에게 주어 잃은 것이 아니라, 자네를 잃기보다는 자네에게 그녀를 보내려는 생각이네. 내 부탁을 다소라도 받아 준다면 제발 그 고통에서 벗어나 나와 자네에게 위안을 주게. 그리고 밝은 희망을 품고 열렬히 그리던 사랑을 가진다는 기쁨을 가져 주기 바라네."

티투스는 소프로니아를 자신에게 양보하자 부끄러움에 몸이 굳어지는 듯 거절을 하였으나, 한편으로는 자신의 애타는 연모와 친구의 위로에 끌려 긴 한숨을 쉬며 말했습니다.

"지시푸스! 자네는 자네의 기쁨이라고 부탁을 들어 달라지만, 그것이 참다운 기쁨이 되는지 나는 모르고 있네. 하지만 자네의 너그러움이 나의 부끄러움을 덮어 주었으니 자네의 뜻에 따르겠네. 나는 자네에게서 사랑하는 여자를 받을 뿐만이 아니라, 자신의 목숨까지 받았다는 것을 망각하는 인간이 되고 싶지는 않네. 자네가 나를 나 이상으로 가엾게 여겨, 보내 준 깊은 사랑과 우정을 기억하고, 자네의 명예와 행복을 위해 빌겠네. 또 내가 얼마나 감사하고 있는지를 보여 줄 날이 오기를 신에게 빌겠네."

이 말을 듣고 지시푸스가 말했습니다.

"티투스, 이 일을 성공하려면 이런 방법을 취하도록 하세. 소프로니아가 내 신부로 정해진 것은 자네도 알고 있듯 우리 친척들과 소프로니아의 친척들이 오랫동안 의논해서 한 일일세. 그러니 그녀를 아내로 맞지 않겠다고 한다면 시끄러운 일이 벌어지고 말걸세. 말 한 마디로 그녀가 순순히 자네의 아내가 되어 준다면 조금도 걱정할 것도 없겠지만, 내가 걱정하는 것은 일방적으로 내가 거절한다면 친척들이 곧 다른 남자와 결혼을 시켜 버리지 않을까, 물론 자네가 아닌 다른 사람 말일세. 그러면 내가 잃은 것을 자네도 잃는 것이 되지 않겠나. 그러니 자네만 괜찮다면 나는 이대로 일을 진행시키고, 즉 그녀를 내 신부로서 맞이해서 예정대로 결혼식을 거행한 다음, 우리들이 정한 대로 자네가 그녀와 함께 잠자리에 들면 되지. 그 다음에 때를 보아 사실을 털어 놓도록 하세. 그렇게 된다면 친척들도 물릴 수도 없는 노릇이고 싫어도 그들은 응낙을 하게 될 테지."

이런 생각은 티투스를 기쁘게 만들었습니다. 지시푸스는 티투스의 병도 나았고 기운도 회복되었으므로 소프로니아를 신부로 맞았습니다. 그리고 성대한 결혼식과 피로연을 베풀었습니다. 밤이 되자 친척들은 소프로니아를 신방에 남겨 두고 돌아갔습니다.

티투스의 침실은 지시푸스의 신방 바로 옆에 나란히 있어 서로 왕래가 가능했습니다. 그래서 자기 침실에 있던 지시푸스는 등불을 모두 끄고 몰래 옆 침실로 건너가서 티투스에게 신부의 잠자리로 들어가라고 말했습니다.

티투스는 그 말을 듣자 또다시 치솟는 부끄러움과 후회를 하며 거절하며 실랑이를 벌였습니다. 그러나 지시푸스의 진심에서 우러나는 오랜 권유로 기어이 티투스를 지시푸스 침실로 들여보낼 수가 있었습니다.

티투스는 침대에 오르자 신부를 품에 안고 마음을 부드럽게 하려는 듯 나의 아내가 되겠느냐고 낮은 음성으로 물었습니다. 그녀는 지시푸스로 알고, '예.' 하고 대답했습니다. 그래서 그는 아름답고 값진 반지를 그녀의 손가락에 끼워 주며 말했습니다.

"나 또한 당신의 남편이 되고 싶소."

이렇게 결혼의 약속을 끝맺으며 티투스는 오랜 시간 사랑의 기쁨을 맛보았습니다. 그녀와 다른 사람들은 소프로니아가 지시푸스 아닌 남자와 부부의 인연을 맺었다는 것을 깨닫지 못했습니다. 그런데 소프로니아와 티투스의 결혼이 이렇게 행해지는 동안에 티투스의 아버지 푸블리우스가 죽었으므로, 티투스는 곧 로마로 돌아와 아버지의 사업을 이으라는 편지가 왔습니다. 그래서 티투스는 소프로니아를 데리고 로마로 떠나야겠다고 지시푸스에게 상의를 했습니다. 이렇게 되니 아내에게 사실을 밝히지 않고는 어쩔 수가 없는 상황이 되었습니다.

결국 두 사람은 어느 날 그녀를 방에 불러들여 숨김없이 일체의 사정을 밝히고, 그것 때문에 두 사람 사이에 있었던 여러 가지 일까지 털어놓았습니다. 그녀는 화가 난 얼굴로 두 사람을 번갈아보더니 지시푸스에게 속은 일을 슬퍼하며 울음을 터뜨렸습니다. 그리고 그녀는 지시푸스에게는 아무 말도 하지 않고 친정으로 돌아가 자신과 가족들이 모두 지시푸스에게 속았음을 밝히고, 자기는 지시푸스의 아내가 아니라 티투스의 아내가 되었다고 말했습니다.

그 일은 소프로니아의 아버지에게는 난감한 일이었습니다. 그는 그녀의 친척들과 지시푸스의 친척들에게 마구 비난을 퍼부었습니다. 그래서 양가 친척들이 모두 의논을 한 결과 항의가 빗발쳤습니다. 지시푸스는 자기 친척들은 말할 것도 없고 소프로니아의 친척들로부터도 미움을 사고, 책망 당하고 엄벌에 처해야 한다는 분노를 샀습니다. 그러나 그는 자신은 올바른 일을 했으며 자기보다 뛰어난 사내와 결혼을 하게 되었으니 오히려 소프로니아의 친척으로부터 고맙다는 사례를 받아야 할 것이라고 대답했습니다.

한편 티투스는 모든 사정을 들으며 여러 가지로 성가셨으나 꾹 참고 있었습니다. 그러나 그리스 인의 습성상, 누구든지 입을 다물고 있을수록 더욱 떠벌이며 위협을 가하는, 즉 강자에게 약하고 약자에게는 강하다는 것이지요. 강하게 대처하면 할수록 겸허해질 뿐만이 아니라 비굴해지기까지 한다는 것을 알고 있었으므로, 이 이상 입을 다물고 문제를 우유부단하게 해서는 안 되겠다고 생각했습니다. 그래서 로마 인의 정신과 아테네 인의 지혜를 모두 겸비한 그는 대단히 교묘한 방법으로서 당당히 지시푸스와 소프로니아 집안사람들에게 어느 사원에 모여 달라고 청하고 지시푸스와 함께 그 사원으로 가서 모여든 사람들에게 이렇게 말했습니다.

"인간에 의해 행해진 일은 모두 불멸하신 영원한 하느님의 배려로 내려진 것이라는 점은 많은 철학자들이 믿는 바입니다. 그러므로 사람에 의해 행해지는 일, 또 행해질 것이라는 일은 미래의 필연성과 연결되어 있다고 생각합니다. 이 필연성을 기정사실에만 한정시키려는 사람도 있기는 합니다만……. 그런데 이러한 의견을 조금만 숙고해서 본다면, 취소될 수 없는 일을 비난한다는 것은 신보다 자신들이 현명하다고 우기는 것과 같습니다. 신은 불변의 진리로써 한치의 오류도 없이 우리를 지배하고 우리의 일을 약정하고 계십니다. 그러므로 우리가 하느님께서 하시는 일을 비난하는 행위는 온전하지 못한 짐승들이나 할 짓일 것입니다. 그런데도 그런 짓을 하는 자가 있다면 그 자는 저주받아 마땅함은 말할 여지도 없습니다.

결론적으로 소프로니아가 지시푸스의 아내가 아니라 나의 아내가 된 것은 이미 하느님의 약정이었음에도 불구하고, 지시푸스에게 주었는데 내가 가졌다는 비난을 언제까지나 계속하고 있는 것이라면, 내 생각으로는 여러분들이 모든 저주받아 마땅할 자들이라는 것입니다. 그러나 하느님의 섭리나 약정에 관한 일은 매우 어려운 것이므로, 하느님께서 우리들의 일에 간섭하시지 않는다고 가정하고, 우리 인간의 논리적 사고에 대해 한 번 생각해 보려고 합니다.

그러기 위해 나의 생활 태도와는 다른 이야기를 두 가지 하겠습니다. 한 가지는 다소 자신을 칭찬하는 일이고, 한 가지는 다소 남을 비하시켜 욕하는 일입니다. 그렇지만 두 가지 다 진실에서 벗어난 것이 없고 현실의 문제에도 그것이 필요하므로 그대로 행할 작정입니다. 당신들은 이성에 따르기보다는 노여움으로 끊임없이 떠들어 대고 푸념하는 일로 일관

하여 지시푸스를 욕하고 당신들은 소프로니아를 지시푸스에게 주었는데 지시푸스 마음대로 나에게 주었다고 헐뜯으며 상처를 주려고 합니다. 나는 지시푸스야말로 크게 찬양할 만한 인물이며, 이성으로 그를 판단한다면 첫째, 친구로서 마땅히 할 일을 했으며 둘째, 남들이 감히 못하는 일을 그는 현명하게 행했기 때문입니다. 나는 지금 신성한 우정의 법칙으로 친구 사이에 무엇을 원하는지를 설명하려는 것은 아닙니다. 다만 우정이 갖는 견고함이란 혈연이나 친척들보다도 훨씬 긴밀한 것이라는 점을 상기해 주시면 되는 것입니다. 그 이유는 친구는 자신이 선택한 것이나, 친척과 아내는 주어진 것이기 때문입니다. 따라서 지시푸스가 당신들의 호의보다 나의 목숨을 소중히 한 것은, 나는 그의 친구이고 내가 그의 친구이니 아무런 놀랄 일이 아니란 것입니다. 두 번째의 이유에 설명을 덧붙인다면 그는 여러분보다 현명했다는 것입니다. 여러분은 하느님의 섭리를 아무것도 모르며, 우정의 힘에 대해서는 더욱 모르시기 때문입니다. 소프로니아를 청년 철학자인 지시푸스에게 준 일은 당신들의 판단에 의한 결정이었으며, 지시푸스는 자신의 판단으로 한 사람의 젊은 철학자에게 주었습니다. 당신들은 그녀를 아테네 인 귀족에게 주었고, 지시푸스는 로마 인의 더욱 지체 높은 귀족에게 주었습니다. 당신들은 그녀를 사랑하지 않고 잘 알지도 못하는 청년에게 주었으나, 지시푸스는 그녀의 행복을 바라고 모든 자신의 행복을 넘어서 자신의 생명 이상으로 그녀를 사랑하는 사람에게 주었습니다. 그러므로 내가 말씀드리는 것이 진실이며 당신들이 하신 일 이상으로 칭찬할 만한 일이었다는 점을 밝혀 보도록 합시다. 내가 지시푸스와 같은 철학자인 것은 나의 외모나 연구(길게 설명을 드릴 것도 없이)들이 그것을 증명합니다. 그와 나는 나이가 같고, 언제나 같은 진도로 공부해 왔으며, 그는 아테네 인이고, 나는 로마 인입니다. 도시의 영광을 말씀드린다면, 나는 자유 도시 태생이며 그는 종속된 도시에서 태어났습니다. 나는 전 세계의 주인이라고 할 명문 도시 태생이며 그는 우리 도시의 속령인 예속 도시 태생입니다. 또 나는 강력한 군사력과 확고한 재정 확립, 학문 연구가 가장 진보하는 도시 태생이고, 그는 학문 연구만이 자랑인 도시 태생입니다. 거기에 덧붙여서 여기서 당신들이 보는 것처럼 나는 결코 로마의 천민 태생이 아닙니다. 나의 저택이나 로마의 공공 광장에는 나의 위대한 조상들의 조각상이 많이 있습니다. 또 로마 연대기를 펼쳐 보면 로마의 카피톨리오 계곡에 퀸투스 가(家)의 선조들에 의해서 거행된 개선식의 기록들이 있습니다. 또한 현재에도 우리 가문의 영광과 명성은 세월과 함께 노후하거나 바래지 않고 혁혁한 광휘를 자랑하고 있습니다. 예부터 로마의 귀족 사이에서는 청빈을 감수하는 것이 귀중한 재산이었던 것과 관련하여 자기의 부를 나타내는 일은 부끄러운 것입니다만, 반대로 서민의 사고방식으로 보면 빈곤은 경멸을 당하고 재력이 존중을 받고 있습니다. 그래서 감히 말씀드리지만 나는 탐욕하지는 않았으나 운이 좋아 풍부한 재력도 가지고 있습니다. 나는 지시푸스가 여기 살고 있고, 앞으로도 살 것이 틀림없으므로 지시푸스를 친척으로 갖는다는 일은 매우 소중하다는 점을 나도 잘 알고 있습니다. 그리고 공적으로나 사적으로 로마에 티투스라는 유력자, 즉 이용할 수 있는 친절하고 힘 있는 후원자로 저를 생각하시면, 로마에 있어서의 나도 어떠한 이유에서건 유용하리라 여겨집니다. 그런데 격정적 감정을 버리고 냉정한 이성으로 판단한다면, 여러분의 생각이 지시푸스 이상으로 찬양할 만한 것입니까? 아마 한 사람도 없을 겁니다. 그야말로 소프로니아는 로마의 유서 깊은 귀족이며 부유한 시민인 티투스 퀸투스 풀비우스와 결혼을 한 사실은 축복할 일이며, 이 일을 탓하거나 슬퍼하는 사람은 한 사람도 없을 겁니다. 그것은 소프로니아가 티투스의 아내가 되어서가 아니라 남몰래 훔치듯이, 친구에게나 친척들에게 알리지 않고 아내로 삼은 방식에 분개하는 것일 것입니다. 하지만 이것은 기적도, 사건도 아닙니다. 나는 아버지의 뜻을 어기고 결혼한 여자나, 연인과 사랑의 도피를 한 여자나, 정부로서 후에 아내가 된 여자나, 혼전에 출산하고 결혼을 한 여자나, 어쩔 수 없는 사정으로 결혼한 여자의 일을 언급할 생각은 없습니다. 이런 일들은 소프로니아에게는 해당되지 않습니다. 오히려 그녀는 절차를 밟아, 신중하게, 순결하게 지시푸스로부터 티투스에게 넘겨졌습니다. 개중에는 지시푸스가 결혼할 권리가 없는 자와 결혼을 시켰다고 말할 수도 있겠습니다. 그러나 터무니없고 무의미한 생각입니다. 운명이 일을 효과적으로 결정하는 데는 여러 가지 길이 있고 수단이 있으며 새로운 일도 아닙니다. 이번 일에 대해서 철학자가 아닌 한 구두닦이가 자기 판단으로 은밀하게 혹은 공공연히 처리했다 하더라도 목적이 올바르다면 무슨 걱정이 있겠습니까? 만약 구두닦이가 생각이 모자라는 자였다면 그런 일을 할 수 없도록 주의를 주겠지만 잘 이루어진 일이라면 감사해야만 합니다. 만약 지시푸스가 소프로니아를 훌륭하게 결혼시켰다면, 그 방법을 두고 비난하는 것은 심한 바보가 아닙니까. 만일 그의 사고와 분별을 신뢰할 수 없다면 앞으로 그가 다시 결혼하지 않도록 감시할 일이나 이 일에 대해서는 감사를 해야 합니다. 또한 나는 못된 지혜로서 소프로니아의 육체를 통해 여러분 혈통의 고귀함을 더럽히지 않았다는 것을 알아 주십시오. 내가 남몰래 그녀를 아내로 맞기는 했으나 그녀의 순결을 훔치는 도적은 아니며, 친척이 되기가 싫어 적으로서 부정하게 그녀를 차지하지도 않았습니다. 나는 마음을 끄는 그녀의 아름다움과 인품에 매혹되었던 것이며, 만일 순서를 밟아 아내로 삼고자 노력했다면, 그녀는 당신들의 사랑을 받고 있었으므로 내가 그녀를 로마로 데려갈까 하여 아내로 맞을 수 없었을 겁니다. 그래서 나는 은밀한 수단을 썼습니다. 지시푸스에게는 나를 위해 승낙을 받았습니다. 그리고 그녀를 열렬히 사랑하고 있었지만 연인이 아닌 남편으로서 인연을 맺고 싶었으므로 -이것은 진실을 언제든지 그녀가 직접 증명해 주겠지만 -나는 그녀에게 나를 남편으로 맞을 의사를 물었고 '예' 하는 대답을 들은 뒤에 맹세의 말을 하며, 반지를 끼워 준 다음 결혼했던 것입니다. 만약 그녀가 속았다고 생각한다면 나를 비난하기 전에 내가 누군지를 묻지 않았던 그녀 탓일 겁니다. 어찌 되었건 소프로니아가 남몰래 티투스 퀸투스의 아내가 된 것은 친구인 지시푸스와 그녀를 연모한 내가 저지른 중대한 죄악이고 중대한 과실입니다. 그 때문에 당신들이 그를 책망하고 협박하며 질책을 가합니다. 그러면 만일 그가 악당이나 머슴에게 그녀를 넘겼다면 여러분들은 어떻게 하셨겠습니까? 쇠사슬로 묶고 감옥에 처넣어 십자가에 매달아야 족하시겠습니까? 그러나 지금 그 문제는 접겠습니다. 또한 제 신상에 뜻밖의 일이 일어났습니다. 저의 부친께서 세상을 떠났으므로 저는 로마에 돌아가야 합니다. 따라서 저는 소프로니아를 로마로 데려가려고 숨겨 왔던 일을 당신들 앞에 밝히는 것입니다. 만일 당신들이 현명하시다면 기꺼이 허락하시리라 믿습니다. 왜냐하면, 제가 당신들을 속이거나 모욕하려 했다면 그녀를 기만한 채 떠났을 것이기 때문입니다. 그러나 로마 인의 정신에는 그런 비겁한 생각은 깃들어 있지 않습니다. 자, 소프로니아는 하느님의 약정과 인간을 구속하는 힘에 의해, 지시푸스의 칭찬할 만한 예지와 나의 사랑에 의해 제 것이 되었습니다. 이 문제에 대하여 여러분은 하느님보다 자신들이 현명하다고 자처하고 아우성을 치며 두 가지로 저를 책망하고 있습니다. 하나는, 아무런 권리도 없으면서 내가 불쾌하다는 생각에 소프로니아를 잡고 있는 것이고, 다른 하나는 당연히 존중해야 할 지시푸스를 적대하여 부당하게 대하는 것입니다. 이렇게 여러분이 얼마나 어리석은 행위를 하고 있으며, 또한 그 어리석은 행위를 지금 설명하고 싶지는 않습니다. 나는 여러분을 친구로 알고 충고합니다만, 부디 노여움과 원한을 푸시고 제가 기쁜 마음으로 여러분과 친척으로서 살아갈 수 있도록 소프로니아를 돌려 주십시오. 나의 충고가 여러분 마음에 들지는 않겠지만, 만일 내 부탁을 거절한다면 저는 지시푸스를 로마로 데려가 겠으며, 로마에 가서 당신들이 반대하더라도 나의 아내를 되찾을 것입니다. 로마 인의 노여움으로 끝까지 적이 되어 보복을 가할 것입니다."

티투스는 연설을 늘어놓고 성난 사나이답게 일어나, 지시푸스의 손을 잡고 사원 안에 있는 사람들을 무시하듯 위협하며 나가 버렸습니다. 뒤에 남은 사람들은 티투스가 말한 이유에 동의하며 그와 친척이 되고 우정을 맺는 것도 괜찮다거나 또 그의 마지막 말에 두려움을 느껴 친척으로서의 지시푸스를 잃는다거나, 티투스를 적으로 삼는 것을 원하지 않는 이상, 티투스를 맞아들이는 것이 최선책이라는 것으로 의견의 일치를 보았습니다.

일동은 티투스를 찾아가, 소프로니아가 그의 아내임을 동의하며 가까운 친척으로서, 지시푸스의 친구가 되는 것에도 동의했습니다. 그들은 서로 친척으로서, 친구로서 사이좋게 인사를 나눈 뒤 돌아갔습니다. 그리고 소프로니아를 그에게로 돌려보냈습니다. 그녀는 영리한 여자였습니다. 주위의 상황을 판단하여 지시푸스에게 품었던 애정을 티투스에게로 바꾸어, 그와 함께 로마로 떠났으며 대단한 환영을 받았습니다.

지시푸스는 아테네에 남았지만, 아무도 돌아보는 사람이 없었습니다. 그리고 친척들과 시민의 세력 다툼에 휘말려 완전 몰락하고 아테네로부터 영구 추방 처분을 받았습니다. 지시푸스는 점점 곤궁의 밑바닥으로 떨어져 마침내는 거지가 되었습니다. 그는 혹시 티투스가 기억해 줄지도 모른다는 작은 희망을 품고 로마로 와 보니, 티투스는 아직 건재하며 로마 인의 신망을 받고 있었습니다. 또 그의 집을 알아내어 그의 집 앞에서 그가 나오기를 기다리고 있었습니다.

그는 자기가 너무나 초라한 꼴이므로 그에게 말을 건네지 못하고, 티투스가 먼저 자기를 알아보고 말을 걸어오도록 애써 자신을 드러냈습니다. 그러나 티투스는 그냥 지나가고 말았습니다. 지시푸스로서는 그가 자기를 알아보고도 일부러 모른 척하는 것으로 여겨 더없이 분노하고 절망에 빠져 그 자리를 떠났습니다. 그러는 사이 밤이 되었지만, 돈도 없고 아무것도 먹은 것도 없이 막막하여 지시푸스는 차라리 죽음을 생각하며 정처 없이 걷다가, 마침 쓸쓸한 도시의 끝에 이르러 동굴이 하나 눈에 띄었습니다. 그는 그 속에 들어가 밤을 보내려고 동굴 속으로 들어갔습니다. 그리하여 땅바닥에 주저앉아 초라한 모습으로 눈물을 흘리다가 깊은 잠에 빠지고 말았습니다. 그때 도둑질을 나갔던 두 도둑이 훔친 물건을 가지고 그 동굴로 들어왔습니다. 두 도둑은 서로 싸움을 하다가 힘이 센 녀석이 다른 녀석을 죽이고는 달아나 버렸습니다.

이것을 보고 있던 지시푸스는 애써 자살을 하지 않아도 자기가 바라던 죽음의 길이 있음을 알았습니다. 그래서 그는 달아나지 않았고 잠시 후 사건을 알아 챈 관리들이 몰려와 그를 사납게 잡아들였습니다. 지시푸스는 그를 죽이고 동굴에서 달아날 수가 없었다고 자백했습니다. 마르쿠스 발로라는 재판관은 당시의 법대로 그를 십자가에 매달아 사형하라는 판결을 내렸습니다.

그런데 마침 재판소에 와 있던 티투스는 가엾은 사형수의 모습을 바라보며 처형 이유를 묻다가, 그가 지시푸스임을 알았습니다. 그는 그 불행한 운명에 놀라면서 이 상황의 연유를 알 수가 없었으나, 그를 구해야겠다고 생각하고, 그를 구해내기 위해서는 자기가 대신 죄를 뒤집어쓸 수밖에 없음을 깨달았습니다. 망설임도 없이 앞으로 걸어 나가 큰 소리로 외쳤습니다.

"마르쿠스 발로 재판관님, 지금 사형을 언도하신 저 불쌍한 사나이를 다시 불러 주시오. 그는 누명을 썼습니다. 오늘 아침 관리들이 발견한, 그 남자를 죽이고 하느님을 모독한 사람은 바로 접니다. 서는 이 이상 하느님을 모독하고 또 한 사람의 무고한 자를 죽이게 하는 짓은 못하겠습니다."

발로는 깜짝 놀랐습니다. 그러나 법정의 모든 사람이 애석하게도 이미 사형 선고를 들었고, 명예로운 법이 명하는 바를 바꿀 수도 없었으므로 지시푸스를 다시 법정으로 불러내어 티투스의 면전에서 물었습니다.

"그대는 고문도 받지 않았는데, 왜 죽이지도 않은 사람을 죽였다고 말하여 목숨을 버리려 하는가. 왜 그런 어리석은 짓을 하는가? 그대는 어젯밤 저 남자를 죽였다고 했지만, 지금 이 사나이가 나타나 그 남자를 죽인 것은 그대가 아니라 자기라고 자백했다."

지시푸스는 그 사나이를 보자 첫눈에 티투스임을 알아보았

습니다. 그리고 티투스는 지난날 자기로부터 받은 은혜에 보
답하기 위해, 자신의 목숨을 구하려는 것임을 알고 매우 감격
하며 말했습니다.

"발로 님, 아닙니다. 정말 제가 죽였습니다. 저를 살리려는
티투스의 동정도 제 목숨을 구하기에는 너무 늦었습니다."

티투스가 반대쪽에서 말했습니다.

"재판관님, 이 사나이는 다른 도시의 사람입니다. 죽은 자
옆에서 발견되었을 때 아무런 흉기도 없었습니다. 그가 스스
로 죽어 버리려는 것은 가난 때문임을 아실 수 있을 겁니다.
그러니 그 사람을 석방하시고 마땅히 죄를 지은 저를 벌해 주
십시오."

발로는 두 사람의 강경한 주장에 놀랐습니다. 그리고 모두
무죄인 것이 틀림없다고 짐작하였고, 발로 재판관은 사면의
방법을 곰곰이 생각하고 있었습니다. 그 자리에 마침 푸블리
우스 암부스투스란 한 젊은이가 나타났습니다. 그는 악행을
말할 수도 없이 자행하고도 자책같은 것은 느끼지도 않는 로
마의 유명한 도둑이었습니다. 그는 두 사람이 서로 죄를 지었
다고 주장하지만, 두 사람의 무고함이 가여웠습니다. 그리고
그 동정은 감동으로 변하고 양심의 가책을 느껴, 재판관 앞으
로 급히 나갔습니다.

"재판관님, 운명이 이 어려운 문제를 해결하기 위해 저를
이곳으로 보냈습니다. 그 어떤 신이 저에게 자기 죄를 고백하
도록 부추겼는지 모르겠습니다. 이 두 분이 서로 죄를 지었다
고 죗값을 받겠다고 하지만, 전혀 무고합니다. 제가 오늘 새

벽 그 남자를 죽였습니다. 저는 훔친 물건을 죽은 자와 분배하다가, 이분이 옆에서 자고 있는 것을 보았습니다. 더구나 티투스 씨에 대해서는 저의 말이 필요하지도 않습니다. 그의 명성은 너무나 잘 알려져 있고, 그런 일을 할 분이 아닙니다. 그러니 두 분을 석방하시고 저를 법대로 처형하십시오."

이 사건은 옥타비아누스도 알게 되었습니다. 그는 각기 세 사람을 불러 어째서 모두들 처형을 원하는지 그 이유를 물었습니다. 세 사람은 각각 그 이유를 말했습니다. 옥타비아누스는 죄가 없는 두 사람을 석방하고, 세 번째의 사나이는 동정했다는 것을 이유로 석방하도록 명령했습니다.

티투스는 친구인 지시푸스의 손을 잡으면서, 먼저 그의 우유부단함과 자신에 대한 불신을 꾸짖고 한참동안 안고 기쁨을 나눈 후, 자기 집으로 데리고 갔습니다. 소프로니아는 눈물을 흘리며 형제처럼 맞아들였습니다.

티투스는 지시푸스에게 훌륭한 음식을 대접하고 얼마간의 휴식을 취하게 한 다음, 그의 인격과 신분에 어울리는 옷으로 갈아입도록 한 다음, 티투스는 자기의 전 재산과 소유지를 지시푸스와 공유했습니다. 얼마 뒤, 지시푸스를 누이동생과 결혼시키고 티투스는 말했습니다.

"지시푸스, 여기서 나와 함께 살던지, 내가 준 모든 것을 가지고 그리스로 돌아가든 좋을 대로 하게."

지시푸스는 고향에서 추방된 몸이었고, 또 티투스에게 품고 있는 우정에 감사함을 느끼며 로마 인이 되기로 결심했습니다. 그는 풀비아와 함께, 소프로니아, 티투스 부부와 한 지붕 아래 살면서 오랫동안 우정과 애정 속에 행복을 누리며 살았습니다.

이토록 우정은 신성한 것으로, 단순히 존중할 것을 넘어 영원히 찬양할 일입니다. 그것은 감동이나 사랑과도 친밀한 것으로, 증오와 탐욕을 멀리하고 친구의 부탁을 기다리지 않고 자기의 소중한 것을 남을 위해 베푸는 것입니다. 오늘날에는 이 우정의 신성한 힘은 극히 보기가 드물어졌습니다. 다만 눈앞의 이익에 사로잡혀, 우정이란 영원히 저 땅끝으로 쫓아 버린 인간의 불쌍하고 탐욕스런 죄와 굴욕만이 남아 있을 뿐입니다.

우정이 아니었다면 아무리 깊은 애정과 막대한 재산 또는 친척 관계가 있었다 하더라도 티투스의 애타는 연모와 눈물, 한숨을 보며 지시푸스의 가슴에 애틋한 감동을 불러일으키고 그 사랑하는 신부를 티투스에게 양보할 수 있겠습니까? 우정이 아니라면 어떤 계율, 어떤 위협, 어떤 공포가 아무도 없는 자신의 침대 위에서 아름다운 여인을 포옹할 수 있는 유혹을 물리치게 했겠습니까? 우정이 아니라면 어떤 권위, 어떤 가치, 어떤 이익이 있다 한들, 친구를 만족시키기 위해 자신의 친척과 소프로니아의 친척을 저버리고 세상의 온갖 악평과 소문을 무릅쓰면서 이러한 행동을 취하게 했겠습니까?

우정이 아니라면 무엇이 티투스에게(모른 척하고 있어도 되는 것을) 망설임도 없이 지시투스가 자진해서 원했던 형벌을 대신해 목숨을 내놓을 결심을 하게 했겠습니까? 또 우정 없이 티투스에게 자기의 막대한 재산을 운명의 나락에 떨어진 지시푸스와 공유하게 했겠습니까? 또 우정이 아니라면 거지가 되어 버린 지시푸스에게 주저하지 않고 티투스의 누이동생을 주도록 했겠습니까?

세상 사람들은 혈연이 많고 형제와 자식이 많은 것을 자랑하고 돈의 힘으로 그것을 늘리는 것에 몰두합니다. 자신에게 닥친 작은 위험은 크게 소란을 피우고 피하려 하지만, 부모 형제나 자기 주인에게 밀어닥친 커다란 위험을 스스로 나서 막으려 애쓰는 자가 과연 얼마나 있겠습니까? 세상 사람들은 그런 것을 전혀 인식하지 못하지만 참다운 친구 사이에서는 그런 일을 볼 수가 있는 것입니다.

아홉 번째 이야기

행상 차림의 술탄은 토렐로의 후한 접대를 받는다. 십자군으로 출정하게 된 토렐로는 부인에게 어느 기간이 지나거든 재혼하라는 허락을 한다. 그는 종군 중에 포로가 되었다가 술탄에게 알려진다. 술탄은 토렐로를 극진히 대우한다. 토렐로가 근심을 하자 마술에 의해 하룻밤 새 파비아로 돌려보낸다. 그래서 재혼하는 아내의 결혼식장에 나타나 다시 아내를 데리고 자기 집으로 돌아간다.

일동은 필로메나의 이야기에서 친구를 위한 지시푸스의 관대한 우정과 티투스의 장한 보은에 박수를 보내고 아낌없는 칭찬을 보냈습니다. 왕은 디오네오의 마지막 차례의 특권을 인정하며, 왕의 이야기가 시작되었습니다.

여러분, 앞에 이야기한 진정한 친구의 깊은 우정은 정말 견고함을 보여 주었습니다. 아울러 오늘날 우정이라는 것이 대수롭잖게 취급받고 있다고 개탄했는데, 그것도 당연한 일인 줄 압니다. 만약 우리들이 세상의 잘못을 바로잡기 위해서든가 또는 비난하기 위해 여기에 있다고 하면, 나는 그녀의 주장에 덧붙일 것이 있습니다만, 우리의 뜻은 그런데 있지 않으니 술탄이 행한 관대함에 관한 흥미진진한 이야기를 하나 들려 드리겠습니다. 그 까닭은 우리들은 각자 결점이 있어서 모든 사람의 우정을 차지할 수는 없지만, 나의 이야기를 들으면 우정이 있는 한 그 효과가 있을 것을 기대할 수 있으니 적어도 친구를 위해 봉사하는 기쁨을 얻을 수 있으리라 생각되기 때문입니다.

사람들의 말에 의하면, 황제 페데리고 1세(1189년) 시대에 기독교도에 의해 성지 탈환을 위한 일대 원정이 이루어진 일이 있었다고 합니다.

당시 바빌로니아의 군주이자 용맹한 영주로 알려진 술탄은 그것을 미리 알고 적을 격파할 모든 준비를 갖추기 위해 이 원정에 참가하고 십자군의 병력과 장비를 친히 정탐하러 가겠다고 결심했습니다. 그래서 이집트에서 자기가 없는 동안의 모든 정사를 지시해 놓고는 가장 신중한 신하 두 사람과 하인 셋을 데리고 장사꾼으로 변장하고 길을 떠났습니다.

그리하여 기독교의 많은 나라들을 돌아다니다가 롬바르디아 지방으로 향하기 위해 말을 타고 산악 지대를 건너다가 밀라노에서 파비아로 가는 도중에 그만 날이 어두워지고 말았습니다. 거기서 우연히 토렐로 디스트리아라는 귀족을 만나게 되었습니다. 그는 많은 하인과 개와 매를 데리고 테시노의 언덕에 있는 자기의 아름다운 별장으로 자러 가는 중이었습니다.

일행을 본 토렐로는 외국의 귀족임에 틀림없다고 생각하고는 경의를 표하고 싶었습니다. 마침 술탄이 한 하인에게 파비아까지 길이 얼마나 남았으며, 성문이 닫히기 전에 도착할 수가 있는지 물었기 때문에 토렐로는 하인의 대답을 기다릴 것도 없이 자기가 나서서 대답했습니다.

"성문이 닫히기 전까지 파비아에 도착하시는 것은 무리입니다."

"그렇다면 어디든 적당한 여관을 좀 가르쳐 주십시오. 우린 외국인입니다."

하고 술탄이 말했습니다.

토렐로는 대답했습니다.

"좋습니다. 마침 볼 일이 있어 하인 하나를 파비아 근처까지 보내려던 참입니다. 여러분을 모시고 가게 하겠습니다. 아마 그가 주무실 만한 곳을 안내할 것입니다."

토렐로는 하인들 가운데서 똑똑한 사람을 불러 용건을 일러 주고 그들과 함께 가도록 했습니다. 그리고는 그는 곧장 자기의 별장으로 와서 빨리 만찬 준비를 지시하고 정원에 식탁을 차리도록 했습니다. 그런 뒤 문간에 나가 그가 도착하기를 기다렸습니다.

토렐로의 지시를 받은 하인은 외국 사람들과 잡담을 하면서 길을 돌아 그들이 눈치채지 않도록 주인의 별장으로 안내했습니다. 토렐로는 그들을 보자 달려가 싱글벙글 웃으면서 말했습니다.

"여러분, 잘 오셨습니다."

술탄은 매우 영리한 사람이었기 때문에 사정을 금세 알아차렸습니다. 저 기사는 아까 자기들을 초대하고 싶었으나 거절당할 것을 염려하여 자기 집에서 밤을 쉬어 가게 하려고 교묘히 안내시킨 것이라고 생각했습니다. 그는 인사를 하면서 이렇게 말했습니다.

"주인, 친절한 사람에 대해서도 불평을 할 수가 있다고 한다면, 나도 한 마디 해야겠소이다. 우리의 길이 다소 늦어진 것은 그만두고라도, 단 한 번 인사를 하고 주인의 신세를 질 까닭이 없을 텐데 우리가 이러한 정중한 대접을 받도록 배려하신 점에 대해서 투정을 안 할 수가 없습니다."

총명하고 말주변 좋은 기사는 이렇게 대꾸했습니다.

"여러분의 행색을 미루어 보건대, 나의 이러한 대접이 예의 범절에 어긋나지 않을지 오히려 염려됩니다. 여러분이 나한테서 받으시는 대접은 극히 보잘것없는 친절입니다. 하지만 파비아를 벗어나서는 달리 마땅한 객줏집이 없습니다. 그 때문에 수고스럽겠지만 길을 우회하시도록 했는데, 그 점 언짢게 생각하시지 마십시오."

이런 얘기를 주고받노라니 하인들이 나와서 그들을 말에서 내리게 하고 말을 받아서 외양간으로 끌고 갔습니다. 토렐로는 세 귀빈을 준비된 방으로 안내하여 신발을 벗게 하고, 잘 냉각된 포도주를 내다가 기운을 돋우어 주며 식사 시간까지 즐거운 얘기를 나누었습니다. 술탄과 그의 신하, 그리고 하인들은 모두 라틴 어를 알고 있었기 때문에 대화에 불편을 느끼지 않았습니다. 그들은 한결같이 이 기사가 매우 서글서글한 사람이며 예의를 아는 귀족임을 알고, 또한 여태껏 이토록 말주변이 좋은 사람을 만난 적이 없다고 생각했습니다.

한편, 토렐로는 이 사람들이 처음에 생각했던 것보다 훨씬 신분이 높은 분이라고 판단하여, 이날 밤 많은 사람을 초대해서 성대한 연회를 베풀지 못하는 것을 애석하게 생각했습니다. 그래서 그는 이튿날 아침에 미진한 기분을 풀어야겠다고 하고 하인을 시켜 별장 가까이 파비아에 있는 총명하고 후덕한 아내에게 자기의 뜻을 전했습니다. 그리고는 곧 이국(異國)의 신사들을 정원으로 안내하여 점잖게 일행의 신분을 물었습니다. 그 물음에 술탄은 이렇게 대답했습니다.

"우리는 키프로스 섬의 상인으로서 수도 키프로스에서 왔습니다. 장삿일로 파리에 가는 도중입니다." 그러자 토렐로는 이렇게 대꾸했습니다.

"키프로스에는 많은 상인이 있다는 것을 압니다만, 이 고장에도 여러분과 같은 훌륭한 상인이 있다면 얼마나 좋을까 하는 생각이 듭니다."

이런저런 잡담을 잠시 나누는 사이에 식사 시간이 되었습니다. 식탁에는 갑작스러운 식사치고는 굉장한 성찬이 차려져 있었는데, 조금의 소홀함도 없을 정도였습니다. 식사가 끝나자 토렐로는 일행이 피로할 것을 짐작하여 깨끗한 잠자리로 안내하고, 자기도 곧 침실로 갔습니다.

한편, 파비아로 온 하인이 부인에게 주인의 전갈을 알리자 귀부인이라기보다는 왕비와도 같은 그녀는 곧 여러 친구에게 연락하고 하인을 시켜 큰 잔치를 준비했습니다. 많은 횃불을 준비하고 귀족들을 초대하는 한편 양털의 옷감과 수달피를 마련하여 남편의 지시대로 모든 준비에 소홀함이 없도록 하였습니다.

날이 밝아 이국의 신사들이 일어나자 토렐로는 그들과 함께 말을 타고 매를 데리고 가까운 늪으로 안내하여 매를 날려보냈습니다. 그러다가 술탄이 누구 한 사람 파비아에 보내 가장 훌륭한 여관을 주선해 줄 사람이 없겠느냐고 하자, 토렐로는 이렇게 대답했습니다.

"제가 안내해 드리겠습니다. 마침 볼 일이 있어 가야 하니까."

일행은 그 말을 믿고 기뻐하며 그와 함께 길을 떠났습니다. 그리하여 시내에 들어섰을 때는 이미 9시가 지났습니다. 일행은 여관으로 안내된 줄 알았는데, 사실은 토렐로의 저택에 도착한 것입니다. 거기에는 거의 50명도 넘는 시의 유지들이 이국 신사 일행을 맞기 위해 나와 있었습니다. 그들은 곧 다가와서 말의 고삐를 받아들었습니다. 술탄과 그의 신하들은 사정을 알아차리고 이렇게 말했습니다.

"토렐로 씨, 이건 우리가 부탁한 일이 아닙니다. 어젯밤에도 뜻밖에 후대를 받고 폐가 컸습니다. 하니 부담 없이 우리가 여행을 할 수 있도록 해 주십시오."

이 말에 토렐로는 이렇게 대답했습니다.

"여러분, 지난밤의 일은 여러분보다도 운명에 감사하고 있습니다. 여행 도중이라서 한때나마 여러분을 그런 협소한 곳에 모셨습니다만 오늘 아침의 일은 여러분의 주위에 계시는 귀족들과 함께 여러분에게 감사를 드려야겠습니다. 만약 이분들과 함께 식사하기를 꺼리신다면 좋도록 하십시오."

술탄과 신하들은 그 말에 대꾸할 말이 없어 말에서 내리지 않을 수가 없었습니다. 그들은 귀족들의 큰 환영을 받으면서 방으로 안내되었습니다. 방들은 모두 호화롭게 꾸며져 있었습니다. 일행은 행장을 풀고 잠시 음료를 마시며 숨을 돌린 다음 눈이 휘둥그래질 만큼 차려 놓은 홀로 나갔습니다. 그들이 손을 씻고 식탁에 앉으니 산해진미가 잇따라 나왔습니다. 황제의 행차라도 결코 어긋남이 없는 접대였습니다.

술탄과 신하들은 신분이 높은 탓에 호사한 것을 숱하게 보아 왔지만, 놀라고 말았습니다. 그러면서 속으로, 기사는 시민이지만 반드시 귀족은 아닐 수도 있다는 것을 알았기 때문에 이 사람이야말로 가장 훌륭한 기사 중의 한 사람이리라 생각했습니다. 식사가 끝나고 식탁이 치워지자 한동안 얘기가 뜸해졌는데, 더위가 심해져 파비아 사람들은 토렐로의 권유로 모두 쉬러 가고 그 자리에는 그와 세 손님만이 남았습니다. 그는 자기의 소중한 것은 죄다 구경시키려는 뜻에서 손님들을 한 방으로 데리고 가서 자기의 부인을 불러왔습니다. 균형잡힌 늘씬한 몸매의 아름다운 부인은 호화로운 옷을 입고 천사와도 같은 두 아들을 좌우에 거느리고 손님들 앞에 나타났습니다. 그리고는 상냥하게 인사를 했습니다.

손님들은 그녀를 보자 공손히 맞아서 자기들 사이에 앉도록 자리를 권하고 귀여운 두 아들을 칭찬했습니다. 그러다가 잠시 토렐로가 자리를 뜨자, 부인은 여러분은 어디서 오시고 어디로 가시느냐고 정중히 물었습니다. 손님들은 토렐로에게 대답한 것과 똑같은 대답을 했습니다. 그러자 부인은 상냥한 표정으로 이렇게 말했습니다.

"그러시다면 제 여자다운 소견이 도움이 되시리라 믿습니다. 아무쪼록 제가 드리는 사소한 선물을 거절하시거나 천대하시지 말아 주십시오. 부디, 여자란 속이 좁아서 조그마한 선물밖에 못하는 것으로 아시고 또한 선물이란 양보다도 주는 사람의 성의로 받아 주시기 바랍니다."

그러면서 각자에게 보통 시민이나 상인이 입는 것이 아닌 귀족의 의복 일체를 내놓았습니다. 하나는 안감이 명주이고 하나는 안감이 가죽인 의복이고 거기다가 값진 엷은 명주 자리옷과 삼베 속옷이었습니다.

"이걸 받아 주시기 바랍니다. 저는 주인에게도 이것과 똑같은 것을 입히고 있습니다. 여러분이 부인 곁을 떠나셔서 오랜 여행을 하고 계시는 점과 앞으로도 계속 여행하실 것을 고려하고, 또 상인이란 몸단장을 말쑥하게 하고 깨끗한 인상을 주어야 한다는 것을 짐작하여 비록 값싼 것이지만 도움이 되시리라 생각하는 바입니다."

술탄 일행은 놀란 눈을 둥그렇게 떴습니다. 그들은 토렐로가 자기들에게 성심껏 친절을 베풀려는 것을 알았습니다. 그러면서 문득, 상인이 입는 옷이 아닌 사치스러운 의복을 보고 혹시 토렐로에게 신분이 탄로난 것이 아닌가 하는 느낌이 들었으나 이렇게 대꾸했습니다.

"부인, 이 선물들은 대단히 훌륭한 것이어서 선뜻 받기가 거북합니다. 그러나 부인의 모처럼 성의이오니 함부로 거절할 수도 없군요."

선물을 모두 주었을 때 토렐로는 다시 돌아왔습니다. 부인은 손님들에게 작별 인사를 하고 나갔습니다. 그리고는 그들의 수행원에게도 신분에 맞는 같은 선물을 주었습니다. 토렐로는 마치 애원이라도 하듯 그들에게 그날도 자기 집에 유숙해 달라고 간청했습니다. 일행은 하는 수 없이 잠시 휴식한 다음 선물로 받은 옷을 입고 토렐로와 함께 말을 타고 시내를 구경하다가 저녁 시간에는 다시 지체 높은 사람들과 호화로운 만찬을 가졌습니다.

그 밤을 지내고 아침이 되어 일어나 보니, 자기들이 타고 온 지친 말 대신 세 마리의 늠름한 말이 준비되어 있고, 하인들에게도 모두 건강해 보이는 새말이 갖추어져 있었습니다.

술탄은 그것을 보자 신하들을 향하여 이렇게 말했습니다.

"나는 오늘날까지 이토록 예의를 아는 신사를 만난 적이 없다. 만약 기독교의 국왕들이 이 기사와 같은 사람들뿐이라면 바빌로니아의 술탄은 그 어느 누구와도 맞서지 못하리라. 하물며 전쟁 준비를 하고 있는 여러 군주가 그렇다면 그건 말할 것도 없는 일이 아닌가."

술탄은 말을 사양할 것이 아니라고 생각하여 정중히 치사를 하고 일행과 함께 말에 올랐습니다. 토렐로는 여러 사람들과 함께 먼 곳까지 나와 전송을 했습니다.

술탄은 토렐로가 아주 마음에 들어서 헤어지기가 섭섭했지만 서둘러야 할 길이기 때문에 그만 돌아가 달라고 부탁했습니다. 토렐로도 그들과의 작별을 애석하게 여기면서 이렇게 말했습니다.

"여러분, 그것이 좋으시다면 여기서 작별하겠습니다. 그러나 말씀드릴 것이 있습니다. 나는 여러분이 어떤 분이신지 모릅니다. 또한 여러분이 말씀하신 이상의 것을 물으려고도 하지 않습니다. 그러나 어떠한 분이든 다음에는 상인이라고 곧이듣지 않도록 해 주십시오. 그럼 안녕히 가십시오."

술탄은 이미 토렐로의 일행과 작별 인사를 한 뒤였기 때문에 이렇게 대답했습니다.

"토렐로 씨, 당신의 신용을 얻기 위해 언젠가는 우리의 상품을 구경시켜 드릴 날이 있을 것입니다. 안녕히 계십시오."

술탄과 일행은 만약 목숨이 붙어 있고, 예상했던 싸움이 벌어지지 않는다면, 토렐로의 후대 이상의 보답을 하자고 마음속으로 다짐하며 떠났습니다.

술탄은 토렐로와 그의 부인이 베풀어 준 갖가지 호의를 극구 찬양하면서 신하들에게 당부를 했습니다. 그 후 술탄은 고생 끝에 서방의 여러 나라를 정탐하고 수행원들과 함께 알렉산드리아로 돌아와 충분한 경계 태세를 갖추었습니다.

한편, 파비아에 돌아온 토렐로는 세 사람이 어떤 인물인지 곰곰이 생각해 보았으나 사실을 밝힐 수도 없고 그 윤곽조차 그릴 수가 없었습니다.

마침내 십자군 원정이 임박했습니다. 각처에서 모두 준비가 갖추어지자 토렐로는 울며 만류하는 아내를 뿌리치고 이 원정에 참가하기로 결심했습니다. 그는 모든 준비를 갖추고 출발 직전에 사랑하는 아내에게 이렇게 말했습니다.

"여보, 당신도 알겠지만, 나는 나의 명예와 영혼의 구원을 위해 십자군 원정에 가담하여 출정하는 것이오. 집안일과 가문의 명예에 관한 일은 당신에게 맡기고 가오. 내가 출정하는 것은 사실이지만 돌아온다는 것은 지금은 장담할 수 없소. 그래서 당신에게 이런 당부를 하고 싶소. 내 생명에 관해 확실히 기별이 없거든 출발하는 오늘부터 1년 1개월 1일이 될 때까지는 재혼을 삼가기 바라오."

부인은 쓰러져 울면서 이렇게 대답했습니다.

"여보, 당신이 저를 두고 출정하시는 이 슬픔을 어떻게 견딘단 말입니까. 제가 이 슬픔을 극복하고 지탱한다면 만에 하나 당신이 전사하시는 일이 있더라도 저는 토렐로의 아내로서 당신의 추억을 간직하면서 여생을 보내겠으니, 부디 무사히 계시다 오십시오. 또 최후의 경우에도 안심하고 눈을 감으시기 바랍니다."

토렐로는 이렇게 덧붙였습니다.

"여보, 당신이니까 약속한 것은 반드시 지키리라 믿소. 그러나 당신은 아직 젊고 더욱이 미인이며 명문 출신이오. 당신의 훌륭한 미덕은 세상에 널리 알려져 있기 때문에 내가 전사한 것이 알려지면, 여러 귀족과 신사들이 기필코 당신의 형제와 친척에게 가서 청혼할 것이고, 그런 사람들이 졸라 대면 아무리 당신이 거절을 해도 소용없을 거요. 결국은 그들의 의사를 따라야 할 것이니 내가 기한을 정하는 것도 그런 이유에서이니 그 이상의 기한은 원치 않겠소."

부인은 다시 대답했습니다.

"조금 전에 말씀드린 것은 반드시 지킬 작정입니다. 만약 다른 짓을 해야 할 경우가 생기면 당신의 분부를 따르겠습니다. 당신께서 말씀하신 기한 동안에 당신과 저에게 그런 불행한 일이 생기지 않도록 하느님께 기도를 드리겠습니다."

부인은 울면서 토렐로의 품에 몸을 던지고, 반지를 뽑아 남편에게 주면서 입을 떼었습니다.

"만약 다시 뵙지 못하고 제가 죽거든, 이 반지를 보며 제 생각을 해 주세요."

남편은 반지를 받자 말에 올라 여러 사람에게 작별을 고하고 원정길에 올랐습니다. 그리고 부하와 함께 제노바에서 갤리선을 타고 아콘(팔레스티나의 산 조반니 다크리. 1291년 술탄이 정복)에 도착했습니다.

그는 여기서 다른 기독교 나라의 군대와 합류했습니다. 그런데 점차 돌림병이 유행하여 많은 군사들이 죽어갔습니다. 질병이 한창 만연하고 있는 동안에 술탄의 계략이 성공하였는지 아니면 운이 좋았는지, 아무튼 질병을 모면한 기독교 나라의 군사들은 모두 술탄의 포로가 되고 말았습니다. 그들은 각처로 분산되어 투옥되었습니다. 토렐로도 그 중의 한 사람이 되어 알렉산드리아에서 투옥됐습니다.

그는 아무한테도 얼굴이 알려져 있지 않았고, 자신도 알려지기를 원치 않았으므로, 매를 부리는 재주를 인정받아 매를 훈련시키는 일을 맡게 되었습니다. 그런데 이것이 술탄의 귀에 들어갔습니다. 술탄은 곧 그를 감옥에서 불러내어 자기의 매부리로 삼았습니다.

한편, 토렐로는 술탄으로부터 세례명으로만 호명되었기 때문에 술탄은 그를 알아보지 못했고, 그 역시 술탄이 지난날의 그 상인이라는 것을 모르고 오직 고향을 그리며 세월을 보냈습니다. 몇 번 도주를 시도했으나 성공하지 못했습니다.

하루는 제노바에서 사자 수 명이 와서, 포로 중에서 제노바인을 반환해 달라고 했습니다. 토렐로는 그들 편에 자기의 생존 소식과 함께 가급적 빨리 돌아갈 테니 기다리라는 편지를 부인 앞으로 써서 마침 안면이 있는 한 사람에게 백부인 산 페드로 인 치엘도로 사원(파비아에 있는 대사원)의 수도원장에게 전해 달라고 간곡히 부탁했습니다.

어느 날, 우연히 술탄이 토렐로와 매에 관해서 이야기를 나누게 되었습니다. 토렐로는 얘기를 하는 도중 그의 독특한 미소를 지었습니다.

술탄은 파비아에 있는 그의 집에 머무는 동안 그 버릇에 강한 인상을 받아 아직까지 기억하고 있었습니다. 그 순간 술탄은 토렐로를 상기했습니다. 자세히 보니 분명히 그라는 확신이 들었습니다. 그래서 매 이야기를 중지하고 이렇게 말을 꺼냈습니다.

"그리스도의 신자여, 너는 서양 어느 나라 사람이냐?"

"폐하, 저는 롬바르디아의 파비아라는 곳에서 태어난 가난하고 미천한 인간이옵니다."

술탄은 그 말을 듣자 자기의 추측이 틀림없다고 생각하고는 기쁜 마음으로 이렇게 중얼거렸습니다. "신은 내가 얼마나 그의 친절에 감사하고 있는지 그것을 그에게 보여 줄 절호의 기회를 주셨다."

"그리스도의 신자여, 잘 보아라. 이 옷들 가운데 네 눈에 익은 옷이 있는지 없는지."

토렐로는 주의 깊게 살펴보았습니다. 그러자 그 가운데 아내가 술탄에게 선사했던 옷이 있음을 알았습니다. 그러나 틀림없이 아내가 선사한 것이라고 단정할 수도 없다는 생각이 들어 이렇게 대답했습니다.

"폐하, 잘은 모르겠습니다. 그러나 저 두 벌의 옷이, 지난날 저의 집에 세 상인이 머무르는 동안 입었던 옷과 같습니다."

술탄은 더 이상 알아볼 것도 없이 그를 끌어안으며 말했습니다.

"그대는 토렐로 디스트리아구려. 나는 저 옷들을 부인한테서 선물 받은 세 상인 중 한 사람이오. 내가 언젠가는 보답할 날이 있을 거라고 말했던 것처럼 이제 내 상품이 어떤 것인지 그대에게 신용을 구할 때가 왔구려."

토렐로는 이 말을 듣자 반갑고 기쁜 마음이 들었으나 한편으로는 부끄러운 생각도 들었습니다. 이러한 분을 손님으로 맞았던 일이 기뻤고, 소홀한 대접을 했다는 느낌이 들어 부끄러웠습니다. 이런 그의 태도를 보고 술탄은 이렇게 말했습니다.

"토렐로, 신이 그대를 나에게 보낸 이상, 내가 주인이 아니라 그대가 주인이 된 줄로 생각하시오."

술탄은 이렇게 반기면서 그에게 왕후(王侯)와 같은 훌륭한 옷을 입혀 많은 신하들 앞에 데리고 가 그가 위대한 인물이라는 것을 찬양하고, 자기의 은총을 감사히 여기는 사람은 모두 자기처럼 그를 존경하라는 명을 내렸습니다.

그리하여 모두들 술탄의 명을 따랐는데, 그 중에서도 술탄을 수행하여 그의 집에서 신세를 졌던 두 신하는 보다 더 정중하게 그를 대했습니다. 한데 고약한 일이 하나 생기고 말았습니다. 기독교 나라의 군대가 술탄에 의해 포로가 되던 날 토렐로 디 디네스라는 신분이 낮은 프로방스 출신의 기사의 장례를 치렀습니다. 그 때문에 토렐로 디스트리아라는 이름이 전군에 알려져 있었기 때문에 모두 '토렐로 씨가 죽었다'는 소문이 전해지고 그것이 디네스가 아니고 디스트리아인 것처럼 오인되었습니다. 더구나 뒤이어 일어난 포로 소동 때문에 잘못이 정정될 겨를도 없었습니다.

결국 많은 이탈리아 사람들은 그 소문을 가지고 본국으로 돌아갔고, 개중에는 죽은 것을 목격했고 매장에도 입회했다고 경솔한 말을 떠들어 대는 자까지 나왔습니다.

그 소문은 부인에게까지 알려지고 그의 친척들도 듣게 되어 온 집안은 깊은 슬픔에 잠겼습니다. 슬퍼하는 사람은 그들뿐만 아니라 그를 알고 있는 사람들 모두 비통함을 금치 못했습니다.

부인의 한탄과 슬픔과 비통한 마음이 얼마나 컸는가 하는 것을 실감하려면 긴 표현이 필요할 것입니다. 아무튼 부인은 몇 개월간 가슴을 에이는 슬픔에 잠겨 있었는데, 슬픔이 다소 가셔질 무렵부터 롬바르디아 지방의 유지와 형제 친척들로부터 재혼의 권유가 들어오기 시작했습니다.

처음에는 그런 말만 나오면 울면서 고개를 내저었으나, 결국에는 토렐로가 그녀에게 당부하고 간 기한 동안에는 결혼을 안 한다는 조건을 걸고 친척들의 의견을 따르지 않을 수가 없게 되었습니다.

부인의 신상에 이러한 일이 생겨 재혼할 날이 8일밖에 남지 않았을 때, 알렉산드리아에 있는 토렐로는 우연히 제노바로 가는 갤리선에 지난번의 제노바인 사자들과 함께 승선했던 한 사내를 만났습니다. 그는 사내를 불러 뱃길이 어떠했으며, 제노바에 무사히 도착했느냐고 물었습니다. 그러자 그 사내는 이렇게 대답했습니다.

"나리, 제가 중간에서 내린 크레타 섬에서 들은 말에 의하면, 그 배가 시칠리아에 다가갔을 무렵 사나운 북풍을 만나 암초에 부딪쳐 침몰했는데 살아남은 사람은 하나도 없다고 합니다. 그 배에 탔던 제 형제들도 죽었습니다."

토렐로는 이 말이 사실이라고 생각했습니다. 아내에게 약속한 기한도 이제 며칠 남지 않았고, 또 자기 신변에 일어난 일을 파비아에서는 전혀 알지 못할 것이라고 생각하니 아내가 틀림없이 재혼할 것이라는 생각이 들었습니다.

이런 생각에 슬픔이 북받쳐 식욕도 떨어지고 잠을 이룰 수가 없었습니다. 차라리 죽어 버릴까 하는 고민까지 생겼습니다. 이 소식을 들은 술탄은 지체 없이 그에게 달려와서 진정시키고 겨우 그의 병과 고민의 원인을 알고는 어찌 지금까지 말을 하지 않았느냐고 책망을 했습니다. 그리고는, 기한 안에 파비아에 돌아가도록 해 줄 테니 힘을 내라고 위로하면서, 그 방법을 일러 주었습니다.

토렐로는 술탄의 말을 믿었습니다. 지금까지 종종 그러한 예가 있다는 말을 여러 차례 들었기 때문에 곧 원기를 회복하고는 제발 서둘러 달라고 술탄에게 재촉했습니다.

술탄은 마술사를 불러 토렐로를 침대에 실은 채 하룻밤 사이에 파비아로 보낼 방법을 강구하라고 명했습니다. 그러자 마술사는 그렇게 하겠다면서 그를 잠들도록 해 달라고 밀했습니다. 술탄은 토렐로에게로 돌아왔습니다. 그리고는 그가 가능한 한 기한까지 파비아에 가고 싶어하는 것과 그것이 불가능하면 죽으려 결심하고 있는 것을 알고는 이렇게 말했습니다.

"토렐로, 그대가 얼마나 열렬히 부인을 사랑하는지 나는 알고 있고, 또 부인이 재혼하지 않을까 하고 몹시 걱정하고 있다는 것까지 알고 있소. 난 그 점에 대해선 조금도 당신을 비난하지 않겠소. 나는 지금까지 많은 부인들을 보아왔지만, 언젠가는 사라질 미모가 아니더라도 부인의 예의범절과 훌륭한 언행은 아무리 칭찬해도 부족할 지경이기 때문이오. 운명이 그대를 이곳으로 보냈으니, 그대와 내가 살아 있는 동안 내가 다스리는 왕국을 함께 다스리며 동등한 군주로서 지냈으면 얼마나 좋겠소. 하지만 신은 그것을 허락하지 않는구려. 그대가 기일까지 파비아에 돌아가지 못한다면 죽겠다는 결심까지 했으니 그대의 신분에 어울리는 수행원들과 성대하고 화려하게 집으로 보내 줄 시일의 여유가 없는데다 한시라도 고향으로 빨리 돌아가고 싶어하니 내가 할 수 있는 일이란 아까 말한 방법으로 그대를 보내 줄 수밖에 없구려."

"폐하, 폐하의 말씀을 듣기 이전에 이미 폐하로부터 많은 은총을 입었습니다. 그것만으로도 분에 넘치는 영광이며 기쁨입니다. 그러므로 지금의 말씀을 듣지 않아도 저는 앞으로 흡족한 마음으로 일생을 마칠 것입니다. 그러니 일단 떠나려고 결심한 이상, 분부하신 일을 곧 실행해 주시기 바랍니다. 그 이유는 내일이 처에게 기다려 달라고 한 마지막 날이기 때문입니다."

술탄은 그것은 틀림없이 실행된다고 대답했습니다. 이튿날, 그를 보내 주기로 말한 날이기 때문에, 술탄은 자기 나라의 관습대로 우단과 금란(金蘭)으로 싸인 요을 깐 아름답고 호화로운 침대를 넓은 마당에 준비시키고, 그 위에다 커다란 진주와 값진 보석을 예술적으로 박아 넣은 이불을 덮고 이러한 잠자리에 어울리는 베개 두 개를 놓도록 했습니다.

그 다음에는 이미 건강을 회복한 토렐로에게, 최고로 호사한 사라센의 옷을 입히고 머리에는 긴 터번 하나를 감아 주도록 일렀습니다. 어느덧 시각이 상당히 지나자, 술탄은 여러 신하를 데리고 토렐로의 방으로 가서 그의 옆에 앉으며 목메인 소리로 이렇게 말했습니다.

"토렐로, 마침내 그대와 헤어질 때가 왔구려. 그대밖에 태울 수 없기 때문에 내가 함께 갈 수도 없고, 수행원을 붙일 수도 없어 이 방에서 작별 인사를 하려고 왔소. 우리들 사이의 우정을 생각하여 나를 잊지 말아 주오. 그리고 우리들이 살아 있는 동안에 그곳 롬바르디아의 일이 끝나면 나를 만나러 한 번 더 오구려. 다시 만나게 되면 얼마나 반갑겠소. 또한 서두르느라고 내가 미처 못 했던 대접을 할 수도 있을 것이 아니오. 그런 기회가 올 동안에는 편지로 소식을 전하는 것이 과히 성가신 일은 아닐 거요. 내게 원하는 것이 있으면 뭐든지 얘기하구려. 그대의 부탁이라면 어느 누구의 부탁보다도 기꺼이 들어 드리리다."

토렐로는 눈물을 참을 수가 없었습니다. 눈물이 말문을 막아 그저 간단히, 폐하의 호의와 친절에 깊이 감사하며 결코 잊지 않겠다는 대답을 간신히 했습니다. 술탄은 그를 끌어안고 목메인 소리로 말했습니다.

"그럼, 잘 가오."

술탄이 일어서자 신하들도 모두 작별의 인사를 했습니다. 그리고는 술탄과 함께 마당으로 나오니 침대가 준비되어 있었습니다.

이미 밤도 깊어졌고 또 마술사가 토렐로의 출발을 서두르고 있었기 때문에, 한 의사가 원기를 돋구는 물약을 토렐로에게 먹였습니다. 그러자 그는 깊은 잠에 떨어졌습니다.

이렇게 해서 그는 잠든 채 침대 위에 눕혀졌습니다. 술탄은 그의 머리맡에 매우 값진 큰 왕관을 놓았는데, 토렐로의 부인이 술탄의 선물임을 똑똑히 알 수 있도록 왕관에 글씨를 새겨넣었습니다. 그리고 술탄은 타오 반지를 끼워 주었습니다. 그밖에 다시 장식만 해도 값진 것으로 보이는 보검을 혁대와 함께 그의 허리에 채워 주었습니다. 그 혁대에는 온갖 보석과 좀처럼 구경할 수 없는 진주가 여러 개 박혀 있었습니다.

다음에는 그의 양쪽으로 금화를 가득 담은 커다란 금 항아리 두 개를 놓고, 다시 많은 진주를 펜 틀과 반지와 장식대와, 그 밖에 오래오래 이야깃거리가 될 수 있을 만한 갖가지 물건을 얹어 놓았습니다. 그리고 토렐로의 이마에 키스를 하고 마술사에게 보내라는 명을 내렸습니다. 그러자 토렐로를 태운 침대는 술탄의 눈앞에서 사라지고 술탄과 그의 신하들만이 남아서 이야기를 나누고 있었습니다.

토렐로는 소원대로 파비아의 산 페드로 인 치엘도로 사원에 도착했으나, 많은 보석류와 장식품을 가지고 아직도 침대에 누워 자고 있었습니다. 새벽 종이 울린 바로 뒤여서 성구(聖具)를 담당한 수도사가 등불을 손에 들고 사원 안으로 들어와 호화로운 침대를 발견하고는 기겁을 하고 뒤도 돌아보지 않고 달아났습니다. 수도원장과 수도사들은 달아나는 그를 보고 놀라 까닭을 물었습니다. 그가 까닭을 말하자 수도원장은 이렇게 말했습니다.

"아니, 어린아이도 아니고, 이 사원에 갓 온 풋내기도 아닌데 그 따위로 놀라다니, 그게 무슨 꼴이냐. 그렇다면 무엇이 너를 놀라게 했는지 우리가 가서 봐야겠군."

그리고는 등불을 여러 개 들고 수도사를 이끌고 수도원장이 앞장서서 사원 안으로 들어갔습니다. 과연 호사한 침대가 놓여 있고 그 위에 귀족으로 보이는 사람이 자고 있는 것이 아니겠습니까. 이상한 일도 다 있구나, 하고 의아해하면서 눈부신 보석류를 보고 있노라니, 때마침 약효가 떨어져 토렐로는 눈을 뜨고 길게 한숨을 쉬었습니다. 그것을 본 수도사들은 수도원장과 한꺼번에 놀라서, "하느님 구원해 주소서." 하고 외치면서 달아나기 시작했습니다.

　토렐로는 눈을 뜨고 사방을 두리번거리다가 술탄과 약속한 곳에 와 있는 것을 알고 크게 기뻐했습니다. 일어서서 자기 주위를 자세히 살펴보았습니다. 그리고는 술탄의 넓은 아량을 알고는 있었으나 새삼 그것을 절실히 느꼈습니다.

　그러다가 수도사들이 달아난 까닭을 알고는 더 이상 몸을 움직이지 않고 급히 수도원장을 부르며 자기는 조카 토렐로이니 겁내지 말라고 말했습니다.

　수도원장은 토렐로가 이미 몇 달 전에 죽은 줄로 알고 있었기 때문에 더욱 겁을 먹었습니다. 그러나 이윽고 계속 자기 이름을 부르고 또 눈앞에 보이는 것이 사람이므로 마음을 진정시켜 가슴에 두 손을 모으고 그의 곁으로 다가갔습니다.

　"원장님, 뭘 그렇게 겁을 내십니까? 저는 살아 있습니다. 하느님 덕분으로, 지금 바다 저쪽에서 돌아온 참입니다."

　원장은 그가 수염을 길게 기르고 아라비아식 복장을 하고 있기 때문에 잘 알아보지 못하다가 이윽고 알아보고 안심하여 그의 손을 잡으며 이렇게 말했습니다.

"내 아들아, 잘 돌아왔다. 너는 우리들이 겁내는 것을 보고 놀라서는 못쓴다. 이 고장에서는 다들 네가 정말 죽었다고 알고 있단다. 그래서 네 아내 아달리에타도 집안 사람들로부터 강요당하다 못해 억지로 내키지 않은 재혼을 하게 되었다. 바로 오늘 아침 새 시집으로 가게 돼 있다. 이미 예식의 준비와 피로연 준비가 다 되어 있을 게다."

그 말을 들은 토렐로는 화려한 침대에서 뛰어내려 원장과 수도사들에게 떠들썩하게 인사를 하고, 그들에게 자기가 일을 마칠 때까지 자기가 돌아온 것을 퍼뜨리지 말아 달라고 부탁했습니다.

그리고는 많은 귀중한 보석들은 보관시키고 지금까지 자기가 겪었던 일들을 모두 원장에게 들려 주었습니다. 원장은 조카의 행운을 기뻐하며 함께 하느님께 감사의 기도를 올렸습니다.

토렐로는 아내의 새 남편될 사람이 누구인가를 물었습니다. 수도원장은 그 이름을 대었습니다. 그러자 토렐로는 말했습니다.

"제가 돌아온 이유를 말하기 전에 아내가 어떤 마음으로 재혼을 하는지 알고 싶습니다. 성직에 계시는 분께서 그런 화려한 잔치에 참석하신다는 것은 예가 아닌 일입니다만, 저를 위해서 가 주십시오."

수도원장은 그렇게 하겠다고 기꺼이 대답했습니다. 이윽고 날이 완전히 밝자 신랑 집으로 사람을 보내어 결혼 피로연에 친구와 함께 참석하겠노라고 통고했습니다. 그러자 신랑은 매우 반가운 일이라는 회답을 보내왔습니다.

드디어 결혼식이 열릴 때가 되자 토렐로는 입었던 차림대로 수도원장과 함께 신랑 집으로 갔는데, 모두들 놀란 눈으로 그의 차림을 바라보았으나 아무도 그가 누구인지 몰랐습니다. 원장은 술탄이 프랑스 국왕에게 대사로 파견하는 사라센 사람이라고 소개했습니다.

토렐로의 자리는 아내 맞은편에 정해졌는데, 그는 대단히 기뻐하며 그녀를 바라보았습니다. 그런데 어쩐지 그녀는 결혼이 달갑지 않은 듯 우울한 빛을 띠고 있었습니다. 이윽고 토렐로는 자기를 상기시킬 때가 되었다고 생각하자 출발할 때 아내가 건내 준 반지를 보면서, 그녀 곁에서 시중을 들고 있는 젊은이를 불러 이렇게 말했습니다.

"우리 나라 풍습에 이국인(異國人)이 결혼 피로연에 참석하면 감사의 표시로 신부가 포도주를 한 잔 가득 부어 권하는 법인데, 그러면 이국인은 그 잔을 기꺼이 받아 얼마쯤 마시고 뚜껑을 덮어 나머지를 신부가 마시도록 되돌려 준다고 신부께 여쭈어라."

젊은이는 부인에게 그 말을 전했습니다. 그녀는 예의를 아는 총명한 여자였기 때문에 그가 신분이 높은 사람이라는 사실을 눈치채고 있었습니다. 그의 참석에 감사의 뜻을 표하고자 눈앞에 있던 커다란 황금 잔을 씻어 오게 하여 포도주를 가득 부어서 그에게 가져가도록 일렀습니다. 토렐로는 반지를 입에 넣고 포도주를 마시면서, 다른 사람이 모르도록 슬그머니 잔에 넣고 포도주가 남은 잔의 뚜껑을 덮어 부인에게 되돌려 보냈습니다.

부인은 외국인이 말하는 풍속을 좇아 잔을 받아 뚜껑을 열고 입에 갖다 대었습니다. 그 순간 잔 속에 반지가 들어 있는 것을 보게 되었습니다. 그녀는 말없이 한참 동안 그 반지를 바라보았습니다. 그것은 틀림없이 남편이 출정할 때 자기가 준 반지였습니다. 그는 바로 자신의 남편 토렐로였습니다. 그녀는 미친 듯이 앞의 테이블을 뒤집어엎으며 소리쳤습니다.

"저, 저분은 제 남편이에요. 틀림없는 토렐로예요."

그녀는 외치면서 남편이 앉아 있는 테이블로 달려가서 테이블 위의 음식은 아랑곳없이 와락 달려들어 껴안았습니다. 주위의 사람들이 놀라서 떼어놓으려 했으나 막무가내로 남편을 껴안은 채 놓지 않았습니다. 토렐로가 나중에 얼마든지 시간이 있을 테니 손을 놓으라고 타일러서 겨우 떨어졌습니다. 부인이 의식을 회복했을 때는 이미 연회는 혼란에 빠져 있었습니다. 그리고 그 혼란 와중에 훌륭한 기사가 되어 토렐로가 돌아왔다고 해서 한쪽에서는 환희의 소란도 일어났습니다. 그러자 그는 조용히 해 달라고 일동에게 말문을 열었습니다. 토렐로는 출발에서부터 오늘까지 일어난 일들을 모두 이야기하고 자기가 죽은 줄 알고 자기의 아내와 결혼하려 했던 귀족에게, 자기가 살아 있으니 아내를 찾아가도 아무 불만이 없을 거라고 말하고 일을 마무리 지었습니다.

신랑은 무척 당황하고 마음이 아팠지만 친구처럼 지극히 관대하게, 그녀에 관해서는 그녀가 좋도록 하는 것이 자기의 뜻이라고 대답했습니다.

부인은 새신랑이 준 반지와 관을 그 자리에 벗어 놓고는 잔 속에서 꺼낸 반지를 끼고 술탄이 선사한 관을 썼습니다. 그 후 둘이서 나란히 그 집을 나와 피로연에 모였던 친구들과 친척들, 기적이라면서 그를 구경하는 모든 시민들을 맞아 오랫동안 즐겁고 떠들썩한 잔치를 베풀었습니다.

토렐로는 결혼식 비용을 들인 상대편 귀족, 사원의 원장, 그 밖의 사람들에게 값진 보석을 나누어 주고, 곧 자기의 행복한 귀국을 알리는 편지를 술탄에게 보내며 앞으로도 술탄의 친구로서 또한 충복으로서 섬기고자 한다는 사연을 덧붙였습니다. 이렇게 해서 그는 더욱더 예절바르고 친절하게 행동하면서 훌륭한 부인과 함께 오래오래 여생을 즐겼습니다.

이것이 곧 토렐로와 그의 사랑하는 부인의 행복한 이야기이며, 흔쾌히 남에게 친절을 베푼 것에 대한 보답이었습니다.

많은 사람들이 이러한 행위를 하려고 노력은 하나 그러한 친절을 알기는 하지만 실행에 옮기는 방법을 모르고 있습니다. 그 까닭은 친절을 베풀기 전에 베푼 결과 이상의 보상을 기대하기 때문인데, 그러한 사람들에게는 아무런 보답이 없더라도, 그들 자신뿐만 아니라 다른 사람들도 그것을 결코 이상히 여길 것은 못 된다는 것입니다.

열 번째 이야기

살루초의 후작은 수하들의 권유에 못 이겨 아내를 맞이하게 되자 생각하는 바가 있어 농부의 딸을 맞아들인다. 두 자녀를 낳은 후 모든 친척에게 몰래 보내서 양육하면서, 그녀에게는 죽였다고도 해 놓고, 성장한 딸을 데리고 오면서 새로 결혼한다고도 해 보았으나 그녀는 조금도 노하지 않고 질투도 안 한다. 후작은 일단 쫓아냈던 그녀를 다시 불러와서 깍듯이 후작 부인 대접을 하고, 모든 사람에게 그녀의 어질고 정숙한 부덕을 기리게 한다.

드디어 왕의 긴 이야기가 끝나자 일동은 술탄과 토렐로의 우정에 흡족한 미소를 보냈습니다. 디오네오만이 마지막 차례를 남기고 있었으므로 그는 웃으며 '너그러운 토렐로도 그 날 밤은 오직 부인 생각뿐이었을 터이므로 여러분이 아무리 찬사를 보낸다고 해도 보석은커녕 동전 한 닢 없을 겁니다.' 라며 조크를 하고는 이야기를 시작했습니다.

여러분, 오늘은 왕이나 술탄의 이야기뿐인 것 같습니다. 그래서 나도 그 범위에서 과히 벗어나지 않는 얘기를 하겠습니다. 마지막에는 기쁘게 축복을 하나, 처음에는 관용은커녕 극히 옹졸한 행위를 한 어느 후작의 이야기를 하고자 합니다. 그 행위는 결국 좋은 결말이 되기는 하지만, 사람으로서는 할 짓을 아니므로 어느 분도 흉내내지는 마십시오.

이미 상당히 오래된 일로 살루초의 후작 가문을 이어받은 구알티에리라는 젊은 청년이 있었습니다. 그는 결혼할 생각은 하지 않고 여가만 있으면 매 사냥을 하며 세월을 보내면서 결혼해서 자녀를 두겠다는 생각 따위는 갖지도 않았습니다. 이 점만은 상당히 총명한 일이죠.

이러한 생활을 아랫사람들이 좋아할 리가 없었습니다. 주인에게 후사가 없으면 자기들이 섬길 사람이 없어져서 곤란한 일이므로 결혼을 여러 차례 권하고, 자손을 둘 수 있는 가문을 찾아서 후작의 마음에 들 만한 아가씨를 고르겠다고 말하곤 했습니다.

그럴 때마다 구알티에리는 이렇게 대꾸했습니다.

"나는 내 맘에 맞은 여자를 구하는 것이 얼마나 어려우며 그와 반대되는 여자가 얼마나 많은지, 또한 자기 맘에 들지 않는 여자를 얻어 고통을 겪는 남자가 얼마나 괴로운 생활을 하는지…… 그러한 일들을 잘 생각해서 결혼하려 하는데 그대들은 자꾸만 나를 압박하는군. 더군다나 그 부모를 보면 딸을 모두 알 수 있다는 듯 내 마음에 들 만한 여자를 구하겠다고 야단인데 다 어리석은 짓이야. 그대들은 어떻게 처녀의 아버지를 또한 그 어머니를 알 수 있는가? 난 그런 것을 믿을 수 없네. 설령 양친에 관해서 알았다 하더라도 딸이 부모를 닮지 않는 일도 허다하네. 굳이 그런 쇠사슬로 나를 붙들어 맬 작정이라면 좋도록 하게. 하지만 결과가 나빠 남을 탓하고 싶진 않으니 내 자신이 구하겠네. 그래서 내가 취한 여자가 내 아내로서 그대들로부터 존경을 받지 못하는 여자라면, 그때는 자네들 청을 들어 하기 싫은 결혼을 한 것이 얼마나 중대한 결과가 되었는지 그대들의 책임을 분명히 묻겠네."

충직한 수하들은 주인이 결혼할 마음을 가져 준 것으로도 만족한다고 대답했습니다. 구알티에리는 오래 전부터 근처에 있는 한 가난한 농부의 얌전한 딸에 관심을 있었습니다. 그녀는 매우 어질고 아름답게 보였으며 그녀와 결혼하면 행복한 생활을 할 수 있으리라 생각했습니다. 그래서 아주 가난했으나 처녀의 아버지를 불러 의논하고 그녀를 아내로 맞겠다는 결정을 내렸으며, 구알티에리는 이웃의 친지들과 친구를 모아 놓고 이렇게 말했습니다.

"여러분, 여러분은 내가 결혼을 하겠다고 했을 때 기뻐해 주었고, 지금도 기뻐하고 있을 줄 아오. 내가 결심을 한 것은 결혼을 원해서가 아니라 여러분을 기쁘게 해 주려는 것이오. 여러분은 내가 어떤 여자를 맞든 만족하게 부인으로서 존경하겠다는 약속을 했소. 이제 내가 여러분과의 약속을 지키고, 여러분도 나와의 약속을 지켜줄 때가 온 거요. 나는 이웃 마을의 한 처녀를 발견했고, 그녀를 아내로 맞을 작정이오. 이삼일 안에 내 집으로 데리고 오겠소. 그러니 여러분과 나의 약속이 진정한 기쁨이 되도록, 성대한 결혼식으로 그녀를 정중히 맞을 수 있도록 애써 주기 바라오."

사람들은 모두 경하할 일이라고 입을 모으면서, 어떤 분이 됐든 후작 부인으로서 받들겠다고 대답하고, 모두들 곧 화려하고 성대한 결혼식 준비를 서둘렀습니다. 구알티에리도 물론 준비를 했습니다. 그는 훌륭한 피로연을 준비시키고 많은 친구와 친척과 귀족들, 이웃 사람들을 초대하도록 지시를 내렸습니다. 그리고 자기의 신부와 치수가 비슷한 사람을 견본으로 화려하고 값진 의복을 여러 벌 짓게 했습니다. 그 밖에 신부가 필요로 하는 허리띠와 반지 같은 값지고 아름다운 일체의 물건을 마련했습니다.

마침내 결혼식 날이 되자, 구알티에리는 8시 반쯤 축하객들과 말을 타고 이렇게 말했습니다.

"자아, 여러분 신부를 맞으러 갈 시간입니다."

그는 하객들과 신부의 집이 있는 마을로 갔습니다. 그녀의 집에 당도하니 그녀는 우물에서 물을 길어 오는 중이었는데, 물을 길어다 놓고 다른 여자들과 구알티에리의 신부를 구경하러 가려는 참이었습니다. 구알티에리는 그녀를 보자 그리셀다라는 이름을 부르며 아버지가 계신 곳을 물었습니다. 그녀는 부끄러운 표정으로, "나리, 집에 있습니다."라고 대답했습니다.

구알티에리는 따라온 사람들을 기다리게 하고 말에서 내려 혼자 집 안으로 들어갔습니다. 집 안에 있던 처녀의 아버지 잔누콜레를 보고 말했습니다.

"난 그리셀다와 결혼하기 위해 왔소. 한데 그 전에 그녀를 당신 앞에 불러 물어 볼 말이 있소."

그런 다음 그녀에게 내 아내가 되면 늘 내 마음을 흡족하게 할 것이며, 나의 말과 행동이 어떤 것이든 화를 내지 않고, 항상 순종할 것인지를 묻자, 그녀는 그의 물음에 일일이 '네'라고 답했습니다. 그러자 구알티에리는 그녀의 손을 잡고 밖으로 나와 따라온 사람들과 마을 사람들이 지켜보는 가운데 새로 지어 온 옷을 입히고 구두를 신기고 머리 위에 관을 씌웠습니다. 그리고는 그 광경을 놀랍게 지켜보는 사람들에게 말했습니다.

"여러분, 이 사람이 내가 아내로 맞을 사람이오. 그녀가 나를 남편으로 허락한다면." 하며 부끄러움으로 몸 둘 바를 모르는 그녀를 향해 물었습니다.

"그리셸다, 그대는 나를 남편으로 맞겠소?"

그녀는 "네." 하고 대답했습니다.

"나도 그대를 아내로 맞겠소."

이렇게 그는 여러 사람 앞에서 청혼을 했습니다. 그런 다음 그녀를 말에 태워 정중히 자기 집으로 데리고 왔습니다. 드디어 그의 집에서는 화려하고 성대한 결혼식과 축하연이 베풀어졌는데, 마치 프랑스 국왕이 왕비를 맞이하는 것처럼 성대했습니다.

젊은 신부는 옷이 바뀌자 마음 씀씀이와 몸가짐이 모두 일변하여 고상하게 보였습니다. 이미 밝힌 것처럼 그녀의 자태는 매우 아름다웠고 그것이 한층 돋보이고 예의범절과 품위가 느껴져, 이미 양치기로 잔누콜레의 딸이었다는 사실은 흔적 없이 사라지고 귀족의 딸처럼 보였던 것입니다. 그래서 어제의 그녀를 알고 있는 사람이라면 깜짝 놀랄 수밖에 없었습니다.

게다가 그녀는 남편에게 순종하여 잘 받들었고, 그래서 그는 자기를 이 세상에서 더없이 행복한 사람으로 여겼습니다. 또 남편의 수하들에게도 상냥하고 인자하여 누구 하나 그녀를 사랑하지 않는 자가 없었으며, 기꺼이 극진한 대우를 하고, 그녀의 행복과 영화를 빌었습니다.

처음에 그런 아내를 맞은 구알티에리를 빈정거리던 자들도, 이제는 그야말로 현명하고 선견지명이 있는 사람으로, 낡고 허술한 옷 속에 감추어진 그녀의 고고한 자질을 알아본 사람이라고 칭찬했습니다.

요컨대, 짧은 시일 안에(결혼 당시에는 그녀의 신분으로 인하여 남편에 대한 다소의 악평이 있었지만) 사람들의 생각은 정반대로 바꾸어, 즉 그녀가 훌륭한 사람이라는 말을 듣게 하고 아울러 사람들이 그녀의 행복을 바라도록 만들었던 것입니다.

이렇게 구알티에리와 결혼하여 사는 동안 그녀는 임신을 하여 딸을 낳았고, 구알티에리의 기쁨은 대단히 컸습니다만, 이때 그의 마음에 기묘한 생각이 고개를 쳐들었습니다. 즉 아내로서 견디기 어려운 고통을 오랫동안 주어 그녀의 인내력을 시험하겠다는 것이었습니다.

그래서 처음에는 기분을 상하게 하고, 화를 내고, 수하들이 그녀의 낮은 신분을 불만스러워 한다고 투정을 하고, 딸을 낳자 더욱 심하게 푸념을 늘어놓았습니다. 심지어 계집애를 낳았다고 수하들이 섭섭하게 여긴다는 말까지 덧붙였습니다. 부인은 남편의 악담에 대해서 한결같이 어질고 착한 태도로 말했습니다.

"제 일에 관한한 부디 당신의 체면을 유지하고 당신이 만족하시는 조처를 하십시오. 저는 여러분들보다 신분이 낮음을 잘 알고 있고, 당신의 관대함으로 주어진 지금의 명예가 제게 합당치 않음도 잘 알고 있으니, 어떤 일이든 만족하게 여기고 있습니다."

구알티에리는 이러한 대답을 들으며 그녀가 자기와 남들에게 받는 영예에 대해서 조금도 자만하지 않고 있다는 것을 알고 매우 기쁘게 여겼습니다. 그러나 구알티에리는 그녀가 낳은 딸을 수하들이 못마땅해한다며 곧 하인 하나를 보냈습니다. 하인은 크게 슬픈 빛을 보이며 그녀에게 말했습니다.

"마님, 소인의 목숨을 부지하자면 나리의 명령대로 아씨를 빼앗아서 소인이……." 하인은 더 이상 말하지 않고 입을 다물었습니다.

부인은 하인의 말에 그 안색을 살피고 또 남편이 한 말을 상기해서 남편이 이 자에게 딸을 죽이라고 명령한 것을 짐작하고, 그녀는 딸을 요람에서 안아들고 키스를 하고 축복했습니다. 마음속에는 슬픔이 가득했으나 태연한 듯 하인의 팔에 안겨 주며 말했습니다.

"자, 받아요. 주인께서 명하신 대로 해요. 다만, 새나 짐승의 밥이 되도록 하라는 명을 받았거든 부디 그렇게는 안 되도록 부탁해요."

하인은 아이를 안고 나와 부인의 말을 구알티에리에게 전했습니다. 그는 아내의 의연한 태도에 놀라면서 하인을 시켜 딸아이를 볼로냐의 친척집에 보내고 자기의 아이라는 것을 비밀로 하여 소중히 양육시켜 달라고 부탁했습니다.

그 후 몇 년이 지나자 부인은 다시 임신을 하였고 아들을 낳았습니다. 구알티에리의 기쁨은 어디에 비길 데가 없었습니다. 그러면서도 지금까지 한 짓으로 성에 차지 않았는지 아내를 더 심히 괴롭힐려고 어느 날 냉담하게 말했습니다.

"여보, 당신이 낳은 아들을 보고 장차 잔누콜레의 손자를 주인으로 받들어 섬겨야 한다고 수하들이 마구 불평을 해대니 나의 위신이 말이 아니오. 그러니 전번처럼 하지 않으면 내가 이곳에서 쫓겨날 것 같소. 궁극적으로는 당신과 헤어지고 딴 아내를 맞아야만 되지 않을지……."

부인은 잠자코 듣고 있다가 단지 짧게 대꾸했습니다.

"부디 당신의 뜻대로 하세요. 제 일에 대해서는 걱정하지 마세요. 저는 당신이 기뻐하시는 것만 알면 그 이상 다행한 일은 없어요."

그로부터 며칠 안에 딸의 경우와 같이 아들도 죽인 것처럼 딸을 보낸 볼로냐로 보내어 양육을 부탁했습니다. 이때에도 부인은 딸의 경우와 마찬가지로 태연한 듯 푸념 한 마디 하지 않았습니다. 냉정한 구알티에리도 이에는 크게 놀라지 않을 수 없었습니다. 그래서 이 세상에 그녀와 같이 행할 수 있는 여자는 없을 것이라고 깊이 느꼈습니다. 뿐만 아니라 자기는 그녀가 아이들을 무척 사랑하는 줄 알았는데 만약 진정으로 귀여워하지 않았다면 그런 태도로 미루어 그녀는 이미 자식에 대한 애착이 없다고 믿었을 것입니다만, 반대로 그는 그녀가 매우 영리하여 그러한 태도를 취했다고 믿었습니다. 그러나 수하들은 그가 자식을 죽였다고 여겨 그를 비난하고 잔혹하다고 여겼습니다. 반대로 부인은 가엾게 여겼습니다. 부인은 죽은 자식에 관해 애도를 표하는 부인들이 달갑지 않았지만, 자식을 낳게 한 남편이 바라는 일이니 할 수 없다고만 말했습니다.

그런데 맏딸이 태어난 지 여러 해가 지나자 구알티에리는 아내의 인내를 시험할 최후의 실험을 해 볼 때가 왔다고 생각하여 수하들을 보고, 그리셀다를 더 이상 데리고 살 수가 없다, 그러니 어떻게든 교황의 허락을 얻어 그리셀다를 보내고 다른 여자를 맞아야겠다고 했습니다. 수하들이 비난하자 그는 그렇게 하는 수밖에 도리가 없다고 대꾸했습니다.

부인은 이 말을 듣고 마침내 친정으로 돌아가야 하는구나, 그렇게 되면 또 양 떼를 지키며 살아갈 것이고, 자기가 진심으로 행복을 바랐던 남편이 다른 여자를 맞는 것을 말없이 지켜보아야만 한다는 생각으로 서러움에 목이 메었습니다. 그러나 지금까지 운명의 모욕에 견디어 왔듯 이번에도 참고 견디어야 한다고 결심했습니다.

그 후 얼마 안 되어 구알티에리는 로마로부터 그리셀다와의 이혼과 다른 여자와의 결혼을 허락했다는 가짜 편지로 수하들이 곧이듣도록 했습니다. 그리고는 여러 사람이 보는 앞에서 아내를 불러 말했습니다.

"교황님의 허락을 얻었으니 나는 당신을 보내고 다른 여자를 맞을 수가 있소. 나의 조상은 영주였으나 당신의 조상은 줄곧 농부였으니 더 이상 당신을 데리고 살 수가 없소. 그러니 가지고 온 물건을 정리해서 친정으로 돌아가도록 하오. 나는 나에게 어울리는 다른 여자를 아내로 맞겠소."

부인은 이런 심한 말을 듣고도 다른 여자에게서는 도저히 볼 수 없는 태도로 슬픔을 참으며 말했습니다.

"제가 본시 신분이 낮아 당신의 높으신 신분에 걸맞지 않음을 잘 알고 있습니다. 당신과 결혼하여 얻게 된 신분은 당신과 하느님의 은총으로 여기며 지내왔으나, 항상 빌린 것으로 알고 살아 왔습니다. 되돌려 드리는 것이 당연하며, 실제로 기꺼이 돌려 드립니다. 여기 저와 결혼하실 때 당신께서 주신 반지는 어서 받으십시오. 당신께서 제가 시집을 때 가져온 것을 가지고 돌아가라는 분부를 내리신 것에 대해선 정리할 것도 상자나 나귀도 필요 없습니다. 저는 맨몸으로 시집을 왔으니 당신의 자식을 낳은 제 몸을 남에게 보여도 상관이 없으시면 저는 맨몸으로 돌아가겠습니다. 다만, 제가 가지고 왔다가 이제는 되 갖고 갈 수가 없는 순결한 몸값을 유일한 지참금으로 대신하여 이 몸에 속옷 한 벌만 허락해 주시기 바랍니다."

구알티에리는 누구보다도 가슴이 뭉클했으나, 일부러 근엄한 표정으로 말했습니다.

"그렇다면, 속옷 한 벌은 입고 가도록 하오."

그곳에 있던 수하들은 13년 이상이나 마님으로 모셨던 분이 그런 초라하고 부끄러운 모습을 남들이 보지 않도록 제발 입은 옷만은 주도록 간청했으나 그것마저도 헛수고였습니다. 결국 부인은 일동에게 작별을 고하고 속옷 바람으로 신발도 없이 눈물을 흘리며 친정으로 돌아갔습니다. 그녀를 보고 모두 눈물을 흘렸습니다.

잔누콜레는 구알티에리가 딸을 아내로 삼을 때 진심이 아닌 것으로 믿고, 오늘의 일을 예상하여 딸이 시집가는 날 벗어둔 옷을 간직했다가 딸에게 내 주었습니다. 그녀는 다시 그것을 입고 옛날처럼 집안일을 돌보며, 운명이 가하는 매서운 공격을 강한 의지로 참고 견디었습니다.

한편 구알티에리는 파나고의 백작 가문에서 아내를 다시

맞는 것처럼 일을 꾸몄습니다. 그리고는 결혼식을 위한 성대한 준비를 하면서 그리셀다에게 사람을 보내어 오도록 했습니다.

"나는 이번에 새로 아내를 맞이하며 크게 환영의 뜻을 표하고 싶소. 하지만 그런 축하에 필요한 여러 가지 준비와 방을 꾸밀 수 있는 하녀들이 우리 집에 없다는 것을 그대는 잘 알거요. 그래서 다른 부인들보다 그런 일을 잘 알고 있으니 준비를 부탁하오. 그리고 잠시 여주인을 대리하여 그대가 적당하다고 생각하는 부인들을 초대하여 새 사람을 맞도록 해 주오. 그리고 결혼식이 끝나거든 집으로 돌아가시오."

그리셀다는 자기에게 행운을 안겨 준 사람으로 항상 품었던 애정을 잠시도 버리지 못하고 있었는데, 그의 이런 말 하나하나는 비수가 되어 그녀의 가슴을 찔렀습니다. 그러나 그녀는 대답했습니다.

"네, 곧 준비를 하겠습니다."

이렇게 그녀는 불과 얼마 전에 속옷 바람으로 나간 집에 남루한 옷을 입고 다시 들어와 방청소와 정리정돈, 식탁에 보를 갈고, 벽에는 벽걸이와 장식을 하고 부엌을 정돈하였습니다. 마치 이 집 하녀처럼 모든 일을 직접 하였습니다. 그리고 모든 일을 빈틈없이 처리했습니다.

그런 다음은 구알티에리의 이름으로 인근의 귀부인들에게 초대장을 보내고 결혼식 날을 기다렸습니다. 결혼식 날 그녀는 초라한 차림이지만 귀부인다운 마음과 예의로써 기꺼이 여자 손님들을 맞았습니다.

구알티에리가 파나고 백작의 가문으로 출가한 볼로냐의 친척집에, 아이들을 소중히 양육해 달라고 부탁했던 딸은 이때 이미 나이 열두 살로 흔히 볼 수 없는 아름다운 처녀로 성장했으며 아들은 여섯 살이었습니다. 그는 심부름꾼을 그곳으로 보내 딸과 아들을 살루초로 데려오도록 했습니다. 올 때는 격식을 갖춰 훌륭한 수행인을 붙였습니다. 딸에게는 자기의 신상을 밝히지 않도록 하고, 사람들에게는 구알티에리에게 출가한다고 하도록 일렀습니다.

친척은 후작의 부탁대로 채비를 하고 여로에 올랐습니다. 그리고는 수일 후 훌륭한 수행인들을 앞세워 두 남매와 함께 결혼식에 맞춰 살루초에 도착했습니다. 집 앞에는 이웃 사람들이 나와 구알티에리의 신부를 기다리고 있었습니다. 이윽고 그녀가 귀부인들의 마중을 맞으며 홀로 들어왔습니다. 그리셀다는 그대로의 차림으로 친근하게 다가가서 이렇게 말했습니다.

"아씨, 잘 오셨습니다."

귀부인들은 그리셀다를 방 안에 있게 하든지, 전에 이 집에서 입고 있었던 옷을 그녀에게 입히도록 간곡히 구알티에리에게 사정했으나 들어 주지 않았기 때문에 하는 수 없이 그냥 식탁에 나가 신부를 접대했습니다.

모든 사람의 시선이 신부에게 집중되었습니다. 모두들 이구동성으로 구알티에리는 용케도 부인을 바꾸었다고 소근댔습니다. 그 가운데서 다만 그리셀다만은 신부와 그녀의 어린 동생을 극구 칭찬했습니다.

구알티에리는 어떠한 사태가 벌어져도 동요하지 않고 또 추태를 부리지 않았으므로 그녀의 인내력의 깊이를 깨달았습니다. 말하자면 그녀가 매우 총명하다는 것을 깨닫고 냉정한 표정 뒤에 감추어 왔던 고통에서 이제는 풀어 주어야만 한다는 생각을 했던 것입니다. 그래서 그녀를 가까이 불러 여러 사람이 지켜보는 가운데 웃으며 말했습니다.

"그대는 신부를 어떻게 생각하오?"

"나리에게 아주 훌륭한 분인 것 같습니다. 그리고 저는 그렇게 믿습니다만, 저 아름다움에 더하여 총명하시다면, 나리는 이 세상에서 가장 행운아이시고 아주 행복하게 사실 것이 틀림없습니다. 혹시 제가 소원을 말씀드릴 수가 있다면, 부디 나리께서 예전 부인에게 주신 그런 괴로움을 저분에게는 주시지 않도록 부탁드립니다. 그 이유는 예전 부인은 어릴 때부터 고생 속에서 자랐지만, 저분은 나이도 어리고 또 아무 고생도 모르고 성장한 분이기 때문입니다."

구알티에리는 그리셀다가 자기 딸을 그의 신부로 굳게 믿고 칭찬 이외에 한 마디도 하지 않자 곁에 앉히고 말했습니다.

"그리셀다, 마침내 긴 세월 동안 당신의 인내를 알게 되었소. 나는 잔인하고 냉정한 짐승 같은 사내라고 비난한 사람들에게 밝힐 일이 있소. 실은 당신에게는 참된 아내의 길을, 그들에게는 아내를 맞으면 어떻게 다루어야 하는가를 가르친 것이며, 또한 당신과 부부로 살면서 오래오래 평화가 있기를 바라는 마음에서, 내가 그러한 연극을 했다는 것을 밝히는 것이오. 사실 당신을 아내로 맞이했을 때 나는 우리들 사이에 영원한 평화가 오지 않는 것이 아닐까 하고 걱정했었소. 그래서 당신의 진심을 한번 규명해 보려고 모두 알다시피 갖가지 수단으로 당신을 괴롭히고 고통을 주었소. 이제 나는 당신의 말과 행동으로 나를 거역하지 않는 것을 알았으니, 여러 해 동안 당신에게서 빼앗았던 것을 한꺼번에 돌려 주고, 내가 당신에게 가한 고통의 그 배 이상의 사랑으로 되돌려 줄 것이오. 자, 이 아이들이 당신의 자식이오. 난 당신의 남편이며 무엇보다도 당신을 사랑하오. 그리고 나는 누구보다도 아내를 만족히 여기노라고 누구에게나 당당히 자랑할 수 있소."

말을 마친 그는 그녀를 끌어안고 키스를 했습니다. 그리고 기쁨에 넘쳐 울고 있는 그녀를 안아 일으키고 엄청난 사실에 너무 놀라 있는 딸과 아들을 끌어안았습니다. 물론 그곳에 모였던 모든 사람들이 깜짝 놀란 것도 당연하지요.

귀부인들은 크게 기뻐하며 자리에서 일어나 그리셀다와 그녀의 옛날 방으로 갔습니다. 우선 최대의 축복으로 축하를 하고, 초라한 옷은 예전에 입었던 훌륭한 옷으로 바꿔 입었습니다.

남루한 옷에도 품위 있었던 자태는 어엿한 여주인의 모습으로 사람들 앞에 나서니 그 우아함은 더할 것이 없었습니다. 모두 크게 기뻐하며 두 내외와 두 자녀와 함께 떠들썩한 축하를 하고 한층 성대한 연회는 여러 날 계속되었습니다.

어떤 사람들은 구알티에리가 부인에게 잔인하고 매정한 시험 행위를 했다고 입방아를 찧기도 했습니다만, 대부분 그를 총명한 사람이라 하고, 그리셀다는 가장 현명한 여자라고 칭송되었습니다.

파나고의 백작은 이삼일 후에 볼로냐로 돌아갔습니다. 그리고 구알티에리는 잔누콜레를 장인으로 받들어 농사일은 접게 하고 지체를 높여 주었고, 그는 사람들로부터 존경을 받으며 대단히 즐거운 생활을 하다가 일생을 마쳤습니다. 그는 또 얼마 후 딸을 훌륭한 가문으로 출가시키고 그리셀다를 한층 더 아끼고 사랑하면서 행복하게 살았습니다.

자, 이런 이야기를 들으면, 왕족으로 태어난다고 모두 사람들 위에 군림하는 것은 아니며, 돼지를 먹이는 자의 누추한 오두막에도 하느님의 은총이 내리지 않는다고는 할 수 없겠죠?

사실 구알티에리로서는 그녀를 속옷 바람으로 내쫓았을 때, 그녀가 옷을 얻기 위해 다른 남자에게 몸을 팔았다 해도, 또한 모든 사실을 털어놓은 오늘 그녀로부터 경멸을 받았다 해도 아마 그녀를 비난하지는 못했을 것입니다.

마지막 디오네오의 이야기도 끝이 나고 부인들의 의견은 분산되어 논란이 많았습니다. 시간은 많이 흘러 저녁 노을에 해가 기울자 왕이 말했습니다.

"여러분, 인간의 지혜는 단순히 눈에 보이는 사물을 안다는 것이 아니라, 그 앎을 통하여 미래를 통찰할 수 있다는 것이 최고의 지혜라고 할 수 있습니다. 우리가 그 무서운 페스트가 만연된 피렌체를 벗어나 여기로 온 것이 두 주일이 되어 갑니다. 우리는 죽음이 엄습하는 그 거리를 떠나 건강과 생명과 위안을 구하고, 즐거운 것을 찾고자 했으며 우리는 그것을 훌륭히 실천하고 보람도 컸습니다. 우리의 수많은 이야기 중에 욕망을 자극하는 이야기라던가, 먹고 마시고 노래하며 오락이나 유흥에 치우친 것으로 약간의 유감이 없지는 않으나, 우리가 처한 입장으로 보면 책망이나 비난을 받을 것은 없다고 할 것입니다. 우리는 언제나 품위와 격식을 지켰으며 형제 같은 친밀감이 계속되어 왔음을 의심의 여지없이 지켜보았기 때문입니다. 그것이 여러분과 나의 명예이고 은혜로운 일입니다. 그러나 이러한 생활이 계속되다 보면 불상사가 발생할 수도 있고, 사람들의 곱지 않은 시선이 있을 수도 있을 것이며, 왕으로서의 주재하는 날들도 하루씩 모두 마쳤으니 다시 우리가 왔던 곳으로 돌아가야 한다고 여겨집니다. 그래서 동의하신다면 내일 아침의 출발을 위해 왕의 권한을 내일 출발 시간까지 갖기를 청하며, 다른 계획이 있다면 지금 이 왕관을 벗도록 하겠습니다."라고 하자, 일동은 다양한 의견을 토론한 후에 왕의 의견이 유익하고 적절하므로 따르기로 결정을 내렸습니다.

그리하여 왕은 하인의 수장을 불러 내일의 계획을 위한 재분부를 내리고, 일동은 저녁 식사 때까지 자유 시간을 가졌습니다. 일동은 다른 날과 같이 각기 즐거운 놀이를 즐기다 저녁을 먹은 후, 악기에 맞춰 노래와 춤을 추었습니다. 라우레타는 춤을 추고 피암메타는 애절한 사랑의 칸초네를 불렀습니다. 그리고 두세 곡의 칸초네를 더 불렀으며, 밤이 깊어 왕의 분부대로 저마다의 침실로 갔습니다.

다음 날이 밝아 왕의 인도대로 무사히 피렌체로 돌아왔으
며, 젊은이들과 부인들은 산타마리아 노벨라 성당에서 각자
의 집으로 돌아가거나 각자의 길을 갔습니다.

맺는 말

맺는 말

격조 높으신 젊은 숙녀 여러분, 내가 이 작품을 쓰면서 꼭 실천하려던 일이 오랜 고생 끝에 간신히 완성의 단계에 이른 것은 오로지 하느님의 은총이라 믿으며, 또한 그것은 나의 공적이 아니라 여러분의 따뜻한 여망에 의한 것이었기에 기쁨은 더욱 한량이 없습니다. 그러므로 우선 하느님께, 다음으로 여러분께 감사를 드리고 내 지친 팔과 붓을 휴식하고자 합니다.

그 양해를 구하기 전에 나는 여러분들이 혹시 언급할지도 모르는 두세 가지의 문제에 대해서(그 점에 대해서는 세상의 어떤 문제 이상으로 특별한 권리가 나에게 있다고 생각지는 않지만, 아니 오히려 그 점은 앞에서 말씀드렸기 때문에), 책을 읽는 동안 의문이 생겨났을 것이니 간단히 대답하고자 합니다.

여러분 가운데는 나의 이야기 속에서 지나치게 방종한 것을 적었다, 즉 때로는 마치 여성이 그러한 일을 정말 말하는 것처럼 쓰기도 하고 정숙한 여성의 입으로, 또 그런 여성으로부터 듣기에는 부적당한 말이 종종 나온다고 하는 사람들의 말을 들으셨을 것입니다.

그러나 나는 그것을 부정합니다. 왜냐하면, 그럴싸하게 얌전한 말을 하면서 어떤 경우에는 정반대되는 뜻을 갖는 정직하지 못한 말은 하나도 쓰지 않았으므로 나는 그것을 훌륭히 완수했다고 믿고 있습니다. 하지만 그러한 일을 가정하여(여러분이 이기실 테니, 소송까지 벌여서 여러분과 다툴 생각은 없습니다), 내가 그러한 것을 쓴 가장 직접적인 이유를 말씀드리겠습니다.

우선 두세 개의 이야기 가운데 다소 방종한 말이 있다면, 그것은 이 이야기의 성격이 그것을 필요로 했기 때문입니다. 그런 이야기를 만약 이해심이 있는 사람이 보았다면(내가 이야기의 성격을 바꿀 마음이 없었던 이상) 내가 다른 말은 쓸 수 없었던 까닭을 똑똑히 아시리라 믿습니다.

어쨌든 이 이야기 가운데 다소 그러한 부분이 있다면, 행동은 제쳐놓고 입으로 지껄이는 말을 중히 여기고, 겉으로는 선량하게 보이려는 위선적인 여자로서는 아마 입장이 곤란한 고약한 말이, 아니 그보다도 훨씬 심한 부정을 나타내는 말이 쓰여 있을 수 있습니다. 일반적으로 남녀가 하루 종일 구멍이니, 말뚝이니, 방앗간이니, 절구공이니, 소시지니, 순대니 해서 그것과 비슷한 말들을 하기는커녕 그 반대의 순박한 말들을 할 것이니 내가 그러한 것을 적은 것은 당연하다고 말하고 싶습니다.

나의 펜이 화가의 붓보다 권위가 없는 것은 아닐 것이나, 화가는 아무런 비난도 받지 않고, 정당한 비판조차도 받지 않습니다. 화가가 그린 성 미카엘이 칼이나 창을 휘둘러 뱀을 퇴치하는 그림이나, 성 조지가 그린 자기를 좋아하는 용을 퇴치하는 그림은 아무도 탓하지 않습니다. 그러나 그리스도를 남성으로 묘사하고 이브를 여성으로 그리면서도 인류를 구제하기 위해 십자가 위에서 죽음을 택하신 그리스도에 대해 어떤 때에는 한 개의 못을, 어떤 때에는 두 개의 못을 가지고 그 발을 십자가에 못 박는 것은 언급하지 않을 수 없습니다.

그건 그렇다 치고, 그러한 방종한 말은(설령 성당의 역사 가운데는 내가 쓴 것보다 훨씬 추문이 되는 얘기가 적잖이 있다고 하지만), 깨끗한 정신과 깨끗한 말을 해야만 할 성당 안에서는 말하지 않는 것이 인정되어 있고, 또한 다른 곳보다는 엄숙함이 요구되는 철학을 공부하는 사람이 모이는 학교라든가, 성직자 사이에서라든가, 장소에 따라서는 철학자 사이에서도 얘기되지 않고 있습니다. 그러나 대저택의 정원에 앉아 심심하기 그지없는 젊은 사람들끼리라든가, 진귀한 얘기 같은 것에는 외면을 하는 상당한 연배의 사람들 사이에서도(실제로 가장 정숙한 생활을 하는 체하면서 연인과 밀회하다가 남자의 팬츠를 뒤집어쓰고 허겁지겁 달려 나오는) 흔히 통하는 이야기들입니다.

그러한 말이 어떤 것이든 다른 일들과 마찬가지로 듣는 사람에 따라서는 해도 되고 이익도 됩니다. 친칠리오네나 스콜라나 그 밖의 사람들이 말하듯, 건강한 자에게는 술이 근사한 음료지만 몸에 열이 있는 자에게는 해롭다는 것을 모르는 자가 있을까요? 열이 있는 자에게 해롭다고 술 자체를 욕하겠습니까? 불은 극히 유용한 것, 아니 인간에게 필요 불가결한 것이라는 것을 모르는 자가 있습니까? 불이 집과 마을, 거리를 불태운다고 나쁘다 할 수 있습니까? 무기는 평화롭게 살기를 바라는 사람의 행복을 지킴과 동시에 상대를 미워해서가 아니라 그것을 악용하는 자를 응징하기 위해 쓰입니다.

썩은 정신을 가진 사람은 결코 건강한 말을 이해하지 못합니다. 그들에겐 정숙한 말이 소용되지 않습니다. 그와 마찬가지로 정숙하지 못한 말도 건강한 마음을 가진 사람을 해치지는 않습니다. 이것은 마치 태양의 광선과 진흙, 혹은 하늘의 아름다움과 땅 위의 추함과의 관계와 같습니다.

이 세상의 어떠한 책의 말과, 문자가 성서의 문구 이상으로 신성하고 가치가 있고 존경할 만하겠습니까? 그런데도 불구하고 성서의 말을 악의로 해석하여 제 자신과 다른 사람을 지옥에 빠뜨리는 일이 너무도 자주 일어나고 있습니다. 모든 사물은 그 자체로 한 가지 일리는 있는 법입니다. 그러나 그것이 악용되면 많은 일을 해롭게 할 수가 있습니다. 나는 내 글에 대해 그렇게 말하고 싶습니다.

만약 이 이야기에서 악의에 찬 의견이나 나쁜 영향을 끌어내려는 자가 있다 하더라도 이야기는 그것을 금하지는 않을 것입니다. 혹시 우연히 그러한 점이 있다고 해도 그들은 억지로 왜곡된 풀이를 했기 때문입니다. 그리고 또한 이 이야기에서 유익한 점을 발견하는 사람이 있다고 하면 그것 또한 금하지는 않을 것입니다. 이들 이야기는 그 당시의 사람들에게 읽혀졌다면 반드시 유익한 점이 있었을 것이고 정당한 얘기일 것이라는 생각을 하게 됩니다.

혹시 고해성사를 집행하는 신부 때문에 기도를 한다든가 혹은 푸딩이나 약이든 과자를 만들어야만 하는 사람이 있다면 그렇게 하도록 둡시다. 믿음이 독실한 체하는 사람들은 기도가 있으면 그런 기도를 하기도 하고, 그런 것을 만들게 하고, 억지로 이 이야기를 읽히려고 뒤쫓아 다니지는 않을 테니까요. 그것과 마찬가지로 이 이야기 속에는 오히려 넣지 않는 것이 좋겠다고 생각되는 이야기도 있을지 모릅니다. 일단 그것을 인정한다고 해도, 나는 실제로 그러한 이야기가 행해지지 않았다면 쓸 수도 없었을 것이고 쓸 리도 없었습니다. 그러므로 이러한 이야기는 재미있는 이야기로 전해지고 있다고 할 것이며, 또 나는 그것을 재미있고 우습게 쓴 셈입니다. 그런데 내가 그 이야기들의 창작자이며 작자였다고 가정한다고 (사실은 작자가 아닙니다만), 근사한 이야기가 되지 못한 것을 부끄럽게 여기지는 않습니다. 모든 일을 훌륭하고 완전하게 수행하시는 하느님을 제외하고 그러한 일을 할 수 있는 훌륭한 작가는 이 세상에 한 사람도 없기 때문입니다. 12용사의 일단을 만든 샤를 대제도 12용사만으로는 군대를 만들지 못했습니다.

많은 일들 가운데는 각각 질이 다른 것이 섞여 있다는 것을 알고 있습니다. 아무리 잘 경작된 밭이라도 곡식 사이에 바랭이라든가 비름이라든가 그 밖에도 잡초가 섞이지 않을 수가 없는 법입니다. 만약 내가 여러분과 같이 순진한 젊은 여성들을 위해 이 이야기를 쓰는 것이 아니라면 고생하면서 훌륭한 이야기를 찾으려고 애를 쓰고 주의 깊게, 그리고 신중히 쓰는 것이 바보스러운 짓이었을 것입니다.

요컨대 이 이야기를 읽으시는 분은 나쁜 영향을 주는 것은 피하면 되고 재미있다고 생각하는 것은 재미있게 읽으면 됩니다. 그 때문에 읽는 사람들을 그르치지 않도록 이야기의 서두에 그 내용의 줄거리를 약술했습니다.

또한 부인들 중에는 너무 긴 이야기가 있다고 할 분이 있을 줄 압니다. 거듭 말하지만, 다른 볼 일이 있다면 설령 짧은 이야기라도 읽을 마음이 나지 않는다는 것입니다. 내가 이 이야기를 쓰기 시작하여 고생고생 끝에 겨우 완성한 지금에 이르기까지 얼마나 긴 세월이 흘렀는지 모릅니다. 그 동안 줄곧 내 머리에서 떠나지 않은 생각은, 다름 아닌 여기 있는 분들에게 읽히기 위해 심혈을 기울였다는 것입니다. 그러니 여가를 메우기 위해 읽는 분에게는 여가를 이용하는 목적에 크게 합당하므로 결코 긴 이야기라고는 생각지 않습니다. 그리고 짧은 이야기는 단순히 시간을 보내는 것이 아니라 시간을 유익하게 이용하려고 노력하는 학생에게, 사랑의 즐거움만으로는 소비하지 못할 만큼 많은 시간을 가지고 있는 여러 부인들보다 적합합니다. 반면에 부인들은 공부를 하기 위해 아테네라든가 볼로냐, 파리 따위에는 가지 않으므로 공부를 해야 하는 학생 여러분과 달리 긴 이야기가 안성맞춤입니다.

우스갯소리와 허튼 이야기가 너무 많다, 그러한 서술은 신중하고 점잖은 사람에게는 적합하지 않다는 부인들이 있다는 것을 나는 조금도 의심하지 않습니다. 그러한 분들은 호의적인 열의가 넘쳐 나의 명성을 걱정해 주는 것이므로 감사와 인사의 말을 드리고 싶습니다. 그러나 반대의 의견에 대해서는 이렇게 대답하고 싶습니다. 사실 나는 신중한 사람이라는 것을 고백합니다. 그리고 과거에도 늘 그러했습니다. 내가 신중하지 못하다고 보는 사람들에게는 나는 무게 있는 사람이 아니라 물 위에 뜰 정도로 지극히 가벼운 사람임을 단언합니다. 그리고 사람들의 죄를 꾸짖기 위해 신부들에 의해 행해진 설교라는 것이 오늘날에 와서는 농담과 우스갯소리와 웃음거리에 찬 것이라는 것을 미뤄 생각한다면 그러한 것이 부인들의 무료함을 추방하기 위해 내 이야기 속에 쓰여 있다고 해서 조금도 나쁜 일은 아니라고 생각하고 싶습니다. 왜냐하면 이러한 일 때문에 크게 웃는다면, 예레미야의 개탄이라든가, 그리스도의 수난, 막달라 마리아의 한탄과 같은 슬픔으로부터도 쉽게 여러분을 고쳐 드릴 수가 있을 것입니다. 그리고 이야기의 여기저기에서 신부의 실체를 폭로하고 있어 내 말에는 독이 있고 악의가 있다고 말하는 부인들이 있겠지요. 그러나 그런 말을 하는 사람들은 용서해 주어야 합니다. 왜냐하면 그녀들은 옳은 이유로 자신들을 감동시키는 것 이외에는 믿을 수 없다고 생각하기 때문이며, 성직자는 선량한 사람들이며 하느님을 위한 사랑 때문에 자유스럽지 않은 생활을 견딘다고 생각하기 때문입니다. 신부들은, 물레방아가 풍부한 물의 힘으로 가루를 빻는 것처럼 조금씩 수확을 하면서도 그 일을 가볍게 남에게 보이지 않습니다. 그래서 바로 말씀드리거니와, 그들이 모두 입에서 약간씩 악취를 내뿜지 않는다면 그들과 상종하는 것은 매우 즐거운 일임에 틀림없습니다.

그런데 세상일은 언제나 변하고 있습니다. 그러니 내 입에도 그러한 변화가 일어날지 모릅니다. 내 일에 관해 나의 판단력으로 믿기지 않지만, 극히 최근에 이웃에 사는 부인이 나에게 나의 말은 이 세상에서 가장 훌륭하고 달콤한 맛을 지녔다고 했습니다. 이런 말을 들었을 때는 거의 다 써서 쓸 이야기가 조금밖에 남지 않았었습니다. 그래서 악의를 가지고 여러 가지로 말한 그분들에게 하는 대답으로써 그 이야기를 말씀드리고 싶습니다.

아무튼, 여러분이 느낀 것을 그대로 말한다든가 생각한 일에 대해서는 이제 이 정도 해 두고, 오랜 시간 도움을 주시고 대단원의 결말로 인도해 주신 하느님께 경건한 감사를 드리면서 마침내 나의 말을 끝맺고자 합니다.

그럼 상냥하신 숙녀 여러분, 이것을 읽으시고 다소 도움이 되셨다고 생각하는 분이 계시다면 나를 생각하시어 하느님의 은총을 받아 평화롭게 사시기를 바랍니다.

이렇게 하여 일명《갈레오토 공(公) 이야기》라고 하는《데카메론》의 마지막 날이 끝납니다.

작품 해설 및 작가 연보

.
.
.

보카치오의 생애와 작품 해설

    《데카메론》의 저자 조반니 보카치오(Giovanni Boccaccio)는 종래 보카치오 디 켈리노라는 체르탈도(피렌체 근방)의 상인과 프랑스의 귀족 로시 문중의 미망인 잔느를 부모로 파리에서 태어난 것으로 알려졌으나, 최근의 연구 결과 그는 서자로서 체르탈도에서 출생한 사실이 판명되었고, 1313년에 출생해서 1375년 고향인 체르탈도에서 사망했다.

    비교적 가정이 유복했던 젊은 시절에는 저명한 학자를 가정교사로 두어 그리스 어를 배우기도 했으나, 아버지의 정실에게서 많은 형제들이 태어나자 그의 아버지는 보카치오를 상인으로 키우려고 금융업과 상업으로 대성한 바르디 가의 나폴리 지사 사원으로 보내게 되었다.

원래 상업에는 취미가 없던 보카치오는 독학으로 은밀히 시를 공부하면서 왕후와 귀족들을 통해 자연스럽게 사교계에 출입하게 되었고, 궁정인들 사이에도 많은 지우를 얻게 되었다. 단정한 외모에 라틴 어를 비롯하여 토스카나의 속어를 자유로이 구사하면서 꽃다운 도시 피렌체의 상류층의 풍습을 몸에 익혀 세련된 교양을 쌓고 이내 사교계의 총아로 등장하게 되었다. 왕족 출신의 연인인 피암메타와 깊은 연애 관계에 빠진 것도 이 무렵이었다. 피암메타는 그가 붙여 준 가명이지만 그는 이 여성을 주인공으로 많은 시와 산문을 썼다. 그 후 상사(商社)가 파산하고 연애에도 실패하게 되자, 다시 피렌체로 되돌아왔으나 나폴리에서의 궁정인들과의 교제 경력과 문학자로서의 관록을 높이 평가받아 자치 도시의 정치·종교 관계의 특사로서 각지에 파견되기도 하였다.

이 사이, 그는 많은 시 작품을 발표하였고, 두 차례나 나폴리를 방문하기도 하였으나, 지난날의 모습을 찾아볼 수 없을 만큼 변해 버린 도시 나폴리에 환멸을 느꼈다. 1348년, 문제작 《데카메론》에 착수한 그는 5년 만인 1353년에 탈고하였다. 이 저작은 일부에서 극진한 호평을 받았으나, 그 내용에 있어 성당과 교직자들의 부패상을 폭로하고 있어서 종교계의 심한 불만을 샀다는 것도 짐작할 수 있다.

만년에 이르러서는 그의 고향 체르탈도에 은거하여 여생을 보냈고, 이따금 피렌체의 성당에 나가 단테의 《신곡》을 시민들에게 낭독·강의를 하기도 하였으나, 신병으로 중단하고 불우한 가운데 세상을 떠났다. 그는 종신 독신으로 지냈다.

위대한 시인 단테가 중세기 문학의 마지막을 장식했다면, 페트라르카는 그의 내심적인 대립으로 중세에서 근세로 넘어가는 교량 역할을 했고, 보카치오는 온통 인간적, 지상적인 관심사에 눈을 돌려 삶에 대한 새로운 개념을 불어넣어 중세적인 금욕주의에 대항하는 당돌한 도전을 시도했던 것이다. 이들이 살았던 세기는 단테의 신곡(神曲)에서 시작하여 문학자 데 상티스의 표현인 데카메론 인곡(人曲)과 더불어 마감된다. 이 인곡(人曲) 속에 나타나는 환경과 주요인물들은 인문주의적인 사상에 도취되어 있고 천상적인 욕구가 결핍된 활기 넘치는 관능을 통해 묘사되는 인간의 구체적인 현실을 나타내고 있다.

보카치오의 초기 작품들은 모두가 나폴리에서 살던(1334~1340) 시절에 썼던 것들로서 《필로콜로》, 《필로스트라토》와 《테세이데》 그리고 많은 시들이 포함된다. 이들 작품들은 철학, 정치, 윤리 등의 문제를 다루기보다 기쁨을 주고자 하는 전적으로 시적이며 예술적인 성격을 띠고 있다. 피렌체로 돌아와 쓴 작품에는 《아메토》, 《사랑스런 환영》, 《마돈나 피암메타를 슬퍼함》, 《피에솔레의 요정》 등이 있는데 이 작품들 속엔 과거의 아름다웠던 시절을 회상하고 그리워하는 마음이 더욱 엉키어 있음을 알 수 있다. 사실 그 당시 보카치오는 암담한 생활을 하면서. 과거의 화려했던 시절을 회상하고 눈물 짓는 삶을 사는 주인공이었다. 보카치오는 바로 이와 같은 처지에서 이 시기의 작품들은 더욱 철학적이며, 윤리적, 종교적인 성격을 띠고 있다. 육감적인 소재를 다루어도 윤리를 강하게 의식하며 결국엔 도덕적인 요소를 꿰뚫어 보고 있는 인상을 준다.

《데카메론》은 보카치오의 많은 작품 중의 가장 대표적인 작품이다. 《데카메론》이란 그리스 어의 '10일'이란 뜻이다. 일찍이 그리스 어를 배웠던 그는 《필로스트라토》, 《필로콜로》 등 작품의 제목을 그리스 어로 붙인 것이 있다.

1384년 페스트가 유행하여 피렌체를 휩쓸어 수많은 사람들이 죽음을 당했다. 이러한 역사적인 재난이 이 작품의 배경에 깔려 있다. 피렌체를 휩쓸었던 이 페스트는 신의 노여움에서야기된 일이다. 그 당시 피렌체는 유럽의 경제권을 쥐고 있었으며 가장 호사스런 생활의 중심지였다. 그러나 도덕적으로는 너무나 타락되어 있었다. 일반 시민은 두 말할 필요가 없고 심지어 성직자들마저 방탕한 삶을 영위하고 있었다. 정치적으로도 격심한 당쟁 때문에 혼란하였고 도덕은 땅에 떨어졌다. 이러한 상황에서 보카치오는 일종의 고발 정신을 내세워 《데카메론》을 쓰기로 작정했다.

1348년 피렌체에는 페스트가 만연하여 수만 명의 시민이 이 병으로 쓰러지고, 부유층은 물론 대다수의 시민들은 근교 또는 멀리 피신하는 실정으로, 병자와 미처 피신할 수 없는 가난뱅이 이외에는 거리에서 사람의 그림자를 찾아볼 수 없는 상태였다고 한다. 마침 나폴리에 머물고 있던 보카치오는 이 재난을 모면할 수 있었고, 또한 그는 평생 잊지 못할 이 참담한 광경을 배경으로 이야기의 발단을 구성하게 되었다고 한다.

어느 날 팜피네아, 필로메나, 네이필레, 피암메타, 엘리사, 라우레타, 에밀리아 등 일곱 사람의 귀부인 또는 젊은 처녀들이 필로스트라토, 팜필로, 디오네오라는 세 청년과 함께 우연히 산타 마리아 노벨라 성당에서 만나 페스트를 피하기 위해 피에솔레의 계곡에 있는 어느 부호의 별장을 찾아가게 되고, 그곳에서의 생활을 재미있게 보내기 위해 날마다 그날을 주재하는 왕을 선발하고 저마다 이야기 한 가지씩을 하여, 이야기를 다 끝난 뒤엔 가무를 하였다. 하루 열 가지의 이야기를 10일간 계속하여 백 가지의 이야기를 한 것으로 《데카메론》을 '10일의 이야기'라고도 일컫는다.

보카치오는 보기 드문 페미니스트이기도 하며, 《데카메론》의 서문에서 사나이로 태어난 자기는 야회나 도박 등으로 실연의 아픔을 견딜 수도 있겠지만, 불쌍하게도 집안에만 갇힌 여성은 그것이 불가능하기 때문에 이와 같은 이야기를 써서 조금이나마 여성들의 마음의 상처를 어루만져 주고 싶다고 술회하고 있다.

《데카메론》에 담겨 있는 이야기는 가지각색이다. 아름다운 우정에 관한 이야기, 연애의 성공담, 비련에 관한 이야기, 배덕기담(背德奇談), 골계(滑稽), 복수기담(復讐奇談) 등등 천차만별의 각 분야에 걸쳐 있으나 이것들은 하루를 단위로 통일을 이루고 있다. 이야기의 무대는 피렌체를 위시하여 이탈리아 각 지방, 프랑스, 영국, 이집트, 동방의 각지에 걸쳐 있다.

보카치오는 어디서 그와 같은 이야기를 수집하였을까?

1200년경 이탈리아에서 간행된담 《이야기집(Novelino)》과 《편담집(片談集―Conti)》에서 인용한 부분도 적지 않은데, 이와 같은 장편을 그의 독특한 미문체를 통해 윤색하여 훌륭한 문학 작품으로 완성시키고 있다. 그 밖에도 프랑스의 옛날 이야기, 지난날의 우화, 동양의 전설 등에서 채택한 부분도 적지 않다. 그 중에서도 가장 두드러진 특색은 적나라한 섹스를 다루어 인간성에 도전하고 있다는 것이다. 그런 의미에서 자칫하면 《데카메론》을 호색문학(好色文學), 섹스문학이라고 치부할지도 모르겠으나, 이 점이야말로 근대 사상의 암시를 주는 인간문학(人間文學)이라고 볼 수 있는 것이다. 작가 자신도 감미로운 애정 행각에 몰입된 청년 시절을 보냈고, 상인·노동자·성직자·정치인·종교적인 관점이 복합되어 있다고 말할 수 있다.

이러한 사회상이 곧 《데카메론》 속에 잘 반영되어 있다. 따라서 오늘날 그의 작품을 사실주의의 관점에서 평가하고 있다. 그러나 그는 작품 속에 소개되는 모든 인물들이나 사건들을 독특한 목적의식 밑에 다루는 것이 아니라 신랄하게 풍자성을 풍기며 독자의 의식 속에 심어나갈 뿐이다. 그리고 부정적인 요소를 내세워 긍정적인 점을 가장 리얼하게 표방하고

자 한 것이라고 하겠다. 보카치오는 《데카메론》의 구성에 있어 한 인물이 다른 인물을 향해 이야기를 엮어 나가는 형식을 취하고 있으므로 특히 어휘의 선택에 있어서나 어감을 부드럽게 하기 위해 화술에 세심한 주의를 기울인 흔적이 역력하다. 근대 이탈리아의 문호 다눈치오('예술을 위한 예술', 보들레르, 로세티 등이 대표적)는 그의 작품 《죽음의 승리》의 서문에서 보카치오는 자기가 쓴 작품을 남에게 읽어 보이면서 문장을 수정해 갔다고 적고 있다.

끝으로 한 마디 덧붙인다면 《데카메론》은 이탈리아 어로 씌어 있으나, 오래된 작품으로서 현재 이탈리아 인들도 주석 없이는 알 수 없는 것이 허다하다. 그것을 역자가 옮김으로써 적잖은 고전을 하였으며, 영역 및 일역 등도 아울러 참고하면서 옮기기에 힘썼다. 대본은 EDITRICE—LUCCHL—MILANO판 G·Boccaccio ILDECAMERON을 사용했다.

작가 연보

1313년 이탈리아의 체르탈도에서 사생아로 태어남. 아버
지는 바르디 은행과 관계가 있던 금융업자 보카치
오 디 켈리노. 어머니는 프랑스 인, 귀족 혹은 재
봉사의 딸이었다는 잔느 드 라 도시.

1323년 그를 상인으로 만들려는 아버지의 계획에 따라 부
호 상인에게 맡겨졌으나 6년을 허송해 시작(詩作)
만 즐기므로 다시 아버지의 주선으로 가톨릭 신자
인 법률 교수의 문하에 들어가 역시 6년을 허비
함. 나폴리에 가서 페트라르카를 처음 만남, 나폴
리의 왕 로베르토 단조의 궁전에 출입하며 문학에
열중하는 한편, 천문학 · 고전 · 그리스 어를 배움.
왕조에 출입하는 문사들과 나폴리 여인들의 화려
함에 환멸을 느끼고, 베르질리우스의 무덤 앞에서

시인으로서 입신출세할 것을 결심함. 《디아나의
수렵》을 냄.

1333년　3월 30일 (송 토요일), 로베르토 왕의 사생아 마리
아(그의 작품에는 피암메타로 등장하며, 그의 생애
를 통한 작품 세계에 큰 영향을 미침)를 만남. 그는
마리아에게 많은 작품을 바쳤으나 약 3년 후에 절
연당함.

1366년　소설 《필로콜로》 집필 착수.

1338년　장시 《필로스트라토》를 완성.

1340년　장시 《테세이데》 완성함. 바르디 은행의 파산과 아
버지의 궁핍으로 플로렌스(피렌체)로 돌아옴. 나
폴리와 배반한 애인 마리아(피암메타)에 대한 애
착으로 실의의 생활을 계속함. 다시 몇 차례의 연
애 끝에 딸 비올란테를 얻었으나 딸은 일곱 살 때
죽음.

1341년　페트라르카가 월계관을 받음.

1342년　산문과 시로 된 《아메토》와 장시 《사랑스런 환영》
완성.

1343년　소설 《마돈나 피암메타를 슬퍼함》 완성.

1346년 가을, 파멘나의 오소타조 다 포렌타의 비서가 됨.

1348년 오르데라피를 따라 나폴리에 간 듯함. 그의 구원의 여성 피암메타는 세상을 떠났고, 페스트 발생.《데카메론》집필 착수.

1349년   페스트로 아버지 죽음.《페트라르카 전기》집필.

1351년 피렌체의 외교관이 되어 교황과 황제·왕후들과 접촉함. 페트라르카와 친교가 두터워짐. 그녀와의 우정은 평생 계속되었음.《목가》집필 시작, 1366년 완성.

1353년 《데카메론》완성.

1354년 카를 4세의 이탈리아 남하에 관한 일로 교황청에 파견됨.

1358년 《단테 전기》집필 착수.

1360년 《명인 행전》·《이방인의 신들의 계보》의 초고 완성.《병부전》완성.

1363년 페트라르카의 손님으로서 3개월간 베니스에서 지냄. 피렌체를 떠나 아버지의 고향인 체르탈도에 귀환, 고독한 생활을 즐김.《단테 전기》완성.

1367년 로마의 우르바노 5세 교황을 방문함. 봄에 베니스로 페트라르카를 방문하였으나 만나지 못하고, 그녀의 딸의 따뜻한 대접을 받음.

1370년   가을부터 이듬해 봄까지 나폴리에 머무름.

1373년   8월에 피렌체의 성 스테파노 성당으로부터 《신곡》 강의를 요청받고 10월 23일 개강.

1374년   건강의 악화로 《신곡》 강의를 60회로 중단, 체르탈도로 돌아옴. 7월 18일 페트라르카 죽음.

1375년   《이방인의 신들의 계보》·《명부전》 가필. 12월 21일 죽음. 체르탈도의 성 야곱 성당에 매장됨.

허인

- 이탈리아 울바노대, 로마대 수학
- 건국대 대학원 졸업
- 한국외국어대학교 이탈리아어과 교수 역임
- 한국외국어대학교 용인캠퍼스 도서관장 역임
- 이탈리아 정부로부터 카바리에레 기사훈장 수여
- 저서 〈이태리 문법〉, 〈伊韓辭典〉
- 역서 〈신곡〉, 〈몬탈레 시집〉, 〈이탈리아사〉, 〈성인 김대건의 서간〉과 논문 다수

```
판 권
본 사
소 유
```

밀레니엄북스 62

데카메론 2

초판1쇄 발행 | 2006년 2월 15일
초판3쇄 발행 | 2011년 3월 25일

지은이 | G. 보카치오
옮긴이 | 허 인
펴낸이 | 신원영
펴낸곳 | (주)신원문화사
책임편집 | 권현숙

주 소 | 서울시 영등포구 당산동 121-245 신원빌딩 3층
전 화 | 3664-2131~4
팩 스 | 3664-2130

출판등록 | 1976년 9월 16일 제5-68호

＊잘못된 책은 바꾸어 드립니다.

ISBN 89-359-1311-1 04860
       89-359-1309-X 04860 (세트)